Im Auftrag des Königs

England zu Beginn des 18. Jahrhunderts: Lady Cecily Fitzhenry, eine Hofdame unter König George I., wird, ohne es zu ahnen, in die Befreiung eines schottischen Rebellen und Anhänger der Stuart-Dynastie verwickelt. Zur Strafe muß sie den wesentlich älteren und königstreuen Lemuel Potts heiraten.

Als sich Lemuel in gewagte Spekulationen stürzt, verliert Lady Cecily, einst Besitzerin einer großen Mitgift, ihr ganzes Vermögen. Alles, was ihr bleibt, ist ein verfallenes Gasthaus an der großen Straße von London in Richtung Norden.

Und genau dort – im Norden – liegen ihre Sympathien, denn sie hat sich zu einer glühenden Anhängerin der Stuarts entwickelt. So wird ihr Landgasthof zu einem heimlichen Anlaufpunkt für diejenigen, die den Sturz König Georges betreiben und die Stuarts wieder an die Macht bringen wollen. Da kommt ein schottischer Anwalt in ihr Haus, der sie auf ganz unerwartete Weise zur Retterin ihrer Leute macht . . .

*Diana Norman* wurde in Devon geboren. Sie ist die Autorin von Biographien sowie zahlreicher historischer Romane und lebt mit Mann und zwei Töchtern in Hertfordshire. Im Fischer Taschenbuch Verlag liegen ihre erfolgreichen Romane ›Das Geheimnis der Maske‹ (Bd. 14199) und ›An den Ufern der Dunkelheit‹ (Bd. 14412) vor.

*Unsere Adresse im Internet: www.fischerverlage.de*

Diana Norman

# Im Auftrag des Königs

Roman

Aus dem Englischen von
Rainer Schmidt

Scherz

Veröffentlicht im Scherz Taschenbuch,
ein Verlag der S. Fischer Verlag GmbH,
Frankfurt am Main, August 2004

Lizenzausgabe mit Genehmigung des
Wolfgang Krüger Verlags, Frankfurt am Main
Die englische Originalausgabe erschien 1998
unter dem Titel ›Blood Royal‹
im Verlag Michael Joseph, London

Druck und Bindung: Ebner & Spiegel, Ulm
Printed in Germany
ISBN 3-502-52007-0

# Im Auftrag des Königs

# 1

Es gibt zwei Porträts der Lady Cecily Fitzhenry, und beide befinden sich in Privatsammlungen. Das erste ist von van der Meyn und 1733 entstanden, im selben Jahr, in dem sie den Lauf der Geschichte veränderte.

Der Maler ahnte natürlich nicht, daß sein Modell in die Kategorie der Schönen Helena und der Jungfrau von Orléans gehörte, zu jenen Frauen also, die einen Augenblick lang das Schicksal ihres Landes in den Händen – oder im Fall der Schönen Helena ein bißchen weiter unten – hielten. Im Gegensatz zu Helena und Jeanne d'Arc bewahrte Lady Cecily ihre Nation aber vor einem Krieg. Und sie behielt die Tatsache, daß sie es getan hatte, für sich.

Hätte er von Lady Cecilys nationaler Bedeutung gewußt, so hätte van der Meyn ihren Hut beiseite gelegt und sie gebeten, ihm mit einem Helm auf dem Kopf und einem Dreizack in der Faust Modell zu sitzen, und zwar vor einem Hintergrund mit lauter Siegesgirlanden und Weinranken. Zu dieser Sorte Maler gehörte er. Er war einer von denen, die im ersten Viertel des achtzehnten Jahrhunderts nach England kamen und dort erfolgreich wurden, indem sie die Reichen so malten, wie sie von der Nachwelt gesehen werden wollten.

So aber ist das Porträt in seinem gewohnten sanft schmeichelnden Stil gehalten und zeigt eine hübsche Frau in ihren hübschen Kleidern. Ungewöhnlich ist das schwarze Kind, das auf dem Bild zu sehen ist: Es trägt kein Sklavenhalsband, und statt hinter ihrem Stuhl zu stehen, sitzt es auf ihren Knien ...

Das andere Porträt der Lady Cecily ist von Hogarth und wurde siebzehn Jahre früher ohne ihr Wissen angefertigt, als Hogarth noch seine Lehre als Kupferstecher absolvierte. Es ist eine schnell und bezaubernd hingeworfene Kohleskizze, vielleicht ein Entwurf zu einem geplanten Kupferstich; man sieht eine schlanke junge Frau, die durch den winterlichen St. James's Park läuft – im Hintergrund sieht man den Palast – und ein Paar Schlittschuhe in der Hand hält.

Hätte sie gewußt, daß sie da von einem Wald- und Wiesenlehrling gezeichnet wurde, so hätte die Lady Cecily jener Tage vermutlich die Toleranz Karls II. beklagt, unter dessen Herrschaft gemeines Volk wie Hogarth durch den Park hatte laufen dürfen (und immer noch durfte), wo man Höhergestellten beim Sport zuschaute.

Die Skizze zeigt, daß Lady Cecily modische Maßstäbe setzt, und zwar mit einem Rock, der skandalöserweise ihre Knöchel sehen läßt. Sie trägt den ungezogenen Titel »Ehrenjungfer?« – zu einer Zeit, da man allgemein annahm, daß weibliche Höflinge keine Ehre besaßen –, und dies ist wahrscheinlich ein frühes Beispiel für jenen Zynismus, der zur Folge hatte, daß Hogarth von der Aristokratie ignoriert wurde.

Das Datum der Zeichnung ist zufällig und pikant: der 23. Februar 1716. An jenem Nachmittag war Lady Cecily so freundlich, dem Wunsch ihrer Cousine Anne nachzukommen und sie nach Schottland zu begleiten – und damit den Prozeß in Gang zu setzen, der zu ihrem Ruin führen sollte. Wir wissen heute, daß die junge Frau auf Hogarths Zeichnung einer Zukunft entgegenläuft, die eine unwillkommene Ehe birgt, Straßenraub, Spionage, düstere Herbergen und schließlich die Rettung des Landes. Und ihre eigene.

Nach der Entdeckung ihres knapp und lückenhaft geführten Tagebuchs für das Jahr 1716 wissen wir außerdem, daß Lady Cecilys Gedanken, als sie an diesem Morgen durch den St. James's Park lief, mit nichts Gewichtigerem beschäftigt waren als der Behauptung der Gräfin von Crakanthorpe, ihre (der Gräfin) Taille sei so schmal, daß sie lediglich den Raum von anderthalb Orangen umspannte.

»Winzig«, heißt es im Tagebuch. »Wenn auch plump. Falls es stimmt.«

Hogarths Skizze ist monochrom wie der Park, in dem weiße Bäume kristallin vor einem trübselig grauen Himmel stehen. Tatsächlich trug die junge Lady Cecily Saphirblau; die Schlittschuhe baumelten an der einen Hand, und die andere steckte in einem Schwanendaunenmuff, passend zum Besatz ihrer Kapuze.

Als sie mit diesem Unsinn im Kopf zum Teich eilte, war Lady Cecily gerade so alt wie das Jahrhundert, hübscher als der Durchschnitt, reicher als die meisten, blaublütiger als praktisch alle anderen, bestimmt blaublütiger jedenfalls als Caroline, die Prinzessin von Wales, der sie als Ehrenjungfer diente und die eine Deutsche war – das arme Ding.

Auf dem Teich kreisten und tanzten Eisvogelfarben um das majestätische Scharlach der Prinzessin Caroline, ohne ihr dabei allzunah zu kommen – aus Respekt und einem Hauch von Zweifel, ob das Eis wohl das Gewicht Ihrer Hoheit tragen werde. Die eiskalte Luft war von aromatischen Strömungen durchzogen: Da waren der Dampf frischer Pferdeäpfel und der Duft von Kaffee, Schokolade und Holzkohle vom Ufer her, wo weniger bunte Bedienstete heiße Getränke bereiteten und die Kohlenbecken und Wärmflaschen für das Wohlbefinden der Höflinge versorgten.

Bevor sie angekommen war, ließen Fanfarenklänge den Schnee vom nächsten Baum fallen, und Cecily mußte stehenbleiben. Der König kehrte von seinem Morgenritt zurück.

Lady Cecily machte einen Knicks. Seine Majestät stieg ab. Jetzt wieder diese peinlichen Pausen, während er auf der Suche nach den richtigen englischen Worten war.

»Sie sind Fitzhenry.« Pause. »Zezily.« Ein dicker Zeigefinger schob sich unter ihr Kinn und ließ sie sich aufrichten.

»Jawohl, Majestät.«

»Brachtvoll.«

»Danke sehr, Majestät.«

»Wo wollen Sie hin? Was haben Sie vor?«

»Zum See, Majestät. Ihre Königliche Hoheit ist heute morgen beim Schlittschuhlaufen. Der Boden ist zu hart für die Jagd. Lady Mary Wortley Montagu ist da und Lord Hervey und Mr. Pope ...«

Sie plapperte albern daher, um das Unvermeidliche abzuwehren; er hatte sie noch nie allein erwischt.

»Bope? Der Boet? Ich hasse Boeten. Und Binselquäler.«

Und seine schlittschuhlaufende Schwiegertochter *und* seinen Sohn. Und England liebte er auch nicht allzusehr. Hätte in Hannover bleiben sollen, und alle wären glücklich gewesen. Aber Cecily lächelte ihn an; trotz allem Brokat und Samt sah er aus wie der freundliche Metzger aus der Nachbarschaft.

Das fleischige Gesicht starrte verdrossen zu ihr herab. »Veux-toi monter à cheval avec moi, ma chérie?«

Das war sein üblicher Euphemismus: Man hatte ihr gesagt, daß er ihn benutzen würde, und sie hatte ihre Antwort parat. »Eine große Ehre, Sire, aber Sie waren vielleicht zu beschäftigt, um sich daran zu erinnern, daß ich ein königliches Mündel bin. Ich bin Ihnen ergeben wie einem Vater vor dem Gesetz.« Sie gab ihm Zeit, mitzukommen, und lächelte ihn an. »Es wäre Inzest.«

(Als sie Hervey später davon erzählte, sagte er: »Wie subtil, meine Liebe«, und Cecily antwortete: »Subtilität versteht er nicht«, und Hervey sagte: »Und du, meine Teure, bist kein Machiavelli.«)

Der König guckte noch verdrossener. »Vater.«

»Ja.«

»Inzest.«

»Jawohl, Sire.«

Er grunzte und stapfte knirschenden Schritts davon wie ein Bauer, der seine Ernte vernichtet sieht, und sein Pferd und sein Gefolge trotteten hinter ihm her.

Diese Hannoveraner. Unterschiedslos vulgär. Liebenswürdige Bauern. Es wäre nichts damit zu gewinnen, wenn sie herumposaunte, daß sie aufgefordert worden war, königliche Mätresse zu werden; die beiden Trampel, die er sich aus Deutschland mitgebracht hatte, besaßen die Schönheit von zwei Bierfässern, aber nicht ihren Zauber.

Cecily lief zu der Gesellschaft auf dem Teich und entschuldigte sich bei Prinzessin Caroline: »... ich wurde von Sir Hubert aufgehalten, der einen Brief von der Gräfin von Crakanthorpe erhalten hat, in dem davon die Rede ist ...« Sie verdrehte die Augen, um eine größtmögliche Wirkung zu erzielen, während die Schlittschuhläufer ringsherum torkelten. »..., daß ihre Taille nicht mehr Raum umfaßt, als von anderthalb Orangen in Anspruch genommen wird.«

Sofort war die Sache in aller Munde, und die Männer waren ebenso fasziniert wie die Frauen, die mit flatternden Händen eine Darstellung dieses Umfangs zu geben versuchten. Lord Hervey schrie nach einem Maßband – »ein Maßband, ein Maßband, ein Königreich für ein Maßband«. Der arme Pope fing an, »So teile die Taille« zu dichten. Prinzessin Caroline betrachtete den Aufruhr mit der strahlenden Gönnerhaftigkeit einer Frau, deren Gestalt von deutschen Würsten und vier Kindern in acht Jahren aufgegangen war.

Schließlich erklärte sie: »Mir ist galt«, und daraufhin wurde sie in Decken gewickelt zurück zum Palast gebracht. Im Palast nahmen Lakaien allen die Mäntel ab, und tanzend begaben sie sich in die Räume, in denen einst Anne Boleyn gewohnt hatte und wo jetzt auf den beiden mächtigen Kaminrosten auf der Galerie ein Feuer brannte. Man ließ Orangen bringen, und eine Näherin mußte mit einem Maßband kommen.

Es ist schade, daß der frühe Hogarth sie da nicht auf die Leinwand bannte. Lebendige, pastellfarbene Architektur. Nichts Loses fänden wir an ihnen, abgesehen von ihrer Moral. Steif der fischbeinverstärkte, weit ausgestellte Brokat der Männerröcke. Die Köpfe der Frauen bloße Nadelköpfe in rundkrempigen Hauben, die Oberkörper von den Brüsten an abwärts durch Leisten flachgedrückt, damit keine Falte die Konturen des Satin bis hinunter zu dem gewaltigen Rock unterbrechen kann, der seinerseits glatt über derart starke Reifen gespannt ist, daß die Trägerin, sollte sie umfallen, wie eine Glocke auf der Seite läge und ihre Beine wie ein doppelter Klöppel darin zappelten.

Sie sind eine Generation, an der jene verzweifelt, die in Queen Annes Kriegen kämpfte und jetzt sehen muß, wie ihre Söhne

(Lord Hervey zum Beispiel) Schoßhündchen liebkosen, wie die Kiebitze umherstolzieren, als ob der Boden schlüpfrig wäre, ihre Gesichter mit Rouge verputzen und ihre Perücken blau pudern. In Abwesenheit des Krieges verpulvern sie ihren Mut in Duellen, auf der Jagd oder am Spieltisch und zeigen stoische Lässigkeit, mögen sie auch durchbohrt werden, sich ein Bein brechen, daß der Knochen durch den Stiefel sticht, oder ein Vermögen verlieren.

Die jungen Frauen sind rebellisch und – wie Lady Mary Wortley Montagu – bereit, aus einer arrangierten Ehe auszubrechen und sich den Mann ihrer Wahl zu nehmen.

Ob Männer oder Frauen, sie schwatzen während des ganzen Gottesdienstes, denn ihre Religion ist der Unglaube, politisch motiviert, lediglich dazu gedacht, die unteren Klassen – den »Mob« – in Reihe und Glied zu halten.

Lord Douglas zerschneidet eine Orange mit seinem Degen. Muß die Hälfte mit der Schnittfläche nach unten neben der ganzen liegen, oder legt man sie auf die Seite? Cecily wettet einhundert Guineen, daß ihre Taille dem Vergleich standhalten wird. Der dünne Lord Hervey setzt zweihundert auf die seine. Sophie Breffny, Cecilys rundlichere Cousine, wettet dagegen.

Das Bandmaß besiegt sie beide. Lord Hervey verliert um eine zweite ganze Orange, Cecily nur um ein paar Spalten.

Im Rückblick auf diesen letzten ihrer sorglosen Tage bei Hofe sollte Cecily sich und die andern wie in Glas gegossen sehen: zerbrechliche Figurinen, beleuchtet vor der nahenden Dunkelheit eines Winternachmittags, des Nachmittags, an dem Anne sie bat, mit ihr nach Schottland zu kommen.

Lange Zeit durchlebte Cecily diese paar Stunden immer wieder, als ob sie dadurch etwas an ihrer Antwort auf Annes Bitte ändern könnte, als könnte sie nunmehr sagen: »Nein, Cousine, ich habe anderweitige Verpflichtungen.« Es war schwer zu glauben, daß eine so leichthin angenommene Einladung die Folgen haben würde, die sie dann hatte. Ein Schmetterlingsflattern konnte doch sicher nicht eine Lawine von solchen Ausmaßen in Gang gesetzt haben. Wenn sie sich angestrengt konzentrierte, könnte sie es vielleicht ändern, könnte ihr vergangenes Ich zwingen, am Hofe König Georgs I. zu bleiben und die Zukunft zu erleben, die sie aufgrund ihrer Erziehung erwarten konnte.

Noch später verstand sie natürlich, daß ihr Land sie gebraucht und daß es sie auf einem qualvollen Weg dazu gebracht hatte, es zu retten.

Es hatte so sein sollen.

Und ohnedies waren die Bande der Verwandtschaft und Zuneigung, die sie mit Anne verbanden, zu stark, als daß sie ihr erlaubt hätten, sich zu weigern. Wenn die Vergangenheit geändert werden sollte, war es nötig, daß Anne gar nicht erst fragte, und das wiederum erforderte, daß man noch weiter in der Zeit zurückging und den Jakobiteraufstand im Jahr davor verhinderte, wozu man aber erst ...

Vielleicht war der Funke, der auf der Pulverspur dahinzischte, die zum Jakobiteraufstand des Jahres 1715 führte, schon 1642 entfacht worden, als Karl I., der noch glaubte, er habe das göttliche Recht, nach seinem Belieben zu herrschen, mit denen aneinandergeriet, die das nicht glaubten, so daß zwischen den beiden Parteien der Bürgerkrieg ausbrach.

Oder 1688, in der »Glorious Revolution«, als Karls halsstarriger, katholischer Sohn, König Jakob II., der allem Anschein nach die Überzeugungen seines Vaters teilte, von seinem protestantischen Volk vom Thron gestoßen und des Landes verwiesen wurde, da es befürchtete, wieder unter die Papisterei gezwungen zu werden.

Oder 1708, als *dessen* Sohn, auch ein Jakob, den mißglückten Versuch unternahm, von Frankreich aus in Schottland zu landen und eine Armee aufzustellen.

Oder 1714, als Queen Anne, die letzte Stuart-Monarchin, starb. Strenggenommen hätte ihr Halbbruder Jakob III. ihr auf den Thron folgen müssen, aber da der im Exil lebende Jüngling in religiösen Dingen ebenso verbohrt zu sein schien wie sein Vater, luden die Briten seinen nächsten protestantischen Verwandten, Georg von Hannover, ein, sie an seiner Statt zu regieren. Die Whigs zumindest taten das, denn sie waren die natürlichen Abkömmlinge der Bürgerkriegsparlamentarier. Die Torys hockten lethargisch in ihren Grafschaften und waren widerstrebend bereit, sich mit dem Deutschen abzufinden, solange er die anglikanische Kirche beschütze. Die Jakobiter, Jakobs Anhänger – selbst die wenigen Protestanten unter ihnen –, waren es nicht.

Aber die Explosion, der Augenblick, da der Funke das Pulverfaß berührte, ereignete sich am 1. August 1715, als der Earl von Mar, ein Tory und bekannter Parteigänger Jakob Stuarts – der jetzt nur noch Thronprätendent war –, bei einem königlichen Empfang in London erschien und an den neuen König herantrat, um Seine Majestät seiner Loyalität zu versichern und gleichzeitig von seiner Hoffnung in Kenntnis zu setzen, in der Position des Schottlandministers bestätigt zu werden, die er unter Queen Anne innegehabt hatte.

Der König wandte ihm den Rücken zu.

Diese Geste war ein Fehler, falls Georg auf eine Periode der Ruhe hoffte, um sich als Herrscher zu etablieren. Stehenden Fußes verließ der Earl von Mar den Empfang und galoppierte zu seinem Haus im östlichen Hochland von Schottland, wo er die Clans, die der Sache der Stuarts gewogen waren, zum Aufstand anstachelte.

Auch das war, wie sich herausstellte, ein Fehler. Der Earl hatte zu hastig gehandelt. Niemand war vorbereitet. Der Prätendent befand sich noch in Frankreich. Die Jakobiter in England wurden überrascht und fanden nicht zueinander.

Gleichwohl sah Britannien mit Schrecken, wie Rebellenstreitkräfte Sheriffmuir eroberten und gewaltsam den Firth of Forth überquerten, um in den Lowlands und unter den König Georg loyal gesonnenen presbyterianischen Schotten Angst und Schrekken zu verbreiten und dann über die Grenze nach Lancashire einzufallen, bevor sie schließlich in der Schlacht von Preston besiegt wurden.

Der Prätendent, der eben erst angekommen war, mußte gleich kehrtmachen und nach Frankreich zurückkehren.

Der Earl von Mar konnte sich ihm anschließen, aber die meisten

Rebellen konnten es nicht. Einige wurden nach London gebracht, wo zwei von ihren Anführern, der Earl von Derwentwater und der Viscount Kenmuir, vor Gericht gestellt und zusammen mit vier anderen hingerichtet wurden.

Etwa fünfzehnhundert Personen wurde in Lancashire der Prozeß gemacht, wo man sie gefangengenommen hatte, und ein großer Teil davon wurde in die Kolonien deportiert. Andere Rebellen warteten in Edinburgh Castle auf ihr Verfahren, unter ihnen der Viscount Strathallan, Lord Rollo und der Viscount Stormont.

Aber die Hauptsorge der Frauen, die an jenem Februarnachmittag in Cecilys Gemächern im St. James's Palace in London versammelt waren, galt einem anderen unter den Gefangenen in Edinburgh: Lord Keltie von Portsoy, dem Vater der Cousine ersten Grades der Lady Cecily Fitzhenry, Anne Insh ...

»Gemächer« war eine großzügige Bezeichnung für die beiden kleinen Zimmer im Torhaus von St. James's, aber es sprach für Cecilys Ansehen bei der Königlichen Familie, daß sie sie überhaupt hatte. Fast alle anderen Ehrenjungfern teilten sich Schlafkammern und benutzten gemeinschaftliche Wohnräume.

Bei der Anstrengung auf dem Eis hatte die Prinzessin von Wales sich eine Erkältung zugezogen, und sie blieb in ihren Gemächern; nur Lepel und Bellenden waren bei ihr. Der Prinz von Wales befand sich in seinen eigenen Räumen, zweifellos zusammen mit Mrs. Howard – er bediente seine Gemahlin und seine Mätressen nach einem so ordentlich eingehaltenen Turnus, daß man die Uhr danach stellen konnte. Im Palast war es still. Draußen dämpfte der Schnee das Geräusch von Schritten und Wagenrädern und bog die Äste der Bäume im Park nieder.

Es war Mary Astells achtundfünfzigster Geburtstag, und Lady Mary Wortley Montagu hatte sie aus Chelsea hergeholt, damit sie mit den drei Ehrenjungfern, ihren früheren Schülerinnen, Tee trinken könnte: mit Cecily, Sophia Breffny und Miss Anne Insh, die allerdings beide noch nicht erschienen waren.

Unterwegs hatten die beiden älteren Frauen einen Besuch bei Lady Cowper, der Gemahlin des Lordkanzlers, gemacht, und deren Bericht von der Hinrichtung der Lords Derwentwater und Kenmuir im Tower von London beherrschte jetzt die Unterhaltung. Sie mußten die Geschichte schnell erzählen, bevor Anne käme, denn es wäre geschmacklos gewesen, sie einer Frau zu Gehör zu bringen, deren Vater das gleiche Schicksal in Edinburgh zu erwarten hatte. Sie alle machten sich Sorgen um Anne: Seit ihre Bitte, den Vater im Gefängnis besuchen zu dürfen, vom König abschlägig beschieden worden war, hatte das Mädchen sich in sich selbst zurückgezogen. Cecily hoffte, daß der Anlaß einer Geburtstagsfeier für Mrs. Astell sie zur Teilnahme verlocken könnte.

»Hat Lady Cowper es denn tatsächlich gesehen?« fragte Sophie.

»Selbstverständlich nicht«, sagte Lady Mary. »Sie hatte es von ihrem Mann. Der Ärmste, er *mußte* dabeisein, nachdem er ja das Urteil gesprochen hatte. Eine trübselige Sache für ihn, wo doch seine Frau Lord Widdringtons Cousine ist.«

Lord Widdrington hatte der Rebellenstreitmacht Truppen zur Verfügung gestellt.

»Hacken sie Widdrington auch den Kopf ab?« Sophie war noch jung genug, um so makaber zu reden.

»Sophie. *Bitte*«, mahnte Mary Astell.

»Möglicherweise nicht«, sagte Lady Mary. »Es wäre ratsam, jetzt Milde zu zeigen. Der Mob, der noch letzte Woche heulend das Blut jedes Schotten verlangte, ist jetzt sentimental geworden. Wir sind daran vorbeigekommen, nicht wahr, Mrs. Astell?«

»Fast tausend Leute, das schwöre ich«, sagte Mary Astell. »Lauter Sympathisanten der Rebellen. Hoch lebe König Jakob, nieder mit dem deutschen Georg, weiße Kokarden allenthalben.«

Lady Mary nickte. »Aus lauter Angst hätte man sich beinahe selbst noch ein Taschentuch an den Hut gesteckt.«

Alle lächelten pflichtschuldig: Lady Mary Wortley Montagu hatte in ihrem ganzen Leben noch keine Angst gehabt. Schon ihre Kleidung war furchtlos, fließende Drapagen, gekrönt von einem juwelenbesetzten Turban, den sie sich aus der Türkei mitgebracht hatte; in ihren spiegelverzierten Pantoffeln mit den aufwärtsgekrümmten Spitzen funkelte das Kaminfeuer, derweil sie zurückgelehnt in Cecilys Sessel saß: ein strahlender Papagei vor der dunklen Holztäfelung. Der Tag, an dem sie zur Jakobiterin würde, wäre der Tag, an dem König Georg anfangen müßte zu zittern. Bis jetzt war er noch in Sicherheit: Lady Mary war eine eiserne Whig, und Cecily fand, daß dies überhaupt nicht zu ihr paßte.

Gleichwohl gingen die Hinrichtungen allen in diesem Zimmer nahe: Mrs. Astell, weil sie eine High Tory war, die zwar den Aufstand nicht billigte, aber immerhin der Meinung war, daß der rechtmäßige Thronfolger Jakob hätte heißen müssen, und den anderen Frauen, weil so viele der Rebellenführer Männer waren, mit denen sie im Labyrinth aristokratischer Eheverhältnisse verwandt waren.

»Wie dem auch sei«, beendete Mrs. Astell ihren Bericht, ganz die gute Lehrerin, »der liebe Lord Derwentwater ist vornehm in den Tod gegangen. Vielleicht hat das die Menge umgestimmt. Der arme Junge – so jung noch, und die Frau schwanger: Zuerst war er bestürzt, aber er faßte sich rasch und hielt eine Rede. Er sagte, er sterbe für König Jakob, und er bedaure, daß er sich schuldig bekannt habe, denn damit habe er einer Person den Königstitel zugestanden, die kein Recht darauf habe.«

»Oh, wie romantisch.« Sophie legte die Hände ineinander und schwankte hin und her. »Erzählen Sie weiter. Ist die Axt glatt durchgegangen?«

Mary Astell wandte sich an Cecily. »Lord Kenmuir war noch gefaßter. Der Sheriff fragte, ob er noch etwas zu sagen habe, und er antwortete, er sei gekommen, um zu sterben, und nicht, um Ansprachen zu halten.«

Cecily schenkte ihren Gästen Tee nach. Sie hatte mehr als einmal bei den Kenmuirs übernachtet, und ihre Trauer machte sie gereizt.

»Wenn sie schon revoltieren mußten«, sagte sie, »dann hätten sie es auch richtig tun können. Wie konnte mein Onkel sich zu einem solchen Unternehmen verleiten lassen? Eine Rebellion in Jakobs Namen, wo der Mann noch nicht einmal angekommen war ... Hamlet ohne den Prinzen von Dänemark, das war es, verdammt.«

»Wollen Sie etwa sagen, meine liebe Fitzhenry, daß es Ihren Beifall gefunden hätte, wenn man nur effizienter zu Werke gegangen wäre?« Lady Mary tat schockiert, ohne es zu sein. Cecilys unmoderne Unfähigkeit, ihre Ansichten zu verleugnen, befähigte jene, die neidisch auf ihren Reichtum, ihr Aussehen und ihre Herkunft aus einer der ältesten Familien Englands waren, sie bei Hofe zu verleumden, wo Biester beiderlei Geschlechts sich um jeden Vorteil rauften. Wer sich seiner eigenen Stellung sicher war – wie Lady Mary und Prinzessin Caroline –, schätzte sie dagegen.

Die Frage indessen war eine, auf die Cecily, wie so viele ihrer Klasse, noch keine Antwort gefunden hatte. Sie glaubte nicht an das göttliche Recht des Königs, sich in ihre Kirche, in Recht und Freiheit einzumischen, aber sie war überzeugt, daß Blut und Thronfolge heilig und unantastbar waren. Der Prätendent, so jung und so allein in Frankreich, so *gutaussehend*, hatte das Recht Gottes auf seiner Seite, während hinter dem dicken Hannoveraner, der den Thron besetzte, nur der Mammon stand.

Zwar war sie Ehrenjungfer kraft ihrer Geburt und von Prinzessin Caroline deswegen ausgewählt, aber Cecily fragte sich doch oft voller Unbehagen, ob es denn *richtig* war, der Schwiegertochter eines Deutschen zu dienen, der so viele ihrer Verwandten mit einem bloßen Federstrich enthaupten konnte.

Außerdem hatte die junge Sophie recht: Eine verlorene Sache hatte etwas Romantisches, zumal wenn sie durch Reden am Schafott begleitet wurde, vom Duft des Heidekrauts und dem fernen Klang des Dudelsacks …

»Noch eine Méringue?« fragte sie. »Louis sagt, sie sind *épatantes*.« Sie hatte sie eigens für Mary Astell machen lassen, die sich nur wenig Luxus leisten konnte. Sie selbst interessierte sich nicht für Speisen; sie betrachtete sie lediglich als Brennstoff, und die vierstündigen Diners der Gesellschaft langweilten sie – noch ein Vorteil für ihre Feinde.

Draußen ließ der Nebel die schattenhaften Bäume verschwimmen und legte einen Glanz auf die Kamine, der Tauwetter ahnen ließ.

Dann kam Anne Insh herein und schlug die Tür hinter sich zu. »Mein Vater ist krank geworden. Man hat mich benachrichtigt. Ich fahre augenblicklich nach Schottland. Die Erlaubnis habe ich. Für dich ebenfalls. Der König sagt, wir dürfen fahren, wenn die Prinzessin einverstanden ist. Sie hat soeben ja gesagt. Er ist so krank. Es ist das Kerkerfieber. Ich bitte dich, komm mit.«

Sie zitterte vor Besorgnis und Entschlossenheit. Der Blick ihrer blauen Augen, unter denen eine tiefe Falte schräg zu den Augenwinkeln verlief, war geradewegs auf Cecily gerichtet.

Und als die ältere Cecily diesen Augenblick noch einmal an sich vorüberziehen läßt, hört sie, wie die jüngere Cecily unverzüglich antwortet: »Natürlich.«

Weniger beachtliche Frauen wären bei dem Gedanken an diese Reise erbleicht, aber für diese beiden war das Wetter auch nur ein Diener, dem man befahl. Die Kälte, die späte Stunde, die Entfernung, die Bedrohung durch Straßenräuber – das alles waren Unannehmlichkeiten, die durch Reichtum und Mut zu überwinden waren. Als Cecily fragte: »Aber wie wollen wir reisen? Postkutschen wird es nicht geben, und mein Klapperkasten ist bei Cook's zur Reparatur«, da galt ihre Sorge lediglich der Verzögerung, die mit der Suche nach einer anderen Kutsche verbunden sein könnte.

»Wir nehmen meine«, sagte Sophie. »Ich komme mit. Er ist auch mein Onkel.« Sie war entfernter mit ihm verwandt als Cecily – Lord Keltie war lediglich ihr Großcousin zweiten Grades –, aber da sie nun einmal eine Lösung für das Problem angeboten hatte, fand man sich damit ab, daß Sophie auch mitkommen mußte.

Mary Astell dachte an ihren Ruf. »Lady Cecily, es schickt sich aber nicht, daß Sie ohne Anstandsdame reisen. Ich werde Sie begleiten.«

Cecily, die gerade dabei war, Geld aus ihrer Schatulle zu nehmen, hielt inne. Für drei junge Frauen würde die Reise beschwerlich genug werden; für jemanden in Astells Alter ... Aber Mrs. Astells kompakte kleine Gestalt bebte erwartungsvoll, und ihre schwarzen Knopfaugen glänzten. »Gott segne Sie«, sagte Cecily.

Sollten sie eine Zofe mitnehmen? Nein, entschied man: Zu

viert hätten sie es bequem in der Kutsche, aber zu fünft wäre es zu eng. Sie würden in Gasthöfen übernachten, und das Ein- und Auspacken und das An- und Auskleiden würden sie noch allein zuwege bringen; ihr Haar müßte eben unfrisiert bleiben, bis sie in Schottland wären, wo sie bei Freunden Annes wohnen würden, die sie mit den gehörigen Dienstboten versorgen würden.

Sollten sie einen männlichen Begleiter mitnehmen? Wiederum entschied man sich dagegen. Sie würden Vorreiter zu ihrem Schutz dabeihaben, und diese würden, genau wie die Kutscher, bewaffnet sein.

Nur Lady Mary Wortley Montagu blieb stumm.

Sophie wurde losgeschickt, die Kutscher zu instruieren, Anne mußte Pelzdecken beschaffen, die Zofen sollten packen und Lakaien Proviant und Wein besorgen. Cecily war es, die das Unternehmen beaufsichtigte. Tüchtigkeit war kein Charakterzug, den man bei Frauen bewunderte – Geistesabwesenheit war der *ton* –, aber wenn eine Freundin in Not war, konnte Cecily Betriebsamkeit entwickeln, und das tat sie jetzt.

Eine Stimme kam aus dem dunken Korridor. »Wo wollen Sie hin, Lady?« Wie eine Spinne wieselte er hinter ihr her.

»Einen Besuch machen, Eure Heiligkeit.« Anne würde nicht wollen, daß sie ihre Angelegenheiten einem notorischen Klatschmaul wie Pope anvertrauen würden.

»Ich komme mit.«

»Wir haben nicht genug Platz.«

»Ich komme als Ihr Fußwärmer.«

»Nein, mein Lieber, vielen Dank.«

Sie war zur Zeit seine Angebetete, vielleicht weil sie ihn ehrlich mochte. Er legte verehrungsvolle Gedichte auf ihren Altar, Worte, die wie Weihrauch dufteten. Er war der charmanteste Gesellschafter auf der ganzen Welt, aber er war anstrengend. Selbst wenn sie ihn hätte mitnehmen können, sie hätte die Reise nach Schottland nicht mit diesen glänzenden, verletzlichen Augen verbringen mögen, die ihr Gesicht unablässig nach Anzeichen der Zurückweisung durchforschten.

Pope wand sich. »Sie werden natürlich Lord Fanny mitnehmen.«

»Das werde ich durchaus nicht tun«, antwortete sie schuldbewußt. In Betracht gezogen hatte sie es. Lord Hervey mochte sich aufführen wie ein Hermaphrodit, aber sein Werben am Abend zuvor hatte ein deutliches – und maskulines – Potential erkennen lassen. Die Stimme des Poeten läutete wie die einer Sirene hinter ihr durch den Korridor:

Wo du auch gehst, soll Kühle dich umwehen,
Und Bäume, wo du sitzt, schattig zusammenstehen,
Auf Schritt und Tritt solln Blumen dir erröten,
Und alles soll erblühend dir vor Augen treten.

Sie lächelte. Das hatte er letzte Woche noch Lepel dargebracht.

»Hilft nichts, Alexander«, rief sie über die Schulter zurück. »Ich habe zu tun.«

Hinter ihr verzerrte sich das zarte Gesicht und wurde so häßlich wie der arme Körper darunter, in dem die Leidenschaft allzuhoch lodern und allzu leicht zu Haß verglühen konnte.

Prinzessin Caroline zeigte sich rotnasig und freundlich, als Cecily zu ihr kam, um sich zu verabschieden. Der Prinz von Wales war bei ihr: Er kehrte meistens in ihre Gemächer zurück, nachdem er sich mit einer Geliebten vergnügt hatte, um ihr davon zu erzählen. Er nahm sich Mätressen, weil man es von ihm erwartete; seine Frau war die eigentliche Liebe seines Lebens. Er würde einen verqueren König abgeben, dachte Cecily.

Caroline gab ihr einen Kuß und sagte: »Wenn er krank ist, der arme, dumme Mann, dann ist es gut, wenn seine Tochter und seine Nichten ihn noch einmal sehen, bevor er stirbt. Aber bei diesem Wetter ... Ich fürchte, daß die Kutsche umkippt. Habt ihr Vorreiter?«

»Ja, teure Madam.«

»Lady Cecily, haben Sie je einen solchen Busen gesehen?« Liebevoll deutete der Prinz von Wales auf die ohne Zweifel prachtvolle Brust seiner Gemahlin.

»Herrlich, Hoheit«, sagte Cecily auf deutsch.

»Das finde ich auch.«

»Kommen Sie bald zu mir zurück, mein Schatz«, sagte Caroline.

Während sie darauf wartete, daß auch Sophie ihren Abschiedsknicks vollführte, dachte Cecily, daß sich die Angst vor einem neuerlichen landesweiten Aufstand offenbar langsam legte, denn sonst wären die Hannoveraner nicht so friedfertig bereit gewesen, drei ihrer Ehrenjungfern losziehen und einem Rebellen ihre Aufwartung machen zu lassen. Oder aber Lady Mary hatte recht, und es war ratsam, allmählich Milde zu zeigen – für den Fall, daß die unbeständige Sympathie des Pöbels sich den Jakobitern zuneigte. Tatsächlich, dachte sie, hatte Georg sich ja schon überraschend nachsichtig gezeigt, indem er nur zwei Hinrichtungen befohlen hatte.

(Dabei beliebte Lady Cecily natürlich zu ignorieren, daß vier andere Rebellen in Tyburn gestreckt und gevierteilt worden waren, daß vierunddreißig in Lancashire gehängt werden und etliche weitere im Gefängnis sterben sollten. Sie waren niedere Geschöpfe, Bürgerliche, und hatten es wahrscheinlich verdient.)

Als sie rückwärts hinausging und dabei ihren letzten Blick auf den künftigen Georg II. und seine Gemahlin warf, sah sie nichts als eheliche Zufriedenheit. *Sehr hübsch*, dachte sie, und dann, der Mode gehorsam, *aber auch strohdumm*.

Die Reisenden, die sich um Sophies Kutsche versammelten oder noch einmal in den Palast zurückliefen, weil sie etwas vergessen hatten, steckten sich gegenseitig mit ihrer Aufregung an – sogar Anne. Es war ein Abenteuer.

Die Kutscher waren weniger entzückt.

»Hat Hobson den Pferden Froststollen eingeschlagen?« fragte Cecily.

»Hast du es getan, Hobson?« rief Sophie.

»Nein, hab ich nicht. Aber in die Hufeisen hab ich welche geschlagen.«

»Ach, mach kein so finsteres Gesicht, Hobson. Es wird aufregend werden.«

Lady Mary war ernst. »Ich sollte mitkommen.« Sie nahm Cecily beim Arm und führte sie hinter die Kutsche. »Ich wünschte, Sie würden nicht fahren.«

»Madam, es paßt gar nicht zu Ihnen, so vorsichtig zu sein.« Dies war die Frau, die mit Edward Wortley durchgebrannt war. Die ihn auf einer diplomatischen Mission in die Türkei begleitet hatte. Unter Ausländern. Unter *schwarzen* Ausländern.

»Ich mache mir Sorgen. Cecily, Sie müssen mir versprechen, daß Sie den andern in Erinnerung rufen, wessen Dienerinnen Sie allesamt sind. Keltie ist Ihr Verwandter, und es ist richtig, daß Sie sich um ihn kümmern. Aber vergessen Sie nicht, er ist auch ein Verräter.«

»Entschuldigen Sie mich einen Augenblick, Lady Mary.«

Cecily wandte sich ab und sprach ein Wort mit dem zweiten Kutscher, der eben dabei war, ihre eingewickelten Rockreifen – damit konnten sie sich unmöglich in die Kutsche setzen – in die hintere Packtasche zu stopfen.

Dann kam sie zurück. »Verzeihung. Ja?«

»Ich bitte Sie, seien Sie auf der Hut.« Die Kälte nahm Lady Marys Gesicht all seine Schönheit, so daß es nur noch knochig war. Ihre Wimpern waren den Pocken zum Opfer gefallen, die sonst keine Narben zurückgelassen hatten; der Verlust betonte den wilden Blick ihrer Augen. »Anne ist unbedacht in ihrer Sorge und neigt von Natur aus zu Extremen. Sie müssen sich selbst und sie beschützen. Und die kleine Sophie. Ich wünschte, Sie würden nicht fahren.«

Cecily küßte sie. »Ich bin Roland bei Roncesvalles. Die Sarazenen werden nicht durchkommen. Sagen Sie Pope, er kann ein Epos darüber schreiben.«

»Roland ist bei Roncesvalles gestorben.«

Eine ältere, weisere Cecily erinnerte sich an diese Worte. Im Rückblick stand ihr diese Szene lebhaft vor Augen: die schmutzigen Schneehaufen im Hof, beleuchtet von den Fackeln der Knechte, die stampfenden Pferde, die glotzenden Wachen. Sie konnte sich sogar an das besondere Blau der Querstreifen an ihren

Strümpfen erinnern, als ihr jüngeres Ich den Rock hochraffte und einen Fuß auf das Trittbrett stellte. *Geh nicht, du dumme Pute. Kehr um!*

Cecily stieg ein und ließ sich neben Mary Astell nieder; sie schob einen Arm durch den Haltegurt und winkte Lady Mary mit den Fingern Lebewohl. Hobsons Peitsche knallte, und mit einem schwankenden Ruck lösten sich die Kutschenräder im Schnee und begannen sich zu drehen.

Das Licht der Lampen von St. James's, das verschwommen durch den Dunst glomm, verschwand, als Anne die Rouleaus herunterzog, damit der Wind nicht so sehr durch die Fenster pfiff.

Beinahe lautlos rollten die Räder auf die Great North Road, in Richtung Schottland ...

# 2

Die Familienkutsche der Breffnys war alt und riesig. »Als reise man in einer Stufenpyramide«, heißt es im letzten Eintrag in Cecilys Tagebuch. »Nur kälter.« Schneematsch drang durch die Bodenbretter und durchfeuchtete das Stroh unter ihren Füßen. Das Holpern des ungefederten Fahrgestells begann mit einem leichten Scheuern, das schließlich zu schmerzhaften Wunden führen würde. Jeder Absturz in ein knöcheltiefes Schlagloch fuhr ihnen ins Rückgrat. Die draußen angebrachten Kutschenlampen warfen so wenig Licht herein, daß sie im Dunkeln saßen.

Niemand beklagte sich: Mrs. Astell war eine Stoikerin, und die Mädchen waren Aristokratinnen.

Tatsächlich herrschte im Innern dieser übergroßen, eisig schwarzen Rüttelkiste, in der sie umhergeschüttelt wurden wie Würfel, beinahe Urlaubsstimmung. Prinzessin Caroline mochte die freundlichste aller Arbeitgeberinnen sein, aber der Dienst bei ihr erforderte doch stundenlanges Stehen bei Staatsempfängen und königlichen Ansprachen, mühsames Knien beim Gottesdienst in der Königlichen Kapelle und endlose Abende beim Kartenspiel.

»Lockifizieren und Reizionieren« – wie sie es nannten, wenn sie flirteten und die jungen Männer bei Hofe dazu brachten, ihnen nachzustellen – machte zwar Spaß, erforderte aber auch energische Konzentration auf ihr Äußeres und ihren Witz, ganz abgesehen davon, daß man auch vor den Giftpfeilen anderer Ehrenjungfern auf der Hut sein mußte.

Hier dagegen, unter Frauen, die einander mochten und vertrauten, konnten sie das Korsett lockern und der Zunge freien Lauf lassen, wie es ihnen gefiel, während Mrs. Astells Pädagogik sie behaglich in die Jahre zurückkehren ließ, in denen sie zu dritt das gebildet hatten, was sie ihre »Damenakademie« nannte.

»Als Sir Robert Carey zu Pferde in London aufbrach, um Jakob VI. die Nachricht vom Tod der Königin Elisabeth nach Schottland zu bringen, da erreichte er noch in derselben Nacht Doncaster«, sagte sie. »Wann war das, Sophia?«

»Weiß ich nicht«, sagte Sophie.

»Sechzehndrei«, sagte Cecily.

Mrs. Astell nickte. »Zwei Abende später galoppierte er in Jakobs Palasthof. Vierhundertundzehn Meilen in weniger als sechzig Stunden. Wir errechnen eine Durchschnittsgeschwindigkeit von ... Sophia?«

»Fast sieben Meilen in der Stunde«, sagte Cecily. »Aber ich würde ein paar Guineen darauf wetten, daß er besseres Wetter hatte als wir.«

Tatsächlich dauerte die Reise fast vierzehn Tage. Beim ersten Halt erklärte Hobson: »Sie können nicht von mir verlangen, daß ich bei diesem Wetter mehr als dreißig Meilen fahre, Miss Sophie, das können Sie nicht.«

»Könnte ich doch«, sagte Sophie, aber sie tat es nicht.

»Dreißig Meilen«, sagte Mrs. Astell, die sich diese Gelegenheit nicht entgehen lassen wollte, »ist die Strecke, die ein römischer Legionär an einem Tag marschieren konnte.«

Aber als sie an diesem Abend bei einem guten Abendessen im Gasthaus saßen, übertrieb sie es mit ihrem didaktischen Bestreben und erschreckte die Mädchen. »Ein Freund von mir, der Arzt ist, hat bei den Patienten im Irrenhaus von Bedlam eine Bestandsaufnahme vorgenommen, und wißt ihr, welcher Beruf dort die größte Gruppe stellt? Von den verstoßenen Frauen natürlich abgesehen?«

»Welcher denn?«

»Kutscher und Droschkenführer.«

»Wieso?« Cecily war fasziniert.

»Doktor Forbes glaubt, die ständige Rüttelbewegung habe eine zerstörerische Wirkung auf ihre ...« – hier senkte Mrs. Astell die Stimme – »... ihre *Drüsen*.«

Ihre Blicke richteten sich zur Tür, wo Hobson, der zweite Kutscher und die Vorreiter steifgliedrig das Nachtgepäck der Damen hereinschleppten. Reif glitzerte auf ihren Mänteln und Hüten.

»Wie geht's Ihren Drüsen, Hobson?« rief Cecily.

»Sind kalt«, sagte Hobson und massierte sich das Blut zurück in die Finger.

»Du liebe Güte«, sagte Sophie. »Glaubt ihr, er wird Amok laufen und uns alle umbringen?«

»Hobson nicht«, beruhigte Cecily sie, aber sie hatte doch ein wachsames Auge auf den Mann, als das Wetter hinter Grantham schlechter wurde.

Es kam nicht oft vor, daß sie den Zustand der Gesellschaft in Frage stellte, aber hin und wieder weckte doch ein Ereignis oder eine Zufallsbemerkung wie die von Mrs. Astell jene Angst, die sich in den Herzen der gesamten englischen Elite verbarg: daß nämlich ihr Dasein als Elite auf der Zustimmung dieses schweigenden Ungeheuers beruhte, des gemeinen Volkes, das, sollte es einmal unruhig werden, seine Herren überwältigen könnte. Und deren Mätressen. In England griff nur selten eine Dienerhand zum Meucheldolch, wie es in den geringeren Ländern vorkam, aber man konnte nicht vorsichtig genug sein ...

Anne, die es ärgerte, daß sie überhaupt anhalten mußten, hätte sie sicher alle ungeduldiger vorangetrieben, aber Cecily hielt sich unbewußt an die Richtschnur, die England schon seit achtundzwanzig Jahren vor Revolutionen beschützte; sie mahnte zur Zurückhaltung und verhinderte so, daß Hobsons Drüsen unangenehm wurden.

Ohnehin waren dreißig Meilen am Tag genug für sie alle. Gewiß, die Straßenräuber hatten sich zum Winterschlaf verkrochen, und sie hätten wohl auch karge Beute ergattert, wenn sie es nicht getan hätten; nicht selten war die Kutsche der Frauen die einzige auf der ganzen Straße. Aber die Straßen an sich waren gefährlich.

Sie bekamen es satt, daß sie so häufig aussteigen mußten, um die Kutsche leichter zu machen, wenn die Pferde bei steileren Hügeln nicht weiterwollten und bergauf und bergab geführt werden mußten. Der Frost ließ die Scheiben beschlagen, so daß sie entweder die Fenster öffnen, die Landschaft sehen und frieren konnten oder sie geschlossen hielten und nur einander sahen.

Zwischen den steilen Hängen des Nordens wurden die Unterkünfte schlechter; hier erwarteten die Gastwirte keinen Reiseverkehr. Tatsächlich würde Lady Cecily in reiferen Jahren erklären, die Erfahrungen, die sie mit schlechten Gasthöfen gemacht habe, hätten sie gelehrt, wie ein guter aussehen müsse.

Der letzte, in dem sie ihre erste Nacht in Schottland verbrachten, war nichts als eine Bauernkate mit einem gestampften Lehmboden, wo ein nacktes Kind in dem Fett saß, in dem ihre Eier gebraten werden sollten – die einzige Speise, die im Angebot war. Sie hatten gehofft, inzwischen im außerhalb von Edinburgh gelegenen Hause Lord Petrocks zu sein, eines Freundes von Annes Vater, aber bis dahin war es noch zu weit.

»Für gewöhnlich gehen wir Schotten nicht ins Gasthaus«, sagte Anne zur Verteidigung ihrer Nationalehre. »Wir erweisen und empfangen unsere Gastfreundschaft in unseren eigenen Häusern.«

Der Wirt hatte gehört, was sie sagte. »So ist es, Mistress – leider, leider. Wir haben jetzt eine Petition ans Parlament gegeben.«

»Wenn Sie Ihre Küche sauberhalten wollen«, meinte Cecily sagen zu müssen, »brauchen Sie keine Petition.«

Am nächsten Tag, als sie durch den Torbogen von Fetlaw Place in einen Hof hineinfuhren, überwältigte sie die aufgestaute Erschöpfung. Lord Petrock kam gerade von der Jagd zurück. Er stapfte durch den Tumult von Pferden, Hunden und Männern mit Reitmützen. »Anne! Ladies! Da seid ihr ja endlich! Welch ein Glückstag ist es, der euch zu meiner Tür führt.«

Zu müde für einen Knicks lauschte Cecily dem Anwesenheitsappell zur Vorstellung der zahlreichen Mac-Sowiesos, bis Lady Petrock sie rettete: »Du geschwätziger Bursche, Donald – willst du die müden Mädels bis zum Jüngsten Gericht dort stehenlassen? Kommen Sie, ich zeige Ihnen Ihre Zimmer, meine Lieben. Dort liegt Holz auf dem Feuer, und am Bett steht ein Glas Punsch.«

Nachdem sie sich umgekleidet hatten, kamen die Reisenden in

eine riesige, zugige Halle herunter, wo zahlreiche Jäger und Gäste sich anschickten, einem Bankett zuzusprechen: Truthahnpastete in rubinrotem Aspik, Lachstörtchen, glacierter Schinken und Château Margaux Jahrgang 1713. Nur Annes und Lord Petrocks Stühle blieben frei.

»Sie kommen gleich«, sagte Lady Petrock, als Cecily sich nach den beiden erkundigte. »Nehmen Sie doch ein bißchen von der Ente, Mistress Astell. Wir hängen sie zum Aromatisieren in unseren Feigenbaum. Und wann waren Sie zuletzt in Schottland, Lady Cecily?«

»Leider seit 1708 nicht mehr«, sagte Cecily. »Man hatte Angst, der Prätendent würde mich entführen und heiraten.«

Das stimmte. Ein Spion aus dem Lager der französischen Jakobiter hatte Robert Harley, der damals der Minister gewesen war, dem Queen Anne an meisten vertraute, berichtet, daß eine Liste junger Aristokratinnen existiere, die wegen ihrer Abstammung und ihres anglikanischen Glaubens als Bräute für Jakob in Frage kämen und ihn für sein Volk akzeptabler machen könnten. Der Name der achtzehnjährigen Cecily hatte auch daraufgestanden. Infolgedessen hatte man ihr nach Jakobs gescheiterter Invasion im Jahr 1708 verboten, Lord Kelties Einladungen, den Sommer mit Anne auf seinem Schloß in Cairnvreckan zu verbringen, anzunehmen, wie sie es bis dahin immer getan hatte – aus Furcht, man könne sie sonst entführen und zu einer Schachfigur im Spiel der Jakobiter machen.

»Eine entzückende Braut hätte König Jakob da gefunden«, erklärte Lady Petrock herzlich.

*König* Jakob? Hatte Lady Petrock das als Kompliment gemeint? Daß Jakob sich durch die Ehe mit ihr für die Königswürde qualifiziert hätte? Oder sprach die Frau immer so vom Prätendenten? Cecily richtete sich auf und begann sich umzuschauen, ob es irgendwelche Anzeichen für Jakobitertum gäbe.

Ihre Studien kamen zu keinem rechten Schluß. Der Priester neben ihr, den sie zunächst als Papisten im Verdacht gehabt hatte, entpuppte sich als Angehöriger der Episkopalier, Schottlands

Äquivalent zur anglikanischen Kirche. Andererseits waren natürlich viele der Aufständischen von 1715 Episkopalier gewesen – wie Lord Keltie selbst.

Dies waren die schottischen Lowlands, eine Gegend, die König Georg loyal gegenüberstand; hier hatte man genauso schrecklich leiden müssen wie anderswo, als die Armee der Highlander auf ihrem zerstörerischen Weg zur Grenze von den Bergen herunterkam. Lady Petrock hatte sich bereits vor der ganzen Gesellschaft für die Qualität des Käses entschuldigt, »denn da haben die verdammten Marodeure doch meine Molkerei niedergebrannt, als ich sie nicht versorgen wollte. ›Freunde oder Feinde, ich kann weder den einen helfen noch die andern enttäuschen‹, habe ich zu ihnen gesagt.«

Aber gleich darauf traten ihr die Tränen in die Augen, als Cecily und Sophie ihr erzählten, was sie über die Hinrichtung der Lords Derwentwater und Kenmuir wußten. »Gott segne ihre treuen Seelen.«

*Ich frage mich*, dachte Cecily, *ob ich hier in einem Jakobiternest bin?* (Jakobiter hatten immer Nester, genau wie Vipern.)

Lord Petrock kam herein und brachte zu ihrer Erleichterung einen loyalen Trinkspruch aus.

Gleichwohl achtete sie aufmerksam darauf, wessen Hand dabei das Glas über die Fingerschale hielt, zum Zeichen dafür, daß der Eigentümer nicht Georg seine Treue gelobte, sondern dem König über dem Wasser. Und es waren so viele, daß sie nicht mitbekam, ob Lady Petrock es etwa auch getan hatte.

Anne war noch nicht erschienen, als die Damen sich erhoben und die Herren ihrem Portwein und dem Tabak überließen.

Wegen der Kürze des Wintertags hatte das Bankett schon früh begonnen, und es war erst sechs Uhr, als die beiden Mädchen und ihre Lehrerin Müdigkeit geltend machten und sich zurückzogen.

Inzwischen war Cecily zu dem Schluß gekommen, daß die Petrocks politisch so ambivalent eingestellt waren wie viele ihrer Klasse, ja, wie sie selbst auch. Die Einkerkerung und Hinrichtung ihrer Freunde hatte womöglich eine schwindende Bewunderung für die jakobitische Sache neu entfacht und sie zugleich von ihrer Hoffnungslosigkeit überzeugt.

Nachdem sie die beschwipste Mary Astell in ihr Zimmer gebracht hatten – »Hast du von der Potailzie-Pastete gekostet, Sophie? Cecily, was *ist* Potailzie-Pastete?« –, erzählte Cecily Sophie von ihren Schlußfolgerungen, während sie sich bereitmachten, ins Bett zu gehen – ein Vierpfostenbett, bekannt als »The Forfar«, mutmaßlich weil man den größten Teil der Bevölkerung der gleichnamigen Grafschaft darin hätte unterbringen können.

»Diese Leute sind ganz vernünftig«, sagte Sophie gähnend. »Sie haben mir zu meinem Earl gratuliert.«

»Was beweist, daß sie zu keinem Verrat fähig sind«, antwortete Cecily. »Sophie, denkst du *jemals* über Fragen der Nation nach?«

»Nein.«

Sophie war die einzige der drei Cousinen, deren Zukunft geregelt war. Sie war dem Earl von Cullen durch einen Heiratsvertrag versprochen; er war zwar noch jünger als sie selbst, hatte aber durch seine charmante Erscheinung und Wesensart gleich bei ihrer ersten – und bisher einzigen – Begegnung ihr Herz für sich erobert.

»Wo mag Anne sein?«

Anne weckte sie. »Ihr müßt euch anziehen, Cecily. Ich habe Hobson befohlen, die Kutsche bereitzumachen, aber er sträubt sich. Sophie, aufwachen. Sagt Hobson, wir fahren auf der Stelle nach Edinburgh.«

»Jetzt?« Cecily warf einen Blick auf die Stundenkerze. Vier Abschnitte waren heruntergebrannt. »Es ist zehn Uhr, um Himmels willen. Mitten in der Nacht. Wieso müssen wir jetzt fahren?«

»Sofort. Wir müssen sofort fahren. Lord Petrock hat ihn gestern gesehen, und er sagt, er sei sehr krank. Cecily, *bitte*.«

Maulend begann Cecily sich anzuziehen. »Nachts werden sie dich nie dort hineinlassen. Das ist ein verflixtes Gefängnis, kein Gasthof.«

»Unser Paß vom König gilt für mich und eine Begleitperson, und von einer Uhrzeit steht nichts darin. Sie werden uns hineinlassen.«

*Unser* Paß. *Uns*. Anne erwartete von ihr, daß sie mit ins Gefängnis kam. So hatte sie es sich nicht vorgestellt. »Aber ist es nicht zu dunkel für die Fahrt?«

»Der Mond scheint. Hobson kann es, wenn Sophie sagt, daß er muß.«

Cecilys Instinkt drängte sie, Sophie zurückzulassen; Annes Wildheit war beunruhigend, und sie brauchte Zeit, um weitere Fragen zu stellen und die Antworten zu überdenken – warum zum Beispiel konnten sie nicht mit der Kutsche der Petrocks fahren? –, aber Anne ließ es nicht zu. Und Sophie mit ihrer üblichen Abenteuerbegeisterung war ohnedies schon dabei, sich anzukleiden.

Das helle Licht eines großen Mondes ließ den Rauhreif leuchten und verwandelte die Straße in eine breite, weiße Bahn, auf der sie die einzigen Reisenden waren. Jetzt war Zeit für Fragen, aber nachdem mehrere Versuche beiseite gewischt worden waren, hielt Cecily den Mund.

Als Waisenkind ohne jede Erinnerung an ihre Eltern war Cecily von gütigen, pflichtbewußten, aber zurückhaltenden Erwachsenen ohne inbrünstige Zuneigung großgezogen worden. Sie hatte ihnen daher auch keine entgegengebracht, sondern sie für ihre Cousinen aufgespart, für ihre alte Amme Edie und später für Mary Astell.

Gleichwohl, und wenn sie auch kein Verständnis dafür hatte, bewunderte sie Tochterliebe bei anderen. Annes verzehrende, sengende Angst um ihren Vater weckte Mitleid und einen beinahe religiösen Respekt in ihr: Dies war das Leiden am Fuße des Kreuzes. Ihr nicht zu helfen, hätte an Gottlosigkeit gegrenzt.

Ohnehin verdankte sie ihrer Cousine alles kindliche Glück, das sie je gekannt hatte. Ihre regelmäßigen Besuche in Lord Kelties Highland-Schloß in jungen Jahren waren von Wind und Ponyreiten, Fremdheit, Torfrauch und Freiheit erfüllte, magische Erinnerungen geworden. Als sie 1708 damit hatte aufhören müssen, hatte Anne einen Teil jedes Jahres geopfert und es fern von ihrem geliebten Vater in England bei Cecily verbracht, gelegentlich bei

Hofe, öfter aber auf Cecilys Moorgut Hempens, wo ihnen die laxe Pflichtauffassung Lady Blacks, die Cecilys Anstandsdame war, die Möglichkeit eröffnete, mit Edies Mann, dem Jagdaufseher, und gelegentlich von Sophie begleitet, dem nassen Vergnügen der Entenjagd mit dem Stakboot im Schilf nachzugehen.

Das war eine Dankesschuld. Wenn Anne sie jetzt einforderte, war Cecily bereit, sie zu bezahlen.

In weniger als einer halben Stunde hatten sie das westliche Tor von Edinburgh erreicht; die Wachsoldaten waren von ihrem Königlichen Paß so beeindruckt, daß sie nur einen kurzen prüfenden Blick durch das Fenster in die Kutsche warfen und sie gleich durchließen.

Sie rumpelten den Berg hinauf zum Schloß. Die steinernen Fassaden der erstaunlich hohen Wohnhäuser der Stadt glänzten wie schwarzer Marmor. Der Frost minderte indessen nicht den Gestank des Inhalts von Tausenden von Nachttöpfen, den die Bürger zum Fenster hinausschütteten und über den die Räder der Kutsche jetzt knirschend hinwegrollten. Sophie hielt sich die Nase zu.

»Alte Stinkestadt«, sagte Cecily.

»Sophie«, sagte Anne, »bitte bleib bei der Kutsche, während wir hineingehen.«

»Ich möchte aber mitkommen.«

»Bitte. Hobson könnte sonst losziehen und sich auf die Suche nach einer Erfrischung machen; du kennst ihn doch. Wir müssen sicher sein, daß du zur Abfahrt bereitstehst, wenn wir herauskommen.«

Sie hatten die Steilwand der Festung erreicht. Anne stieg aus, schlug die Kapuze hoch, schlug auch Cecilys Kapuze hoch und schärfte Hobson ein, er müsse hierbleiben, *unbedingt*. Cecily folgte ihr und verrenkte sich den Hals, als sie in die Höhe schaute und einen Leichnam an der Mauer baumeln sah; die Gesichtszüge waren verschwommen, denn die Kälte hatte die Verwesung unterbrochen. Wind war aufgekommen und ließ die Leiche hin- und herschwingen.

Mißmutige Wachen prüften eingehend den Königlichen Paß,

voller Argwohn gegen eine jakobitische Verschwörung zur Bewaffnung der Gefangenen. Als sie sahen, daß Annes Korb nichts weiter enthielt als einen Krug Rinderbrühe, eine Flasche Whisky, ein paar Lebensmittel und Arzneien, entspannten sie sich. Als Anne ihnen den Whisky anbot, nahmen sie ihn. Die Kutsche wollten sie nicht hereinlassen, obwohl sie sie durchsucht hatten, aber Anne erklärte, das mache nichts; sie und Cecily würden durch das Tor gehen und den Rest des Weges zu Fuß zurücklegen, wenn einer der guten Herren so freundlich sein wolle, ihnen zu leuchten.

Steile, gewundene Wege, Schatten, das Blinken des Mondlichts auf Gewehren, auf den Gurtschnallen der Soldaten, auf Gesichtern, die vor Kälte niederträchtig und verkniffen aussahen, der plötzliche Gestank von Fäkalien, die durch ein Gitter rannen, Tunnel, die von Algen streifig waren und nach Urin und abblätternder Farbe rochen, das Echo eines weinenden Mannes, das Rasseln von Schlüsseln – dies alles führte Cecily die Tatsache, daß die Rebellen besiegt waren, deutlicher vor Augen als alle Berichte über Hinrichtungen und über die Wucht der Autorität, die sie mißachtet hatten. Dies war die Unterwerfung.

»Das beste Zimmer im ganzen Haus«, sagte ihr Führer und schloß eine kleine Tür auf. »Sie haben eine Stunde; dann komme ich zurück. Ich lasse sogar das Licht hier. Mehr können Sie nicht verlangen.« Er ging hinaus, und der Schlüssel drehte sich im Schloß.

Ohne seine Laterne wäre überhaupt kein Licht in diesem Raum gewesen, und wenn dies der beste im ganzen Hause war, dann ließ das Schlimmes für die anderen befürchten. Er maß überschlägig zehn Fuß im Quadrat und hatte eine schräge Decke. Er enthielt einen Tisch, zwei Stühle, Lord Keltie, der hustend auf einem Bettkasten lag, und einen anderen Mann, der sich von einem Strohsack auf dem Boden aufrappelte.

Anne lief geradewegs zu ihrem Vater, und Cecily und der andere Mann standen einander gegenüber. Er war groß und jung, vielleicht Anfang Zwanzig, und verlegen; verstohlen manövrierte er einen gedeckelten Nachttopf mit dem Fuß weiter unter das

Bett. Ein Gitterfenster hoch oben in der hinteren Wand ließ kalte Luft ins Zimmer dringen, aber nicht genug, um etwas gegen den Gestank auszurichten.

»Nehmen Sie nur Platz«, sagte er.

Cecily zögerte; sie wollte Anne behilflich sein, die den Kopf ihres Vater hochgehoben hatte und ihm mit einem Löffel Hustenmedizin einflößte, so daß sich in der Zelle der erfrischende Duft von Balsam und Minze verbreitete.

»Ihn überlassen Sie am besten ihr«, sagte der junge Mann. »Ich bitte Sie, nehmen Sie doch Platz.«

Sie setzte sich auf den Schemel an der einen Seite des Tisches. Der Mann stellte sich vor – »Guillaume Fraser, Madam, zu Ihren Diensten« – und setzte sich ihr gegenüber. »Es ist überaus freundlich von Ihnen.«

»Ich bitte Sie«, antwortete sie, amüsiert über dieses Salongeplauder. »Cecily Fitzhenry.«

Er erwiderte ihr Lächeln, und sie spürte, daß in ihr etwas auf ihn ansprach. Er war nicht im herkömmlichen Sinn gutaussehend. Wäre er eine Frau gewesen, so hätten die Franzosen sie wohl *jolie-laide* genannt. Sein Gesicht war um eine Spur zu lang, seine Haut zu gelb und im Augenblick schlecht rasiert, seine Lippen waren zu voll – aber sein Lächeln nahm alle diese Einzelheiten und verwandelte sie in etwas, das ihr den Atem raubte.

»Ich war bei den andern im Verlies, habe aber um die Erlaubnis gebeten, ihn zu versorgen«, sagte Fraser und deutete mit dem Kopf zum Bett. »Ich glaube, er ist sehr krank.«

Lord Kelties Husten hatte die trockene Hartnäckigkeit der Schwindsucht. Anne weinte, als sie ihn mit der Rindfleischbrühe fütterte.

Cecilys Hände zuckten im Gefühl ihrer Unzulänglichkeit: Sie hätten mehr zu essen mitbringen sollen – beide Männer waren ausgemergelt. Und Wolldecken. Fraser fröstelte: Seine Jacke lag auf Lord Keltie, und er selbst saß im Hemd.

Sie legte ihren Mantel ab, band das seidene Tuch los, das sie darunter trug, und reichte es ihm wortlos. Erst wollte er es zurückweisen, aber dann hüllte er sich darin ein, sog den Duft tief ein und schloß die Augen. Sie war bewegt; sie wußte, daß sie die erste Frau war, der er seit Monaten begegnet war.

»Guillaume?« wiederholte sie; sie wollte gern wissen, mit wem sie da sprach. Seine Redeweise war durchaus kultiviert, aber bei manchen Wörtern betonte er die letzte Silbe, und bei anderen klang seine Aussprache fremdartig.

»Eine französische Mutter. Mein Vater war Fraser von Carslaw; nach achtundachtzig folgte er König Jakob ins Exil. Ich bin in St.-Germain-en-Laye aufgewachsen, am Hofe Ihrer Majestät.« Unter Whigs auch bekannt als »Papistendirne«, aber alles, was Cecily über Maria Modena gehört hatte, sprach für eine unwandelbare Treue zu Jakob II. und – nach seinem Tod – zu seiner Sache.

Dieser junge Mann war also Carslaw. Im Geiste überflog Cecily ihre erschöpfenden genealogischen Listen. Die französische Mutter war dann die Tochter des Marquis de St. Jacut. Somit war sie entschuldigt, wenn sie sich von ihm angezogen fühlte: Er war von adliger Herkunft. Leider war er aber auch römisch-katholisch. Cecily vermied es, einen Blick auf das Kruzifix zu werfen, das er an einer Kette um den Hals trug, nicht nur aus Abscheu gegen die realistische Darstellung, sondern auch, um seinen Hals nicht anzustarren, der eine Augenweide war.

Die Wärter hatten die Häftlinge ihrer Perücken beraubt, um sie zu demütigen; so sah man, daß Lord Keltie eine Glatze hatte und daß Frasers dunkles Haar zwar vom Schlachtfeld strähnig war, aber fein und leicht gewellt, wie sie selbst es ihren kräftigen blonden Locken vorgezogen hätte. Er hatte es mit einem Stück Schnur im Nacken zusammengebunden.

Er war immer noch verlegen. »Mistress Cecily ...«

»*Lady* Cecily«, sagte sie automatisch.

»Lady Cecily, ich möchte nicht, daß Sie mich mit Simon Fraser in Verbindung bringen. Ein Verwandter, ja, aber ein Wendehals. Als er sah, wie die Dinge laufen – liefen, da befahl er uns, das Feld zu räumen. Ich habe ihm ins Gesicht gespuckt und bin zu Lord Kelties Fahne geeilt.«

In Anbetracht der Umstände, dachte sie, war Simon Frasers Verhalten vernünftig gewesen, und sie fragte, ob dieser Fraser hier das seine wohl bereute.

Er zog schmerzlich berührt den Kopf ein, als sei sie grob gewesen. Dann lächelte er. *»Doch wenn es Sünde ist, nach Ehre geizen, bin ich das schuldigste Gemüt, das lebt.«*

Ihr Lieblingsstück.

Anscheinend war es ihm wichtig, sie wissen zu lassen, daß er sein Schwert am Ende nicht niedergelegt hatte, sondern gewaltsam entwaffnet worden war. Wie er ihr von der Schlacht erzählte, glich er einem kleinen Jungen, der berichtete, wie er sich ein blaues Auge zugezogen hatte; er konnte nicht anders. Die Schmach der Gefangennahme ließ ihn das Gesicht verziehen.

»Cecily«, sagte Anne.

Cecily ging zum Bett und sah die beinahe leuchtende Totenblässe ihres Onkels. Sie hatte nie etwas anderes als Güte von ihm erfahren. Mit einem Knicks sagte sie: »Ich bedaure, Sie in dieser Lage wiederzusehen, Mylord.«

Mühsam brachte er hervor: »Meine liebe Nichte, mein liebes Kind!«

»Cecily«, sagte Anne, »es tut mir leid, aber ich werde meinem Vater jetzt gleich meinen Mantel anziehen. Ich möchte, daß du mit ihm zur Kutsche hinuntergehst und wegfährst. Die Kapuze wird sein Gesicht verbergen. Sie werden glauben, ich sei es, vom Schmerz überwältigt. Wenn ihr die Stadt hinter euch habt, fahrt nach Leith. Im Hafen liegt ein Schiff und wartet auf die Flut; es ist die *Good Hope*. Ein Kohlefrachter. Sie wird ihn nach Frankreich bringen.« Sie schaute Cecily in die Augen. »Es tut mir leid.«

»Ich ... gib mir einen Augenblick Zeit, bitte, Anne.« Sie ging zu der Wand mit dem Gitterfenster, hob die Hände und umfaßte die Gitterstäbe, und dann drückte sie die Stirn an die Mauer.

Es war offensichtlich gewesen, wenn sie nur ... Diese Doppelzüngigkeit. Der Zorn kam und ging. Die Angst kam und blieb. Die verflixten Petrocks hatten die Sache arrangiert und sich dann nicht getraut, sich weiter zu beteiligen. Kein Wunder, daß sie Anne ihre verflixte, überall bekannte Kutsche nicht leihen wollten. Fraser würde in Frankreich andere Frauen gekannt haben, hübscher und raffinierter als sie. *Wie komme ich jetzt darauf?* Anne hat kein Recht, so etwas zu verlangen. Sie ist wahnsinnig. Eins von seinen Franzosenweibern würde es ohne Zweifel tun, aber ich bin Engländerin, und es ist Verrat.

Wen soll ich verraten? Meinen König? Oder meine Freundin? Sie fühlte Annes Hand auf ihrer Schulter, wie sie schon hundertmal dort gelegen hatte, wenn sie sie gebraucht hatte.

»Du hättest es mir sagen sollen.«

»Cecily, man wird nie erfahren, daß du es warst. Du und Sophie, ihr werdet beide in Fetlaw Place im Bett liegen, wenn die Sache entdeckt wird. Es könnte jede beliebige Frau gewesen sein. Sie kennen deinen Namen nicht – und auch nicht dein Gesicht, denn du hattest die Kapuze auf. Sie werden nie beweisen können, daß du es warst.«

Aber sie würden es sich verflixt genau denken können. Und wenn es nicht klappte, womit man rechnen mußte, würden sie es eben dann erfahren. Aber noch während sie dies alles dachte, eilte ihre Phantasie voraus, und sie stellte sich vor, wie sie sich weigerte zu tun, worum Anne sie gebeten hatte, wie sie hier aus der Zelle marschierte, eine aufrechte und loyale Untertanin des deutschen Georg, und diese hoffnungslosen Verrückten zurückließ ... Das konnte sie nicht tun.

»Also gut.« Sie drehte sich um und sah Respekt in Frasers Blick. Er wird teurer bezahlen müssen als Anne oder ich. Beihilfe zur Flucht. Wenn er bisher nicht mit dem Tod zu rechnen brauchte, so muß er es jetzt. Und er ist so dankbar, als ginge er selbst.

Es war seltsam, aber die Überzeugung, daß sie gar nicht anders handeln konnte, kam ihr, als sie Lord Keltie beim Aufstehen halfen, ihre Hand die Bettlaken berührte und feststellte, daß sie kalt, feucht und schimmelig waren. Solche Schlampigkeit. Der Mann war ein englischer Lord, was immer er getan haben mochte. Wenn sie vornehme Gefangene nicht besser behandeln konnten, hatten sie es verdient, sie zu verlieren.

Die Erleichterung, die sie daraufhin erfüllte, war größer als je zuvor; unversehens mußte sie kichern, als sie die Kapuze über Lord Kelties Glatze drapierte. Anne warf ihr einen Blick zu und mußte sich dann vor Lachen auf das Bett setzen. Auch Fraser platzte heraus. Die Heiterkeit über sich selbst verband sie miteinander: drei schmächtige Davids gegen den Riesen aus Gath.

Aber, du liebe Güte, es würde nicht klappen. Der Plan taugte nichts. Widerstrebend sagte Cecily: »Es geht nicht, Anne.«

Anne drehte sich um und erstarrte mitten im Lachen.

»Es geht nicht, meine Liebe«, sagte Cecily. »Du bist diejenige, die gehen muß.« Als Anne protestieren wollte, fuhr sie fort: »Überlege doch. Ich weiß nicht, wo Leith liegt. Hobson weiß es auch nicht. Sophie auch nicht. Du mußt fahren. Wir sind einander ähnlich genug. Fahr du mit ihm nach Frankreich; nur so ist es vernünftig. Ich werde hierbleiben.«

Später sollte sie sich immer wieder fragen, ob sie dieses Angebot wohl auch gemacht hätte, wenn Fraser nicht zugegen gewesen wäre. Und die Antwort beschämte sie: Vielleicht hätte sie es nicht getan. In diesem Moment war sie jedoch bereit, den Ruin und womöglich ihr Leben gegen einen bewundernden Blick von einem begehrenswerten Mann einzutauschen.

Und jene törichte junge Cecily konnte sich auch nicht verkneifen, das eine Argument ins Feld zu führen, das Anne nicht widerlegen konnte: »Dein Vater braucht dich.«

Und sofort erfüllte sie das, was sie getan hatte, mit Angst und Schrecken.

Ihre Cousine warf sich ihr schluchzend an den Hals.

Anne war groß wie Cecily – den hohen Wuchs hatten sie von ihren Müttern geerbt, die Schwestern gewesen waren –, ihr Vater dagegen klein, so daß der Mantel über den Boden schleifte; einerseits war das gut, weil so seine Stiefel verdeckt waren, andererseits aber schlecht, weil ein aufmerksamer Beobachter vielleicht merken würde, daß er vorher nicht geschleift hatte. Seine Hände verbargen sie in Annes Muff. Mit der kleinen Schere aus dem Necessaire in Cecilys Tasche schnitten sie Anne ein paar Haare ab, und

Cecily steckte sie innen an den Kapuzenrand, so daß eine Locke auf seine Schulter fiel. Sie flößten ihm noch mehr Hustensirup ein, damit er nicht hustete, und beschworen ihn, falls er es doch tun müßte, es mit hoher Stimme zu tun, damit es klänge, als weine er.

Irrsinn, dachte Cecily immer wieder: Ihr Onkel hatte nicht die richtige Gestalt, er bewegte sich wie ein alter Mann, und ohnedies war er zu schwach: Er würde den Weg bergab zur Kutsche gar nicht bewältigen können.

Lord Keltie aß ein paar Bissen. Fraser vertilgte den Rest.

Anne und Cecily sagten einander Lebewohl; sie wußten, daß es vielleicht der letzte Abschied für sie war. »Bist du sicher, daß sie nicht allzu hart mit dir umspringen werden?« beschwor Anne sie. »Sag ihnen, ich hätte dich überrumpelt.«

»Das werde ich ganz bestimmt tun.«

»Und du wirst nach Frankreich kommen, meine Liebe?«

»Allerdings. Und zwar bald.«

Die Sorglosigkeit war gespielt: Sie hatte im ganzen Leben noch nie solche Angst gehabt. Als sie draußen im Gang das Rasseln der Schlüssel und die Schritte des Wärters hörten, wäre sie am liebsten auf die Knie gefallen und hätte alle um Vergebung gebeten, weil sie diese Charade nicht länger aufrechterhalten könne. Es *konnte* nicht klappen.

Statt dessen aber kroch sie in Lord Kelties Bett, zog sich die Decke über den Kopf und bemühte sich, möglichst maskulin zu husten. Es klang wie ein brünftiger Fuchs. Das konnte nicht klappen. Sie hörte, wie die Zellentür aufgeschlossen wurde, hörte, wie der Wärter sagte: »'s wird Zeit, Ladys«, wußte, daß es nicht klappen konnte, hörte, wie die Zellentür hinter schlurfenden Schritten ins Schloß fiel. Sie waren fort.

Nach einer Weile hob sie den Kopf. Es war still – und dunkel. Der Wärter hatte die Laterne mitgenommen. Sie stand auf und tastete sich zum Tisch, um sich Fraser gegenüber auf den Schemel zu setzen; sehen konnte sie ihn nicht, aber sie wußte, daß er anderthalb Schritte von ihr entfernt dasaß und lauschte.

Sie lauschten zusammen. Sie hörten die üblichen Geräusche der Festung – oder das, was an diesem Ort für üblich gelten mußte. Ein gebrüllter Wortwechsel, der von einem Hof heraufhallte, ließ sie zusammenschrecken, aber Fraser legte die Hände auf ihre und drückte sie. »Nein. Das ist nur der Wachwechsel.«

Sie spitzte die Ohren, um das Poltern einer Kutsche auf dem Pflaster vor dem Tor zu hören, aber bei dem Wind, der jetzt aufgekommen war und stöhnend durch das Gitter pfiff, hörte sie gar nichts. Er stand auf – sie sah den hellen Schatten ihres Tuches vor der Wand. »Nordwest. Gut stand der Wind für Frankreich. Shakespeares Wind.«

Er kam zurück und setzte sich wieder. »Und Schottlands Wind. Er pfeift *The Pipers of Strathdearn*, wußten Sie das?« Leise summte er das Lied mit einem zittrigen, lächerlichen Bariton, um sie zu beruhigen.

»Inzwischen müssen sie fort sein«, sagte sie.

»Ja.« Sie hatte die Hand gehoben und spürte sein Gesicht daran. »Sie sind eine überaus tapfere Lady.«

»Danke.« Sie ließ die Hand nicht sinken. »Wann kommen sie?«

»Im Morgengrauen, wenn wir Glück haben. Allerdings gibt es da einen Sergeant – wenn der Dienst hat, werden wir zu jeder beliebigen Tages- oder Nachtzeit hinausgescheucht und müssen frieren. Er sagt, er sucht nach Waffen. Wir sagen, er ist ein presbyterianischer Bastard.«

»Schade, daß wir weder Licht noch Karten haben. Ich bin eine gute Kartenspielerin.«

»Dann ist es gut, daß wir beides nicht haben. Ich bin nämlich kein guter Kartenspieler. Lassen Sie uns über Shakespeare sprechen.«

Sie sprachen über Shakespeare. Es ließ ihn sehr englisch wirken; sie hatte irgendwie angenommen, daß die Jakobiter aus St.-Germain ihren Molière vorziehen würden.

»Shakespeare war römisch-katholisch, wußten Sie das?«

»Unsinn«, antwortete sie und genoß die Intimität eines Streits mit ihm.

»Aber ja.«

Das Außergewöhnliche war, daß sie ihn auch dann gemocht hätte, wenn er nicht von so angenehmem Äußeren gewesen wäre; vom Gefühl des Wiedererkennens wurde ihr fast schwindlig, von dem Empfinden, daß sie dieses Gespräch schon einmal geführt hatten. Noch nie war sie einem Geist begegnet, der so sehr im Einklang mit dem ihren stand. Selbst wenn sie unterschiedlicher Meinung waren, verstanden sie einander.

Er sagte, sein Lieblingsstück sei *Romeo und Julia.* »Ich habe es in St.-Germain für Ihre Majestät inszeniert. Ich war der Romeo.«

Das war eine List. Sie wußten es beide. Auf diese Weise konnte er jetzt die Balkonrede rezitieren. Sie hatten ja nichts anderes zu tun, als sich zu verlieben. Vom Todesurteil bedroht, war es nötig, daß man einander Jugend und Leben bestätigte. Sie hatten keine Zeit für kokette Wortgeplänkel, wenn ein Abgrund sie verschlingen wollte; zumindest konnten sie einander so in die Arme fallen.

Sie hörte zu, wie er sie mit Worten liebkoste, nahm in der Dunkelheit jedes Wort in sich auf, jede Nuance seiner Stimme, hamsterte alles für kommende Jahre und betete still bei sich, daß der Tag, der vor dem Fenster dämmerte, niemals dämmern, sondern sie in dieser ungesunden, wunderbaren Dunkelkeit belassen möge, und sie wünschte, er würde jetzt tun, wovon sie beide wußten, daß er es tun würde.

Sie hatte keine Verwendung mehr für ihre Jungfräulichkeit gehabt, als sie ihn das erstemal zu Gesicht bekommen hatte. Die posierenden Höflinge mit ihren Perücken und ihrem Rouge – was waren sie im Vergleich mit diesem unverfälschten Mann? Wieviel Zeit war an die Künstlichkeit von Marionetten vergeudet worden, da ihre Zukunft jetzt auf die paar Augenblicke geschrumpft war, die ihr noch blieben mit Fleisch und Blut, mit diesem Gladiator im Stadion des Lebens und des Todes?

In den Kreisen, in denen Lady Cecily verkehrte, war die Keuschheit nicht die Eisenkugel, an die frühere Generationen von Mädchen gekettet gewesen waren. Wie Lady Mary Wortley Montagu einmal bemerkt hatte: »Niemand ist heutzutage mehr schokkiert, wenn er hört: *Miss So-und-so, Ehrenjungfer, hat das Wochenbett bei guter Gesundheit überstanden.*« Aber die Konvention, die verlangte, daß der Mann den ersten Schritt tat, hatte immer noch festen Bestand, und so wartete Cecily und brannte darauf, daß er ihn tat. Und sie wartete zu lange ...

Sie hatten kein Glück. Aus der Welt draußen vor der Tür kam das Stampfen von Stiefeln, Befehle, die Proteste von Gefangenen, die aus ihren Zellen getrieben wurden. Der presbyterianische Bastard hatte Dienst.

Er handelte sofort. Der Tisch wurde beiseite geschoben. Seine Arme umschlangen sie, ihre Wange lag an seiner. »Liebling meines Herzens.« Er hielt sie einen Augenblick lang mit ausgestreckten Armen vor sich. »Sie können mich hängen, aber ich werde zu Ihnen zurückkommen, Lady Cecily, Lady Cecily.«

»Und ich werde warten.«

Man brachte sie zum Kommandanten der Festung, der nicht wußte, was er mit ihr anfangen sollte, und sie deshalb in seinem eigenen Haus unterbrachte, während er nach England zu König Georg schickte, um Anweisungen zu erbitten.

Schließlich wurden Cecily, Sophie und Mary Astell unter Bewachung nach London zurückgefahren, eskortiert von einem schottischen Presbyterianer namens Archibald Cameron, einem Rechtsanwalt aus dem Amt des Königlichen Schatzanwalts, der in eigenen Angelegenheiten nach England reiste. Er war ein pfennigfuchserischer junger Mann, der sie in den billigeren Gasthöfen absteigen ließ und jede Ausgabe in einer Notizkladde verbuchte, ein Lowlander mit einer fuchsroten Perücke. Sophie machte sich über ihn lustig und sang »Over the Hills and Far Away« zum Kutschenfenster hinaus, wenn er auf seinem minderwertigen Pferd neben ihnen herritt. Cecily sprach überhaupt nicht mit ihm.

Der König lehnte es ab, sie zu empfangen. Statt dessen brachte man sie zu seinem Minister, Sir Robert Walpole. Sie hatten einander schon bei Hofe kennengelernt, wo sie überrascht beobachtet hatte, wie erfolgreich er sich in die Gunst der Prinzessin von Wales geschlichen hatte – und es hatte ihre Meinung von Caroline beeinträchtigt, daß sie es ihm erlaubt hatte: Der Mann war ohne jede Abstammung, ein emporgekommener Junker, ein Whig, den nackte Machtgier trieb. Seine Annäherungsversuche ihr gegenüber – »Wir müssen enge Freunde sein, Lady Cecily, denn wir waren enge Nachbarn. Ich bin ein Mann aus Norfolk und habe ein Anwesen nicht weit von Hempens« – hatte sie mit der Verachtung quittiert, die sie verdienten: »Ach ja?«

Jetzt war er ihr Inquisitor.

Die Frage nach Sophies Beteiligung stand sie durch; wahrheitsgemäß gab sie an, daß Sophie – wie auch Mary Astell – von der Verschwörung nichts gewußt habe. »Ich ja auch nicht, bis wir in der Zelle waren. Ich bin keine Jakobiterin, aber mein Onkel war todkrank. Anne ist meine Cousine und meine Freundin. Er lag im Sterben – da können Sie die Wärter in der Festung fragen. Der einzige, der hier betrogen wurde, ist der Henker.«

Wieder hatte sie kein Glück. Rebellen entkamen zur Zeit aus ihren Gefängnissen wie Luftblasen aus einem Teich. Der alte Borlum Mackintosh, der sechzigjährige Verteidiger von Preston, war mit dreizehn anderen Jakobitern aus Newgate ausgebrochen, darunter sein Sohn.

Der Earl von Wintoun hatte mit einer Uhrfeder ein Fenstergitter im Tower durchgesägt und ist wohlbehalten ins Exil entkommen. In Lancashire waren vier aus dem Gefängnis entschlüpft. Dreißig andere hatten ein Schiff, das sie in die Kolonien deportieren sollte, in ihre Gewalt gebracht und waren damit nach Frankreich gesegelt.

Die englische Öffentlichkeit, die einem geriebenen Kerl stets Bewunderung entgegenbrachte, hatte angefangen, beim Zählen zu johlen.

Eine Flucht, die auf besonderes Wohlgefallen stieß, betraf gleichfalls den Tower in London: die des Earl von Nithsdale, die von Lady Nithsdale ins Werk gesetzt worden war – er war in ihren Mantel gehüllt hinausspaziert, genau wie Anne dem Lord Keltie zur Flucht verholfen hatte. Und zwar genau zwei Tage vorher.

»Sie lachen über uns, Jungfer«, sagte Walpole milde. »Und Miss

Insh mit ihrer kleinen Heldentat wird sie noch lauter lachen lassen. Das heißt, falls sie davon erfahren. Aber vielleicht erfahren sie's ja nicht, vielleicht ja nicht.«

Cecily zuckte die Achseln, als sei es ihr gleichgültig. Tatsächlich hatte sie jetzt noch mehr Angst als in der Zelle in Edinburgh. Walpole stand vor ihrem Stuhl mit dem Rücken zu dem Fenster, das nach Whitehall hinausging, die Beine gespreizt, die Arme unter dem Mantel hinter dem Rücken verschränkt, den dicken Bauch vorgestreckt, daß er sie fast berührte und ihr alles Licht und, wie ihr schien, auch die Luft nahm.

»Sie sind es, an die ich dabei denke«, sagte er. »Sie und Ihre Reputation.« Er sprach im Tonfall der Bauern von Norfolk – nicht um sie zu beruhigen, sondern um hervorzuheben, daß er, ein simpler Landjunker, Macht über den Hochadel hatte. »Vergnügen sich da in einer Zelle, *mit* einem Bett drin, *mit* einem jungen Jakobiter? Was würden Ihre Vorfahren denken? Was wird die *Welt* denken?«

Sie machte weiter eine ausdruckslose Miene.

»Ein hübscher kleiner Leckerbissen wäre das für die Presse, nicht wahr?« Er hob die Hand und streichelte eines seiner Kinne. »Nein, nein, ich glaube – und Seine Majestät ist da ganz meiner Meinung –, daß wir Sie am besten gleich wohlbehalten verheiraten. Und ich weiß genau den richtigen Mann, der einen prächtigen Gemahl für Sie abgeben wird.«

Sie weigerte sich, er jedoch brach ihren Willen. Nicht mit ausgesprochenem Zwang: Er gab ihr nur ein Schriftstück zu lesen, einen Brief von einem Agenten im Sold Lord Stairs, des britischen Botschafters in Paris. Darin wurde vom kürzlichen Eintreffen »des Verräters Keltie und seiner sogenannten Tochter« in Frankreich berichtet.

Weiter hieß es da: »Der alte Mann ist bald tot, aber wir können die Lady zurück nach England entführen lassen, falls Eure Lordschaft dies wünschen, auf daß sie für ihren Verrat die Strafe erhält, welche Eure Lordschaft für angemessen halten.«

Sie wußte, daß Stair der tüchtigste Meisterspion war, den die Regierung seit Königin Elisabeths Walsingham besessen hatte: Er konnte Anne in seine Gewalt bringen, wann immer es ihm beliebte. Und er würde es tun.

»Und was halten *Sie* für angemessen, wenn ein Mädel wie Miss Insh Verrat an König und Vaterland übt, Lady Cecily, hm? Vielleicht müssen wir ein Exempel statuieren, damit der Mob zu lachen aufhört, hm, Lady Cecily?«

Die Erinnerung daran, wie sie gebettelt, wie sie das Gesicht an Walpolses Stiefeln gerieben hatte, war eine Narbe, die sie für den Rest ihres Lebens mit sich herumtrug: Schon während sie es tat, war ihr klar, daß es vergebens war.

Zwei Monate später wurde sie mit einem alten Mann namens Sir Lemuel Potts verheiratet.

»Sie werden schon lernen, ihn zu lieben, wie ich es tue«, sagte Walpole. »Er ist ein prächtiger Mann, ein ganz prächtiger Mann, er wird Ihnen ein guter Ehemann sein und mir ein ebensoguter Nachbar.«

# 3

In ihrem Londoner Haus in Spring Gardens erwachte Lady Cecily Potts mit Kopfschmerzen: Vor dem Schlafengehen hatte sie eine Flasche Rotwein getrunken. Genau betrachtet, trank sie jeden Abend vor dem Schlafengehen eine Flasche Rotwein. Vier Jahre Ehe mit Lemuel hatten sie gelehrt, was es wert war, besinnungslos zu Bett zu gehen.

Die Stimme ihrer Schwägerin schnarrte von der Tür her: »Bist du noch nicht angezogen? Die Kutsche steht unten.«

»Geh weg, Dolly.«

»Geh ich nicht. Lemmy hält heute seine große Rede. Wir müssen dabei auf der Galerie sein, du hast es ihm versprochen.«

O Gott, wieder ein Tag. »Schick Jane herauf.«

»Was werden wir heute tragen, Mylady?«

»Ist mir gleich.«

In Korsett und Reifrock stieg sie die Treppe hinunter und fand ihre Schwägerin hübsch zurechtgemacht mit Hut und ihrem zweitbesten Sommerkleid.

»Du kommst nicht mit«, teilte Cecily ihr mit.

»Komme ich doch.«

Sie rangen im Hausflur miteinander, bis Cecily zurücktrat. »Du kommst nicht mit, Dolly.«

»Und wer will mich daran hindern?«

»Es schmerzt mich, dir sagen zu müssen«, erklärte Cecily genußvoll, »daß der Saaldiener auf der Zuhörergalerie mich hat wissen lassen, du wärest nicht willkommen. Nicht nach dem, was letztes Mal passiert ist.«

Dolly Baker wackelte verächtlich mit dem Kopf. »Ich kann nichts für meine schwache Blase. Sie hätten mich hinauslassen sollen, als ich darum gebeten habe.«

»Eine Lady kann ihr Wasser einhalten«, sagte Cecily, die an solchen Tagen einen kleinen, transportablen *pot-de-chambre* bei sich hatte, der rechts unter ihrer Krinoline befestigt war. Ein Reifrock von der Größe eines Zeltes mochte im Gedränge höllisch unpraktisch sein, aber er hatte auch seine Vorteile.

Dolly fletschte die Zähne. »Und das kann ich natürlich nicht wissen, nehme ich an?«

»In der Tat, das kannst du nicht.« Dolly war nicht das geringste unter den Kreuzen, die Cecily seit vier Jahren zu tragen hatte. Sie war eine wohlproportionierte Frau, zehn Jahre älter als Cecily und mit einem angeborenen guten Geschmack, was ihre Kleidung anbelangte, aber sie stand so tief unten auf der Stufenleiter der Zivilisation, daß sie in Cecilys Augen schon gar nicht mehr daraufstand.

Das Haus mit dieser Frau zu teilen, war, als lebe man in einem Käfig mit einem weniger manierlichen Tier. Dolly war so wenig imstande, ihre Wirkung auf andere zu bedenken, wie eine Wildsau, die durch den Wald tobt.

Es war schon erniedrigend, sich über diese Kreatur zu ärgern, und mehr noch, sich darin zu sonnen, sie auf ihren Platz zu verweisen. Ohnehin war es Dolly, die in puncto Demütigungen den entscheidenden Sieg davongetragen hatte: Ihre Pisse war durch das Geländer der Zuhörergalerie geflossen und auf zwei Ehrenwerte Mitglieder des Hauses getropft, die darunter saßen. Einer der beiden hatte sich überdies gerade zurückgelehnt und war genau ins Auge getroffen worden.

Das einzig Tröstliche an dieser Angelegenheit – für Cecily zumindest – war der Umstand gewesen, daß es sich bei den betroffenen Herren um Whigs gehandelt hatte.

Sie, Cecily, hatte auf dem Platz daneben gesessen, und man hätte sie leicht für die Schuldige halten können, hätte Dolly nicht ihre Entschuldigungen hinaustrompetet und dem erstaunten Haus sodann eine Abhandlung über Blasenprobleme im allgemeinen und ihre im besonderen gehalten, bis der Saaldiener sie hinausgeleitet hatte.

Ob Lemuel, der nicht weit entfernt von seinen unglücklichen Kollegen gesessen hatte, in diesem Augenblick wie sie um einen schnellen Tod gebetet hatte, wußte Cecily nicht. Wie immer hatte er so getan, als sei alles vollkommen in einer vollkommenen Welt, und so hatte er den Zwischenfall mit keinem Wort erwähnt.

Auch Pope hatte es gottlob nicht getan: Sie hatte befürchtet, er werde davon hören und eine seiner Spottschriften verfassen. Aber dieser Gentleman, das war ihr klar, wartete auf eine tiefere Demütigung, auf irgend etwas, das sie selbst täte: daß sie Opium nähme oder sich einen Geliebten anschaffte, wie es andere verzweifelte Ehefrauen taten. Und Gott wußte, daß sie die Versuchung kannte, und wäre es nur, um die Langeweile zu beenden.

Dann würde er sie aufs Korn nehmen. Dann würden die Spottgedichte kommen, die Balladen, das Gekicher, und ihr Ansehen würde unter der ätzenden Genugtuung des Enttäuschten zusammenschrumpfen. Er hatte es bei anderen getan.

Noch nicht, Mr. Pope. Überhaupt nie. Ich bin Lady Cecily Fitzhenry, wer immer mein Ehemann sein mag.

Als sie gewußt hatte, daß sie zu dieser Ehe gezwungen sein würde, war sie arglos zu ihm nach Twickenham gefahren und hatte erwartet, ein wenig von dem Mitgefühl zu erfahren, das sie ihm immer hatte zukommen lassen. Er konnte gütig sein: Er unterstützte irgendeine kranke Frau, mit der er befreundet war, mit einer Rente, und es hieß, die Grausamkeit eines anderen Mannes gegen Tiere habe ihn zu Tränen gerührt. Und als römischer Katholik würde er ihr nachfühlen können, was sie in Edinburgh getan hatte.

Aber anstelle des mitfühlenden Freundes hatte sie den geistreichen Witzbold angetroffen. »Meine Liebe, welch eine Erniedrigung. *Potts*. Eine Katastrophe. Ein so *scheppernder* Name. Damit kann man kochen, man kann hineinpissen, aber niemals, *niemals* kann man so etwas heiraten.«

Sie hatte auf dem Absatz kehrtgemacht und seitdem nie wieder mit ihm gesprochen.

Als sie das Haus in Spring Gardens an diesem Junimorgen des

Jahres 1720 verließ, trat Cecily hinaus in eine Hitze, in der sich Aktien- und Anteilskurse zusammen mit den Temperaturen in die Höhe schwangen. Und der Wahnsinn tat es auch. Wie andere Finanzzentren war London von einer neuen Seuche befallen: von der Spekulation. Arm und Reich hatten sich gleichermaßen angesteckt. Fern in der City blockierten wappengeschmückte Kutschen die engen Gassen, während ihre Besitzer sich in den Eingängen der *Change Alley* mit Bürgerlichen prügelten, um ihr Geld in Unternehmen zu stecken, die in der Hitze irgendeiner Phantasie aufgegangen waren wie Hefebrötchen.

Der Lärm bei der schottischen Bank Drummonds an der Ecke Spring Gardens und Charing Cross lenkte ihre Aufmerksamkeit auf sich, und sie blieb auf der Treppe stehen. Das Gedränge vor den Türen von Drummonds deutete darauf hin, daß Jakobiter sich dort ebenso lautstark und patriotisch wie alle andern darum balgten, South-Sea-Aktien zu kaufen. *Wie vulgär.*

Cecily, der es nie an Geld gefehlt hatte, interessierte sich auch nicht dafür. Und ihr Interesse an nationalen Angelegenheiten war ohnehin geschrumpft, seit sie genötigt war, sie als Lemuel Potts' Gemahlin zu betrachten. Die Raserei, die eine ganze Gesellschaft einschließlich ihrer Elite erfaßt hatte, sah sie mit stumpfem Gleichmut.

Sie hatte vergessen, daß Drummonds auch Popes Bank war. Er steckte in der Menge, die da auf der Straße wimmelte, unauffällig in seinem schwarzen Anzug und um einen Kopf kleiner als alle andern, selbst als die Frauen; er hatte die Gestalt einer kauernden Fledermaus mit dem Kopf eines Cherub. Sie fragte sich, wieso seine Abtrünnigkeit sie beinahe mehr schmerzte als die aller andern.

Es war ja zu erwarten gewesen, daß Lady Cecily von der Königlichen Familie, die sie gekränkt hatte, gemieden wurde. Der Hinauswurf fand auf der Stelle statt. Eine Erklärung gab es nicht – Walpole hatte König Georg gewarnt, er werde sich lächerlich machen, wenn bekannt würde, daß zwei Hofdamen seiner eigenen Schwiegertochter einem Feind zur Flucht verholfen hatten. Bei

Hofe hatte es sich herumgesprochen, aber vor der allgemeinen Öffentlichkeit hielt man es verborgen.

Aber Cecily hatte nicht damit gerechnet, daß die gleichaltrigen Höflinge sie ebenfalls schneiden würden. Konnten sie ihr nicht zugestehen, daß ihre Tat auf familiäre Loyalität zurückging, nicht auf eine jakobitische Verschwörung? Sie konnten es nicht: Sie wurde nirgends mehr eingeladen, man hinterließ keine Karten für sie, man sandte ihr keine Glückwünsche zur Vermählung.

Ihr stolzer Kopf war in den Korb gefallen, hurra. Sie hätte ihn nicht so hoch tragen sollen. Mary Lepel hatte sich wie eine Wölfin auf Hervey gestürzt und ihn geheiratet; bei einer zufälligen Begegnung im Hyde Park waren sie Arm und Arm auf Zehenspitzen an ihr vorüberstolziert, als wichen sie einem Hundehaufen aus, und es hatte ausgesehen, als ob sie triumphierten.

Was Cecily vermißte, wenn sie die Haltung ihrer ehemaligen Freunde deuten sollte, war der Einfluß von Angst. Die Lage im Jahr fünfzehn war heikler gewesen, als die Regierung zugeben wollte: Anzahl und Qualität derer, die sich dem Aufstand angeschlossen hatten, ließen erkennen, daß der Thron Georgs von Hannover nicht auf einem festen Fundament stand, und Sir Robert Walpole, der sich nach einem Spitzenplatz im Kabinett drängte, hatte ein Interesse daran, ihn immer wieder daran zu erinnern, wie wacklig er stand.

*Verlassen Sie sich auf mich, Majestät. Ich bin der Mann, der Sie aus der Gefahr errettet.* Wenn die Jakobiter nicht existiert hätten, hätte Sir Robert sie erfinden müssen. Bis zu einem gewissen Grad tat er es auch: Bei Hofe sah man sie allmählich unter jedem Busch. Wenn einer sich selbst für einen Tory erklärte, war schon Grund zum Mißtrauen, denn Sir Robert verbreitete sein Evangelium: Wer gegen die Whigs ist, muß *ergo* Jakobiter sein. Wenn schon die Ehrenjungfern sich als treulos erwiesen, wem konnte man dann noch vertrauen? Warum antwortete dieser Minister da nicht mit »Amen!« auf das letzte »Gott schütze den König!«, wenn in der Kirche ein Dekret verlesen wurde? Warum sah man in den Stikkereien am Petticoat jener Lady eine weiße Rose?

Lady Mary Wortley Montagu, die Cecilys Freundin geblieben war, hätte sie darauf hingewiesen, daß ihre früheren Kollegen nicht unbedingt über sie triumphierten. Der Schatten von Attentätern und Verschwörern vielleicht, gewiß aber der Schatten des Argwohns liege über den Korridoren im Palast, und niemand, der seine Stellung behalten wolle, könne sich leisten, ihn auf sich fallen zu lassen, indem er sich mit Lady Cecily und ihrem geschwärzten Namen in Zusammenhang bringe.

Aber Lady Mary war wieder auf Reisen. Von denen, die ihr treu geblieben waren, lebte nur noch Mary Astell in England. Anne war im Exil, und Sophie war von ihrem jungen Ehemann auf eine ausgedehnte Europareise mitgenommen worden. Damit blieb Cecily mutterseelenallein inmitten einer Wüste von Mittelklasse-Whigs. Mit Dolly.

Pope kam aus dem Bankhaus Drummonds und sah Cecily auf den Stufen vor ihrem Hause stehen. Sie sah seinen Blick. Sofort hob sie Kinn und Sonnenschirm. »Westminster, John.«

Sie sah mit Genugtuung, daß die Räder ihrer Kutsche Staub über Dichter und Gedränge wirbeln ließen. Der Dichter bemerkte es, die Menge aber nicht: Sie war zu sehr darauf erpicht, reich zu werden. Du kannst flüssiges Quecksilber in Silber verwandeln und versprichst mir zweihundert Prozent Gewinn? Ich kaufe. Du willst ins Haargeschäft einsteigen, vierhundert Prozent Ertrag? Nimm meine Rente. Die Tortugas besiedeln? In den walisischen Bergen Kupfer abbauen? Aus Bucheckern Butter machen? Aus Salzwasser Trinkwasser? Die Kriegskunst revolutionieren mit Puckles Maschinengewehr? Ja, ja, ich bin überzeugt von viereckigen Kanonenkugeln: Achthundert Prozent Ertrag? Ich habe meine Hütte, mein Haus, mein Schloß beliehen: Hier ist das Geld. Mach mich reich.

Die größte Seifenblase von allen schwebt schimmernd im Treibhaus der Nation, und ihre durchsichtige, regenbogenbunte, stofflose Wölbung reflektiert nicht nur die Habgier derer, die nach ihr springen, sondern auch die Märchenphantasie einer Nation: die South Sea Company. Sie bietet derzeit über tausend Prozent.

Schon der Name ist unwiderstehlich; er beschwört Doublonen und Perlen herauf, spanische Galeonen mit Segeln aus Seide, schwarzes Elfenbein und goldene Moidores.

Kaufen ist Patriotismus. Der Volkswirtschaft helfen und dabei an Drake erinnern, an Hawkins und Raleigh, und nebenbei ein Vermögen verdienen. Kaufen, kaufen. Der König ist dabei. Und der Prinz von Wales. *Und* Walpole, der alte Frechdachs persönlich. Kaufen, kaufen. Thomas Guy hat soeben einen Gewinn von hundertachtzigtausend Pfund erzielt und wird damit ein Hospital finanzieren. Dabei ist er der geizigste Mann von ganz England. Schnell kaufen, *schnell*, bevor die Zeichnungsfrist abläuft.

Es war eine Erleichterung, an Charing Cross abzubiegen und die melodischen Ausrufe der Straßenhändler zu hören, die ehrlichere Erträge anzubieten hatten: Flundern, Apfelsinen, zarte Gurken, Austern zu zwölf Pence den Viertelscheffel, lilienweißen Essig, drei Pence das Quart.

O *Gott*. Aus einer Gasse hallte eine ziemlich schöne Tenorstimme, und sie sang: »The Pipers of Strathdearn.« *Liebling meines Herzens*. »Anhalten, die Kutsche. Halt.« Ohne auf ihre rehledernen Schuhe zu achten, rannte Cecily mit weitgeblähtem Rock, die Höker abwehrend, zur Mündung der Gasse.

Er war es nicht. Wie hätte er es auch sein sollen? Ein Betrunkener mit einem schmierigen Humpen im Arm schaute mit seinem einen gesunden Auge zu ihr auf. Ein Ire wahrscheinlich.

»Verdammt sollst du sein«, sagte sie und wühlte in ihrer Tasche nach ein paar Münzen, die sie ihm zuwarf.

»Gott segne Sie, Mylady. Möge die Straße sich erheben und Ihnen entgegenkommen.«

»Geh zum Teufel«, sagte sie leise. Das würde er wahrscheinlich auch bald tun – eher früher als später, wenn er hier weiter Jakobiter-Lieder sänge. Sie lief zur Kutsche zurück. »Weiter!«

Der Trunkenbold hatte sie um vier Jahre zurück und vierhundert Meilen weit in ein Verlies in Edinburgh entrückt. Zum Teufel mit ihm, zum Teufel. Sie hatte sich an den Schmerz gewöhnt, und dann kam irgendeine Bemerkung, eine Zeile Shakespeare, das

Lied dieses Taugenichtses, und frischte die alte, geliebte Qual wieder auf. Sie hatte gewußt, daß er es nicht sein konnte, und trotzdem hatte sie reagiert.

Der schreckliche kleine Schotte mit der fuchsroten Perücke, der auf der Heimreise von Edinburgh ihr Bewacher gewesen war, der hatte ihr – im Vertrauen, kurz nach ihrer Heirat – erzählt, was sie mit Guillaume gemacht hatten.

»Es geht um den Gefangenen Fraser, Lady Cecily. Ich dachte, Sie würden vielleicht gern über seine Lage Bescheid wissen.«

»Ach ja?« Sie hätte gemordet, um etwas zu erfahren, aber sie wollte verdammt sein, wenn sie diesem presbyterianischen Federfuchser ihre Verzweiflung zeigte. Daß er die Stirn hatte, überhaupt damit zu ihr zu kommen, deutete auf Einsichten, die er gar nicht haben dürfte – aber wenn er sie nicht in einer Sekunde mit der »Lage« vertraut machte, würde sie ihm das Herz aus der Brust reißen. Sie hatte längst versucht, selbst etwas in Erfahrung zu bringen, doch ohne Erfolg.

»Es wurden Eingaben gemacht, und das Urteil wurde gemildert: Deportation in die Kolonien.«

Das war also milder, ja? Aber der Tod war es nicht. Er lebte noch. Irgendwo. Sie gestattete sich eine müßige Frage. »Welche Kolonie?«

»Es dürfte sich um Westindien handeln. Aber um welche Kolonie, das weiß ich nicht.«

Sie nickte dankend. Ein gräßlicher kleiner Mann; er wurde ihr allmählich vertraut: Er hatte irgendwo in der Stadt seine Kanzlei eröffnet und es irgendwie geschafft, sich so heranzuschlängeln, daß er jetzt für Lemuel wie auch für Walpole tätig war, so daß seine Perücke jetzt ständig auf Versammlungen aufleuchtete, an denen sie auch teilnehmen mußte.

Sie hatte ihn im Verdacht, gleichzeitig Mitleid und Schadenfreude für sie zu empfinden; er sprach von den »Eingaben«, die für Guillaume gemacht worden seien, als habe er selbst sie gemacht. Einer von denen, die ihre Finger gern in jede Torte stecken. Aber nicht in meine, du Männlein, nicht in meine.

In Westminster musterte der Saaldiener sie vorsichtig. »Heute keine Mrs. Baker dabei, Lady Cecily? Nun, wissen Sie, Mr. Dodingtons weißer Dufflecoat war ruiniert. Und der schottische Abgeordnete klagt immer noch, daß sein Auge weh tut.«

Sie tappte mit der Schuhsohle auf den Marmorboden der Eingangshalle und erinnerte den Mann damit an seine Pflicht, aber als er ihr voraus zur Galerie hinaufging, sah sie, daß seine Schultern zuckten. »Mitten ins Auge.«

Er fand es *komisch*.

Cecily war immer wieder erstaunt darüber, wie sehr die Leute Dolly mißverstanden. Nicht nur Dienstboten wie dieser hier, sondern auch Aristokraten zeigten Nachsicht gegen ihr Benehmen und sahen darin ein Beispiel für das rauhe, aber gutherzige, freimütige Engländertum der unteren Klassen, jenen Geist, der für sie Kriege gewonnen hatte.

»*Un phénomène*. Sie ist schon eine, nicht wahr?« hatte Lady Mary Wortley Montagu gesagt, als sie gesehen hatte, wie Dolly, ohne mit der Wimper zu zucken, ihren Tee aus der Untertasse geschlürft hatte.

»Nur eine, Gott sei Dank.« Aber das hatte Cecily nicht gesagt; eine Lady redete nicht schlecht über ihre Verwandten, mochten sie noch so abscheulich sein. Sie sah bei Dolly kein gutes Herz, sondern nur die Unfähigkeit, irgendein Gebot außer der eigenen Zügellosigkeit anzuerkennen. Sie machte die Frau blind für Klassenunterschiede, so daß sie Lady Marys Salon wie ein Dienstbotenzimmer benutzte. Und in der Küche begrüßte sie neue Dienstboten auf das kameradschaftlichste und verlangte dann ihre Entlassung, wenn die das ausnutzten.

Sie war unbezähmbar, vertraute niemandem außer sich selbst und ihrem Bruder – und nur ihm, dachte Cecily, denn indem sie sich an seine Rockschöße gehängt hatte, war sie aus frühem, mittellosem Witwenstand an ihr jetziges behagliches Plätzchen im Haus ihrer Schwägerin mitgeschleppt worden.

Die heutige Debatte im Unterhaus, bei der es darum ging, den Schwall von kleinen Luftblasengeschäften einzudämmen, die nur umherschwebten, um die derzeitige Spekulationswut auszubeuten, hatte für Juni eine große Zahl von Abgeordneten angelockt. Als Cecily ihren Platz fünfzehn Fuß hoch über ihren Köpfen einnahm, stieg der Geruch von Apfelsinen, Stiefelfett, Haarpuder und Schweiß zu ihr herauf. Wie die Luft gewesen wäre, wenn alle fünfhundertacht Abgeordneten sich hier in diesen engen Saal von sechzig mal dreißig Fuß drängten ... aber das taten sie nie und würden es auch nicht tun. Unter Cecily saß ein gesellschaftliches Spektrum, das etwa ein halbes Prozent der Bevölkerung umfaßte, und zu dem Elektorat, das sie auf ihre Sitze gewählt hatte, gehörten ungefähr vier Prozent, größtenteils Angehörige des Landadels, die im Herbst auf die Jagd gingen, zu Weihnachten Gäste bewirteten und im Frühling und Sommer etwas Besseres zu tun hatten als hier im Unterhaus zu schwitzen. Im Januar und im Februar, ja, vielleicht ...

Aber heute hatten die Fraktionsführer der Whigs ihre Peitschen über der Meute geschwungen. Es waren ungefähr zweihundert Abgeordnete zugegen; die meisten räkelten sich auf den Whig-Bänken und betrachteten ihre gespornten Stiefel, einige knackten Nüsse oder lutschten Apfelsinen aus, andere pfiffen oder plauderten. Sie machten es fast unmöglich, den einsamen Redner auf der Toryseite des Hauses zu hören, und das taten sie mit Absicht. Sir William Shippen war ein Jakobiter, ein erklärter Gegner der hannoveranischen Monarchie und Walpoles.

Er setzte sich. Ein Whig-Abgeordneter stand auf. Cecily formte ihr Gesicht zu einer Maske der Aufmerksamkeit und schickte sich an, mit offenen Augen zu dösen. Dies war Lemuels Augenblick; sie hatte ihn seine Rede schon zweimal üben gehört und hätte beide Male vor Langeweile fast den Verstand verloren.

Das Parlament wartete nicht erst, bis es sich langweilte. »Ordnung, Ordnung«, rief der Speaker, als eine wilde Flucht von Abgeordneten einsetzte, die sich plötzlich an eine dringende Verabredung im Kaffeezimmer erinnert hatten und nun hastig hinauseilten, um sie einzuhalten.

In einer Attacke der Torypresse gegen Sir Lemuel Potts hatte es einmal geheißen: »Der ehrenwerte Gentleman fungiert unweigerlich als Essensglocke, so rasch leert sich das Haus, wenn er zu reden beginnt.« Seitdem hieß er Dinner Bell, selbst unter seinen eigenen Whig-Kollegen.

Sein Schädeldach, auf das Cecily die blicklosen Augen gerichtet hatte, war an sich schon ein Quell der Peinlichkeit. Er beharrte auf einer schwarzen, stirnlosen Perücke und kämmte seinen eigenen, schütter werdenden grauen Haarkranz, auf den er so stolz war, weil er weiter oben kein Haar mehr hatte, darüber hinweg nach hinten, wobei er Haar und Perücke mit Bärenfett vermischte, was ihn aussehen ließ wie ein alternder, geckenhafter Dachs.

Sein Schneider hatte ihm eingeredet, zu seiner Gestalt – hochgewachsen, aber mit krummen Schultern – passe ein soldatischer Stil, und kleidete ihn deshalb in einen roten Rock, dessen Schöße so steif verstrebt waren, daß seine Arme beim Gehen ganz unvernünftig weit vom Körper abstanden. Den Umgang mit seinem Spazierstock – er schwenkte ihn jetzt mit der einen Hand, während die andere seine Aufzeichnungen hielt – hatte er selbst erfunden, und er umfaßte eine solche Vielfalt von Aktionen, daß es nicht ratsam war, im Umkreis von mehreren Fuß neben ihm Platz zu nehmen.

Cecilys Versuche, ihn zu Weatherfield um Röcke und zu Mazzini um Perücken zu schicken, hatten nur dazu geführt, daß er freundlich antwortete: »Gestatte, daß ich weiß, was für einen Mann in meiner Position das Passende ist, meine Liebe.«

Es war schwierig, ihm zu widersprechen: Solche Sturheit und die Weigerung, zu erkennen, wie lächerlich er war, hatte dem Schreiber aus Cheapside ja tatsächlich den Status eines Parlamentsabgeordneten und Landbarons eingebracht.

Das und die Ehe mit ihr natürlich. Und seine unermüdliche Fähigkeit, zu tun, was Walpole ihm sagte. Walpole, der kommende Mann.

In derselben Tory-Zeitung, die ihm den Namen *Dinner Bell* angehängt hatte, war auch eine Karikatur veröffentlicht worden, auf der ein gekrümmter, winziger Lemuel Potts von einem riesigen

Walpole als Stiefelabkratzer benutzt wurde. In dem Ballon, der dabei aus seinem Mund kam, stand zu lesen: »Jederzeit zu Diensten, Sir Robert.«

Ob Lemuel diese Karikatur gesehen hatte, wußte Cecily nicht. Wenn ja, so hatte sie ihm wahrscheinlich nicht einmal mißfallen: Walpoles Sklave zu sein, das brachte ihn nicht nur voran, sondern es machte ihm Freude. Anfangs hatte er dem Mann als kleiner Schreiber im Finanzministerium gedient, dann als Amtsvorsteher und schließlich im Unterhaus, wo er Botendienste verrichtet, geflüsterte Nachrichten an die Abgeordneten übermittelt und seinem Herrn erzählt hatte, auf wessen Stimme man in welcher parlamentarischen Debatte zählen konnte.

Diesem nützlichen Hund hatte Walpole einen Knochen gegeben und zugleich das Unterhaus mit einem neuen loyalen Whig-Abgeordneten versorgt, was wiederum die Nützlichkeit des Hundes vergrößert hatte.

Und der Knochen für Lemuel war kolossal gewesen: der Titel eines Baronet, Cecilys Vermögen und ihr Land, zu dem der Parlamentssitz von Hempens gehörte, sowie Cecily selbst, vierzig Jahre jünger als er.

Dafür dachte, sprach und stimmte er, wie Walpole es wollte.

Es war still im Saal. Cecily blinzelte. War es vorbei? Nein, ihr Mann schaute nur beifallheischend zu seinem Herrn hinüber, der schräg vor ihm in der vorderen Bank saß. Walpole war noch da, die massige Gestalt ausgestreckt, den Hut über die Augen gezogen, und seine dicken roten Wangen zeigten jene auf dem Land gewachsene Gesundheit, einen Quell der Enttäuschung für Cecily, die täglich betete, er möge sterben.

*Mein Leben verstreicht.*

Sie bekam einen ihrer Panikanfälle. Übelkeit durchdrang Bauch und Kehle. Herr, was habe ich Dir getan? Dreh die Uhr zurück, o Gott. Halte die Kutsche an. Gib mir noch eine Chance, o Herr.

Lemuel redete eintönig weiter. Er war jetzt bei der Stelle mit dem Aufruhrgesetz angekommen. Was das mit irgend etwas zu tun hatte, wußte sie nicht.

Walpole anscheinend auch nicht. Er streckte die Hand aus und fing Lemuels Spazierstock, als er vorbeischwang. »Das Aufruhrgesetz? Mein lieber Freund, das Aufruhrgesetz? Kein Grund, das zu verlesen. Der Mob hat sich bereits zerstreut.«

Mit mattem Lächeln schaute Lemuel sich im fast leeren Saal um, dann verbeugte er sich und setzte sich.

Sie folgte ihm hinaus ins Kaffeezimmer. Er redete protestierend auf Shippen ein. »Sie sollten Sir Robert nicht solch harte Abreibungen verpassen, Sir William.«

»Aber doch, Sir Lemuel. Es ist zu seinem Besten. Je kräftiger man Minister abreibt, desto glänzender strahlen sie.«

»Wenn das so ist«, sagte Walpole, der eben dazukam, »bin ich der glänzendste Minister, den es je gegeben hat.« Er verbeugte sich vor Cecily, griff nach ihrer Hand und küßte sie. »Und wie geht es meiner strahlenden Primel?«

Die Primel bedachte ihn mit einem kaum merklichen Nicken.

Wie üblich, verströmte er die Herzhaftigkeit der frischen Luft, als habe er soeben eine Furche gepflügt, weil sein Pflüger es nicht so gut konnte. Er sprach noch immer mit dem Akzent von Norfolk; er war jedermanns Landmann, die Essenz des ländlichen England. Aber die Hand, die die ihre umfaßt hielt, war weich wie ihre eigene.

Er wandte sich an seinen Akoluthen. »Und noch kein neuer Sproß an unserer Primel?«

»Jeden Augenblick, Sir Robert.« Lemuels Stimme schwoll zu einem Tremolo der Dankbarkeit. »Wir geben uns Mühe, wir geben uns große Mühe.«

»Sie müssen die Saat tiefer einsetzen, Lemuel, so geht das. Tiefer einsetzen.« Sein Blick ruhte auf Cecily und versuchte sie in seine eigene Sexualität einzubeziehen. Sie starrte ihn an. *Du übermästetes Schwein.* Sie hatte sich vor diesem Mann erniedrigt, ihn angefleht, seine Knöchel umklammert.

Nachdem sein Herr ihm die Erlaubnis gegeben hatte, derb zu werden, verbreitete Lemuel sich über das Thema der ehelichen Gepflogenheiten zwischen ihm und Cecily, und sein Stock fuhr dabei in alle Himmelsrichtungen, als ob sie beide in fleischlicher Seligkeit ganze Nächte vertollten. William Shippen entfernte sich verlegen.

Lemuel wußte es nicht besser. Er war der Sohn eines Eisenwarenhändlers. Er ließ sich manipulieren, damit Walpole die Möglichkeit hatte, Cecily in irgendeiner perversen Liaison zu umfangen, dieser Lüstling. Er war ein unübertrefflicher Manipulator. Das Parlament, der Quell der Finanzmittel für den König, fraß ihm aus der Hand, und so hatte er nicht nur Georgs Abhängigkeit erworben, sondern dafür gesorgt, daß diesem der Handel noch Spaß machte. Obgleich der König kaum Englisch und Walpole weder Deutsch noch Französisch sprach, waren sie zu rauhbeinigen Kameraden geworden: Ihre gemeinsame Habgier nannten sie »praktisches Denken«, sie erzählten einander Latrinenwitze und zwinkerten sich zu, wenn sie über Frauen redeten – und das alles in ihrem Küchenlatein.

Als er festgestellt hatte, daß die Prinzessin von Wales gescheiter als ihr Gemahl und ihr Schwiegervater zusammen waren, hatte Walpole auch sie erobert, und durch sie auch den Prinzen von Wales, indem er immer noch den ehrlichen Landmann spielte, diesmal aber kultiviert, mit einem Interesse an Kunst und Kindern. Caroline hatte ihn angebetet. Wie machte er das nur? Cecily betrachtete das gutgelaunte, fleischige Gesicht und konnte kein Anzeichen für die Schläue erkennen, die sich dahinter verbarg. Sein Talent bestand darin, jeder Äußerung den Klang des gesunden Menschenverstands zu geben. Er konnte vorschlagen, daß das ganze Parlament sich mit Färberwaid anmalen solle, und dabei den Eindruck vermitteln, es sei vernünftig.

Seine Plattform war der Frieden; er bewahrte England vor dem Krieg. Bewundernswert und populär natürlich, wenngleich Cecily auch den Verdacht hatte, daß seine Sorge weniger dem Leben englischer Soldaten oder auch dem Wohle des Landes galt, sondern eher dem Erhalt einer Stabilität, die es dem Landadel, den Männern der City und selbstverständlich auch Walpole selbst ermöglichte, sich die Taschen zu füllen.

Wunderbarerweise hatte er die öffentliche Wahrnehmung seiner Person selbst erfunden: was gut war für Walpole, war gut für England. Eine Brücke zwischen König und Parlament, ein liebenswürdiger, wachsamer Riese aus einem goldenen Zeitalter, wo sonnengebräunte Bauern bei der Erntearbeit innehielten, um den Kutschen ihrer gütigen, reichen Herren zuzuwinken.

Als er sie zur Ehe mit Lemuel erpreßt hatte, hatte er patriotische, väterliche Besorgnis verströmt. »Um Ihrer selbst willen, Mädel. Und für Ihre Cousine und das Vaterland. Sie werden's schon noch sehen. Er ist ein braver Mann, unser Lemuel Potts.«

Vermutlich war er das. Es war nichts Böses in Lemuel, nur diese nervtötende Albernheit. Man brauchte ihn nur jetzt wieder anzuschauen. Blökte immer noch sein »Ist sie nicht schön?«, »Was bin ich nur für ein Glückspilz!« und »Rechne jetzt jeden Tag mit der guten Nachricht!«

Was für ein Risiko er da einging. Er verließ sich darauf, daß sie die Wahrheit nicht preisgab, daß sie nicht das Männergeplapper in diesem kaffeefleckigen, tabakverqualmten Raum mit dem Aufschrei durchschnitt: »Der alte Trottel ist impotent!«

Sie würde es nicht tun, *weil* er ihr vertraute, weil sie jetzt, in guten und in schlechten Zeiten, Lady Cecily Potts war, und weil die Würde des alten Trottels, soweit man davon sprechen konnte, auch die ihre war. Walpoles wegen würde sie es nicht tun. Popes wegen, und wegen all der anderen, die Freude an ihrem Sturz hatten. Sie hatten das Kalb auf ihren Altar gebunden, aber Cecily wollte verdammt sein, wenn sie ihnen die Genugtuung gäbe, es blöken zu hören.

Ihre Reserviertheit machte Walpole unruhig. Er schob sein großes Gesicht dicht an Cecily heran und tat, als müsse er sie eingehend betrachten. »Wo ist Myladys Schönheitsfleck?«

»Mylady lehnt Schminke, Puder und Schönheitspflaster ab, Sir Robert.« Lemuel entschuldigte sich mit einem Anflug von Stolz. »Sie läßt ihre Haut so, wie Gott sie gewollt hat.«

Wieder ein Beispiel für seine Albernheit: Wenn Gott gewollt hätte, daß die Gesichter der Frauen glänzten, dann hätte er die französischen Talkumminen nicht erfunden. Um Lemuels willen konnte sie ihre Sympathie für die Torys nicht mit einem Schönheitspflaster auf der linken Wange demonstrieren, aber sie wollte verdammt sein, wenn sie sich als Whig schmückte, indem sie eins auf der rechten trug.

Kurz bevor die Abgeordneten zur Abstimmung zurückkehrten, sagte Sir Lemuel unsicher: »Heute haben sie ein bißchen gewakkelt, Sir Robert.«

Wieder die South-Sea-Aktien vermutlich. Lemuel war besessen von den Kursen und beschäftigte Läufer, die ihm stündlich Bericht erstatteten.

Walpoles Hand fuhr krachend auf seinen Rücken nieder. »Wo ist Ihr Vertrauen, mein Junge? Ich selbst habe heute noch weitere Anteile gezeichnet.« Grinsend schaute er Lemuel an. »Und morgen geht's nach Houghton. Kommen Sie Mittwoch zum Essen?«

Es war Cecilys Unglück, daß ihr Gut Hempens ein kleines Stück weit westlich von King's Lynn lag, für welches Walpole im Unterhaus saß, und weniger als einen Tagesritt von Houghton entfernt, dem Familiensitz der Walpoles in Norfolk.

Ihnen die Einladung in Form einer Frage zukommen zu lassen, war ein rein rhetorisches Mittel. Tatsächlich hatten sie geplant, zu Cecilys Landhaus in Surrey zu fahren. Auf Walpoles Intervention hin fand ein unverzüglicher Richtungswechsel statt. Lemuel sagte: »Selbstverständlich, selbstverständlich, Sir Robert. Ich danke Ihnen.«

»*Du* magst in Houghton speisen, Lemuel«, sagte Cecily. »Ich werde es nicht tun.« Das war ihr Grundsatz. Sie hatte sich zu einer Ehe zwingen lassen, sie war betrogen und entehrt worden. Eines würde sie nicht tun: Dem Urheber dieser Demütigungen die Ehre geben.

»Wie? Was?«

»Ich bin anderweitig verabredet.«

»Tatsächlich, meine Liebe?« Lemuel zauderte. »Inwiefern denn?«
Sie schaute Walpole in die Augen.

»Anderweitig eben.«

Wie es sich fügte, hatte Cecily am nächsten Morgen einen legitimen Grund, überhaupt nicht aufs Land zu fahren, wenngleich es ein Grund war, den sie lieber nicht gehabt hätte. Er stand in einem Billett von Lady Catherine Jones.

Sie kam damit ins Speisezimmer, wo Lemuel den Haushalt zu hektischem Packen antrieb. »Ich werde dich nicht begleiten, Lemuel. Mrs. Astell ist krank.«

»Die alte Klugschwätzerin.« Dolly füllte eine Kiste mit Silbergeschirr.

»Aber meine Liebe, meine Liebe ...« Lemuel sah, wie seine Frau das Kinn vorreckte, und stellte die Proteste ein. »Du wirst später nachkommen, hoffe ich?«

»Wenn es ihr besser geht.«

Entsetzlicherweise begann Dolly sich zu fragen, ob sie nicht auch dableiben sollte: Sie war eine Stadtfrau durch und durch. »Ich hasse Hempens. Lauter Vögel und Stille und stinkender Morast.«

»Moor, Dolly«, sagte Cecily. »Es ist ein Gezeitenmoor. Du wirst dir doch sicher das Essen bei Sir Robert nicht entgehen lassen?«

»Das ist natürlich wahr«, räumte ihre Schwägerin ein. »Deckt einen guten Tisch, Sir Rob. Und er ist ein Kerl.« Sie zwinkerte. Dolly flirtete in empörender Weise mit Walpole; sie war davon überzeugt, daß er ein Auge auf sie geworfen hatte.

Hat er wahrscheinlich sogar, dachte Cecily. Sie stand auf der Treppe, um sie zu verabschieden. Seit Monaten hatte sie Hempens nicht gesehen, und sie sehnte sich schmerzlich danach. Aber wenn sie es in Begleitung ihres Gemahls und ihrer Schwägerin besuchte, war es, als schaute sie zu, wie Kinder mit Nagelschuhen auf einem seltenen, antiken Mosaik umhertobten.

Unter allen ihren Anwesen war Hempens das kleinste und ärmste, doch ihm gehörte der größte Teil von Cecilys Herz und ihrer Geschichte. Ihr Spitzname unter den Ehrenjungfern war »The Wake« gewesen – nach dem großen Hereward, genannt »The Wake«, auf den ihre Familie ihre Herkunft zurückführte, jener, der Englands Kampf gegen Wilhelm den Eroberer fortgesetzt hatte, nachdem alle anderen Sachsen kapituliert hatten. Wann immer ihnen der Boden in der Außenwelt zu heiß geworden war, hatten sich Generationen von Fitzhenrys auf ihre Insel am Rande des Moores zurückgezogen, um sich dort zu verstecken, unverfolgt und unverraten, bis der Rauch verweht und die Feinde abgezogen waren.

Ein Feld in Cecilys Familienwappen hatte man daher dankbar der Rohrdommel gewidmet, dem Vogel, der sich im Schilf versteckt.

In der Überlieferung der Fitzhenrys hieß es, daß der Eroberer voller Bewunderung die Tochter des Wake mit einem seiner eigenen Männer verheiratet hatte, mit Rollo dem Truchseß, und eine Tochter aus dieser Ehe hatte Geoffrey Fitzhenry geheiratet, den einzigen treuen, wenn auch unehelichen Sohn Heinrichs II. Die gleiche Überlieferung existierte in den weit zurückreichenden Erinnerungen der Moorleute: Könige kamen und gingen unbemerkt; es waren die Fitzhenrys, die diese geheime Region Englands regierten, und noch heute – denn sächsischer Brauch gewährte auch den Frauen Besitzrechte – war der Herr der Moorbewohner eher Cecily als der unbekannte Georg, der auf seinem Thron im unbekannten London saß.

Was sie betraf, so fühlte sie sich bei diesen unansehnlichen, schwimmfüßigen Männern und Frauen wohler als unter den modischen Bewohnern der Stadt. Sie waren ihr Volk, und es machte Cecily verlegen, daß die Leute Dollys Beleidigungen ertragen mußten und keine Miene verziehen durften, wenn Lemuel versuchte, den Junker zu spielen, und wenn sie mit ihren antiken Jagdflinten die Vögel vom Himmel holten und dann so taten, als habe er getroffen.

Die wenigen, die ein Stimmrecht besaßen, waren ratlos, als Lemuel verlangte, daß sie für ihn stimmten, einen Whig. Von Anbeginn der Wahlen an hatten sie einen Tory ins Parlament geschickt, aber weil er Cecilys Gemahl war, hatten sie nun ihn entsandt, und Lemuel hatte gesagt: »Du siehst, meine Liebe, was ein paar Fässer Freibier bewirken können.«

Als Kind hatte Cecily stundenlang oben auf dem kleinen Leuchtturm von Hempens gesessen und das Meer beobachtet, und sie hatte einen Drachen zusammengesponnen, der den Fuß des Turmes umlagerte, und einen Helden ersonnen, der eines Tages zur Insel gesegelt kommen würde, um sie vor dem Ungeheuer zu retten – tapfer natürlich, hochgewachsen, gutaussehend – aber es war ihr nie gelungen, sich sein Gesicht auszumalen.

Wie Lemuel hatte er jedenfalls nicht ausgesehen.

Seit ihrer Hochzeit erinnerte sie sich immer wieder mit Bitterkeit an diesen Jugendtraum. *Wie töricht doch die jungen Mädchen sind.*

Nun, dachte Cecily, als sie jetzt der Kutsche nachschaute, die schwankend um die Ecke von Spring Gardens rollte und außer Sicht geriet, mit etwas Glück wird Dolly vielleicht im Moor ertrinken. »Frei«, sagte sie. Oben in ihrem Schlafzimmer schloß sie die Tür und tanzte ins Badezimmer. »Frei«, schrie sie Lemuels leeren Perückenständer an, »frei«, zerrte sie ein Kissen vom Bett und trat mit dem Fuß dagegen.

Aus solchen vorübergehenden, unbedeutenden Freiheiten bestand ihr Leben; sie hielten sie aufrecht wie eine Betrunkene, die sich von Stuhl zu Stuhl quer durch ein Zimmer hangelt.

In der Hochzeitsnacht hatte sie ihrem Gemahl eine vorbereitete, würdevolle Rede gehalten. »Sie wissen, daß ich diese Ehe gegen meinen Willen eingegangen bin, Sir Lemuel. Sie besitzen mein Land und mein Vermögen, und ich gedenke nicht, Ihnen auch den Besitz meiner Person einzuräumen. Ich werde Ihnen eine loyale Ehefrau sein, in allem, nur nicht darin.«

Selbst wenn es sich um einen vernünftigen Mann gehandelt hätte, wären seine blaugeäderten Beine zuviel für sie gewesen. Was die quastgeschmückte türkische Nachtmütze anging …

Er deutete ihre Erklärung mit der Schüchternheit einer Jungfrau. Seine größte Stärke hatte sie noch nicht kennengelernt: Er konnte die Dinge sehen, wie er sie haben wollte.

»Ich verstehe Ihre Nervosität, liebe Lady, aber ich werde zartfühlend sein. Ich habe Erfahrung in der Kunst der Liebe.« Er war schon einmal verheiratet gewesen, mit der Tochter eines Ladenbesitzers; sie hatte ihm vier Kinder geschenkt, von denen keines älter als zwölf Jahre geworden war.

»Ihre Kunst wird hier nicht gebraucht werden. Weder heute nacht noch jemals sonst.« Und sie hatte sich in ihr Ankleidezimmer zurückgezogen, um dort zu schlafen. Aber eine weitere Stärke ihres Gatten, so hatte sie feststellen müssen, war die Beharrlichkeit. Er insistierte mit einer Hartnäckigkeit und Inbrunst, die man fast Vergewaltigung hätte nennen können. Indessen – durch das, was sie als Gnade Gottes betrachtete, fand sein festes Bestehen auf den ehelichen Rechten keine Fortsetzung an anderer Stelle. Es gab Proteste von ihrer Seite, viel Ächzen und Fluchen von ihm, aber am Ende drang er in ihren Körper ebensowenig ein wie in ihren Geist.

Er entschuldigte sich nicht – weder für seine Beharrlichkeit noch für seine Impotenz. Statt dessen zeigte er sich am nächsten Morgen so selbstgefällig, als habe er eine vollkommene Vereinigung bewerkstelligt.

Bald vermutete sie, daß er tatsächlich daran glaubte: daß jeden Morgen irgendein alchimistischer Vorgang seine Wahrnehmung der vergangenen Nacht verändert und vergoldet hatte. Ihr Entsetzen wurde noch größer, als er jedem Bekannten, vor allem Walpole, strahlend zuzwinkerte, als wäre er mit den Kräften eines Bullen ausgestattet.

Aber es waren geringere Plagen als diese – Dolly zum Beispiel –, die an ihr klebten wie Mörtel und das allgemeine Grauen dieser Ehe noch fester zementierten, und die sie beinahe vernichtet hätten.

Sie konnte nicht mehr essen und wurde krank. Auch versäumte sie Sophies Hochzeit – was in mancher Hinsicht eine Erleichterung war, da sie auf diese Weise ihren ehemaligen Freunden nicht zu begegnen brauchte.

Lemuel hörte ausnahmsweise auf einen guten Rat und zog den einzigen Arzt hinzu, der sie retten konnte: Dr. John Arbuthnot, ehemals königlicher Leibarzt, hatte schon Cecilys Kinderkrankheiten behandelt. Wie alle Höflinge Queen Annes, gab er Walpole und den Whigs die Schuld daran, daß er unter Georg seinen Posten verloren hatte.

Er schickte alle aus dem Zimmer. Er fühlte ihr nicht den Puls und warf auch keinen Blick auf den Topf mit ihrem Urin, den Dolly ihm bereitgestellt hatte, damit er daran schnuppern konnte, sondern setzte sich auf ihre Bettkante und sagte ihr geradeheraus, daß sie sterbe, »und zwar an einem Leiden namens Walpole-Vergiftung. Wie und warum hat dieser Whiggamore-Bastard dich mit diesem Trottel verheiratet?«

Cecily schüttelte den Kopf. Arbuthnot hatte immer noch gesellschaftliche Beziehungen; wenn er nicht wußte, daß sie etwas mit Lord Kelties Flucht zu tun hatte, würde sie es ihm nicht sagen.

»Walpole-Vergiftung«, fuhr der Arzt fort, »ist tödlich für jemanden, der keinen Mut und keine Kraft hat. Wie in diesem Fall.«

»Ich bin zu müde.«

»Du bist zu stolz. Das warst du immer schon. Was immer seine Gründe waren – wie ich ihn kenne, war es nur zu seinem eigenen Vorteil –, Walpole hat dich in den Misthaufen gefahren, und du willst lieber darin versinken, als aufzustehen. Lieber Gott, Mädchen, die Welt dreht sich weiter. Und auch wenn ich das vielleicht nicht sagen sollte: Du hast immer noch mehr Jahre vor dir, um ihr dabei zuzusehen, als Lemuel Potts.«

»Ich weiß, was Sie meinen«, sagte sie. »Aber ich kann nicht mehr.« Sie wandte den Kopf ab.

Er blieb am Bett sitzen und beobachtete sie. Er kannte seine Cecily.

Ich kann mich nicht aufraffen, dachte sie, es gibt nichts, wofür ich mich aufraffen könnte. Walpole hat mich ermordet; ebensogut könnte er mich in einen Sarg legen.

Sie hörte schon die Trauergäste. Die arme Cecily, noch so jung, einst so vielversprechend. Und Dolly, wie sie grinsend am Grab steht. *In meinen Kleidern.*

Da setzte Cecily sich im Bett auf. Hatte Hereward etwa dafür den Normannen standgehalten?

Wenn ihr Liebster irgendwo auf der Welt die Demütigungen der Sklaverei ertrug, dann konnte sie es auch. *Komm, gib mir meinen Romeo! Und stirbt er einst, nimm ihn, zerteil' in kleine Sterne ihn.*

Der Arzt hatte recht: Lemuel war ein alter Mann. Ihre Strafe war leichter als Guillaumes: Die seine währte lebenslänglich, ihre dagegen war begrenzt.

Sie war Lady Cecily Fitzhenry: Sie würde weiterleben – und sei es nur, um Dolly zu ärgern.

Und das tat sie dann auch. Es war eine unnahbare, strenge Lady Cecily, die sich aus dem Bett erhob. In den Nächten, in denen Lemuel es mit ihr teilte – und es wurden weniger –, versuchte sie ihr Denken auszulöschen und ihren Körper zu betäuben, nicht nur um den Ekel zu bekämpfen, sondern auch um die Erinnerung an Guillaume Frasers Berührung aus beidem zu vertreiben.

Die Erinnerung daran bewahrte sie sich für die luxuriösen Augenblicke, in denen sie allein war, für die Gelegenheiten, da Lemuel das Haus verließ, was er gottlob, gottlob, heute tat.

Als sie gepackt hatte, verließ sie das Haus in Spring Gardens und ließ sich nach Chelsea zu Mary Astells Cottage fahren. Und dort wurde sie ein jakobitischer Spitzel.

## 4

An der Tür von Mary Astells Tudor-Cottage wurde sie von Lady Catherine Jones empfangen. »Gott sei Dank, daß Sie kommen. Können Sie bleiben?«

»Natürlich. Wie geht es ihr?«

Lady Catherine legte einen Finger an die Lippen, führte Cecily auf Zehenspitzen an der Treppe vorbei in die mit Büchern vollgestopfte Stube und schloß die Tür. »Man hat ihr die Brust abgenommen. Der Chirurg sagt, noch nie hat er solche Leidensfähigkeit gesehen. *Quelle femme*. Sie ließ sich nicht von uns festhalten und gab keinen Laut von sich.«

»Wird sie dadurch geheilt werden?«

»Wir müssen darum beten.« Lady Catherine war nur wenige Jahre jünger als Mrs. Astell, aber während man Mary ihr Alter ansehen konnte, hatte Lady Catherine sich die feinknochige Zartheit bewahrt, die Askese und Herkunft ihr verliehen hatten. Heute jedoch sah ihr Gesicht hager aus. Nachdem Cecily Instruktionen zu den anzuwendenden Heilmitteln erhalten hatte, schickte sie Lady Catherine nach Hause, damit sie ein bißchen schlief; sie besaß eine große Stuart-Villa weiter unten an der Straße.

Das Cottage der Mrs. Astell war das kleinste unter den Wohnhäusern, die diesen Teil der Themse säumten. Chelsea war in Mode gekommen, und auch wenn es immer noch ein Dorf war, auf der einen Seite durch den Fluß, auf der anderen durch Wiesen begrenzt, begannen Kreise der Gesellschaft das verfügbare Land aufzukaufen. Für das ihre hatte man Mary Astell schon eine hohe Summe geboten, aber sie hatte abgelehnt: Sie könne auf die Aussicht nicht verzichten.

Cecily blieb ein paar Augenblicke am Fenster stehen, um diese Aussicht zu genießen; sie schnupperte den Duft der Erinnerungen, die diese Stube barg – in der Sammlung von Büchern wie auch im scharfen Geruch der Holunder- und Wermutzweige, die Mrs. Astell an die Deckenbalken gehängt hatte, um die Fliegen fernzuhalten, und sie betrachtete den Fluß durch den Zaun auf der anderen Seite der von Kuhfladen bedeckten Straße. Der Zaun war neu; ein Bock, der aus dem Jagdrevier Battersea entkam, konnte jetzt nicht mehr über den Fluß schwimmen und vom Ufer her die Böschung heraufspringen, um in dem Wald hinter Marys Garten Zuflucht zu suchen, wie es einmal einer getan und damit den Unterricht für die kleine Cecily, Anne und Sophie gestört hatte, die alle zusammen hier in dieser Stube gesessen hatten.

Es war eine Geschichtsstunde gewesen, wenn sie sich recht erinnerte ...

»Nun denn, meine jungen Damen, glauben wir, daß Richard III. seine Neffen im Tower ermordete?«

»Nein«, sagte Cecily, um ihr Plantagenet-Blut zu verteidigen.

»Und warum nicht, Lady Cecily?«

»Weil er es nicht getan hat.«

Das genügte nicht. Sie und Anne und Sophie mußten Holinshed's Chronicles studieren und sie mit Bucks Verteidigungsschrift vergleichen. Mit vierköpfiger Besetzung spielten sie Shakespeares *Richard III.* und setzten das Stück dann in einen Zusammenhang sowohl mit Richards Zeit als auch mit der Epoche, in der es geschrieben worden war. Sie kamen in der Frage, ob Richard schuldig war, zu keinem endgültigen Schluß, und Mary Astell hatte ihnen auch keinen zu bieten, aber an diesem und an anderen Beispielen hatten sie gelernt, daß ein Heiliger als Schurke dargestellt werden konnte, eine blutige Eroberung als Befreiung – und umgekehrt –, je nach den politischen Neigungen des Historikers.

Als Queen Anne sich entschieden hatte, die Erziehung ihres Mündels in Mary Astells Hände zu legen, hatten die Lords Breffny und Keltie es ihr nachgetan und sich als höchst wagemutig empfunden, ihre Töchter zur Schule in Pension zu geben, statt sie zu Hause zu erziehen. Aber sie nahmen an, es werde den Mädchen zum Vorteil gereichen, wenn sie ein wenig mit den Klassikern vertraut gemacht würden, aber auch mit Musik und Handarbeit, ganz wie die Töchter der verdammten Nonkonformisten. War Mrs. Astell nicht eine anerkannte Gelehrte – für die Verhältnisse einer Frau? Und eine gute Tory? Würde es den Mädchen nicht zu einer noch besseren Heirat verhelfen? Weiter hatten sie nicht gedacht.

Lächelnd wandte Cecily sich vom Fenster ab und stieg die verwinkelte Treppe hinauf, um sich um die größte Revolutionärin ihrer Zeit zu kümmern.

Mary Astell schlief, das Haar zu ordentlichen Zöpfen geflochten, das runde Gesicht gelblich-grau auf dem Kopfkissen. Mit dem schmalen Bett, einem Betstuhl und einem Wäscheschrank war die Kammer so kärglich eingerichtet und sauber wie die Zelle einer Nonne.

Cecily ließ sich auf einem Schemel neben dem Bett nieder. *Verglichen mit dir, du kleine Frau, war Oliver Cromwell rückständig und Guy Fawkes eine Säule der Konvention.* Die Levellers und Diggers, wie sich die Kommunisten des Langen Parlaments um 1647 genannt hatten, hatten lediglich versucht, die Welt auf den Kopf zu stellen; Mary Astell hatte sie ausgekernt wie einen Apfel. Das Zentrum, um das sie sich bisher gedreht habe, erklärte sie, sei verfault. Es gebe kein göttliches Gesetz, demzufolge die Männer über die Frauen zu herrschen hätten; dies sei nur ein Arrangement, das den Männern entgegenkomme. Männer und Frauen sollten aber gleichberechtigt existieren, nicht als Herrscher und Beherrschte.

Anfangs war der Unterricht nicht weiter ungewöhnlich gewesen. Latein und Griechisch hatten sie nicht gelernt, denn das konnte Mary Astell nicht; also lasen sie Homer, Xenophon, Vergil, Cato und Cäsars Kommentare in der Übersetzung, ohne sich mühsam durch die Originale zu plagen, wie die Jungen es tun mußten. Botanische Studien unternahm man auf Spaziergängen entlang der Hecken und über die Auwiesen von Chelsea, Kräuterkunde gab es in Mrs. Astells elisabethanischem Garten, und Manieren lernten sie in anmutigen Teestunden im Hause der Lady Catherine Jones oder bei Lady Mary Wortley Montagu.

Erst allmählich, als sie älter wurden, erkannten sie, daß sie darin unterwiesen wurden, den Status quo in Frage zu stellen.

Die Männer, sagte Mary Astell, verschafften sich selbst eine überlegene Bildung und den Frauen eine geringe oder gar keine. Dann warfen sie den Frauen ihre Ignoranz vor. »Allzuoft wirken wir albern«, sagte sie, »aber während die Männer uns für unsere Torheit schelten, verlocken sie uns zu weiteren Torheiten, nur um selbst meisterlich zu erscheinen. Und haben sie mit ihrem gewaltigen Verstand nicht ganze Königreiche verwüstet?«

Sie schaute Sophie an, als sie sagte: »Männer, die euch umwerben, indem sie eure Unzulänglichkeiten preisen, sind unehrliche Liebhaber. Ihre Worte sind betrügerische Schmeicheleien, die euch nur daran hindern sollen, eben jene Eigenschaften zu erwerben, die euch bewundernswert und stark machen.«

Sie erkannten die Situation. Der verpatzte Wurf beim Kegeln, der Pfeil, der weit vom Ziel landete, bei den Maispielen von einem Jungen eingeholt und gefangen zu werden – das alles waren Gelegenheiten, bei denen Annes Bruder und seine Freunde auf den Festen zu Hause sie neckten.

Aber was schadete das? Lieber geneckt als ausgeschlossen. Und was das Eingeholtwerden betraf – man *wollte* doch gefangen werden. Und oft tat man besonders töricht, nur um dieses warme Männerlachen zu hören.

Die Aufmerksamkeit eines Jungen gewann man nicht mit einer Abhandlung über italienischen Barock. Cecily hatte es versucht und wußte es. Besser, man stellte sich dumm. »Besteht Verwandtschaft mit den Barocks aus Surrey? Und den Copelands?« So gewann man den Beinamen »die Köstliche« und wurde zum Tanz geholt.

»Ich will nicht stark sein. Ich will meinen Mann nicht über die Schwelle tragen«, sagte Sophie. »Und ich bin zu hübsch, um Jungfrau zu bleiben. Das sagen alle.« Womöglich hatte sie etwas mißverstanden, aber in einem gewissen Sinn sprach sie für alle drei, denn sie alle träumten davon, daß ihnen bei der Ehe, die für sie arrangiert wurde, jemand zufallen würde, der groß, schön und überwältigend war, auch wenn sie realistisch genug waren, um zu wissen, daß es auch anders kommen konnte.

»Ja, und der euch zugedachte Gemahl wird das gleiche sagen«, antwortete Mrs. Astell. »Er wird euch schmeicheln, bis ihr so weit seid, daß er euch beherrschen kann. Ihr werdet seinem Willen unterstehen, ihr werdet ihm lebenslänglich gehören und könnt aus seinem Dienst nicht ausscheiden, mag er euch auch behandeln, wie er will.«

Und sie sagte etwas Verwirrendes. Sie sagte: »Findet euch nicht mit der männlichen Version des Universums ab. Ich will, daß ihr die Freiheit und die Macht habt, für euch selbst zu entscheiden, was wichtig ist.«

Die Cecily, die jetzt am Bett ihrer Lehrerin saß, dachte: Jetzt fange ich damit an. Damals habe ich es nicht getan.

Unter sich waren die Cousinen übereingekommen, daß sie in der Frage der Geschlechter von Mrs. Astell nichts lernen könnten; wie alle Damen, die das heiratsfähige Alter hinter sich gelassen hatten, trug sie zwar den Titel einer Mrs., aber sie war doch eine alte Jungfer, die Arme. Nichtsdestoweniger verrieten sie nie etwas von Mrs. Astells subversiven Ansichten, denn sie wußten, daß man sie sonst auf der Stelle fortgeholt hätte, und befürchteten, daß man die Lehrerin als Hexe verbrennen könnte. Ihre Ideen mochten irrsinnig sein, aber sie waren doch auch belebend. Die Mädchen verspürten eine heimliche Leichtigkeit: Sie hatten das Gefühl, die Newtonsche Schwerkraft ziehe sie empor statt hinab, ein unsinniges Naturgesetz, das sie gleichwohl zu neuen Sternen hinauszog. Auch verrieten sie nichts von ihrer dämmernden Erkenntnis, daß Mrs. Astell Lady Catherine Jones auf eine Weise verehrte, wie keine Frau je eine andere verehren sollte.

»Sie ist eine Sappho-Jüngerin, ich bin sicher, daß sie eine ist«, tuschelte Sophie mit großen Augen, als sie den andern eines Abends in der Schlafkammer Bericht darüber erstattete, wie sie einen verstohlenen Blick in Mrs. Astells Tagebuch geworfen hatte. »Ihr wißt schon, sie gehört auf die Insel Lesbia. *Deshalb* ist sie nicht verheiratet.«

»Lesbos«, sagte Cecily. »Aber du hast recht. Natürlich.«

Sie erörterten und verwarfen die Möglichkeit, daß Mrs. Astell und Lady Catherine einander körperlich liebten. Cecilys Bett stand Mrs. Astells Schlafkammer am nächsten, und sie hatte nie jemand anderen darin gehört, obgleich manchmal das Sausen einer Geißel durch die Zwischenwand gedrungen war, das Klatschen, mit dem sie auf Haut traf, und das Geräusch des Weinens.

Sie waren nicht so schockiert, wie es die Töchter von kirchenfrommen Dissentern gewesen wären. Sie gehörten einer Klasse an, die sich nicht durch die kleinliche Moral der *bourgeoisie* gebunden fühlte; sie wußten, daß »Verhältnisse« nicht auf Paare zweierlei Geschlechts beschränkt waren. War nicht Königin Annes Freundschaft mit der Herzogin von Marlborough äußerst eng gewesen, bevor sie in Feindseligkeit zerfallen war?

Cecily hätte gern mit ihrem Vormund über Mrs. Astell gesprochen; sie war davon überzeugt, daß die Königin von ihren Lehren nicht überrascht sein würde, ja, daß sie sie sogar gerade deshalb zu Cecilys Lehrerin bestimmt hatte. Aber inzwischen hatte Annes langsamer Niedergang begonnen, und ihre Minister setzten ihr viel zu sehr zu, als daß sie ihr Mündel öfter als einmal im Jahr empfangen hätte.

Nach dem, was Lady Mary Wortley Montagu erzählte, hatte die Königin noch als Prinzessin zehntausend Pfund für eine Mädchenakademie stiften wollen, die ihre Freundin Mrs. Astell gründen wollte. Das Projekt war indessen mit der Begründung eingestellt worden, daß es nach Papisterei und Klosterleben schmecke.

Bei all dem gab es keine Spur von Unschicklichkeit im Umgang ihrer Lehrerin mit ihnen, nicht den Hauch einer unnatürlichen Zuneigung. Ihre einzige Leidenschaft galt der Erweiterung ihres Geistes, und diese Leidenschaft war so selbstlos, so glühend, daß sie Verstand genug hatten, dafür dankbar zu sein. »Ihr seid vom Glück gesegnete junge Frauen«, sagte Lary Mary, »aber ich bitte euch doch, hütet eure Bildung mit der gleichen Sorgfalt, mit der ihr ein krummes Bein verbergen würdet. Bei einer Frau ist Bildung eine Mißbildung.«

Sophie war zu jung und Anne allzu abhängig von der Liebe ihres Vaters, als daß die beiden in Mary Astells Kritik an der Gesellschaft mehr als eine exzentrische Auffassung hätten sehen können. Allein bei Cecily reichte der Unterricht tiefer, auch wenn ihr erst viele Jahre später klarwurde, daß die Unkonventionalität ihrer Reaktion auf eine Katastrophe und ihre Fähigkeit, sie zu überleben, auf Mary Astells Zweifeln an der Welt, wie die Männer sie sahen, beruhten.

Noch jetzt, in der ehelichen Einöde, in der Cecily sich befand, zehrte sie von dem geheimen Brunnen der Philosophie und Dichtung, den Mrs. Astell für sie gebohrt hatte. Ohne ihn, und ohne ihren Stolz, wäre sie noch mißmutiger gewesen, als sie war; sie hätte wie ein Fischweib an Dolly herumgenörgelt und Lemuel mit unverhohlener Verachtung statt mit höflicher Zurückhaltung behandelt, und sie wäre in allgemeiner Bösartigkeit verkommen.

Nur ihr Haß gegen Walpole, der war dadurch nicht zu lindern …

»Nicht, oh, meine Liebe, nicht«, sagte eine Stimme aus dem Bett. Mrs. Astell weinte.

»Was ist? Haben Sie Schmerzen?«

»*Oh, eines Jägers Stimme, den edlen Falken wieder herzulocken.* Und so warst du: wie ein Falke, sanft und froh. Ich bitte dich, ruiniere nicht dein Leben.«

Cecily spannte die Lippen zu einem Lächeln. »Ich habe mich mit meinem Schicksal abgefunden, das versichere ich Ihnen.«

»Wirklich? Einen Augenblick lang hattest du die Miene einer Mörderin.«

»Unfug«, sagte Cecily. »Sie sind hier die Patientin. Wir müssen die Wunde verbinden, sagt Lady Catherine, und dann ist es Zeit fürs Abendessen. Ich habe Garnelen in Butter und ein paar von Louis' besten Meringues.«

Die Wunde sah abscheulich aus, aber Dr. Arbuthnot, der auch in der Nachbarschaft wohnte, hatte erklärt, wenn sie diese Verletzung überlebt habe, dann könne sie auch die Heilung überleben. Man hielt sie im Bett, indem man ihr Bücher zu lesen erlaubte und versprach, wenn sie ihre Arzneien und ihre Mahlzeiten einnehme, dann könne sie am drittnächsten Sonntag schon wieder zum Gottesdienst nach St. Luke.

Das Schwierige waren die Besuche ihrer besorgten Freunde. Halb Chelsea kam, um sich nach Mrs. Astells Gesundheit zu erkundigen, und damit sie keinen weiteren Schaden nahm, mußten Cecily und Lady Catherine die Besuche von Nachbarn wie Dekan Swift, Bischof Atterbury, Lord und Lady Cheyne, der ungezogenen Herzogin von Mazarin und Sir Hans Sloane auf das strengste beschränken. So kam es, daß die beiden Männer, die eines späten Abends vor der Tür standen und sich als Sir Spender Dick und Mr. Arthur Maskelyne vorstellten, von einer müden Cecily schroff die Treppe hinaufgeschickt wurden und mitgeteilt bekamen, daß sie eine Viertelstunde bei Mrs. Astell bleiben dürften, keine Minute länger.

Nach dem Gelächter zu urteilen, das ihr entgegenschallte, als sie die beiden holen wollte, hatte Mary Astell die Viertelstunde genossen, aber als die Besucher die Treppe hinunterstiegen, rief sie Cecily von der Tür zu sich zurück. »Wer waren diese entzückenden Gentlemen?«

»Sie kennen die beiden nicht?« Cecily lief nach unten, um die Silberlöffel zu zählen. Aber die Männer erwarteten sie. »Wer sind Sie?« herrschte Cecily sie an. In der dunklen Diele wirkten die Gestalten einschüchternd; Cecily unterdrückte den Impuls, die Wache zu rufen. »Mrs. Astell sagt, sie kannte Sie nicht.«

»Ein Versäumnis, dessen Korrektur bezaubernd war«, sagte der größere Schatten, »aber freilich, hätten wir Zeit gehabt, die Sache zu erklären ... Der Fehler liegt selbstverständlich bei uns: die späte Stunde, der naheliegende Irrtum Ihrerseits ... Sonst hätten wir wohl dargelegt, daß unser Anliegen Lady Cecily Potts betrifft, sofern es sich bei Ihnen um die nämliche handeln sollte, was, nach einer Schönheit zu urteilen, die legendär geworden ist ...«

»Es geht um Guillaume Fraser«, sagte der kleinere Schatten.

Cecily war, als würde sie jeden Moment ihre Fassung verlieren, jedoch fing sie sich und bat die beiden Herren in die Stube hinein.

Sie waren nicht ungewöhnlicher als andere Besucher, die im Cottage verkehrten. Sir Spender war groß und dick und sah so blühend aus, wie seine Rede klang, und Maskelyne war mittelgroß und unauffällig. Aber sie wußte die beiden nicht einzuordnen. Die Abenteurer, die Lady Cecily kannte, gehörten zum Establishment, hatten sich darin eingerichtet und wollten nun höher hinaus. Diese zwei aber kamen aus einem ganz anderen Reich. Gentlemen vielleicht: Sir Spenders Akzent klang kultiviert, und seine Kleidung wirkte wohlhabend, während Maskelyne sich kleidete, um in der Menge nicht aufzufallen. Abenteurer: Gewiß, ihr Blick hatte etwas Schräges, aber worin das Abenteuer bestehen sollte, das konnte sie nicht erraten. Journalisten womöglich. Das Leinen, das sie trugen, war ungewaschen, aber unter High Torys war es Mode, sich vom puritanischen Gesindel dadurch zu unterscheiden, daß man schmutzige Halstücher trug; das konnte sie ihnen nachsehen.

Sie würde ihnen alles nachsehen, wenn sie ihr Nachricht von Guillaume brachten. »Fraser?« fragte sie und gab sich ruhig.

Maskelyne bezog am Fenster Posten und holte ein Paar Würfel hervor, die er in die Luft warf und auf dem Handrücken auffing. Es war Sir Spender, der ihr antwortete. »Ich flehe Sie an, haben Sie Erbarmen mit der kurz angebundenen Art meines Freundes, Lady Cecily. Er war wegen seiner Überzeugungen vier Jahre in der Festung von Edinburgh eingemauert und hat sich noch nicht recht daran gewöhnen können, vornehme Konversation …«

Cecily begann mit dem Fuß auf den Boden zu klopfen. Sir Spender verneigte sich.

»Die Person, die er soeben erwähnt hat *und nicht noch einmal zu erwähnen braucht*« – an dieser Stelle musterte Sir Spender seinen Gefährten mit schmalen Augen – »ist ein junger Gentleman, dem Sie, wie wir glauben, einmal an einem Ort begegnet sind, dessen namentliche Nennung wiederum unnötig sein dürfte. Ein tapferer junger Herr, der für eine Sache leiden mußte, welcher – oder gehe ich jetzt zu weit? – alle in diesem Zimmer Sympathie entgegenbringen.«

In diesem Zimmer war es vor allem still. Maskelynes Hand schloß sich um die Würfel und verharrte reglos. Es war der Augenblick, da die Knöchel des Bogenschützen weiß werden, wenn er den Pfeil auf der Sehne zurückzieht. *Vorsicht*, schrie Cecily innerlich. Sie sagte nichts.

Sir Spender lächelte und nickte, als habe sie doch gesprochen. »Unser junger Herr hat, seiner tapferen Natur entsprechend, seinem vorgesetzten Offizier zur Flucht verholfen, zu einer Flucht, die – Sie werden mich verstehen, Lady Cecily – den Adel und den Mut aller Beteiligten reflektierte und ...«

*Erpresser*, entschied sie. »Ich bin zu müde, um hier um den heißen Brei zu reden, Sir Spender, oder wie Sie sich sonst nennen mögen«, sagte sie. »Wenn Sie Ihr Anliegen nicht vorbringen können, müssen Sie gehen.«

»Warten Sie, ja?« Das kam von Maskelyne am Fenster. Der scharfe Ton verblüffte sie.

Sir Spender schlug sich mit dem Handballen an die Stirn. »Wie töricht wir Sterblichen doch sind. Maskelyne, wir sind Trottel. Wir kommen zu Lady Cecily und zäumen das Pferd von hinten auf – kein Wunder, daß sie mißtrauisch ist.« Er wühlte in der Brusttasche seines Rocks und zog einen Brief hervor, den er ein paarmal im Kreis schwenkte, bevor er ihn überreichte. »Mein *bona fides*, Madam.«

Sie sah das Siegel des Viscount Bolingbroke und war sofort beruhigt. Ihr Pate, der liebste Freund ihres Vaters, der – obwohl im Exil – ihr jedes Jahr zum Geburtstag schrieb. Die Adresse lautete: La Source, Orléans, Frankreich.

»Meine liebste junge Wake«, las sie. »Darf ich Dir Sir Spender Dick vorstellen? Unter uns: Der Mann ist ein Halunke, aber einer, der mir und denen, die ich liebe, stets treu gewesen ist. Wenn Du ihm helfen kannst, so tu es – um meinetwillen. Und wenn er Dir helfen kann, so bediene Dich seiner – um Deinetwillen. Könnte ich nur ein verzaubertes Schiff nach England schicken, so solltest Du im Handumdrehen das Meer überqueren und die Loire heraufgefahren kommen, um in meinem Park zu landen, wo Du auf das zärtlichste willkommen wärest, meine liebe Patentochter. Doch unsere nächste Begegnung wird vielleicht nicht erfordern, daß Du so viele Meilen reist, und früher stattfinden, als Du erwartest.«

Sein Bild wehte durch ihre Erinnerung und war wieder fort; nur ein strahlender Kometenschweif blieb zurück. Ein flatterhafter Mann: gerade noch Königin Annes Außenminister, am nächsten Tag ein treuer Anhänger des Prätendenten und am übernächsten ein abtrünniger Jakobiter. Wer konnte sagen, was er heute war? *Mir ist es gleich.* Henry St. John Viscount Bolingbroke hatte einen Stammbaum, der fast so weit zurückreichte wie ihr eigener. Sie vertraute auf das Blut, nicht auf die Politik. Er ist einer von uns.

Sir Spender Dick beobachtete sie. »*C'est mieux, Madame?*«

Sie nickte. »Aber was hat das mit Mr. Fraser zu tun?«

»Sie sollen die Geschichte hören.«

Sie ließ sie Platz nehmen. Ebenso für die Männer wie für sich selbst holte sie den Rotwein, den sie zu medizinischen Zwecken mitgebracht hatte; sie war gespannt, und Geschichten, die Sir Spender erzählte, würden sich wahrscheinlich in die Länge ziehen.

Letzten Endes lief es darauf hinaus, daß Guillaume nach dem Verschwinden ihres Onkels aus der Festung Edinburgh wieder in das gemeine Gefängnis zurückgebracht worden war, wo die weniger vornehmen jakobitischen Rebellen inhaftiert waren. Dort war er Maskelyne begegnet, dem er anvertraut hatte, wie und mit wessen Hilfe die Flucht bewerkstelligt worden war.

»Das glaube ich schon einmal nicht«, sagte Cecily. »Die Person, von der wir sprechen, würde den Namen einer Dame nicht an einem solchen Ort herumposaunen.« Für Maskelyne hatte sie kein *bona fides* bekommen; er gefiel ihr nicht.

Seine Stimme kam vom Fenster. »Ich weiß es aber doch, oder?«

Der Kommandant der Burg wußte es auch, dachte sie. Und ein paar Wärter wußten es. Guillaume, Guillaume, du hättest nicht über mich getratscht.

»Wie dem auch immer gewesen sein mag«, sagte Sir Spender

hastig, »Maskelyne teilt Ihre Sorge um diese Person und hat die Suche nach ihr veranlaßt.«

»Und hat er ihn gefunden?« fragte Cecily beiläufig. Sie war eine verheiratete Frau; sie durfte hier nicht zuviel Eifer zeigen. Ihr Instinkt drängte sie zur Vorsicht. Aber sie hatte eine Locke unter der Haube hervorgezogen und zwirbelte sie um den Finger – eine nervöse Handlung, die den beiden Männern nicht entging.

»Wir sind ihm auf der Spur, Ma'am, auf der Spur«, sagte Sir Spender. »Und führt sie uns auch in den Rachen der Hölle.«

»Aber wo ist er?«

»Wir hoffen, bald Neuigkeiten zu erfahren. Informationen, Lady Cecily. Informationen sind es, die das Getriebe dieser traurigen Welt in Gang halten. Sie zum Beispiel verfügen vielleicht über Informationen, die England jene Würde zurückgeben könnte, die es verloren hat. Und Informationen werden uns dahin bringen, wohin man diesen tapferen jungen Mann geschafft hat, wo das auch immer sein mag.«

Cecily war verwirrt. »Wie das?«

Sir Spender lehnte sich zurück und wandte den Kopf zur Seite, als betrachte er ein Gemälde. »Siehst du, Masky? So unverblümt. Habe ich dir nicht gesagt, Lady Cecily wird unsere Freundin werden? Sie kann unsere derzeitigen Herren ebensowenig lieben wie wir, habe ich das nicht gesagt?«

»Eine Frau kommt den Weg herauf«, sagte Maskelyne.

Eine Sekunde später hatte Sir Spender seinen Stuhl verlassen. »Wir müssen unser Gespräch zu einem günstigeren Zeitpunkt an einem geeigneteren Ort fortsetzen, Ma'am«, sagte er. »Wollen wir sagen, morgen abend? Auf der anderen Seite des Flusses?« Er deutete auf den Brief in ihrer Hand. »Sir Henry St. John hat uns freundlicherweise sein Jagdhaus vermietet, aber wir achten darauf, daß wir die Gastfreundschaft des alten Herrn nicht übermäßig belasten. Darf ich vorschlagen, daß Sie maskiert kommen?«

Er drängte sie in die Diele, und sie bemerkte, daß er und Maskelyne zurückwichen, so daß das Licht der Laterne vor der Haustür nicht auf sie fiel, als sie die Tür öffnete.

Maskelyne stand ihr am nächsten. »Und kommen Sie allein«, sagte er dicht an ihrem Ohr. Im nächsten Augenblick hatten sie sich vor Lady Catherine verbeugt und waren verschwunden.

»Noch mehr Freunde?« fragte Lady Catherine. »Hoffentlich haben sie sie nicht angestrengt.« Sie ging die Treppe hinauf.

Sie haben mich angestrengt, und ich bin nicht sicher, wessen Freunde sie sind.

Aber der Köder war ausgelegt und geschluckt, und am nächsten Abend zog eine maskierte Lady Cecily über den Fluß nach Battersea zu dem uralten Herrenhaus, dem Familiensitz des Viscount Bolingbroke.

Der Fährmann war verwirrt: Huren auf dem Weg zu einer Verabredung redeten ihn für gewöhnlich nicht so hochfahrend an und bezahlten nicht so gut. Als er zu schäkern versuchte, wurde ihm befohlen, den Mund zu halten und zu rudern, zum Teufel.

Seine Verwirrung war nichts im Vergleich zu dem, was Cecily beschäftigte. Wo fahre ich da hin?

Sie hatte ihre Erinnerung an das Gespräch in der Stube von allen Seiten betrachtet, wie ein Rechtsanwalt die Aussage eines Zeugen in all ihren Einzelheiten studiert.

Ihr Pate bemühte sich, wieder Aufnahme in der Heimat zu finden, soviel zumindest ging aus seinem Brief hervor.

Mit zwölf hatte Cecily auf der Besuchergalerie im Oberhaus zuhören dürfen, wie Lord Bolingbroke redete. Worum es bei dieser Rede gegangen war, hatte sie damals nicht gewußt, und sie wußte es noch heute nicht, aber am Ende war sie jubelnd aufgesprungen wie die meisten der vornehmen Lords. Hätte er ins Horn gestoßen, so wäre sie zu seiner Fahne geeilt.

Vermutlich tat er es jetzt; vermutlich eilte sie zu seiner Fahne.

Obwohl er, wegen Hochverrats verurteilt, im Exil saß, war er der Schrecken der Whigs; sie hatte einmal gehört, wie Walpole es zugab. »Falls es ihm gelingt, den Prätendenten zum Protestantismus zu bekehren, ist er schneller wieder hier, als die Hölle mir den Arsch versengt.«

Aber Bolingbroke hatte den Prätendenten nicht zum Protestantismus bekehren können, und der hatte ihn verlassen, wie er seine Frau verlassen hatte, sein Volk und alles andere im Laufe der Jahre. Walpole hatte sich erleichtert über das fette Gesicht gewischt. »*Jetzt* ist der Bastard tot.«

Aber wenn ein Sterblicher von den Toten auferstehen kann, dann du, dachte Cecily. Und wenn ich dir helfen kann, Walpole den Arsch zu versengen, dann werde ich es tun. Und wenn Guillaume dabei freikommt, werde ich alles tun.

Vier bittere Jahre lang hatte sie darum gebetet, daß die Uhr ihres Lebens zurückgedreht werden möge, so daß sie nie nach Edinburgh gefahren wäre, ihn niemals kennengelernt hätte. Ihn zu lieben, das war eine weitere Drehung des Rades am Streckbett ihrer Ehe. Aber wenn er nun endlich von *seinen* Fesseln befreit werden kann ... alles will ich tun, das schwöre ich.

*Wirst du auch ein Jakobiter-Spitzel werden?* Das nämlich, davon war sie nach langem Nachdenken überzeugt, war es letzten Endes, was die beiden Gauner in Mrs. Astells Stube von ihr verlangt hatten. »Informationen werden uns zu ihm führen. Sie zum Beispiel verfügen vielleicht über Informationen, die England jene Würde zurückgeben könnten, die es verloren hat.«

Und verfügte sie über andere Informationen als die, welche sie als Gemahlin des Whig-Abgeordneten und Walpole-Vertrauten Sir Lemuel Potts erhielt?

Diese Erkenntnis war ihr in den frühen Morgenstunden gekommen, und sie hatte aufgeschrien. Deshalb hatten sie sie aufgesucht. Für etwas so Schreckliches. Für einen Verrat, wie er intimer und schwärzer nicht sein konnte.

Den Rest der Nacht hatte sie im klebrigen Netz gezappelt. Wen würde sie verraten? Einen Gemahl, der ihr aufgezwungen worden war?

*Und dennoch, ein Gemahl. Sie mußte ihm treu sein.*

Aber mit welchem Recht? Hat er denn auch meine Seele gekauft, nicht nur meinen Körper?

*Du wirst England verraten.*

Aber Jakob Stuart *ist* England, und er ist verflixt um einiges englischer als Georg von Hannover.

*Er ist römisch-katholisch.*

Ein Katholik, der Protestanten in seinem Dienst hat und der gelobt hat, die anglikanische Kirche zu beschützen.

*Kein Fitzhenry hat je seinen gesalbten König verraten.*

Wer ist denn mein König? Und überhaupt, ich nenne nur Sir Alfwege Fitzhenry in den Rosenkriegen, und Long John Fitzhenry, der zu Cromwell überlief, und …

*Aber kannst du dich so weit erniedrigen, daß du dich mit Leuten wie Sir Spender und Maskelyne einläßt?*

Kann ich tiefer sinken, als ich durch die Ehe mit Lemuel Potts schon gesunken bin? Als Dollys Schwägerin?

So ging es immer weiter, bis Marys Gehstock an die Wand zwischen ihnen klopfte. »Ist dir nicht gut, Cecily? Ich höre dich stöhnen.«

»Ein böser Traum, meine Liebe. Schlafen Sie nur weiter.«

Am Morgen war sie immer noch genauso unschlüssig gewesen.

Doch hier war sie nun … und ihre Augen funkelten durch die Löcher in der Maske. Und der dumpfe Klang der Ruder, die sich in den Dollen bewegten, war wie ein langsamer Trommelschlag. Der Geruch des Meeres, der im Wind die Themse heraufwehte, mischte sich mit dem Duft der Apfelblüte, deren fahlen Schimmer sie am Ufer von Battersea sehen konnte. Und das Licht der Laterne am Bug des Bootes dümpelte auf einem Wasser, das schon tausend Flüchtlinge und noch mehr Abenteurer zu neuen Gestaden getragen hatte.

Denn die Wahrheit war, daß Lady Cecily ihren Rubikon nicht nur um der Liebe zu einem Mann und des Hasses gegen einen andern willen überquerte. Sie war zwanzig Jahre alt, und die vier davon, die sie als Lady Cecily Potts verbracht hatte, waren nicht nur bitter und einsam gewesen, sondern auch sehr, sehr langweilig.

Sie war äußerst nervös: Sie war im Begriff, sich in eine Gesellschaft zu begeben, die die Behörden mit Vergnügen vernichten könnten und würden, wie ein Gärtner kochendes Wasser auf ein

Ameisennest schüttet. Sie erwartete Parolen und in Mäntel gehüllte Gestalten, die sich um eine Blendlaterne kauerten. Was sie vorfand, war ein Haus im Wald, in dem unverhohlen Licht brannte und geplaudert wurde; in seiner Betriebsamkeit ähnelte es dem Versammlungshaus einer jener Freundesgesellschaften, die beim Bürgertum so beliebt waren.

Es war ein altes Jagdhaus. Cecily erinnerte sich, wie sie ringsum im Wald von Battersea mit ihrem Paten auf die Jagd gegangen war; sie erinnerte sich an wunderbare Ritte, an Schweißflecken am Hals ihres Pferdes *Blonde*, an die Rückkehr zum Jagdhaus, und an die mit Speisen beladene Tafel, die sie unter dem hohen, wunderschönen Dach erwartet hatte. Sir Henry, Bolingbrokes Vater, der für die Jagd zu alt war, hatte den Anhängern seines verbannten Sohnes das Haus vermietet.

Ein lässig herumstehender, in ihren Augen viel zu nachsichtiger Wachtposten ließ sie durch, als sie Sir Spender Dicks Namen nannte. Drinnen brannten Fackeln in den Haltern und spendeten Licht für die Männer, die an einer Druckpresse am einen Ende des Raumes arbeiteten, und für die Frauen, die auf der anderen Seite mit einem großen Stück Stoff zusammen im Stroh saßen, Nadeln und Zungen in geschäftiger Bewegung. Der knopflose schwarze Rock eines Mannes, der an einem Tisch saß und Listen schrieb, erinnerte sie daran, daß eine überraschend große Zahl von Quäkern zu den Jakobitern gehörte.

Ein Junge brachte einen Stapel Flugblätter aus der Druckpresse herüber und warf sie auf eine Bank. Cecily reckte den Hals. Oben auf der Seite sah man Jakob Stuart als Sonnengott; das hübsche Profil warf Lichtstrahlen, und die Unterschrift lautete: »Advenit Ille Dies – Der Tag wird kommen.« Eine ungelenke Karikatur darunter zeigte Georg I. und die Gräfin von der Schulenburg, wie sie auf einem Bett herumtollten, das sich unter ihrem vereinten Gewicht bog. Dabei stand eine Balladenstrophe:

Er macht nicht arm sein Vaterland
Und ist mit Huren nicht bekannt,
Sein liebend Weib hält seine Hand,
Denn er ist stark und edel.

*Eindeutig* jakobitisch. Der Kontrast zwischen den häuslichen Leben des tugendsamen jungen Prätendenten und dem Treiben Georgs war etwas, das Jakobs Anhänger nur zu gern ausbeuteten.

Niemand sprach sie an. Von Sir Spender Dick oder Maskelyne war nichts zu sehen. Der Lärm und die Hitze in der Halle trieben sie durch eine Tür am anderen Ende wieder hinaus auf einen Rasen, auf dem rustikal gezimmerte Stühle standen; Laternen hingen in den Bäumen.

»Hallo, Cessy«, sagte eine Stimme in einer Laube.

Cecily seufzte. Soviel zu ihrer Verkleidung. Sie setzte sich zu Toby Ince, froh darüber, einen Angehörigen der eigenen Klasse zu finden. »Woher wußtest du, daß ich es bin?«

»Es ist der Kopf, meine liebe Seele. Niemand trägt ihn wie du. Ich habe mich schon gefragt, ob du dich uns Jacks nicht eines Tages anschließen würdest.«

»Und was machst *du* hier?« Toby entstammte einer langen Reihe von Rekusanten aus Lancashire, aber daß er ein aktiver Jakobiter war, hatte sie nicht gewußt. In Oxford war er mit Annes Bruder befreundet gewesen, und gelegentlich hatte er sie auf einen Ball begleitet.

»Oh, man muß ja auf dem laufenden bleiben, welche Komplotte gerade geschmiedet werden, weißt du. Der Vater schickt mich mit etwas Geld für die Sache, obwohl er sagt, wenn die Whigs weiter die Katholiken besteuern, wie sie es tun, wird es nichts mehr geben.«

»Schmieden sie denn ein Komplott? Das hier sieht mehr wie ein Lehrjungenausflug aus.«

»Ein Komplott, ganz recht. Ein großes Komplott. Besser, du weißt nichts davon.«

Sie war erleichtert. »Ich bin froh, daß wenigstens einer von euch vorsichtig ist. Wenn nun ein Jagdhüter vorbeikommt? Wird er sich nicht fragen, was hier los ist?«

»Er wird wahrscheinlich denken, es ist eine Orgie. Wäre nicht die erste auf St. Johns Grund und Boden. Jacks müssen sich schließlich irgendwo treffen können, Cessy. Wir sind weit verstreut, und die Verbindung unter uns ist hoffnungslos. Ich wußte nicht mal, daß 'fünfzehn etwas im Gange war, bis es vorbei war.«

»Gut, daß du nichts wußtest.«

Es war still. Sie wußte, wonach er sie jetzt fragen würde.

»Was von Anne gehört?« Die Frage klang müßig.

»Nein«, antwortete sie sanft. »Aber ich habe von Sophie gehört, als sie und ihr Mann in Paris waren. Dort haben sie jemanden getroffen, der sie in St.-Germain gesehen hatte.« Sie nahm seine Hand. »Toby, sie ist Nonne geworden.« Nach der Lektüre von Sophies Brief hatte sie Anne in das Fach ihrer Erinnerung gelegt, in dem sie alles aufbewahrte, wofür sie Walpole haßte. Anne, die hätte heiraten sollen, heiraten wollen – vielleicht diesen überaus geeigneten Toby, der sie liebte. Anne, die Kinder hatte haben wollen.

Nach einer Weile sagte er: »Ich verstehe.«

»Ich nicht. Wie konnte sie so etwas tun? Es war nach dem Tod ihres Vaters. Ich habe an ihren Bruder geschrieben und um Neuigkeiten gebeten, aber er hat nicht geantwortet.«

Es war eine bittere Neuigkeit gewesen, daß ihr Onkel so kurz nach seiner Flucht nach Frankreich gestorben war. Würdelos, doch deshalb nicht weniger häufig, war ihr die Frage in den Sinn gekommen: »Warum konnte er nicht früher sterben?« Anne wäre nicht als Verräterin ins Exil getrieben worden, und sie, Cecily, nicht in die Ehe mit Lemuel Potts.

Toby erhob sich. »Ich habe auch geschrieben. Er hat mir geantwortet, er habe sie verstoßen. Er schleicht sich wieder in die Gunst des deutschen Georg, verstehst du, und will das Vermögen zurückhaben. Hat sich von der Rolle seines Vaters im fünfzehner Jahr losgesagt, von seiner Flucht, von allem. Mit einer Rebellenschwester will er nichts zu tun haben.«

Zur Hölle mit dem fünfzehner Jahr, dachte Cecily. So viele Leute hat es verdorren lassen. Anne, Guillaume, Toby hier. Mich.

Sie blieb sitzen, hielt Tobys Hand und schaute zu, wie die Falter sich gegen das Glas der Laternen warfen.

Der Quäker kam geschäftig auf sie zu. Er hatte ein tragbares Schreibpult, das an einem Lederriemen an seinem Hals hing und ihm das Aussehen eines Hausierers gab. »Seid Ihr Cecily Fitzhenry, auch Potts genannt?« fragte er.

»Ich glaube, in Chelsea hat man Sie noch nicht hören können«, sagte sie. »Bitte sprechen Sie doch lauter.«

»Sie ist es«, sagte Toby.

Der Quäker hakte seine Liste ab. »Euer Name für die Sache soll hinfort Mrs. Butcher sein.«

»Keineswegs«, widersprach Cecily mit Nachdruck. »*Butcher* – die Metzgerin. Wie scheußlich!«

»Registrieren Sie sie als Mrs. Shakespeare«, sagte Toby. Zu Cecily gewandt, fügte er hinzu: »Wir alle haben Tarnnamen. Meiner ist Rowbotham, Gott sei mir gnädig.«

Sie verbrachte einen großen Teil des Abends damit, Toby ziellos umherzufolgen und sich Gespräche anzuhören, die nicht dazu beitrugen, ihre Zweifel an der Tüchtigkeit der Jakobiter als Verschwörer zu zerstreuen.

»Ich sage, wir marschieren erst auf die Bank von England. Dann zum Tower, dann zur Börse.«

»Nein, nein. Erst zum Tower. Dann zur Bank von England. *Dann* zur Börse. Äh – wo ist denn die Börse?«

Sie stieß Toby an. »Planen sie wirklich einen Aufstand?«

»Eines Tages. Wenn die Zeit reif ist.«

Sie schüttelte den Kopf. Wenn man es diesen inkompetenten Leuten überließ, würde die Zeit niemals reif werden: Vorher würden Walpoles Agenten sie längst verhaftet haben. Es machte sie nervös, sich nur in ihrer Gesellschaft zu befinden. Schon wie sie die Namen umherposaunten …

»Sir William Wyndham wird selbstverständlich im West Country die Führung übernehmen.«

»Natürlich. Aber er sagt, vorher muß die Ernte eingebracht werden.«

*Hoffnungslos*. Aber auch unschuldsvoll, so englisch in ihrer Amateurhaftigkeit. (Cecily war eine typische Vertreterin ihrer Landsleute insofern, als sie davon überzeugt war, daß Dinge wie Heimlichtuerei und Täuschung unter Ausländern sehr viel besser gediehen.)

Aber wenn diese Naivität gewinnend war, so war sie doch auch gefährlich, und so hätte sie das Jagdhaus stehenden Fußes wieder verlassen, wäre es nicht unabdingbar gewesen, daß sie erfuhr, wie Sir Spender auf dem Weg zu Guillaume Fraser vorangekommen war.

Er erschien erst nach Mitternacht, und da wurde sie nur deshalb darauf aufmerksam, weil an der Treppe ein Tumult entstand und sie ihn sah – in einer Rauferei. Klingen wurden gezückt. Sir Spender duellierte sich mit einem dünnen Mann in Grau und demonstrierte eine vortreffliche Gewandtheit im Fluchen, wenn auch nicht im Fechten. Maskelyne gab seinem Freund Rückendeckung; er schwang seinen Degen im Halbkreis hin und her und forderte jeden heraus, sich nur mit ihm anzulegen. Niemand tat es.

Es war Toby, der ganz gelassen die Degen der beiden Männer mit seinem eigenen auseinanderbrachte. Sie schienen ihm für sein Einschreiten dankbar zu sein. Er führte Sir Spender in eine Ecke, damit er sich dort beruhigte, während andere mit dem Mann in Grau ebenso verfuhren.

»Was sollte denn das?« fragte Cecily, als Toby zurückkam.

»Oh, Sir Spender will, daß Viscount Bolingbroke nach seiner Rückkehr den Oberbefehl über die Sache übernimmt. Mr. Chalmers dagegen hält Bolingbroke für einen Verräter, der einmal desertiert sei und es wieder tun könnte.«

»Kommt so etwas oft vor?«

»Ich fürchte ja. Ziemlich oft. Wir sind führerlos, wie du siehst.«

»Das ist hoffnungslos, Toby.«

»Nein, das ist es nicht.« Sein Ton ließ sie aufblicken, und sie sah, daß er den Tränen nahe war. »Wir müssen die Flamme in Gang halten, Cessy. Es werden erst wieder gute Zeiten kommen, wenn König Jakob zurückkehrt.«

»Das glaubst du wirklich?«

»Ich würde mein Leben dafür geben.« Er schluckte. »Entschuldige den Enthusiasmus.« Enthusiasmus war das schmutzigste Wort im Vokabular der Oberklasse; es umfaßte das Geifern von Puritanern und ähnlichem Gesindel, aber auch Höllenfeuerpredigten, Sektierertum, Preiset-den-Herrn-Gesänge und andere Peinlichkeiten.

Dann wurden sie die Treppe hinauf in ein Zimmer an der Galerie gerufen, wo sie zu Cecilys Erleichterung Sir Spender, Maskelyne und ein paar andere antrafen, wie sie gerade nichts Aufrührerisches als die nächste Zeitung planten – was aber, wie sich dann herausstellte, schon aufrührerisch genug war.

»Wir müssen auf die deutsche Ratte einprügeln«, sagte ein Mann mit Haarbeutelperücke, »und der Öffentlichkeit mitteilen, wie er seine Frau ermordet, indem er sie in einem hannoveranischen Verlies gefangenhält, damit er sich mit seinen Huren vergnügen kann.«

An ihrem Platz auf einer Bank im hinteren Teil des Zimmers begann Cecily, nervös zu werden. Sie nahm merkwürdigerweise Anstoß an dem soeben Gesagten. Sophia Dorothea hatte schließlich Ehebruch begangen. Und das »Verlies« war ein Schloß in Ahlden, wo sie – zugegeben, unter Hausarrest – immer noch achtzehntausend Taler im Jahr ausgeben konnte. Der König mochte ein Usurpator sein, aber ein Gattinnenmörder war er nicht; im Gegenteil, es war in seinem Interesse, daß Sophia Dorothea am Leben blieb, denn einer Prophezeiung zufolge, der man weithin Glauben schenkte, würde auf ihren Tod sehr bald der seine folgen.

»Dem Namen nach ist das arme Weib die Königin von Großbritannien«, beharrte der Haarbeutel.

»Sie sind geschieden«, warf Cecily ein.

Maskelyne warf ihr einen Blick zu, der besagte: *Wer hat denn dich gefragt?*

»Wir sind dankbar für jeden Beitrag, mit dem *Mrs. Shakespeare* unsere Kenntnisse in höfischen Fragen erweitern kann«, sagte Sir Spender mit Entschiedenheit.

Während die Besprechung weiterging, flüsterte Cecily Toby zu: »Wieso behandelt Maskelyne mich, als ob ich seinen Vater ermordet hätte?«

»Er hat keinen gehabt«, antwortete Toby leise. »Nach allem, was ich höre, ist der Mann ein Bastard, im bildlichen wie im realen Sinn.«

Ein weiterer Zweck der Zusammenkunft, so stellte sich bald heraus, bestand darin, Nachrichten zu sammeln, die für den Prätendenten von Nutzen sein könnten, denn er hatte seit dem Tod seines Förderers, Ludwigs XIV., keinen Zugang zur größeren, internationalen Bühne mehr und irrte heimatlos in Italien umher. Frankreich war in die Knie gezwungen und hatte sich notgedrungen zum Verbündeten Englands wandeln müssen; eine der Bedingungen für dieses Bündnis aber war es gewesen, daß Jakob des Landes verwiesen wurde.

Cecilys Fuß wippte immer schneller, während sie sich Klatschgeschichten anhörte, deren Urheber offenbar deutlich schlechter informiert waren als der Mann, den sie informieren sollten. Einer der Anwesenden trug eine Geschichte vor, die einiges Licht auf die Politik der Regierung gegenüber Schweden werfen sollte und die, wie es den Anschein hatte, von einem Hausdiener bei Lord Townsend stammte. Ein anderer war auf den Kanalinseln gewesen, wo allgemein bekannt war, daß der junge Ludwig XV. mit Anne, der Tochter des Prinzen von Wales, verlobt werden sollte.

Das rief einige Aufregung hervor. Eine protestantische englische Prinzessin sollte einen Katholiken heiraten.

Cecilys Stimme durchdrang das Geschnatter. »Ich weiß aber genau«, sagte sie, »daß der junge Ludwig die Infantin von Spanien heiraten wird.«

Walpole hatte eine Bankettgesellschaft, der sie angehört hatte, mit diesem Häppchen von seinen Agenten unterhalten und war ziemlich derb geworden, als er sich über die geplante Verheiratung eines zehnjährigen Knaben mit einer zweijährigen Braut ausgelassen hatte.

Sie ging der Versammlung allmählich auf die Nerven, aber die Augen Sir Spender Dicks leuchteten auf wie bei einem Angler, der einen Fisch am Haken hatte. »Sie weiß Bescheid«, sagte er.

Als sie nach der Versammlung wieder unten waren, sagte er: »Es wäre interessant, liebe Dame, die Einzelheiten der Quadrupelallianz zu erfahren, sollten Sie davon Kenntnis erhalten.«

»Es wäre noch interessanter zu erfahren, was aus Mr. Fraser geworden ist«, erwiderte sie.

Er nickte. »*Touché*. Aber nach 1715 wurden Tausende von Leuten deportiert, und falls überhaupt Akten darüber angelegt wurden, so sind sie spärlich.«

Sie war plötzlich müde. Dieser große, sie überschattende Mann verwickelte sie in sein Spiel und gab ihr nichts dafür.

Er sah, daß sie den Kopf hängen ließ. »Nicht doch«, versuchte er sie zu beruhigen. »Maskelyne hat ja bereits mit einem Schiffskapitän gesprochen, der glaubt, daß auf einem der Schiffe, die nach Barbados gefahren sind, ein Fraser war. Der Name ist unter Schotten verbreitet, das wissen wir, aber wir haben einen Sympathisanten auf Barbados, und wir haben bereits eine Anfrage losgeschickt. Man muß Geduld haben. Vorläufig beruht unsere Hoffnung darauf, daß König Jakob wieder auf den Thron zurückkehrt, denn das wird uns dann auch unsere Jungen wieder nach Hause bringen.«

Er sagte es ohne die übliche gezwungene Galanterie; es traf sie unvorbereitet und trieb ihr die Tränen in die Augen. Sie fühlte, wie er ihr die Hand tätschelte. »Verzweifeln Sie nicht, Madam. Er lebt. Spender Dicks Wort darauf.«

Ein Priester hatte die Halle betreten. Die Jakobiter versammelten sich um ihn und knieten nieder. Cecily und Toby schlossen sich an. In Anbetracht der verschiedenen Konfessionen der anwesenden Jakobiter wurde der Gottesdienst ökumenisch gestaltet, was ihn desto anrührender werden ließ. Der Priester betete für König Jakob III. und für diejenigen, die in der Erfüllung ihrer Pflicht gegen ihn Heim, Liebe und Leben verloren hatten.

Das konzentrierte Schweigen im Jagdhaus ließ den Gesang der Nachtigallen aus dem Wald hereindringen. Eine Frau neben Cecily weinte. Zum ersten Mal hatte Cecily das Gefühl, dazuzugehören. Andere hier hatten auch etwas verloren. Guillaume, ich bin so einsam deinetwegen. So traurig.

Das Tuch, das die Frauen bestickt hatten, hing hinter dem Priester an der Wand wie ein Altarblatt; es zeigte das Profil Jakob Stuarts und einen Vers aus der Jakobiter-Ballade. Die Stickerei war grob, aber die Worte sprachen Cecily an, als erfahre sie erst jetzt Mitgefühl. Diese Leute trauerten nicht nur um ihren König, sondern auch um Guillaume, um diejenigen, die mit ihm in Gefangenschaft gegangen waren.

Zur Kommunion wurde allen anstelle des Brotes eine frischgeprägte Medaille in die gewölbten Hände gelegt. Auch sie zeigte den Kopf des Prätendenten.

»Cuius Est?« fragte die lateinische Inschrift auf der Vorderseite; das bedeutete zugleich »Wem gehört es?« und »Er, dem es gehört«. Auf der Rückseite sah man die Umrisse Englands und das Wort »Reddite« – »Gebt es zurück«.

Schau auf ihn, dem ich gehöre, sagte die Medaille. Gib mich ihm zurück und vereine die Bilder auf meinen beiden Seiten. Der König kann sein Königreich nicht allein zurückgewinnen. Hilf ihm. Erwache, du Tapfere, die Barbaren fallen ein. Verteidige deinen mystischen, christusähnlichen, gesalbten Herrn.

Wie das Horn, das die *Fyrd*, die alte angelsächsische Miliz, von den verschlafenen Höfen zusammenrief, so rief die Legende der Medaille jetzt Britannien zu seiner uralten Pflicht. Arthurs Banner wehte vom *Mons Badonicus*, der Mond des Grals leuchtete durch finstere Zeiten.

Und sie sprach zu Cecily und durch sie zu tausend Fitzhenrys. Bückst du dich unter dem Joch der Walpoles? Läßt du dich zertreten von den Stiefeln deutscher Könige? Wirst du eine Potts unter Pottsen? Schließe dich mir an, mir und dieser lächerlichen kleinen Armee ringsumher, und marschiere hinaus gegen die Heerscharen der Whigs. Tod ist besser als Unehre.

Über ihr, irgendwo auf der Galerie, begann eine Flöte zu spielen. Es war die Melodie von »The Pipers of Strathdearn«.

Cecily war kaum überrascht, es zu hören. Dies war die Bestätigung. Ihr Liebster lieh seine Stimme einem Lied, das, mochte es auch leise klingen, die süße Antiphon zu den Päanen ihrer Demütiger war. Uns Jakobiter kann man nicht besiegen; wir haben die besten Lieder. Die Whigs appellieren an Kopf und Börse; gegen dieses älteste und tiefste aller Geheimnisse können sie jedoch nicht bestehen. Einer nach dem andern küßten die knienden Männer und Frauen um sie herum die Medaille als Treueeid an ihren abwesenden König.

Cecily tat es nicht. Sie sträubte sich gegen die unsichtbaren Hände, die an ihren Empfindungen zerrten, denn die verlangten völlige Ergebenheit, und eine Fitzhenry gab dergleichen nicht einfach her. Gewiß, die Nacht war erfüllt von Zeichen und lockenden Sirenenstimmen. Aber sie war auch voll von Narren, und zu denen gehörte sie nicht. Ihr gesunder Menschenverstand beharrte darauf, ihr Leben nicht für eine Sache aufs Spiel zu setzen, die an sich ganz nett war, der sie sich aber bisher nicht besonders stark verbunden gefühlt hatte. Kehr um, sagte der Verstand, Romanzen sind gefährlich. Du wirst dein Vaterland verraten.

Aber Romanzen folgten ihrer eigenen Logik und stellten ihre eigenen Fragen. Welches Vaterland verraten? Den Marktplatz, den Walpole aus England gemacht hat? Auf dem du an den Höchstbietenden verkauft worden bist? Das Vaterland von Lemuel und Dolly Potts? Soll ich dafür von hier weggehen?

Sie starrte auf die Medaille in ihrer Handfläche. Das Licht einer Fackel traf die Konturen des langgestreckten Gesichts in einem Winkel, der ihm große Ähnlichkeit mit dem eines Mannes verlieh, den sie nur im Flackerschein einer Kerze in einer Kerkerzelle gesehen hatte. *Guillaume.*

Cecily beugte sich vor und küßte das Profil ihres verlorenen Liebsten und ihres Königs. Für beide würde sie in den Krieg ziehen. Sir Spender Dick beobachtete sie aus dem Dunkel und sprach ein leises »*Nunc Dimittis*«. Gefangen.

# 5

England war so friedlich in jenem Sommer des Jahres 1720, daß König Georg sich Ende Juni sicher genug fühlte, um sich einen Besuch in Hannover zu gestatten.

Walpole war noch in Houghton, wo seine Tochter Catherine dahinsiechte, und beschäftigte sich damit, jedes verfügbare Anwesen in der Nachbarschaft aufzukaufen, um seinen Einfluß auf die Stimmen Norfolks zu festigen.

Lemuel blieb, Dollys Protesten zum Trotz, auf Hempens, um in Walpoles Nähe zu sein.

Sir John Blount, der die Gründung der South Sea Company verantwortete, reiste nach Tunbridge Wells zur Kur. (Niemand wußte genau, was diese Company eigentlich *tat*. Blount erzählte eindrucksvoll von einem Plan, in dessen Verlauf Gibraltar gegen eine reiche Gegend von Peru eingetauscht werden sollte, aber darauf kam es im Grunde nicht an: Irgend etwas Wunderbares würde aus der Südsee kommen. Noch immer rissen sich die Leute um Anteile, obgleich der Börsenkurs des Unternehmens merkwürdigerweise plötzlich nicht mehr steigen wollte.)

Cecily kehrte in ihr Haus in Spring Gardens zurück. Sie schrieb an Lemuel und teilte ihm mit, daß ihre Abwesenheit von Hempens noch eine Weile dauern werde. »Meine Patientin ist noch nicht genesen. Ich begleite sie deshalb in Lady Catherine Jones' Schloß in den walisischen Bergen, wohin sie sich vor den Mißhelligkeiten und Ansteckungsgefahren des Sommers zurückzieht.«

Das stimmte beinahe. Mrs. Astells Gesundheit machte nicht die Fortschritte, die ihre Freunde gern gesehen hätten: Bergluft würde ihren Zustand verbessern. Aber es war Lady Catherine Jones, die Mary nach Wales begleitete. Cecily ließ noch zwei Wochen verstreichen, bevor sie sich zu ihnen gesellte.

Als wolle sie das Herz ihres Gemahls erfreuen, begann sie, an die Whig-Damen, die sich noch in der Stadt aufhielten, Einladungen zum Tee zu verteilen; dazu gehörte auch die hübsche Maria Skerrett, Sir Robert Walpoles neueste Geliebte. Die Damen sagten begierig zu – endlich schenkte das hochnäsige Luder ihnen Beachtung – und stellten fest, daß ihre Gastgeberin in schmeichelhafter Weise annahm, ihr Wissen über internationale Angelegenheiten sei ebenso groß wie das ihrer Männer, oder, in Maria Skerretts Fall, ihres Liebhabers. Meistens stimmte das auch.

Nach manchen solchen Zusammenkünften – nicht immer – hüllte Cecily sich in einen Mantel, schlich sich verstohlen von Spring Gardens nach Charing Cross und mietete dort eine Sänfte, die sie zu ihrem Ziel brachte – zumeist in eine triste Gasse abseits der City, wo die Sänfte ebensoviel Aufsehen erregte wie eine von Fanfaren begleitete goldene Kutsche. Dem Kerl, der vor der Tür herumlungerte, nannte sie den Namen »Shakespeare«, und dann erklomm sie eine wacklige Stiege und überbrachte Sir Spender Dick, der massig und rotgesichtig in einer schmutzigen Kammer unter dem Dach wartete, ihre Informationen.

Die Rolle einer Spionin wirkte belebend; sie verlieh ihr ein köstliches Gefühl von Ungezogenheit. Sie glauben, sie hätten Lady Fitzhenry gezähmt? Das haben sie sich so gedacht. Das Risiko, das mit diesen Ausflügen verbunden war, machte ihr Spaß, und noch besser war es, daß sie das Gefühl hatte, sich zu wehren. Wenn ihre Informationen die Sache voranbrachten, gut. Wenn sie Guillaume Fraser zur Freiheit verhalfen, wunderbar. Vor allem aber zielte das, was sie tat, in Richtung von Sir Robert Walpoles Arsch.

Sie hatte ihren eigenen Ehrenkodex. Nichts von dem, was Lemuel ihr gegenüber unter vier Augen erwähnte, gab sie an die jakobitischen Nachrichtensammler weiter, so nützlich es für die auch sein mochte. Was die Frauen ihr erzählten oder was sich aus anderen Quellen in Erfahrung bringen ließ, darüber konnte sie frei verfügen. Es war eine feine und vielleicht lächerliche Unterscheidung, aber auf diese Weise kam sie sich weniger vor wie eine Klytemnestra.

Sie trennte ihre neue jakobitische Überzeugung nicht von ihrem persönlichen Rachedurst; in ihrem Herzen war beides unentwirrbar miteinander vermischt. Wenn sie ihre Medaille anschaute, sah sie Guillaumes Gesicht. Wenn sie sich den armen, landlosen Nomaden Jakob Stuart vorstellte, sah sie ihre Cousine Anne mit ihrem erzwungenen Zölibat vor sich, ihren eigenen Liebsten, der unter tropischer Sonne Sklavendienste leistete, und ihre eigene zerstörte Gegenwart und Zukunft.

Als der Juli kam, hatte die Hitze jeden, der jemand war, aus London hinaus aufs Land getrieben. Cecily traf letzte Vorbereitungen für ihre Abreise nach Wales – genau gesagt, sie legte gerade abfahrbereit in ihrem Schlafgemach den Staubschleier an –, als noch einmal ein Besucher angemeldet wurde, uneingeladen diesmal.

»Mr. Archibald Cameron, Mylady.«

Verdammt, verdammt. »Was will denn *der*?«

Sie verabscheute diesen Mann. Daß er auf ihrer schmählichen Reise von Edinburgh nach London die Aufsicht über sie geführt hatte, das war, als habe er sie nackt gesehen. Es war demütigend, ihm jetzt dauernd zu begegnen, nachdem er sich in Walpoles und Lemuels Dienste eingeschmeichelt hatte.

Es brachte sie zudem in eine benachteiligte Lage, daß er es gewesen war, der ihr die Nachricht überbracht hatte, daß Guillaume zur Deportation und nicht zum Tode verurteilt worden war. Er hatte es als Gefälligkeit verkleidet, aber für sie war es Wermut und Galle, daß er gewußt hatte, wie wertvoll diese Kunde für sie sein würde.

Von allem das Furchtbarste für Cecily als Lemuel Potts' Gemahlin war das Mitleid. Nicht das Mitgefühl, das Verständnis, das sie bei echten Freundinnen wie Mary Astell und Lady Mary Wortley Montagu fand, sondern Mitleid, gemischt mit Genugtuung: dieses »Welch eine Schande«, das geseufzte »Die arme Seele, was hilft ihr jetzt die ganze Abstammung?«, das kopfschüttelnde »Ah, Reichtum und Schönheit schützen eben auch nicht vor dem Unglück«.

Die Vorstellung, es könnte – zumal unter den Whigs – Mode werden, ihre Lage als »Furchtbare Warnung« zu betrachten, während man sich selbst daran weidete, war unerträglich. Sie war fast buchstäblich außerstande gewesen, diesen Ausdruck im Blick von Bekannten zu ertragen, die sie früher beneidet hatten: wie tief die Mächtigen doch fallen können. Deshalb ließ sie sich selbst nicht einen Augenblick lang anmerken, wie verletzt sie war, und aß ihren Haferschleim mit scheinbarer Fassung. Mit ihrem Schmerz würde sie ihnen keine zusätzliche Freude bereiten, die sie dann in ihre Kaffeehäuser tragen könnten.

In diese Kategorie hatte sie auch Archibald Cameron eingeordnet: ein emporgekommener Schreiber, der sich über sie lustig machte. Sie zog sich den Schleier über das zur Empfindungslosigkeit erstarrte Gesicht und starrte hindurch in den Florentiner Spiegel. Ich sehe alt aus. Meine Jugend vergeht.

Sie rauschte in den Hausflur hinunter. »Sir Lemuel ist nicht hier, Mr. Cameron. Und ich will eben abreisen.«

Der Rechtsanwalt starrte verwirrt eine der Büsten an. Cecily knirschte verdrossen mit den Zähnen. Lemuel hatte sofort angefangen, Kunst zu kaufen, als er erfahren hatte, daß Walpole Gemälde und Statuen sammelte. Sie hatte ihm vorgeschlagen, William Kent zu seinem Einkäufer zu machen – Lemuel hatte soviel Urteilskraft wie ein Lemming. Aber mit seinem üblichen Gestatte-daß-ich-schon-weiß-was-ich-tue-meine-Liebe hatte er statt dessen einen Betrüger genommen, den er im Kaffeehaus kennengelernt hatte. Spizzini behauptete, er sei Italiener und Maler. »Aus Newgate, von Wirthausschildern« – das war Cecilys Überzeugung.

»Also, das hier iste *magnifico*. Römische Büste, habe selber ausgegraben in Pompeji.«

»Da fehlt der Kopf«, erkannte Dolly. »So was kauft mein Bruder nicht.«

Spizzini hatte kaum mit der Wimper gezuckt. Er hatte einen griechischen Kopf aus seinem Koffer geholt und auf die Büste geklebt. Das Ergebnis stand auf einem Ehrenplatz im Eingangsflur. Dolly fand, es verleihe dem Haus *grandessa*.

»Sir Lemuel ist nicht zu Hause«, wiederholte Cecily.

»Kommt er heute abend?«

»Nein.« Sie sah nicht zum erstenmal überrascht, wie klein ihre Erinnerung ihn machte; in Wirklichkeit war er wahrscheinlich drei oder vier Zoll größer als sie, aber seine Ordentlichkeit und Pedanterie ließen den Beinamen »kleiner Mann« angemessen erscheinen. Er hatte gelernt, Höherstehende in Kleidungsfragen nachzuäffen – auf der Reise nach London hatte er noch die unerhörten Erzeugnisse eines Gassenschneiders aus den Lowlands getragen –, und die eselhafte Glasgower Mundart hatte sich gemildert und klang annähernd englisch. Die Perücke indessen war immer noch fuchsrot.

»Ist er weit fort, wenn ich fragen darf?« fragte er.

»Er ist auf unserem Gut in Norfolk.«

»Oh, aye.« Er schien aufgeregt zu sein. »Könnten Sie ihm einen Brief von mir überbringen, Lady Potts?«

»Lady *Cecily*. Leider nicht. Ich werde ihn noch nicht besuchen.«

»Oh, aye.« Er zögerte immer noch. Schließlich platzte er heraus: »Lady Cecily, haben Sie denn keinen Einfluß auf Ihren Mann? Mich plagt die Sorge, daß seine Investitionen in die South Sea Company vielleicht allzu unbedacht sind. Es ist ein riskantes Unternehmen, das mit jedem Tag, der vergeht, riskanter aussieht, und das habe ich ihm auch gesagt, aber er will nicht auf mich hören. Ich habe mich erkundigt, denn es ist ja auch Ihr Vermögen, das da ...«

Seine Glut verlosch, als er ihren Blick sah.

»Mr. Cameron«, sagte Cecily, »Sir Lemuels Geschäfte sind seine Sache. Was mein Vermögen angeht, so wird es von drei Gentlemen verwaltet, von Colonel Brandling, Mr. Phipps und Mr. Tate, auf deren Expertise ich in diesen Dingen ebenso vertraue wie gewiß auch Sir Lemuel. Ich wünsche Ihnen einen guten Tag.«

»Colonel Brandling ...«, begann er, aber Cecily läutete nach dem Diener, um ihn hinausführen zu lassen.

Wie *vulgär*. Hatte ihm denn noch niemand gesagt, daß man mit einer Lady nicht über Geld sprach?

Queen Anne hatte die soliden und makellosen Herren, Colonel Brandling, Mr. Phipps und Mr. Tate, zu Cecilys Vermögensverwaltern ernannt; sie hatten immer dafür gesorgt, daß Cecilys jährliches Einkommen ihrem Stil entsprach. Gelegentlich hatten sie sie gebeten, Dokumente zu unterschreiben, bei denen es um Mieten, Pachten und ähnliches gegangen war – alles in so ordnungsgemäßer Form, daß sie nie auf den Gedanken gekommen war, an den dreien zu zweifeln.

Als der Anwalt gegangen war, trat Cecily die Reise nach Wales an. Auf der Great West Road begegnete sie der Kutsche Sir John Blounts von der South Sea Company, der unerwartet aus Bath zurückkam. Cecily winkte. Sir John winkte nicht zurück; er war anscheinend so mit seinen Gedanken beschäftigt, daß er sie nicht sah.

Im verschleierten Sonnenlicht des kohlerauchverhangenen London begann die »South Sea Bubble«, jene Seifenblase, die dort so bezaubernd – und so lange – geschwebt hatte, zu verschwimmen und zu schlingern, angerührt vom Hauch eines Zitterns, als habe ein Erdbeben in China seine Vibrationen durch eine Erdfalte nach England gesandt und dort die Luft in Wallung gebracht. Sir John, sagte irgend jemand, verkaufte. Verkaufte seine eigenen Anteile. Das genügte. Der Atem der Leute, die einander das Gerücht erzählten, verbreitete die ansteckende Panik.

Bis zum September fiel der South-Sea-Kurs auf 135. Man rief König Georg zurück, um den Aktienmarkt zu beruhigen, aber die Berichte über die Unehrlichkeit des Direktors waren schon zu weit verbreitet. Es gab kein El Dorado in der Südsee, oder die Company hatte es – wenn es doch existierte – nicht gefunden.

Nur langsam erklomm die Neuigkeit die von Schafen abgeweideten Hänge der Brecon Beacons, und die einzige Störung, die Cecily erreichte, waren die Briefe von Sir Lemuel, der sie bat, zurückzukehren, bevor das Parlament zu seiner nächsten Sitzung zusammenkam. Sie verabredete sich mit ihm und Dolly für den ersten Oktober in Cambridge; Lemuel hoffte dort vor den Studenten sprechen zu können, bevor sie dann zusammen nach London zurückkehrten.

Als sie im Gasthof eintraf, fand sie Dolly beim Packen vor. »Wo ist Lemuel?«

»Nach London. Er hat heute morgen eine Nachricht bekommen. Wir sollen ihm sofort folgen.« Dolly warf ihrer Schwägerin einen vorwurfsvollen Blick zu. »Er war sehr besorgt.«

»Wirklich? In seinen Briefen stand aber nichts davon.«

»Man darf Lady Hochnäsig ja nicht beunruhigen«, sagte Dolly.

»Weshalb hat er sich denn Sorgen gemacht?«

»Weiß nicht.« Dolly hatte er sich auch nicht anvertraut.

Sie kamen in ein London, das eigentlich aussah wie immer – in der bernsteinfarbenen Euphorie des Herbstabends vielleicht noch schöner: Die tiefstehende Sonne tauchte alles in eine träge, unwirkliche Zufriedenheit. Die Immigrantenfrauen ernteten noch die Felder an der Edgware Road ab, eine Mörderin hing am Galgen in Tyburn, und Milchmädchen kehrten mit leeren Eimern am Tragjoch in die Molkereien zurück.

Als sie den Hydepark durchquerten, verriet ein fernes Gebrüll, das von Whitehall herüberhallte, daß dort ein Mob wütete, wie ein Mob zu wüten pflegte.

Als der Kutscher ihr vor der Treppe von Spring Gardens beim Aussteigen half, sah sie, daß Lemuel an einem Fenster im oberen Stockwerk stand und sie beobachtete. Sie winkte ihm zu, während der zweite Kutscher die Koffer ablud. Er rührte sich nicht.

»Er ist komisch«, stellte Dolly fest und trat neben sie. »Was ist los mit ihm?« Ganz langsam, und ohne den Blick von Cecily zu wenden, hob Lemuel den Arm wie zum Abschiedsgruß und wandte sich dann ab.

Der Kutscher klopfte an die Haustür, damit ein Diener käme und sie hereinließe. Dolly schob ihn beiseite und ließ den Türklopfer kraftvoll niederfahren. Cecily hatte ihren Schlüssel eingepackt; jetzt wühlte sie in einem Koffer, verstreute dabei ihre Wäsche auf den Stufen, fand ihn schließlich und rammte ihn ins Schloß.

Sie hörten den Schuß, als die Tür sich öffnete.

Lemuel war in seinem Ankleidezimmer. Er hatte einen Brief an eine Perücke gesteckt, aber dann war er dagegengefallen, und sein Blut hatte sich mit der Tinte vermischt, so daß man nichts mehr lesen konnte. Er lebte noch.

»Die Kugel wird in der Großhirnrinde stecken«, vermutete Dr. Arbuthnot eine Stunde später interessiert. »Er wird sich die Pistole an die linke Schläfe gesetzt, dann aber zu schräg nach oben gezielt haben. Wenn er sie gerade gehalten hätte, wäre er jetzt schon tot. Siehst du die rechtsseitige Paralyse? Die Fazialläh-mung? Die Großhirnrinde, ganz gewiß.«

»Warum *tun* Sie denn nichts? Herrgott, Dolly, hör auf mit dem Geschrei. Warum tun Sie nichts, verdammt?«

»Es gibt wenig zu tun.« Dr. Arbuthnot ging quer durch das Zimmer, gab Dolly eine Backpfeife und führte sie dann zu einem Stuhl. Als er zurückkam, wiederholte er: »Es *gibt* wenig zu tun. Haltet ihn ruhig. Haltet den Verband trocken, beruhigt den armen Kerl. Wenn er die Nacht übersteht, wird er die Zeit, die ihm bestimmt war, vielleicht noch erleben – Gott helfe ihm.«

Als der Arzt sich zum Gehen wandte, fragte Cecily: »Was kann denn nur in ihn gefahren sein?«

Er hatte den Dienstboten freigegeben. Sein Gesicht am Fenster war das Gesicht eines Kindes gewesen, das einsam und verängstigt auf die Mutter wartete, die doch nie nach Hause kommen würde.

»Was ist in die Männer gefahren, die überall in der Stadt das gleiche tun?«

Cecily verstand immer noch nicht.

Wenn es einen Zeitpunkt gab, da der Prätendent seine Krone hätte zurückerobern können, dann war es dieser, derweil der Hannoversche Thron von der größten Explosion ins Wanken gebracht wurde, die je durch einen Stich in eine Seifenblase verursacht wurde.

Die Revolution schien vor der Tür zu stehen: Die Menschen wüteten gegen eine Regierung, die einem Plan zugestimmt hatte, der sie ruiniert hatte. Und gegen eine Königliche Familie – einschließlich aller Mätressen –, die, wie sich herausstellte, von der South Sea Company bestochen worden war, wie auch Minister und Parlamentsabgeordnete sich hatten bestechen lassen.

Leitartikel verlangten, daß die Direktoren an den Galgen gebracht wurden; geschähe es nicht, würden die Betrogenen die Sache womöglich selbst in die Hand nehmen. Der Mob attackierte die Kutschen der Schuldigen. Lord Lonsdale, der sich katastrophal verspekuliert hatte, versuchte den Erzschurken Sir John Blount zu erstechen. Nicht nur hochstehende Persönlichkeiten, sondern auch gemeine Leute hatten viel Geld für Papiere bezahlt, die jetzt wertlos waren – manchmal zuviel Geld. Selbstmorde wurden begangen, auf Dachböden und in Villen, überfüllte Irrenhäuser mußten ihre Pforten vor den Kolonnen gebrochener, vor sich hin stierender Männer und Frauen verschließen, die dort hingeführt wurden.

Acht Tage nach Lemuels Selbstmordversuch saß Lady Cecily Fitzhenry in einem Kontor abseits der Threadneedle Street, legte die Fingerspitzen behutsam auf die Dokumente, die sie soeben studiert hatte, und hob den Kopf. »Ich verstehe das nicht. *Alles*?«

»Alles«, sagte Colonel Brandling. Mr. Tate begann noch einmal mit seinen weitschweifigen Erklärungen, aber sie ließ Brandling nicht aus den Augen. Er war in jeder Hinsicht robust gewesen – der Inbegriff des Country Gentleman in der Stadt, und ein Tory dazu. Sie erinnerte sich, wie er neben Queen Annes Jagdkutsche einhergaloppiert war, als sie durch Windsor Park polterte; mit großem Hallo hatte er den Stumpf des Armes geschwenkt, den er bei Ramillies verloren hatte. Jetzt war es, als sei er in seinen Kleidern zusammengeschrumpft. Seine Augen starrten sie unter buschigen Brauen an; in seinem Blick lag die Ruhe der Verzweiflung.

Sie beugte sich vor, packte ihn beim Kragen und schüttelte ihn. »Wie kann das sein, alles? Es kann nicht alles sein. Surrey? Und die Mietshäuser in der Cheapside? Die Bauernhöfe? Dorset. Was ist mit Dorset?«

»Lady Cecily. Ich bitte Sie.« Mr. Tate löste ihre Hand. »Wir waren machtlos. Sir Lemuel hat unseren Rat in den Wind geschlagen. Er war offensichtlich von Sir Roberts Beispiel beeinflußt und panisch entschlossen, ihn zu übertreffen. Im August, als der Kurs auf 900 gefallen war, haben wir Briefe nach Hempens geschickt, aber durch die Verzögerungen bei der Post ...«

*Walpole.* »Hat Walpole auch verloren?« Das wäre wenigstens eine Genugtuung.

Mr. Tate fuhr sich mit dem Finger im Kragen herum. »Gibson, Jacob & Jacombe sind keine gewöhnlichen Bankiers. Jacombe hat auf eigene Verantwortung gehandelt und zumindest einen Teil von Sir Roberts Investitionen abziehen können ...«

Tonlos sagte sie: »Aber meine konnten Sie nicht abziehen.«

»Wir sind keine Bankiers, Lady Cecily. Wir sind nur Berater. Sir Lemuel ...«

Die dunkel respektablen Faltwerkpaneele ringsumher, das Porträt der Königin Anne aus der Zeit, als sie noch zweihundert Pfund gewogen hatte, die in rotes, getriebenes Leder gebundenen Bücher auf den Regalen – das alles war handfest und unerbittlich. Eine Drossel sang draußen im Kirschbaum in dem winzigen Garten. »Wo ist Mr. Phipps?« Aus Phipps würde sie schon etwas Vernünftiges herausbekommen.

»Phipps hat sich gestern die Kehle durchgeschnitten«, sagte Colonel Brandling.

Nach einer Weile fragte sie: »Warum haben Sie mir nichts gesagt?« Cecily meinte nicht Phipps. Sie waren gar nicht auf den Gedanken gekommen, es ihr zu erzählen, das sah sie schon. Im Augenblick der Hochzeit war sie zu einer *femme couverte* geworden, ihre legale Existenz war durch den Leib ihres Mannes ausgelöscht worden, ganz ungeachtet dessen, daß der Mann den finanziellen Verstand einer Möhre besaß und daß er ein Vermögen in Höhe von 70000 Pfund verspielt hatte. *Ihr* Vermögen.

»Und was gedenken Sie jetzt zu tun?« fragte sie.

Tate stammelte etwas von einer Gläubigerversammlung. Sie beobachtete, wie Brandling sie beobachtete, und in seinen Augen sah sie so wenig Mitleid für sie, wie sie selbst für ihn empfand: Er war jenseits allen Mitleids, auch allen Selbstmitleids. Vermutlich waren seine Verluste ebenso hoch wie ihre. Hoffentlich waren sie es.

»Hempens auch?« fragte sie.

Er nickte.

Sie stand auf und ging zur Tür; dort nahm sie ihren Sonnenschirm vom Hutständer, drehte sich um und schaute sie ein letztes Mal an. »Nun, Gentlemen«, sagte sie, »da Sie mir keinen Rat geben können, schlage ich vor, daß Sie dem vorzüglichen Beispiel unseres verstorbenen Mr. Phipps folgen.« Aber begriffen hatte sie es immer noch nicht.

In der Stadt war es ungewöhnlich still. Unruhe kam nur von Ludgate her, wo der Pöbel einem Prediger applaudierte, der für die Rückkehr zu den Gepflogenheiten im alten Rom eintrat, wo man Vatermörder in einen Sack genäht und lebend in den Tiber geworfen habe ... »denn sind diese South-Sea-Schurken nicht die Mörder ihres Vaterlandes?«

Ein Teil der Menge stürmte auf Cecilys Kutsche los – das Wappen ließ ein Mitglied der Königlichen Familie vermuten –, aber John erhob sich vom Kutschbock und rief: »Sie hat alles verloren, alles, was sie hatte«, und da ließen sie sie in Ruhe, und ein paar Männer nahmen sogar die Hüte ab, als sei es eine Grabprozession, die da vorbeikam.

Noch immer konnte Cecily den ganzen Umfang dessen, was geschehen war, nicht erfassen. Die Stadt, die sich nach der Pest und dem Brand so prachtvoll wieder aufgebaut hatte, umstand sie wie ein Denkmal des Überlebens und versicherte ihr, daß auch sie nicht für alle Zeit ruiniert sein könne. Wie die letzte römische Matrone, die aus ihrem Haus flüchtete, als die Vandalen die Tore einrannten, konnte auch Cecily nicht begreifen, daß sie nicht mehr zurückkommen würde.

Der Unglaube und ihre Kutsche brachten sie nach Spring Gardens – und dort verlor sie beides. Als sie ins Haus ging, forderte der Diener, der ihr die Tür aufhielt, seinen Lohn. Sie starrte ihn an.

»Ich will meinen Lohn, Mylady«, wiederholte er. Das restliche Gesinde drängte von unten die Treppe herauf, von seinem Beispiel ermutigt. Eisig gab sie ihnen alles Geld, das sie in der Börse hatte. Den Rest bezahlte sie mit einem Diamantring, den sie sich vom Finger zog und auf den Boden warf.

Dolly war bei Lemuel im Schlafzimmer und fütterte ihm sein Abendessen; mit dem Löffel kratzte sie die Reste zusammen, die seitlich aus dem schlaffen Mundwinkel rannen, und flößte sie ihm erneut ein. »Heute hat er ›Dolly‹ gesagt«, berichtete sie. »Wie ist es dir ergangen?«

Cecily berichtete es ihr. Dann riß sie Dolly den Löffel weg, so daß sie sich hinunterbeugen konnte, bis ihr Gesicht auf einer Höhe mit dem ihres Gemahls war. »Bravo, Sir Lemuel«, sagte sie laut und deutlich. »Du hast geschafft, was sechshundert Jahre nicht vermochten. Du hast das Haus Fitzhenry vernichtet.«

»Sprich nicht so mit ihm. Sieh ihn doch an«, sagte Dolly. »Was meinst du mit ›alles‹?«

»Dein Bruder hat alles, was ich besitze, beliehen, um South-Sea-Anteile zu kaufen. Er hat Darlehen aufgenommen, um noch mehr zu kaufen, indem er meinen Schmuck und meinen Namen als Sicherheit gegeben hat. Die Bediensteten haben dieses Jahr ihren Lohn nicht bekommen, und das Rindfleisch, aus dem die Suppe da gekocht wurde, hat man, wie ich soeben von der Köchin erfahre, auf Kredit gekauft.« Sie legte den Kopf schräg. »Ja, ich glaube, das meine ich mit ›alles‹.«

»O Gooott.« Dolly ehrte das Geld, wenn sie auch die Menschen nicht ehrte. Sie musterte ihre Schwägerin fast mit Respekt, und zum erstenmal sah sie in ihr eine Person, der Unrecht geschehen war. Dann aber dämmerte ihr, daß Cecily womöglich nicht die einzige im Zimmer war, an der man sich versündigt hatte. »Ich habe ihm meine Ersparnisse gegeben«, sagte sie. »Hundertzweiundvierzig Pfund – alles was Daniel mir hinterlassen hat. Lemmy hat gesagt, er würde es verdreifachen. Das ist doch nicht auch weg, oder?«

»Wahrscheinlich doch.«

»O Gott.« Dolly legte beide Hände auf den Mund und wiegte sich vor und zurück. »Was mache ich denn jetzt?« Weinend schüttelte sie ihren Bruder bei den Schultern, daß sein Kopf hin und her rollte. »Wie konntest du so etwas tun? Du warst immer so gescheit.«

»Wenn er gescheit wäre«, sagte Cecily und ging zur Tür, »hätte er besser gezielt.«

Walpole kehrte erst im November nach London zurück. Es war klug, sich fern und seine Stiefel sauberzuhalten, während alle andern bis zu den Hüften in Enthüllungen und Vorwürfen wateten. So verstärkte er die Illusion, daß er an den hysterischen Spekulationen nicht beteiligt gewesen war: ein nüchterner Mann, der dem Unglück ausgewichen war, das andere befallen hatte.

Er hielt es nicht für angebracht, zu erwähnen, daß er nicht vorausschauender gewesen war als irgend jemand sonst. Er hatte nicht so übermäßig gekauft wie einige andere, aber er hatte es zum falschen Zeitpunkt getan und war nur durch die Kunst seines Bankiers gerettet worden.

Gleichviel. Andere Minister steckten so tief im Sumpf von Bestechung und Korruption, daß sie das Vertrauen des Landes verloren hatten. Britannien taumelt und braucht eine führende Hand. Der Thron, die Stadt, der Handel, das Geschäft – alles droht zu ertrinken. Und hier kommt Walpole, der vollendete Politiker, noch dazu offenbar klug im Umgang mit Geld. Rette uns, Sir Robert.

Und er tat es. Zumindest rettete er Thron, Stadt, Handel und Geschäft. Er tat es, indem er die Untersuchungen im Keim erstickte. Er schützte König Georg und die bestechlichen königlichen Mätressen – denn wenn das Haus Hannover fiele, wäre das Haus Stuart wieder da.

Er wehrte die Forderung des Landes nach den Köpfen der South-Sea-Direktoren ab und rettete sogar die meisten vor dem Verlust ihres Reichtums. Es waren dreiunddreißig an der Zahl, und gemeinsam verfügten sie über rund zwei Millionen Pfund in Kapital und internationalen Beteiligungen: Sie zu ruinieren, hätte eine Katastrophe für die Wirtschaft bedeutet. (Außerdem würde binnen Jahresfrist die Wahl stattfinden, und die Direktoren hatten machtvolle Beziehungen.)

Robert Knight, Buchhalter der South Sea Company, entkam nach Frankreich und nahm belastendes Material mit. Erleichtert verhinderten der König und Walpole alle Versuche, seine Auslieferung zu veranlassen.

Unter dem Verdacht massiver Verwicklungen entschliefen James Craggs, der Postminister, und sein Sohn Stephen, der Außenminister, hastig und zuvorkommend – der Vater durch eine Überdosis Opium, der junge Craggs an den Pocken.

Als Schatzkanzler zog John Aislabie einen großen Teil der Vorwürfe des Landes auf sich, und so wurde er zur Haft im Tower verurteilt; die Menge tanzte auf den Straßen, als er sie antrat. Seine Güter wurden beschlagnahmt, aber dank Walpole bekam er sie später zurück. (Aislabie war in einem großen Teil von Yorkshire ein politisch einflußreicher Mann.)

Sir John Blount, der einhundertdreiundachtzigtausend Pfund zusammengebracht hatte, verlor alles bis auf tausend Pfund. (Er hatte Walpole geärgert, indem er dem Parlament Einzelheiten über die von der Company und den Ministern begangenen Veruntreuungen lieferte.)

Der einzige, der in der ganzen Affäre gehängt wurde, war ein Schreiber der South Sea Company, der sich mit viertausend Pfund aus dem Staub gemacht hatte. (Niemand machte sich die Mühe, seinen Hals zu retten.)

Es sah gut aus, und daher *war* es gut. Es war alles eine Frage der Wahrnehmung: Ohne Revolution und ohne Hexenjagden setzte der Handel wieder ein, und die Wirtschaft heilte sich selbst.

Für Walpole war es ein verdienter Triumph. Er hatte zwei große Verbündete: die Aufrührer – das Establishment war zu Tode erschrocken, als es sah, wie das gemeine Volk aus dem Ruder lief – und die Jakobiter, die den Prätendenten wissen ließen, das Land sei in einem solchen Aufruhr, daß er die Macht ohne ausländische Hilfe erfolgreich übernehmen könne. Ein stümperhaftes Invasionskomplott wurde bald entdeckt und zunichte gemacht, und wieder schloß das Establishment die Reihen. Der Teufel, den man kannte, war noch stets vorzuziehen.

Walpole empfing die Dankbarkeit seines Königs und eine so überragende Macht, daß man ihn bald als »Premier«minister kannte.

Eine bissige Presse zog Parallelen zwischen Straßenräubern, die wegen ein paar Shilling an den Galgen wanderten, und Millionendieben mit guten Beziehungen, denen es nicht so erging. Die South-Sea-Investoren und Renteninhaber stießen noch üblere Schmähungen aus, als sie sich in großer Zahl vor den Türen des Unterhauses versammelten und ihr Geld zurückverlangten.

Aber Walpole blieb ungerührt. Er interessierte sich nicht für diejenigen, die durch ihren Ruin nutzlos geworden waren – wie sein früherer Laufbursche Sir Lemuel Potts. Vielleicht wußte er nicht einmal etwas von Lemuels Zustand: Hochwichtige Angelegenheiten und tausend Bittsteller wetteiferten täglich um seine Aufmerksamkeit.

Cecily weigerte sich, ihn um Hilfe zu bitten, aber Dolly tat es. Sie lief mit anderen wütenden und flehenden Männern und Frauen hinter seiner Kutsche her.

Sie trug Briefe in sein Haus, hatte aber den Diener im Verdacht, daß er sie zerriß, sowie sie sich abgewendet hatte. »Robert würde mir das nicht antun, nicht, wenn er es wüßte«, sagte sie. »Wir haben herrlich zusammen gelacht.«

»Er lacht immer noch«, sagte Cecily.

Die Gläubigerversammlung war nicht gut verlaufen. Mr. Tate hatte ihr geraten, nicht daran teilzunehmen. Rechtlich gesehen, meinte er, müßten Lemuels Gläubiger sich ausnahmslos mit dem Prozentsatz der geschuldeten Summe einverstanden erklären, den er ihnen in Lemuels Namen anbot. »Lehnt auch nur einer ab, kann keine Einigung zur Rettung des Schuldners zustande kommen. Dann wird Sir Lemuel alles bezahlen müssen.«

Zwei lehnten ab. Eine Einigung zu Lemuels Rettung kam nicht zustande.

»Und wie geht es jetzt weiter?« fragte sie, als ein erschöpfter Mr. Tate von der Versammlung zurückkam.

Er schüttelte den Kopf. Zum erstenmal, seit sie ihn kannte, setzte er sich ohne Erlaubnis in ihrer Anwesenheit hin. »Sie könnten außer Landes fliehen«, sagte er müde.

Dollys wegen taten sie es nicht. Der Gedanke ans »Ausland« machte ihr angst und brachte ihren Verstand zurück. Als die Gerichtsvollzieher an die Tür von Spring Gardens klopften, wurde sie aktiv und stopfte Cecilys Hofkleider in einen Reisekoffer. »Gib mir deine Ringe«, sagte sie. »Steh nicht da 'rum. Gib die Scheißringe her.«

Cecily begriff. Sie riß sich die Ringe von den Fingern. Im Schrank war eine Schatulle mit den wertvollen Duellpistolen mit Einlegearbeiten aus Elfenbein, die der Doge von Venedig ihrem Vater geschenkt hatte. Sie warf sie Dolly zu.

»Sie werden hintenrum kommen«, sagte Dolly. »Sag' ihnen, du kommst gleich.«

Cecily beugte sich aus dem Fenster und schleuderte dabei ein Paar Schuhe mit juwelenbesetzten Schnallen rückwärts von den Füßen in Dollys Richtung. »Einen Augenblick, Gentlemen. Gestatten Sie, daß ich mich ankleide, bevor ich Ihnen die Tür öffne.«

Sie setzten sich auf den Reisekoffer und schlossen ihn. Dann schleppten sie ihn hinunter in den Salon, und Dolly kletterte durch das hintere Fenster hinaus in den von einer Ziegelmauer umgebenen Garten. Cecily reichte ihr den Koffer. »Laß dich nicht rauswerfen von denen«, sagte Dolly. »Ich komme wieder.«

Cecily sah ihr nach, wie sie zur Hinterpforte hinausschlüpfte, und dann ging sie sehr langsam durch den Korridor zur Haustür und öffnete.

Die Gerichtsvollzieher waren professionell und fröhlich. Sie schleppten die Möbel auf die Straße hinaus, hüllten sie in Sackleinen und machten Cecily Komplimente wegen der guten Qualität. »Hübsches Spinett, Mistress. Letzte Woche haben wir Lord Pitlands abgeholt, aber das war mit dem hier nicht zu vergleichen. Guck dir bloß mal die verdammten Intarsien an, Josh.«

Queen Anne hatte es ihr geschenkt. Ihr Vater hatte den goldenen Tafelaufsatz und das Besteck in Venedig gekauft. Die in Gold getriebenen Becher waren ein Geschenk von Prinzessin Caroline. Die Teppiche stammten aus Persien. Die Männer rollten sie zusammen, sie nahmen die Damastvorhänge mitsamt Troddeln und Schienen herunter, schraubten die Lüster von der Decke und die feinen schmiedeeisernen Leuchter von den Wänden. Sie berieten sich, ob sie die chinesische Tapete im Salon abreißen sollten, und ließen es dann bleiben. Eine Louis-Quatorze-Bronzeuhr läutete, als man sie hinaustrug. Cecily hörte es.

Sie sprach nur einmal. »Das ist meine Mutter.«

Josh zögerte einen Augenblick lang; dann riß er die Rückwand von einem Filigranrahmen und reichte ihr mit zweifelnder Miene das Miniaturporträt, das darinsteckte. »Das dürfte ich eigentlich nicht, wissen Sie.« Das Bild war gemalt worden, kurz bevor die Gräfin bei Cecilys Geburt gestorben war.

Als es um das italienische Bett mit dem samtenen Baldachin ging, in dem Lemuel lag, blieb Josh allerdings hart. »Haben Sie denn nichts anderes für ihn, die arme alte Seele?« Cecily deutete auf den Diwan, und mit großer Vorsicht hoben sie Lemuel hinüber.

Dolly kam zurück und ließ sie ihre scharfe Zunge spüren. »Als nächstes deckt ihr dann wohl das verdammte Dach ab, wie?« Josh verneinte: Das Haus selbst werde von einem anderen Gläubiger beansprucht, der einen anderen Gerichtsvollzieher beauftragt habe.

So blieben sie in einem leeren Haus zurück; das einzige Licht kam von einer Talgkerze, die sie aus der Küche geholt hatten. Cecilys Kopf pulsierte von Kopfschmerzen.

Zwei Tage später wurde Lemuel in Schuldhaft genommen und ins Fleet-Gefängnis geschafft.

Der Fluß namens Fleet war einst gleich westlich der Stadtmauern in die Themse geflossen. Zu Cecilys Zeit allerdings war er nur noch ein Rinnsal. Im Laufe von sechshundert Jahren war das Gefängnis an seinem östlichen Ufer ein paarmal abgebrannt, zuletzt während des großen Feuers unter Karl II. Viele Male war Cecily am neuerbauten Fleet-Gefängnis vorbeigefahren und hatte dabei die langgestreckte äußere Ziegelmauer und das Portal immer viel zu elegant für die Gauner gefunden, die dafür berühmt waren, daß sie lieber dahinter blieben, als herauszukommen und zu bezahlen, was sie anderen schuldeten. Aus Prinzip hatte sie die Hände stets ignoriert, die da aus einem Gitter in der Mauer gestikulierten, während ihre Besitzer um Barmherzigkeit jammerten und riefen: »Bitte vergeßt uns arme Schuldner nicht.«

Tatsächlich gab es »politische Schuldner« im Fleet-Gefängnis: listige und verhältnismäßig reiche Männer, die Schulden angesammelt hatten, ohne je die Absicht zu haben, sie zu bezahlen – sie lebten lieber gut im Gefängnis, statt draußen der Armut ins Auge zu sehen. Aber die meisten Insassen des Fleet-Gefängnisses waren wirklich insolvent, und anders als Kriminelle, die eine begrenzte Strafe abzusitzen hatten, waren sie lebenslänglich hier. Es sei denn, irgendein Engel bezahlte ihre Schulden. Und Engel gab es wenige.

Um für Lemuel zu sorgen, mußten Cecily und Dolly sich in einem gut eingerichteten Büro in einem Haus vor dem Gefängnis melden, als dort ein Mann, der ihr vage bekannt vorkam, vom Gefängnisvorsteher Bambridge bedroht wurde. »Für Sie, Sir, heißt es: zurück zu Corbett.«

»Nicht zu Corbett. Ich kann nicht zurück zu Corbett.« Die Stimme des Häftlings klang schrill vor Schrecken. Müßig und ohne großes Interesse für die Not eines Fremden, fragte Cecily sich, wo sie diese Stimme schon gehört hatte.

Bambridge schlug lautlos die Hände zusammen. Seine Nägel waren manikürt, er war gut gekleidet und hätte hübsch ausgesehen, wenn nicht die vorstehende Oberlippe gewesen wäre, die aussah wie ein Eulenschnabel. Maulwürfen und Wühlmäusen hätte Thomas Bambridge nicht gefallen. »Wir brauchen Zahlungen, Mr. Castell. Mit guten Absichten kann dieses Gefängnis nichts anfangen.«

Castell. John Castell, jawohl. Ein Architekt. Lady Mary Wortley Montagu hatte ihn einmal mit ihr bekannt gemacht und sein Buch gelobt: »Antike Villen, mit Illustrationen.«

»Bei Corbett sind die Pocken, Bambridge.« Der Architekt sprach in sachlichem Ton; er bemühte sich um Beherrschung. »Ich habe die Pocken noch nicht gehabt. Irgendein anderes Haus, bitte.«

Der Vorsteher erhob sich. »Wollen Sie behaupten, die Häuser meiner Wärter sind verseucht? Das will ich nicht hören. Zahlen Sie oder zahlen Sie nicht?«

»Ich *kann* nicht. Ich habe kein Geld.«

»Wärter, bringen Sie diesen Mann zu Corbett.«

Das Fleet war ein Königliches Gefängnis, aber bis zu diesem Augenblick hatte Cecily, die nie darüber nachgedacht hatte, nicht gewußt, daß es auch ein Geschäft war.

Das Verräterische war nicht nur John Castells Entsetzen, als er an ihr vorbei hinausgeschleift wurde, sondern auch das Wissen, daß sie und Lemuel dies hatten mitansehen *sollen*.

»Sir Lemuel Potts, nicht wahr?« sagte Bambridge. »Willkommen, Sir, willkommen. Ich hoffe, wir können Ihnen einen angenehmen Aufenthalt bereiten. Und Sie müssen Lady Cecily sein.« Der Titel kam aus seinem Mund, als habe er einen Schwanz und quieke. »Ich denke, wir können Ihnen eine Unterkunft bieten, die Ihrer Lage entspricht. Das ›Master's Side‹ ist angenehm geräumig. Nicht zu teuer, in der Nähe der Kaffeehäuser und Schenken, und auch unsere Kapelle ist leicht zu erreichen ...«

Wie der menschenfressende Riese, der als Wirt in einer Herberge saß, übergab er sie einem seiner Wärter. »Carver, bringen Sie Sir Lemuel und diese Damen über die Straße in den John Donne Room.«

Der Torwärter verlangte fünf Shilling dafür, daß er ihnen die Tür aufschloß. Im Aufnahmeraum berechnete ihnen der Schreiber, der die persönlichen Angaben notierte, dafür drei Shilling Sixpence. Carvers Preis dafür, daß er Lemuels Koffer in den zweiten Stock hinaufbrachte, betrug einen Shilling. Der John Donne

Room war zweifellos geräumig, aber unmöbliert. Wie es aussah, würde Carver ihnen jedoch für sechs Shilling zwei Pence pro Woche ein Bett, Stühle usw. vermieten, und die Küche vermietete Blechteller und lieferte jedes Essen, das Sir Lemuel gern hatte – zu einem bestimmten Preis. »Einmal am Tag kann er umsonst im Speisesaal essen«, sagte Carver. »Aber einem empfindlichen Magen würde ich es nicht empfehlen.«

»Zwölf Shilling die Woche?« quiekte Dolly, als sie hörte, wie hoch die Miete für den Donne Room war. »Dafür könnte ich Blenheim Palace mieten, Sie Gierschlund!«

»Ah, aber nehmen die Schuldner auf?« erwiderte Carver.

»Wir bleiben vorläufig hier«, sagte Cecily. Sie waren alle erschöpft, und Lemuel fing an, mit dem Kopf zu wackeln, wie er es immer tat, wenn er verwirrt war. Die Gerüche und Geräusche, die durch das Fenster vom jenseits des Hofes gelegenen Commons hereindrangen, wo die ärmsten Schuldner eingekerkert waren, wirkten nicht einladend. Aber die unerwarteten Gebühren hatten ihre Börse geleert. Den Koffer hatte Dolly bei einer Freundin in Cheapside in Verwahrung gegeben.

Während sie darauf warteten, daß die Möbel gebracht wurden, sagte Dolly: »Du mußt jetzt die Briefe schreiben.«

Cecily knirschte mit den Zähnen. »Mal sehen.« Bald würde es nötig sein, jemanden um Hilfe zu bitten, aber wenn sie es täte, wäre dies das Ende der Person, die sie gewesen war. Danach wäre sie die *arme* Lady Cecily: sie und Lemuel dazu verdammt, in einer Tagelöhnerkate zu hausen oder in einer nicht genutzten Kammer eines großen Hauses den Rest ihres Daseins zu fristen und sich von der Mildtätigkeit derer zu ernähren, deren Höflichkeit sich irgendwann in Ungeduld verwandeln würde. Sie hatte es schon erlebt.

Wahre Freunde hätten schon von sich hören lassen. Mary Astell hatte ihr sofort geschrieben und ihr und Lemuel angeboten, in ihrem Haus zu wohnen. Cecily hatte zurückgeschrieben und dankbar abgelehnt; Mrs. Astell war weder wohlhabend noch gesund genug, um mittellose Gäste längere Zeit zu beherbergen.

Da Sophie und Lady Mary Wortley Montagu noch im Ausland und Anne im Exil waren, stellte sich heraus, daß sie keine wahren Freunde mehr *hatte*. Ihre anderen Bekannten aus der Gesellschaft hatten bei dem Krach selbst Verluste erlitten – und nicht nur in finanzieller Hinsicht. Viele – wie der Prinz und die Prinzessin von Wales – standen in dem Verdacht, sie hätten sich von der South Sea Company bestechen lassen, und so hielten sie sich nach Möglichkeit vor dem Blick der Öffentlichkeit verborgen, während sie sich bemühten, ihre verwüsteten Finanzen und ihr Ansehen zu reparieren.

Ohnehin hätten sich nur wenige leisten können, Sir Lemuels Schulden zu begleichen: Sie alle hatte es fast ebenso schlimm getroffen wie ihn. Dolly, die durch die Straßen wanderte, um Cecilys Habseligkeiten zu verkaufen oder zu versetzen, wußte zu berichten, daß die Pfandleihen in einer Flut von wappengezierten Schnupftabaksdosen und Nähetuis, Silber und Juwelen versanken.

Cecily dachte nicht daran, sich hilfesuchend an ihre jakobitischen Bekannten zu wenden; auch in den besten Zeiten waren sie ja kaum imstande, sich selbst zu helfen.

Ihre Verachtung hob Cecily sich für Lemuels politische Freunde auf. Die Partei der Whigs stand kurz vor den allgemeinen Wahlen im Schatten des South-Sea-Skandals; sie hatte kaum Verwendung für einen Anhänger, der sich als unfähig erwiesen hatte, seine eigenen wirtschaftlichen Verhältnisse zu organisieren, von denen des Landes also ganz zu schweigen – zumal da er, beeinträchtigt wie er war, auch nicht mehr für einen Sitz im Unterhaus in Frage kam. Die Partei folgte dem Beispiel ihres Führers und versuchte zu vergessen, daß er existierte.

Unter diesen Umständen würde er es auch nicht mehr viel länger tun. Lemuel zupfte an ihrem Ärmel und gab unartikulierte Laute von sich, wie immer, wenn er verwirrt war; er schaute sich in dem kalten, leeren Zimmer um und fing an zu weinen.

Zumindest eine Entscheidung konnte sie noch treffen. »Ich muß bei ihm bleiben«, erklärte sie brüsk.

Ursprünglich hatten sie sich die Sache so gedacht, daß sie und Dolly eine Wohnung in der Nähe des Gefängnisses mieten und Lemuel tagsüber besuchen würden. Dolly hatte bereits ein Zimmer im Red Lion Court und eine Anstellung für sich gefunden: Sie konnte nachts in einer Bäckerei in der Fleet Street arbeiten.

Dolly nickte. »Das ist wohl das Beste.«

Das Beste? *Das Beste?* Wie mühelos sich diese Bürgerlichen mit der Hölle abfanden. Cecily sah sich von den Flammen umlodert und konnte es immer noch nicht glauben.

Es war Nacht geworden, als die Möbel endlich da waren und sie Lemuel hingelegt hatten. An der Tür drehte Dolly sich noch einmal um. »Laß mich wenigstens die verdammten Pistolen verkaufen.«

»Nein.«

»Hör mal, ich weiß doch, warum du sie verwahren willst – und das geht nicht. Die werden dich kleinhacken wie ein Stück Leber.«

»Nein.« Eines Tages würde sie Walpole wiedersehen.

Die Entscheidung, die Kerkerhaft mit Lemuel zu teilen, beruhte hauptsächlich auf dem Umstand, daß Cecily – *noblesse oblige* – in diesem Gefängnis eine so hilflose Kreatur unmöglich sich selbst überlassen konnte. Und besser war es auch, sich hinter Mauern zu verbergen, als von Bekannten, die mit der Kutsche vorüberfuhren, dabei gesehen zu werden, wie sie aus irgendeiner minderwertigen Behausung kam. Tatsächlich gab es eine ganze Menge von Behausungen, die übler waren als dieser teure Teil des Fleet-Gefängnisses, wo man mit Geld Privatsphäre, gutes Essen und Bedienung kaufen konnte.

Auftrieb gab es ihr auch, als sie in der ersten kalten Nacht auf ihrer Matratze lag und dachte: »*Er* hat es auch schon durchmachen müssen. Auch *er* hat neben dem Krankenbett eines alten Mannes auf dem Boden gelegen wie ich jetzt.«

Aber es war nicht leicht, diese Analogie aufrechtzuerhalten, als die Gegenstände aus dem Reisekoffer Stück für Stück verkauft werden mußten. Nach zwei Monaten zwang die Armut sie, in ein billigeres Zimmer zu ziehen – immer noch ein Zimmer für sie allein, aber auf der Seite des Commons und neben dem, was Bambridge als »unsere Häuser der Erleichterung« bezeichnete: einer stinkenden Latrine. Guillaumes Mithäftlinge waren Soldaten gewesen, kein männlicher Abschaum, der die Schenken leersoff und ihr vor die Tür kotzte, und auch kein weiblicher Abschaum wie die im Nachbarzimmer, die schreiend in den Wehen lag. Auch war sie sicher, daß Lord Keltie nicht ins Bett gepinkelt hatte, wie Lemuel es jetzt und weiterhin jede Nacht tat, so daß sie wöchentlich vier Shilling Sixpence für die Wäscherei aufbringen mußten.

Sie räumte die Erinnerung an Guillaume beiseite wie eine Frau, die alte Liebesbriefe in Lavendel legt. Sie wollte sie nicht billig machen; sie wollte sie für später aufbewahren. Und dann dachte sie: Für welches *später*?

Aber wenn man zwanzig ist, fällt es schwer, sich vorzustellen, daß es kein »später« mehr geben soll. Noch immer schrieb sie die Bettelbriefe nicht, und noch immer erlaubte sie Dolly nicht, die Duellpistolen zu verkaufen. Ganz hinten in ihrem Bewußtsein beharrte ein hartnäckiger Optimismus darauf, daß irgendwann ein *deus ex machina* erscheinen und alles in Ordnung bringen würde. Rings um sich her sah sie das Leben – und nicht selten auch den Tod – derer, denen der Gott aus der Maschine nicht erschien. Aber sie war Lady Cecily Fitzhenry ...

Nichtsdestoweniger vergingen die Tage, und ihre Erwartungen verfielen zu öden Plänen: Dolly muß mehr Brot aus der Bäckerei herausschmuggeln. Wenn sie Lemuels Bettwäsche selbst wüsche ... aber wo könnte sie sie trocknen ...?

Die Verzweiflung ließ sie faul werden. Sie versuchte, sich mit Klauen und Zähnen festzuhalten, um nicht abzurutschen, denn sie wußte, daß es körperlichen und seelischen Verfall bedeutete; sie riß sich zusammen, aber es war ihr alles zu rasch entglitten. Ihr altes Leben war jetzt irgendwo hoch droben, und sie rutschte den Hang hinunter in eine Grube, aus der sie nicht mehr hinausklettern konnte.

Dolly, die jeden Tag zu Besuch kam, ärgerte sich mehr und mehr über Cecilys Trägheit. Es störte sie, daß jetzt sie diejenige war, die für den Unterhalt aufkommen mußte, auch wenn sie die Macht genoß, die es ihr verlieh. »Du hast nichts weiter zu tun, als dich um den armen Lemmy zu kümmern, während ich arbeite, und nicht einmal das machst du richtig.«

Es stimmte. Das heißt, es stimmte in den ersten paar Wochen. Sie kümmerte sich um Lemuels unmittelbare Bedürfnisse, aber seine Sprechversuche beobachtete sie unbeteiligt, und sie half ihm nicht, wenn er zu gehen versuchte. Walpole war die Ursache für ihren Sturz, aber dieser sabbernde, sprachlose alte Narr war sein Werkzeug gewesen. Sie ertrug es kaum, ihn anzufassen.

»Er hat's für dich getan, weißt du«, schrie Dolly sie an.

»Ach, was denn?« fragte Cecily müde. »*Was* hat er für mich getan?«

»Versucht, sein Geld zu verdoppeln. Das war für dich. Der arme Hund, er wollte immer, daß du ihn bemerkst.«

Nach einer Weile kam sie zu der Überzeugung, daß ihre Schwägerin in dieser Angelegenheit klarer sah als sie selbst. Vielleicht hatte Lemuels Gewissen gespürt, daß seine Frau ihn verachtete, vielleicht hatte er sie und ihr Vermögen als Geschenk betrachtet, das er nicht verdient hatte. Vielleicht war seine Spekulation der Versuch gewesen, ihr einmal etwas Eigenes zu Füßen zu legen. Gewiß, sie konnte sich an Hunderte von Gelegenheiten erinnern, da er sich um ihre Aufmerksamkeit bemüht hatte, ohne zu wissen, wie er sie bekommen konnte. Und von seinem sexuellen Beharren abgesehen war er immer freundlich gewesen – lächerlich, aber freundlich.

Alles das machte seine Spekulationen nicht weniger tadelnswert, aber es ließ doch ahnen, daß sie vielleicht nicht nur durch Habgier und Idiotie motiviert gewesen sein könnten.

Eines Nachmittags – Dolly hatte das Essen gebracht, und Cecily hatte Lemuels Schüssel neben ihn auf einen Tisch gestellt und ihn in Ruhe gelassen, weil sie keine Lust hatte, ihn zu füttern – hörte sie ihn schreien. Als sie sich umschaute, sah sie, daß er sich die volle Schüssel auf den Kopf gesetzt hatte. Eierpudding rann ihm über die Stirn.

Sein Zorn – das erste Mal, daß er in ihrer Anwesenheit welchen zeigte – verflog unter ihrem Blick sofort, und er duckte sich. Er hatte Angst vor ihr.

»Du liebe Güte«, sagte sie. »Das geht nicht, wie?« Sie machte ihn sauber und fütterte ihn, und dann rief sie Carver, damit er bei ihm sitzenblieb, während sie auf den Straßenmarkt hinausging und einen Penny bezahlte, um in einem Perückensack an einem Altkleiderstand zu wühlen. Sie fand eine Anwaltsperücke, die ein erfülltes Leben in der Welt der Gerichte geführt hatte, nahm sie mit und bat Carver, sie auszuräuchern.

Als sie Lemuel die Perücke aufsetzte, lächelte sie ihn zum ersten Mal in ihrer Bekanntschaft an. Da mußte er wieder weinen.

Carver war einverstanden; er hatte eine Schwäche für Lemuel. »Wie Salomo in all seiner Pracht seh'n Sie aus, Sir Lemmy.« Mit seinem schiefen Gesicht sah Lemuel aus wie ein ängstliches Kind, das durch den Vorhang spähte, aber als ängstliches Kind konnte Cecily ihn ertragen, und wie ein solches begann sie ihn zu behandeln.

Niemand konnte im Commons, dem Gemeinschaftstrakt des Fleet-Gefängnisses, leben, ohne schmutzig zu werden, geistig und körperlich. Soweit es möglich war, hielt Cecily sich und Lemuel von allem fern, was außerhalb ihrer Zelle vorging, und es gelang ihr, von dem zu leben, was Dolly brachte, ohne ihren Körper zu verkaufen, wie es viele Frauen – und Männer – im Commons zu tun gezwungen waren. Dennoch verlor sie in dieser Zeit einen Glanz, den selbst die letzten vier Jahre nicht ganz hatten abschleifen können, und ihre Augen bekamen jenen wissenden Blick, der daher kommt, daß man menschliche Wesen auf der verkommensten Ebene der Bestialität erlebt hat. Außerdem erwarb sie ein Vokabular, das so ausdrucksvoll und schmutzig war, daß es ihr Erleichterung verschaffte, wenn sie es benutzte.

Thomas Bambridge hatte das Vorsteheramt des Fleet-Gefängnisses für fünftausend Pfund gekauft. Binnen eines Jahres hatte er diese Summe wieder eingenommen und bezog fortan ein regelmäßiges Jahreseinkommen von fünftausend Pfund aus dem, was er »Geschenke« und »Gebühren« nannte. An denen, die ihm so etwas nicht geben konnten oder wollten, statuierte er ein Exempel für den Rest: Sie wurden, geduckt in Eisen geschlossen, in einem Teil des Gefängnisses gehalten, der als Bartholomew Fair bekannt war.

Weibliche Häftlinge, die ihm gefielen, konnten ihre »Geschenke« bei ihm auf andere Weise abstatten, und jeder, der einen Adelstitel trug, zog seine besondere Aufmerksamkeit auf sich; ein Schuldner, der im selben Stockwerk wie Cecily wohnte, war nach Bartholomew Fair geschleift und in schwere Eisen geschlossen worden, nur weil Bambridge Baronets nicht leiden konnte.

Cecily, die sowohl adlig als auch weiblich war, gehörte als Gattin eines Schuldhäftlings strenggenommen nicht zu seinen Gefangenen, aber er behielt sie mit dem Interesse eines Mannes im Auge, der seinen Pflaumenbaum beobachtet und darauf wartet, daß die Früchte reif werden.

Im März wurde sie über die Straße in Bambridges Büro gerufen. Er hatte ein Rechnungsbuch aufgeklappt vor sich auf dem Tisch liegen. »So geht es nicht, Lady Cecily. Man hat uns doch davon in Kenntnis gesetzt, daß die Miete im voraus zu entrichten ist, nicht wahr? Und dennoch sind wir im Rückstand, jawohl, im Rückstand. Was gedenken wir da zu unternehmen?«

Cecily gab keine Antwort.

Er kam hinter seinem Tisch hervor und näherte sich ihr beschützerisch, den Blick auf ihr Mieder geheftet. »Sie wissen doch, nicht wahr, Lady Cecily, daß finanzielle Verlegenheiten, in denen Sie sich womöglich befinden, auf äußerst freundschaftliche Weise unter uns geregelt werden können, nicht? Äußerst freundschaftlich. Meine Tür steht Ihnen offen, noch heute abend, wenn Sie wollen. Jeden Abend, Lady Cecily.« Er wiederholte die Anrede ständig; die Unterwerfung ihres Ranges war ihm ebenso wichtig wie ihr Körper.

»Laß mich in Ruhe, du Dreckschwein«, sagte sie.

Seine Fingernägel kratzten über ihren Unterarm, als er sie zur Tür führte. »Wir werden sehen, Lady Cecily. Jeden Abend, wann Sie wollen.«

Draußen hatte ein kalter Winterregen die Straßen leergefegt, und die Händler hatten ihre Stände abgeräumt und sich verzogen; zurückgeblieben waren flatternde Planen und der Müll von Orangenschalen und zertretenen Kohlblättern.

Cecily blieb mitten darin stehen; ihre Schuhe steckten bis ans Oberleder im Matsch, und ruhig erkannte sie, daß sie den tiefsten Grund der Hölle erreicht hatte. Hier ist es, und tiefer werde ich nicht sinken. Lemuel muß selbst für sich sorgen. Hätte er seinen Verstand noch, würde er darauf bestehen.

Lemuel war der Schuldner, nicht sie. Das Mitleid hatte sie an seiner Seite festgehalten. Sie hatte für ihn getan, was sie konnte, aber die eheliche Treue konnte keinesfalls so weit gehen, daß sie sich zur Hure machte, um einen Mann zu schützen, den sie nicht einmal freiwillig geheiratet hatte. Sie mußte ihn seinem Schicksal überlassen.

*Das ist Desertion.*

»Nein, ich lasse Lemuel ja nicht im Stich. Es wird zu seinem Vorteil sein. Ich gehe zu Mary Astell. Ja, ja, das werde ich tun. Bei Mrs. Astell kann ich Briefe schreiben, die Leute bedrängen, eine Kampagne zu seiner Freilassung betreiben. Ich lasse ihn nicht im Stich. Wäre er bei Verstand, würde er mich selbst dazu drängen.«

*Es ist Desertion. Eine Fitzhenry flüchtet nicht vom Schlachtfeld.*

»Und was war mit Maurice Fitzhenry im Bürgerkrieg? Und mit Sir Thomas Fitzhenry bei Bosworth? Sie haben überlebt und konnten weiterkämpfen. Das ist keine Desertion, das ist ... das ist ein strategischer Rückzug.«

Sie suchte sich einen Weg über die Straße, um ihrem Verwundeten zu erzählen, daß sie ihn auf dem Schlachtfeld liegenlassen wollte.

Auf der Fleet Bridge sah sie ein Reiter, der dem Gefängnis zutrabte; er rief ihren Namen, aber seine Stimme verhallte im Regen.

Lemuel war nicht in seinem Zimmer. Sie lief auf den Korridor hinaus, um Carver zu suchen, und der sagte: »Befehl von Bambridge.«

»Wo ist er?«

»Bartholomew Fair.«

»O Gott.«

Sie rannte die Treppe hinunter, drängte sich zwischen den Betrunkenen in der Schenke im Commons hindurch, die nach ihr greifen wollten, lief über den Friedhof, wohin man die Häftlinge tagsüber sperrte, damit sie sich die Luft mit den Leichen teilen konnten, die in der Nacht gestorben waren, und eilte dann noch eine Treppe zu einem Wärtertrakt hinunter, der von Bartholomew Fair selbst durch ein großes Gittertor abgetrennt war. Dahinter herrschte Dunkelheit.

Sie riß eine Fackel aus der Halterung und trat ans Tor, ohne sich um die Proteste des Nachtwärters zu kümmern. »Lemuel.«

Gestalten wanden sich in den Lichtkreis der Fackel; einige lästerten, andere flehten.

»*Lemuel.*«

Rechts von ihr blökte jemand. Sie hielt die Fackel so, daß sie ihn sehen konnte. Sie hatten seine Beine in Eisen gelegt, und seine Handgelenke waren an seinen Hals gekettet.

Sie merkte gar nicht, daß sie dem Wärter befahl, das Tor aufzuschließen, aber er tat es. Sie kauerte neben Lemuel nieder. »Aber, aber, Cecily ist ja da. Hab keine Angst.« Und den Wärter kreischte sie an: »Nimm ihm auf der Stelle diese Eisen ab!«

»Die sind aber speziell von Bambridge«, sagte der Mann. »Abmachen kostet sechs Shilling sieben Pence.«

»Ich bringe dich um. Mach sie *ab.*«

Eine Stimme hinter dem Wärter sagte: »Ich würde sie abmachen, Jungchen. Sonst bringe ich dich eigenhändig um.« Es war der schottische Anwalt, Archibald Cameron.

Er hatte irgendein Entlassungsschreiben bei sich. Mürrisch bezahlte er alle Gebühren, die nötig waren, um Lemuel durch das Haupttor und in eine dort wartende Droschke zu expedieren, mit der sie dann in seine Räume im Lincoln's Inn fuhren. Lemuel wurde zu Bett gebracht, und man schickte eine Nachricht an Dolly, damit sie wußte, wo sie zu finden waren.

Weil Cecily außerstande war, sich die Schuhe auszuziehen, tat er es für sie und stellte sie dann zum Trocknen auf das Kamingitter vor dem nicht allzu großzügig flackernden Feuer. Er brachte ihr Brot, Käse und einen heißen Grog, und dabei erklärte er ihr unablässig die Situation.

Nach einer Weile sagte sie: »Sie müssen mir verzeihen. Anscheinend kann ich nicht aufhören zu weinen. Was versuchen Sie mir da zu erzählen?«

Es handelte sich um eine weitere Gläubigerversammlung, die stattgefunden hatte. Cecily begriff nur, daß Lemuel frei war und frei bleiben würde. Sie umarmte diese Erkenntnis wie ein Kissen und schlief darauf ein, während die Stimme des Rechtsanwalts gleichmäßig weitertönte – weniger wie ein Gott aus der Maschine und mehr wie eine quietschende Pumpe.

Als sie am nächsten Morgen erwachte, lag sie steif, aber warm im Sessel vor dem Feuer, zugedeckt mit einer Decke.

Eine kräftige, geschäftige Frau teilte ihr mit, Master Archie sei ausgegangen, aber er lasse Lady Cecily seine Empfehlungen übermitteln, und es stehe ein Frühstück auf dem Herd; Sir Lemuel habe eine ruhige Nacht gehabt, und sie, Mrs. Tothill, werde sich zu ihm setzen, wenn Lady Cecily später vielleicht Master Archies Börse an sich nehmen und ausgehen wolle, um sich zu kaufen, was sie womöglich an Kleidung brauche.

Die Börse des Anwalts enthielt eine Guinee. »Wie ich sehe, erwartet er nichts Hochmodisches«, stellte sie fest. Gleich war ihr bewußt, daß es eine schändliche Bemerkung gewesen war; aber sie war geistig entkleidet worden, der Person beraubt, für die sie sich einmal gehalten hatte – und das schon wieder vor diesem Schotten. Sie hatte sich eingebildet, ihre Welt sei wohlgeordnet, und hatte herausfinden müssen, daß statt dessen unter einer dünnen Kruste ein Morast aus Exkrementen lag. Blut und Herkunft halfen gar nichts, wenn man durch die Kruste brach. Weil sie nichts anderes mehr hatte, versuchte Cecily ihre Nacktheit mit den Fetzen ihrer Würde zu bedecken, was ihr jedoch nicht richtig gelang.

Als Dolly kam, gingen sie zusammen aus. Dolly hatte lauter Fragen, auf die Cecily keine Antwort wußte. »Ich weiß es nicht. Er hat anscheinend alles arrangiert, obwohl ich keine Ahnung habe, wie ... Wahrscheinlich handelt er in jemandes Auftrag.«

»Ein geschenkter Gaul ist er, verdammt. Laß dir ja nicht einfallen, ihm jetzt zwischen die Zähne zu spucken. Ich kenne dich.«

»Ich habe nicht die Absicht, ihm zwischen die Zähne zu spukken.« Aber es schwärte hartnäckig in ihr, daß sie ihm zu Dank verpflichtet war. Sie tröstete sich damit, daß er der Agent einer höheren Persönlichkeit sein müsse. Verdammt viel Zeit hatte er sich ja gelassen. Wäre er einen Tag früher gekommen, müßte sie sich nicht für den Rest ihres Lebens mit dem Wissen plagen, daß sie den Mut verloren hatte.

Es hatte aufgehört zu regnen, aber der Tag war immer noch grau. Der Wind wehte Anwälte in wallenden Gewändern und weiße Tupfen, die aussahen wie Schnee, über die Lincoln's Inn Fields. Es war kein Schnee, sondern die frühe Maiblüte von den Weißdornbüschen.

»Oh, Dolly, es ist Frühling.« Sie, die im Fleet-Gefängnis nicht einmal geweint hatte, wurde den Hang zu Tränen jetzt überhaupt nicht mehr los.

Es war beruhigend, die weite Fläche der Fields zu überqueren und die Blicke über die langen, gleichförmigen Linien von Inigo Jones' Terrassen wandern zu lassen.

»Ich kaufe mir wohl besser ein Kleid.« Die beiden Frauen spazierten zum Clare Market, ohne die Verstimmungen zu erwähnen, die in den letzten paar Monaten zwischen ihnen entstanden waren, weniger deshalb, weil sie einander verziehen, als vielmehr sich selbst.

Cecily kaufte sich ein brauchbares Mieder, einen Rock und ein Paar Schuhe – und einen Muff aus Kaninchenpelz für Dolly.

Bei ihrer Rückkehr kletterten sie die Steintreppe zum obersten Stockwerk hinauf, vorbei an immer kleiner werdenden Türen mit den Namen von Anwaltskanzleien. Auf der kleinsten stand: Archibald Cameron, Rechtsanwalt, D.LL. (E'burgh). Dahinter befanden sich seine Wohnung und sein Büro, billig und karg möbliert, aber ordentlich. Er hatte an den Möbeln gespart – sie waren aus Kiefernholz –, vermutlich um die Bücher zu kaufen, die sich auf allen verfügbaren Flächen stapelten.

Die Türen des Schrankbetts waren geschlossen, und Lemuel saß im Sessel und lauschte scheinbar dem Anwalt, der die Erläuterungen, die er Cecily am Abend vorher gegeben hatte, noch einmal wiederholte.

»Er versteht das nicht«, sagte Dolly. »Erzählen Sie's lieber uns.«

Archibald Cameron begann noch einmal von vorn. Einem Wust von Habeas Corpus, Mobiliarhypotheken, Verkehrswerten und dem Schuldnergesetz von 1678 entnahmen sie, daß er noch einmal eine Gläubigerversammlung einberufen hatte, die sich diesmal zu einer Einigung bereit gefunden hatte. »Haben Sie wohl alles selbst gemacht, wie?« Dolly war voller Bewunderung. »Was ist denn mit den Herren Brandling, Dingsbums und Trallala?«

»Es war notwendig, ohne weitere Konsultationen zu handeln, und ich wäre dankbar, wenn jetzt Sir Lemuel oder angesichts seiner Schwäche Lady Cecily die Güte haben könnte, meine Position durch eine Unterschrift auf diesem kleinen Dokument nachträglich zu legitimieren. Verzweifelte Situationen verlangen verzweifelte Maßnahmen. Ich bedaure nur, daß es so lange gedauert hat.«

Während sie das kleine Dokument unterschrieb – eine ganz gewöhnliche Vollmacht –, wurde Cecily die Vorstellung nicht los, daß der Mann sie auslachte. Er hatte kleine, funkelnde Augen, die sie mieden, und einen Mund, der so dünnlippig und breit war, daß seine Pedanterie zu einem Scherz wurde. Das Gesicht eines Komödianten. Was bedeuteten sie ihm, daß er sich ihretwegen soviel Mühe gemacht hatte? Allmählich nahm ein Verdacht Gestalt an.

»Was jetzt?« fragte Dolly. »Sitzen wir immer noch in der Sirreverenz oder was?«

»Sollte das ein euphemistischer Ausdruck für Exkrement sein, wenn ich fragen darf?«

»Sollte es.«

»Ich kann wohl mit Fug und Recht sagen, daß die, äh, Jauchegrube noch einmal vermieden werden konnte«, sagte Cameron. »Ich bin sogar in der Lage, Ihnen ein Anwesen anzubieten, auf dem Sie, sollte es Ihnen zusagen, Zuflucht nehmen können. Vorläufig wenigstens.«

»Wir nehmen es.«

»Was ist es?« fragte Cecily. Sie kam nicht mehr mit, und ihr Mißtrauen wuchs mit jedem Augenblick. »Ist es eines meiner Anwesen?«

»Leider nicht. Ihr gesamtes Vermögen ist für die Begleichung der Schuld aufgewendet worden. Es tut mir sehr leid. Es handelt sich um ein Gasthaus.«

»Ein *Gasthaus*?«

Es war ein Gasthaus *gewesen*. Das Gasthaus zur Glocke: »The Bell« in Woolmer Green. Vom ehemaligen Wirt aufgegeben, nachdem er jener Krankheit zum Opfer gefallen war, die unter Wirten so verbreitet ist ...

»Welcher Krankheit?«

»Dem Alkohol, Madam, dem Dämon Alkohol. Ich habe den Besitz selbst noch nicht gesehen, aber der Agent hat mir seine Vorzüge höchst eindrucksvoll geschildert, und da er billig zu haben war, habe ich das Kapital investiert, das mir für Sie von einem Anonymus, dem Ihr Wohl am Herzen liegt –«

»Es gibt niemanden, dem mein Wohl am Herzen liegt«, unterbrach ihn Cecily.

Zum ersten Mal an diesem Tag schaute der Mann mit der fuchsroten Perücke ihr gerade in die Augen. »O doch, Ma'am, es gibt da jemanden, durchaus, es gibt jemanden.«

»Es ist Walpole, nicht wahr?«

»*Walpole*? Sie meinen Sir Robert?«

Er tat verblüfft, aber sie ließ sich nichts vormachen. »Sie können Ihrem Herrn sagen, Sir, daß ich nicht bereit bin, irgendeine verschimmelte Bierkneipe anzunehmen, die der Preis für sein Gewissen sein soll. Keinen Pfifferling, keinen Penny. Haben Sie verstanden?« Sie griff nach ihrem Mantel und trieb Lemuel aus dem Sessel. »Komm, Dolly.«

»Herrgott, Cessy …«

»ES IST NICHT WALPOLE, MADAM!« Ein Schürhaken fiel klappernd in den Kamin, und das Feuer flackerte auf.

Cameron sah selbst überrascht aus. Leise sagte er: »Pardon, Madam. Ganz sicher würde Sir Robert Ihnen aus Ihrer Notlage helfen, wenn er davon wüßte, aber ich gebe Ihnen mein Wort, daß er die Hand nicht im Spiel hat. Auch ist er nicht mein Herr, wenngleich ich nicht bestreiten will, daß ein großer Teil meiner Tätigkeit derzeit in seinem Auftrag …«

»Wer ist es dann?«

»Ein Anonymus«, sagte der Anwalt und machte seine dünnen Lippen noch dünner. »Vielleicht wissen Sie, was dieses Wort bedeutet?«

Cecily war nicht beeindruckt von Leuten, deren mangelhafte Erziehung sie dazu verleitete, Ärger zu zeigen. Aber wie es aussah, sagte der Kerl die Wahrheit. Sie war jetzt überzeugt, daß es nicht Walpole war, und sogleich verlor sie das Interesse an dem anonymen Spender – zweifellos irgendein Bekannter, der versuchte, ihr zu helfen, ohne ihren Stolz verletzen zu wollen. Sie wollte nicht wissen, wer. Das Angebot mußte sie jedoch annehmen: Sie waren finanziell und körperlich erschöpft, und diese »Zuflucht« konnte sie beherbergen, bis sie wieder die nötige Kraft hätte, um sich zu überlegen, was zu tun war.

Sie sehnte sich schmerzlich nach dem verlorenen Hempens. So tief die wechselhaften Geschicke der Fitzhenrys in der Vergangenheit gesunken sein mochten, das Heim im Fenn hatte die Familie immer behalten; es war das Nest, in dem man seine Wunden leckte, und hätte sie es noch gehabt, so hätte sie sich in diesem Augenblick auf dem Weg dorthin gemacht, um den Kopf in den Schoß der alten Amme zu legen und sich trösten zu lassen. Im Fleet-Gefängnis hatte sie an den neuen Eigentümer geschrieben, einen Bauunternehmer aus Peterborough, und ihn gebeten, er möge Edie erlauben, im Torhaus wohnen zu bleiben.

»Wo liegt dieses Woolmer Green?«

Es war in Hertfordshire, dreißig Meilen nördlich von London; sie sah etwas Verborgenes vor sich, klein und strohgedeckt, entlegen, schattenwinklig. Dolly konnte dort den dörflichen Bauernstoffeln ihr Ale ausschenken, während sie selbst unter einem Baum und einem falschen Namen dasaß und die nach Heu duftende Luft atmete, während die Drossel sang. Weiter konnte sie nicht denken. »Bitte lassen Sie gleich die Kutsche vorfahren.«

»Sie können noch nicht fahren. Ich hatte noch keine Gelegenheit, mich vom Zustand des Anwesens zu überzeugen, und werde es auch noch eine Zeitlang nicht tun können – ich habe ein wichtiges Gerichtsverfahren. Einstweilen wird Dame Tothill Ihnen hier Unterkunft bieten ...«

Aber in diesem Punkt ließ Cecily sich nicht mehr umstimmen. Sie konnte sich vom Zustand des Anwesens ebensogut überzeugen wie er. »Wir müssen sofort hinfahren.« Insgeheim ertrug sie es nicht, länger in London zu bleiben: Die Stadt hatte sie verunreinigt, und sie wollte sich in gesunder Landerde vergraben, bis das Gefühl der Übelkeit vorbei wäre. Außerdem wollte sie weg von diesem Anwalt, der Zeuge ihrer totalen Erniedrigung gewesen war und sie davor hätte bewahren können, wenn er schneller gehandelt hätte.

Noch am selben Nachmittag traten sie die Reise nach Hertfordshire an. Nicht in einer Kutsche, sondern auf einem Leiterwagen, der Hühner mit einer sehr gesunden Verdauung von Stevenage zum Clare Market gebracht hatte und jetzt zurückfuhr.

»Aye«, hatte Cameron gesagt und Cecilys Blicken standgehalten, »nun ja, wir werden's für Sie saubermachen, aber das Silber reicht halt nicht mehr für Kutschen und dergleichen.« Er gab Dolly genug, damit sie auf halbem Wege in Potter's Bar übernachten könnten. »Und hier sind noch zwei Pence, damit Sie mich per Post benachrichtigen können, wenn Sie angekommen sind.«

Cecily sagte steif: »Im Fleet war ein Mann namens John Cassels – ein Architekt, glaube ich. Ich wäre Ihnen dankbar, wenn Sie für mich in Erfahrung bringen könnten, was aus ihm geworden ist.«

»Cassels, ja? Ich kann Ihnen sagen, was aus ihm geworden ist. Er war befreundet mit einem Freund von mir, einem Mann namens Oglethorpe. Er ist in Privathaft im Haus eines Büttels an den Pokken gestorben.«

Etwas holte Cecily ein auf dieser windigen, rumpelnden Reise nach Norden. Es jagte ihr nach, und manchmal verschmolz es mit den Schatten der Straße. Bis jetzt war es durch die Notwendigkeit, in Bewegung zu bleiben, in Schach gehalten worden, durch Lemuel, durch die Haftaufhebung, all die Geschäftigkeit, die sie befähigt hatte, mit dem Anwalt zu streiten, sich ein Kleid zu kaufen. Aber dennoch gab es etwas, und es folgte ihr.

Dolly versuchte zu plaudern, aber irgendwann gab sie auf und redete nur noch mit Lemuel, denn der Fuhrknecht war ebenso wortkarg wie Cecily.

Es war schon spät am nächsten Tag, als der Karren auf einem dunklen Straßenstück am Fuße eines steilen Hügels schwankend anhielt. »Da wär'n wir.«

Dolly machte erwartungsvoll »Oha!« Zur Linken, fast verborgen unter den Bäumen, sah man den Giebel eines ansehnlichen, wenn auch alten Hauses. Ein Torbogen aus behauenen Steinen auf der einen Seite bildete die Einfahrt. Es war schwierig, den Zustand zu erkennen, denn der Mond verschwand immer wieder hinter schnell ziehenden Wolken. Keine Kerze, keine Lampe brannte hinter den Fenstern.

Dolly bat den Fuhrmann, ihnen hineinzuleuchten.

Er schüttelte den Kopf. »Da spukt's, sagt meine Missus.« Von der Sorge befreit, daß sie die Reise noch absagen und ihn somit um sein Fahrgeld bringen könnten, zitierte der Fuhrknecht seine Frau in aller Ausführlichkeit: »Der alte Rosy, der hat den Teufel raufbeschworen, als er noch lebte, und hat 'n dagelassen, wo er jetzt tot ist. Keiner wagt sich in die Nähe; bloß die alte Glocke da, die läutet den Toten.« Er wies zu einem kleinen weißen Glockenturm hinauf, der da auf dem schwarz verwinkelten Dach thronte. »Die läutet der Gottseibeiuns, schätzt meine Missus. Ist sonst keiner da, bloß das Böse. Sagt meine Missus.«

Ja. Der Gottseibeiuns. Hier würde er sein.

Der Fuhrmann wollte ihnen nicht helfen, hineinzugehen. Aus Mitgefühl für Lemuel erlaubte er Dolly, die Wagenlaterne zu borgen; die Pferde, sagte er, fänden den Heimweg auch so, und er würde sie abholen, wenn er wieder nach Süden fuhr. Und dann rumpelten die eisenbereiften Räder mit ihm in die Nacht hinaus.

Sie gingen durch das Unkraut zu dem Steinbogen und kamen in einen langgestreckten, von Müll übersäten Hof. An einer schmalen Treppe, die ins obere Stockwerk führte, fehlte das Geländer.

Dolly verfluchte sämtliche schottischen Rechtsanwälte und ihre Vorfahren. Cameron hatte ihnen den Schlüssel mitgegeben, ein riesiges Ding, das sie aber gar nicht brauchten. Sie wandten sich nach links und gelangten durch einen türlosen Eingang in das Gasthaus.

Hier war einst die Schankstube gewesen: Der Geruch von aledurchtränktem Holz mischte sich mit dem von Schimmel, dem sauren Dunst von zerrissenem Lattengeflecht und Putz. Es war ein großer Raum; vielleicht war er einmal in mehrere kleinere aufgeteilt gewesen – hier und da zogen sich jedenfalls eingebrochene Trennwände, die einmal getäfelt gewesen waren, über den Boden hin.

Es gab sogar eine Andeutung von Schönheit, aber der war – wie Cecily – die Substanz gestohlen worden: Bedürftige und gierige Hände hatten die meisten der Ulmenholzdielen herausgerissen, die großen Fässer hinausgerollt, Holzwerk und Gesimse weggebrochen und den Kitt von den Scheiben gekratzt, um das Glas in weniger hübschen Fenstern zu verbauen.

»Wo können wir jetzt noch hin? Wir sind erledigt, o Gott, o Gott.« Dolly sank in die Hocke, und Lemuel zupfte besorgt an ihr herum.

Sie konnten nirgends mehr hin. Diese zerklüftete, mißhandelte Bruchbude war schlimmer als alles, was sie sich vorgestellt hatten.

*Aber dennoch werde ich hierbleiben.*

Cecily war erstaunt über die Kraft dieses Gedankens; zum ersten Mal in zwei Tagen wurde ihre Mattigkeit durchbrochen – als stütze sie unversehens ein letzter Wirbelknochen, vergessen von den Erniedrigungen, die ihr das Rückgrat genommen hatte.

Der Märzwind draußen heulte wie ein Hund durch die Ritzen des Raumes und bewegte die Glocke oben in ihrem Türmchen, daß sie gegen den Klöppel schlug und einen leisen Klang von sich gab. Dolly kreischte.

Mitten im Schutt leuchtete ein Fleck Mondlicht, das durch ein Loch im Dach hereinfiel. Cecily trat hinein und schaute durch die nackten Dachbalken hinauf in den Himmel. Und wie es ihr Urahn, der erste Fitzhenry, getan hatte, als er mit ansehen mußte, wie seine Feinde und seine Söhne seine Geburtsstätte niederbrannten, entriß sie Gott ihre Seele.

Klar und deutlich, beinahe im Plauderton, sagte sie: »Da Gott keine Verwendung hatte für das, was ich war, biete ich, was ich jetzt bin, Dir, Du Fürst der Finsternis.«

Sie wartete – worauf, wußte sie nicht genau. Sie hörte, wie Dolly nach Luft schnappte, hörte den Wind und noch einen Glokkenschlag. Und sie sagte: »Ich werde alle Gesetze brechen außer den Deinen und werde Dir folgen mein Lebtag, wenn Du mir zum Wohlergehen verhilfst, damit ich Rache nehmen kann an dem, der mir das alles angetan hat. Das schwöre ich.«

Es klang nicht absurd; die Nacht war bereit für ein solches Bekenntnis, und sie spürte, wie es zum Mond hinaufströmte, zu diesem unübertrefflichen Hexenmeister. Und wie dem auch sei, der Teufel antwortete ihr.

Er sagte: »Das kommt mir gelegen.«

# 6

Der Name des Teufels war Tyler. Als er und sein Kumpan von den Deckenbalken herunterkletterten, wo sie sich versteckt hatten, fielen Silbermünzen aus dem Taschentuch, in dem er sie gerade gezählt hatte. Er redete nicht um den heißen Brei: »Unrecht Gut.«

So waren sie also zwei bewaffneten Männern ausgeliefert, welche – Teufel oder nicht – ersichtlich kriminell waren und das Gasthaus als Versteck benutzten. Aber von Anfang an fühlte Cecily sich nicht bedroht. Und als Dolly aufgehört hatte zu schreien, schalt sie sogar die beiden wegen des Schreckens, den sie ihr eingejagt hatten.

»*Sie* waren erschrocken?« erwiderte Tyler. »Und was ist mit uns? Wir dachten doch, Sie wären die verdammten Büttel.«

Ob den beiden Frauen größere Gefahr gedroht hätte, wenn ihre Armut weniger offensichtlich gewesen wäre, konnte Cecily nicht wissen. Sexuelle Gefahr bestand nicht: Tyler, der Anführer, war fasziniert von ihr, aber er sah sie nicht als Beute. Er brachte Staunen und Bewunderung über ihr Bekenntnis zum Fürsten der Finsternis zum Ausdruck. »So was hab ich noch nie gehört«, sagte er immer wieder. »Lief mir eiskalt den Rücken runter, wie man so sagt.«

Sie behandelten die drei als Reisende, die von der Dunkelheit überrascht worden waren. Tyler und sein Bruder Ned – »Nebuchadnezzar, um es kurz zu machen« – zündeten ein Feuer an und rösteten darüber Brot und Käse für alle, brachten Stroh für die Betten und zauberten sogar ein Viertelfäßchen Ale herbei. Ned tat die meiste Arbeit; reserviert und anscheinend nicht so gescheit wie sein Bruder, obgleich älter als er, pfiff er tonlos und hinkte krummbeinig umher wie ein Roßknecht.

Cecilys Aufmerksamkeit aber galt Tyler, wie die seine ihr galt.

Von ihrer Amme abgesehen hatte sie noch nie irgendeine Seelenverwandtschaft mit jemandem aus den niederen Klassen empfunden, aber mit Tyler harmonierte sie sofort. Mittelgroß, dreißig, vielleicht vierzig Jahre alt, unauffällig, bräunlich, war er von so alltäglicher Erscheinung, daß die meisten Leute vergaßen, wie er ausgesehen hatte, sobald sie ihn nicht mehr vor sich sahen. Er nutzte es aus. Selbst seine Sprechweise, wenngleich sie dem gemeinen Volk zugehörte, hatte auf seinen Reisen so viele Akzente angenommen, daß man keinen mehr identifizieren konnte.

Wenn sie mit ihm sprach, merkte Cecily, daß sie sich den Weg durch lauter Spitzfindigkeiten bahnte, als benutzten sie eine *langue de guerre*, die nur sie beide kannten.

»Ich?« sagte er, als sie ihn fragte, was er tue. »Ich arbeite auf der Landstraße. Ein Ritter des Strauches, sozusagen.«

Es sollten noch mehr als fünfzig Jahre vergehen, bevor der Newgate Calendar unter der Beteuerung, dies alles sei eine »Gar Schreckliche Warnung vor dem Fortgange und den Folgen des Lasters«, ein begieriges Publikum mit den Einzelheiten über Leben und Sprache der Räuber bekanntmachte, aber im Gefängnis war das alles schon weithin geläufig. Und Cecily war im Gefängnis gewesen. »Ein Straßenräuber«, sagte sie.

Er nickte; er wußte, daß sie nicht schockiert war. »Und Sie, Herzogin? Eine Dame der Jagd, wenn ich fragen darf?«

»Gejagt habe ich wohl.«

»Eigene Pferde gehalten, wenn die Vermutung erlaubt ist? Und Diener auch, da möchte ich wetten.«

Er nickte wieder, als auch sie nickte. Es genügte vorläufig.

Ihr Abendbrot verzehrten sie in einer Art Schwebezustand; Dolly war zu verzweifelt, um sich zu fragen, wie es weitergehen sollte, Lemuel war zufrieden, daß er im Warmen saß und zu essen hatte, und Cecily war empört, aber doch auch angenehm berührt von der Promptheit, mit der der Teufel auf ihren Ruf geantwortet hatte.

»Was ist mit Ned?« fragte sie. Der Mann verzog schmerzlich das Gesicht.

»Er braucht Ruhe«, sagte Tyler.

»Er braucht einen Verband«, sagte Cecily. Durch einen Riß in Neds Kniehosen drang Blut. »Verbinde ihn, Dolly.«

»Was, den? Ich bin doch keine ...«

»Du sollst ihn verbinden.« Sie hatten immer einen Vorrat an Verbänden für Lemuel, der oft stolperte.

Es erschien überhaupt nicht ungewöhnlich, Dolly dabei zuzusehen, wie sie eine Wunde am Bein eines Mannes versorgte, die offensichtlich durch eine Kugel hervorgerufen worden war.

Als die andern schlafen gegangen waren, paßte es zu eben derselben fremdartigen Vertrautheit dieser Nacht, daß sie wachblieb und zuhörte, wie Tyler ihr die Kunst des Straßenraubs schilderte.

»Sehen Sie, Ned ist nicht mit dem Herzen dabei. Er ist 'n Pferdemann, unser Ned. Pferde, Pferde – das ist sein Metier. Im Grunde seines Herzens ein ehrlicher Mann. Hat nicht meine Ausbildung genossen, war nicht da, wo ich war. Paßt nicht auf. Und sehen Sie, auf der Landstraße, wenn man da nicht aufpaßt, dann kriegt man eine Kugel ab. Oder der Richter reicht einem ein Halsband aus Hanf.«

An diesem Abend hatte Ned nicht aufgepaßt.

Straßenräuber, die allein arbeiteten, erzählte Tyler, begingen einen fatalen Fehler – »Drei Monate, und sie tanzen den Galgenwalzer« –, denn es gebe entscheidende Augenblicke bei einem Überfall, in denen die Anwesenheit eines Komplizen erforderlich war – eines Kumpans, wie Tyler sagte.

Er zählte sie an den Fingern ab. »Erstens, wenn man ihnen befiehlt, die Pistolen fortzuwerfen. Die Kutscher zuerst – Compagnons nennen wir sie. Dann die Kunden – das sind die Passagiere. Sie würden sich wundern, wie viele von diesen unschuldig aussehenden Pinkeln bewaffnet sind. Zweitens, wenn die Kohle abgekippt wird, wenn man die Wertsachen kassiert. Drittens, wenn man die Zügel des Leitpferdes durchschneidet, damit sie einem nicht folgen können. Immer wenn man die Linzer anderswo hat, muß der Kumpan aufpassen. Verstehen Sie?«

Sie verstand. »Wie lange sind Sie schon in dem Geschäft?«

»'n Jahr.« Er erwartete, daß sie beeindruckt war. »Noch sechs Monate, dann kaufen Ned und ich 'ne Schenke. Länger sollte man's nicht machen. Zu riskant.«

»Wieviel nehmen Sie denn in einer Nacht ein?« Es war sein Benehmen, was Eindruck auf sie machte; es hatte die Überzeugung eines kunstfertigen Handwerkers, der von seiner Arbeit erzählte.

»Kommt drauf an. Manche haben bloß Flusen in den Taschen. Die meisten haben 'ne vernünftige Zwiebel. Gelegentlich hat eine Kundin Ohrringe, Ringe und so was.« Er warf Cecily einen Seitenblick zu. »Es ist das Verticken, wissen Sie. Ich habe einen sicheren Hehler, aber er behumst mich, weil ich nicht immer weiß, ob Juwelen Juwelen sind oder Glas. Und Ned kann einen Saphir nicht von 'nem Taubenei unterscheiden, wie man so sagt.«

Er verstummte, und eine Zeitlang lauschten sie und schauten zu, wie das Mondlicht durch das offene Dach kam und ging, während der Wind die Glocke auf dem Dach leise klingen ließ und die Rauchfahne ihres Feuers krümmte.

Cecily nahm an, daß sie schockiert hätte sein müssen. Hier saß ein Mann, der unschuldigen Menschen ihr Hab und Gut wegnahm – und er redete darüber wie ein Küfer, der erklärte, wie man Fässer machte. Daß sie *nicht* schockiert war: War das ein Zeichen dafür, wie schnell der Teufel von ihrer Seele Besitz ergriffen hatte? Vielleicht. Vielleicht war sie auch nur in den Reihen derer angelangt, die so viel verloren hatten, daß Straßenraub eine alternative – und notwendige – Form des Überlebens war.

Mondmänner. Irgendwo hatte Shakespeare diesen Ausdruck für nächtliche Räuber wie diese hier benutzt. In einem der Historiendramen, glaubte sie.

»Sehen Sie«, sagte Tyler und zupfte sich am Ohr, »ein Ritter des Strauchs, der braucht einen zuverlässigen Kumpan, gebildet, sozusagen, gescheit.«

*Unser Glück, die wir Leute des Mondes sind, hat seine Ebbe und Flut, wie die See.* So hieß es.

»Oder eine Kumpanin.« Endlich hatte er es ausgesprochen.

Sie drehte sich um und schaute ihn an, suchte zu entdecken,

was immer es gewesen sein mochte, das diesen überaus gewöhnlich aussehenden Mann von den letzten Wurzeln der Konvention abgeschnitten hatte, so daß er jetzt in der Lage war, in ihr, einer Frau, eine geeignete Komplizin für seine Verbrechen zu erkennen. Es war, das mußte sie annehmen, dasselbe Messer gewesen, das auch *sie* von allem abgetrennt hatte, was sie mit der Normalität verband.

Er schaute ihr in die Augen. »Sehen Sie, da hockte ich nun oben auf den Dachbalken wie eine verfluchte Möwe und fragte mich, ob Sie nicht die Polizei sind, fragte mich, was zum Teufel ich anfangen würde, während Ned sich erholt. Und dann haben Sie gesagt, was Sie gesagt haben. Mein Gott. Mir ist das Blut in den Adern gefroren, wie man so sagt. Aber es war Vorsehung, das war's. Vorsehung.«

Sie war die Antwort auf seine Nöte gewesen, wie er die Antwort auf ihre zu sein schien.

»*Sind* Sie der Teufel?« fragte sie.

Er seufzte. »Muß ich wohl sein.«

Als Cecily am nächsten Morgen aufwachte, sah sie, daß sie sich im Müll neben dem Skelett einer Katze zur Ruhe gelegt hatte. Von Tyler oder Ned war nichts zu sehen. Von Dolly und Lemuel übrigens auch nicht, aber von irgendwo hörte man betriebsames Rumoren.

Zerschlagen und durchfroren ging sie zu den vorderen Fenstern, um zu sehen, was im Morgengrauen zu sehen wäre. Alles war still. Eine Bachstelze trank aus einer Pfütze, die sich in einer Wagenspur gesammelt hatte. Aber die breite Straße jenseits ihres Vorhofes war die Great North Road. Zusammen mit der Watling Street, die ein paar Meilen weiter westlich lag, war dies die Arterie, die das Leben zwischen London und dem Norden hin und her pumpte.

Gegenüber, nach Osten hin, schlängelte sich ein kleinerer Pfad zwischen Feldern und Bäumen davon. Auf einem Hügel, etwa eine Meile weit entfernt – vielleicht führte der Weg dorthin – sah sie gerade noch die Spitze eines Kirchturms. Kutschen sah sie nicht. Wenn Dörfer in der Nähe waren – und das einzige Anzeichen dafür war der ferne Kirchturm –, so behielten sie ihr Getriebe für sich. Cecily war nicht überrascht. Cameron, der Trottel, hatte ihr eine Ruine gekauft.

Der Wind des grauen Märzmorgens trieb kurze Regenschauer über den Hof. Am Ende des Hofes fand sie Dolly dort, wo einmal eine ansehnliche Küche gewesen war. Das Sims über einem Kamin, der einen Leiterwagen hätte aufnehmen können, war noch vorhanden, aber die Türen der aus Ziegeln gemauerten Brotbacköfen waren fort, und Spieße und Winden ebenfalls. Dolly hatte in dem großen Herd ein Feuer entfacht und aus Eisenstangen einen Dreifuß improvisiert, an dem ein Eimer mit brodelndem Porridge hing. Geschäftig hantierte sie mit einem zweiten Eimer, ein paar Wurzeln und ein paar Stücken rohem Schweinefleisch. Lemuel kauerte am Feuer und schaute ihr zu.

»Die Diebe haben's uns dagelassen«, sagte sie, als Cecily nachfragte.

»Ich dachte schon, ich hätte die beiden nur geträumt.«

Etwas zu tun zu haben, hatte Dolly ihre Fassung und somit auch ihre Angriffslust zurückgegeben. »Das waren Gauner, das weißt du, nicht wahr? Nicht wahr? Räuber.« Brummelnd wandte sie sich wieder ihrem Kochtopf zu. »Einen Handel mit dem Gottseibeiuns zu schließen. Was ist bloß in dich gefahren? Wenn man vom Teufel spricht, sieht man seine Hörner – und, verdammt, das haben wir. Na, aber jammere du mir nichts vor, wenn er nachher seine Schulden eintreibt. Und das wird er. Den Teufel haust du nicht übers Ohr.«

»Irgend etwas mußte ja getan werden.« Cecily hockte sich nieder und schaute Lemuel ins Gesicht. Es war grau wie Kitt; nur unter den Augen, wo die Haut herunterhing, waren tiefe, dunkle Ringe. Die gesunde Hälfte seines Mundes bog sich nach oben, als er versuchte, sie anzulächeln.

Sie zog ihm den Schal fester und richtete sich auf. »Mach nicht zuviel Qualm. Es braucht niemand zu wissen, daß wir hier sind. Was ist das überhaupt?«

»Ein Eintopf. Mutter hat so was immer für Vater gekocht.« Sie hatte Gemüse kleingeschnitten, es abwechselnd mit Schweinefleisch übereinandergeschichtet und mit einer Haube aus Teig verschlossen. »Gut, daß wenigstens eine von uns genug Grips hat, meinen armen Bruder zu ernähren.«

»Hat Tyler dir das alles gegeben?«

»Nicht er. Der andere Gauner.« Dolly band ein Tuch über ihren Topf und hängte ihn über das Feuer. Sie war so lebhaft wie seit Wochen nicht mehr. »Die Pumpe geht noch, Gott sei Dank.« Sie wischte sich die Hände am Rock ab. »Aus diesem Ding könnte man noch was machen.«

Als sie sich umsahen, erkannte Cecily, daß man es wahrscheinlich wirklich könnte – wenn man genug Geld hätte. Bis aufs Skelett abgenagt, ausgefräst und leergeräumt, konnte das Gebäude Geschichten aus dem Mittelalter erzählen. Generationen waren gut zu ihm gewesen, hatten Teile hinzugefügt, um die Bequemlichkeit zu vergrößern, und nicht geknausert mit dem Geld für Maurer und Zimmerleute, die genau gewußt hatten, was sie taten. Mönchsköpfige Wasserspeier aus Stein spuckten das Regenwasser in verstopfte Abflüsse, jakobäische Kreuzblumen schmückten die Giebel, Stirnbretter waren mit Tudor-Maßwerk verziert. Ein einstmals spalierter Birnbaum und eine Aprikose kämpften gegen den Efeu um ihr liebes Leben. Der Pferdetrog war eine bleierne römische Zisterne, zu schwer zum Stehlen.

Haltsuchend an die Wand geschmiegt, stieg sie die steinerne Außentreppe zu einem langgestreckten Balkon hinauf. Hier oben fanden sich ganz unerwartete Gänge und Ebenen, verborgene Zimmer, Treppen und Dachkammern.

Zwei Zimmer, die größten, enthielten Abtritte aus dem Mittelalter, die auf Kragsteinen an die Außenwand gebaut waren – denn dieser Teil des Anwesens war aus Stein –, und Rohre führten zu einer Sickergrube.

Unter einer Falltür in der Küche fand Dolly einen Keller. Am hinteren Ende des Hofes führte ein weiterer Torbogen zu den Stallungen; darüber lag ein Heuboden, der über eine halsbrecherische Treppe zu erreichen war. Auf der anderen Seite der Stallmauer lag das, was einmal der Küchengarten gewesen sein mußte.

Cecily, die sich hinter dem Stall bis in einen Obstgarten vorgewagt hatte, stieß auf einen merkwürdigen Steg, der über einen Bach führte, und ratlos betrachtete sie die glatten runden Löcher darin, bis Dolly sie aufklärte: »Ein Scheißhaus. Irgendwelche Mistkerle haben die Hütte, die draufstand, einfach abgerissen.« Der Bach würde seine Fracht in den Wald getragen haben, der den Hang jenseits der Wiesen an der Rückseite des Gasthauses bedeckte. Cecily folgte seinem Lauf.

Zwischen vereinzelten Schauern kam immer wieder die Sonne heraus und erwärmte den zarten, flüchtigen Duft von Büscheln von Primeln und gelben Kätzchen, die im Wind schwankten. Am Rand des Waldes blieb sie stehen und lauschte. Das war nicht einfach ein Wald, das war ein Urwald. Es gab hier ein Echo, natürlich Vogelgesang, aber auch das Geraschel von tausend kriechenden Kreaturen, die ihren Geschäften nachgingen. Dieses Land gehörte noch immer Herne, dem wilden Jäger. Cecily wandte sich wieder dem Gasthaus zu.

Draußen vor den Fenstern der Schankstube war die Great North Road zum Leben erwacht. Fuhrknechte hoben grüßend die Peitschen, wenn ihre Gespanne aneinander vorüberrumpelten. Einer tränkte seine Pferde an einem Tümpel im Hof des Gasthauses, und einen Augenblick lang verspürte Cecily den Ärger der Besitzerin. »Wer hat ihm das erlaubt?«

Eine Jagdgesellschaft zog vorüber. Ein Pfaffe spazierte vorbei. Niemand warf einen Blick auf das Gebäude, das abgeschirmt hinter den Bäumen stand; in seinem verfallenen Zustand war es zu einem Teil der Landschaft geworden. Der alte Rosy, wer immer er gewesen war, hatte ihm mit einer diabolischen Reputation, die anständige Menschen veranlaßte, ihre Blicke abzuwenden, den Gnadenstoß versetzt. Die vom Wind bewegte Glocke ließ die Leute schneller gehen. Sie besaß ein unsichtbares Wirtshaus.

Vibrationen gingen durch das Steinsims unter ihren Händen,

und unter Schlammgespritze und Getöse donnerte eine vierspännige Kutsche vorbei, die durch die Neigung der Straße beschleunigt die weite Kurve vor dem Gasthaus mit hoher Geschwindigkeit durchfuhr. So schnell, wie sie gekommen war, war sie fort. Eine Postkutsche.

»Verläßt St. Albans im Morgengrauen«, hatte Tyler gesagt. »Nächste Station ist Buckhill.«

Und wenn sie sich nicht irrte, hatte sie versprochen, ihm dabei zu helfen, einem Mann, an dessen Gesicht sie sich nicht erinnern konnte, ein solches Gefährt heute abend auszurauben.

An diesem kalten Märzmorgen merkte sie nichts von der Unausweichlichkeit, die in der Nacht zuvor spürbar gewesen war. Aber sie wußte, daß sie auch da nicht von Sinnen gewesen war. Was konnte sie denn sonst tun? Verhungern? Sich an die Gemeinde wenden? Oder, besser noch, sich aufhängen? Wenn sie das täte, wollte sie verdammt sein. Aber das war sie ohnehin.

Einen Straßenraub zu verüben, war für Cecily in diesem Augenblick weniger schändlich als die Entwürdigungen, die sie seit Edinburgh hatte erdulden müssen. Jetzt würde sie selbst handeln, während ihr bisher alles nur zugefügt worden war. Es war ihre eigene Entscheidung. Sie wollte der Gesellschaft ins Gesicht spucken. Lieber Empörung als Mitleid hervorrufen.

Wenn man sie finge, würde sie unter dem Galgen eine Rede halten, die über die Great North Road bis Whitehall tönen würde. Du, Walpole. Dich habe ich ausgeraubt. Und während sie sich diese Szene ausmalte, fühlte sie sich sicher in dem Wissen, daß es kaum dazu kommen würde. Tyler war in der Nacht verschwunden wie ein Kobold, und das war er ja auch ...

Er kam am Nachmittag mit Ned zurück; von der Waldseite her trabte er auf den Hof vor den Stallungen. Beide waren zu Pferde, und Ned führte noch eine Stute am Zügel. Sie hatten Sackleinen für die Fenster mitgebracht, damit der Lichtschein aus dem Wirtshaus kein Aufsehen erregte, außerdem Besen, Schaufeln, Bettzeug, Speise und Trank, Männerkleidung für Cecily, eine Pistole und eine Maske.

Als sie ihm die vorzüglichen Pistolen ihres Vaters zeigte, schüttelte er den Kopf. »Prahlerisch«, sagte er. »Daran wird man sich erinnern. Sie dürfen so wenig auffallen wie ein Baum im Wald.« Kleidung, Pferd, alles, was er mitgebracht hatte, war unauffällig. Und Handschuhe müsse sie tragen. »Diese Händchen sind zu damenhaft, wie man so sagt.«

»Die Prahlerei«, wie Tyler es nannte, war für die meisten Straßenräuber das Verhängnis. Sie machten eine Schenke zu ihrem Hauptquartier, sie kauften Schnaps und Frauen und führten ein kurzes, glanzvolles Leben, bis irgendein Pinkel sie für das Kopfgeld verriet. »Ned und ich, wir brauchen keinen Glanz, wir brauchen Bares.« Cecily hätte keine vorsichtigeren Komplizen finden können, um ihre Verbrecherlaufbahn zu beginnen.

Ned bestand darauf, daß sie mit der kastanienbraunen Stute, die er für sie ausgesucht hatte, auf freiem Feld das Galoppieren übte, und er selbst paßte ihr die Steigbügel an. (»Ausgesucht« deutete sie als Euphemismus für »gestohlen«, aber Tyler sagte, nein, sie hätten die Stute auf dem Markt in Hertford gekauft – »klauen ist zu riskant«.) Sie paradierte in den Stiefeln auf und ab, um sich an das Gefühl der Kniehosen zu gewöhnen, und lernte, Schultern und Hände hängen zu lassen. Tyler erklärte ihr Haar für »prahlerisch« und zog eine schlaffe Perücke hervor, mit der sie ihre Lokken bedecken sollte – eine Ergänzung, die ihre Erscheinung in erstaunlichem Maße veränderte.

Die Vorbereitungen waren noch nicht zu Ende, als sie und Tyler aufbrachen, durch den Wald an der Rückseite. »Man muß den Rückweg kennen«, sagte Tyler. »Alte Soldatenregel.«

Ihr Ziel war Harpenden Heath, zehn Meilen weiter westlich gelegen. Als die beiden Straßenräuber das Gelände an diesem Abend auf Waldwegen und Saumpfaden durchquerten, sahen sie nur wenige Leute und wurden von wenigen gesehen. Tyler machte sie auf Wegmarken aufmerksam, mit deren Hilfe Cecily den Heimweg finden könnte, wenn sie getrennt werden sollten; er zeigte ihr, wo man im Mondschein gefahrlos galoppieren konnte und wo es besser war, sich langsam voranzutasten.

Er ließ sie über einen Baumstamm springen, der quer über den Weg gefallen war, damit die Stute sich auch daran gewöhnte.

»Waren Sie denn Soldat?«

Zum erstenmal fertigte er sie kurz angebunden ab. »Vielleicht. Vielleicht auch nicht.« Er hatte wenig Neugier hinsichtlich ihrer Vergangenheit an den Tag gelegt, hatte sie nur gefragt, wem sie in ihrer Rede an den Teufel Rache geschworen habe. »Ist nicht von hier, der Kerl, oder? Man scheißt ja nicht in seinen eigenen Garten.«

»Robert Walpole«, sagte sie.

Er pustete erleichtert. »Dann ist es gut.« Premierminister konnte jedermann aufs Korn nehmen.

Bei der Watling Street bezogen sie Posten unter dem schützenden Dach einiger Ulmen auf dem Gipfel einer Anhöhe. »Man muß den Wagen immer auf 'ner Steigung holen, verstehen Sie, wenn er langsam fährt. Ich hab schon Leute gekannt, die sind überfahren worden, weil sie ihn auf schneller Talfahrt anhalten wollten.«

Über ihnen kreisten Raben und krächzten in den grauen Himmel, die Schnäbel voller Reisig. Zwischen den Bäumen verborgen sahen sie leere Ochsenkarren auf das Dorf zu schaukeln. Männer und Frauen saßen hinten auf der Kante; sie hatten den ganzen Tag auf den Bohnenfeldern bei der Aussaat gearbeitet und waren so müde, daß sie sich nicht mehr umschauten.

Tylers Gestalt neben ihr verdunkelte sich zu einem vagen Schatten.

O Gott, wenn man sie erwischte, würde man annehmen, sie sei seine Geliebte. Mit dem Galgen könnte sie sich abfinden, aber nicht mit der Vermutung, sie sei so tief gesunken, daß sie es mit einem gemeinen Schurken trieb. Die Zügel bebten, und die Stute warf den Kopf hoch. Cecily betrachtete ihre zitternden Handschuhe. »Ich bin nicht die Richtige für so etwas«, sagte sie. »Ich gehe nach Hause.«

Er wandte den Blick nicht von der Straße. »Wo ist denn zu Hause?«

Ein Treffer. »Zu Hause« war ein verschimmeltes Wirtshaus, in dem Lemuel hockte, frierend und hungrig. *Es muß doch noch andere Möglichkeiten geben.* Aber die hier hatte der Teufel ihr eröffnet.

Sie blieb. Die Straße leerte sich, die Raben senkten sich auf ihre unordentlichen Nester, die Pferde kauten auf ihrem Gebiß, der Mond ging auf.

Nicht denken. Ihre Knie waren weich geworden; sie würde die Stute gar nicht mehr beherrschen können. Ich bin Lady Cecily Fitzhenry, und ich werde gleich eine Postkutsche ausrauben. Warum bin ich hier? Walpole – darum bin ich hier. Walpole.

Vor allem teilte sie diesen Augenblick mit Guillaume. Ich kämpfe gegen deinen Feind auf meine Art, mein Liebster. Sei jetzt bei mir.

Der Waldboden vibrierte leicht. Dann hörte sie es. Dort hinten in der Dunkelheit kam ein Drache aus Hufen, Leder und Holz und flatterte südwärts zu seinem Nest in St. Albans.

Neben ihr zog Tyler seine Maske hoch. Sie tat das gleiche. Die beiden Straßenräuber zogen ihre Pistolen aus den Taschen und spannten die Hähne.

Sie hörten das Schnauben der müden Pferde, die sich die Steigung heraufplagten, sahen den wackligen Lichtstrahl der Kutschlaternen. Sie wußte nichts mehr von Zeit, von Gefühlen. Sie folgte Tyler hinaus ins Freie.

Die Kutsche schleppte sich auf die Kuppe des Hügels. Sie war gewaltig, und sie wurde von Riesen gezogen. Sie und Tyler waren winzig.

»Anhalten.« Tylers Stimme übertönte schnarrend das Rattern der Räder.

Wieso sollten sie? Wieso mähen sie uns nicht einfach nieder?

Sie mußte noch lernen, wie furchtbar maskierte Gestalten auf der Landstraße in den Augen zweier müder Männer auf dem Kutschbock aussahen, wie fadenscheinig die Uniformröcke der Postkutschengesellschaft angesichts von Pistolen wurden, wie kärglich sich der Wochenlohn von zehn Shilling neben der Möglichkeit ausnahm, sich einer Kugel auszusetzen, und welchen Wert – nun, da man sie vielleicht nicht wiedersehen würde – Frau und Kinder zu Hause plötzlich bekamen.

Der Kutscher zügelte das Gespann.

»Werft eure Waffen herunter.«

Sie sah das Weiße in den Augen des Wachmanns aufblitzen, als er sich langsam, den Blick immer auf Tyler gerichtet, nach der Schrotflinte zu seinen Füßen bückte und sie herunterwarf.

»Absteigen.« Die beiden Männer kletterten vom Bock. Cecily bewegte sich auf die linke Seite des Gespanns, um die gegenüberliegende Tür im Auge zu behalten – für den Fall, daß einer der Passagiere auszubrechen versuchte. Sie hörte Tylers Befehl »Aussteigen«, hörte das Murren und Quietschen, als die »Kunden« ausstiegen, wartete auf seine in rückwärts buchstabierter Geheimsprache gegebene Vollzugsmeldung: »Legüz.«

Sie kam wieder zur Vorderseite und begann, mit Tylers Messer an den Zügeln und Zugriemen des Pferdegespanns herumzusägen. Dickes, verkrustetes Leder widersetzte sich der scharfen Klinge. Die Hälse der Pferde waren schaumbedeckt, Dampf stieg von ihren Flanken auf und verbreitete gärenden Schweißgeruch; sie waren froh, daß sie stehen durften, während sie säbelte und sägte. Ein Stück des Geschirrs fiel zu Boden; sie nahm sich einen anderen Riemen vor und machte ihre Sache schon besser. Dann war sie fertig. Wenn jemand jetzt noch versuchte, das Gespann anzutreiben, würde es lediglich im Kreis laufen. Sie nickte Tyler zu und trieb ihre Stute an seine Seite vor die Reihe der Passagiere, die mit erhobenen Händen dastanden.

O Gott, sie gehorchten. Sie hatten Angst. *Angst.* Unter der Maske fletschte sie die Zähne. Das ist für dich, Walpole.

»Es wird nicht weh tun, Ladys und Gentles«, verkündete Tyler fröhlich. »Nicht, wenn Sie tun, was man Ihnen sagt. Mein Lehrling hier wird jetzt hinter Sie treten und Ihre Gaben in Empfang nehmen. Reichen Sie ihm alles nach hinten, und schon ist alles klar wie Kloßbrühe, wie man so sagt.«

Cecily stieg ab und begab sich hinter die Reihe der Passagiere –

»Niemals zwischen einen Kunden und meine Pistole treten« –, um die dargebotenen Wertsachen in Empfang zu nehmen.

Es waren sechs. Sie hatte keine Skrupel. In der vorhergehenden Anspannung hatten ihre Nerven das Bild Walpoles heraufbeschworen, und sechs Walpoles sah sie jetzt vor sich. Diejenigen, die sich umschauten und einen Blick in die Augen über der Maske warfen, berichteten hernach ihr Leben lang von diesem Erlebnis, und die Vergleiche, die sie benutzten, nahmen sie aus der Tierwelt.

Einem fetten Walpole in Samt entriß sie eine schwere Börse und bohrte ihm ihre Pistole in den Nacken, als er seine Taschenuhr nicht schnell genug herausrückte. Ein dünner, eleganter Walpole gab zwei Ringe, eine Börse und eine Uhr. Ein mürrischer Walpole hatte eine Schnupftabaksdose. Einen kleinen, korpulenten Walpole in Tuch und Haube, der nur zwei Kupferpennys zu bieten hatte, hätte sie halb erwürgt, wenn Tyler nicht eingeschritten wäre: »Laß der armen Seele ihren Korb, Junge.«

Sie stopfte den Ertrag in ihre Satteltaschen und bestieg die Stute. Die Pistolen im Anschlag, ließen sie und Tyler ihre Pferde rückwärts gehen, bis sie im Schatten des Wäldchens angelangt waren. Eine Salve von blasphemischen Beschimpfungen brandete hinter ihnen her.

»Los!«

Sie wendeten die Pferde und ritten über mondbeschienene Wege, trabten zwischen Bäumen hindurch, nahmen Wiesen im Galopp.

»Gemach, gemach.« Cecilys Triumphgeheul weckte die Geister längst gestorbener Wölfe und ließ Eulen auf ihren Ästen aufflattern. Tyler kam ihr nach und lächelte das Lächeln einer nachsichtigen Mutter.

Im Wirtshaus schlug Cecily vor, gleich am nächsten Abend wieder eine Kutsche auszurauben. »Langsam mit den jungen Pferden«, sagte Tyler. »Wir tun nichts, ohne zu rekognoszieren. Ist 'n Soldatenausdruck und bedeutet, man muß das Gelände auskundschaften. Wenn wir nun auf andere Räuber stoßen? Das kann scheußlich werden, wirklich und wahrhaftig.« Und als besondere Warnung ließ er sie einen Blick auf Neds Bein werfen. »Weißt du, was das ist?«

»Eine Schußwunde.«

»Nein, ist es nicht. Es ist Glück. Hätte nämlich höher sitzen können. Und nächstes Mal könntest du es sein. Du mußt aufpassen. Du wirst übermütig.«

Neds Bein verheilte nicht, hauptsächlich weil Dolly, vor der er sich fürchtete, ihm nicht erlaubt hatte, es zu schonen; statt dessen hatte sie darauf bestanden, daß er den Müll aus der Schankstube und aus einer der Schlafkammern hinausschaffte.

»Lemuel und ich, wir sind keine Ratten«, sagte sie, als Cecily sie schalt. »Wir können nicht in der Scheiße leben, während du fortgehst und tust, was immer du da tust.«

»Du weißt, was ich tue.«

»Nein, weiß ich nicht.« Dolly hatte ihre Röcke hochgerafft; ihre eigene Unehrlichkeit erlaubte kleine Betrügereien: Man durfte Leute hintergehen und den Gerichtsvollzieher übers Ohr hauen, aber Straßenraub war verboten. Weder jetzt noch später ließ sie zu, daß dieses Thema in ihrer Gegenwart erörtert wurde.

Aber sie hatte recht: Sie konnten nicht im Müll hocken. Andererseits – das Wirtshaus bewohnbar zu machen würde Hilfe erfordern, und damit wiederum würde ihre Anwesenheit offenbar werden.

Cecily ging mit diesem Problem zu Tyler, und der sagte: »Wir fragen den Hehler, wenn wir ihn sehen.«

Ein Hehler war nicht die Art Hilfe, an die Cecily gedacht hatte. »Ist er denn hier aus der Gegend?«

»Kann man wohl sagen.« Sein Zwinkern gab ihr zu verstehen, daß sie nichts weiter aus ihm herausbringen würde.

Drei Tage später überfielen sie nördlich von Baldock die Kutsche aus Peterborough, und zwei Tage danach in Markyate die aus Anglesey, und in der Woche darauf eine weitere südlich von Hatfield.

Jedesmal, wenn Cecily an einem solchen Abend vor dem Einschlafen das Geschehen noch einmal Revue passieren ließ, zitterte sie vor Entsetzen am ganzen Leibe, denn dann beging sie einen Fehler, einer der Kunden zog eine Pistole oder ein Messer hervor, und sie mußte schießen.

Wie schlicht und routiniert es in Wirklichkeit ablief, war erschreckend. Der Gehorsam ihrer Opfer verfolgte sie – nicht aus Mitleid, sondern wegen des Unheils, das sie anrichten konnten. Irgend etwas hätte schiefgehen können. Während die Überfälle im Gange waren, fühlte sie sich jedoch jedesmal durchdrungen von der wilden Wollust eines Tyrannen.

Der Schatz zwischen den Dachbalken des Gasthauses war bald so groß, daß Tyler erklärte, man könne nun damit zum Hehler gehen.

An diesem Abend folgte Cecily auf ihrer Stute Tyler mit den prallgefüllten Satteltaschen; sie überquerten die Great North Road, und Cecily schlug zum ersten Mal den Weg ein, der dem Wirtshaus gegenüberlag. Sie atmete eine Luft, die erfüllt war von Blüten und Kuhfladen. Der Weg führte durch eine Furt und an einem Teich vorbei, und die ganze Zeit ging es bergauf.

Oben angekommen, ritten sie nordwärts auf einem der Höhenzüge Hertfordshires entlang. Zur Rechten senkten sich die mondbeschienenen Streifen eines gewöhnlichen Feldes hinab, bis sie wellig in die flache Ebene von East Anglia übergingen.

»Datchworth«, sagte Tyler.

Cecily trug vorsichtshalber ihre Räuberkleidung, aber sie mußte dem starken Impuls widerstehen, Hut und Perücke abzunehmen und ihr Haar frei im Nachtwind wehen zu lassen.

Im Osten war kein Licht außer dem Mond zu sehen, aber zur Linken, auf der anderen Seite eines schmalen Holzstegs, der über einen glitzernden Wassergraben führte, leuchtete ein Kienspan auf einem Friedhof, wo eine Gestalt eine Sense an einem Grabstein schärfte. »Wer ist da?« rief die Gestalt.

»Tyler. Ist er zu Hause?«

»Ja.«

Zwischen Bäumen hindurch ritten sie an dem Graben entlang

und kamen an ein Tor mit besonders prunkvollen Pfeilern, über dem eine Laterne hing. »Tyler«, flüsterte Cecily erschrocken, »das ist das Haus eines Friedensrichters.«

»Was du nicht sagst.« Sein Tonfall klang amüsiert.

Über eine andere Brücke überquerten sie den Graben und gelangten zu einer Ansammlung von Scheunen. Vor einer Veranda mit bleiverglasten Fenstern, hinter denen Licht schimmerte, stiegen sie ab und banden die Pferde an einen Pfosten. Eine magere Frau schnalzte mit der Zunge und führte sie dann durch einen mit Steinplatten belegten Korridor in einen Raum, in dem es muffig nach Büchern roch. Ein kleiner Mann saß lesend am Kamin, ein Glas neben sich.

»Sergeant. Erfreut, Sie zu sehen.«

»Guten Abend, Colonel.«

»Rum, denke ich, mein Lieber. Denken Sie auch, Rum, Sergeant? Und was denkt Ihr Junge? Rum? Ja, auf jeden Fall, Rum.«

Sie tranken Rum mit Zucker und Zitrone; Tyler saß dem Gastgeber gegenüber, und Cecily hielt sich auf einem Schemel im Schatten und bemühte sich, zu glauben, was sie hörte und sah.

Der Colonel war gekleidet wie ein Pascha mit einem türkischen Turban auf dem kahlen Schädel und Schnabelpantoffeln an den kleinen Füßen. Das einzige, was auf etwas Militärisches hindeutete, war die Klappe, die das eine Auge bedeckte. Wie sein Haus erschien der Mann alt und leuchtend. »Juvenal«, sagte er und legte sein Buch beiseite. »Ein solcher Witzbold. Sie müssen ihn lesen, Tyler. Was täten wir ohne sein *Quis custodiet ipsos custodes*, hm?«

»Wir wären verloren, Colonel.«

»Das wären wir, das wären wir. Nun denn. Sagen Sie mir nicht, Sie haben wieder Sachen gefunden?« Er drohte mit einem winzigen Zeigefinger.

»Komischerweise ja, Colonel.« Tyler kippte den Inhalt der Satteltaschen auf den Teppich vor dem Kamin.

»*Was* für eine Menge Sachen, was für eine Menge. Lag alles am Straßenrand, nicht wahr?«

Tyler nickte.

»Wissen Sie, Sergeant«, sagte der Colonel und betrachtete blinzelnd den Haufen, »man fragt sich doch unwillkürlich, ob das nicht gestohlene Ware ist. *Sore*, glaube ich, ist der Ausdruck dafür. Die Beute eines Räubers, die er auf der Flucht weggeworfen hat.«

»Das habe ich mich auch schon gefragt, Colonel.«

»*Cantabit vacuus coram latrone viator.* Glauben *Sie*, daß der Reisende mit leeren Taschen im Angesicht des Räubers singt, Sergeant?«

»Machen Sie schon, Colonel.« Tyler hatte allmählich keine Lust mehr.

Der kleine Mann aber doch. »Es besteht kaum Hoffnung, nehme ich an, die Eigentümer jetzt noch ausfindig zu machen. Man könnte natürlich eine Bekanntmachung herausgeben, aber einstweilen muß der Finder belohnt werden. Ich werde Ihnen die Sachen abnehmen. Bitten Sie meine Frau, uns die Waage zu bringen, ja? Zwei Shilling die Unze für Silber, drei Shilling für Gold, das ist angemessen, denke ich. Halten Sie das nicht auch für angemessen, Sergeant?«

Die Frau, die sie hereingelassen hatte, brachte mißbilligend eine Waage zum Kamin und überließ sie dann dem Wiegen der *Sore*. Cecily verfolgte das Ganze mit wachsendem Zorn. Der kleine Pinkel *bestahl* sie. Eine Uhr mit Juwelen war beträchtlich viel mehr wert als ihr Gewicht zu zwei Shilling die Unze, ebenso die Schnupftabaksdose mit dem silbernen Wappen, die sie einem aristokratischen Walpole bei Makyate abgenommen hatte. Als schließlich der Ring aus Peterborough an die Reihe kam, schritt sie ein. »O nein, nichts da. Das ist ein Diamant.«

»Glas, denke ich. Denken Sie nicht auch, es ist Glas?«

»Ein Diamant.« Sie nahm den Ring und ritzte damit sein Weinglas an. Dann fiel ihr ein, daß sie keine Handschuhe trug.

Der Colonel saß einen Moment lang reglos da und musterte sie mit seinem einen Auge. Dann griff er nach ihren Fingern und drückte sie an seine Lippen. »*Non Angli sed Angeli*«, sagte er. »Tyler, Sie lassen zu, daß ich eine Lady mit Rum bewirte? Auf diesen Augenblick müssen wir mit Champagner anstoßen.«

»Lieber möchten wir einen anständigen Preis bekommen«, sagte Cecily.

Er war ein echter Hehler: Da sei die Schwierigkeit, die Sachen wieder loszuschlagen, die Marktschwemme nach dem »South Sea«-Krach, seine Kosten, sein Risiko, usw. Aber er saß einer Frau gegenüber, die für diesen Flitter ihre Seele verkauft hatte und seinen Wert kannte – und den ihrer Seele. Schließlich händigte er ihnen über hundert Pfund aus, ein Viertel von dem, was der Haufen wert war, aber mehr als das, was Tyler erwartet hatte.

»Und Sie sind Friedensrichter?« Cecily konnte es immer noch nicht fassen.

»Ich habe die Ehre, von Ihrer verstorbenen Majestät dazu ernannt worden zu sein, den Frieden in dieser Gegend zu bewahren, was mir – wie ich beglückt sagen kann – auch gelingt.«

Hauptsächlich deshalb, weil sie eine Abmachung hatten, derzufolge Tyler außerhalb davon operierte.

Sein Name war Grandison. Er war außerdem Freimaurer, Mitglied der Gesellschaft der Freunde der Poesie und Philosophie von Hertford, Bogenschütze, Jagdherr von Stevenage, Herr über das Herrenhaus Datchworth, in dem sie sich befanden, sowie über hundertsechzig Morgen Landes und neunundvierzig Dorfbewohner, der zweite Sohn eines Ritters, der ihn verachtete, und eine Enttäuschung als Ehemann.

Es war unmöglich, ihn nicht zu mögen: Er schilderte seine Herkunft und seine Unzulänglichkeiten mit entwaffnender Offenheit und Humor, und manchmal stand er auf und drehte sich vor lauter *joie de vivre* auf seinen kleinen Füßen.

Ein habgieriger Hehler, aber ein großzügiger Gastgeber: Sie tranken Champagner aus französischem Kristall und sie tranken ihn darauf, daß »Verwirrung komme über den Erzschurken Robert Walpole und alle Whigs«.

Er war ein Eigenbrötler, aber wenn es einen Orden für Exzentriker gegeben hätte, so hätte er ihm gebührt, dem übergangenen zweitgeborenen Sohn, dem schwarzen Schaf, das nie den Beifall seiner Eltern hatte erringen können und dessen Geist größer als der Körper war, mit einer Vorliebe für Literatur und schöne Dinge jenseits seiner Einkommensverhältnisse – daher, vermutete Cecily, seine Duldsamkeit in bezug auf die Hehlerei mit Diebesgut.

Unbefangen lagerte er sich zu ihren Füßen und murmelte: »Ich bete dich an, meine Penthesilea, meine Schöne im Männergewand. Nein, nein, nicht Amazone. Mondgöttin. Groß ist die Diana der Epheser.«

Cecily schob ihn von ihren Stiefeln herunter. »Stehen Sie auf, Sir.« Es brachte sie nicht aus der Fassung: Er erinnerte sie nur an eine Miniaturausgabe von Lord Hervey.

Gutherzig war er auch. Als Tyler ihm erzählte, daß Cecily im Wirtshaus zur Glocke wohnte, machte er sich gleich Sorgen um ihr Wohlergehen. »Sie werden die Gebrüder Packer bekommen. Gute Jungen, aber aufsässig, wenn sie nichts zu tun haben, was bis zur Ernte der Fall ist. Die Packers – meinen Sie nicht auch, Sergeant?«

Als sie und Tyler den Hang hinunter nach Hause ritten, fragte Cecily: »Was halten Grandisons Dörfler von ihm?«

»Sie sind an ihn gewöhnt. Er ist ein guter Junker. Kümmert sich um sie und sorgt für die Kinder – was nur recht und billig ist, denn er hat nicht wenige von ihnen gezeugt.« Tyler war erpicht darauf, jeden Zweifel an der Maskulinität seines Hehlers zu zerstreuen. »Sehr empfänglich für ein hübsches Paar Augen, unser Colonel. Mit seinen Schmeicheleien hat er schon mehr als eine Maid ins Heu gelockt.«

»Wie hat er das Auge verloren?«

»Durch die Lanze eines französischen Kavalleristen. Bei Blenheim. Hat mir das Leben gerettet, der verrückte kleine Halunke.«

Am nächsten Morgen meldeten sich die Gebrüder Packer, vier an der Zahl, zum Dienst. Sie standen vor Cecily in absteigender Linie, nach Größe und Alter sortiert, wobei der Jüngste und Kleinste immer noch sechs Fuß hoch vor ihr aufragte. *Was geben sie ihnen in Datchworth zu essen?* So lebhaft wie vier Ochsen starrten sie über ihren Kopf hinweg. »Ah«, sagte sie und wußte nicht, was sie mit ihnen anfangen sollte.

Dolly wußte es; sie nahm ihnen das Unbehagen und brachte sie zum Arbeiten, indem sie sie anbrüllte wie ein Galeerenkapitän. Ihre Nützlichkeit war so gewaltig wie ihre Körpergröße: Cecily sah, wie der Größte und Älteste, Cole, einen verirrten Eichenholzbalken vom Boden der Schankstube aufhob, als wäre es ein Löwenzahn. Warty (der keine Warzen hatte, obwohl der Name es hätte vermuten lassen) reparierte die Decken, und Tinker deckte das Dach. Wie bei allen Männern in Datchworth hatten ihre Spitznamen etwas mit Ereignissen in der Vergangenheit zu tun, was Cecily veranlaßte, den Jüngsten, einen ausgezeichneten Putzer, mit einigen Zweifeln zu beobachten, denn sein Name war Stabber – der Messerstecher.

Im Grunde aber waren sie Bewohner des Waldes, die es verstanden, auch dann zu überleben, wenn Grandison keine Arbeit für sie hatte, indem sie dort ihrem Gewohnheitsrecht entsprechend Holz und Torf sammelten, Rehe schossen, die sich in ihren Garten verirrten – es war erstaunlich, wie vielen das passierte –, ihr Vieh und ihre Gänse auf den Wiesen weiden ließen und in den Bächen fischten.

Das Essen im Wirtshaus zur Glocke wurde auf diese Weise durch den Zusatz von Hirschbraten und Forellen verbessert, von gerupften Raben für Pasteten, von Pilzen und Kiebitzeiern – lauter Gaben, die ein verdrossen blickender Packer in der Küche ablieferte, wobei er jeden Dank zurückwies.

Es war Tinker, der den Fund unter dem Dach machte. Er brachte ihn in den Hof herunter und wickelte das Tuch ab, in das er eingeschlagen war.

Alle versammelten sich und betrachteten das verblichene Gasthausschild. Die Ketten waren noch daran, an denen es einst gehangen hatte. Ein primitiver Künstler hatte die halbnackte Gestalt einer Frau darauf gemalt, die mit Federn und einem wilden Lächeln geschmückt war und einen Speer in die Höhe streckte.

»Was steht'n da geschrieben?« fragte Stabber.

Cecily rieb mit ihrer Schürze den Staub von den Lettern. »The Belle Sauvage.«

»Und was heißt das?«

»Die schöne Wilde.«

»Nie gewußt. Wir haben gedacht, es heißt ›Bell‹. Wegen der Glocke.«

»Kein Wunder, daß sie ihre Gäste verloren haben, verdammt«, sagte Tinker. »Der würd' ich nachts nicht gern im Dunkeln begegnen.«

Es war zu wurmstichig, um es zu behalten. An diesem Abend legten sie es in der Schankstube aufs Feuer und schauten zu, wie es verbrannte. Cecily bekam eine Gänsehaut, als das gemalte Gesicht ihr, von den Flammen verzerrt, ein letztes Mal zugrinste, als sende der Teufel ihr eine Beifallsnote.

Am Markttag borgte sie sich bei Colonel Grandison einen Pferdekarren und fuhr mit Lemuel und Dolly die sieben Meilen nach Hertford, um mit dem Ertrag ihrer Räubereien Proviant und die notwendigsten Möbel zu kaufen. Da das Haus nun von den Toten auferweckt worden war, konnten sie nicht verbergen, daß es bewohnt war – und wollten es auch nicht, fand Cecily. Daß sie *persona grata* bei einem Friedensrichter und bei den Packers war, verminderte das Gefühl, sie habe sich in Feindesland niedergelassen. Wer ihren Namen wissen wollte, erfuhr, daß sie Mrs. Henry war, die mit ihrem invaliden Gatten wegen der Landluft aus London gekommen war.

Zwei Nächte später überfielen Cecily und Tyler eine Kutsche vor Hatfield auf der Great North Road. Es war die übliche Prozedur: Verängstigte Walpoles standen in einer Reihe neben den mürrischen Kutschern. Sie schaute sie gar nicht mehr an.

Erst als sie schon wieder im Sattel saß und ihre Stute rückwärts in den Schatten trieb, ehe sie davongaloppierten, verlor eines der glotzenden Gesichter in der Reihe der glotzenden Gesichter im Schein der Kutschenlaterne seine Walpoligkeit.

Auf dem Heimweg fragte Tyler: »Was ist los, Herzogin?«

»Da hinten. Da war ein Mann ... Ich kannte ihn.«

»Verdammt. Hat er dich erkannt?«

»Ich weiß es nicht. Nein, ich glaube es nicht.«

»Wer war es?«

»Sein Name ist Cameron. Könnte sein, daß er mich besuchen will – mich und Lemuel. Er ist Rechtsanwalt.«

»Verdammt.«

Am nächsten Morgen kleidete sie sich für alle Fälle in das einzige gute Kleid, das sie noch hatte – nur um zu demonstrieren, wie absurd es war, Lady Cecily Fitzhenry mit einem Straßenräuber in Verbindung zu bringen. Sie spähte in die fleckige Scherbe, die ihr als Spiegel diente, und dachte: Das ist kein Straßenräuber. Aber es ist auch nicht Lady Cecily. Ihre Haut, ihre Augen und Zähne waren noch gut, aber durch einen ramponierten Geist in ihrem Charakter verändert. Sie war einundzwanzig Jahre alt und sah aus wie dreißig. Zum ersten Mal seit Tagen bürstete sie sich die Haare und bedeckte sie mit einer sauberen Haube.

»Was donnerst du dich denn auf wie ein Pfingstochse?« fragte Dolly.

Der Tag verging nur langsam. Tyler hatte sich verdrückt. Cecily befahl Ned, der inzwischen in einer der Schlafkammern wohnte, die Stute zu verstecken, und ging dann mit Lemuel auf einen Spaziergang. Sie pflückten Schellkraut und Primeln, um gänzlich unräuberische Sträußchen für die Schankstube daraus zu binden.

Der Rechtsanwalt kam am späten Nachmittag zu Pferde. Er war wieder ganz er selbst – soweit Cecily wußte, wie er selbst war. »Wer waren denn die Gentlemen, die ich habe fortgehen sehen?«

Erleichtert sagte Cecily: »Männer aus dem Dorf oben am Hügel. Sie helfen uns, hier Ordnung zu schaffen.«

»Dem Herrn sei gedankt. Ich dachte, es wären Bären gewesen.«

Dolly war entzückt, ihn zu sehen. »Da haben Sie uns aber 'ne Katze im Sack gekauft, Sie, und was für eine. Gucken Sie sich nur alles an.« Und sie ging mit ihm auf einen Besichtigungsrundgang.

Dann aßen sie in der Schankstube an einem Brett, das auf Holzböcken lag; die vier Hocker und die Sitzbank vom Markt in Hertford standen ziemlich einsam in dem großen Raum, in dem nur das Feuer für ein wenig Behaglichkeit sorgte – verrottetes Brennholz gab es im Überfluß.

Archibald Cameron beglückwünschte Lemuel während des Essens zur Besserung seines Gesundheitszustandes. »Er kann jetzt ein bißchen sprechen«, sagte Dolly. »Wenn man ihm Zeit läßt.« Was sie nie tat.

»Ich habe den Tag beim Friedensrichter in Hatfield verbracht«, sagte Cameron. »Haben Sie gehört, daß meine Kutsche auf dem Weg hierher überfallen wurde?«

»Was Sie nicht sagen.«

Er nickte. »Zwei räuberische Schurken, so abscheulich, wie man sie nur je am Galgen hat baumeln sehen.« Er schilderte den Überfall und gab eine ausführliche und stark übertriebene Darstellung von der Häßlichkeit und Wildheit der beiden Räuber, um sodann den Verlust seiner Uhr und seines Geldes zu beklagen. »Ein Pfund vier Shilling achteinhalb Pence.«

Dolly war mit ihrem Verdammungsurteil schnell bei der Hand. »Ich weiß auch nicht, was aus dieser Welt noch werden soll. In seinem eigenen Bett ist man nicht mehr sicher.« Indem sie jegliche Beteiligung an Cecilys Treuegelöbnis abgelehnt hatte, hatte sie das Ganze auch aus ihren Gedanken verbannt. Sie ignorierte das nächtliche Kommen und Gehen ihrer Schwägerin in einem solchen Ausmaß, daß sie tatsächlich nicht wußte, daß die Uhr und das Bargeld des Rechtsanwalts mit dem Rest der Beute in einem der vielen geheimen Schränke im oberen Stockwerk lagerten. »Empörend, nicht wahr, Cessy?«

»Allerdings.«

Nach dem Essen bot der Anwalt ihr seinen Arm. »Wollen Sie mit mir an die frische Luft gehen, Lady Cecily?«

Kühl nahm sie den Arm; ihre Zuversicht war zurückgekehrt, und sie spazierten zusammen über den Hof und an den Ställen vorbei, um hinter den Bäumen des Waldes die Sonne untergehen zu sehen. Sein Ton war unverändert, als er sagte: »Und jetzt, wenn Sie gestatten, möchte ich meine Uhr sowie ein Pfund vier Shilling und achteinhalb Pence zurückhaben.«

Sie war bestürzt und dann wütend. »Zum Teufel mit Ihnen. Woher wissen Sie, daß ich es war?«

»Ich kenne Sie.«

»Und Sie haben dem Friedensrichter nichts erzählt?«

»Nein.«

»Warum nicht?«

»Erst will ich Ihre Erklärung hören.« Und unversehens übertraf sein Zorn den ihren. Er packte sie bei den Armen und schüttelte sie. »Was ist nur in Sie gefahren? Haben Sie kein Schamgefühl?«

Sie schrie ihn ebenfalls an. »Nein, ich habe kein Schamgefühl. Das hat man mir im Fleet-Gefängnis genommen. Und was diese Bruchbude hier angeht, so sieht sie jetzt nur noch kahl aus. Als wir herkamen, war es ein Loch, das man nicht einmal Ratten hätte zumuten können. Ihre feine Erwerbung. Was sollte ich denn tun? Nun? *Nun?*«

Er ließ die Hände sinken. »Sie hätten zu mir zurückkommen können.«

»Lemuel war krank. Er war *krank*.« Sie hörte ihre eigene Stimme schrill in der Abendstille. Erschöpft setzte sie sich auf die Erde.

Der Schotte setzte sich neben sie und legte das Kinn auf die Knie. Ein paar Lerchen, die noch nicht zu Bett gegangen waren, flatterten auf und sanken dann ins Gras der Wiese hinab. »Ich habe meinen Fall gewonnen«, sagte er.

Was für einen Fall, und was kümmerte es sie? »Werden Sie dem Magistrat von mir erzählen?«

»Ich bin ein aufsteigender Stern in meinem Metier. Sir Robert persönlich konsultiert mich.«

Dieser pedantische kleine Pinsel. Er würde ihr dieses Verbrechen nicht verzeihen, auch wenn er sie nicht anzeigte.

»Ich könnte Sie unterstützen.«

Hätte sie weniger Angst vor seinem Verrat gehabt, hätte sie ihm genauer zugehört, so hätte sie seine Ergebenheit erkannt, als sie dies hörte. So tat sie es erst nach einer ganzen Weile. Vorläufig hatte sie es nur satt, in seiner Gegenwart ständig im Nachteil zu sein. »Vielen Dank. Ich habe kein Verlangen danach, von milden Gaben zu leben.«

Seufzend riß er den Mantel wieder an sich, den er ihr zu Füßen gelegt hatte wie Sir Walter Raleigh seiner Königin, damit sie durch die Pfütze schreiten konnte. »Sie ziehen bewaffneten Straßenraub vor – ist es das?«

Von der Sonne war nur noch der Widerschein über den Bäumen zu sehen; eine Nachtigall hatte mit ihren Arpeggien begonnen.

»Ich muß Sie fragen, Madam«, sagte er, »ob dieser Mann ... Ihr Komplize von gestern abend – ist er Ihr Liebhaber? Warum lächeln Sie?«

Weil er über sein Ziel hinausgeschossen war, indem er sein lüsternes Interesse verraten hatte. Jetzt war sie im Vorteil. Sie stand auf. »Ich danke Ihnen für Ihre Besorgnis, Sir, aber ich will weder Ihre Almosen noch Ihre Fragen. Tun Sie in dieser Sache, was Sie für das Beste halten, aber was immer es sein mag, ich wünsche Ihnen jetzt eine gute Nacht.«

Er blieb auf dem Boden sitzen und schaute zu ihr auf. »Geben Sie mir wenigstens Ihr Wort, daß Sie eine solche Vorstellung wie gestern abend nicht noch einmal geben werden.«

»Nein.«

Wütend rappelte er sich hoch, und wieder überraschte er sie damit, daß er größer war als sie. »Herrgott, wie sind mir die Torys doch zuwider. Ihr glaubt, Geburt ist alles; ihr stehlt lieber, als nur einen Tag mit ehrlicher Arbeit zu verbringen. Sehen Sie sich um. Dieses Anwesen macht nicht viel her, aber wenn man etwas investiert, könnte eine feine Herberge daraus werden.« Im Zorn verfiel er in seinen Glasgower Slang, und die Vokale wurden kürzer. »Es gibt etwas, das nennt man Darlehen. Haben Sie davon schon einmal gehört? Nein. Lady Cecily wird sich nicht die Hände schmutzig machen, indem sie ein gewöhnliches Gasthaus führt. Lieber wird sie unschuldige Leute in Angst und Schrecken versetzen und ihnen ihren Lebensunterhalt stehlen, statt ihren eigenen zu verdienen.«

»Gute Nacht.« Sie ging bereits davon.

»Bevor ich gehe, Madam, will ich meine Uhr und ein Pfund vier Shilling achteinhalb Pence zurückhaben.«

Als sie in den Hof vor dem Stall einbog, um beides zu holen, rief er ihr nach: »Und die zwei Pence, die ich Ihnen für den Brief gegeben habe, den Sie niemals abgeschickt haben.«

Tinker Packer hatte einen Flaschenzug angebracht, um seine Pfannen aufs Dach zu befördern. Er hing von einem Wasserspeier über dem Balkon auf den Hof herab. Als Cecily die Taschenuhr aus dem Schrank genommen, Camerons Geld abgezählt und zwei Pence hinzugetan hatte, legte sie alles in eine Satteltasche, hängte sie ans Seil und ließ sie hinunter.

Cameron wartete mit seinem Pferd im Hof. Er nahm seine Sachen ebenso schweigend an sich, wie sie sie herabgelassen hatte. Gedemütigt und wütend, wie sie war, bereute sie nicht, daß sie gegen das Gesetz der Gastfreundschaft verstieß, aber als sein Pferd unter dem Torbogen hindurchschritt und den Hof verließ, bekam sie doch Gewissensbisse. »Wenn Sie nach Norden reiten, gibt es eine Art Gasthof in Stevenage.« Sie fühlte sich versucht, hinzuzufügen: »Und hüten Sie sich vor Räubern« – aber dann ließ sie es doch bleiben. Sie lauschte, bis sein Hufschlag in der Ferne verhallt war.

»Wo ist Archie?« fragte Dolly, als Cecily in die Schankstube zurückkam.

»Weg.«

»Weg? Ich habe oben ein Bett für ihn gemacht.«

»Das wird er nicht brauchen.«

»Hast ihn weggeschickt, nicht? Nicht? Gott, das nenne ich Grips. Und so was hat 'ne akademische Bildung? Ich hab schon tote Schweine gesehen, die gescheiter waren.«

»Wovon redest du denn, Weib?«

»Er hat uns dieses Haus geschenkt, davon rede ich. Dachtest du, einer von deinen vornehmen Freunden wär's gewesen? Ja, und ich bin die Königin von Saba. Während sie alle mit dem Daumen im Arsch dasaßen, hat Archie Cameron uns aus dem Elend geholt. *Und* diesen Laden gekauft. Schön, viel her macht es nicht, aber es war alles, was er sich leisten konnte, der arme Hund, und es war verdammt mehr, als irgendein anderer Scheißer für uns getan hat.«

»Blödsinn«, sagte Cecily. »Das würde er nicht tun. Er ist ein knauseriger, pfennigfuchserischer kleiner Schotte. Ich habe ihn wegen zwei Pence mäkeln hören. Das würde er nicht tun.« Dann sagte sie: »Oder doch?« Und dann: »*Warum* denn?«

Dolly wandte sich ab. »Lemmy war sein Klient. Er wollte nicht, daß er obdachlos wird, nicht wahr? Er ist ein guter Mann.«

Hin und wieder war Dolly neidisch auf das Aussehen und die Erfolge ihrer Schwägerin. Cecily, fand sie, bildete sich jetzt schon zuviel ein. Was Dolly deshalb in diesem Augenblick nicht sagte – obwohl sie es dachte –, war dies: »Der arme Hund liebt dich. Er will's nicht, aber er kann's nicht ändern.«

Und sie hatte recht. Der Schotte, der in diesem Augenblick in einem Tempo, das ihm, seinem Pferd und jedermann auf der Straße den Hals brechen konnte, auf Stevenage zuritt, empfand einen Groll gegen Cecily, der ebenso wütend war wie Dollys, und er schrie ihn in die Nacht hinaus, in einer Sprache, die die Ältesten in seiner Kirche entsetzt hätte zurückprallen lassen, gar nicht zu reden von der rauhen, frommen Großmutter, die ihn in jener noch rauheren Armut großgezogen hatte, aus der ihn sein exzellenter Verstand befreit hatte.

Archibald Cameron hatte den Plan für sein Leben ebenso säuberlich ausgearbeitet wie ein Gärtner, der die Saat mit dem Rechenschieber verteilt. Aufstieg in seinem Beruf, vielleicht bis zum Amt des Lordkanzlers, oder doch wenigstens bis zu einem Sitz im Obersten Zivilgericht. Ein Stadthaus, eine oder zwei Villen auf dem Lande, Diener. Eine sanfte, hübsche, aufmerksame kleine Frau und gesunde Gören. Dank seinem politischen Scharfsinn und einem Gedächtnis, das jedes Wort behielt, das er las, war er auf dem besten Wege, das erste zu erreichen; der Rest würde dann schon kommen.

In dieser säuberlich gehackten Furche hatte, unverhofft und ungebeten, Lady Cecily Fitzhenry Wurzeln geschlagen, war dort gewuchert wie ein Unkraut und sproß ebenso schnell durch sein Herz, wie er sich bemühte, sie auszujäten.

Nun, jetzt war er sie los. Dieses Luder. Ihr würde er nicht mehr helfen. Wütet auf der Landstraße wie eine Harpye – Gott beschütze uns! In Hosen noch dazu. Zugegeben, es war kein großartiges Gasthaus – und der Agent würde noch etwas zu hören bekommen –, aber er hatte sich das Anwesen vom Munde abgespart. Selbst wenn er bereit gewesen wäre, sie der Obdachlosigkeit zu überlassen, hätte er es getan: für den armen alten Trottel, mit dem man sie verheiratet hatte.

»*Ha til mi tulidh.* Laßt den Pfeifer spielen.« In Augenblicken größter Freude oder Wut pflegte Archie Cameron zu singen. »*Eine Braut, die mir die Füße wäscht, bevooor ich bin zu aaaalt* ...«

Die Erinnerung an die Hexe auslöschen, das war jetzt angebracht. Ihr verflixtes Bild aus seinem verflixten Kopf vertreiben. Mit ihrem »Ach ja, Mr. Cameron?«, als rede sie mit einem Hausierer, und dabei hatte sie Löcher im Rock. Wie empört sie wegen des armen Sir Lemuel in Gefängnis gewesen war – den Wärter hatte sie angekreischt wie eine Moorhexe. Mut hatte sie, das mußte man ihr lassen. Und hübsch war sie auch. Aber ihn würde sie nicht mehr jucken.

Sonst ein bedächtiger Reiter, gab Archibald Cameron seinem schäumenden Pferd die Sporen. »Nun lauf schon, ja? Ein Pudding kriecht ja schneller voran.«

»*Ha til me tulidh.* Laßt den Pfeifer spielen. Ich gehe nicht zurück.«

Und was ihn noch wütender machte, war das Wissen, daß er es doch tun würde.

Auch Cecily zog sich voller Groll zurück. War tatsächlich *er* es gewesen, der die »Belle« gekauft hatte? Sie bezweifelte es. Aber *wenn* er es doch getan hatte ...

Für Lemuel, hatte Dolly gesagt. Lemuel hatte ihm Arbeit zukommen lassen, und so war es vielleicht nur recht und billig. Aber das bedeutete immer noch, daß Lady Cecily in der Schuld eines pedantischen, puritanischen Tintenpissers aus Nordbritannien mit fuchsroter Perücke zappelte, der ihr Vorträge über Moral hielt.

In einer Hinsicht war sie zufriedengestellt: Er würde sie nicht verraten. Trotzdem fiel ihr das Einschlafen schwer.

Die nächste Postkutsche, die sie und Tyler anhielten, fuhr auf der Straße nach Essex, nicht weit von Stansted Abbots. Cecily schritt hinter der Reihe der Passagiere entlang und sammelte die *Sore* ein. Tyler hielt den Zügel ihrer Stute und hatte seine Pistole auf die Reihe gerichtet.

Ein Schuß fiel. Die Stute bäumte sich auf. Cecily hörte die Kugel über ihrem Kopf hinschwirren, bevor sie im Dach der Postkutsche einschlug. Tyler hatte Mühe, den Zügel festzuhalten.

Als sie zwei Passagiere beiseite stieß, um zu ihrem Pferd zu kommen, stellte ihr einer ein Bein, daß sie stürzte. Beide wälzten sie sich am Boden. Dann ließ ein lauterer Schuß seinen Körper auf dem ihren einmal zucken und erschlaffen. Sie stieß ihn von sich und rappelte sich auf, schlug auf eine Frau ein, die sie am Rock festhalten wollte. Geduckt rannte sie zu Tyler. Die rauchende Pistole noch in der Hand, zog er sie mit der anderen hinter sich her, und sie galoppierten davon. Ihre Stute trabte hinter ihnen her.

Ein weiterer Schuß ließ das Reisig auf dem Boden aufspritzen, als sie ins Unterholz eindrangen.

Als sie schließlich keuchend haltmachten, umfing sie eine Waldesstille wie ein schützender Umhang. Cecily rutschte vom Pferd, hielt sich an einem Baum fest und übergab sich am Stamm entlang. Tyler fluchte, klopfte ihr auf den Rücken und fragte, ob sie verletzt sei.

Sie wischte sich den Mund ab. »Was ist passiert?«

»... diese schwanzleckenden, fotzenjuckenden, ritzenfischenden, arschbutternden ...«

»Was ist *passiert?*«

»Strauchdiebe. Sie standen weiter unten an der Straße und warteten auf die Kutsche, nehme ich an. Die Schüsse kamen von schräg vorn. Wir müssen in ihr Revier eingedrungen sein.«

»Schweine. Sie hätten uns umbringen können.«

»Hätten sie fast getan, verdammt. *Und* ich hab eine von meinen Pistolen verloren.«

»Der Kerl, der mich angegriffen hat, auf den haben sie geschossen. Könnte sein, daß er tot ist.«

»Das war ich. Auf den habe ich geschossen.«

»Um Gottes willen, wieso?«

»Irgend jemand mußte was tun, und *du* hattest nicht vor, auf ihn zu schießen.«

»Nein.« Auf den Gedanken war sie gar nicht gekommen. »Wir sind nicht in dem Geschäft, um Leute umzubringen.«

»Aber auch nicht, um umgebracht zu werden.«

Tyler beruhigte die Stute. Er trat auf einen mondbeschienenen Flecken und betrachtete seine Hand. Sie glänzte schwarz. »Sie hat eine Kugel in der Schulter. Wir müssen sie nach Hause führen.«

Es waren zwölf Meilen durch den Wald, außen um Hertford herum. Das gleichmäßige Gehen vertrieb das Zittern aus Cecilys Beinen. Sie empfand trostlose Niedergeschlagenheit: Es war möglich, daß ein Mann, der gelebt hatte, jetzt tot war. Ihretwegen.

Tyler hatte das einzige getan, was er hatte tun können, wenn sie nicht selbst umgebracht werden wollten: von dem *Kunden*, den rivalisierenden Straßenräubern oder dem Henkersknecht.

Aber der *Kunde*, das mußte sie zugeben, war ebenfalls im Recht gewesen. Ein Dummkopf, aber im Recht. Kein großer Mann, und nicht daran gewöhnt, Gewalt anzuwenden; er hatte nur an ihr herumgezappelt. Ich wäre ihm entkommen. Hätte ihm das Knie in die Weichteile gerammt, das hätte genügt.

Sie hatte seine Verzweiflung gespürt, als er sich an sie gekrallt hatte, und noch immer hörte sie den schluchzenden Aufschrei in seinem Atem, als sie sich zusammen am Boden gewälzt hatten.

Zum ersten Mal wurde ihr klar, wie furchtbar es war, ausgeraubt zu werden. Ihre Opfer waren eben doch keine Walpoles, sondern gewöhnliche Männer und Frauen, die Entwürdigung und Verlust erlitten. Vielleicht hatte der Kunde, der sie angegriffen hatte, sich nicht leisten können, die Beute zu verlieren; vielleicht steckten seine gesamten Ersparnisse darin, Geld, mit dem er seine Miete zahlen und seinen Kindern ein Dach über dem Kopf geben wollte. Und jetzt war er vielleicht tot.

Während Cecily durch den Wald marschierte, nahmen die Bäume die gekrümmte Gestalt von Witwen an, die aus ihrem Haus vertrieben worden waren.

Man hat mich auch aus dem meinen vertrieben, sagte sie zu ihnen. Sie antworteten mit der Stimme des Schotten. »Sie versetzen unschuldige Leute in Angst und Schrecken und stehlen ihnen ihren Lebensunterhalt, statt Ihren eigenen zu verdienen.« Und jetzt hatte sie vielleicht sogar gemordet.

Das Abenteuer war zu Ende, das war ihr klar. Ab sofort gehörte sie nicht mehr zu Dianas Förstern, den Kavalieren vom Schatten, den Schoßkindern des Mondes. Und wie sich zeigte, hatte sie nie dazugehört; es war nichts als ein mörderisches Spiel gewesen.

(Als sie zwei Tage später erfuhr, daß der Mann dabei war, von seiner Kopfwunde zu genesen, ging Cecily nach Datchworth in die Kirche und betete lange für ihn.)

Auf den ersten paar Meilen war ihre Stute vom Schock betäubt; danach mußten sie zu zweit ihre ganze Kraft aufwenden, um das Tier voranzubringen. Der Morgen dämmerte, als sie in Woolmer Green ankamen, und sie mußten zwischen den Bäumen auf eine Gelegenheit warten, die Straße zum Gasthof zu überqueren, ohne von den Vorüberreisenden gesehen zu werden.

Während sie wartete, betrachtete Cecily ihren Gasthof. Die Fenster der Schankstube hatten inzwischen Glasscheiben und funkelten im Licht der ersten Sonnenstrahlen. Sie sah darin das Zwinkern des schottischen Rechtsanwalts, an den sie jetzt einen kniefälligen Brief mit einer Bitte würde schreiben müssen.

»Tyler«, sagte sie in gewichtigem Ton, »es wird Zeit, daß wir uns in einem ehrlichen Gewerbe versuchen.«

## 7

Während Gott durch Seinen Sohn sagte: Selig sind die Armen ...

... und während das Mittelalter Ihm recht gab: Selig die Armen und die, welche ihre Armut lindern ...

... und während die Tudors sagten: Stimmt schon, die Armen sind selig, aber sie sollten nicht überall herumlaufen und den Frieden bedrohen mit ihrer Bettelei und ihren Aufständen; es ist Christenpflicht, dafür zu sorgen, daß sie nicht verhungern, und es ist politisch ratsam, daß die Gemeinden eine Armensteuer erheben, um damit für diejenigen zu sorgen, die nicht arbeiten können, und um Anstellung für die zu finden, die es doch können. Ach ja, und die Landstreicher soll man auspeitschen ...

... und während die Stuarts gar nichts sagten ...

... waren es Sir Robert Walpoles Whigs, die als erste entdeckten, daß es gar keine Armen *gab* – nur faule und unmoralische Männer und Frauen, die sich an der Armensteuer mästeten und vermehrten: die sich von ihrer Unterstützung betranken und es vorteilhafter fanden, von der Mildtätigkeit der Gemeinde zu leben, als für die Fabrikanten zu arbeiten, die Schöpfer des Reichtums des Landes. Zugegeben, die Fabrikanten konnten nicht viel bezahlen, aber wenn sie den Armen geboten hätten, was die als notwendig für ihren Lebensunterhalt betrachteten, hätte England auf den Auslandsmärkten nicht mehr mit Frankreich konkurrieren können.

Die Whigs lebten in der wirklichen Welt.

Wie Bernard Mandeville, ein Erforscher der menschlichen Natur, just zu jener Zeit in einem Traktat über die Wohlfahrtsschulen nachwies: Es lag kein Gewinn darin, die Armen zu bilden. Jede Stunde, die sie in einer Schule verbrachten, war eine Stunde, die für die Gesellschaft verloren war. Wenn sie ein Leben voller Arbeit ertragen sollten, so würden sie sich dem später desto geduldiger fügen, je eher man sie ihm unterwarf.

Die Gemeindeaufseher taten ihr Bestes. Frauen, die im Begriff standen, ein Kind zu gebären, das vermutlich der Armensteuer zur Last fallen würde – und dessen Vater nicht zur Gemeinde gehörte –, wurden über die Gemeindegrenzen expediert, so daß sich jemand anders um sie kümmern mußte.

In London gab man verwaiste oder ausgesetzte Säuglinge in die Obhut von Ammen, unter deren fürsorglicher Behandlung sich Dreiviertel von ihnen entgegenkommenderweise bereit fanden, die Kosten von zwei Shilling wöchentlich dadurch einzusparen, daß sie starben. All dem zum Trotz stiegen die Gemeindeaufwendungen wie die Verbrechensrate immer weiter, und die Armen beharrten darauf, weiter arm zu bleiben.

Auf dem Lande hatten die Grundbesitzer zusehends genug von den strohgedeckten Katen, die ihre wachsenden Ländereien verunzierten. Sie wollten lieber auf Parks und Gärten blicken, die ihnen Kent oder Bridgeman entworfen hatten, und auf Palladios Tempel. Auf literarische und malerische Panoramen erpicht, versetzten sie Berge, dämmten Bäche ein, höhlten Seen und Grotten aus und veränderten im Handumdrehen eine Landschaft, die unter den Händen von Holzfällern und Bauern über tausend Jahre langsam gewachsen war. Dörfer und Siedlungen wurden dem Erdboden gleichgemacht, ihre Bewohner enteignet. Das Dorf Edensor wurde verlegt, um den Blick von Chatsworth her zu verbessern, und das Dorf Henderskelt wurde abgerissen und daraus die Südfront von Castle Howard erbaut.

Als Sir Robert Walpole begann, das elisabethanische Haus niederzureißen, das er von seinem Vater geerbt hatte, und sich statt dessen eine palladianische Villa zu errichten, wie man sie in Norfolk noch nie gesehen hatte, wurden die Bewohner seines Dorfes Houghton aus ihren Häusern vertrieben und fortgeschickt, ihre Möbel auf Leiterwagen und Handkarren gestapelt, und ihre Blicke wanderten zurück zu den wertlosen Hütten, die seit Menschengedenken an diesem Platz gestanden hatten.

Wo sie hingingen? Das war unwichtig. Sir Robert und die andern hatten eine unverstellte Aussicht, das war die Hauptsache. Klassische Schönheit wußte ein Bauer nicht zu würdigen.

Vielleicht schlossen sie sich den Familien an, die im Wald hausten und davon lebten, daß sie sich Rehe schossen, die in der Umgebung ihrer Hütten vorbeikamen, wilde Kaninchen und Fische fingen, alles Holz benutzten, das sie auf diese oder jene Weise bekommen konnten, und Torf stachen.

Die Waldbewohner behaupteten, solche Aktivitäten seien uralte Rechte und Privilegien, die ihren Vorfahren von den Baronen des Mittelalters gewährt worden seien.

Die neuen Whig-Grundbesitzer behaupteten, es sei Wilderei.

Dies war nicht das erstemal, daß das Wort »arm« mit dem Wort »kriminell« assoziiert wurde, wenngleich die beiden jetzt buchstäblich synonym waren. Aber es erforderte schon den Genius des Premierministers Sir Robert Walpole, eine noch subtilere, gleichermaßen panikerregende Konnotation hinzuzufügen: »Jakobitisch.«

Als das Gasthaus zu Woolmer Green eröffnet wurde, roch es nach neuem Holz und den Backsteinen, mit denen man die äußeren Wände geflickt hatte, nach frisch verputztem Lattenwerk und ganz leicht nach Kuhmist, mit dem man die neuen Kaminrückwände dehnbar gemacht hatte.

Die Kastanie, die ihren Schatten über die Vorderseite des Gasthauses geworfen hatte, war jetzt ein Stumpf, so daß Licht in die Fenster fiel und das Anwesen von der Straße her besser zu sehen war. Ein Teil des Baumstammes war zu einem Pfosten verarbeitet worden, der am Rand des neu mit Kies bestreuten Vorhofs stand; daran hing ein großes Schild aus Kastanienholz, das nur ein Blinder übersehen konnte. Das Schild zeigte eine Kriegerin mit hoch erhobenem Speer. Darunter stand der Name: »The Belle Sauvage.«

Die meisten hatten Widerstand gegen diesen Namen geleistet. Die Packers meinten, er klinge zu ausländisch, Colonel Grandison fand ihn zu furchterregend, und Dolly und der örtliche Pfarrer meinten, er sei zu heidnisch. Aber Cecily empfand eine abergläubische Verpflichtung, die sie so erklärte: »Es bringt Unglück, einen Namen zu ändern.«

Archibald Cameron, der das Darlehen für die Renovierung aufgebracht hatte – und dem man nicht verziehen hatte, daß er so freundlich gewesen war –, erklärte grinsend, wenn der Name nicht zum Wirtshaus passe, so passe er doch zur Wirtin.

Die Packers hatten dreißig Fuß Eichenholztäfelung gefunden, die Hallenverkleidung eines alten Landhauses in Bramfield, das im palladianischen Stil umgebaut wurde, »für umsonst«. Cecily trennte damit einen Teil der Schankstube ab, um einen Bereich für Stammgäste zu schaffen, während der Hauptteil für die Laufkundschaft blieb. Aus dem Rest der Paneele und einer alten Tür baute sie sich in einer Ecke ein Büro mit einem Fenster, das auf die Great North Road hinausschaute, und einem zweiten Fenster, durch das sie den Hof im Auge behalten konnte.

An einem schönen Julitag des Jahres 1723 saß sie an dem *Escritoire*, den Colonel Grandison ihr geschenkt hatte, und arbeitete die Rechnungsbücher durch. Durch das offene Hoffenster kamen Fliegen und der Geruch von Pferden und Heu. Archibald Cameron schaute ihr über die Schulter; es ärgerte sie, aber sie konnte kaum Einspruch dagegen erheben: Er hatte nicht nur ins »Belle« investiert, er war auch ihr Anwalt geworden.

»Sind das Neds Abrechnungen?«

»Ja«, sagte sie. Ned war jetzt der Roßknecht des Gasthofes.

»Kann er Französisch schreiben?«

»Er kann kaum Englisch schreiben.«

»Es hat etwas Französisches.« Cameron nahm Neds Schiefertafel, die Cecily eben in ihr Kontobuch übertrug, und las vor: »›Fert. 2s. Abliveronzehas. 6d.«

»Herrgott!« Sie riß ihm die Tafel aus der Hand. »Das ist doch klar genug. Squire Leggatt war letzte Woche zu betrunken, um nach Hause zu reiten, und hat beim Colonel seinen Rausch ausgeschlafen. Wir haben sein Pferd über Nacht eingestellt, und Ned mußte es ihm am nächsten Morgen nach Knebworth bringen. ›Ein Pferd, zwei Shilling. Ablieferung zu Hause, Sixpence.‹ Klar?«

Sie wandte sich wieder der Buchhaltung zu, und er schaute zu, bis sie den letzten Eintrag mit Sand bestreut hatte.

»Sie machen es nicht schlecht.« Er nahm das Buch vom Tisch. »Es ist ausgeglichen. Aber haargenau. Sie machen keinen Gewinn, wenn alles bezahlt ist.«

Bildete er sich ein, das wüßte sie nicht? »Ich brauche die Postkutschen. Bei den Einheimischen sind wir beliebt; Colonel Grandison bringt alle seine Tory-Freunde in die Kneipstube. Aber im Postkutschenverkehr, da liegt das Geschäft.«

»Es wird aber nicht leicht sein, die Kutschen von St. Albans wegzulocken.«

Es war wunderbar, wie er sie auf das Offenkundige aufmerksam zu machen verstand. Aber sie und Tyler hatten schon einen Plan, wie dem Mangel an Postkutschenkundschaft abzuhelfen sei; es wäre nur nicht ratsam, einem Mann des Rechts davon zu erzählen.

»So«, sagte sie, »und Sie sind sicher, daß Sie Cole aus der Patsche helfen können?«

»Natürlich. Ich war in Hertford und habe mir die Anklage angesehen. Sie haben –«

Die Tür öffnete sich. »Cecily, meine Liebe ...«

Colonel Grandison sah in seinem Brokat zierlich und hübsch aus, aber auch besorgt. »Hallo, Cameron, hallo. Genau der richtige Mann. Können Sie unseren armen Cole Packer retten?«

»Einen schönen guten Tag, Colonel. Ich war eben dabei, es Mrs. Henry hier zu erzählen. Die Anklage richtet sich gegen *Walter* Packer ...«

»Der Herr in Seiner Barmherzigkeit sei gepriesen.« Der Colonel wandte sich Cecily zu. »Meine Liebe, wir können das Gemeinderegister vorlegen, in dem schwarz auf weiß zu lesen ist, daß der Taufname dieses Mannes Waller geschrieben wird.«

Bei aller Erleichterung konnte sie sich einen Seitenhieb gegen den Schotten nicht verkneifen. »Wie interessant, daß die Gerechtigkeit von technischen Details abhängt.«

»Ideal ist es nicht«, sagte er knapp, »aber dieses spezielle technische Detail wird den Jungen vor dem Strang bewahren.«

»Ach ja?« sagte Cecily. »Es ist aber auch interessant, daß das Zerstören eines Fischteichs, der von Rechts wegen überhaupt nicht da sein dürfte, plötzlich zu einem Kapitalverbrechen geworden ist. Finden Sie nicht auch, Mr. Cameron?«

Sie klappte das Kontobuch mit lautem Knall zu und ging den beiden voraus in die Schankstube, um ihnen ein Ale zu servieren.

Es war vielleicht ungerecht, aber sie war beunruhigt, fast erschrocken; sie ärgerte sich über Cole Packer, sie ärgerte sich über den neuen Eigentümer des Waldes, und am meisten ärgerte sie sich über den einzigen Repräsentanten des noch neueren Rechts, an dem sie ihren Zorn hier auslassen konnte.

Die letzten beiden Jahre hatten gezeigt, daß Lady Cecily Potts ein Talent zu harter Arbeit und ein Auge fürs Detail besaß, das sie zu einer mehr als tüchtigen Gastwirtin machte. Sie selbst betrachtete dies mit Abscheu. Es ließ eine plebejische Ader vermuten. Sie tröstete sich über die Schmach hinweg, indem sie sich sagte, es sei ihre eheliche Pflicht – von der ja auch das blaueste Frauenblut nicht ausgenommen war –, für Lemuel zu sorgen, während er genas, was er tatsächlich tat. Aber mit Cole Packers Verhaftung kam die Erkenntnis, daß die letzten zwei Jahre, so arbeitsreich sie auch gewesen sein mochten, mehr Erfüllung gebracht hatten als irgendeine andere Zeit, an die sie sich erinnern konnte. Tückischerweise waren die Leute, mit denen sie zusammenarbeitete – Tyler, Ned, die Packers, Colonel Grandison, sogar Dolly –, zur unentbehrlichen Notwendigkeit für sie geworden.

Jetzt hatte der Schatten, der sie aus London verjagt hatte, eine allgemeinere Form angenommen und war giftiger geworden für die Harmonie ihrer und jedermanns Landschaft.

Walpole natürlich. Immer wieder Walpole.

Er hatte die Steuerbelastung für Katholiken erhöht. Dadurch wurde der angestammte Eigentümer von Bramfield Forest – ein Wald, zu dem Datchworth gehörte, der die Great North Road überschritt und das Gasthaus mit seiner Umgebung umfaßte – gezwungen, diesen an den frisch geadelten Whig-Aristokraten und Walpole-Freund Lord Letty zu verkaufen.

Mit der Ernennung von Lettys Förster war die Einführung eines Forstgesetzes gekommen, das die Leute, die im Wald lebten, weder verstanden noch anerkannten.

Plötzlich hatte der Forellenbach, der seit Menschengedenken an Cole Packers Kate vorbeigeflossen war, zu fließen aufgehört. Cole war dem ausgetrockneten Bachbett gefolgt und hatte festgestellt, daß das Wasser in einen großen, ummauerten Fischteich umgeleitet worden war, der dem neuen Förster gehörte. Ohne sich darum zu kümmern, wer ihn beobachtete, war er mit einem Vorschlaghammer zum Stauwehr gegangen und hatte dafür gesorgt, daß der Bach wieder seinen alten Lauf nehmen konnte.

Er wurde sofort verhaftet und nach Hertford ins Gefängnis gebracht. Cecily, die damit rechnete, daß man ihn vor den Friedensrichter stellen werde, begab sich zum Gefängnis, bewaffnet mit einer Standpauke und dem Geld für die Strafe.

Man ließ sie nicht zu ihm. »Bedaure, Mistress«, hieß es. »Aber die Anklage fußt auf dem Black Act.«

»Was ist denn der Black Act?«

Der Gefängniswärter kratzte sich am Kopf. »Das weiß ich nicht genau, Mistress. Irgendein neues Gesetz, das sie sich in London ausgedacht haben, und danach wird er wahrscheinlich gehängt.«

»Er wird *gehängt*?«

Als man sich an Colonel Grandison wandte, war dieser ebenso ratlos wie der Gefängniswärter. Das Gesetz war so schnell erlassen worden – zwischen der ersten Lesung im Parlament und der Königlichen Genehmigung war weniger als ein Monat verstrichen –, daß es gerade erst auf seinem Schreibtisch eingetroffen war. Er las es, während sie wartete. »Fünfzig«, hörte sie ihn murmeln. »Fünfzig, was sagt man dazu?«

»Fünfzig – was denn, um Himmels willen?«

»Fünfzig Kapitalverbrechen.« Er schaute zu ihr auf. »Ach du liebe Güte. Fünfzig neue Gründe, jemanden aufzuhängen, mit einem Federstrich ins Gesetzbuch aufgenommen. Man kann jetzt wegen Wilderei an den Galgen kommen, für ein Reh, ein Schaf, ein Kaninchen, einen Hasen, sogar für einen Fisch, wenn man dabei bewaffnet oder vermummt ist. Und wenn es in den Wäldern des Königs geschieht, kann man auch so gehängt werden, ob man vermummt und bewaffnet ist oder nicht. Das Fällen eines Baumes in Garten, Obstgarten oder Pflanzung ...«

Cecily hegte die leise Vermutung, daß sie rückwirkend selbst auch wegen Beihilfe an den Galgen hätte kommen können. Weder sie noch die Packers betrachteten die gelegentliche Hirschkeule, die im »Belle« serviert wurde, als gewildert. Sie kaufte, die Packers verkauften, und alles in gutem Glauben.

Wilderei. Ein Wilderer war Johnny Marsh, der in den alten Zeiten zu viele von ihren Rehen geschossen hatte. Ihr Jagdhüter hatte Marsh erwischt, ihn ausgepeitscht, seine Hunde erschossen – wie es das Recht des Jagdhüters war –, und damit war der Fall für sie erledigt gewesen. Weder Cecily noch der Jagdhüter waren auf den Gedanken gekommen, um zweihundert Jahre in die Vergangenheit zurückzukehren und den Mann aufzuknüpfen.

Was das anging, so kam es oft vor, daß vom Jagdrevier Stevenage aus – in dem neben dem Colonel noch drei weitere Friedensrichter zu jagen pflegten – ein Reh in den Bramfield Forest getrieben wurde, ohne daß man sich die Mühe machte, deswegen den Eigentümer um die Jagderlaubnis zu bitten. Das Leben auf dem Lande war ein Geben und Nehmen, und jeder verstand das.

Sie wandte sich wieder dem vorliegenden Fall zu. »Aber Cole hat an einem Fischteich das Wehr zerschlagen, das ist alles. Lettys Mann hatte ihm zuvor den Bach gestohlen.«

»Fünfzig«, sagte Colonel Grandison und rieb sich die Perücke. »Ich bezweifle, daß es in irgendeinem anderen Land ein Strafrecht gibt, das nur annähernd so oft die Todesstrafe vorsieht wie dieses einzelne Gesetz.«

Er war anscheinend dabei, irgendeine Ungeheuerlichkeit zu verdauen, die sie weder begriffen hatte noch im Augenblick begreifen wollte. »Aber was ist mit Cole?«

»Diese verdammten Whigs – ich bitte um Vergebung, meine Liebe. Dem Leben eines Tieres geben sie mehr Gewicht als dem eines Menschen.«

»*Cole*, Colonel«, sagte Cecily in scharfem Ton.

»Ihm blüht die Todesstrafe, meine Liebe.« Der Colonel klopfte auf das Gesetzesexemplar. »Das Zerschlagen eines Stauwehrs an einem Fischteich wird mit dem Tode bestraft.«

»Unsinn.«

»Ganz meine Meinung. Die verdammten Whigs – ich bitte nochmals um Vergebung, meine Liebe. Aber was werden sie als nächstes tun?« Und im nächsten Augenblick entwickelte er große Geschäftigkeit; er setzte sich den Federhut auf und rief aus dem Fenster nach seinem Pferd. »Ich reite nach Hertford.«

Als er am Abend ins »Belle« kam, war er betrunken. Andere Friedensrichter waren angesichts des neuen Gesetzes ebenso verwirrt gewesen wie er, wenngleich die Whigs unter ihnen nicht ganz so entsetzt waren. »'s nur 'ne Notstandsmaßnahme, meine Liebe. 's gegen die jakobitischen Gauner, Blacks in Windsor, böse, böse Männer. 's der Black Act. Die G'schworenen ... werden unsern Cole niemals verurteilen ...«

»Was heißt das, die Geschworenen? Kommt er nicht vor den Friedensrichter?«

Grandison schüttelte den Kopf. »Er kommt vor's ... Oberhofgericht.«

»Kommt er nicht.« Coles Frau, Marjorie, war so klein wie der Colonel, aber zwanzigmal wilder und das einzige Lebewesen, vor dem ihr Mann sich fürchtete. »Sie schaffen mir diesen Halunken wieder ran, Colonel. Er hat mir das Dach vom Kuhstall noch nicht repariert. Wofür gibt's denn diesen Habiskorp?«

»*Habeas Corpus* ... 's ausgesetzt, Marjorie, meine Liebe, wegen der Japkop ... wegen der Jakobiter-Verschwörungen. Notstand.«

»Dann setzen Sie ihn eben wieder ein. Ist mir doch gleich, was die Blacks und Jakobiter da unten im Süden machen – aber meinen Cole hängen sie nicht.«

Selbst sie war nicht allzu beunruhigt. Cole war in seiner Jugend ein häufiger Gast im Gefängnis von Hertford gewesen, und er war immer wieder herausgekommen. Und welcher nationale Notstand auch immer solch strenge Gesetzgebung erforderlich machen mochte, die Kunde davon war noch nicht bis Hertfordshire gedrungen, und somit konnte er weder als national noch als Notstand gelten.

Erst als ein Arbeiter aus Enfield Chase, zwanzig Meilen weit entfernt in Middlesex, an den Galgen gehängt wurde, weil er ein Schaf gestohlen hatte – im Gegensatz zu Pferdediebstahl war Schafdiebstahl bis dahin nicht mit der Todesstrafe bedroht gewesen –, dämmerte in Hertfordshire die Erkenntnis, daß der Black Act tatsächlich ernstgemeint war.

Der Notstand, der den Black Act hervorgebracht hatte, war in Windsor Great Park aufgetreten, wo einst Queen Annes liebstes Jagdrevier gelegen hatte. Noch in den Jahren ihrer Arthritis war sie dort in einer kleinen Pferdekutsche hinter ihren Hunden hergejagt. In jenen Tagen hatte ihre Güte das Gleichgewicht in der immerwährenden Schlacht zwischen Wildhütern und Wilderern bewahrt.

Aber die Thronfolge König Georgs und die Whigs hatten ein neues Beamtentum in den Forst gebracht, das solche Laxheit verurteilte und hart durchgriff – nicht nur gegen Wilderei, sondern auch gegen Fisch- und Kaninchendiebstahl, unrechtmäßiges Torfstechen und Holzsammeln – Nebenerwerbsmöglichkeiten, die so manchen Häusler im Wald davor bewahrt hatten, von der Armenhilfe zu leben.

Die Friedensrichter von Windsor zögerten, als Straftaten zu verurteilen, was bisher Ordnungswidrigkeiten gewesen waren, und erhielten dafür mißbilligende Briefe vom Premierminister.

Ein uralter Streit eskalierte zu einem Krieg voller Bösartigkeit auf beiden Seiten. Ein Förster wurde getötet. Die Wilderer, inzwischen eine Bande, die sich Ruß ins Gesicht schmierte, um unerkannt zu bleiben, erwarben sich damit den Namen »Blacks«, und man hörte sie schreien: »Gott verdamme König Georg.«

Dies – und soweit Colonel Grandison es hatte in Erfahrung bringen können, nur dies – bot Premierminister Walpole die Gelegenheit, eine Jakobiter-Verschwörung anzuprangern, die sich in den Wäldern des Landes breitmache, so daß kein grundbesitzender Engländer mehr sicher in seinem Bett schlafen könne.

»Und so kam der Black Act eines schwarzen Mistkerls zustande – bitte um Vergebung, meine Liebe.«

Wenn es Sir Robert auch gelungen war, das Unterhaus seinem Willen gefügig zu machen, so konnte er doch nicht alle Proteste in einem Land unterdrücken, das angesichts der Anzahl von Verwandten Walpoles, die nach und nach in hohen Ämtern erschienen, ohnedies unruhig wurde. Sogar sein dritter Sohn, der noch zur Schule ging, erhielt ein Beamtengehalt.

Mit einem gewissen Maß an Vetternwirtschaft und Korruption rechnete man bei Ministern immer, aber Walpole, fand man, übertrieb die Sache. »Die Franzosen«, sagte Colonel Grandison, »behaupteten immer, Kardinal Richelieu sei der beste Verwandte, den es je gegeben habe. Sie kannten unseren Sir Robert nicht.«

Die Tory-Zeitung *True Briton* fragte, weshalb ein Straßenräuber, »verurteilt vielleicht für eine Kleinigkeit, oder weil er nur versucht hat, für den notwendigsten Unterhalt zu sorgen«, hingerichtet werden solle, »während ein anderer, der sich auf Kosten seines Vaterlandes bereichert hat, nicht nur ungestraft davonkommen soll, sondern seine Handlungen auch noch vom Beifall einer servilen Herde von Schmeichlern und Sykophanten gekrönt werden«.

Die Schankstube des »Belle Sauvage« dröhnte von einem Lied, das über die ganze Nation hinwegfegte: »Die hohen Ämter wunderbar / gefüllt mit der Verwandtenschar ...«

Cecilys früherer Freund Alexander Pope stürzte sich ins Getümmel, als sein Schwager Charles Rackett, auch ein Katholik, beschuldigt wurde, den »Blacks« in Berkshire anzugehören:

Da doch Gesetze sind für Große wie für Kleine,
Zu wehrn dem Laster, wie bei mir, bei allen,
Wieso kann die Gesellschaft mir dann nicht gefallen?
Am Galgenbaum zu Tyburn hängen wir doch nur alleine.

Entzückt wiederholte Cecily diese Zeilen vor Archibald Cameron, der schmerzlich berührt den Kopf zwischen die Schultern zog.

Aber es war dem schottischen Anwalt mit der Fuchsperücke zu verdanken, daß Cole Packer aus dem Gefängnis von Hertford freikam. Seine Frau verpaßte ihm eine Backpfeife dafür, daß er überhaupt hineingekommen war. Cecily hielt ihm ihre Standpauke, aber am Abend spendierte sie eine Runde Ale für die festlich gestimmte Schankstube.

Sie fand, daß Cameron, der Held der Stunde, den Jubel der Gesellschaft ein wenig bescheidener hätte entgegennehmen können. Als sie ihm den Humpen reichte, zischte sie ihm Shakespeare zu: »*Als erstes bringen wir alle Anwälte um*. Es war das Recht, das Cole überhaupt erst in Gefahr gebracht hat.«

»Und das Recht hat ihn auch wieder herausgeholt.« Er war bester Laune. »Geben Sie doch zu, daß ich es gut gemacht habe, und daß Sie froh sind, den Mann zurückzuhaben.«

»Ich bin froh über die Rückkehr eines nützlichen Dienstboten.« Die Packers waren das Fundament des »Belle«: Klempner, Maurer, Rausschmeißer. Abends brachten sie ihre Freunde zum Trinken mit, Waldbewohner wie sie, und ihre Frauen, Tanten und Cousinen arbeiteten in der Schankstube und in der Küche.

Aber Cecily war wohl bewußt, daß hinter ihrer Erleichterung mehr als das steckte: Anfangs hatte sie die Brüder kommandiert, wie sie früher ihre Bediensteten kommandiert hatte, mit hochfahrender Höflichkeit und einer Peitsche in der Hinterhand. Ohne Erfolg. Wenn die Packers nicht fanden, daß eine Arbeit der Mühe wert war, dann taten sie sie nicht; wenn sie es doch fanden, taten sie sie zu ihrer eigenen Zufriedenheit, nicht für Cecily. Liebenswürdiger reagierten sie auf Dolly, die sie erheiterte, bis sie sich, wie es immer geschah, mit einem nach dem andern zerstritt.

In einem Gespräch, das eines Tages zwischen Warty und Stabber stattfand und das offenbar für Cecilys Ohren gedacht war, kam sechsmal das Wort »Räuber« vor.

»Sie will, daß wir die Pumpe einwickeln, um sie vor dem Räuberfrost zu schützen, Wart.«

»Lohnt sich nicht, Stab. Ist wie bei den Äpfelchen von meiner Mary, diesen kleinen Räubern, die brauchen auch nicht eingewikkelt zu werden.«

»Wir räubern mal rüber und gucken's uns an, was?«

Und so weiter. Sie *wußten* es.

Nicht, daß sie Cecilys Landstraßenunternehmungen mißbilligten; sie wollten ihr nur zu verstehen geben, daß ihr hochfahrendes Benehmen bei einer Postkutschenräuberin unakzeptabel war. Und als sie darüber nachdachte, mußte sie ihnen zustimmen.

Es fiel ihr schwer, sich ihnen gegenüber so zu öffnen wie bei Tyler; mit ihren Fuhrmannskitteln, ihrer Riesenhaftigkeit und ihrer schwerfälligen Mundart sahen sie alle vier aus wie der Archetypus des Bauerntölpels. Schon hundertmal hatte sie erlebt, wie die Londoner Gesellschaft ihren Witz an Leuten wie ihnen schärfte.

Aber die Packerschen Gesichter auf dem Anwesen zu sehen – wie runde, kummervolle Uhrenzifferblätter –, vermittelte Cecily allmählich das beruhigende Gefühl, daß alles in Ordnung war. Tinker war derjenige, der den meisten Ärger einbrachte, weil er den Frauen nicht widerstehen konnte – und sie ihm auch nicht –, aber es beschlich sie allmählich eine Zuneigung zu ihnen allen. Die Sticheleien der Packers, so erkannte sie, waren nicht *lèse majesté*, sondern Sympathiebekundungen. Und mit einigem Unbehagen lernte sie, zurückzusticheln. Als es aussah, als müsse Cole hängen, empfand sie nicht nur die unbeteiligte Sorge einer Arbeitgeberin, sondern die panische Angst eines Soldaten um einen gefallenen Kameraden.

Nichts davon gestand sie freilich Archibald Cameron. Er war für sie inzwischen ebenso unentbehrlich wie die Packers, und die beiden hatten zwangsläufig einen unbehaglichen *modus vivendi* gefunden, den sie sich erleichterten, indem sie Beleidigungen austauschten, von ihm scherzhaft, von ihr ehrlich gemeint.

Da sie wußte, wieviel sie ihm schuldete, wahrte Cecily, der es ein Greuel war, jemandem etwas zu schulden, Abstand zu ihm. Seine häufigen Besuche im »Belle« – er hatte hier inzwischen ein eigenes Zimmer – dienten, so argwöhnte sie, vor allem dazu, dieser Schuld noch Nachdruck zu verleihen; außerdem waren sie eine billige Methode, seiner Lieblingsbeschäftigung zu frönen und in den Bächen der Gegend zu angeln.

»Ich habe einen Brief für Sie«, sagte er eines Tages und hielt ein gefaltetes Blatt Papier in die Höhe, das so abgerieben war, daß sie im Flackerlicht der vollen Schenke nur die Aufschrift lesen konnte: »An Lady Cecily Potts, letzter bekannter Aufenthalt London. Sehr eilig.«

*Ich werde zu Ihnen zurückkommen, Lady Cecily.* Die sieben Jahre Verbannung waren vorbei; sie hatte jeden einzelnen Tag gezählt. Er hatte sie gefunden. Irgendwie, durch die Gnade Gottes, hatte er sie gefunden.

Sie öffnete die Augen und merkte, daß sie den Brief an die Wange drückte. Der Schotte beobachtete sie – mitleidig, wie ihr schien. Sie überspielte die Situation mit Grobheit. »Das Siegel ist zerbrochen. Haben Sie ihn gelesen?«

»Nein, das habe ich nicht.« Seine dünnen Lippen wurden straffer und dünner. »Er hat drei Monate im Regal auf dem General Post Office gelegen, weil niemand wußte, wo Sie waren. Ich hatte in der Lombard Street einen Fall für den zuständigen Burschen zu bearbeiten, und er hat mir davon erzählt. Ich habe mich bereit gefunden, den Briefträger für Sie zu spielen. Hier ist er also.« Er schaute sich unter den ausgelassenen Zechern um. »Nun lesen Sie ihn nur eilig.«

Eilig. Eilig. Mit hastigem Griff nahm sie eine Kerze von einem der Tische und faltete den Brief schon auseinander, als sie die Treppe hinaufstieg. Sie begann mit dem letzten Blatt. Eine so abscheuliche Handschrift, Gott segne ihn, oh, Gott segne ihn. Auf dem Treppenabsatz blieb sie stehen, damit die Flamme ruhig brannte und sie die Unterschrift entziffern konnte.

Es war nicht seine.

Es war Sophies. »Sophia C«, stand da.

Sie ging in ihre Schlafkammer, stellte die Kerze auf den Tisch, blies sie aus und setzte sich im Dunkeln auf das Bett. Der Brief war nicht von ihm. Es würde keiner kommen. Er war tot. Schon vor Jahren gestorben, in Ketten, auf dem Transportschiff. Oder in einem kolonialen Dreckloch, in das sie ihn gesteckt hatten. Oder in der Sklaverei, die er dort ertragen hatte.

Wäre er noch am Leben, er hätte sich mit Klauen und Zähnen zu ihr zurückgekämpft, wie sie sich mit Klauen und Zähnen zu ihm gekämpft hätte, wenn es ihr möglich gewesen wäre.

Aber zu welchem Zweck? Sie versuchte das Unerträgliche rational zu betrachten. Um einander einmal in die Augen zu schauen, bevor sie ihm eröffnete, daß sie verheiratet war?

*Aber dazu hat man Sie gezwungen, Lady Cecily.*

Das ist wohl wahr, mein Geliebter, aber du und ich sind nicht die Leute, die sich dem Ehebruch hingeben. Wir sind nicht schäbig wie die gemeine Erde. Wir haben Ehre.

*Einen Kuß nur, ehe wir uns trennen, Lady Cecily.*

Gottverdammt, aber Sophies Brief kam aus Frankreich. Auf der Flucht würde er sich nach Frankreich wenden: Käme er nach England, wäre es sein Tod.

Auch brächte er sie nicht in Gefahr, indem er einen Brief von einem Rebellen an sie adressierte. Er schrieb ihr über Sophie. Oder Sophie hatte Neuigkeiten von ihm. Herrgott, wieso hatte sie die dumme Kerze ausgeblasen? Sie suchte sie, tastete sich damit in die Küche hinunter, um sie wieder anzuzünden, und kam zurück.

»Liebste Kusine Cecily, nie hätte ich Dich verlassen, und wäre es auch, meinen teuren Earl zu heiraten, hätte ich gewußt, welch Nöte Dir widerfahren, die, wie ich zuletzt gehört, noch schlimmer geworden sind.«

Sophie hatte den Brief im April des Jahres in Paris geschrieben. Jetzt war August. Sie und ihr Mann hatten Europa bereist und sich dann in Böhmen niedergelassen, wo der junge Earl Verwandte hatte: »... sind aber jetzt auf dem Heimweg zu einem Anlaß, welcher der lieben Anne wohl gefallen möchte, die doch immer so mütterlich ist. Erst gestern waren wir bei der lieben Seele.«

So hastig sie den Brief auch überflog, jetzt hielt Cecily doch lächelnd inne. Sophie war schwanger. Die »Kleine« bekam ein Kind. Und sie hatte Anne gefunden. Die *liebe* Sophie.

»Es heißt, Du bist mittellos. Bitte, meine Liebe, wenn es Dir hilft, nimm das kleine Geschenk, das ich Dir anbiete, weil Du wohl dasselbe für mich getan hättest, und wenn es Dir nicht paßt, ist es sowieso zu spät, da die Anwälte schon angewiesen sind ...«

Anwälte? Was für Anwälte?

»... daß Dir das Haus zu Eigen sei, wo wir als Kinder immer gespielt. Mein Earl und ich wollen dort sein bis Sankt Michaelis, ehe wir weiterfahren zu meinem Wochenbett, und wir haben jemanden bei uns, den Du gerne sehen wirst. Zünd' uns die Laterne an, wenn wir kommen. Stets Deine liebende Sophia C.«

Er hatte sie also wirklich gefunden. *Jemand, den sie gerne sehen würde.*

Sophie, liebste liebe Sophie, die sorglose, jüngste und sicher ungebildetste Freundin aus ihrer Vergangenheit: die einzige, die ihr nun zur Rettung eilte.

Sorgsam hatte Sophie jedoch darauf geachtet, den geplanten Treffpunkt nicht beim Namen zu nennen – eine notwendige Vorsichtsmaßnahme, wenn sie Guillaume Fraser mitbrachte. Guillaume hatte Kontakt mit Anne aufgenommen und über sie mit Sophie.

Und das Haus, wo sie als Kinder gespielt hatten, war Hempens. Sophie hatte Hempens gekauft, ihr Schlupfloch im Marschlande, und es ihr zurückgegeben. Cecily legte den Brief aus der Hand und schluchzte. Oh, Sophie.

Nach einer Weile trocknete sie sich die Augen. Als Unterkunft für einen, der wegen Hochverrats gegen die Krone verurteilt war, gab es nichts Besseres als diese Insel, tief im Moor verborgen, wie sie nun einmal war, und doch vom Meer her erreichbar, solange die Laterne, nämlich der Leuchtturm, angezündet war und ein Boot zwischen den tückischen Sandbänken hindurchleitete. Sie hatte es wieder, sie war wieder eine Fitzhenry von Hempens. Und im September, zu St. Michaelis, würde sie hinfahren. Glücklich.

Mit dem Brief in der Hand schlief sie ein.

Und erwachte von lautem Schreien.

Sie stürzte aus dem Zimmer in den Korridor hinaus und traf auf

Archibald Cameron. Er streckte die Hand aus, um sie daran zu hindern, zu Dollys Zimmer zu laufen. »Lassen Sie es.«

»Aber das ist Dolly.«

»Ich weiß. Lassen Sie sie.«

»Gehen Sie zu Lemuel. Er wird Angst haben.« Sie riß sich los und lief in die Richtung, aus der die Schreie kamen, rhythmischer und schriller jetzt. Sie riß Dollys Tür auf und schrie, um den Angreifer zu erschrecken. »Laß sie in Ruhe. *Laß sie in Ruhe!*«

Es waren zwei Leute, die im Dunkeln auf Dollys Bett miteinander rangen. Das Mondlicht aus dem Mansardenfenster beschien etwas Weißes, das sich hob und senkte. Einen Arsch. Einen Männerarsch.

»Geh runter von ihr, du Schwein!« schrie Cecily.

Als sie das Bett erreichte, um den Vergewaltiger herunterzureißen, sah sie Dollys Gesicht, das ihr blind zugewandt war, den Mund aufgerissen in einem letzten langgezogenen, vibrierenden Heulen.

Cecily wich zurück und schloß die Tür. Weiter hinten kam Cameron eben aus Lemuels Zimmer. »Er schläft.« Mit fragend hochgezogener Braue schaute er sie an, den Mund geschürzt. Ein Mann, der sich das Lachen verkniff.

Sie stolzierte an ihm vorbei zu ihrer Kammer und schloß die Tür hinter sich.

»Wie konntest du nur? Wie konntest du das tun?« fragte Cecily am nächsten Morgen empört.

Dollys Kopf war hoch erhoben. »Wieso nicht?«

»Wieso nicht? Weil es ... abscheulich ist. Tinker Packer.«

»Ein guter, herzhafter Mann, der Tinker. Nichts auszusetzen an Tinker.«

»Zunächst einmal ist er verheiratet«, sagte Cecily. »Gar nicht zu reden davon ...«

»Ist er nicht. Er lebt in Sünde mit ihr. Außerdem will er sie sowieso loswerden.« Dolly rammte ihren Zeigefinger in Cecilys Brustbein. »Und bloß weil du nichts abkriegst, Miss Rühr-michnicht-an, brauche ich ja wohl noch lange nicht auf ein bißchen Liebe zu verzichten.«

»Dann besorge sie dir aber woanders, nicht in meinem Gasthaus, du ... du ... Hure.«

Cecilys Zorn rührte zum Teil daher, daß sie – wieder einmal – vor dem Schotten lächerlich ausgesehen hatte.

Dolly kniete nieder, zerrte ihre Kiste unter dem Bett hervor und fing an zu packen.

Für den Rest ihres Lebens sollte Cecily sich fragen, ob sie sich wohl mit ihrer Schwägerin vertragen und sie am Gehen gehindert hätte, wenn sie Zeit gehabt hätte, es sich zu überlegen. Schon in jenem Augenblick sah sie fassungslos, daß Dolly sie beim Wort nahm.

Aber sie *hatte* keine Zeit zum Überlegen. Der Brief vom Abend zuvor bestimmte das Tempo der nächsten vierundzwanzig Stunden; es war ein Tag voller Ereignisse, die mit Höchstgeschwindigkeit auf sie hereinprasselten und weitreichende Entscheidungen erforderten.

Marjorie Packer rief sie aus Dollys Zimmer herunter. »Sie müssen runterkommen und sich ansehen, was da auf dem Hof ist.«

Der größte Teil des Personals war auf dem Hof, außerdem Archibald Cameron und einige Passanten, und sie alle standen im Kreis um etwas herum, das Cecily nicht sehen konnte. Sie hörte nur, daß es klirrte. Sie drängte sich durch die Menge.

In der Mitte des Kreises kniete ein Neger, dessen Handgelenke an einen eisernen Halsring gekettet waren. Das Klirren wurde von Ned verursacht, der einen Hauklotz unter die Seite des Halsrings geschoben und einen Meißel aufrecht dazwischengesteckt hatte, auf den er jetzt mit seinem Schmiedehammer einschlug. Der Neger hatte den Kopf zur Seite gedreht und sah Cecily an; seine Augen waren weit aufgerissen, und er zuckte nicht mit der Wimper, wenn die Hammerschläge niederfuhren, die ihm, wenn sie fehlgingen, den Schädel zerschmettern würden.

Sie hörte ein Wimmern hinter sich. Lemuel zitterte. »Bringen ... bringen ...«

Sie ging zu ihm und führte ihn ins Haus. »Nein, mein Lieber, wir bringen dich nicht zurück.« Nach und nach fand er stockend die Sprache wieder, und so konnte er seine Alpträume zum Ausdruck bringen. In der Erinnerung war er genau wie Cecily zum Fleet-Gefängnis und nach Bartholomew-Fair zurückgekehrt. Sie setzte ihn auf eine Bank, zapfte ihm einen Humpen Ale und kehrte in den Hof zurück. »Wo kommt das her?«

»Ist hinten von 'ner Kutsche gefallen, nehmen wir an«, erzählte Warty Packer. »Die Halbsiebener aus St. Albans könnt's gewesen sein. Die Kerle hier« – er deutete auf zwei glotzende Fuhrleute – »die fahren nach Norden und nach Süden, und sie haben ihn noch nie gesehen.«

»Könnte geflogen sein«, meinte einer der beiden Fuhrleute. »Böse Mächte.«

»Das ist 'n Affe, nicht?« fragte einer interessiert.

»Niemals. Das ist ein Franzose.«

»Ist dasselbe.«

»Braucht man aber nicht so anzuketten.«

»Meiner Meinung nach«, sagte Cameron zu Cecily, »ist er gesprungen.«

»Wieso?«

»Würden Sie nicht springen?«

Cecily warf einen Blick auf die Uhr über dem Stall. Wenn der Neger wirklich von der Kutsche aus St. Albans gesprungen war, dann würde man den Verlust vielleicht erst bei der nächsten Station, in Buckhill, entdecken. »Dann wird vermutlich jemand zurückkommen, um ihn zu holen.«

»Da muß er ihn aber erst mal finden«, meinte Stabber.

Das stimmte. Ob dieser Sklave gesprungen, gefallen oder gestoßen worden war, sein Eigentümer würde große Mühe haben, auf der meilenlangen Strecke zwischen Buckhill und St. Albans genau die Stelle zu finden, wo er gelandet war.

Ein scharfer Knall signalisierte, daß Ned das Schloß des Halsrings aufgeschlagen hatte. Das Ding abzunehmen, war nicht ganz leicht; die Scharniere eröffneten keine große Lücke für den Hals, der schließlich blutete, als er freikam. Das tröpfelnde Blut ließ an Erdbeerlikör denken, der aus Schokolade hervorrieselte, und ein Murmeln der Überraschung erhob sich unter all denen, die gedacht hatten, es werde so schwarz sein wie die Haut. Ein oder zwei Männer schoben ritterlich ihre Frauen hinter sich – für den Fall, daß der Neger anfangen sollte zu toben.

Er blieb aber zusammengekauert hocken, wo er war, und sein krauses Haar berührte die Pflastersteine des Hofes wie bei einem Mohammedaner auf seinem Gebetsteppich.

Ned reichte Cameron den Eisenring, und der Anwalt drehte ihn in den Händen. »Aye, ein Strafkragen, durchaus. Vielleicht auch nur für die Reise. Damit der Mann nicht entkommen konnte.«

»Da hätten sie ihm aber Fußeisen anlegen sollen.« Cecily wurde munter. Hier wurde Zeit verschwendet – ihre Zeit. »Zurück an die Arbeit, alle miteinander. Ned, gib ihm an der Pumpe etwas zu trinken, mach ihn sauber und bring ihn dann in mein Kontor.«

Während sie mit Cameron ins Haus ging, sagte sie: »Ich hatte auch mal einen. Queen Anne hat ihn mir geschenkt, als ich fünf war. Er stand immer hinter meinem Stuhl.« Sie hatte nie vergessen, wie aufregend der juwelenfunkelnde Turban gewesen war, die smaragdgrüne Jacke und die gestreifte Seidenhose. Sein Kragen war silbern gewesen. Er war auf ihre Befehle hin umhermarschiert wie eine übergroße Uhrwerkpuppe; sie erinnerte sich, daß sie enttäuscht gewesen war, weil aus seinem Bauch keine Musik gekommen war, wenn er sich bewegte.

»Was ist aus ihm geworden?«

»Das weiß ich nicht mehr. Sie wissen ja, wie alles mögliche verschwindet, wenn man ständig umzieht.«

»Hätten ihm Fußeisen anlegen sollen«, sagte Cameron.

Cecily war verärgert. Cameron hatte Ned befohlen, den Halsring abzumachen. Er maßte sich eine Menge an. Aber es war nicht *sein* Gasthof, auch wenn er ihn bezahlt hatte.

»Nun, ich nehme an, wir müssen eine Anzeige aufgeben, damit der Eigentümer ihn zurückbekommt. So ist das Gesetz, nicht wahr?«

»Ich kenne kein Gesetz, das einen Mann auf britischen Boden zum Leibeigenen macht.«

»Ach ja? Ob ich ihn dann wohl behalten sollte?« Wenn sie und Tyler den Handstreich zuwege brächten, den sie für diesen Abend planten, um den Postkutschenverkehr zum »Belle« zu bringen, dann könnte sich dieser Neger als nützlich erweisen, vorausgesetzt, er war stubenrein und nicht gefährlich.

Die meisten großen Häuser konnten sich rühmen, einen oder mehrere zu haben, aber kein Gasthof, soweit sie sich erinnern konnte. Sie waren für gewöhnlich sehr treu, wenn man sie gut behandelte. Was bei diesem vermutlich nicht der Fall gewesen war.

Der schwarze Mann wurde hereingeführt, tropfnaß an Gesicht und Haaren. »Hab ihn geschrubbt«, sagte Ned, »aber die Farbe geht nicht ab.«

»Danke, Ned. Du kannst gehen.«

»Hab ihn gebürstet und alles. Die ist aus Samt, die Jacke.«

»Danke, Ned. Und nun, Mann – wie heißt du?«

»Die Schnallen sind aus Silber.« Vor lauter Staunen war Ned redselig geworden.

»Ned. Du kannst *gehen*.«

Nachdem man ihn entstaubt hatte, erwies sich der schwarze Mann als gut gekleidet, wie Ned gesagt hatte. Leider hatte er keinen Turban. Ihr Alter war immer schwer zu schätzen, aber die grau überreifte schwarze Lammfellmütze seines Haars ließ vermuten, daß dieser hier um die Fünfzig war. Ordentliche Muskeln, ein gerader Rücken und gute, geradlinig blickende braune Augen. Aber ein bißchen langsam ... »Dein *Name*, Mann.« Meistens hießen sie Sambo oder hatten irgendeinen biblischen Namen.

»Bell.«

»Nein, *das* hier ist das ›Belle‹. *Dein* Name.«

»Bell.«

Wieso hatte sie den Eindruck, daß er ihn von ihrem Wirtshausschild abgelesen hatte? Na, es würde genügen.

»Bell, *Madam*«, sagte sie. »Wie bist du hierhergekommen, Bell?«

Sie und Cameron warteten, bis klar war, daß sie keine Antwort bekommen würden. Schweigen herrschte auch, als Cecily fragte, wer sein Herr sei. Schließlich fragte Cameron: »Kannst du uns nicht sagen, woher du kommst?«

Wieder trat eine Pause ein, als werde die Frage auf mögliche Fallgruben untersucht. »Barbados, Master.« Die Stimme war ein volltönender Baß, verständlich, aber mit einer Betonung, die Cecily neu war.

»Und welche Fähigkeiten besitzt du, einmal angenommen, daß Mistress Henry hier den Wunsch hätte, dich zu beschäftigen?«

Zum ersten Mal zeigte der schwarze Mann eine gewisse Lebendigkeit, aber die Antwort ließ gleichwohl auf sich warten. »Befehlen Sie mir etwas, Master, und ich kann es tun.«

»Zum Beispiel, kannst du kochen?«

Cecily warf Cameron einen ihrer Blicke zu. Er drängte sie immer dazu, einen Koch zu suchen, der etwas abenteuerlustiger war als Dolly; das »Belle« würde sich nie einen guten Ruf erwerben, wenn es immer nur gekochten Hammel gäbe.

Ein schwarzer Koch? Dieses Genus war ihr unbekannt. Aber sie wartete, während der Neger die Antwort bedachte.

Die Antwort war wuchtig. »*Viandes, poissons, les sauces, consommé, potages, légumes, tartes de fromage et des poires, pâté, pâtisserie, confiserie* ...«

»Französisch?« Camerons Stimme klang plötzlich ganz hoch, als wolle er in Tränen ausbrechen.

»Und barbadianisch, Master.« Langsam spreizte ein blitzendes Lächeln die dicken Lippen. »Ich mache einen Rumpunsch, daß Sie glauben, Sie wär'n eben erst getauft.«

»Du bleibst hier«, sagte Cecily und führte den winselnden Schotten hinaus.

»Stellen Sie den Mann ein«, sagte er immer wieder. »Ich flehe Sie an, stellen Sie den Mann ein.«

»Das ist *mein* Gasthaus«, erinnerte sie ihn. »Ich stelle ein, wen ich will. Außerdem haben Sie alles Französische immer als papistisch verdammt.«

»Nur nicht die Küche. Stellen Sie den Mann ein. Ich bezahle sein Gehalt.«

Bei jemandem, der seine Börse so sorgfältig hütete wie Archibald Cameron, war Cecily von diesem Zugeständnis in mehr als einer Hinsicht überrascht. Sie hatte überhaupt nicht daran gedacht, diesem Neger ein Gehalt zu zahlen; wenn er irgendwem weggelaufen war, würde er dankbar sein für Kost und Logis. »Sind Sie sicher, daß die Sklaverei in England nicht gilt?«

»Eine rechtliche Frage, die noch zu prüfen wäre.«

Cecily fühlte sich gehetzt; sie hatte an diesem Tag noch viel zu tun und schon viel Zeit verloren. Die Last dessen, was sie und Tyler unternehmen würden, wenn es dunkel wäre, lag schwer auf ihr. Sie faßte einen Entschluß. »Also gut. Er bekommt einen Monat Probezeit, obwohl ich nicht weiß, was Dolly zu einem schwarzen Mann in ihrer Küche sagen wird ...«

Aber als Cecily zu ihrer Schwägerin ging, um ihr die Neuigkeit zu eröffnen, stellte sie fest, daß Dolly das Gasthaus bereits verlassen hatte und in den Wald gezogen war, zu Tinker Packer.

Ob der Name des Negers wirklich Bell war oder nicht, war ohne Bedeutung: Schon am Mittag hatte das faszinierte Personal des »Belle« ihm einen anderen gegeben.

Cecily fand Marjorie Packer, die den Mann mit ehrlichem Interesse gefragt hatte, ob seine Hautfarbe vielleicht vom Lakritzessen komme, mitten im Akt des Fegens am Besen erstarrt, während sie auf seine Antwort wartete. Als sie später oben bei den Schlafräumen eine weitere Frage mit anhörte, diesmal nach einem Teil seiner Anatomie, gestellt von Cole und Warty Packer, und als sie die darauf folgende Pause gewahrte, eilte Cecily hastig nach unten, um ein Gespräch zu beenden, das undelikat zu werden versprach. Sie entdeckte die beiden Brüder, immer noch auf die Antwort wartend, über dem Sims des Küchenfensters.

Cecily schlug ihnen mit ihrer Schlüsselkette auf den Hintern. Cole schaute sie mit großen Augen an. »Er ist schnell, was?«

Und »Quick« war der Name, der an dem schwarzen Mann haftenblieb.

»Aye, schön«, sagte Cameron, »aber wenn ihr in der Sklaverei groß geworden wäret, gingt ihr vielleicht auch vorsichtiger mit euren Worten um.«

Cecily stellte bestürzt fest, daß der Schotte immer noch im Haus war. »Ich dachte, Sie wollten zurück nach London.«

»Ich habe mir überlegt, ob ich nicht vielleicht zum Essen bleiben soll.«

»Es wird aber voll sein. Colonel Grandison hat im Grünen Zimmer eine Wahlversammlung. Sie hassen doch Torys *en masse*.«

»Ich werde sie ertragen müssen. Ich möchte die Kochkünste unseres Burschen probieren.«

»Dann können Sie ihm aber auch beim Kochen helfen, verdammt«, sagte sie übellaunig. »Ohne Dolly sind wir knapp an Personal, zum Teufel mit ihr.«

Was immer Quicks Unzulänglichkeiten als Konversationskünstler sein mochten, als Koch zeigte er sich geschickt. Die Düfte, die an diesem Nachmittag aus der Küche heraufwehten, ließen vermuten, daß er auch Camerons Erwartungen entsprechen würde. Marjorie meldete, der Schotte habe eine Schürze angelegt und assistiere dem Neger mit der Ehrfurcht eines Altardieners.

»Aber es is' alles ausländisches Zeugs, was er da kocht«, sagte sie. »Die Torys werden kotzen. Die wollen Rindfleisch und Klöße.«

»Die werden essen, was sie bekommen. Hast du ihm gesagt, er soll Extraportionen vorbereiten?«

Marjorie nickte und half Cecily, das nächste Bett zu machen. »Erwarten wir denn Extragäste?«

»Es könnte sein, daß ein paar Torys über Nacht bleiben«, sagte Cecily unbestimmt.

Marjorie zog eine Braue hoch, sagte aber nichts weiter.

Das Abendessen war ein Triumph der kulinarischen Kunst, und Cecily erhielt ganz unverdienten Beifall von Colonel Grandison und seinen Gästen. Als man sie bat, den Schöpfer dieses Festschmauses vorzuführen, lehnte sie ab: Es sollte sich nicht herumsprechen, daß ihr Koch schwarz war, denn sonst stand zu befürchten, daß sein Eigentümer erschiene und ihn zurückforderte.

Sie wartete, bis aus dem Grünen Zimmer der Lärm eines enthemmten und unzusammenhängenden Toryismus dröhnte, bevor sie sich hinausschlich.

Cole trug sie auf: »Wenn jemand nach mir fragt – vor allem Master Archie –, dann sagst du, ich sei erschöpft zu Bett gegangen und dürfe nicht gestört werden. Paß auf, daß Squire Leggatt sich nicht wieder als Schwertschlucker versucht, und laß sie nicht auf der Anrichte tanzen.«

»Das überlassen Sie ruhig mir, Mum.« Es war ihr nie gelungen, die Packers zu überreden, sie »Madam« zu nennen. Er klopfte ihr auf den Rücken, als sie zum Stall davonging, wo Tyler sie erwartete.

Sie war wirklich erschöpft; nichts hätte sie lieber getan, als sich ins Bett zurückzuziehen. Der Gedanke, wieder auf einen Raubzug zu gehen, war so ermüdend und beängstigend, daß sie Tyler mit den Worten begrüßte: »Wir wollen es lieber bleibenlassen.«

»Wie du willst.«

Auf seine Zustimmung war sie nicht vorbereitet, und so nannte sie trotzdem ihre Gründe. »Das ›Belle‹ trägt sich. Wir tilgen den Kredit, wir zahlen die Löhne, wir können unseren Lebensunterhalt bestreiten. Halbwegs wenigstens.«

»Von mir aus.«

»Ich meine, warum noch die Postkutschen? Das gibt nur mehr Arbeit, mehr Ärger, als wir gebrauchen können. Also lassen wir's lieber bleiben.« Sein Schweigen ärgerte sie. »Nicht wahr?«

Er hob die Laterne, so daß sie einander ins Gesicht sehen konnten. »Hör zu, Herzogin«, sagte er, »du bist keine gewöhnliche Frau. Du wolltest nie Wirtin eines Gasthauses werden, aber jetzt, wo du eine Wirtin *bist*, da willst du, daß dein Gasthaus ein *großartiges* Gasthaus wird.«

»Willst du damit andeuten, ich sei ehrgeizig? Wegen eines verdammten Wirtshauses?«

Er zuckte die Achseln, selbst nicht sonderlich gutgelaunt. »Zum Teil wegen der Rache, die du üben willst, zum Teil weil du bist, wie du bist. Gehen wir jetzt, oder gehen wir nicht?«

Er kannte sie so gut, daß es ihr unbehaglich war – besser, als sie sich selbst kannte. »Wir gehen.«

»Also los.« Zusammen ritten sie den Wiesenpfad hinunter.

Tyler war stiller Teilhaber des »Belle«, aber ansonsten hatte er sich als Enttäuschung erwiesen. Cecily hatte erwartet, daß er wie Ned mit ihr im Gasthaus arbeiten würde, wenn auch auf einer anderen Ebene als dieser. Er war schließlich Investor – ein Teil des Beute von den gemeinsam begangenen Überfällen hatte die Einrichtung des »Belle« finanziert.

Er hatte es versucht und war als Getränkeeinkäufer des Hauses tätig geworden; in seinem wechselhaften Leben hatte er auf diesem Gebiet einige Kenntnisse erworben. Aber die Gäste in der Auswahl von Wein, Ale und Schnaps zu beraten, war nicht seine Stärke; er hatte sich befangen, beinahe mürrisch gezeigt. Er traf zwar noch immer die Auswahl der Getränke für das Gasthaus, aber nach und nach hatte er sich in den Hintergrund zurückgezogen und war dann ganz aus den öffentlichen Gasträumen verschwunden.

Anders als Ned weigerte er sich auch, im »Belle« zu wohnen. Cecily wußte immer noch nicht, wo er statt dessen untergekommen war – irgendwo im Wald, nahm sie an – oder bei wem, obgleich er gelegentlich eine »sie« erwähnte.

Er erklärte es damit, daß achtbare Gesellschaft ihm Unbehagen bereite. »Einer von denen könnte einen Räuber an der Stimme erkennen, wie man so sagt.«

»Du hast gesagt, du liebst das Risiko«, protestierte Cecily.

»Aber nicht diese Sorte.«

Allmählich war sie zu der Überzeugung gelangt, das Risiko, das ihm gefiel, bestehe darin, der Autorität eine Nase zu drehen: Wenn er nicht auf dem schmalen Grat der Illegalität entlangritt, verlor das Leben die Würze für ihn. Seine Stimmung besserte sich schon, als sie nordwärts auf einen Pfad parallel zur Great North Road einbogen.

Die Stelle, an der sie heute abend die Postkutsche anhalten wollten, war mit besonderer Sorgfalt ausgesucht worden: Sie mußte weit genug vom »Belle« entfernt sein, um keinen Verdacht aufkommen zu lassen, aber doch nah genug, daß die verdatterten Passagiere den Gasthof erreichen konnten. So hatten sie die Anhöhe südlich von Stevenage auserkoren.

Während sie unter einem riesigen, kürbisfarbenen Mond auf die Nord-Süd-Post warteten, verspürte Cecily die vertraute Mattigkeit der Angst, verdoppelt diesmal durch die lange Zeit, die seit dem letzten Mal vergangen war.

Aber sie wußte, daß Tyler recht hatte: Weder mit ihr noch mit dem Gasthaus konnte es so weitergehen wie bisher. Das »Belle Sauvage« hatte etwas Besseres verdient, als eine Schenke am Wegesrand zu bleiben, und sie selbst hatte ihre Rache verdient. Jedesmal, wenn sie naßgeschwitzt aus einem Gefängnisalptraum aufwachte, jedesmal, wenn sie das Wrack ihres Mannes ansah oder wenn sie an den Galgen dachte, an dem beinahe Cole Packer gehangen hätte, bat sie den Teufel, dem sie ihre Seele versprochen hatte, er möge seinen Teil des Handels einhalten und ihr helfen, den Übeltäter zu bestrafen.

Walpole hatte sie in die Hölle geschickt und sich dabei nicht mehr gedacht, als wenn er einen Kieselstein ins Wasser geworfen und sich nicht einmal umgedreht hätte, um zu sehen, ob er hüpfte. Sie hatte den Aufstieg aus dem Abgrund begonnen, aber es war noch ein weiter Weg bis ganz oben, wo sie nach der Gurgel des Feindes greifen könnte.

Die Kutsche kam den Hügel herauf; sie spürte das Beben. Ihr Sattel knarrte, als sie ihr Gewicht verlagerte und sich zwang, aufrecht und gerade zu sitzen.

Sie flüsterte ihren Schlachtruf: »Walpole.«

»Walpole«, brummte Tyler zurück. Sie streiften ihre Masken über, zogen die Pistolen und ritten hinaus in die Mitte der Straße.

Es verlief wie immer. Die Walpoles reihten sich vor der Kutsche auf, protestierend und ängstlich. Anders war diesmal nur, daß ein weiblicher Walpole einen Säugling auf dem Arm trug. »Nicht ihre Rassel«, flehte die Frau, als Cecily danach greifen wollte. »Nicht ihre Rassel. Die hat ihr Vater ihr geschenkt.«

Cecily riß dem Kind das Spielzeug aus der Faust. Es war aus Silber. »Er hat dir das Kind geschenkt«, zischte sie. »Du hast genug.« Die Frau war jünger als sie. Walpoles bekamen Kinder.

Diesmal – auch das war anders als sonst – ließen sie und Tyler ihre Pferde rückwärts die Straße entlanggehen statt zwischen die Bäume. Fünfzig Yards, fünfundsiebzig ... eine Reiseflasche, die sie mitgenommen hatte, löste sich aus dem Sack, den Tyler in der Hand hielt, und fiel klirrend auf einen Stein auf der Straße.

Schließlich machten sie kehrt und galoppierten nach Süden, und in Abständen fielen weitere Wertsachen hinter ihnen auf die Straße. Als sie erst außer Sicht- und Schußweite waren, konnten sie die Gegenstände nach Belieben plazieren. »Nicht zu regelmäßig«, warnte Tyler. »Es soll aussehen wie ein Sack mit einem Loch, nicht wie ein gottverdammter Saattrichter.« Er sah zu, wie sie die silberne Rassel sorgfältig in das Gras zwischen den Wagengleisen legte.

Für gewöhnlich wäre dies eine gefährliche Arbeit gewesen, so unverdeckt vor den Augen des vorüberziehenden Verkehrs. Aber Tyler und Cecily hatten diese Nacht sorgfältig ausgesucht: Die Nord-Süd-Post würde die letzte sein, die bis zum Morgen hier vorbeikäme, das gemeine Volk war von der Erntearbeit zu müde, um noch unterwegs zu sein, und der örtliche Adel saß beim Bacchanal im »Belle«. So lag die Straße verlassen da, und die gestohlenen Stücke funkelten hell im strahlenden Mondlicht.

Das letzte, eine Schnupftabaksdose, ließen sie fallen, als sie eine kurze Strecke weit den Pfad nach Knebworth House hinuntergeritten waren. Und ein paar Schritte weiter leistete Tylers Wallach seinen eigenen Beitrag zu ihrem Täuschungsmanöver. Bewundernd betrachteten die beiden Straßenräuber den dampfenden Haufen. »Ein richtiges Räuberpferd.«

Dann ritten sie den Pfad hinauf und in weitem Bogen zurück zum »Belle«, und Tyler sagte: »Du bist noch jung, Herzogin. Es ist noch nicht zu spät.«

»Ich bin fünfundzwanzig.«

»Jung genug.«

»Hast du Kinder, Tyler?«

Sie verstieß gegen die Regeln, aber er hatte Mitleid mit ihr. »Der Junge ist beim Militär. Das Mädchen verheiratet. Hab sie seit 'ner Weile nicht gesehen.«

»Ich beneide dich.« Das konnte sie zu niemandem außer ihm sagen. Sie schüttelte den Kopf. »Wenn diese Kunden zum Übernachten nach Stevenage zurücklaufen, werde ich das Pack erschießen.«

Im »Belle« hallte das Grüne Zimmer noch immer vom Lärm der Torys wider. Cole Packer leuchtete ihr die Treppe hinauf. »Squire Leggatt ist vom Dach gefallen, aber es ist ihm nicht viel passiert. Alles in allem waren sie ganz brav.«

»Wo ist der Schotte?«

»Im Bett.«

»Es könnte sein, daß heute abend noch ein paar späte Gäste kommen, Cole.«

»Dachte ich mir schon.«

Während sie sich umzog, schaute sie aus dem Fenster. Wo blieben sie? Ein kurzsichtiger Ochse mit einem Holzbein hätte ihrer Spur schneller folgen können. Nun, wenn sie nach Norden gegangen waren, nach Stevenage, dann waren sie selbst schuld: Im »White Lion« war es schrecklich.

Endlich aber fiel das Licht einer Kutschlaterne schwankend über die offenen Torflügel, man hörte Diskussionen, und dann kamen sie hereingezottelt: zwei Kutscher, acht Passagiere, die meisten stumm vor Erschöpfung, einer hysterisch. Cecily lief ihnen entgegen und ordnete sich dabei das sorgfältig zerzauste Haar. »Natürlich, natürlich. Wie furchtbar. Was *soll* nur aus der Welt werden? Der Galgen ist noch zu gut für sie. Herein und willkommen. Wir haben schon eine Gesellschaft da, also können wir noch etwas zu essen für Sie auftreiben. Und Betten auch, ja, freilich. Oh, Sie armes Herz ... und ein Baby noch dazu. *Ist* sie nicht prächtig?« Sie nahm die kleine Faust, die die silberne Rassel hielt, und schüttelte sie sanft.

Besonders umschmeichelte sie die beiden Kutscher, und sie

lehnte es ab, Bezahlung »von so tapferen Männern entgegenzunehmen – was bedeutete denn dann noch christliche Gastfreundschaft?«

»Speis' und Trank sind hier besser als im ollen ›Fighting Cocks‹, eh, Cokey?« fragte der eine seinen Kollegen, während sie dem Essen zusprachen. »Im ›Fighting Cocks‹ gibt's Hundesuppe.«

»Es ist nett, daß Sie das sagen«, schmeichelte Cecily. »Und ist die Steigung nach St. Albans wirklich so steil, wie man sagt?«

»Mörderisch«, sagte Cokey. »Die Gesellschaft hat auf'm Weg zu den verfluchten ›Cocks‹ schon mehr Pferde verloren, als wir dort warme Mahlzeiten gekriegt haben. Was, Rick?«

»Und Straßenräuber hinter jedem Busch da oben auf der Heide«, ergänzte Rick.

»Mörder und alles«, sagte Cokey. »Was anderes als die verfluchten Amateure, die hier in eurer Gegend rumfummeln.«

»Wir sollten immer hier Station machen, Rick. Besseres Essen, bessere Straße. Und bloß zwölf Meilen bis St. Albans ...«

»An den Postkutschenverkehr habe ich noch gar nicht gedacht«, sagte Cecily strahlend.

»Profitabel, Lady. Äußerst profitabel. Sie sollten doch mal dran denken.«

»Werde ich tun«, sagte sie.

»Ich hab keine Ahnung, was das ist«, sagte Cokey und tunkte sein frischgebackenes Brot in das *ragoût*. »Aber es ist lecker.«

»Hundesuppe ist es nicht«, verriet sie ihm.

Auf dem Weg in die Küche traf sie Archibald Cameron, der am Türrahmen lehnte. »Ein Glück, daß Sie genug zu essen im Haus hatten«, bemerkte er.

Sie wich seinem Blick aus. »Ja.«

»Und die Betten bezogen.«

»Wir haben damit gerechnet, daß Squire Leggatt und die andern hier übernachten.«

Er deutete mit dem Kopf zur Schankstube. »Von zwei Straßenräubern überfallen, haben sie mir erzählt.«

Sie schaute ihm ins Gesicht. »Zum Glück haben sie alle ihre Sachen zurückbekommen. Entschuldigen Sie mich, ich brauche noch heißes Wasser für den Brandy.«

Als sie sich an ihm vorbeischieben wollte, grinste er und nahm ihr den Krug ab. »Ich hol's schon«, sagte er. »Bleiben Sie nur drinnen.«

Ehe sie sich vom Tisch erhoben, um zu Bett zu gehen, tranken die Reisenden auf das »Belle Sauvage« und sogar auf die Unfähigkeit der Straßenräuber, die sie hierher geführt hatte.

»Ich verstehe das nicht«, sagte Cecily. »Das ›Belle‹ ist ein sicheres Haus. Hier hat es seit Jahren keinen Überfall gegeben.«

Als Rick sich daranmachte, Cokey zur Treppe zu führen, erinnerte Cecily ihn: »Sie werden Ihrer Gesellschaft das ›Belle‹ empfehlen?«

Mit der freien Hand nahm er den goldenen Sovereign, den sie ihm entgegenhielt. »Verlassen Sie sich drauf, Lady.«

Das tat sie nicht ganz. Im Kielwasser des vorteilhaften Berichts, den die Postkutschengesellschaft über das »Belle Sauvage« erhalten haben würde, schickte sie Archibald Cameron zu Verhandlungen mit ihrem Eigentümer, Mr. Sherman von Sherman & Sons, der sein Büro im »Bull and Mouth« in St. Martins-le-Grand unterhielt, und erbot sich, einen Anteil am Postkutschenbetrieb auf der Great North Road zu erwerben und gegen eine Gewinnbeteiligung die Pferde für die Etappe nördlich und südlich des »Belle« zur Verfügung zu stellen. »Das ›Fighting Cocks‹ verlangt ein Sechstel. Sagen Sie ihm, ich bin bereit, ein Siebtel zu akzeptieren«, wies sie den Rechtsanwalt an.

»Das ist aber nicht viel.«

»Für den Anfang ist es genug. Wenn ich fertig bin, habe ich meine eigenen Postkutschen.« Wenn die Gesellschaft ihr Angebot annähme, würde sie die Fahrgäste erst im Frühling unterbringen müssen – die Postkutschen verkehrten im Winter nicht, weil die Straßen zu schlecht waren. »Und weisen Sie darauf hin, wie wenig, äh ... Straßenraub es bei uns für gewöhnlich gibt. Und wie sanft die Steigungen auf unserer Strecke sind ... Die Kutscher werden ihnen einen guten Bericht über uns gegeben haben.«

»Wollen Sie einem alten Hahn das Krähen beibringen?«

Da erzählte sie ihm, daß man ihr Hempens zurückgegeben hatte und daß sie sich an St. Michaelis dort für einige Zeit mit ihrer Cousine Sophie treffen würde. Cameron sah wohl, daß die Steifheit, die ihr zur Gewohnheit geworden war, aus ihrem Gesicht und ihrem Körper verschwand, als sie an diese Aussicht dachte. Ein Lachs, der zu seinen Laichgründen zurückkehrt, dachte er. Wen wird sie außerdem dort treffen?

»War *sie* das Küken, das sich auf dem ganzen Weg von Edinburgh herunter über mich lustig gemacht hat?«

Cecily scheute das Thema Edinburgh. »Ich hoffe, Dolly wird zurückkommen und für Lemuel sorgen, während ich fort bin. Cole und Marjorie sind imstande, das Geschäft mit den Stammgästen zu führen, und Colonel Grandison wird jeden Tag hereinschauen, aber trotzdem habe ich mich gefragt ...«

Sie bat ihn nicht gern um einen Gefallen, aber sie war doch erleichtert, als er sagte, er werde von London heraufkommen, sooft es ihm möglich sei.

»Es ist eine weite Reise. Sie werden sie nicht allein unternehmen, vermute ich?«

»Ich nehme Tyler mit.«

Diese Auskunft schien ihn keineswegs zu beruhigen.

# 8

Es war Tylers zweiter Besuch im Fenn. Der erste hatte zwei Tage nach der Ankunft von Sophies Brief stattgefunden, als Cecily ihn nach Hempens geschickt hatte, damit er Edie sagte, daß die Insel wieder in der Hand der Fitzhenrys sei und daß sie den Leuchtturm anzünden solle, um die Michaelis-Gäste hereinzuführen.

»Gib mir lieber einen Brief für sie«, hatte er gesagt.

»Edie kann nicht lesen.« Statt dessen hatte sie ihm den schweren goldenen Ring ihres Vaters anvertraut, der die Umrisse einer Rohrdommel zeigte, des Wappenvogels ihrer Familie; Dolly hatte ihn vor den Gläubigern gerettet, und er diente ihr als Siegel.

Ihren minutiösen Anweisungen zum Trotz hatte er sich verirrt. Die unerbittliche Flachheit des Landes, die Abwesenheit alles Herausragenden, an dem er sich hätte orientieren können, die Decke aus Erlen, Weiden und Binsen, die das Fenn bekleidete, durchzogen von Bächen und Kanälen, die sich wie Flüchtige durch das Dickicht schlängelten – das alles hatte ihn zermürbt, wie auch das scheinbare Fehlen jeglicher lebenden Seele, wenngleich er angesichts der Irrlichter, die schimmernd durch das Marschland wehten, bald davon überzeugt war, daß es jede Menge Tote gab. Obwohl kein religiöser Mann, ertappte er sich dabei, daß er darum betete, vor dem Bösen, das nachts umherging, erlöst zu werden. Leute, die sich im Moor verirrten, taten das meistens.

»Genausogut hättest du mich nach Afrika schicken können«, sagte er nach seiner Rückkehr vorwurfsvoll zu Cecily, »und als ich wirklich mal einen dieser Afrikaner zu Gesicht bekam, da sah er aus wie ein neun Fuß hoher Reiher, der vor dem Sonnenuntergang dahinstelzte.«

»Die Leute benutzen Stelzen, um die Wasserläufe zu überqueren«, sagte Cecily.

»Das weiß ich *jetzt*«, sagte Tyler. »Aber da hat's mir schier die Kekse gefrieren lassen. Aus der Nähe sah er immer noch aus wie ein vermaledeiter Kannibale.« Zögernd, weil er befürchtete, der Kannibale könnte ihn dafür ermorden, aber zugleich verzweifelt hatte Tyler Cecilys Ring vorgezeigt. Sogleich hatte man ihn in eine Hütte geführt, wo er die Nacht verbringen konnte; sie war ganz aus Weidengeflecht und Rohr gebaut gewesen, erzählte er. Von dort war es dann mit einem Boot nach Hempens gegangen. »Du trägst die Krone in der Gegend, Herzogin. Hab nicht die Hälfte von dem verstanden, was sie sagten, aber sie sagten es mit höchstem Respekt.«

*Ich bin Cecily the Wake.*

Bei all dem hatten das Land und seine Menschen ihn fasziniert. Die Entwässerung der Moore, die von den Großgrundbesitzern vorangetrieben wurde, hatte die Gegend um Hempens noch nicht erreicht. Hier führten die Bewohner ihr Leben auf dem Wasser ohne Beeinträchtigung durch irgendwelche Behörden.

Nicht, daß die Moorländer ehrlos gewesen wären – es war eher so, daß sie kein Gesetz außer ihrem eigenen respektierten; ihre Herrscher waren keine Könige, sondern das Wetter und die Gezeiten. Insofern waren sie nach Tylers Geschmack.

Ihr Essen ebenfalls. Edie hatte ihm Neunaugen aufgetischt. »Du hast sie schon gekostet, oder? Häßliche Viecher, genau wie die Leute. Aber prächtig. Genau wie die Leute. Gott, sie haben keinen Penny in der Hosentasche, aber die Vögel und Fische fliegen einem gebraten ins Maul, wie man so sagt.«

»Ich weiß«, erinnerte Cecily ihn.

Tyler ließ sich davon nicht beirren. Er hatte unversteuerten Brandy getrunken und unverzollten Tabak geraucht. »Schmuggeln? Die haben's *erfunden*. Edies Jungs fahren rüber nach Frankreich, um das Zeug zu holen, wie ich hier über den Angelteich segle.«

»Ich *weiß*.«

»Wieso hast du's mir dann nicht erzählt? Überleg doch, was die fürs ›Belle‹ so alles liefern könnten.«

Nicht alle seine Neuigkeiten aus Hempens waren so heiter. »Edie wohnt nicht mehr im Torhaus«, berichtete er. »Er ist hingegangen und hat's abgerissen.«

»Wer hat es abgerissen?«

»Der Knilch aus Peterborough. Dein Gläubiger. Der's nach der ›South Sea Bubble‹ gekriegt hat. Hat Edie erzählt, er wollte das Ganze nur wegen der Steine haben.«

Es gab keine gewachsenen Steine im Moor – nur Torf und Schlick. Amseln und Drosseln versammelten sich in Hempens, um Schneckenhäuser aufzuschlagen, weil hier meilenweit der einzige Stein zu finden war.

Tyler scharrte mit den Füßen. »Herzogin, er hat *'ne Menge* abgerissen.«

Sie wappnete sich. Was war ihr in den letzten paar Jahren nicht alles genommen worden?

Dennoch – als Edies Mann Edgar sie auf den See Windle Mere zuruderte und die stickige Ranzigkeit des Wasserlaufs allmählich dem Geruch des Meeres wich, das hinter dem flachen Hügel der Insel lag, stockte Cecily plötzlich vor Schrecken der Atem, als habe ihr jemand einen Schlag in den Magen versetzt.

Vor dem Sonnenuntergang ragte die Silhouette von Hempens, die sie wie ein Amulett im Herzen getragen hatte, wie eine Vogelscheuche in die Höhe: ein dicker alter Freund, ausgemergelt von einer Krankheit.

Das mittelalterliche Torhaus war fort, das jakobäische Tor ebenfalls, und auch die Kurtine, die Hubert Fitzhenry hatte hochziehen lassen, um die Insel im Jahr 1185 vor dem schrecklichen Hugh Bigod zu schützen. Die Meierei mit dem tief herabgezogenen Dach war verschwunden. Die Kapelle, erbaut von Lady Priscilla Fitzhenry im dreizehnten Jahrhundert zur Buße für die Sünden ihres Mannes – die Steine dafür hatte sie übers Meer aus Caen bringen lassen –, war weg; ihre Strebepfeiler krümmten sich in den Himmel wie die Rippen eines Skeletts in der Wüste. Der Kreuzgang, in dem der Geist der verrückten Ururgroßtante Matilda umgegangen war, die das Gewand einer Nonne angelegt hatte, nachdem sie irgendeinem exzentrischen Gott, der ihr allein gehörte, das Gelübde abgelegt hatte – alles war fort.

Ihres liebreizenden Korsetts entkleidet, blinzelte die erkerverzierte Giebelseite des eigentlichen Hauses – die beiden Feuersteinflügel waren in verschiedenen Tudor-Epochen errichtet worden – ihr entgegen, verlegen wie eine Frau, die man nackt ertappt hat.

Ein Whig, dachte Cecily angeödet. Ein Whig aus Peterborough. Der Preis der Steine galt ihm mehr als die Schönheit des Anwesens. Für ihn war es kein Heim aus alten Zeiten: Es war ein Steinbruch, der zu plündern war. Ob der Mistkerl auch die Grabsteine genommen hatte? Und der Leuchtturm …

Das Boot geriet ins Schaukeln, als sie sich vorbeugte und nach Edgars Knie griff. »Hat er den Leuchtturm abgerissen?« Aber das konnte nicht sein, das hätte Tyler ihr erzählt.

Der Moormann drehte den Kopf nach rechts. Da stand er noch, hinter dem Nest aus elisabethanischen Kaminen, auf der anderen Seite der Insel: klein für einen Leuchtturm, aber bedeutsam genug in dieser weiten Ebene. Ein Turm mit einer achteckigen Glasgalerie auf der Spitze, ein hochgereckter Finger, der in einer achtkantigen Mutter steckte.

Nun gut, dachte sie getröstet, den Rest können wir wieder aufbauen.

Seit Menschengedenken wartete Cecilys Familie den Leuchtturm auf Hempens, teils deshalb, um die Schiffahrt vor den Snappers zu warnen, jener Untiefe, die vor der Küste lag, und sie mit Hilfe eines zweiten Leuchtfeuers flußaufwärts zu leiten, teils aber auch aus Eigeninteresse, indem sie durch ihre Agenten in den Häfen von East Anglia die sich daraus ergebende Leuchtturmsteuer kassierte.

Der steinerne Leuchtturm, der an die Stelle der früheren schlichten Holzkonstruktionen getreten war, hatte seine Kosten nie mehr eingebracht: Trinity House hatte weiter unten an der Küste ein größeres, besseres Feuer errichtet, und ohnedies hatte der große Sturm von 1682 den Meeresgrund verschoben und die

Mündung des Windle so stark versandet, so daß man jetzt nur noch mit Plattbooten nach Hempens und in die dahinterliegenden Gewässer gelangen konnte.

Dennoch hatten die Fitzhenrys den Turm als Symbol ihrer Macht erhalten – und aus einem zweiten Grund: Hin und wieder flackerte die Laterne doch noch einmal auf, um der Schmuggelware aus Frankreich und Holland heimzuleuchten.

Jetzt brannte sie nicht.

Wieder brachte Cecily das Boot ins Wanken. »Tyler hat Edie gesagt, das Feuer soll ...«

»Die Gäste sind gestern gekommen, Mylady.«

Sie waren schon hier. *Er* war hier. Guillaumes Gesicht stand so lebendig vor ihr, und es paßte bis aufs Haar zu dem Helden ihrer Phantasie, den sie sich als junges Mädchen oben in der Laterne zusammengeträumt hatte. Er war es, den sie erwartet hatte.

Wenn sie einen Tag eher gekommen wäre, wenn sie hätte hier sein können, in ihrem schönsten Kleid, oben auf der Laterne, um ihn zu rufen: Wie vollkommen wäre das gewesen, endlich heimgekehrt zu dieser ausgeplünderten, aber gleichwohl meistgeliebten aller Heimstätten, wo sie den Zauber der Jugend von neuem gewinnen könnte ...

... statt beschmutzt von der Reise an Land zu waten, mit einem Flecken am Rock, weil sie in diesem Kahn hatte sitzen müssen.

Sie wühlte den kleinen Spiegel hervor, der an einem Band an ihrem Gürtel hing, und betrachtete sich verstohlen im Licht der Bootslaterne. Aber sie sah nur die Krähenfüße an den Augenwinkeln und eine tiefe Runzel senkrecht zwischen den Brauen. Dreiundzwanzig und verwelkt. Ihre Jugend war unwiederbringlich verloren.

Es war Anmaßung, zu glauben, daß er sie wollen würde. *Ich bin verheiratet, mein Liebster. Wir können einander nichts sein.*

*Wer hat dich gefragt, Lady Cecily?*

Oh, aber er war hier. Sie sah seine vom Mantel verhüllte Gestalt, ein dunklerer Fleck vor dem dunklen Schatten des Hauses, und er winkte und kehrte die Rollen ihres Traumes um.

»Schneller rudern, Edgar«, befahl Cecily the Wake. Eile, eile, bring mich heim zu meinem Liebsten.

Der Schlag des Ruders in der Dolle behielt den Rhythmus, den er seit der Abfahrt im Oberland gewahrt hatte; nicht schneller und nicht langsamer als zuvor trug er sie näher zu der Gestalt auf der Mole. Eine seltsam kantenlose Gestalt, zu breit, zu klein.

Er war es nicht.

Es war eine Nonne. Winkte ihr der Geist der wahnsinnigen Matilda, noch tiefer in den Wahnsinn getrieben vom Verlust ihres Kreuzgangs? Im Zwielicht des Moorlandes war alles möglich. Und ihrer Urgroßnichte war es gleich. *Er ist es nicht.*

Dann war es ihr doch nicht mehr gleich, denn es war Anne Insh.

Als Cecily sie wieder losgelassen hatte, fragte Anne: »Vergibst du mir?«

»Ich habe dir nie etwas vorgeworfen.« Sie waren zwei Frauen gewesen, die aus Liebe handelten. Liebe konnte man niemandem zum Vorwurf machen. »Es tut mir so leid wegen deines Vaters, Anne.«

Kaum war sein Vater gestorben, hatte sich der neue Lord Insh, Annes Bruder, bei König Georg eingeschmeichelt und die Beteiligung seiner verstorbenen Eltern am Jakobiter-Aufstand von 1715 verurteilt, und zwar in Worten, die für einen Sohn kaum noch schicklich waren, die es ihm aber immerhin ermöglicht hatten, die verwirkten Insh-Ländereien zurückzugewinnen.

Wenn man ihr etwas vorwerfen wollte, dann höchstens, daß Anne nicht schon eher hatte von sich hören lassen; offensichtlich hatte sie von Cecilys Abstieg in die Unterwelt gehört und wußte sogar, daß sie jetzt ein Gasthaus führte.

»Spender Dick«, erläuterte sie. »Er kommt regelmäßig über den Kanal und bringt Neuigkeiten ins Exil. Häufig bereist er bei seiner Arbeit für die Sache die Great North Road, und einmal hat er dich aus einer vorüberfahrenden Kutsche vor dem ›Belle‹ gesehen. Er hat Erkundigungen eingezogen.«

Ach ja? Dann war das Netzwerk der Jakobiter effizienter, als sie vermutet hatte. »Warum hast du denn nicht geschrieben? Ich habe mir endlose Sorgen um dich gemacht.«

»Walpoles Spitzel öffnen alle Briefe, die aus Frankreich kommen. Es hätte dir nicht gutgetan, mit einer verurteilten Verräterin in Verbindung zu stehen.«

Spender Dick hätte doch eine Nachricht überbringen können, dachte Cecily. Aber sie sagte nichts; hier steckte mehr dahinter. Die alte Anne wäre ihr hemmungslos um den Hals gefallen, aber selbst in ihrer Umarmung war Widerstand spürbar gewesen, ein Zurückweichen. *Verlaß mich jetzt nicht wieder, nachdem wir uns gefunden haben.*

Aber ein Teil von Anne war bereits fort; sie teilte es Cecily mit, indem sie die Tracht einer katholischen Nonne trug, wo sie doch schon ihre Verhaftung riskierte, indem sie den Fuß auf englischen Boden setzte. *Noli me tangere.* So sah es aus. Als sei es, wenn man dem Fleisch entsagte, auch verboten, eine liebe Cousine zu umarmen. Nicht, daß sie sämtlichen Freuden des Fleisches entsagt hätte: Anne war dick geworden.

»Wo ist Sophie? Wo ist Fraser?« Cecily ging bereits auf das Haus zu.

Anne hielt sie auf. »Bevor du hineingehst ...« Während Tyler und Edgar Gepäck und Vorräte ins Haus schleppten, setzten sich die beiden Frauen auf eine Bank, wo früher der Kreuzgang gewesen war, ehe Peterborough die Steinplatten herausgerissen hatte.

»Sophie ist oben im Rupert-Zimmer. Sie liegt in den Wehen.«

»So bald schon? Ich dachte nicht, daß sie schon soweit sei.«

Aus einem Fenster an der Vorderseite des Hauses drang ein fernes, wütendes Schreien; es endete in einem verdrossenen Fluchen. Zumindest Sophie war also selbst in den Krämpfen der Geburtswehen noch die Alte geblieben.

Cecily stand auf. »Ich muß zu ihr.«

»Nein. Noch nicht. Sie hat ihre Zofe bei sich. Cecily ..., der Earl ... ihr Mann ist tot.«

»Nein. O nein.«

»Er ist an den Pocken gestorben, auf dem Weg von Paris hierher«, sagte Anne. »Sie hat seinen Sarg in mein Kloster gebracht, und wir haben ihn dort beerdigt.«

»Oh, Sophie.« Sophies Glück in der Ehe war für Cecily die einzige Erfrischung im Elend ihrer eigenen gewesen.

»Es war ihr Wunsch, weiterzufahren und herzukommen, und sie hat ziemlich heftig darauf bestanden, daß sein Sohn in England geboren werden sollte. Und sie hat sich verzweifelt danach gesehnt, dich wiederzusehen. Ich konnte nicht zulassen, daß sie die Reise allein unternahm, aber die Überfahrt und vielleicht auch der Verlust haben ihren Zustand beeinträchtigt.«

»Warum mußte es ihr passieren? Nicht ausgerechnet Sophie.« Sie besaß eine Fröhlichkeit, die nie getrübt werden durfte.

Anne antwortete pflichtgemäß: »Gott hat es gewollt.«

»Warum? Warum wir drei? Sieh uns doch an.« Alle hatten sie ein Kreuz zu tragen, und vielleicht – die Stille der Frau neben ihr erinnerte sie daran –, vielleicht trug Anne das schwerste von allen. Sophie würde ihr Kind haben, sie selbst hatte den Gasthof, und so besaßen sie beide etwas, das wuchs und eine Zukunft hatte. Anne mit ihrem Zölibat und ihrem Kloster hatte nur eine Gegenwart, die sich niemals ändern würde.

Cecily legte eine Hand auf die ihrer Cousine. »Erzähl's mir. Ich habe an deinen Bruder geschrieben und nach dir gefragt, zweimal. Er hat mir nicht geantwortet.«

»Nein.«

»Erzähl's mir.«

»Lord Insh«, sagte Anne und meinte ihren Bruder, »hielt es für angebracht, sich von mir loszusagen, weil ich mitgeholfen habe, Georg von Hannover seines Gefangenen zu berauben. Er hielt es außerdem für angebracht, sich über den Wunsch meines Vaters, daß ich einen Teil des Geldes bekommen sollte, hinwegzusetzen. Ich war allein und ohne einen Penny in einem fremden Land.« Sanft zog sie ihre Hand weg. »Ich war glücklich, als ich in den Orden des Martyriums der Heiligen Agnes eintreten konnte, und noch glücklicher bin ich, daß ich zur Priorin des Dünkirchener Tochterhauses dieses Ordens aufsteigen konnte.«

Sie sprach wie jemand, der einen Fahrplan verliest. Glücklich? Genötigt eher. Und jetzt machte sie das Beste daraus. Die Alternative für Anne wäre eine Heirat gewesen, aber die anderen Verbannten waren nicht minder arm, und daher waren ihre unvermählten Söhne gezwungen, sich unter den Franzosen nach reichen Bräuten umzusehen.

Jemand war ein letztes Mal vor dem Winter mit der Sense über den Rasen gegangen, und der Duft von frischem Gras erfüllte den Abend und überlagerte den stechenden Geruch der Moorvegetation. Um St. Martin herum hatte es noch ein paar milde Tage gegeben, und die Schwalben, die bald von den Fledermäusen abgelöst werden würden, schwirrten hin und her und auf und ab durch die Luft.

Die verlorenen Ehrenjungfern der Prinzessin Caroline blickten starr, und ohne einander zu berühren, vor sich hin, während ein letzter roter Streifen am Himmel die getüpfelten Binsen im schwärzer werdenden Wasser des Moors erfaßte. Edgars Boot stieß pochend an den Steg, und aus Sophies Fenster ertönte ein neuerliches Schreien.

Cecily zwang sich, still sitzen zu bleiben. Annes Not schien ihr Vorrang zu haben. Von den drei kleinen Mädchen, die hier im Sommer immer gespielt hatten, war es Anne gewesen, die eine Lumpenpuppe namens Moppet überallhin mitgeschleppt hatte, und Anne hatte alle ihre Spiele angestiftet und darauf bestanden, daß sie am St.-Martins-Abend Hanfsaat verstreuten, aus denen die Kränze für ihre künftigen Ehemänner wachsen sollten. Und mit Rechen auf den Schultern hatten sie zwölfmal die Kirche umkreist, als es Mitternacht schlug, von Sinnen vor Angst und Aufregung.

Hanf hab ich gesetzt, Hanf hab ich gesät,
Der Mann, der mein wahrer Liebster soll sein,
Ist der, der bald kommt und mäht.

»Wo ist Fraser?« fragte Cecily. Sie hatte sich lange genug um die andern gesorgt.

»Wer?«

Sie starrten einander an.

Nein, dachte Cecily. Nein, nein. Sie benutzte ihren Zorn, um der plötzlichen Kälte zu widerstehen. »Guillaume Fraser. Anne, du hast ihm die Flucht deines Vaters zu verdanken. Wo ist er? Sophie hat geschrieben ... sie wollte ihn herbringen.«

»Hier ist kein Mann.«

»Aber sie hat geschrieben. Sie würde jemanden mitbringen, den ich gern sehen würde, hat sie gesagt.«

»Mich.«

Natürlich, natürlich. Sophie hatte Anne gemeint. Sie hatte ihren eigenen Code benutzt, um Walpoles Brieföffner zu täuschen. Aber ihre Erwartung war nach diesem Brief so groß gewesen, daß Cecily sich jetzt nicht davon befreien konnte. Sie stand auf, entschlossen, zu Sophie zu gehen und sie zu fragen, was sie mit Fraser gemacht habe.

Aus dem Schilf, das den See sprenkelte, kam die schwere, dunkle Gestalt einer Rohrdommel übers Wasser geflattert, die Beine nach hinten gestreckt, und sie stieß ihren Dämmerruf aus: »Kwah kwah.« Die Antwort war ein Fluchen aus dem oberen Fenster: »Aaaahverdammtaaah!« Anne rührte sich nicht.

Cecily ging. Er muß hier sein. Mach, daß er hier ist. Ein bißchen Glück, Gott. Im Namen Christi, schenk mir einen kleinen Ausgleich.

Der Geruch des Moores hatte sich in der langen Zeit der Vernachlässigung ins Haus geschlichen; die Porträts, die die Wand an der jakobäischen Treppe gesäumt hatten, waren abgenommen worden und hatten ausgebleichte Quadrate und Rechtecke auf dem Putz hinterlassen.

Aber das große schmiedeeiserne Rad eines Kerzenlüsters hing noch immer an der langen Kette und erwärmte den hübschen Ziegelboden darunter und die Nymphen und Götter, die an die hohe Decke gemalt waren. Die Möbel waren auch noch da – die massiven Eichenholzstücke waren zu altmodisch gewesen für das Haus eines Whig aus Peterborough. Und in dem Korridor, der am Fuße der Treppe nach hinten zu den Dienstbotenquartieren führte, drangen Licht und Kochdüfte durch eine halboffene Tür, und man hörte eine Stimme im Geklapper der Töpfe.

Edie, die einzige Konstante in einem Kindheitskaleidoskop von Gouvernanten, Dienerinnen, Anstandsdamen und Lehrerinnen. Edie und Hempens. Hempens und Edie. Dafür immerhin war Gott zu danken.

Aber vorher mußte sie zu Sophie.

Die Szene im Rupert-Zimmer glich einem Rembrandt. Kerzen, die man vor Spiegel gestellt hatte, warfen all ihr Licht aufs Bett; sie beleuchteten die Leidende, die dort lag, und ließen die Frau, die daneben saß, als gebeugten Umriß im Schatten. Sophies rotes Haar war dunkel vom Schweiß, und ihr kleines Gesicht hatte die Farbe von Ziegeln. Sie strahlte eine wütende Energie aus. »Gott hat mir meinen Earl genommen, Cessy.« Es war ein Schrei.

»Ich weiß.« Cecily kam zum Bett und küßte Sophies Hand, und dann hielt sie sie mit beiden Händen fest.

»Das ist nicht gerecht, Cessy. Das ist nicht gerecht. Ich will ihn wiederhaben.«

»Ich weiß, Liebling, ich weiß.«

»Aber ich kriege seinen Sohn, ich kriege ein kleines Stück von ihm in seinem Sohn zurück.« Sophies Lider senkten sich. »Ein Stück von ihm zurück, ein Stück von ihm zurück.« Dann riß sie die Augen starr auf. »Jetzt kommt es wieder, verflucht, oooh, verdammtnochmal, verdammtaaah.«

Das Geschrei war beruhigend. Wer so ungehemmten Lärm von sich geben konnte, hatte noch Kraft in sich.

Als die Wehe vorbei war und Sophie vor sich hin dämmerte, schaute Cecily zur anderen Seite des Bettes. »Es läuft gut, oder, Matty?«

»Ich will's hoffen, Lady Cessy. Aber es ist noch früh, und das Kinderkriegen ist bei uns Hatfields nicht die starke Seite. Ihre liebe Ma hat drei Stück verloren, bevor wir Mylady gekriegt haben.« Matty war Sophies Amme gewesen und die ihrer Mutter davor, und sie betrachtete sich als zur Familie gehörig.

Sie war eine rotwangige, solide Frau aus dem West Country, und weder die vielen Dienstjahre noch die jüngsten Reisen mit dem jungen Brautpaar durch Europa hatten ihrer handfesten Tüchtigkeit oder der Mundart des heimatlichen Somerset etwas anhaben können.

»Ich bin froh, daß du hier bist, Matty.«

»Und ich bin froh, daß Sie hier sind, Lady Cessy.«

»Matty, hat denn niemand euch auf der Überfahrt begleitet?«

Matty faßte die Frage als Kritik auf. »Ich konnt' sie nicht aufhalten. Sie kennen Mylady doch – stur wie ein Maulesel, wie alle Breffnys. ›Cecily, ich muß zu Cecily‹, hieß es bloß immer. War 'n französisches Schiff, hat gestampft und gerollt und geschaukelt, typisch französisch – 's kommt später zurück, um Miss Anne zu holen. Und dann mußten wir in 'n winziges Bötchen umsteigen und den Windle rauffahren. Miss Anne hat ihnen gezeigt, wie man dem Leuchtfeuer folgt, sonst wären wir gewiß ertrunken. Kein Wunder, daß das arme Baby vor der Zeit kommt.«

»Sophie hat nichts von einem Mr. Guillaume Fraser gesagt?«

Matty schüttelte den Kopf und sah, wie Cecily die Schultern hängenließ. »Sie sind nicht allzu munter, scheint's. Ich kann hier aufpassen. 's ist noch nicht soweit. Gehen Sie man zum Abendessen runter, Lady Cessy, bevor Lady Anne alles aufißt.«

Müde begab sich Cecily zur Küche. In der Tür blieb sie stehen, und ihr Blick ruhte auf der stämmigen alten Frau, die vor dem glühenden Feuer stand, mit einem langen Löffel in einem Topf rührte und durchs Fenster mit Tyler sprach, der mit einem Kienspan hinausgeschickt worden war, um im Schilf am Küchenbach wilden Sellerie zu pflücken – für Edie mußten alle Kräuter im Abendtau gepflückt werden.

Nach einer Weile drehte Edie sich um. Ohne daß ihre Miene sich änderte, legte sie die Kelle hin, wischte sich die Hände an der Schürze ab und begab sich schwerfällig zu einem verschlissenen Korbstuhl. Dann streckte sie ihr die Arme entgegen.

Anne hatte die Zubereitung des Abendessens beaufsichtigt, sehr zu Edies Widerwillen. »Ist zum Knoblauch übergegangen, wahrhaftig«, erzählte sie, als wäre Anne zum Teufel übergelaufen. »Und was hat's ihr genützt?«

Zumindest hatte es ihre Cousine belebt. »Ich habe dir einen Wein mitgebracht, den wir in den Weinbergen der Priorei selbst ziehen. Ein ganz annehmbarer Weißwein, finde ich. Koste ihn nur, er wird gut zum Fisch passen.«

Sie speisten allein. Tyler war mit Edgar und einigen seiner Brüder unten im Gesindequartier, wo sie sich über Edies Schmorlamm mit den leichten, köstlichen Moorknödeln hermachten.

Im Eßzimmer spiegelte sich das Kerzenlicht im blankpolierten schwarzen Eichenholz und blinkte im Kristall. Durch das offene Fenster kamen Motten, ein Plätschern vom See und in kurzen, scharfen Intervallen auch Sophies lautes Fluchen herein.

Sie bedienten sich selbst – das heißt, Anne übernahm das Bedienen; sie häufte sich den eigenen Teller voll, zog die Brauen hoch, weil Cecily keinen Appetit zeigte, und kommentierte jeden Gang, als plaudere sie über alte Freunde. »Nirgends gibt es Neunaugen wie hier im Moor, nicht einmal in der Normandie ... die Ente habe ich selbst gebraten; ich konnte mich nicht darauf verlassen, daß Edie sie rosa läßt ... im Kloster füllt die Küchenschwester sie mit einer *pâté* aus Gänseleber mit einem Hauch Thymian ...«

Cecily hatte gehofft, ihre Cousine möge wenigstens ein bißchen Trost in Gott gefunden haben, aber wenn man ihr so zuhörte, gewann man den Eindruck, daß in ihrem Kloster die Glocke weniger zum Gebet als zum Essen läutete. Sie beobachtete ihre Cousine von ihrem Ende des Tisches aus und versuchte im Gesicht der Priorin, deren weiche, klare Haut unter den Rändern der Haube hervorquoll, das asketische, fürsorgliche, töchterliche Mädchen wiederzufinden. *Verlaß mich nicht.*

»Du mußt mir jetzt von England erzählen«, sagte Anne und schwang das Tranchiermesser. »Koste von diesem Lamm; ich habe Edie veranlaßt, es in Dörrpflaumen zu schmoren ...«

Sie ist nervös, erkannte Cecily. Und sie macht *mich* nervös. Wir sollten bei Sophie sein. »Von der Politik? Von der Landschaft? Von alten Freunden?«

»Nicht von alten Freunden.« Das Messer schnitt tief ins Lamm.

»Das nicht. Nun, ich habe auch keine Verbindung mehr. Mary Astell ist ...«

»Erzähl mir von der Sache. Ich war beglückt zu hören, daß du dich uns angeschlossen hast.«

»Warst du das? Aber ich bin so sehr beschäftigt mit ...«

»Ich habe ihn gesehen.« Endlich hörte das Kauen und Schwatzen auf. Sie waren beim Thema angelangt, was immer es sein mochte; es war die alte, leidenschaftliche Anne, die sie hier anschaute. »Ich war erst in Rom, und dann hat er mir, neulich erst, die Ehre erwiesen, meine Priorei zu besuchen. Es mußte natürlich heimlich geschehen und bei Nacht.«

»Der Papst?«

»*Cecily.*« Anne lachte zum ersten Mal. »Der König.« Sie verdrehte die Augen und tat bemüht geduldig. »Der Chevalier de St. George. Jakob Stuart. *Der* König.«

»Oha.«

»Oha, allerdings. *Ecce homo,* Cessy. Unser Erlöser, keusch, fromm, tapfer, der Mann, der unserem Land die Eintracht wiedergeben wird ...«

Anne hatte ihren Gott also schließlich gefunden, aber der Altar, vor dem sie sich niederwarf, war einem lebenden Mann geweiht, dem Prätendenten, und der Überschwang ihrer Lobgesänge war ein weltlicher. Die Flamme ihrer Hingabe loderte über die Tafel in der Gewißheit, mit ähnlicher Inbrunst empfangen zu werden.

Cecilys Begeisterung für die Sache war mangels Nahrung dünn geworden. Der Kampf um ihr, Lemuels und Dollys Überleben nach dem Platzen der »South Sea Bubble« hatte ihr keine Mittel übriggelassen, die sie auf den Krieg eines anderen hätte verwenden können. Waren ihre Gefühle wirklich stark genug gewesen, um für die Sache zu spionieren? Was für ein Mädchen sie doch gewesen war.

Anne frohlockte immer noch und verlangte ihre Aufmerksamkeit. »Ist dir klar, von welchem Nutzen *du* für ihn sein könntest?«

»Was?«

»Was für eine Gelegenheit, ihm zu dienen. Jetzt, da du Hempens zurückbekommen hast. Die Abgeschiedenheit, meine Liebe. Die Nähe zum Kontinent. Cessy, Hempens ist eine Hintertür nach England. Seine Abgesandten könnten kommen und gehen ...«

Annes dicke kleine Finger waren wie zum Gebet gefaltet. Genauso, nur schlanker, hatten sie schon einmal ausgesehen, als sie Cecily beschworen hatten, zu helfen. *Mein Vater ist krank geworden ... Ich bitte dich, komm mit.*

»Er ... er will ... Er hat mich gebeten, dich zu fragen, ob du nächste Woche einen solchen Abgesandten empfangen würdest. Darf ich dann die Laterne anzünden? Darf ich? Darf ich?«

Verblüfft starrte Cecily sie an. *Ich bitte dich, komm mit.* Und sie war mitgekommen. Ins Verderben. Wie diese Frau wußte. Die sie jetzt wieder fragte.

Sie stand auf. »Ich gehe jetzt zu Sophie. Kommst du mit?«

Anne schlug die Hände vors Gesicht. »Nein.«

Wütend stürmte Cecily die Treppe hinauf. Wie konnte sie es wagen? Wie *konnte* sie es wagen? Sie ist schon wieder bereit, mein Leben aufs Spiel zu setzen – und Sophies dazu. Sie tut es schon durch ihre bloße Anwesenheit hier. Aber einen Spion der Jakobiter in mein Haus zu lassen, der unterwegs ist, das Parlament in die Luft zu sprengen – oder was immer sie vorhaben ...

Auf dem ersten Treppenabsatz blieb Cecily stehen, und ihre Empörung verrauchte in dem Gedanken, daß Anne außer der Sache nichts hatte, was ihrem Leben Sinn gegeben hätte, da sie doch zur Kinderlosigkeit verdammt war.

Letzten Endes war die Gefahr ja auch nicht der Rede wert. Niemand außer Edies Familie, deren Treue zu Cecily und ihren Freunden bedingungslos war, hatte Anne kommen oder würde sie gehen sehen. Ihre Cousine hatte recht: In seiner Unzugänglichkeit war Hempens so abgeschieden wie nur irgendein Haus in England. Und mit seinen verborgenen Wasserwegen war es in der Tat eine geheime Hintertür nach England ...

Nun ja, und es war betörend, wieder Macht zu haben. Von einem König um Hilfe gebeten zu werden, wenn es auch einer ohne Thron war ...

*Wir werden sehen.*

Als erstes aber haben wir ein Kind auf die Welt zu holen. Cecily ging hinein, um Matty bei der Entbindung zu helfen.

Sophies Baby kam im Morgengrauen, ein Mädchen, das bereits tot war, erdrosselt von der Nabelschnur.

Cecily nahm den glitschigen, noch warmen kleinen Leichnam auf. Sie trug ihn in ein anderes Zimmer und legte ihn auf das Bett. Sie zerriß einen Unterrock aus Brüsseler Spitze und legte eine Schublade damit aus. Dann küßte sie das Kind auf die Stirn und bettete es in seinen improvisierten Sarg.

*Ich dachte, ich wüßte, was Trauer ist.* Aber solche hatte sie noch nie verspürt.

Sophie bekam Kindbettfieber, und da sie nicht bereit war, sich dagegen zu wehren, sah es ein paar Tage lang so aus, als werde sie ebenfalls sterben. Die anderen vier kämpften – Anne nicht minder verzweifelt als der Rest – an ihrer Stelle dagegen an.

Der nächste Arzt wohnte in Ely, viel zu weit weg, um rechtzeitig für die Krisis, die zweifellos bevorstand, nach Hempens geholt zu werden. Ohnedies bezweifelte Cecily, daß irgendein Quacksalber Matty und Edie mit ihrer Erfahrung das Wasser reichen konnte; die beiden sammelten Kräuter aus dem überwucherten Garten von Hempens und machten daraus Arzneien, die ein bißchen Linderung und Schlaf brachten.

Ein Marschlandpriester, ein zerlumpter alter Mann, wurde herbeigeholt und fand sich bereit, die Totengebete für das Baby zu sprechen, obgleich es ja, wie er zu bedenken gab, nie richtig gelebt habe und somit auch für das Ritual des Todes nicht ordnungsgemäß qualifiziert sei.

»Mach schon«, zischte Cecily ihm zu – und er machte.

Das Kind wurde neben Cecilys Ahnen auf dem Friedhof von Hempens bestattet. Cecily und Anne standen noch vor dem winzigen Rechteck aus Erde, als die andern schon lange wieder zum Haus zurückgegangen waren.

Es ist nicht mein Kind. Weshalb fühle ich solchen Schmerz? Wie sie Sophies Eheglück aus zweiter Hand genossen hatte, so war ihr die Ankunft von Sophies Baby auch Ersatz für jenes gewesen, das Cecily aller Wahrscheinlichkeit nach niemals bekommen würde.

Es war ein schöner Tag. Im See spiegelte sich der Himmel wie blaue Emaille. Im Schilf hörte man Hunderte verschiedener Vögel. Eine späte Libelle schwebte schillernd über dem Grab und schwirrte dann davon. Eine Drossel zerklopfte ein Schneckenhaus auf dem Grabstein von Sir Francis Fitzhenry. Auf dem Rückweg zum Haus sagte Anne: »Wenn ich darf, Cecily, würde ich gern heute abend die Laterne anzünden lassen.« Der Augenblick war schlecht gewählt. Cecily war in Gedanken immer noch bei dem toten Kind, und sie war zu betrübt, um die Vorwürfe aufzuhalten. »Du bist mir fremd, Anne.«

Nach einer Weile sagte Anne: »Du glaubst, ich habe keine Gefühle. Manchmal glaube ich auch, daß ich keine habe. Aber Sophie wird wieder heiraten, und es wird andere Kinder geben. Und eines sage ich dir, Cousine: Ich will, daß sie in einer harmonischen Gesellschaft aufwachsen, nicht in einer so ehrlosen, wie sie England zur Zeit beherrscht.«

Sie gingen außen herum zum Hintereingang des Hauses, wo der Schlüssel zur Laterne im Korridor neben andern an einem Haken hing, und dann begaben sie sich durch den Obstgarten zum Leuchtturm, der adrett und aufrecht aus dem glitschig grauen Sumpf im Vordergrund ragte. An seinem Fuße wölbte sich zur einen Seite ein kleines Haus hervor: das Kerzenhaus.

Cecily drehte den Schlüssel in der eisenbeschlagenen Tür des Turmes, und sie gingen zusammen hinein; sie schlossen die niedrige Tür zum Kerzenhaus auf und machten sich gebückt daran, die Kerzen herauszuzerren. Aus feinstem Bienenwachs waren sie, für Prozessionen gemacht; eine jede war vier Fuß hoch und wog über vierzig Pfund. Als sie acht Stück davon die dreihundert Stufen ins Oktagon hinaufgeschleppt und in die Halter gestemmt hatten, war Anne dem Zusammenbruch nahe, und Cecily war froh, sich auf das Fenstersims zu setzen und die Aussicht aufs Meer zu genießen.

Es war Ebbe. Unmittelbar unter ihnen weideten Schafe auf dem Polder. Dahinter erstreckte sich glitzernder Schlick, gesprenkelt mit Wattvögeln und von schmalen Prielen durchzogen, unter denen der tiefere Lauf des Windle kaum erkennbar war. So weit das Auge reichte, war der höchste Gegenstand in dieser Landschaft Edgar, der sich Bretter unter die Füße geschnallt hatte und Meerfenchel suchte, damit Edie daraus einen neuen Stärkungstrank für Sophie bereiten konnte.

Sie öffnete eines der Fenster im Oktagon und rief nach ihm. Sie würden seine Fachkenntnisse benötigen, um das zweite Leuchtfeuer auf der anderen Seite des Flusses so zu plazieren, daß dessen Licht, wenn man es in eine Linie mit dem der Laterne brachte, ein Boot wohlbehalten zwischen den ständig wandernden Schlickbänken der Flußmündung hindurchlotsen konnte.

Gemächlich band er seine glitschige Ernte zu einem Bündel und stapfte dann quer durch das Marschland zu ihnen herüber.

Besucher empfanden das flache Panorama deprimierend. Für Cecily hatte es immer Erwartung bedeutet; es war wie eine flach ausgestreckte Hand, bereit, das Unbekannte zu empfangen: irgendein Vorzeichen, einen Blitz, einen Geliebten, ein Wunder, das Wort Gottes. In gebirgigem Land war, was immer es war, schon geschehen; das Moorland hingegen wartete stets darauf, daß es geschah.

Es tröstete sie. Vielleicht wird das Baby noch einmal geboren werden. Vielleicht wird der Mann im Boot eines Tages Guillaume Fraser heißen.

Auch Anne spürte etwas davon. »Seelen sind niemals vergeudet«, sagte sie.

Sie stiegen hinunter, um Edgar Anweisungen zu geben.

Niemand kam in dieser Nacht den Windle herauf, und auch nicht in der nächsten und nicht in der übernächsten. Mit dem Oktober kam der Nebel und tauchte Hempens in einen Zustand der Melancholie.

Da so wenige Leute hier und diese zu beschäftigt waren, um sich darum zu kümmern, trübte Staub die Oberflächen der jakobäischen Möbel, und Herbstlaub wehte in die Diele. Noch mehr Schatten sammelten sich in den Ecken und im Verlauf des Kreuzgangs. Irrlichter flirrten draußen über den Sumpf. Das diffuse Licht des Leuchtturms verwandelte die Pelikane, die auf dem Wasser dahinschwammen, in eine Phantomflotte.

Sophies Fieber ließ nach, aber sie war so geschwächt, daß immer noch nicht sicher war, ob sie am Leben bleiben würde. Matty rankte Leberblümchen und Eisenkraut um ihr Bett. »Um das Böse abzuwehren«, sagte sie. Sie alle fühlten es. Für Cecily richtete es sich auf den erwarteten Abgesandten, der in ihren Träumen allnächtlich unheimlichere Proportionen annahm, so wie tagsüber die mit halbem Auge erfaßte Gestalt eines Reihers zu einem spähenden Spitzel Walpoles wurde.

Tyler hatte Späne von einem alten Holunder gehackt; damit zündeten sie jetzt jeden Abend das Feuer an, um die Feuchtigkeit abzuwehren. Als Cecily es sah, ging sie hinaus und sägte statt dessen Zweige von einem ausgewucherten Rosmarinstrauch ab. Aus Holunder war das Kreuz Christi gewesen; es war nicht nötig, den Tod, der darin wohnte, in einem Haus freizusetzen, das ohnehin schon trauerte.

Eine dunkle Gestalt trat aus dem Nebel und nahm ihr den Korb ab. »Wieso läßt du das Leuchtfeuer brennen, Herzogin?«

Wieviel wußte er? Hatte er etwas erraten? »Ich erwarte noch einen Gast aus Frankreich.«

»Von denen sind schon genug hier.« Tyler hatte sich mit Anne nicht anfreunden können. Ihr Nonnenhabit machte ihn nervös.

»Das geht dich nichts an.«

»Es wird mich etwas angehen, wenn wir alle zusammen in Tyburn am Galgen baumeln.«

»Als wir Postkutschen überfallen haben, hast du dir deshalb auch keine Sorgen gemacht.«

»Straßenraub ist eine Sache. Schmuggeln auch. Aber Verräter beherbergen, das ist was anderes.«

»Dann fahr nach Hause«, sagte sie und hatte schreckliche Angst, er könnte es tun. Sein Grunzen sagte ihr, daß er es nicht tun würde.

Wind kam auf, der die Blätter in der Diele umherspringen ließ wie kleine, gequälte Tiere, die versuchten, sich selbst in den Rükken zu beißen. Er ließ den Wetterhahn auf dem Dach mit nervenzerreißender Beharrlichkeit knarren, schlug Türen zu, fuhr stöhnend durch die Fenster. Cecily lag wach und lauschte, wie Hempens' Geschichte zu ihm zurückkehrte in Geräuschen, die klangen wie die Schritte gepanzerter Stiefel in den Korridoren und wie die Schreie von der Schießscharte, wo sich eine Dienstmagd erhängt hatte in den Tagen des lüsternen Giles Fitzhenry.

Irgendwo zwischen all diesen Geräuschen machte sich eine neue Unruhe bemerkbar. Sie stand auf und schaute aus dem Fenster, und sie sah vermummte Männer, die im Mondschein auf den Landungssteg kletterten. Eine Gestalt in Nonnentracht lief ihnen quer über den Rasen entgegen.

Verdammt, *verdammt*. Sie zog sich langsam an und machte sich nur widerwillig die Mühe, ein hübsches Kleid herauszusuchen.

Anne erwartete sie am Fuße der Treppe. Lichtschein fiel aus dem Eßzimmer, wo Männer sich um den Tisch versammelt hatten, aber Anne führte sie daran vorbei zum Salon. »Du weißt, wer hier ist, Cecily?«

»Ja.« Vom Fenster aus hatte sie Annes tiefen Hofknicks gesehen.

Anne öffnete die Tür, um sie hineinzuführen, aber Cecily hielt sie auf. »Und ich werde allein mit ihm sprechen.«

Anne funkelte sie an, aber Cecilys Groll war so stark, daß er nicht nachgab. Es war nicht nur der Umstand, daß jemand, der den Prätendenten beherbergte, mit dem Verlust der Ehrenrechte und nachfolgender Hinrichtung bedroht wurde, es war auch die Kränkung, die man ihr angetan hatte, indem man ihn eingeladen und dabei so getan hatte, als könne man ihr dieses Wissen nicht anvertrauen.

»Dies ist *mein* Haus«, sagte sie.

Und weil es *ihr* Haus war, bei Gott, würde sie *ihren* Gast begrüßen, wie es *ihr* paßte.

Sie ging allein hinein zu Jakob Francis Edward Stuart, Chevalier de St. George, Prätendent – oder rechtmäßiger Erbe, je nach Standpunkt – des Throns von England, Schottland, Wales und Irland, Sohn König Jakobs II., direkter Abkömmling einer Linie von Monarchen, die vier Jahrhunderte in Schottland und eines im Vereinigten Königreich regiert hatte und dabei so glücklos war, daß zwei ihrer Sprößlinge in die Verbannung geschickt worden und sechs weitere eines gewaltsamen Todes gestorben waren.

Anne hatte nur zwei Kerzen und das Feuer angezündet, so daß der Salon im Halbdunkel lag, wie es sich für einen Mann geziemte, der sich dem Licht fernhalten mußte. Cecily sah, daß man ihre beste Kristallkaraffe mit den Gläsern auf einen Tisch neben einen der Stühle gestellt hatte. *Fleißige kleine Anne.*

Eine Gestalt trat vor und streckte ihr beide Hände entgegen. »Lady Cecily, Lady Cecily«, sagte die Gestalt.

Sie hatte sich vorgenommen, sich nicht erweichen zu lassen. Sie war eine hart arbeitende Frau, sie hatte keine Zeit zu verschwenden, und sie hatte nicht die Absicht, zu verlieren, was sie investiert hatte. Sie redete sich ein, sie *lasse* sich ja auch nicht erweichen, aber im selben Augenblick nahm das alte Geheimnis wieder von ihr Besitz. Cecily war nach Hempens gekommen, um einen verlorenen Liebsten wiederzusehen, und an seiner Stelle stand nun ein verlorener König; und wie schon einmal verschmolzen die beiden unentwirrbar miteinander.

Er nahm ihre Hände und erhob sie aus ihrem Knicks. »Sie sollen wissen, daß mir bewußt ist, welches Opfer Sie vor sieben Jahren gebracht haben, indem Sie mir einen innig geliebten Gefolgsmann zurücksandten. Ich stehe in Ihrer Schuld, Madame. Ich hätte Ihnen meine Dankbarkeit schon früher mitgeteilt, wenn ich Sie damit nicht weiter in Gefahr gebracht hätte.«

Er war fünfunddreißig Jahre alt und schlank genug, um jünger auszusehen. Englisch sprach er mühelos, aber mit französischem Akzent. Wie es schon einmal jemand getan hatte.

Ich hab's nicht für dich getan, dachte sie und sträubte sich. Aber schon lange hatte niemand sie mehr mit solcher Höflichkeit angeredet, mit echter Höflichkeit; was immer der Mann sonst sein mochte, er war aufrichtig bis ins Mark. Sie stand hier vor Königlichem Blut.

Er führte sie zu einem Sessel und setzte sich dann ihr gegenüber in den andern, auf der anderen Seite des Kamins. Er hatte die länglichen Augen und die Nase der Stuarts, ihre starke Unterlippe. Bei seinem Vater hatte sich das alles zu einem höhnischen Lächeln gefügt, dem Sohn gab es einen Ausdruck von kummervoller Leidenschaft. Er ist nicht Guillaume, sagte sie sich immer wieder, er ist es nicht. Aber in diesem schlechten Licht und bedroht von Gefahren war Jakob sein Stellvertreter. Sieben Jahre hatten die Züge des Mannes, in dem Cecily sich in Edinburgh verliebt hatte, verblassen lassen. Um sich an ihn zu erinnern, hatte sie oft und lange das Profil auf der Medaille angeschaut, die man ihr auf der Jakobiter-Versammlung in Battersea geschenkt hatte, und so war die Erinnerung an Guillaume Fraser zu der an Jakob Stuart geworden. Und umgekehrt.

Er war gekleidet wie ein gewöhnlicher Reisender: Knotenperücke, maulbeerfarbener Rock mit schlichten Metallknöpfen und senkrecht geschnittenen Taschen, braune Kniehosen. Die Enden des langen Batistschals, den er um den Hals trug, waren unter eine schlichte Weste geschoben und ein bißchen schmutzig. Die ausgezeichneten Stiefel trugen eine weiße Hochwassermarke am Oberleder, eine Spur, die das Bilgenwasser hinterlassen hatte.

Ihr Salon paßte zu ihm. Die dunkle Täfelung hinter ihm, das Wappen auf dem Sessel, in dem er saß, der ausladende Kamin von Grinling Gibbons, der verschlissene, wunderschöne Isfahan-Teppich zu seinen Füßen – das alles waren dunkle Schattenvariationen, die eine Kulisse formten, wie sie zu ihm paßte, als wäre er, wie alle guten Dinge, aus der Mode. Er war kein Palladianer, dieser

Mann. Gerodete, sterile Landschaften waren nichts für diesen König: Er gehörte in den verworrenen, bevölkerten, bewaldeten Bilderteppich des Toryismus, genau wie sie.

Die Karaffe erinnerte sie daran, daß sie hier die Gastgeberin war. Sie stand auf und schenkte ihm einen großen Brandy, sich selbst einen kleinen ein. Sie trank in letzter Zeit nur noch wenig. »Haben Sie gespeist, Sire?«

Er schüttelte den Kopf; es war ihm nicht wichtig. Als sie sich wieder gesetzt hatte, sagte er: »Lady Cecily, ich habe mir nur deshalb erlaubt, in Ihr Heim einzudringen, weil man mich davon überzeugt hat, daß Sie mir in Treue ergeben sind. Oder irre ich mich?«

Anne war wirklich fleißig gewesen. »Stets zu Ihren Diensten, Sire.« Höflich, unverbindlich.

»Man hat mir weiter dargelegt, dieses Moor könne eine Hintertür sein, durch die ich im geheimen kommen und gehen kann, wenn ich meine Freunde sehen möchte. Solange ich Ihre Erlaubnis dazu habe.«

Diese Küste zu sichern, war allerdings unmöglich; und war er einmal ans Ufer gelangt, konnte er unbemerkt durch ein Land reisen, aus dem er schon im Säuglingsalter hinausgeschmuggelt worden war. »Sie gehen ein schreckliches Risiko ein, Sire.« Und ich ebenfalls.

Er nickte. »Aber es ist ein Risiko, das sich einzugehen lohnt. Es ist unabdingbar, daß ich in Verbindung mit denen bleibe, die für mein Recht eintreten werden, wenn die Zeit gekommen ist. Sie wissen, daß deren täglich mehr werden?«

Sie nahm an, daß die englischen Jakobiter es ihm zweifellos erzählten, und daß sie jeden kleinen Junker und jeden Bauern anführten, der auch nur einmal über den hannoveranischen Mühlstein an seinem Halse gemault hatte. Sie würden sagen, daß Oxford ganz offen auf den König über dem Wasser trank, und daß die aristokratischen Schüler in Winchester so gleichmäßig und so abgrundtief in Jakobiter und Georgianer gespalten waren, daß die beiden Parteien sich weigerten, zusammen Unterricht zu nehmen.

Je weiter sich Walpoles Herrschaft über die Regierung verfestigte, desto verzweifelter wurde eine Opposition, die keine Chance hatte, daran etwas zu ändern. Sogar im »Belle Sauvage« überlegten die einheimischen Torys, ob nicht eine zweite blutlose *Glorious Revolution*, wie sie Jakob II. beseitigt hatte, seinen Sohn wieder auf den Thron setzen sollte. Squire Leggatt und Colonel Grandison, erbost über die Black Acts, hatten eine Woche lang weiße Kokarden an den Hüten getragen. Aber unter all dem Murren und Protestieren saß unverrückbar Englands Antipathie gegen den Papismus.

Festgemauert im Herzen trug John Bull – auch wenn er arm war, im Gefängnis oder auf der Treppe zum Galgen – die Überzeugung mit sich herum, daß sein Land besser sei als jedes andere. Es waren nicht nur die Bilder protestantischer Märtyrer auf den Scheiterhaufen der Blutigen Maria, die im Gedächtnis des Volkes lebten, in seiner Nase hatte die Papisterei auch einen ausländischen Geruch angenommen, ein Parfüm, wie es stutzerhaft gekleidete, alberne Froschfresser verwendeten und wie es zu einem guten englischen Roastbeef nicht recht passen wollte.

Cecily wußte das, weil sie es – obwohl es unlogisch war – selbst spürte. Kannst *du* es auch wissen, fragte sie innerlich, du, der du nach Weihrauch riechst und dich für einen Engländer hältst? Haben deine Jakobiter, die dir so viele Informationen schicken, auch das erzählt? Daß wir Engländer – so ehrenvoll du auch im Vergleich mit dem dicken, deutschen Schürzenjäger, der deinen Thron besetzt hält, abschneiden magst –, daß wir Engländer ihn durch unseren gemeinsamen Protestantismus besser verstehen als dich?

England hatte es zu einer Bedingung seines Friedens mit den Franzosen gemacht, daß sie diesen Mann aus ihrem Land vertrieben. Jakob den Wanderer. Walpoles Mörder bedrängten ihn auf seinen Reisen, so daß er aus Fenstern springen und sich verkleiden mußte, um ihnen zu entkommen. Andere Länder, die es sich gleichfalls mit Walpole nicht verderben wollten, hatten ihn von Ort zu Ort gehetzt, bis der Papst Mitleid mit ihm bekommen hatte und ihm und seiner Clementina einen *palazzo* in Rom geliehen hatte.

Wieso blieb er jetzt nicht da und erfreute sich in Frieden an seiner jungen Frau und an dem Sohn, den sie ihm geschenkt hatte?

*Eröffne ein Wirtshaus, Junge – das lenkt dich ab von der Politik.*

Aber natürlich konnte er das nicht. Die Stimme aller seiner Ahnen seit Robert the Bruce quälte ihn, ob er schlief oder wachte. Die Ader an seiner Schläfe pochte unter einer unsichtbaren Krone.

Ach, du armer junger Mann, dachte sie stolz. Ich weiß, wie es ist, eine Herkunft zu haben, die ein Land so sehr durchzieht, daß man spüren kann, wie jedes Stück Boden daran hängt. Und dann dachte sie: Du darfst da nicht mitmachen.

Aber wie es schien, wurde sie soeben darum gebeten. Jakob ersuchte sie um ihre Mitarbeit; er sagte etwas von der Post. Ungläubig wandte sie sich seinen Worten zu.

»... ideale Lage, um die Spione zu umgehen, die Walpole beauftragt hat, in der Sortierstelle in London die Briefe zu öffnen.«

»Was?«

Er war verblüfft über ihre Unaufmerksamkeit. »Ihr Gasthaus, Lady Cecily. Mit Ihrer Mitarbeit, und ich glaube, ohne Sie allzu sehr in Gefahr zu bringen, könnte es meine *poste restante* sein. Schwester Ascension hat angedeutet, man könnte Sie vielleicht überreden, Briefe für mich durch die Post zu empfangen und zu versenden.«

Schwester wer? Anne natürlich. Das »Belle« aufs Spiel setzen? Einen Scheißdreck würde sie tun.

Und in diesem Augenblick wurde Cecily eine weitere Offenbarung gewährt.

Ein Holzscheit fiel auf dem Kaminrost in sich zusammen, und die Glut aus dem Innern des Feuers flutete über den Mann, der ihr gegenübersaß, beleuchtete seine feuchten, dunklen, länglichen Augen und erwärmte das blasse Gesicht und die Hände. Und auf einmal sah sie, daß sie nicht nur mit Guillaume und Jakob in einem Zimmer war, sondern mit einem zum Leben erwachten Inbild. Es verschlug ihr den Atem, als habe ein flaches Christusgemälde plötzlich drei Dimensionen angenommen, sei aus seinem Rahmen gestiegen und habe sie angeredet: Lady Cecily, Lady Cecily.

»Ja, Mylord?«

»Lady Cecily, verlange ich zuviel?«

»Nein, Mylord.« Das ganze urtümliche Mysterium des Königtums war hier bei ihr, im Salon von Hempens. Im Rosmarinduft des Holzrauchs, im Dunst des Brandys in ihrem Glas, glaubte Cecily plötzlich einen Hauch des Salböls wahrzunehmen, das ihn erwartete.

Was würde *sie* erwarten, wenn er seine Krone zurückgewänne und sie ihm dazu verholfen hätte?

Und in der Versuchung entfalteten sich die Königreiche der Erde vor ihren Füßen. Ein Herzogtum, ihre Besitzungen, zwanzigfach zurückerstattet. Und was das prächtigste war: ein zum Zertreten niedergeworfener Walpole, gefesselt.

»Majestät«, sagte sie, »ich frage mich, ob Sie sich wohl an einen Ihrer Hauptleute im fünfzehner Aufstand erinnern. Guillaume Fraser.«

»Gewiß. Ein tapferer Soldat.« Jakobs Miene wurde lebhaft. »Haben Sie Nachricht von ihm?«

»Nein. Ich hatte gehofft, Sie hätten eine.«

»Wir bemühen uns, den Deportierten nachzuspüren. Wir wissen, daß man ihn nach Barbados verschifft hat, konnten aber weiter nichts über ihn in Erfahrung bringen. Gebe Gott, daß er noch lebt, und mögen die Engel ihn behüten.«

Cecily beugte sich so weit vor, daß sie vor diesem hochwürdigen König fast kniete. »Oh, Sire«, sagte sie, »wenn Sie nur Protestant werden wollten, so würde ganz England sich für Sie erheben.«

Er war sehr freundlich. Er nahm sie bei den Händen und half ihr auf den Sessel zurück.

»Ich habe meinem Vater auf dem Totenbett geschworen, niemals die Krone Englands vor mein ewiges Heil zu stellen, und ich will es auch nicht. Ich kann kein Königreich gewinnen, indem ich meine Seele verliere. Aber, Lady Cecily, ich habe Gewissensfreiheit versprochen. Ich habe in meinem Stab Männer mitgebracht, die jetzt hier an Ihrem Tisch sitzen und die Protestanten sind, und sie werden Ihnen sagen, daß ich mich nie in ihre Religion eingemischt habe.«

Seine frühesten Proklamationen an das britische Volk hatten die Zusicherung enthalten, daß er den protestantischen Glauben beschützen werde wie seinen eigenen. »Ich zeige Toleranz gegen Menschen jeglicher Konfession, und ich hoffe, sie werden es mir gegenüber auch tun.«

Cecily glaubte ihm; das übrige England wollte es nicht tun. Es hatte seinem Vater geglaubt, als er bei seiner Krönung das gleiche Versprechen abgegeben hatte. *Aber du bist ehrenhafter, als er es jemals war,* dachte sie.

Durch den Dunst von Brandy und Salbölen, der sie schwindlig werden ließ, schnitt ein frischer Luftzug: Schon einmal habe ich einem ehrenhaften Mann geholfen und wurde dafür in die Hölle geschickt.

Vielleicht spürte er es. »Ich verlange zuviel von Ihnen, Lady Cecily. Es ist vielleicht wirklich zuviel. Bedenken Sie es sorgfältig, und wenn Sie sicher sind, schicken Sie mir Nachricht.« Er erhob sich. »Darf ich Ihrem Bootsmann befehlen, ein paar meiner Leute zum Oberland zu rudern? Sie haben dort Pferde, die sie erwarten, und sie werden wenig Aufmerksamkeit erregen. Sie sind schließlich Engländer. Sie überbringen lediglich Botschaften von mir an meine Anhänger.«

»Und Sie, Sire?«

»Ich werde zu meinem Schiff zurückkehren. Ich bin nur gekommen, um Sie zu besuchen.«

Als sie zur Tür gingen, sah sie, daß sein Brandyglas noch voll war und ihres leer. Aber es war nicht der Brandy, was sie berauscht hatte.

Sie bewirtete ihn und sein Gefolge schnell mit Speise und Trank, damit sie sich noch vor dem Morgengrauen wieder zerstreuen konnten.

Anne, so schien es, würde mit Jakobs Schiff nach Frankreich zurückkehren. Die Cousinen verabschiedeten sich auf dem Anlegesteg. Annes kleines Portmanteau war säuberlich gepackt; sie gab sich wie eine, die ein Geschäft zum guten Abschluß gebracht hat. »Sag Sophie für mich auf Wiedersehen«, bat sie.

»Ja.«

»Ich wußte, daß er dich selbst fragen mußte. Die Hinterpforte, die Sache mit der Post ... allein für mich würdest du es nicht tun.«

Cecily dachte einen Augenblick lang darüber nach. »Nein«, sagte sie dann, »das würde ich nicht.«

Der Wind hatte sich gelegt, und so konnte der Nebel zurückkehren; Cecily blieb stehen und schaute dem Boot nach, bis es darin verschwunden war. Jakob Stuart winkte. Anne saß ihm gegenüber, sprach mit ihm, hatte dem Ufer den Rücken zugewandt und winkte nicht.

Drei Tage später stand Cecily wieder auf dem Steg und dankte Sophie das letzte Mal dafür, daß sie ihr Hempens geschenkt hatte – wohl wissend, daß Sophie der Reise auf die Insel die Schuld am Verlust ihres Kindes gab und sich wünschte, sie hätte ihr dieses Geschenk niemals gemacht.

Hilflos hatte sie zugeschaut, wie Sophie ihren Schmerz hinter einer furiosen Bitterkeit verschanzte, hatte gesehen, daß ihr Spiegelbild in Sophies Augen durch die Verbindung mit dem Unglück ebenso abscheulich aussah. Als Cecily ihr versprochen hatte, daß das Grab des Kindes immer sorgsam gepflegt werden würde, war Sophie ungeduldig geworden. »Was macht das schon? Mir scheint, ich habe Gräber in ganz Europa verstreut.«

»Komm mit mir ins ›Belle‹«, bat Cecily.

»Ich sorge dafür, daß sie's tut«, versprach Matty.

Aber als Cecily jetzt der zierlichen, verhüllten Gestalt nachschaute, da wußte sie, daß sie nicht kommen würde.

Sie selbst stand noch lange auf dem Steg, als das Boot schon nicht mehr zu sehen war, und schwenkte ihr Taschentuch wie ein unbewußtes, flehentliches Signal an die Rückkehr einer Kindheit, die jetzt für immer verschwand.

# 9

Der St.-Martins-Sommer war in Hertfordshire noch immer nicht zu Ende. Tyler und Cecily mieden den Verkehr auf der Great North Road und näherten sich Woolmer Green über die verträumten Landstraßen des Ostens, wo Brombeerzweige aus den Hecken die Flanken ihrer Pferde streiften, Hagebutten, Schierling und wilde Petersilie. Frauen, die mit hochgesteckten Röcken die Ähren von den Feldern lasen, wischten sich den Schweiß aus den Augen und winkten, als sie vorüberritten.

Gegen Mittag hatten sie die Höhe erklommen, von deren Gipfel es steil bergab nach Watton-at-Stone ging. Tyler deutete auf den nächsten Kamm, wo der Kirchturm von Datchworth mit seiner Spitze über die Bäume ragte.

Die Erbauer der Kirche hatten von Kirchenarchitektur wenig gewußt. Für die Mauern hatten die Datchworther des zwölften Jahrhunderts Feuersteinbrocken von ihren Feldern herbeigekarrt, weil sie zu arm gewesen waren, um sich etwas Besseres zu leisten.

Etwas aber hatten sie besessen, nämlich einen der höchsten Aussichtspunkte von Hertfordshire, und auf den hatten sie eine Kirche gestellt, die man aus allen Himmelsrichtungen meilenweit sehen konnte.

Als Cecily das erste Mal durch die normannische Tür getreten war, hatte sie das kahle Innere mit Schrecken erblickt: schlichte Fenster, verputzte Wände, Dachbalken wie in einer Scheune, die der Zimmermann des Dorfes errichtet hat. Hier gab es keine Voluten, keine bronzenen Gedenktafeln, keine Statuen, mit denen Wohltäter reichere Kirchen bestückten. Nur das in eine schlichte Steinplatte an der Südwand gehauene Schwert erinnerte an den unbekannten Mann aus Datchworth, der auf einen Kreuzzug gegangen war.

Der Pfarrer war ein abwesender Pluralist, dessen Sorge wichtigeren Seelen in Londoner Gemeinden galt und der einem müden Kuraten fünf Pfund im Jahr dafür bezahlte, daß er einmal im Monat auf seinem Esel von Aston heraufgeritten kam. Dieser erteilte die Kommunion und hielt eine Predigt, die Colonel Grandison jedesmal so sehr ärgerte, daß er sie unterbrach und selbst eine hielt.

Trotz der Heiterkeitsausbrüche der Gemeinde über abstruse Glaubenssätze – »Was hat's denn auf sich mit dieser Transsubstantiation, an die wir nicht glauben sollen, Pfarrer?« –, trotz der Hühner, die im Stroh zu ihren Füßen scharrten, und der Fledermäuse, die wie umgekehrte Wasserspeier unter der Decke hingen, fand Cecily Augenblicke des Friedens bei den Andachten in der Kirche von Datchworth, die ihren pflichtbewußten Besuchen in St. James's, Piccadilly, versagt geblieben waren.

Es gab Augenblicke, da verschränkten sich die erdgeschwärzten Finger ihrer Banknachbarn so fest ineinander, daß sie blutleer wurden. Das Trällern der Lerchen drang zur offenen Tür herein, zusammen mit dem Geruch nach Gras und Kuhfladen, und die Hausspatzen rumorten zwischen den Dachbalken. Die Kirche wurde zu dem Ausdruck des Landes, das sie umgab, wo der Waldrand sich wie eine anmutige Augenbraue über ein ansteigendes Feld schwang. Keine spektakuläre Landschaft, aber ihre Konturen hatten eine Würde, die sich in ihren Menschen widerspiegelte.

Es erstaunte sie, daß dieser Anblick einer armen Kirche auf ihrem Hügel etwas wie Heimkehr bedeuten konnte. Luftige Leichtigkeit nach der düsteren Trauer von Hempens.

Tyler hatte während der Reise die meiste Zeit geschwiegen. Ob ihm klar war, daß Cecilys Gast aus Frankreich der Prätendent gewesen war, wußte sie nicht. Nach seiner unausgesprochenen Mißbilligung zu urteilen, war es ihm wahrscheinlich bekannt.

Jetzt, wo sie wieder auf dem Boden seiner Heimat standen, war sie auch wieder sein Kumpan. Er kam auf das Thema Schmuggel zurück und sprach von der Mühelosigkeit, mit der Edgar und seine Brüder die kleine Menge an Konterbande für ihren eigenen Bedarf heranschafften.

»Ich hab zu Edgar gesagt, er müßte im größeren Maßstab denken, wie man so sagt. Da gibt's ja alles, was zu einem erlesenen kleinen Geschäft gebraucht wird. Wär kriminell, es nicht auszunutzen.«

Sie lachte zum erstenmal seit Tagen. »Es wäre kriminell, es doch zu tun.«

Er grunzte. »Soweit ich es erkennen kann, wärest du aber die erste Fitzhenry, die das findet.«

Sie fand es nicht. Niemand fand es. Nur der Zoll.

Wo es möglich war, vermied es jeder, der bei Verstand war, Zoll auf eingeführte Waren zu zahlen. Die Gastgeberinnen der Gesellschaft kredenzten ihren Gästen ausnahmslos feinstblättrigen Tee, und fast ebenso ausnahmslos war dieser Tee geschmuggelt – geliefert von den Kapitänen der East India Company, die damit einen Gewinn erzielten, der ihrem Jahresgehalt entsprach. Der Zoll auf legalen Tee wie auch auf Tabak und Zucker war so hoch wie die Kosten für die Produktion.

Man klopfte ans Fenster eines achtbaren Pfarrhauses, und schon konnte man Silber gegen Brandy oder Seidentaschentücher tauschen. Lady Holdernesse, eine frühere Bekannte Cecilys, nutzte ihre Stellung als Gemahlin des Hafenmeisters der Fünfhäfen, um illegal französische Kleider zu importieren. Robert Walpole wetterte im Unterhaus gegen den Schmuggel und benutzte die Frachtschiffe der Admiralität, um sich steuerfreie flämische Spitze für seine Mätresse bringen zu lassen. Alle taten es. Cecily als Wirtin des »Belle Sauvage« hatte es gefuchst, daß sie es nicht tat, nur weil sie nicht wußte, wie sie es machen sollte. Vor ihrem geistigen Auge türmten sich Fässer mit unverzolltem Gin, Wein und Brandy bis an die Kellerdecke.

»Und wie fangen wir es an?« fragte sie.

»Ich dachte, wir steigen vielleicht ins Hanfgeschäft ein.« Tyler war wieder in seinem Element, dem Risiko. Seinem Plan zufolge würde man Hempens als Landungsort und Lagerhaus benutzen. Dazu mußte man ein größeres Boot und noch eines kaufen, eine Barke, vorgeblich für den Transport des Hanfs, mit dem die eigentliche Ware getarnt werden würde, über die Wasserstraßen von East Anglia nach Cambridge, und dort könnte man alles auf Maulesel laden und die fünfunddreißig Meilen zum »Belle« schaffen.

Cecily überlegte. Edies Söhne, das wußte sie, hatten wenig Mühe, den Patrouillen der Zollkutter aus dem Weg zu gehen. Die Gefahr der Entdeckung drohte eher auf dem Rest des Weges, vor allem im Binnenhafen von Cambridge. »Werden die Zollbehörden in Cambridge eine solche Barke nicht durchsuchen?«

»Könnten sie«, sagte Tyler, »aber werden sie nicht.« Er rieb mit den Fingern, um zu zeigen, daß sie bestechlich waren.

Cecily überlegte wieder. Der anfängliche Aufwand würde beängstigend sein – sie würde neue Schulden machen müssen –, aber er würde sich lohnen, wenn sie genug Schmuggelware hereinbringen könnten. Wenn sie den Postkutschenverkehr mit Alkohol bediente, für den sie keinen Zoll bezahlt hatte, wäre der Profit gewaltig.

»Also gut.« Ihr Gewissen bereitete ihr keine Pein; es war ja nicht wie beim Straßenraub, sondern mehr die Beteiligung an einem allgemeinen Zeitvertreib, ein fröhliches Hinterziehen von Steuern, die ansonsten in Walpoles Taschen fließen würden.

Obwohl sie in ihr Projekt vertieft waren, merkten sie, daß nur wenige Leute unterwegs waren, als sie sich Woolmer Green näherten.

»Ist Markttag«, sagte Tyler. »Die werden alle in Hertford sein.«

Aber das erklärte nicht, daß das »Belle« ebenfalls wie ausgestorben war. Auf dem Hof vor den Ställen war niemand, und die meisten Pferdeställe waren leer. Nur Ned war da und fegte – und er weinte.

Cecily dachte sofort an Lemuel. Ned überließ sie Tyler und rannte schleunigst ins Haus.

Lemuel saß in der Schankstube und redete mit einem Hausierer; mit konzentrierter Miene unterzog er sich den Mühen der Aussprache. Das höflich erstarrte Lächeln des Hausierers wurde fadenscheinig, und sein Blick schweifte unter der Decke entlang auf der Suche nach einem verborgenen Rettungsweg.

Sie kniete neben ihrem Mann nieder. »Ist alles in Ordnung mit dir?«

Die bewegliche Seite seines Mundes bog sich nach oben, und seine rechte Hand knetete die ihre – aus Freude, sie wiederzusehen, und um ihr zu zeigen, daß seine Greiffähigkeit sich verbessert hatte. »Gut. Gut. Alles. Gut.«

»Gut.« Was immer hier geschehen war, hatte Lemuel nicht betroffen; sie mußte sich jemand anderen suchen, um eine Erklärung zu bekommen. Aber es war niemand da. Das Wirtshaus war verlassen. Sie sah, daß Tyler noch immer draußen im Hof mit Ned sprach. Als sie zu ihnen gehen wollte, hörte sie eine Bewegung aus der offenen Falltür zum Keller, und sie sah Marjorie und Coles ältere Tochter die Treppe heraufkommen. Die Tochter hatte eine Flasche in der Hand.

»Was ist hier passiert, Nancy?«

»Sie haben mich zum Aufpassen hiergelassen, Missus. Master Lemuel wollte den französischen Brandy haben, und deshalb bin ich …«

»Wo sind sie denn alle?« Das Mädchen war fast noch ein Kind und ganz aufgelöst. Da kehrte man nur einmal kurz den Rücken …

»In Hertford, Missus. Um die Hinrichtung zu verhindern.«

»Wessen Hinrichtung?«

»Und Colonel Grandison, der ist auch mit, und Warty ist nach London, um Master Cameron zu holen …«

»Wessen Hinrichtung, verflucht?« Cecily schüttelte sie, das Kind ließ die Flasche fallen, und sie rollte die Treppe hinunter und zerschellte auf dem Steinboden im Keller.

Das Mädchen legte das Gesicht in Falten. »Miss Dollys Hinrichtung, Missus.«

»Oh … mach das da sauber.« Erbost ging Cecily in den Hof hinaus, um sich von Ned mehr Aufklärung zu verschaffen. Er stand da und hielt zwei Pferde fest, damit Tyler sie satteln konnte.

»Sie scheinen alle aus irgendeinem Grund nach Hertford ausgerissen zu sein«, sagte Cecily.

Tyler zog einen Gurt fest, nahm sie beim Arm und schob sie zu einem der Pferde. »Aufsteigen, mein Entchen«, sagte er, und in seinem freundlichen Ton saß unausgesprochene Angst.

»Tyler«, sagte sie, »das Kind hat irgend etwas von Dolly gestammelt.«

»Ja. Aufsteigen, sofort.«

Er bestieg das andere Pferd und führte ihres durch das Hoftor, über die Straße und den Pfad hinauf, auf dem sie eben erst hergekommen waren. »Sieben Meilen«, sagte er. »Gottlob sind die Felder gemäht. Wir können quer rüber galoppieren. Ist 'ne Abkürzung.«

»Tyler«, flehte sie.

»Ich weiß es doch nicht, Herzogin«, sagte er. »Wie es scheint, hat Dolly einen Heuschober abgebrannt.«

»Aber dafür kann man sie doch nicht ...«

»Ich kann mir ja auch keinen Reim drauf machen. Warty ist nach London, um den schottischen Anwalt zu holen. Vielleicht ist er schon da. Er wird's verhindern, wenn es überhaupt jemand kann.«

»Aber ...«

»Los jetzt.«

Halme flogen hinter ihnen durch die Luft. Leute, die bei der Nachlese waren, stoben auseinander. Sie sprangen über Gatter und Hecken, die ihren Nachmittagsschatten über fahle, trockene Felder warfen. Sie flogen geduckt unter Tudor-Eichen dahin, die den Rehen, die jetzt vor ihnen flüchteten, Schutz boten.

Cecily zerfiel in zwei Personen: eine, die nicht glauben konnte, was sie eben gehört hatte. Wie konnte man Dolly aufhängen? So jemand war sie doch nicht. Der Tag war viel zu schön. Hier war nicht Hempens, wo folgenschwere Dinge stattfanden: Hier war Hertfordshire. Die andere Cecily ritt tränenblind und schluchzte, als Tyler darauf bestand, die Pferde Schritt gehen zu lassen.

Von der Anhöhe hinter Bramfield sahen sie die Türme von Hertford; die Stadt stand im Marschland des Zusammenflusses dreier Flüsse, das Alfred der Große hatte trockenlegen lassen.

Der Markttag war mit dem Ende der Assisen zusammengefallen, der in den einzelnen Grafschaften periodisch stattfindenden Gerichtssitzungen des Obersten Zivilgerichts. An diesem Morgen waren die Richter in ihren vergoldeten Kutschen, von Trompetern begleitet, weitergefahren und hatten Worte hinterlassen, die nun in blutige Rücken oder zuschlagende Kerkertüren übersetzt wurden oder an dem Baum, der auf dem Marktplatz aufgestellt worden war, zu Früchten heranreiften.

Der Galgen war die Attraktion. Es war, als wäre das zwölf Fuß hohe Gerüst aus zwei Pfosten mit einem langen Querbalken auf einer Bühne ein Magnet und die Bürger von Hertford, die Markthändler und die Einkäufer aus der Umgebung lauter Eisenspäne – so sprangen sie aus Häusern und Straßen und hinter ihren Marktständen hervor und drängten sich in einer wimmelnden Masse heran.

Tyler spähte von der hohen Warte seines Sattels aus über die Köpfe hinweg. Cecily sah nur die drei Schlingen, die wie leere Hundehalsbänder von dem Querbalken baumelten.

Tyler streckte den Finger aus. »Mein Gott, da ist sie.«

Cecily riß ihren Blick vom Galgen los. Auf einem Bauernkarren, der neben dem rechten Tragbalken stand, waren drei Gestalten zu sehen, ein Mann und zwei Frauen, und die eine war Dolly. Ihr Mund war aufgerissen zu einem endlosen Schrei, den man nicht hören konnte.

Und als habe sie sie erwartet, erblickte Dolly sie über die Köpfe der Menge hinweg und warf sich gegen die Seitenwand des Karrens. »*Cessiiiiie*.« Der Schrei hallte durch den Lärm wie das ferne Rufen einer Möwe. »Den Sheriff holen«, sagte Cecily. »Ich muß den Sheriff holen. Das ist es. Den Sheriff muß ich holen.« Hilfe suchen, so daß sie nicht hierbleiben mußte – sie wollte nur noch weg. Aber sie konnte es nicht. Sich von dieser flehenden Gestalt abzuwenden – einen größeren Verrat hätte es nicht geben können.

»Ich hole ihn«, sagte Tyler. »Du gehst zu ihr. Halte sie irgendwie auf.«

Vermutlich ritt sie hin, aber ihr erschien es wie ein unwillkürlicher Vorgang: als schrumpfe der Abstand zwischen ihr und Dolly wie Narbenhaut und ziehe sie so zueinander.

Die Menge war gutmütig in ihrer Erwartung. Sie war bereit, für dieses Vergnügen Schmerzen zu leiden, sich an den holzkohlebeheizten Tabletts der Semmelverkäufer zu verbrennen, sich die Börse stehlen zu lassen, ihre Kinder im Gedränge zu verlieren – alles für die gute Sache. Einer Frau, die mit der Peitsche um sich schlug und ihr Pferd mit den Sporen zur Weißglut trieb, machten sie Platz, solange sie ihnen die Sicht nicht versperrte.

»Cessy.«

»Ich bin hier, Dolly. Ich werde es verhindern.«

Dolly war im Hemd; ihre Ellenbogen waren auf dem Rücken gefesselt, ihre Augen so weit aufgerissen, daß die Iris wie ein vollständiger blauer Kreis im Weißen lag.

Cecily drängte ihr Pferd an den Karren. »Ich bin hier, Dolly. Ich werde es verhindern. Ich werde jemanden holen ...«

»Nein.« Dolly blieben nur noch wenige Minuten, in denen nur eines unerläßlich war: nicht allein zu sein. Sie drängte ihren Körper weiter über die Seitenwand des Karrens. Ihr Gesicht stieß Cecily den Hut vom Kopf. Ihre Zähne schlossen sich um ein Büschel von Cecilys Haaren, um Cecily bei sich zu behalten, damit sie miteinander verbunden wären. Hinter den zusammengebissenen Zähnen ging ihr Atem keuchend in der Kehle ein und aus; Cecily spürte seine Hitze an ihrer Kopfhaut kommen und gehen.

Das Pferd tänzelte und wich zur Seite. Cecily packte eine der Streben an der Karrenseite und hing dann dort wie ein Bär an einem Baumstamm. Sie drehte den Kopf nach hinten, nicht um sich von Dolly loszureißen, sondern um zu flehen. »Helft uns doch. Warum hilft uns denn keiner?«

Die einzigen Gesichter, die nicht lachten, gehörten Bekannten: Colonel Grandison, den Packers, Squire Leggatt.

Cole drängte sich zu ihr durch und stützte sie. Colonel Grandison duckte sich unter jemandes Arm hindurch, damit er unter ihr stehen konnte, das Gesicht aufwärtsgewandt, eine weiße Miniatur.

»Halten Sie es auf«, sagte sie zu dem Gesicht.

»Wir haben's versucht. Meine Liebe, wir haben's versucht.«

»Haben Sie ihnen nicht gesagt, wer sie ist? Sagen Sie ihnen, wer sie ist.«

»Das werde ich. Das werde ich. Wer ist sie?«

Hinten auf dem Karren entstand ein Tumult. Der Mann und die andere Frau wurden heruntergezerrt.

Colonel Grandison stritt mit einem Kapuzenmann. Cecily kreischte sie an: »Dies ist Sir Lemuel Potts' Schwester. Er ist ein Freund des Premierministers. Sie ist Sir Lemuels Schwester. Ihr könnt sie nicht aufhängen.«

Der Kapuzenmann klopfte mit der flachen Hand auf sein ledernes Wams. Er teilte ihr mit, er habe eine gerichtliche Urkunde, und er werde Dolly aufhängen, wer immer sie sei, aber Dollys Keuchen machte ein solches Getöse in ihren Ohren, daß sie ihn nicht richtig hören konnte. Jemand durchschnitt das Haarbüschel mit einem Messer, und ihr Kopf kam ruckartig frei. Sie schleiften Dolly vom Wagen und auf die Plattform. Das Brüllen der Menge kam in Wellen wie Dollys Atem.

»Kommen Sie fort, meine Liebe«, sagte Colonel Grandison. »Sie sollten so etwas nicht sehen.«

Der Henker legte Dolly eine seiner Schlingen um den Hals.

»Ich bin hier, Dolly.« Cecily flüsterte es. Sie waren noch immer miteinander verbunden. Ihre Augen starrten durch Dollys, als der Strick sich straffte und sie von den Füßen hob. Sie stieg in die Höhe, als der Strick Dolly hochzog, sie würgte, als Dolly zu würgen begann.

Dann tat Cole Packer das Liebevollste, Tapferste und Furchtbarste, was Cecily je gesehen hatte oder noch sehen würde. Er stemmte sich auf die Plattform und warf sich nach vorn, so daß er die Arme um Dollys Taille schlingen konnte. Dann zog er die Füße hoch und ließ sich schwingen. Es knackte. Dollys Augen ließen Cecilys los und schlossen sich zum letztenmal.

Als Archibald Cameron an diesem Abend in Cecilys Schlafkammer kam, saß sie vor ihrem Spiegel und hielt eine Schere in der Hand.

»Haben Sie die Leiche bekommen?«

»Aye. Sie liegt im Sarg in der Schankstube. Die Packers wachen bei ihr.« Sein Blick ging von Cecilys kahlgeschorenem Kopf zu dem Haufen blonder Locken in ihrem Schoß.

Sie nahm sie auf. »Legen Sie ihr das mit hinein.«

»Sie sollten sich keine Vorwürfe machen.« Er zog sich einen Stuhl heran und setzte sich neben sie, so daß sie einander im Spiegel anschauten.

Das Kerzenlicht machte aus Cecilys kurzgeschorenen Haaren eine Aureole. Sie sah aus, dachte sie haßerfüllt, wie ein *putto* an einem Renaissance-Fries. Sie hätte alles abrasieren sollen. »Ich war nicht hier.« Und giftig fügte sie hinzu: »Sie auch nicht.«

»Ich bin gekommen, so schnell ich konnte.«

»Haben Sie einen vernünftigen Grund dafür herausfinden können?«

»Vernunft«, sagte er. »Vernunft, Gott schütze uns.« Mit hängenden Schultern saß er da, unrasiert, Perücke und Rock noch staubig vom Ritt.

Cecily dachte: Cole Packer konnte er retten, aber Dolly nicht.

»Der Grund dafür ist ein Black Act, der seinen Namen zu Recht trägt.« Und fast zu sich selbst redend, intonierte er: »So eine oder mehrere Personen Feuer an ein Haus legen, eine Scheune, ein Außengebäude oder an Stapel, Stoß, Haufen, Garbe oder Miete von Stroh, Heu oder Holz, so soll nach rechtmäßiger Überführung ...«

»Sprechen Sie es nicht aus, sprechen Sie es gar nicht erst aus. Was haben Sie herausgefunden?«

Ihn im Spiegel zu beobachten, während er ihr die Geschichte erzählte, legte Distanz zwischen sie und das Geschehene – und zwischen sie und ihn.

In seiner Abwesenheit, erzählte Cameron, war Dolly ins »Belle« zurückgekommen, um sich um Lemuel zu kümmern, und Tinker Packer hatte sie in seiner Hütte zurückgelassen, wo er selbst für sich sorgen konnte. »Ein rechter Lothario ist der Mann«, sagte Cameron. »Nachdem er sich wegen Mistress Dolly einer Frau entledigt hat, entledigt er sich nunmehr der Mistress Dolly um einer Zigeunerin willen, die er bei ihren Landstreichereien Gott weiß wohin verfolgt.«

Als Dolly zu ihrer Hütte zurückkam und von einer Nachbarin hörte, daß Tinker mit seiner neuen *inamorata* durchgebrannt war, hatte sie alle diejenigen seiner Möbel zertrümmert, die sich mit einer Axt zertrümmern ließen. »Dafür hätte man ihr vor dem Friedensrichter vielleicht keinen großen Vorwurf gemacht«, vermutete der Anwalt.

Aber Dolly hatte nicht innegehalten, sondern eines der neuen vom Parlament ersonnenen Kapitalverbrechen begangen. Auf Tinkers Hof ... »Sie werden sich ja erinnern, daß der Bursche im Walde wohnt, wodurch sein Anwesen unter den Black Act fällt ...«

»Um Gottes willen«, sagte Cecily.

... hatte eine Heumiete gestanden, und Dolly selbst hatte das Heu mitgesammelt und für Tinker aufgehäuft. Sie hatte es angezündet. Einer von Lord Lettys Förstern hatte sie angezeigt.

Sofort war ihr der Prozeß gemacht worden, und zwar nicht vom Friedensrichter Colonel Grandison, wie es noch ein Jahr zuvor geschehen wäre, sondern von den Richtern Seiner Majestät, die darauf erpicht waren, König Georg und seinem Premierminister ihren Eifer bei der Durchsetzung der neuen Gesetze vor Augen zu führen.

»Aber selbst da hätte ein Plädoyer von jemandem wie mir eine Umwandlung des Urteils bewirken können«, sagte Cameron. »Schlimmstenfalls wäre sie deportiert worden. Gott möge es mir verzeihen, aber als Warty Packer mich holen wollte, war ich in Kent.«

Und Gott möge *mir* verzeihen.

Sie hatte sich solche Mühe gegeben, ihre Identität geheimzuhalten, daß niemand von den mächtigen Beziehungen wußte, die Dolly einmal gehabt hatte. Wäre dem Richter bekannt gewesen, daß Dolly zu ihrer Zeit bei dem Premierminister zu Gast gewesen war, der das Gesetz in die Welt gebracht hatte, nach dem sie jetzt verurteilt werden sollte ... So aber hatte er vor sich auf der Anklagebank eine buchstäblich wehrlose Frau und somit eine Gelegenheit gesehen, an ihr ein Exempel zu statuieren, das die übrigen Bewohner vor Übergriffen gegen fremden Besitz zurückschrecken lassen würde.

Es war zu schnell gegangen; der Anwalt hatte nicht die Zeit gehabt, die ihm zur Verfügung gestanden hatte, um Cole Packers ganz ähnlichen Verstoß von der Liste streichen zu lassen. Es war Mistress Dollys Mißgeschick gewesen – Cameron benutzte das Wort »Mißgeschick« –, daß das Gerichtsverfahren schnell abgewickelt worden war, daß die Assisenrichter sich zu der Zeit in Hertford aufgehalten hatten, und daß Todesurteile zwei Tage nach ihrer Verkündung vollstreckt wurden.

Dolly war neben einem Mann aufgehängt worden, der in Twein einen Hausbesitzer beraubt und ermordet hatte, und neben einer Frau, die ihren eigenen Säugling erstickt hatte.

Cecily fühlte, wie Cameron ihre Hand nahm. »Kein Grund, sich den Kopf zu scheren, mein armes Mädchen. Es war nicht Ihre Schuld, und es war nicht meine.«

Sie riß ihre Hand weg. »Tinker Packer«, sagte sie.

»Vielleicht nicht einmal seine. Sie war eine muntere, leidenschaftliche Frau.«

Vielleicht, aber Tinker Packer würde nie wieder einen Fuß ins »Belle Sauvage« setzen.

Cecily wußte, wessen Schuld es war. Bevor sie sich die Haare abgeschnitten hatte, hatte sie einen Brief an ein Kloster in Dünkirchen geschrieben und darin erklärt, sie sei bereit, sich an jeglichen Unternehmungen zur Beförderung der Sache Jakobs III. zu beteiligen und damit zum Sturz Georgs von Hannover und der Regierung Sir Robert Walpoles beizutragen.

Tyler würde ihn bei seinem ersten Ausflug als Schmuggler mitnehmen.

Sie handelte nicht aus grundsätzlichen Erwägungen; sie konnte nicht aufrichtig behaupten, es sei ihre Antwort auf den Schrei des unterdrückten Volkes von England, wenngleich es vielleicht eine Rolle spielte. Auch hatte sie sich nicht den Verrat zum Werkzeug ihrer Rache erkoren. Sie tat es, weil es politische Verbrechen gab, die der Zurückweisung bedurften.

Das Parlament und die Judikative hatten Hand in Hand gearbeitet, um ihre Autorität wie eine Lawine über die arme Kreatur niedergehen zu lassen, deren einziges Verbrechen darin bestanden hatte, daß sie ein Mensch war. Wenn soviel Macht gegen soviel Wehrlosigkeit eingesetzt wurde, war eine Reaktion nötig, denn sonst geriete die Welt zu sehr aus dem Gleichgewicht, als daß Cecily sich noch auf ihrer Oberfläche halten könnte.

Dolly war ein Teil ihres Lebens gewesen. Es kam nicht darauf an, daß sie sie manchmal nicht hatte leiden können. Sehr wohl aber kam es darauf an, daß sie beide am Ende durch ihre Bedeutungslosigkeit miteinander verbunden gewesen waren. Beim Schreiben des Briefes hatte sie Dollys Atem auf ihrem Kopf gespürt. Im Spiegel sah sie Dollys Gesicht, das sie über die Schulter des Anwalts hinweg anstarrte. Für den Rest ihres Lebens würde sie hören, wie Dolly nach ihr schrie. Und deshalb mußte etwas geschehen.

»Was soll ich Lemuel sagen?« Die Frage richtete sie an sich selbst.

Archibald Cameron sagte: »Soll ich es für Sie tun?«

»Nein.« Rechtsanwälte. Handlanger beim Mord. Staatliche Banditen. Cecily stand auf und schaute auf ihn hinunter. »Ich nehme an, Sie werden Ihren derzeitigen Beruf weiterhin ausüben?«

»Allerdings.« Er stand auf, als sie sich von ihm abwandte, und er faßte sie beim Arm und drehte sie zu sich um. »Mag sein, daß Sie das Gesetz in diesem Fall nicht allzu hoch achten, Mistress ...«

»Das Gesetz? Welches Gesetz? Das Gesetz, das Mörder sich machen? Ein Gesetz, das Dolly aufhängt? Das Gesetz habgieriger Kaufleute, denen nichts am Land liegt, außer daß sie alle andern daran hindern wollen, es zu haben? Was wissen diese vulgären Gestalten von England? Meine Ahnen haben es besessen und bewahrt. Bauer und Edelmann haben zusammengearbeitet. Jeder achtete den andern auf seinem Platz und den Boden, von dem sie alle kamen. Die Menschen hatten Rechte, die wir ihnen gegeben hatten. Emporkömmlinge wie Georg, wie Walpole, die geben nichts. Sie knüppeln England zu Tode aus einer Laune heraus, die ihnen Profit verspricht, und das nennen sie dann Gesetz.«

Sie keuchte vor Anstrengung, das in Worte zu fassen, was bis dahin nur in ihrem Blut gekocht hatte. Sie riß ihren Arm aus seiner Hand. »Also gehen Sie weg von mir.«

»Das werde ich nicht tun. Sie werden es verstehen, und wenn ich dafür sterben muß.« Er packte sie bei den Schultern und schüttelte sie so heftig, daß ihr Kopf nach hinten schnappte und ihr Gesicht zu ihm aufgewandt war.

»Zum Gesetz gehören Form und Verfahren: Es ist ohne Sinn, wenn es nur den Mächtigen dient. Es muß auch für andere gelten, denn sonst ist es Tyrannei – und das ist den Mächtigen sehr wohl bewußt. Manchmal muß es gegen sie arbeiten. Glauben Sie mir, wenn ich Ihnen sage, das Gesetz ist etwas Größeres als eine Form der Legitimation von Besitz oder Klasse oder Herrschaft. Es bedeutet Konflikt. Es ist nicht einmal gerecht; es war heute nicht gerecht. Aber es ist keine Tyrannei. Die Tyrannei kennt kein Gesetz.« Er schüttelte sie noch einmal. »Verstehen Sie das? Und ich sage Ihnen noch etwas, Mistress: Es hat Bürgerlichen wie mir Gnaden erwiesen, die wir unter Ihrer Aristokratie nicht kannten: Habeas Corpus, Privatsphäre, Schutz vor der absoluten Herrschaft der Monarchen. König Georg ist in dem, was er tut, eingeschränkt, und diese Einschränkungen hat ihm das Gesetz auferlegt. Das Gesetz.«

Credo stand gegen Credo. Die Intimität des Streits berührte sie beide. Sein schmaler Mund formte Muster, die sie wie gebannt betrachtete, obwohl sie sich weigerte, die Worte zu verstehen, die dabei herauskamen.

»Dann dienen Sie eben weiter Walpole.«

»Ich diene dem Gesetz.« Wieder schüttelte er sie. »Nehmen Sie das Gesetz fort, was sind wir dann? Wilde, die sich über einem Kadaver zerreißen. Sicher, Walpole hat seinen eigenen Vorteil im Auge. Dafür hassen Sie ihn, und ich auch. Schamlos, rufen Sie. Unrecht, rufe ich. Aber Sie wissen, daß es schamlos ist, und ich weiß, daß es unrecht ist, weil wir eine Idealvorstellung von dem haben, was das Gesetz sein sollte, und dieses Ideal ist uns von großen Juristen und großen Männern gegeben. Und ich sage Ihnen, Mistress, für dieses Ideal werde ich kämpfen, solange noch Atem in meinem Körper ist.«

Wieder Atem auf ihrem Haar, die Wärme eines anderen Körpers. Er hatte sie so nah an sich gezogen, daß sie das Kerzenlicht auf den kurzen Wimpern sehen konnte, die so hell waren, daß man sie tagsüber nicht sah.

Er sprach leise und wirkte plötzlich sehr beunruhigt. »Es ist wichtig, verstehen Sie, Cecily? Das Gesetz ist wichtig. Ich bin wichtig.« Die nackten Augen stellten ihr eine Frage.

Sie antwortete: »Nicht für mich.« Da ließ er sie los.

Sie erzählte Lemuel, daß Dolly bei einem Unfall ums Leben gekommen sei, und vertraute darauf, daß ihre Leute den Anstand haben würden, ihn nicht aufzuklären. Und sie taten es auch nicht.

Er weinte, aber es war, als sei die Nachricht eigentlich nebensächlich für ihn, und sie dachte sich, daß der Kampf, am Leben zu bleiben, wohl wie bei einem sehr alten Menschen all seine Konzentration erforderte, so daß er nicht mehr die Kraft übrig hatte, um andere zu trauern.

In jenem Winter, kurz vor Weihnachten, verkroch sich eine Bettlerin in den Stallungen des »Belle«. Das kam nicht selten vor: London versuchte seine Bettlerpopulation zu verringern, indem es die anstoßerregenden Leute dreißig Meilen weit über die Stadtgrenzen hinaustransportierte. Woolmer Green lag auf der Linie der nördlichen Dreißig-Meilen-Grenze.

Im »Belle« hatte man sich an sie gewöhnt; man gab ihnen Brosamen und schickte sie dann auf einem Karren nach Stevenage. Die Leute in Stevenage beklagten sich, daß die Bettler ihre Wohlfahrtsausgaben in die Höhe trieben. Aber in Stevenage stand, wie

Cecily geltend machte, das nächste Armenhaus. »Und in meinem Gasthaus bleiben sie nicht.«

An diesem Abend saß sie in ihrem Kontor und ging lustlos die Bücher durch. Der fahrplanmäßige Kutschenverkehr war für den Winter eingestellt worden; für das »Belle« bedeutete dies eine Atempause, in der nur Einheimische und einzelne Reisende bedient werden mußten.

Marjorie Packer meldete die Ankunft. »Wieder 'ne Vogelscheuche am Tor.«

»Steckt ihn für die Nacht in einen der Ställe.«

»Schon gemacht. Ist schon wieder 'n Nigger. Und 's ist 'ne Sie.« Marjorie trat nervös von einem Bein aufs andere.

Cecily blickte auf. »Wir sind aber kein Hafen für Neger, Marjorie. Einer ist genug.«

»Wie's aussieht, sind's mit ihr bald drei. Ist jeden Augenblick soweit.«

»Verdammt.«

In ihren Pantoffeln rutschte sie über das gefrorene Kopfsteinpflaster, als Cecily über den Hof zu den Ställen lief. Ned hatte eine Laterne an eine Raufe gehängt, um ein Krippenbild herzustellen. Gelbes Licht schien gebündelt auf eine schwarzhäutige, in ein schwarzes Tuch gehüllte Gestalt, die im Stroh lag; es glänzte auf dem Kopf eines Pferdes, das über die Trennwand schaute, und verwandelte Ned, Stabber und Cole in hilflos zuschauende Hirten.

Die Frau lag im Sterben; ihr Blick hatte die Starre einer Todgeweihten. Sie mochte sechzehn oder vierzig sein. Der Hunger hatte ihr Gesicht alt gemacht und ihm seine Individualität geraubt; es war die Maske, die man überall auf den Straßen Londons antreffen konnte und die die Hungernden, ob schwarz oder weiß, aussehen ließ wie Mitglieder derselben Familie.

Das bißchen Nahrung, das ihr Körper bekommen hatte, war von dem Fötus in ihrem geschwollenen Bauch aufgesogen worden. Die Geburt war bereits weit fortgeschritten.

»Soll ich sie ins Haus tragen?« fragte Stabber.

Cecily schaute Marjorie an, und die schüttelte den Kopf. »Wir bewegen sie lieber nicht. Das geht schon.« Das Stroh war sauber, und die Luft war gewärmt von den Pferden.

»Quick soll einen Eierpunsch machen – viele Eier, Milch, Brandy.« Zum ersten Mal seit Dollys Hinrichtung wurde Cecily lebhaft und tatkräftig. Sie verspürte Wut, die sich auf die stupide Gleichgültigkeit der schwarzen Frau richtete. Diese Frau hatte die Gelegenheit bekommen, ein Leben hervorzubringen, und sie warf sie weg, indem sie starb. Was hätte Sophie nicht für diese Gelegenheit gegeben? Oder ich?

Sie kniete im Stroh nieder und fauchte die Frau an: »Du wirst dieses Kind zur Welt bringen, ob es dir paßt oder nicht.«

Marjorie war Cecilys Verbündete und Beraterin. Die beiden waren die Verteidiger des ungeborenen Kindes gegen einen gemeinsamen Feind: die Mutter. Sie flößten der Frau den Eierpunsch gewaltsam ein, sie schlugen ihr ins Gesicht, wenn sie bewußtlos wurde, sie wuschen sie, sie fragten nach ihrem Namen, gurrten und schrien sie an. Es war tatsächlich ein Wettkampf zwischen Leben und Tod.

Die Männer saßen auf Heuballen am Eingang des Stalls und pafften an ihren Pfeifen. »Laß die arme Seele in Frieden sterben, Marje«, sagte Cole.

»Geh und steck deinen Kopf in 'n Eimer«, sagte Marjorie.

Quick kam herein und lehnte sich an einen Pfosten. »Kennst sie wohl, Quick, hm?« fragte Stabber.

Der schwarze Mann schüttelte den Kopf.

»Dachte, du kennst sie vielleicht«, meinte Stabber.

»Frag sie, wer sie ist«, befahl Cecily dem Koch. »Woher sie kommt.« Vielleicht war schwarze Haut eine andere Sprache.

Quick sagte langsam. »Wer bist du? Woher kommst du?«

Es nützte nichts. Der Kopf der Frau rollte hin und her. Nur ihr Leib reagierte auf das Drängen des Kindes, das heraus wollte. »Pressen, du Miststück«, schimpfte Marjorie. Es war, als helfe man jemandem bei der Flucht aus einem einstürzenden Gebäude. »Und noch mal. Da ist der Kopf, ich kann ihn fühlen.«

»Pressen, verdammt«, sagte Cecily. »Verdammt, du sollst pressen.«

Das einzige Geräusch, das die Frau von sich gab, war das unwillkürliche Ächzen, mit dem die Luft bei den letzten Wehen aus der Lunge getrieben wurde.

Der Kopf war zu sehen. Marjories Hand wölbte sich um ihn, als wollte sie daran ziehen, aber in einer letzten Woge wand der Körper sich heraus und plumpste zwischen die Schenkel der Mutter, ein glitzernder Maulwurf in seiner Haut.

Cecily schob ihm tastend den kleinen Finger in den Mund, und ein blökendes Geräusch kam heraus. Danke, Gott, danke, danke.

Schluchzend schnitt Marjorie die Nabelschnur mit einem Küchenmesser durch und verknotete sie mit Heubündelzwirn. Cecily hielt der Mutter das Baby vor die Augen. Es war ein Mädchen. »Schau, wie tüchtig du gewesen bist.«

Aber die Frau war nicht mehr da. Die Nachgeburt würde in ihr bleiben. Cole wischte sich über die Augen. »Eins kommt, eins geht. Im selben Augenblick«, sagte er.

Sie wickelten das Kind in ein Lammfell, um es ins Wirtshaus zu tragen und auf seine Gesundheit zu trinken, und sie zeigten es Lemuel so frohlockend, als wäre es eine Trophäe von einem Schlachtfeld. Marjorie schickte Stabber in den Wald, damit er die Schwester des Mannes ihrer Cousine holte, Polly, die soeben ihr fünftes verloren und noch ihre ganze Milch hatte.

»Was machen wir jetzt damit?«

»Wär 'ne Schande, sie ins Armenhaus zu stecken.«

»Man muß sie aufziehen, damit sie sich nützlich macht. Eigenes Personal züchten, sozusagen.«

Alle schauten Cecily an. Großer Gott, sie wollen, daß ich sie behalte. Ein lebendiges Baby zu entbinden war ein Triumph gewesen; aber weiter hatte sie nicht gedacht. »Wir haben zuviel zu tun«, protestierte sie. »In ...«

*In der Herberge ist kein Platz.*

»Verdammt.«

Vielleicht war Dollys Tod am Ende doch in Lemuels Bewußtsein gedrungen und hatte die Waagschalen seiner Schlacht zu seinen Ungunsten geneigt. Eines bitteren Morgens im darauffolgenden Februar jedenfalls wollte Cecily ihm das Frühstück bringen, und da war er tot.

Er wurde neben Dolly auf dem Friedhof von Datchworth begraben. Cecily ließ einen Stein aus der Wand des »Belle« nehmen und ihnen daraus einen Grabstein machen, und sie bestellte einen Steinmetz aus Stevenage, der eine Inschrift hineinmeißelte: *Daselbst müssen doch aufhören die Gottlosen mit Toben; daselbst ruhen doch, die viel Mühe gehabt haben.*

Hiob, fand sie, war das Passende.

Die Totenandacht war gut besucht, und einige vom Gesinde des »Belle« vergossen ein paar Tränen, und sogar ein paar Gäste, die Lemuels Kampf um Beweglichkeit und Sprache verfolgt hatten. »Einen reizenden Gentleman« nannte Colonel Grandison ihn in seiner Ansprache. Cecilys Augen blieben trocken. Dolly schaute vom Altarblatt auf sie herunter, wie sie ihr auch im »Belle« aus jeder Ecke entgegenstarrte.

Am Grab trat Archibald Cameron an ihre Seite. Sie hatten nichts mehr voneinander gehört, seit man Dolly gehängt hatte, aber es war ihr notwendig erschienen, daß jemand, der Lemuel in seiner großen Zeit gekannt hatte, seinem Tod die offiziellen Weihen verlieh.

»Ich dachte mir, Sie wünschen nicht, daß ich Sir Robert in Kenntnis setze.«

»Nein.«

Die Vögel waren in der Kälte verstummt. Bucheckern von der kahlen Buche, die über den Häuptern der Trauernden aufragte, lagen gefroren auf der Erde. Die Schafe, die sonst auf dem Friedhof grasten, waren zum Winter geschlachtet worden, und Colonel Grandisons roter Bulle spähte über die Hecke und ließ Ströme von Dampf aus seinen Nüstern wallen. Jenseits des Grabens erstreckten sich die Felder von der Höhe hinab, und ihre Erde lag braun unter einem farblosen Himmel.

Wäre Lemuel mit diesen bukolischen Trauerfeierlichkeiten zufrieden gewesen, oder hatte er in seiner lange ertragenen Stummheit immer noch auf den gedämpften Trommelklang gehofft, auf die Schweigeminute im Unterhaus, auf einen Gedenkgottesdienst in St. Stephen's? *Ach, Lemuel, ich habe weder die Zeit noch die Geduld aufgebracht, es herauszufinden.*

»Staub zu Staub, Asche zu Asche«, sang der Kurat.

Cameron bückte sich, hob einen Lehmklumpen vom Aushub des Grabes auf und legte ihn ihr in die Hand. Sie ließ ihn hineinfallen. Es war gewöhnlicher Lehm aus Hertfordshire; er rieselte nicht, sondern landete mit einem dumpfen Laut auf dem Sargdekkel.

»Sie haben gut für ihn gesorgt«, sagte Cameron, als sie davongingen.

Wieso beharrte dieser Kerl auf der Idee, daß sie Trost brauchte? Es gab keine Verpflichtung, einen plebejischen Mann zu lieben, der ihr aufgezwungen worden war, und auch nicht die Pflicht, seine Schwester zu lieben.

Bevor sie den Friedhof verließen, blieb Cameron am Grab der schwarzen Frau stehen. Der flache Stein war aus demselben Block gehauen wie der für Dolly und Lemuel. Die Inschrift stammte aus dem Buch Exodus, und ausgesucht hatten sie Marjorie und Quick: »Ich bin ein Fremdling geworden im fremden Lande.«

»Haben Sie je herausgefunden, wer sie war?«

Die Packers hatten es versucht, sich aber geschlagen geben müssen. Der Büttel von Welwyn, der Gemeinde, die südlich von Woolmers Green lag, hatte bestritten, sie zu kennen, und der von Stevenage auch, aber Cole hegte den Verdacht, daß entweder dieser oder jener sie über seine Gemeindegrenzen abgeschoben habe, damit sie und das Kind der Gemeinde nicht zur Last fielen.

»Sie hat gar nicht existiert«, sagte Cecily. »Man hat sie erfunden.«

Sie spürte, wie Cameron seinen Arm unter den ihren schob, um sie davonzuführen. *Er glaubt, ich bin nicht bei Sinnen.* Und sie fragte sich, ob sie es war.

Nach Dollys Hinrichtung hatte sie gewußt, daß sie es nicht war – besser gesagt, daß sie allein durch eine irrsinnige Welt wanderte, wo sie vertraute Gegenstände und Gesichter anstarrte, die verzerrt aussahen, und ihre eigene Hand betrachtete, als gehöre sie jemand anderem. Alles war grau geworden. Am Tage aufzuwachen war bald ebenso furchtbar gewesen wie der nächtliche Ring von Grabsteinen, Sophies Baby, Dolly, der Tod der Freundschaft: farblos, aber aus einer Masse, die ihr den Atem abschnürte, so daß sie würgend aufwachte.

Und eines Abends dann, vor kurzem erst, war Licht in diesen Ring gedrungen – mit einem Kind: weiß erst, als es sich zwischen den Steinen bewegte, und schwarz, als es den Tanz beendete und hervorkam, aber immer noch leuchtend. Daraus war ein wiederkehrender Traum geworden, und nicht einmal Lemuels Tod hatte ihn zum Erlöschen gebracht.

Für Cecily war es, als habe man die schwarze Frau irgendwo an der Great North Road eigens erfunden, um die Symmetrie wiederherzustellen: Sie sollte in den Hof des »Belle Sauvage« gehumpelt kommen und das Kind dort abliefern. Eine Geburt für einen Tod, ein Frühling für einen Winter. Sie war eine Voraussetzung gewesen, ein Vehikel, mit dem die Waage, die Sophies Kind leer gelassen hatte, wieder ins Gleichgewicht zu bringen war.

Cameron beharrte bang darauf, sie zu trösten. »Sie haben immer noch das ›Belle‹, um das Sie sich kümmern müssen«, sagte er, »und das kleine Ding zu versorgen.« Er hatte das schwarze Kind in sein Herz geschlossen.

Cecilys zustimmendes Lächeln schien ihm desto mehr Sorgen zu bereiten.

*Und eine Regierung zu stürzen.*

# 10

Die Kutsche lehnte sich furchterregend auf die Seite, als sie am Fuße des Hügels um die Kurve kam, und richtete sich dann wieder auf, um durch den großen Torbogen ins »Belle Sauvage« zu rollen und seine Pfeiler mit Schlamm und Pferdeschweiß zu bespritzen.

Ein Junge rannte nebenher, um den Schlag aufzureißen und das Trittbrett herunterzuklappen, noch bevor das Gefährt erbebend zum Halten gekommen war. Stallknechte spannten die Pferde aus, Gepäck wurde aus dem krinolinenähnlichen Netz an der Rückwand der Kutsche gewuchtet, und die Wirtin sprach den Willkommensgruß aller guten Gasthäuser. »Bitte abzusteigen.«

Archibald Cameron sah, daß ihre Miene jenen wachsamen Ausdruck annahm, den sie immer bekam, wenn sie seiner ansichtig wurde. »Wie schön, Mr. Cameron. Wieder ein wenig angeln?«

Sie sah besser aus als bei Sir Lemuels Begräbnis, nicht mehr so geisterhaft und wahnsinnig. Sie bläst nicht mehr Trübsinn, dachte er. Das macht das Kind. »Wie geht's meiner Eleanor?«

Das »Belle« blühte. Er schaute sich auf dem großen, aufgeräumten Hof um und betrachtete die Stallungen und die Remise, in der die Postkutsche soeben zurechtgerückt wurde, um Platz für weitere Ankömmlinge zu schaffen. Über ihm zog sich eine elegante, von Efeu bewachsene Galerie entlang, über deren Geländer Geranien sprossen. Durch die offene Tür des Gasthauses vor ihm fiel der Blick auf einen Gang mit blankgescheuerten Steinplatten und einer niedrigen, stuckverzierten Decke. Er roch den Duft von Apfelholzfeuer, Wein und guter Küche. Wer hätte gedacht, daß eine so unzuverlässige Person wie Lady Cecily Fitzhenry eine so ausgezeichnete Gastwirtin abgeben würde?

Cameron dehnte die Glieder und stampfte mit den Füßen, um die Steifheit zu vertreiben. Ein gerissener Gurt hatte die Reise von

London herauf verzögert, und seine Reisegefährten hatten ihm die Zeit noch länger erscheinen lassen, ein wortreicher Yorkshireman und zwei andere Gentlemen, der eine stattlich, der andere mittelgroß, die er schon einmal im »Belle« gesehen und sogleich als bessere Viehdiebe eingeschätzt hatte. Die gemeinsame Kutschfahrt mit den Burschen hatte seine Meinung nicht geändert.

»Einen wunderschönen guten Morgen, Ned.«

»Schön, Sie wieder bei uns zu haben, Master Archie.«

»Und dir geht's gut, Cole?«

»Um so besser, wo Sie wieder da sind, Master Archie.«

Fröhliche Disziplin erfüllte das »Belle«: Sie führte die Leute gut, und auch das war eine Facette ihres Charakters, auf die er früher nicht hätte wetten mögen, wenn er eine Spielernatur gewesen wäre.

Marjorie packte seinen Koffer aus, der Junge putzte ihm die Stiefel, und dann setzte Cameron sich an den gemeinschaftlichen Tisch. Die beiden Viehdiebe, bemerkte er, nahmen die Mahlzeit in einem Zimmer für sich ein und wurden von der Wirtin persönlich bedient. Und sie tut's mit langem Gesicht, dachte er, als er sah, wie Cecily mit einem Tablett durch die Tür ging.

»Der Knabe mit der Fuchsperücke, mit dem wir hergekommen sind, meine Liebe«, sagte Sir Spender eben. »Der Schottenrock. Ein ganz frommer Bursche. Standhaft wie ein Kirchturm. Wollte nicht mit mir wetten. Cameron heißt er. War schon mal hier, ja?«

»Er ist mein Anwalt.«

»Ach ja? Nützlich, sehr nützlich. Man hält es für lohnend, ihn für die Sache genauer unter die Lupe zu nehmen. Hat ein Auge auf ihn geworfen, wie mir scheint. Wächst zu 'ner großen Kröte im Teich der Whigs heran, wie ich höre.«

»So fromm ist er auch wieder nicht«, widersprach Maskelyne. »Da gibt's eine Frau in Kent.«

»Ich werde meinen eigenen Rechtsanwalt nicht bespitzeln«, sagte Cecily entschieden. *Was für eine Frau in Kent?*

»Gleichwohl kann es nicht schaden, die Ohren zu spitzen und die Augen offen zu halten«, sagte Sir Spender. »Für die Sache.«

Als er gegessen hatte, schickte Cameron, wie er es immer tat, nach dem Koch. »Du schwingst den Kochlöffel noch immer wie ein Heiliger, Master Quick. Es war ein Glückstag, da Mrs. Henry dich einstellte.« Der Ruf des Kochs war so weit gedrungen, daß der konkurrierende Gasthof »White Horse« in Stevenage in hoffnungsvoller Nachahmung ebenfalls einen schwarzen Koch engagiert hatte.

»Ein Glückstag für mich, Master Archie, dank Ihnen.«

Der Schotte feierte ein fröhliches Wiedersehen mit der kleinen Eleanor in der Schankstube, wo sie ihm und Colonel Grandison gute Nacht sagte. Er hatte ihr ein kleines Holzpferd auf Rädern mitgebracht.

Dem Yorkshireman gefiel es nicht, daß man dem Kind soviel Aufmerksamkeit schenkte. Unterwegs hatte er die Kutsche mit Einzelheiten aus der Kammgarnfabrikation unterhalten – einem Unternehmen, durch das er wohl ein Vermögen erwarb, nicht aber das nötige Selbstvertrauen, das seinen Argwohn zerstreut hätte, das Gesinde könnte ihn übervorteilen, wenn er nicht schrie.

Er hatte bereits sein Mißfallen zum Ausdruck gebracht, als er erfahren hatte, daß ein Schwarzer sein Essen gekocht hatte, obwohl er es gegessen und nach mehr verlangt hatte. Die wachsende Zahl von Negern in Südengland betrachtete er als Seuche. »In Yorkshire würde man sie nicht hereinlassen, das kann ich Euch sagen.«

Der Anblick des Kindes Eleanor, um das die Stammgäste des »Belle« viel Aufhebens machten, beleidigte seine *amour propre* nun noch mehr.

»Was ist denn das? Ich frage Euch, was ist das? Ein Kaminfeger oder ein Possenreißer? Tanzt es mit einem Hund, oder was? Hey, Missis?« Cecily war in der Tür erschienen. »Ist das eine anständige Herberge? Oder ein Brutplatz für Nigger? Ich will damit sagen ...«

Cameron erhob sich, Colonel Grandisons Hand fuhr zum Degen, und Warty Packer verließ seinen Platz bei den Fässern und kam schwerfällig heran.

Cecily war schneller. Sie lächelte den Yorkshireman an. »Dürfte ich Sie auf ein Wort nach draußen bitten, Sir? Es geht um Ihr Portmanteau.«

Cameron folgte den beiden auf den Hof, da er Unannehmlichkeiten befürchtete. Er hörte, wie der Yorkshireman fragte: »Was ist mit meinem Portmanteau? Habt's wohl verräumt, ja?«

»Ja«, sagte die Wirtin. »Es ist bereits unterwegs zum ›White Horse‹, ein Stück weiter oben an der Straße, und Sie werden so gut sein, dieses Pferd zu besteigen. Ned wird Sie hinführen. Es wird Ihnen dort eher zusagen. Die Kutsche wird Sie morgen früh abholen. Hilf ihm auf, Ned.«

Daß das Wutgetöse des Yorkshiremans nur ein Wind war, lag daran, daß Stabber, Cole, Gog und Magog in dem von langen Schatten erfüllten Hof standen. Sein Gebrüll verhallte im Vogelgesang des Sommerabends, als sein Pferd, von Ned am Zügel geführt, vom Hof trabte.

»Gut gemacht«, sagte Cameron, als Cecily wieder hereinkam.

»Danke. Bleiben Sie lange?«

»Aye. Ich dachte mir, ich gehe ein bißchen angeln.«

Cecily ging noch einmal hinaus in den Hof. »Behalte Master Archies Zimmer im Auge, wenn er zu Bett gegangen ist«, trug sie Cole auf. »Ich möchte nicht, daß er ausgerechnet heute nacht herumspaziert – nicht, wenn Tyler kommt.«

»Er würde uns nicht verraten«, meinte Cole.

*Was weißt du schon.* Die Packers waren in Cecilys Schmuggelgeschäfte eingeweiht, ja, sie halfen sogar bereitwillig dabei mit. Aber was sie in dieser Nacht sonst noch vorhatte, ging nur sie und die Jakobiter etwas an. »Er ist Rechtsanwalt. Angeln, wahrhaftig. Er angelt nach etwas, aber Fische sind's nicht.«

Cole schaute ihr kopfschüttelnd nach, als sie ins Haus zurückkehrte. Wann würde sie es wohl merken? Alle andern merkten es doch.

Zu ihrer Bestürzung waren nach ihrem Gespräch mit Jakob Stuart auf Hempens sehr bald seine Geheimagenten erschienen. Und noch größer war die Bestürzung gewesen, als es sich um zwei

Jakobiter aus ihrer Vergangenheit handelte und ihre Besuche häufig stattfanden.

Ihre Ankunft führte stets zu Spannungen, teils durch das, was sie mit sich brachte, teils weil sie sich unweigerlich betranken – Sir Spender ganz indiskret und Maskelyne voller Aggressivität gegen jeden, der ihn schräg anschaute.

Von wegen, geheim, dachte Cecily. Bei Jahrmarktschreiern hatte sie größere Zurückhaltung gesehen. Wie gewöhnlich versuchte sie, die beiden zu überreden, nach dem Abendessen nicht in die Schankstube zu gehen. Wie gewöhnlich taten sie es doch.

»Nein, nein, meine Liebe«, sagte Sir Spender. »Herumschleichen erregt nur Mißtrauen. Was könnte natürlicher erscheinen, als mit seinen Mitmenschen ein Glas zu trinken? Wir müssen mit ihnen zusammenkommen, um den Puls des Landes zu fühlen. Nein, wiederum werden wir das Sägemehl mit diesen *ascriptus glebae* befeuchten, diesen Pflügern und Mähern. So wärmet uns den Wein, liebe Dame.«

»Und schreibt ihn auf die Rechnung«, fügte Maskelyne hinzu. Sie bezahlten nie.

In der Schankstube ließ Cameron sich bei Colonel Grandison nieder, der noch immer gegen den Yorkshireman wetterte. »Whig-Emporkömmlinge, verdammt unmanierliche Flegel alle miteinander, bitte um Vergebung, Cameron.«

Der Whig-Emporkömmling gewährte Vergebung, und eine Zeitlang nippte er an seinem gewürzten Port, lauschte dem Geplauder des Colonels, genoß den Duft von Goldlack, der zum Fenster hereinwehte, und beobachtete seine beiden Reisegefährten auf der anderen Seite der Schenke, wie sie sich betranken.

»Ich gehe jetzt zu Bett, Colonel. Der frühe Vogel fängt den Fisch.«

Oben nahm sich Cecily einen Augenblick Zeit, um sich zu vergewissern, daß Eleanor schlief, und um die makellose Schwärze ihrer Haut auf dem weißen Laken zu bewundern.

Anfangs hatte sie die Sorge für das Kind der Amme Polly überlassen, aber ein arbeitsreicher Sommer hatte Pollys Dienste als

Stärkerin, Näherin und Putzfrau erfordert, und so war das Kind herumgereicht worden und hatte zuzeiten bald bei dieser, bald bei jener Frau – auch bei Cecily – auf der Hüfte gesessen, es hatte festgezurrt auf Neds Rücken gehangen, wenn er die Pferde striegelte, in einer Satteltasche gehockt, wenn Quick zum Markt ging, in einem Wäschekorb oder auf Colonel Grandisons Knie in der Schankstube.

Sein Status stand fest: eine Wohlfahrtswaise, bestimmt zu einem Dasein als Magd im »Belle Sauvage«.

Anfangs galt sie den Bewohnern des »Belle« als Kuriosität, bald aber als Hätschelkind. Sie war ein gesundes Mädchen, das leicht zum Lachen zu bringen war, und ihr Vertrauen in die Gutwilligkeit der ganzen Welt machte sie verwundbar. Aber die Packers, männliche wie weibliche, waren ihre Beschützer, und mit ihnen legte sich niemand an.

Die Schwärze ihrer Haut wandelte sich im Auge des Betrachters; manchmal war sie auffällig, wenn sie mit den hellhäutigen Packer-Kindern spielte, um dann zu verschwinden, wenn sie sich in der Gesellschaft Erwachsener befand, und für diejenigen, die an sie gewöhnt waren, war sie nicht auffälliger als das Muttermal auf Marjories Wange oder das Ticken der Standuhr im Salon, bis sie überraschend hervortrat, wenn neue Gäste eine Bemerkung darüber machten.

Cecilys Überzeugung, daß das Kind ein Ersatz sei, nahm derweilen zu, nicht ab. Sie hatte auf Hempens um das Leben eines Kindes gekämpft und verloren. Und diesmal hatte sie gewonnen. Es war natürlich ein minderwertiger Ausgleich – das Kind einer schwarzen Bettlerin –, aber es zählte als Sieg in einer Reihe von Niederlagen, als zufälliger, winziger Ausgleich für alle Ungerechtigkeiten des Lebens.

Mit der Zeit mußte sie ihre Aufmerksamkeit bewußt auf die negroiden Züge konzentrieren, denn sie fing an, Sophie zu sehen, wenn sie das Kind anschaute. Die Gutmütigkeit, das Vertrauen darauf, geliebt zu werden, die Fähigkeit, ihr Publikum zum Lachen zu bringen, das alles waren so eindeutig Sophies Eigenschaften, als flüstere Sophie dem Kind ihre Anweisungen ins Ohr. Die ketzerische Vorstellung, daß Sophies Baby im Körper dieses wundersam gesandten Christkindes eine neue Heimat gefunden habe, ließ ihr keine Ruhe.

Die Taufe schob sie hinaus, und so war das Kind bald abwechselnd bekannt als »Rußtopf«, »Afrika«, »Melly« (von »Melasse«) und – hinter Cecilys Rücken, aber nicht unfreundlich – als »kleiner schwarzer Gauner«, bis Archibald Cameron Cecily bei einem seiner Besuche darauf aufmerksam gemacht hatte, daß sie sich wie eine Heidin benehme und daß er, wenn das Kind nicht auf der Stelle durch die Taufe in die Kirche von England aufgenommen werde, höchstpersönlich dafür sorgen werde, daß man sie zur Presbyterianerin mache.

Zerknirscht sagte Cecily: »Ich weiß nicht, wie ich sie nennen soll.«

»Grisel. Ein guter schottischer Name.«

»Ach ja? Wir werden sie Eleanor taufen. Ich meinte den Nachnamen.«

»Herrgott. Cameron, wenn es sein muß.«

Sie war ebenso überrascht über die Großzügigkeit, mit der er seinen Namen herumreichte, wie es ihn wunderte, daß sie den ihren zurückhielt.

Fitzhenry? Diesen Namen konnte man nicht irgend jemandem geben, schon gar nicht einem schwarzen Irgendjemand, mochte es eine noch so wunderbare Person sein. Und »Potts« wollte sie dem Kind nicht antun.

Eleanor Grisel Belle Cameron wurde in der folgenden Woche in der Kirche zu Datchworth getauft; Cecily und Marjorie Packer waren als Patentanten zugegen, Cameron und Colonel Grandison als Paten.

Und eines Tages, Cecily war in die Küche gekommen, um mit Quick zu reden, streckte Eleanor, die in der Apfeltonne spielte, die Arme heraus und sagte: »Mama.«

Quicks Reaktion war sonderbar. Er hockte sich vor das Faß, als wolle er seinen Körper zwischen Cecily und das Kind schieben.

»Sie meint's nich so, Miz Cec'ly. Sie hört, wie die Packers ›Mum‹ sagen, und hängt ein Stückchen an.« Und zu Eleanor sagte er: »Du darfst die Mistress nich so nennen, Kind, du mußt respek'voll sprechen. Demütig und respek'voll zu jedermann.«

Er glaubt, ich werde mit ihr schimpfen, dachte Cecily, und dann kam ihr in den Sinn, daß man Sophies Kind nicht zur Demut anhalten werde.

In scharfem Ton sagte sie: »Warum sollte sie demütig sein?«

Quick stand auf und ließ die Schultern hängen, und sein Blick richtete sich bemüht zu Boden. »Sie ist'n schwarzes Mädchen, Mistress. Sie hat 'ne lange, schwere Furche zu pflügen.«

»Ihre Manieren werde ich ihr schon beibringen, vielen Dank, Quick.«

Danach hatte Cecily sich immer mehr in Eleanors Erziehung eingemischt. Sie sprach öfter mit ihr, damit sie sich nicht den Dialekt von Hertfordshire angewöhnte, sie ließ ihre Kleider von ihrer eigenen Näherin machen, und sie verbot Polly, ihr das wollige Haar zu schneiden. »Sie ist kein Junge.«

»Aber sonst hält keine Haube drauf«, protestierte Polly. »Sieht aus wie 'n Stück Spitze auf 'ner Pusteblume.«

»Dann geht sie eben ohne Haube.« Cecily fand, daß die ausladende Haarpracht des Kindes bezaubernd aussah – wie ein kunstvoll gestutzter Strauch.

Polly kündigte. Sie erwartete ohnedies ihr sechstes Kind. »Nicht, daß ich die kleine Rabengöre nicht gern hätte«, sagte sie zu Marjorie, »aber sie muß wissen, wo ihr Platz ist. Was Mum mit ihr macht, wird nur Ärger bringen.«

Am Abend nach Pollys Fortgang hörte Cecily Weinen aus dem Kinderzimmer. Als sie die Tür öffnete, sah sie ein kleines weißes Nachthemd, das vor Pollys leerem Bett stand.

Sie nahm das Kind auf den Arm. »So geht's nicht, hörst du? Du mußt dich daran gewöhnen, allein zu schlafen.« Ihr Hals war naß von dem Gesicht, das sich daranschmiegte, ein winziger Brustkorb schluchzte an ihren Rippen, und kleine Füße und Hände suchten scharrend einen Halt.

Sie trug das Kind in ihr eigenes Bett. »Wohlgemerkt, das machen wir uns nicht zur Gewohnheit.«

Am nächsten Abend hatte man Eleanors Bettchen in Cecilys Zimmer gestellt, und dort war es geblieben.

In der Schankstube saßen zu später Stunde nur noch die Jakobiter. Warty Packer räumte gerade die Tische ab, als Cecily hereinkam. Sir Spender rief nach Schnaps. »Wo ist mein *aqua vitae*? Warum ist mein Glas leer? Ist das eine verdammte Hannoveraner-Taverne oder ein Ort für Gentlemen?«

Warty schaute zu Cecily herüber. »Die haben schon neun Stück ausgesoffen.«

Sie nickte. »Geh und mach Tyler die Kellertür auf, und dann kommst du zurück.«

Sie trug die Flasche zum Tisch der Jakobiter. Sir Spender musterte sie mit glasigem Blick. »Bist du der Bursche, der vor einer Stunde meine Bestellung aufgenommen hat? Junge, du hast dich verändert. Nein, Masky, es ist unsere entzückende Gastgeberin. Trinken Sie mit mir, Madam. Noch eine Runde mit Aphrodite.«

»Ihr habt schon neun Flaschen ausgetrunken«, sagte Cecily. »Für heute ist Schluß.«

»Keine Schankwirtin wird ihm vorschreiben, wann er trinken darf und wann nicht«, sagte Maskelyne.

»Habt ihr Arbeit für mich oder nicht?« Cecily war bemüht, sich nicht anmerken zu lassen, daß sie Angst vor Maskelyne hatte, aber die hatte sie. Wenn er betrunken war, wurden seine verbalen Attacken gegen sie und die anderen Frauen des Wirtshauses schmutzig. »Oder soll ich Cole Packer rufen?« Maskelyne hatte einmal den Fehler begangen, Marjorie in Coles Hörweite zu beleidigen, und war dafür in die Pferdetränke geflogen; seitdem hütete er seine Zunge ein wenig. Niemand im »Belle« verstand, weshalb er immer noch hier wohnen durfte. Hätte Sir Spender nicht bei Cecily ein Wort für seinen Kumpan eingelegt und behauptet, er brauche den Mann zu seinem Schutz, hätte er es auch längst nicht mehr gedurft, Sache hin, Sache her.

Verdrossen wühlte Maskelyne in seinen Taschen und förderte ein Bündel Briefe zutage. »Die geben Sie rein. Und in der Tasche wird einer sein, der an Clonkilty in Edinburgh adressiert ist. Den kopieren Sie.«

»Trägt natürlich einen Freivermerk«, sagte Sir Spender. »Diese Whig-Bastarde klauen uns die Haare vom Kopf. Bei Gott, lieber hätt' ich einen Türken zum Herrscher als einen gottverdammten Deutschen. Lady Cecily, trinken Sie mit mir auf den Tag, da unser König wieder in sein Recht kommt.«

»Sie werden uns noch an den verdammten Galgen trinken«, sagte Cecily. Hier in der Schankstube, wo illoyale Reden gegen Georg I. an der Tagesordnung waren, blieb Sir Spender weitgehend unbemerkt. Aber eines Tages ...

Warty kam zurück und half ihr, den Betrunkenen hinauf in seine Kammer zu schaffen; Maskelyne folgte ihnen wie ein kaltäugiges Kindermädchen.

*Ob sie homosexuell sind?* Aber mehr als einmal hatte sie gehört, wie sie sich ihrer Großtaten im Bordell rühmten, Dick voller Hohn gegen die Prostituierten, deren sie sich bedient hatten, Maskelyne eher haßerfüllt. Vermutlich waren sie keine untypischen Engländer in ihrer Verachtung der Frauen, aber weder unter Aristokraten noch hier, am unteren Ende der Leiter, hatte sie dergleichen je mit solcher Wildheit erlebt.

»Soll ich aufbleiben und auf Wallie warten?« fragte Warty.

»Ich kümmere mich um Wallie. Du gehst und hilfst Tyler.«

Als sie wieder nach unten kam, spürte sie ein Beben in den Bodendielen; das war das Zeichen dafür, daß die Fässer von Tylers Maultieren abgeladen wurden. Sie waren in Filz gewickelt, aber das konnte nicht verhindern, daß sie das Holzgerüst des »Belle« erbeben ließen, wenn sie über die Rutsche in den Keller rollten. Der Keller selbst erstreckte sich über die ganze Länge des Gasthofes, und eine Ziegelmauer trennte die Hälfte, die man den Gästen zeigte, die sich selbst aussuchen wollten, was sie tranken, von derjenigen, in der die Konterbande aufbewahrt wurde, die Tyler viermal im Jahr von Hempens herbrachte.

In diesen Teil gelangte man durch eine verborgene Falltür an der Südseite des »Belle«, die durch Bäume vor neugierigen Blicken von der Straße her geschützt wurde. Daß die Behörden sie entdeckten, könnte eigentlich höchstens dadurch geschehen, daß jemand Anzeige erstattete, und da die Bevölkerung von Woolmer Green und Datchworth – die örtlichen Friedensrichter natürlich inbegriffen – größtenteils von ihrem Schmuggelgeschäft profitierte, glaubte Cecily sich in dieser Hinsicht in Sicherheit.

Sie begab sich in ihr Kontor, um auf Wallie zu warten, und sie wünschte, es wäre nicht nötig, daß sie dieses illegale und viel gefährlichere Unternehmen ohne Wissen Tylers und der Packers in Angriff nahm. Im Vergleich zu diesen zuverlässigen Männern waren Verbündete wie Sir Dick und Maskelyne höchst beunruhigend.

Was sie überraschte, war die Effizienz, mit der das windschiefe Spitzelnetz der Jakobiter sie in den Plan des Prätendenten eingesponnen hatte, das »Belle Sauvage« zu seiner Postlageradresse zu machen.

Walpoles furchterregender Nachrichtendienst, mit dem er der jakobitischen Bedrohung begegnete, schloß das Staatsmonopol des General Post Office ein, und man witterte Hochverrat in jedem Postsack. Eine der Beschwerden, die besonders Torys gegen die Königliche Post vorzubringen hatten, galt den Verzögerungen, die das »Geheimbüro« im Keller des GPO in Cornhill verursachte; dort wurden verdächtige Briefe behutsam geöffnet und auf aufrührerischen Inhalt geprüft, ehe man sie weiterexpedierte.

Die eingehende Observation des Postverkehrs war so gut bekannt, daß Cecily es zuerst nicht hatte glauben wollen, als Sir Spender ihr mitteilte, daß das »Belle« – »für die Sache« – zur Postsammelstelle werden solle.

»Das ›White Horse‹ in Stevenage ist die Sammelstelle für diese Gegend«, sagte sie. »Immer gewesen.«

Sir Spender tippte sich an die Nase. »Nicht mehr. Wir von der Sache haben das innere Sanctum der Post des Hannoveraners … wie sagt man? … infiltriert. Einer unserer Agenten, ein Master

John Lefebure, hat den stählernen Panzer durchbrochen, hat die Verteidigungsanlagen unterhöhlt, hat – genau gesagt – eine hohe Stellung in der Behörde für sich ergattern können. Ich glaube, liebe Dame, Sie werden bald eine offizielle Benachrichtigung von einigem Interesse erhalten.«

Nicht zum ersten Mal zog Cecily angesichts seines unvorsichtigen Verhaltens den Kopf zwischen die Schultern. Der Name eines Mannes, der von größtem Wert für die Sache war und dem man, wenn man ihn faßte, womöglich die Eingeweide aus dem Leib reißen würde, sollte selbst vor anderen Jakobitern geheimgehalten werden. *Ob der alte Narr meinen Namen genauso herumposaunt?*

Wie dem auch sein mochte, Lefebure drehte die Sache. Cecily erhielt einen Brief vom Generalpostmeister, der sie davon in Kenntnis setzte, daß fortan ein Postbote die ein- und ausgehende Post des Bezirks im »Belle Sauvage« abliefern und abholen werde, derweil die Sammelstellenlizenz für das »White Horse« zurückgezogen worden sei.

Die Einwohner von Stevenage waren darüber nicht erfreut. Sie mußten jetzt fünf Meilen weiter als vorher reisen, um die Post zu benutzen. Totty Stokes, der Wirt des »White Horse«, war erbost über den Verlust des lukrativen Geschäfts. Aber da es Totty Stokes' Mutter war, die diesen Teil seines Unternehmens geführt hatte, und da sie auch die örtliche Waschfrau war und die Post daher an Waschtagen eine gewisse Feuchtigkeit abbekommen hatte, die die Tinte auf den Briefen zerlaufen ließ und die Adressen unleserlich machte, war sonst eigentlich jeder froh.

Das galt auch für den Postboten, der die Londoner Post auf der Etappe von Potters Bar beförderte; sein Ritt war jetzt früher zu Ende, und Speisen und Ale waren bei Cecily besser und reichlicher als bei Totty.

Sie hörte, wie sein Pferd in den Hof kam, und ging hinaus, um ihn zu begrüßen. »Wohl treffen wir bei Mondenlicht, Wallie.«

»Verfluchtes Mondenlicht. Reichen Sie mir 'ne Hand, Mum. Meine Stelzen sind ganz steif.« Das Absteigen erforderte zwei Versuche, ehe seine Beine ihm gehorchen wollten.

»In der Küche steht ein Hammeleintopf auf dem Feuer«, sagte sie. »Und ein Humpen auf dem Tisch.«

»Gott segne Sie. Sie sind eine gute Christin.«

Sie führte sein Pferd in den Stall, nahm die Satteltasche herunter und rieb es ab. Dann stellte sie es an eine Raufe und ließ es fressen.

»Ich schließe die Post weg wie immer, ja, Wallie?«

Er hob den Kopf von seinem Teller. »Aye. Man muß aufpassen auf die Post.«

Sie trug die Satteltasche nach oben in ihre Schlafkammer. Nach der Vorschrift hätte Wallie die Tasche nicht aus den Augen lassen dürfen. Nach der Vorschrift hätte Wallie in sein Posthorn stoßen müssen, als er in den Hof des »Belle« geritten kam, wo ihn ein frisches Pferd hätte erwarten müssen, auf dem er in diesem Augenblick bereits in nördlicher Richtung zur nächsten Station hätte galoppieren müssen, statt Anstalten zu treffen, sich auf einem Strohsack vor dem Küchenherd niederzulassen und dort bis zum nächsten Morgen zu verweilen.

Aber, wie Cecily sich zu sagen pflegte, wenn der Generalpostmeister wollte, daß seine Postboten sich an die Vorschrift hielten, dann sollte er sie besser bezahlen.

Wallie war, wie so viele Postboten, ein alternder, pensionsloser Veteran aus den Kriegen der Königin Anne. Im Winter konnte er erfrieren – dem Boten, dessen Nachfolge er angetreten hatte, war dies im Winter 1716 tatsächlich widerfahren: Sein Pferd war in Stevenage angekommen, und der Tote hatte noch im Sattel gesessen. Der Frühlingsregen ließ Schlamm entstehen, in dem er ertrinken konnte, wenn sein Pferd ihn abwürfe. Wenn er sich im Sommer bemühte, trotz fußtiefer Wagengleise pünktlich zu sein, begegnete er Herden von Gänsen und Schafen, die sich nicht aus der Ruhe bringen ließen, und im Herbst versperrten ihm breiträdrige, langsam dahinrumpelnde Erntekarren den Weg, umgestürzte Bäume, die niemand wegzuräumen für nötig hielt, und verrottete Brücken. Und das alles für sieben Shilling Sixpence die Woche.

Selbst wenn sie keine höheren Motive gehabt hätte, wären ihm bei Cecily ein Bett und ein Abendessen sicher gewesen. Wer sollte die Verzögerung bemerken? Die Postzustellung im ganzen Land bestand aus Verzögerungen.

In London sorgte eine ausgezeichnete Penny Post, die den Neid der ganzen Welt erweckte, für schnelle und häufige Zustellung, aber wenn man mehr als zehn Meilen weit außerhalb der Stadt wohnte, bekam man Briefe und Päckchen, wenn es soweit war.

Das Problem bestand darin, daß das System sich seit den Tagen Karls II. nicht geändert hatte. Die Poststraßen führten nur nach Norden und nach Süden, so daß ein Brief, der in Newcastle im Osten auf die Königliche Post gegeben wurde und nach Westen – sagen wir, siebenundfünfzig Meilen weit nach Carlisle – befördert werden sollte, erst nach London und dann wieder nordwärts reiste: ein Umweg von fünfhundertvierundsiebzig Meilen.

Und während manche Poststationen Kutschgasthöfe mit frischen Pferden waren – wie das »Belle« –, waren andere nichts als kleine Bauernkaten, wo die Postboten darauf warten mußten, daß ihnen das Pferd für die nächsten fünfzehn Meilen vom Pflug losgeschirrt wurde.

Darüber hinaus waren die Straßen in einem so furchtbaren Zustand, daß ein Brief, der mit dem Postschiff nach Amerika geschickt wurde, zuweilen schneller ankam als einer, der von London ein wenig weiter als in die umliegenden Grafschaften ging.

Daher würde niemand in der nächsten Station auch nur die Brauen heben, wenn die Post Verspätung hatte. Sie hatte immer Verspätung.

In ihrer Schlafkammer öffnete Cecily die Satteltasche, legte die Briefe hinein, die Maskelyne ihr gegeben hatte, und suchte den heraus, der an Clonkilty in Edinburgh adressiert war.

Wenn er einen Freivermerk trug, kam er wahrscheinlich von einer wichtigen Persönlichkeit, entweder einem Mitglied des Oberhauses oder des Unterhauses, das von der Zahlung der Postgebühren befreit war. Da war er schon. »William Clonkilty im dritten Stockwerk von MacLannans Mietshaus in der Puckle Alley, Edinb'gh. Eilig.«

*Verdammt* ... Der Brief war dick. Sie würde Stunden brauchen, das Mistding zu kopieren. Schon das Öffnen würde seine Zeit dauern. Der Siegellack mußte so weich gemacht werden, daß sie ihn vom Papier lösten konnte, ohne das Siegel zu zerbrechen, aber nicht so weich, daß der Siegelabdruck beschädigt wurde.

Sie mußte warten, bis ihre Hände nicht mehr zitterten. Angenommen, ich zerbreche das Siegel, und Clonkilty erzählt Walpole, daß irgendwo an der Great North Road sich jemand an der Königlichen Post vergreift ...

Die nächtlichen Geräusche des Wirtshauses drängten sich in ihr Bewußtsein, als mache das »Belle Sauvage« ihr Vorwürfe: mit dem Knarren seiner Balken, die sich nach des Tages Wärme zusammenzogen, mit einer winzigen Regung im Keller, mit dem Atmen des Kindes, mit dem Rascheln der Mäuse im Strohdach. *Willst du dies alles aufs Spiel setzen?*

Wie immer, wenn sie zauderte, stieg ihr das Bild vor Augen, das sie zur Arbeit mit schäbigen Leuten wie Spender Dick und Arthur Maskelyne zwang. Und es war nicht Guillaume Fraser oder König Jakob, sondern das Gesicht einer Frau, die in Hertford aufgehängt worden war, weil sie einen Heustapel abgebrannt hatte.

*Ich bin hier, Dolly.*

Ihre Hände hörten auf zu zittern. Sie löste das weichgewordene Siegel vom Papier, öffnete den Brief, tauchte die Feder ins Tintenfaß und begann zu schreiben.

Der Brief war von Josiah Staples, einem Whig-Abgeordneten, der seinem Freund in Edinburgh einen Bericht schickte, der Mr. Clonkiltys mutmaßlich whiggisches Herz ebenso erwärmen würde, wie er Cecilys gefrieren ließ. »Der große Mann verstärket Seine Macht mit jeglichem Tag, der vergehet«, schrieb Staples über seinen Premierminister.

Die Entdeckung der Jakobiter-Verschwörung zur Ermordung Georgs I. und zur Übernahme der Bank und der Königlichen Börse hatte sich für Walpole als nützlich erwiesen, denn sie ermöglichte ihm, auch vernünftige Opposition als jakobitisches Manöver zu unterdrücken. Ihretwegen sollte das Unterhaus die Geldmittel für viertausend zusätzliche Soldaten bewilligen. »Die Torys sind in heilloser Auflösung«, schrieb Staples, »denn was immer sie thun, sie stehn im Verdacht, es für Jakob Stuart zu thun.«

Die britischen Katholiken plagten sich immer noch damit, die zehntausend Pfund Strafe aufzubringen, die Walpole ihnen für ihre (stillschweigende, offene oder nicht vorhandene) Unterstützung der Jakobiter auferlegt hatte. »Das geschieht ihnen aber Recht«, schrieb Staples, »denn sind sie nicht allesamt Verräter im Grunde ihres Herzens?«

Bolingbroke hatte man wieder ins Land gelassen (»ein Fehler, denn eine Viper ist immer eine Viper«), aber er stand unter strenger Beobachtung und durfte nicht im Oberhaus sitzen. Die Grundbesitzsteuer sollte gesenkt werden (»eine gute Sache«), und die Löhne der Arbeiter ebenfalls (»was für ihre Anstellung um so besser ist«).

Walpole, so schien es, unterdrückte nicht nur die Torys, sondern auch jede Bedrohung seiner Führungsposition auf seiner eigenen Seite. »Unser Großer Mann«, schrieb Staples, »hat den lästigen Carteret hinausgeworfen, und es geht das Gerücht, daß Macclesfield, Cadogan und Roxburgh wohl folgen werden.«

Interessantes, wenn auch bedrückendes Material, Seite um Seite. Die Morgendämmerung vergoldete den Wetterhahn auf dem Kirchtum von Datchworth, als Cecily das Siegel Josiah Staples' noch einmal erwärmte und wieder auf den Brief klebte.

Sie faltete ihre Kopie und schob sie unter Sir Spenders und Maskelynes Tür hindurch, bevor sie Wallie seine Satteltasche zurückbrachte. Pflichtbewußt wartete sie dann, daß er die Briefe für den Bezirk herausnahm und ihr übergab. Sie suchte diejenigen heraus, die an das »Belle« adressiert waren, und legte die übrigen in der Diele auf den Tisch, wo die Adressaten sie abholen konnten.

Dann weckte sie Eleanor und ging mit ihr in die Küche hinunter. Draußen spannte Ned die Pferde vor die Postkutsche und machte sie abfahrbereit. Die Lieferung der Schmuggelware war glatt verlaufen, und Tyler hatte seine Maultiere bereits in den Wald gebracht, wo immer er sie da versteckt haben mochte.

Meistens stand Cecily im Hof und winkte der Postkutsche zum Abschied nach, aber heute war sie zu müde. Sie schaute von ihrem Fenster aus zu, wie man zwei verkaterten Jakobitern beim Einsteigen half.

Sie blieb im Fenster sitzen, genoß die Erleichterung darüber, daß die beiden verschwunden waren, und erfreute sich am Blick auf die Straße mit dem morgendlichen Verkehr. Sie sah Colonel Grandison, der auf seinem Braunen die Straße von Datchworth heruntergetrabt kam, um seine Post zu holen, und das erinnerte sie daran, daß morgen die Brauersitzung stattfinden würde und sie sich der alljährlichen Plage unterziehen mußte, die Lizenz für das »Belle Sauvage« neu zu beantragen.

Ein weiteres Pferd, das sowohl Archibald Cameron als auch diverse Angelausrüstungsgegenstände auf seinem Rücken trug, kam unten aus dem Tor und blieb stehen, während sein Reiter mit dem Colonel schwatzte; kurz darauf wandte es sich nach rechts in Richtung Welwyn und zum Fluß Mimram.

*Was für eine Frau in Kent?*

Marjorie schob den Kopf durch die Tür. »Gibt wieder Ärger ...«

Cecily lief in die Schankstube und lief zu der kleinen, zusammengesunkenen Gestalt, die in einem großen Sessel fast verschwand.

»Können sie das denn tun?« Mit einer Hand betupfte der Colonel sich die Augen mit einem Taschentuch, mit der andern streckte er ihr einen Brief entgegen. Unter dem Siegel des Lordkanzlers wurde Colonel Fairley Peter Grandison in knappen Worten mitgeteilt, daß er seines Amtes als Friedensrichter *quorum aliquem vestrum* mit sofortiger Wirkung enthoben sei.

Walpole. »Aber sie müssen Ihnen einen Grund nennen.«

»Der Grund, meine Liebe, ist, daß ich ein Tory bin und daß Walpole auf jeder Beamtenstelle im Lande einen Whig haben will – bis hinunter zu den Nachttopfinspektoren. Bei unserer letzten Sitzung hat der Oberste Friedensrichter mir Vorwürfe gemacht, weil ich gegen Jack Ferris nicht den Test Act zur Anwendung gebracht habe.«

»Herr im Himmel.« Sir Jack Ferris war ein lieber alter Mann, bekannt und beliebt, und niemand hatte seine Stellung als örtlicher Armenaufseher in Frage gestellt, obwohl alle Welt wußte, daß er katholisch war. Hätte man darauf bestanden, daß er den Supremats- und Treueeid leistete, wie es von allen Inhabern öffentlicher Ämter zum Beweis ihrer Zugehörigkeit zur anglikanischen Kirche verlangt wurde, so hätte er sich geweigert, und damit hätte man einen pflichtbewußten und mitfühlenden Armenaufseher verloren. Also hatte Grandison es nicht von ihm verlangt.

»Wir sind hier nicht in London, Cecily, sondern auf dem Lande. Wir verkehren miteinander, wir tolerieren uns gegenseitig. Das habe ich dem Obersten Friedensrichter gesagt. Und wissen Sie, was er geantwortet hat? Er hat gesagt ...« Grandison wandte den Kopf und schaute sie an. Er kniff die Augen zusammen wie ein kleines Kind, und die Tränen rannen ihm über die Wangen. »Er hat gesagt, dann stünde ich unter dem Verdacht, ein Sympathisant der Jakobiter zu sein. *Ich*.«

Er kletterte aus seinem Sessel hervor und zog den Degen. Die Klinge sah viel zu groß für ihn aus, als er auf seinen kleinen Füßen umhertänzelte und nach unsichtbaren Gegnern schlug. »Ich habe mich in der *Glorious Revolution* gegen Jakob II. gestellt. Ich habe gegen den jungen Jakob gekämpft, als er bei Oudenarde in der Armee Ludwigs war. Und da nennen sie mich einen *Jakobiter*?«

Verwirrt wandte Cecily ein: »Aber ich habe gesehen, wie Sie auf den König über dem Wasser getrunken haben.«

Er war entrüstet. »Das bedeutet doch nicht, daß ich Jakobiter bin.«

Ein so widersprüchlicher kleiner Mann. Friedensrichter und Hehler. Aber doch nicht korrupter als der Lordkanzler, der ihn soeben entlassen hatte. Die Unterschrift am Fuße des Briefes hatte »Macclesfield« gelautet, und das war der Name des Earls, gegen den in diesem Augenblick wegen Mißbrauchs von Kanzleifinanzen ermittelt wurde. Und wenn ein Minister Walpoles, dachte Cecily, mit seinen Unterschlagungen Aufmerkamkeit und Ermittlungen auf sich zog, dann mußten diese Unterschlagungen schon gewaltig und unbestreitbar sein. Sie schickte Cole in den Keller und ließ ihn ihren besten Schmuggelbrandy holen, und dann schenkte sie dem Colonel einen ordentlichen Schluck ein.

*Ihr Heuchler,* beschimpfte sie die Regierung, als sie ihn so weinen sah. Grandy liegt sein kleines Stückchen England mehr am Herzen als euch die ganze Nation. Als Friedensrichter war er das oberste Organ der örtlichen Regierung gewesen; er hatte Recht gesprochen, hatte die Unterhaltung der Gefängnisse beaufsichtigt, Gehälter festgesetzt, Geschäftslizenzen verteilt, über die Lage der Religion und über mögliche Unruhen in seinem Bezirk Bericht erstattet, die Höhe der Steuern für den Bedarf der Gemeinde bestimmt und alle Störungen unterdrückt. Er war berechtigt, Personen wegen Fluchens oder Trunkenheit in der Öffentlichkeit ohne Prozeß an den Pranger zu stellen und Landstreicher auspeitschen zu lassen.

Wie alle Friedensrichter hatte er die Macht eines Despoten besessen. Aber kein Mensch hatte je gegen seine Entscheidungen Einspruch erhoben. Sein Volk murrte über den »naseweisen kleinen Kobold«, wenn er einmal ein verirrtes Schaf tadelte und bestrafte, aber weil er sich für die Leute interessierte, weil er mit ihnen trank und ihnen half, weil er mit bereitwilligen Frauen ins Heu ging, die Namen ihrer Kinder kannte und seine stets verfügbaren Tränen vergoß, wenn sie starben, hatten sie ihn als einen allgemein wohltätigen Teil ihres Lebens akzeptiert, wie das Wetter.

Mochte Gott einen ebenso guten Mann an seine Stelle setzen.

Aber wie sie am nächsten Morgen auf der Brauersitzung in Stevenage erfuhr, hatten Gott und der Lordkanzler lieber einen Whig geschickt, Sir Samuel Pink. Als sie seinen Namen vor dem Gericht zum erstenmal hörte, erwartete sie etwas Kleines und Flauschiges wie den Colonel. Aber er war groß und rot, trug eine breite Perücke wie ein Richter und schien von unentwegter Wut besessen zu sein.

Und er verweigerte ihr die Lizenz.

Sie stand mit den anderen Gastwirten im dunklen Saal des Gerichts und fragte sich, ob sie richtig gehört hatte. »Wie bitte, Euer

Ehren?« Der Colonel hatte ihren Antrag immer mit einem Kopfnicken passieren lassen.

»Erneuerung abgelehnt«, wiederholte Pink.

Walpole, dachte sie. Er hat mich gefunden und dieses Ungeheuer angewiesen, mir das »Belle« wegzunehmen, wie er mir alles andere weggenommen hat.

Sie starrte zur Richterbank hinauf und hörte, wie Pink seinem Schreiber zumurmelte: »Eine Brutstätte für Jakobiter.«

»Wenn Sie das ›Belle Sauvage‹ meinen«, sagte sie laut und deutlich, »so handelt es sich um eine Brutstätte für Torys. Mir war nicht bewußt, daß es schon gegen das Gesetz verstößt, ein Tory zu sein, wenngleich ich den Verdacht habe, daß es demnächst der Fall sein wird.«

Im hinteren Teil des Saales setzte Cole Packer sich in Bewegung und kam nach vorn.

»Sprechen Sie mit mir, Madam?« fragte Pink.

»Allerdings, Sir. Darf ich fragen, aus welchem Grund Sie meinen Antrag ablehnen?« Cole zupfte an ihrem Arm, und sie fügte hinzu: »Euer Ehren?«

»Er wurde abgelehnt, Madam, weil Sie eine unverheiratete Frau sind ...«

»Ich bin Witwe.«

»... eine alleinstehende Frau, und überdies die Schwester einer verurteilten Straftäterin ...«

»Schwägerin. Wirft man mir ein Verbrechen vor?«

»Ihr Antrag ist abgelehnt, Madam, weil keine achtbare Frau allein ein Gasthaus führen darf oder sollte.«

»Aber das tue ich seit fünf Jahren.«

Pink beugte sich über seinen Richtertisch und lächelte, als finde er ihre Wut ebenso erfreulich wie seine eigene. »Dann gerät *Ihre* Achtbarkeit ins Zwielicht, Madam. Und jetzt verlassen Sie dieses Gericht, bevor ich Sie wegen Mißachtung verurteile.«

Cecily klappte den Mund auf, aber Cole schleifte sie aus dem Gerichtssaal und setzte sie draußen mit Gewalt in die Kutsche. »Himmel noch mal, Missus, wollen Sie denn in den Knast?«

»Du stinkender, fettbäuchiger Whig-Bastard«, schrie Cecily, während Cole dem Pferd die Peitsche gab. »Du Walpole-Liebchen, du wagst es, mir das anzutun ...«

Ihre Wut reichte bis zur Great North Road; dann trat Verzweiflung an ihre Stelle. Sie sah weder die Straße noch die Sonne. Sie trieb auf einem Floß über ein konturloses Meer.

»Ich darf das ›Belle‹ nicht verlieren, Cole«, sagte sie.

»Sie haben's soeben verloren, Missus. Die Frage ist jetzt, wie kriegen Sie's zurück.«

Ohne das »Belle« wäre sie vernichtet, zurückgeworfen auf den Boden des Abgrunds, aus dem sie seit dem Zerplatzen der »North Sea Bubble« unermüdlich heraufgeklettert war.

Der Geruch von Ale und Tabak wich der frischen Luft, die zu den offenen Fenstern hereinwehte, dem Duft von Bienenwachs auf Möbeln, von Roßhaar auf Zinn. Die Geräusche des Besens, mit dem Betty Bygrave, leise vor sich hin summend, ausfegte. Ned, der im Hof die Pferde bewegte. Marjories scharfe Stimme aus der Küche und das träge Brummen, mit dem Quick antwortete. Das Hacken von Kräutern und der Geruch nach gebügeltem, im Wind getrocknetem Linnen, mit dem Pru, die Wäschemagd, die Betten bezog. Abends auf die Taschenuhr schauen und Stellung zu beziehen, um auf die beiden Töne des Posthorns zu warten, die von ferne ankündigten, daß die Kutsche aus London den Mardley Hill erreicht hatte. Das Vibrieren unter den Sohlen ihrer Schuhe, das Scharren der Bremse am Rad, wenn die Kutsche um die Kurve kam, der Wechsel des Hufschlags vom Galopp zum Trab, wenn sie in den Hof rollte, der Gestank von schwitzenden Pferden und Leder, die Befriedigung, die es verschaffte, müde und hungrige Leute zu beglücken, selbst zu beschäftigt, um nachzudenken. Zu wissen, daß die Packers in der Nähe waren, falls ein Betrunkener gewalttätig werden sollte, zu wissen, daß Eleanor wohlbehalten schlief ... Eleanor, o Gott, Eleanor.

»Was soll ich tun, Cole?« fragte sie ins Leere.

»Wir werden Master Archie suchen.«

Natürlich. Cameron würde alles wieder in Ordnung bringen.

Der Sonnenschein eines warmen Frühlingstags drang kraftvoll durch ihren breiten Strohhut, und sie hörte auf zu frieren.

Cole lenkte die Kutsche von der Hauptstraße herunter, und sie rumpelten auf einem grasbewachsenen Weg am Ufer des Mimram entlang, der bei Welwyn die Great North Road kreuzte und sich durch Felder und den Wald von Bramfield in Richtung Hertford schlängelte. Auf dieser Seite lag eine Wiese, gelb von Sumpfdotterblumen; auf der anderen lehnten sich Erlen über das Wasser, das olivgrün in ihrem Schatten dahinfloß.

»Er ist meistens irgendwo hier«, sagte Cole.

Der Anblick der adretten Gestalt, die da an der Böschung stand, war so beruhigend wie der feuchtschilfige Geruch des Flusses und das Gurren der Moorhühner. Cecily konnte nicht warten, bis die Kutsche den Pfad bewältigt hatte, der in weitem Bogen auf ihn zu führte; sie kletterte hinaus und rannte quer über die Wiese, fiel hin und rappelte sich wieder auf.

»Master Cameron, Master Cameron!«

Er hob den Kopf, nahm den Hut ab und klemmte die Angelrute sorgfältig in einen gegabelten Stock. Während sie lossprudelte, breitete er seinen Mantel auf der Böschung aus, damit sie sich setzen und zurücklehnen konnte. Dann zog er ein makelloses Taschentuch hervor, wischte ihr die Tränen ab und ließ sie sich die Nase putzen.

»Es ist Walpole«, sagte sie. »Er hetzt mich seit Edinburgh. Reden Sie mit ihm, sorgen Sie dafür, daß er mir meine Lizenz zurückgibt.«

Überrascht hockte er sich ihr gegenüber nieder. »Aber er ist es nicht«, sagte er. »Nach allem, was ich weiß, hat Sir Robert vergessen, daß Sie existieren. War es Pink? Ein wackerer Kämpfer für den Herrn, würde er selbst sagen. Für ihn sind alle Frauen Missetäterinnen, seit ihm die eigene davongelaufen ist.«

»Reden Sie mit ihm«, flehte sie. Cameron zog die rötlichblonden Brauen hoch. »Ich bezweifle, daß er mir zuhört. Ich habe seinen Nachbarn in einem Grundstücksstreit vertreten und den Prozeß gewonnen. Er mag mich nicht allzusehr, unser Samuel Pink.«

»Dann legen Sie Berufung ein. Wir können doch Berufung einlegen.«

Er schüttelte den Kopf. »Die Entscheidung des Friedensrichters ist endgültig.«

»Was kann ich denn dann tun? Cameron, was kann ich tun?«

Er wandte sich Cole zu. »Lassen Sie uns mal einen Augenblick allein, Master Packer, wenn's recht ist.«

Cecily sah, wie Cole grinste, und hörte das schmatzende Geräusch der Wiese unter seinen Stiefeln, als er zum Wagen zurückstapfte. Sie wußte nicht, was es bedeuten sollte; was im Kopf dieses Anwalts vorging, war ihr immer ein Rätsel gewesen. Was konnte er ihr vorschlagen, das so gesetzwidrig oder so privat wäre, daß Cole Packer es nicht hören durfte? Und dann wußte sie es. Eine Sekunde, bevor er es aussprach, wußte sie es.

»Sie könnten mich heiraten«, sagte er.

Sie wartete auf ihre Reaktion, wie jemand, der sich den Zeh gestoßen hat, eine Sekunde Gnadenfrist hat, bevor der Schmerz einsetzt. Als sie kam, war sie so vielfältig und unterschiedlich, daß zu ihrer Verblüffung ein Lachen daraus wurde. Es begann in ihren Füßen, stieg durch ihre Schenkel in den Bauch, wirbelte durch ihren Brustkorb, blieb im Halse stecken und kam dann als Krächzen hervor.

Da wären wir wieder. Noch so ein mindergeborener Whig. Darum also ... du Angler, du hast es auf einen feinen Fisch abgesehen. Lady Cecily Fitzhenry und ein rothaariger Schotte. Was für eine Unverschämtheit. Dich heiraten? Einen Scheißdreck werde ich tun. Aber es ist so *komisch*. Wieso ist es so komisch? *Was für eine Frau in Kent?*

Er ging auf und ab, als wäre die Wiese ein Gerichtssaal und sie eine Zeugin der Gegenseite. »Ich behaupte, Sie brauchen einen Ehemann. Finden Sie nicht?«

Noch immer stand ihr Mund offen. Er beugte sich herunter, schob ihr einen Finger unters Kinn und schloß ihn sanft. »Finden Sie nicht?«

»Ganz bestimmt nicht.«

»Aha.« Er blieb unbeirrt. »Aber Sie werden schon bald einsehen, wie überzeugend es ist.«

Er wanderte wieder ein Weilchen auf und ab. »Sir Samuel hätte keinen Grund, Ihrem Ehemann die Lizenz zu verwehren. Wenn Sie das ›Belle‹ also behalten wollen, müssen Sie heiraten. Ja oder nein?«

Er ignorierte ihr Schweigen. »Was mich angeht, so suche ich gerade eine Frau, da ich inzwischen in der Lage bin, sie im großen Stil zu unterhalten, und schief angesehen werde, weil keine da ist. Sie werden, glaube ich, zugeben, daß wir beide nicht jünger werden.«

»Oh, danke sehr.«

»Zugegeben«, fuhr er fort, »Sie werden sechs Monate des Jahres bei mir in London verbringen müssen, aber ich würde keine Einwände erheben, wenn Sie die restliche Zeit dem ›Belle‹ widmen. Entschuldigen Sie mich einen winzigen Augenblick.«

Er wandte sich seiner Angelrute zu. Die Spitze war herabgebogen, und die Schnur verschwand straff im Wasser. Pustend und keuchend rief er ihr über die Schulter zu: »Überlegen Sie es sich, während ich diesen Fisch an Land ziehe?«

Die Absurdität des Ganzen wirkte außerordentlich entspannend. Sie saß da, während in ihrem Innern die Heiterkeit tobte, und beobachtete einen Eisvogel, der am anderen Ufer geduckt auf einem Zweig saß, bevor er ins Wasser hinabstieß und wieder aufstieg. Ein kleiner Blitz, saphirn, grün und rötlichbraun, mit einem zappelnden Etwas im Schnabel. Er flog an der Böschung entlang davon.

So lange war es her, daß sie Zeit und Muße gehabt hatte, den Liebreiz Englands in sich aufzunehmen, *ihres* England, des England der Torys, der Plantagenets. Des England, das die Arbeitgeber dieses kleinen Mannes mit aller Macht entwürdigen wollten.

Die Wirtin des »Belle Sauvage« griff ein und stellte eine Gewinn- und Verlustrechnung an.

Ein Emporkömmling, sagte Lady Cecily Fitzhenry.

Aber du könntest das »Belle« behalten, sagte die Wirtin.

Noch eine Stimme, fern und schwach, beteiligte sich an dem Gespräch: *Ich werde zu Ihnen zurückkommen, Lady Cecily.*

Und ich werde warten.

Und warten und warten und warten, sagte die Wirtin des »Belle«, kinderlos, wirtshauslos, geschlechtslos.

Camerons Mantel war warm an ihrer Wange, und er roch schwach nach Klee, gutem Kammgarn und Fisch. Im Ärmelaufschlag steckte ein in Wachspapier gewickeltes Päckchen. Sie zog es heraus, packte es aus und begann das Käsebrot zu verspeisen, das Quick ihm zurechtgemacht hatte, und dabei betrachtete sie die Muskeln seines Rückens unter dem Hemd, während er sich straffte und wieder entspannte, um den Fisch an Land zu ziehen. Die Sonne und der Fluß erweckten eine Trägheit in ihr, die sie seit Jahren nicht gespürt hatten. Seine Perücke hatte die gleiche Farbe wie die Brust des Eisvogels.

Das Wasser spritzte auf, als der Fisch zappelnd herauskam. Cameron löste ihn vom Haken und warf ihn in ein Netz im Wasser, wo er mit dem restlichen Fang herumzappelte.

Er kam zu ihr zurück und hockte sich zu ihren Füßen nieder. »Wie soll es also sein?«

»Mein guter Mann«, sagte sie, ganz Lady Cecily, »ich wurde schon einmal zu einer Ehe gezwungen, wie Sie wissen. Es ist nicht sehr wahrscheinlich, daß ich da noch einmal zustimme.«

»Ein gutes Argument«, sagte er, wie um sie zu ermutigen. »Aber ich gebe Ihnen zu bedenken, daß Ihr Preis gesunken ist, daß Sie politisch irregeleitet sind und im Falle einer Krise kriminelle Neigungen entwickeln.«

Sie lachte laut. »Wo ist dann der Vorteil einer Ehe mit mir?«

Er grinste. Seine Zähne waren weiß und unebenmäßig und durchaus nicht unattraktiv. »Unbegrenzte freie Unterkunft im ›Belle‹, und einen halben Anteil an der kleinen Eleanor. Die Göre braucht einen Vater, nicht nur eine Mutter.«

Sie hörte auf zu lachen. »Das Kind ist die Waise einer Bettlerin. Sie ist eine Negerin. Ich habe sie aus Barmherzigkeit aufgenommen. Ich betrachte sie nicht als meine Tochter.«

Er nahm sich zuviel heraus. Dieses Geplänkel war amüsant, solange es Geplänkel blieb.

»Ich nehme an«, sagte sie, »was wir hier erörtern, ist im Grunde eine geschäftliche Vereinbarung?«

Überrascht warf er den Kopf in den Nacken. »Da irren Sie sich«, sagte er. »Nein, o nein, nein, nein. Es ist eine echte Ehe, was wir hier erörtern. Heiliger Strohsack, was glauben Sie denn, weshalb ich die letzten Jahre hindurch alle Ihre Flausen ertragen habe? Nicht, weil Sie mich so gut bezahlt haben, das kann ich Ihnen sagen.«

»Weshalb dann?« Sie lockte ihn weiter, nicht weil sie vorhatte, seinen Antrag anzunehmen, sondern aus Neugier. Es war, als habe sie ein paar Wolken angeschaut, die unversehens die Gestalt eines Löwen angenommen hatten.

Sie starrten einander an, und wenn sie erwartete, sein Herz plötzlich auf seiner Zunge liegen zu sehen, so sah sie sich enttäuscht, aber auch erleichtert. In ihnen beiden, so schien es, gab es ein Drachengehege, zu dem der andere keinen Zutritt bekommen würde. Er zuckte die Achseln. »Sie sehen nicht übel aus. Überdies habe ich selbst auch eine Neigung zur Barmherzigkeit.«

Sie schnappte nach Luft. »Und das ist Ihre Brautwerbung, ja, Master Cameron?«

»Nein, nein. Das ist das Argument. Brautwerbung ist das hier.« Und er küßte sie.

Ihr nächtlicher Geliebter erhob Protest. Aber jetzt war es hellichter Tag an einem gewundenen Flüßchen, und die Luft war schwer von der Sonne, den Schmetterlingen, dem Zwitschern brütender Vögel und dem Surren der Libellen.

Bestürzt spürte sie, wie flüssig ihr Körper plötzlich wurde.

»Nun denn«, sagte sie nach einer Weile – sie waren beide außer Atem –, »nun denn, es handelt sich also um Nötigung, Master Cameron. Heirate mich, oder du verlierst das ›Belle‹. Ist es das?«

»Das ist es.« Er hatte sich wohlig an ihrer Seite niedergelassen. Jetzt pflückte er eine Butterblume und kitzelte sie damit unterm Kinn. Die Härchen auf seinem Unterarm waren golden.

»Eine neuerliche Zwangsehe also«, stellte sie fest. »Aber diesmal nicht mit einem alten Mann.«

Der Fisch hatte sein Hemd bespritzt, so daß es ihm an der Brust klebte, die sich beim Atem hob und senkte. »Diesmal bekommen Sie mich.«

Als Liebhaber schien er Erfahrung zu haben; um so selbstbewußt zu sein, mußte er bei Frauen Erfolg haben. *Was für eine Frau in Kent?* »Sie sollten wissen, daß ich einen anderen liebe.«

Er verzog schmerzlich das Gesicht, mehr wegen der Banalität dieser Phrase als aus irgendeinem anderen Grund.

»Sie lieben eine Erinnerung.«

Er senkte das Gesicht auf ihres, so daß ihre Nasen einander fast berührten.

»Es ist kalt im Bett mit einer Erinnerung.«

Zu selbstsicher, zu gebieterisch: Dies war der Feind. An der whiggischen Männermacht der Welt war sie schon einmal gescheitert, und jetzt drückte sie sie wiederum nieder, aber in anderer, gefährlicherer Form. Sie wurde *verführt*. Und das auf einer Wiese wie ein verdammtes Milchmädchen. Er küßte sie schon wieder. Der Fluß in ihrem Innern staute sich irgendwo hinter den Lippen ihrer Vagina und lechzte nach Öffnung der Schleusentore. Sie begann sich zu winden.

Mit seinen Lippen an den ihren fragte er: »Heiraten wir?«

»Ja.«

Er setzte sich auf, plötzlich verwundbar. »Im Ernst?«

»Wie es aussieht, habe ich ja keine Alternative.«

Noch immer war er über sie gebeugt und betrachtete forschend ihr Gesicht. Sie wartete darauf, daß er sie wieder küßte. Aber statt dessen zog er sich zurück und nickte. »Eine gute Entscheidung.« Er schüttelte ihr herzlich die Hand. »Sie werden es nicht bereuen.« Schon war er auf den Beinen und sammelte sein Angelzeug ein. Räumte auf. War wieder ein achtbarer kleiner Mann, der alles ordentlich tat. Und sang. Grauenhaft. »*Ha til mi tulidh*. Laßt den Pfeifer spielen. Eine Braut, die mir die Füße wäscht, eh' daß die Zeit verrinnt ...«

»Ihnen ist aber vermutlich klar, daß ich mit dem gleichen Nutzen auch einen der Packers heiraten könnte«, sagte sie.

»Die sind aber nicht so ansehnlich wie ich«, sagte er über die Schulter. »Und auf jeden Fall müßte ein Rechtsanwalt den Ehevertrag aufsetzen. Sehen Sie, wenn Sie mich heiraten, sparen Sie die Anwaltskosten.«

»Oh. Gut.« Sie setzte sich auf. Hatte Cole etwas gesehen?

Sie spähte flußabwärts. Cole kniete am Wasser, hatte den Arm hineingetaucht und wartete bemüht eifrig auf eine Forelle. Sie pflückte sich Grashalme aus dem Haar und brummte: »Als erstes bringen wir alle Anwälte um.«

»Dick, der Fleischer«, sagte er.

»Jack Cade«, widersprach sie. »Ich kenne meinen Shakespeare.«

Auf dem Heimweg, in Rock und Hut, war er wieder ganz der Jurist; er redete von Witwenrechten, Wittum, Erbrecht; alles war dazu gedacht, ihr eine gewisse Unabhängigkeit zu geben, und alles schnürte ihr die Luft ab.

Anscheinend erwartete er, daß die Hochzeit bald stattfinden werde und daß aus der Ehe Kinder hervorgehen würden. Sie sollte wieder in die Gesellschaft eingeführt werden.

Sie besann sich auf ihren Abscheu, der sie sogleich überwältigte. In die Whig-Gesellschaft, am Arm eines gemeinen Whig: die alte Schmach im neuen Gewand.

Was habe ich da getan? Warum habe ich es getan? Um das »Belle« zu behalten, ja. Es ist eine ebensolche Zwangsehe wie die letzte. Er hat mich nicht gefragt, ob ich will. Hat nur festgestellt, daß ich das »Belle« verliere, wenn ich es nicht tue. Er hat nichts als seine eigene Befriedigung im Auge. Er will eine Ehefrau.

Aber während ihr Verstand argumentierte, behielt ihr Körper eine Temperatur, von der sie ganz vergessen hatte, daß er sie erreichen konnte. Auf der feuchten, blumenübersäten Wiese hatte sich für einen Augenblick ein Füllhorn aufgetan. Weise ihn ab, hatte es gesagt, und wir welken in Unfruchtbarkeit. Zur alten Jungfer. Wer bot sich sonst noch an? Wo ist dein Edinburgher Romeo, der versprochen hat, zurückzukehren?

Cecily kam aus einer Familie, die bei quälender Unschlüssigkeit eine Münze zu werfen pflegte. Ihre Vorfahren hatten Vermögen gewonnen und verloren – mit dem Fall einer Guinee. Sollten die Götter entscheiden.

Im »Belle« angekommen, lief sie sogleich in ihr Zimmer und holte ihr Exemplar des zweiten Teils von *Heinrich VI.* hervor, das sie in Hertford auf dem Markt gefunden hatte. Jack Cade hatte die Rebellion geführt; ganz sicher war es auch Jack Cade, der entschlossen war, alle Anwälte umzubringen.

Sie blätterte durch den vierten Akt und fand die Stelle.

*Mist.*

Zwei Wochen später wurde sie in der Kirche von Datchworth Mrs. Archibald Cameron. Eleanor und die Packer-Kinder streuten Rosenblätter. Wäre es nach ihr gegangen, hätte es eine stille Hochzeit gegeben, bei der ihre Haltung klarmachte, daß sie nicht auf ihren Wunsch zustande gekommen war, aber Lady Mary Wortley Montagu – die unlängst aus dem Ausland zurückgekehrt war – und halb Hertfordshire wollten eine Hochzeit feiern, mit der man, wie Marjorie Packer ihr anvertraute, längst gerechnet hatte.

»*Ich* habe damit *nicht* gerechnet«, erwiderte Cecily eisig.

»Ist das Beste, was passieren konnte«, sagte Marjorie.

Die bukolischen Bräuche verlangten, daß die Hochzeitsgäste die Braut und den Bräutigam in ihr Bett trugen. Cecily konnte es kaum erkennen, so behängt war es mit lauter Bändern, Liebesknoten und Fruchtbarkeitssymbolen aus Stroh und Blumen. Cameron warf man an ihre Seite.

Als die letzte Unanständigkeit verkündet worden war, ließ man sie allein. »Laßt den Pfeifer spielen«, summte Cameron und zündete eine Kerze an. »Eine Braut, die mir die Füße wäscht, eh' daß die Zeit verrinnt.«

»Oh, *bitte*«, sagte sie in scharfem Ton. Die Späße der Packers und Squire Leggatts, an denen sich schließlich sogar Lady Mary beteiligt hatte, hatten sie in Panik gestürzt. Lemuel hatte zumindest so viel Anstand besessen, daß er im Dunkeln über sie hergefallen war. Und zwar sofort, damit die Sache rasch erledigt war.

Er hatte sich geweigert, eine Nachtmütze aufzusetzen. Ohne seine Perücke sah er jünger aus; sein Haar hatte die gleiche Farbe. Die Haut unter seinem Nachtgewand war milchweiß und sommersprossig. »Aye, alsdann«, sagte er, »sollten wir zur Sache kommen.«

Sie zog sich die Decke fest unters Kinn. Er aber kletterte aus dem Bett, ging zu der Tür, die ihr Zimmer mit Eleanors Kammer verband, und schaute hinein. »In Morpheus' Armen, Gott segne sie.« Er tappte zum Wandschrank und öffnete ihn. »Ich habe schon öfter bemerkt«, sagte er, »daß die einzigen, denen bei diesen Veranstaltungen der Festschmaus versagt bleibt, die Braut und der Bräutigam sind. Deshalb habe ich Quick gebeten, uns eine kleine Erfrischung heraufzuschicken.«

Er kam mit einem Korb zurück, kniete sich damit aufs Bett und schlug das Decktuch beiseite. »Grüner Hühnersalat, Lammpastetchen. Sahnetörtchen? Das ist Glückseligkeit. Aber zuerst ...« Er löste das Bleisiegel von einer der beiden Flaschen, die mit im Korb lagen. »Ein siebzehner Margaux. Ich habe ihn aus meinem eigenen Keller mitgebracht.« Er goß den Wein in langstielige Gläser und nötigte sie, eins zu nehmen. »Auf Ihre Gesundheit, Lady Cecily.«

Es fiel ihr schwer, die Verdrossenheit zu bewahren. »Auf die Ihre, Sir.«

Er stopfte ihr Hühnchen und Salat in den Mund. »Sie sind ja ein ansehnliches Weib, aber Sie müssen dicker werden. Könnten Sie nicht versuchen, Mistress Bygrave nachzuahmen?« Betty Bygrave hatte die Gestalt einer Bauernkate.

Er ließ sie essen – sie war hungrig – und trinken. Als der Korb leer war, wischte er ihr mit den Fingern den Mund ab und küßte sie.

»Machen Sie die Kerze aus«, bat sie ihn.

»Nein.«

Ihre Körper zerbröselten ein übersehenes Stückchen von Quicks weichem Weißbrot, ließen ein Glas mit dem Rest des Margaux ans Fußende rollen und zerdrückten das Gras der Fruchtbarkeitszeichen, als wären sie zwei trunkene Zigeuner, die sich über einer zusammengestohlenen Mahlzeit im Heuschober paarten.

Am Morgen schämte sie sich. Aber während es geschah, war sie allzu erstaunt über seine Leidenschaft und ihre eigene, über ihren ersten Höhepunkt, der vor dem seinen kam, und über jenen zweiten klammernden Ritt über den Wasserfall, der ein tiefes Ächzen der Hingabe aus ihrer Kehle steigen ließ.

Die Wollust, entschied sie, war die tödlichste unter den sieben Todsünden. Eine Sache für Bauern und Prostituierte. Guillaume, Guillaume, mit dir wäre es Märchenzauber gewesen. Keine erdhafte, schwitzige, hemmungslose Angelegenheit.

Sie wollte ihren Mann nicht anschauen. Aber er ging ohnehin angeln. Und am Abend, als er mit herzhaftem Gähnen die Arme streckte und erklärte, es sei Zeit, zu Bett zu gehen, da schien es ihr, als ob alle in der Schankstube in ihr Gesicht schauten und die Röte sahen, die sie durchströmte und demütigte.

Aber hinter den Vorhängen des Bettes schwamm sie erneut in diesem ordinären Strom und mußte ein weiteres Mal über den rauschenden Wasserfall.

O Gott, dachte sie, als sie sich umdrehte, ich bin ein Schreihals. Wie Dolly.

# 11

In London wüteten Lärm und Gestank. An die Landluft gewöhnt, rümpfte Lady Cecily Cameron die Nase, als sich der Geruch von konzentriertem Abwasser mit den Lüften mischte, die aus den Läden der Schlachter und Talgkocher wehten, der Kupfer- und Zinnschmiede, der Apotheker, Gerber und Seifensieder.

Fußgänger, die zu zierlich oder zu höflich waren, um sich, Schulter voran, zwischen brüllenden, rennenden Hausknechten, Pastetenhändlern, Kutschen und Fuhrwerken hindurchzudrängen, wurden umgerannt wie Infanteristen bei einer Kavallerieattacke. Alles hatte sich gesteigert; die Bettler waren mehr und ärmer, die Geschäfte und die Kunden bunter als früher.

»War das immer so?« fragte sie ihren Mann.

»Wie?«

Er hatte ein Haus in der Arundel Street gekauft, eines in einer stattlichen Reihe, die zur Themse hinunterführte, unweit von Middle Temple, wo er inzwischen eine ansehnliche Kanzlei besaß. Eine durchaus achtbare Gegend, aber nicht schick. Die *beau monde* war nach Westen gewandert und hatte sich ihre Häuser am Grosvenor Square gebaut, und Cecily konnte es ihnen nicht verdenken: je weiter weg vom Fluß, desto besser. Cecily fragte sich mit Grausen, wie es hier wohl im Sommer sein würde.

Das Innere des Hauses bereitete ihr ebensowenig Freude. Cameron hatte einen Architekten der palladianischen Schule mit dem Entwurf betraut. Sie hatte den Einfall gebilligt; schließlich war sie eine moderne Frau. Die Gesellschaft rühmte Andrea Palladios Symmetrie, seine Schlichtheit und Zurückhaltung, das Verhältnis von Aufriß zu Innenraum, die klassischen Grundsätze aus der Harmonie der Natur. Cecily freute sich auf einen schlanken, eleganten Kontrast zum vielgeschossigen, verwinkelten »Belle«.

Sie sah sich enttäuscht. Die Regeln des Palladianismus waren nicht befolgt worden: Die Räume waren zu hoch für ihre Länge, Fenster gab es zu wenige, und eine überbreite Treppe beherrschte einen zu engen Hausflur. Die Entscheidung für weiß abgesetzte Pastellfarben wäre in Italien vielleicht passend gewesen, aber in einem Londoner Winter würden die Wände aussehen, als hätten sie sich erkältet.

Typisch Whig, dachte Cecily: die Untergrabung behaglicher alter Tory-Häuser durch sture Regelmäßigkeit. Der Architekt, so schien es, war ein Freund, er war billig gekommen und hatte Camerons einzige andere Anforderung erfüllt: daß dieses Haus »ordentlich« aussehe.

Aber wenn auch Nr. 10 Arundel Street den Vorschriften der Gesellschaft nicht entsprach, so hatte es doch – nach den Visitenkarten und Einladungen, die sich auf dem Kaminsims stapelten – den Anschein, als entspreche ihr Ehemann diesen Vorschriften sehr wohl.

»Prinzessin Caroline? Du liebe Güte.«

»Allerdings, du bist wieder huldvoll aufgenommen.« Er machte ein selbstgefälliges Gesicht.

Der Prinz und die Prinzessin von Wales wohnten jetzt in Leicester Fields; nach einem Streit mit dem König hatten sie aus dem Palast ausziehen müssen. Zwar hatte kürzlich eine öffentliche, wenn auch etwas frostige Versöhnung stattgefunden, aber Cecily bemerkte wohl, daß Caroline ihre Einladung zu einem Gartenfest im Juni ausgesprochen hatte – in dem Monat also, da König Georg einen Besuch in Hannover zu machen gedachte. Die Prinzessin von Wales wollte offensichtlich nicht noch einen Streit mit ihrem Schwiegervater riskieren, indem sie sich mit einer anstößigen ehemaligen Ehrenjungfer wiedertraf, während er sich noch im Lande aufhielt.

Sie war also nicht restlos huldvoll wiederaufgenommen. Trotzdem würde es nett sein, Caroline wiederzusehen.

Sie nahm eine andere Einladung zur Hand. »Da werde ich *nicht* hingehen.«

»Brauchst du auch nicht. Ich habe uns bereits bei Sir Robert entschuldigt.«

In dieser Ehe würde man also nicht verlangen, daß sie freundschaftlichen Umgang mit dem Feind pflegte. Wenn ich ein guter Spitzel wäre, würde ich es ja vermutlich tun: Die Jakobiter würden es wollen. Aber es überstieg ihre Fähigkeiten, mit dem Mann, der Dolly hatte aufhängen lassen, zu dinieren, ohne ihm die Augen auszukratzen.

Als *quid pro quo* lehnte sie auch eine Einladung von Bolingbroke ab. Wenn ihr Mann großzügig sein konnte, so konnte sie es auch. Auch hier würde sie bei den Jakobitern Mißbilligung finden: Das Landhaus des Viscount in Dalton, inzwischen Treffpunkt für jeden in England, der einen Groll gegen die Whigs hegte, wäre ein leicht zugänglicher Treffpunkt, den aufzusuchen Cecily einen legitimen Grund hatte, da ja der Viscount ihr Pate war.

Eine Bitte um ihre Gesellschaft, in deren Beantwortung Mr. Archibald und Lady Cecily Cameron schließlich doch uneins waren, kam von Alexander Pope. »Ihre Abwesenheit hat den Winter lang sein lassen«, schrieb er. »Wenn Sie mit Ihrer Barmherzigkeit ein Vögelein aufnähmen, das halb erfroren ist, und es für ein halbes Stündlein zum Zwitschern brächten, so wollte ich wohl in meinen Käfig springen und mich morgen in Ihre Hände geben, wann immer es Ihnen genehm ist.«

»Nein«, sagte Cecily.

»Der Mann ist ein großer Dichter«, protestierte ihr Mann, »und es liegt ein gewisses Pathos in seinem Wunsch.«

»Er mag so pathetisch sein, wie er will«, sagte Cecily, »aber, verdammt, mein Winter war kälter als seiner, und wo war *er* da?«

Ihre Loyalität galt Leuten wie Mary Astell und Lady Mary Wortley Montagu, die es sich nicht hatten nehmen lassen, das »Belle« zu besuchen – Mrs. Astell sogar, obwohl ihr Krebs zurückgekommen war.

»Also gut. Aber ich möchte doch darauf hinweisen, daß du jetzt wieder in der Gesellschaft bist und nicht in Billingsgate auf dem Fischmarkt.« Ihr Fluchen war ihm ein Greuel.

»Wie dem auch sei, wir können nicht mit Lady Mary *und* mit Pope befreundet sein.« Die beiden hatten sich zerstritten und die Gesellschaft dabei so bitterlich gespalten wie die Capulets und jene anderen Montagues die Gesellschaft von Verona, und sie führten einen literarischen Krieg gegeneinander.

»Ich habe ihn ausgelacht«, sagte Lady Mary auf die Frage nach dem Grund für den Zwist zwischen ihr und einem, der einmal ein treuer Bewunderer gewesen war. »Gar zu scheußlich von mir, ich weiß schon. Aber, meine Liebe, er hat sich plötzlich *auf* mich gestürzt und seine Leidenschaft erklärt. So unerwartet. So drollig. Wie ein Frosch, der auf einen Strauß springt.«

Cecily ließ gleich am nächsten Tag ihr Montagu-Banner wehen, indem sie mit Lady Mary einkaufen ging, um die Provinzialität ihrer Garderobe zu beheben. Zu Cousin's für Unterkleider und Korsette. Zu Jacquemin's, wo sie Schokolade tranken, während ihnen eine Parade von Kleidern vorgeführt wurde. Zu Percy's um Hüte.

Das Haar hatte sie sich an diesem Morgen von Madame Racinet frisieren lassen. »Ah, *non*, Lady Cecily, *maintenant* wir frisieren nischt so streng, ein Locke 'ängt über die Schulter, *comme ça*. Bei Ihren Locken wir brauchen kein Eisen.« Überaus reizend.

Rokoko behauptete sich: Noch immer waren die Köpfe winzig und die Röcke enorm, aber etwas hatte sich gebessert. Die Reifröcke waren zwar breiter, aber sie hatten sich zu zwei ausgeformten Rahmen entwickelt, die wie Kamingitter um die Taille gebunden wurden und die man nach vorn klappen konnte, um durch eine Tür zu kommen. Es gab längere Ärmel, winzige Rüschen für den Hals und das, was bei Jacquemin's *la robe à la Française* hieß und bei Lady Mary »Sack«. Der hohe Louis-Absatz ließ eine Wirtin, die sechs Jahre lang fast nur Pantoffeln getragen hatte, taumeln, aber Cecily blieb hartnäckig. Sie war wieder da – in der Welt der Mode.

Am Nachmittag führte sie ihren neuen Putz im Hyde Park spazieren, und die Nervosität ließ sie das Kinn so hochheben, daß sie kaum noch sehen konnte, ob ihre lässigen, schönen Mitflaneure sich vor ihr verneigten oder nicht.

Aus dem Mundwinkel zischte sie: »Schneiden sie mich?«

»Einen guten Tag, Lady Mansfield. Meine Liebe, das wagen sie nicht. Wie geht's, Sir James? Du bist zu hübsch, und dein Mann ist zu wichtig. Wer weiß schon, ob sie nicht demnächst seine Dienste in Anspruch werden nehmen müssen? Er ist der beste Anwalt in London. Wahrhaftig, ein schöner Tag, Mr. Carteret. Und *so* attraktiv ...«

»*Ist* er das?«

»Das mußt du doch selbst wissen. Das Timbre seiner Stimme, dieser Mund ... meine *liebe* Gräfin ... wie ein amüsierter Tiger. Er spielt den schlichten Nordbriten, aber mehr als ein Richter schmilzt bei seinen Plädoyers dahin. Was Wunder, daß er seine Fälle gewinnt.«

»Tut er das?«

Das Londoner Leben mit Lemuel hatte Cecily so sehr gedemütigt, daß ihr zweiter Whig-Ehemann sie nur allzu leicht in Verlegenheit bringen konnte. Camerons Ignoranz in Fragen der Kunst – abgesehen von der Musik, nach der er süchtig war – reichte so tief wie bei Dolly. Sein schottischer Akzent, die Neigung, sie »Liebchen« zu nennen, seine entsetzlichen schottischen Gesänge, seine Sparsamkeit – all das erweckte das Echo öffentlicher Schmach, während seine ungehemmten Liebesspiele sie in den eigenen vier Wänden in Verlegenheit brachten, hinterher zumindest.

Aber so tief sie auch in Ungnade gefallen sein mochte, sie war doch *en vogue*, wie er es niemals sein konnte.

Die meisten aus ihrem alten Bekanntenkreis nahmen sie vergleichweise gelassen wieder auf. Ihre Edinburgher Tat schien vergessen, wenngleich man hintersinnige Anspielungen auf das »Belle« machte, um das Lady Mary – eine gute Freundin, aber auch eine unverbesserliche Klatschbase – eine prachtvolle Geschichte gesponnen hatte.

»Was ist der Unterschied zwischen einer Musikkapelle und einem schlechten Wirt?« neckte Lord Hervey sie.

»Die Kapelle bläst den Marsch, und dem Wirt gehört der Marsch geblasen«, sagte sie müde. »Kenne ich schon.«

Hochverrat, so schien es, fand mehr Nachsicht als das Übertreten der Klassenschranken. Gleichwohl waren ihre Standesgenossen bereit, ihren Lapsus als eine Art Exzentrizität durchgehen zu lassen, vielleicht weil so viele der einst großartigen Exzentriker im Laufe der Zeit ruhiger geworden waren. Mary Lepel war von Schwangerschaften verschlissen. Mrs. Howard hatte die Aufmerksamkeit des Prinzen von Wales verloren, indem sie taub geworden war.

»Und Sophie?« Von ihr hatte sie seit Hempens keine Nachricht mehr.

»Sie hat's am schlimmsten von allen getroffen, das arme Ding«, sagte Lady Mary. »Hat wieder geheiratet und ist in *Irland.*«

Aber alles in allem war es doch schön, wieder da zu sein, und es verschaffte ihr Genugtuung, daß die Aristokratie ihren neuen Gemahl akzeptabler fand als damals Lemuel.

Aber als die gesellschaftliche Saison ihren Fortgang nahm, wurde bald deutlich, daß man inzwischen jeden akzeptierte, wenn er nur Geld oder Einfluß besaß. An ihrer Tafel und an den Tafeln der anderen verkehrten die, die *en vogue* waren, auf gleichberechtigtem Fuße mit reichen Geschäftsleuten, Börsenmaklern oder Kommissionsagenten.

»Wendover verheiratet seinen Sohn mit der Tochter eines Knopffabrikanten«, beklagte sie sich bei Lady Mary.

»Eines *erfolgreichen* Knopffabrikanten«, korrigierte diese. »Meine Liebe, schon immer hat Blut sich mit Geschäft vermählt, wenn das Geschäft reich genug war.«

Aber in ihrem Exil hatte Cecily die Jahre vor der »Bubble« idealisiert, und sie ließ sich nicht davon abbringen, daß Walpole den Garten Eden vulgarisiert habe. Sie verachtete diese neuen Männer und Frauen mit den scharfen Augen, deren einzige Sorge es war, ihren Nachbarn zu übertreffen, und die gleichzeitig Lady Mary schief ansahen, deren unorthodoxe Kleidung und unverblümte Reden sie mit moralischer Liederlichkeit gleichsetzten.

Der Schmutz, mit dem Pope Lady Mary bewarf, blieb allmählich kleben.

Außerdem hatte sie in Konstantinopel die Entdeckung gemacht, daß es eine Krankheit gab, an der die Türken nicht litten – »Sonst haben sie wirklich *alles*« –, nämlich die Pocken. »Sie stechen ihren Kindern die Krankheit in den Arm, wie wir einen Zweig an einen Baum pfropfen, und danach ist das Kind für alle Zeit gefeit, nachdem es einen winzigen, überaus milden Anfall durchlitten hat.« Mit großer Tapferkeit, wie Cecily fand, hatte Lady Mary diese Operation an ihrem eigenen Sohn und ihrer Tochter durchgeführt und verbreitete jetzt mit Nachdruck die frohe Kunde, daß es ein Mittel gegen die schlimmste Geißel der Epoche gebe. Statt aber mit Lob überhäuft zu werden, begegneten ihr die Mediziner mit Schmähungen, verärgert darüber, daß eine Amateurin dorthin vorgestoßen war, wohin sie noch keinen Fuß gesetzt hatten, ganz zu schweigen davon, daß sie ihnen ihre Einkünfte raubte. Man beschimpfte sie in aller Öffentlichkeit als Frau, die das Leben ihrer Kinder aufs Spiel setzte, und von den Kanzeln der Kirche wurde gewettert, sie verhöhne Gott den Herrn.

Cecily, die sich zu Lady Marys Freundin erklärt hatte, sah sich immer wieder genötigt, sie gegen eine schockierte Bourgeoisie zu verteidigen.

Als sie nach einem besonders strapaziösen Diner mit Cameron in der geschlossenen Kutsche nach Hause fuhr, kochte sie vor Wut. »Die Frau dieses Baumwollfabrikanten besaß die Unverschämtheit, mich zu fragen, ob ich nicht auch fände, daß Lady Montagu – Lady *Montagu*, ich bitte dich, die haben wirklich keine Ahnung von Titeln – sich skandalös und frevelhaft aufführe.«

»Und was hast du gesagt?«

»Ich habe gesagt, daß Lady *Marys* wahre Freunde sie als tugendsame Frau kennen und daß es, würde man ihren Pockenplan allgemein übernehmen, sehr viel weniger Tote und weniger unansehnliche Frauen gäbe – was eine Spitze gegen Mrs. Kattunmüller sein sollte, denn die Frau ist pockennarbig wie eine Dörrpflaume. Herrgott, in dieser Walpolianischen Ära muß sich wirklich alles anpassen, die Menschen genauso wie die Architektur. Wieso Mary die Whigs unterstützt, begreife ich nicht.«

Ihr Mann beugte sich herüber und küßte sie. »Ihr seid geborene Unglücksraben, so sicher, wie die Funken in den Himmel fliegen. Alle beide. Ich mag Lady Mary. Und Walpole, darauf darf ich vielleicht hinweisen, tut es auch.« Er begann sich den goldenen Schnüren an ihrem Mieder zu widmen.

»Hör auf.« Cecily bestrafte heute abend alle Whigs. »Was würde Mrs. Kattunmüller dazu sagen, daß du so etwas in einer Kutsche tun willst?«

»Ich bezweifle nicht, daß sie es für unmöglich halten würde. Kann man denn gegen diesen Reifrock nichts machen?«

»Nein.« Sosehr es ihr widerstrebte, die Dunkelheit und seine Hände lockerten mehr als nur ihr Mieder. Als sie zu Hause angekommen waren, flog der Reifrock schon auf den Treppenabsatz, und sie erreichten das Bett mit knapper Not.

Danach, voller Entsetzen über ihre eigene Hemmungslosigkeit, kehrte sie zu ihrem Groll zurück. »Und weißt du, was die Hexe noch gesagt hat? Sie hat gesagt, man solle Bettler nicht damit ermutigen, daß man ihnen die Reste des Diners zuwirft. Und dieser Reverend Dingsda hat ihr zugestimmt. Ist allzu sehr damit beschäftigt, sich selbst zu bereichern, wie die ganze Kirche. Ich bitte dich: Wir haben den Armen *immer* gegeben, was übrig war, wenn die Dienstboten gegessen hatten. Deine Freunde werfen es auf den Mist, damit man sich dort darum prügelt. Heutzutage wäre es St. Martin gar nicht mehr erlaubt, seinen Mantel mit dem Bettler zu teilen«, murrte sie.

»Aber das individuelle Geben hat wenig Gutes«, wandte Cameron ein. »Wir brauchen ein staatliches System von Hospitälern, menschenfreundlichere Arbeitsverhältnisse und mehr dieser Dinge. Ein glückseliges Land. Würdest du jetzt bitte schlafen?«

Auf seine Weise, stellte Cecily fest, bemühte er sich, ein glückseliges Land zustande zu bringen – noch eine ganz unvermutete Seite seines Charakters. Als gewissenhafter Mann warf er weder mit Börsen noch mit Mänteln um sich, sondern bildete lieber Komitees mit Gleichgesinnten, die dann auf die Abgeordneten einwirkten, damit diese Gesetze zum Wohle von mißhandelten Lehrlingen oder für bessere Verhältnisse für Armenhauskinder einbrachten, für besseren Schutz für Kaminkehrerjungen, Findelkinder, Schuldner, Neger ... die Liste seiner Anliegen schien endlos zu sein.

Nicht eines dieser Gesetze war bisher ins Unterhaus eingebracht, geschweige denn verabschiedet worden, aber das lag nicht daran, daß Archibald Cameron sich nicht bemüht hatte.

Fast hätte Cecily sich wünschen mögen, seine Philanthropie sei weniger ausgeprägt; sie brachte nämlich Leute in die Arundel Street, die sie in früheren Zeiten nicht in ihr Haus gelassen hätte: Enthusiasten, Essayisten, Zeitungsschreiberlinge, Dissenter, Quäker, Koloniale und einen wahrhaft abscheulichen jungen Mann namens Wesley, der, wie ihr Mann ihr erzählte, dem Christentum Methode beibrachte.

»Mir war nicht bewußt, daß das Christentum Methode braucht«, sagte sie.

»Aber ja. Alles braucht Methode.«

Bettler hätte sie verstanden – und sie hätte ihnen geholfen –, aber mit Konklaven von Männern mit dicken Stiefeln, die über ihre Teppiche schlurften und ihren ganzen Tee austranken, konnte sie nichts anfangen, und auch nicht mit Wesley, der ihr in ihrem eigenen Salon Tugendpredigten hielt.

Sie warf ihrem Mann vor, er laufe mit den Hasen und jage mit den Hunden. »Du hast die Grundbesitzsache für Townsend gewonnen, aber du willst Gesetze ändern, die sein Ministerium schützt.«

»Schon«, sagte er. »Aber ohne die Hororare, die die Hunde mir zahlen, ginge es den Hasen schlechter.«

Da waren die Bittsteller, die unweigerlich zur Schlafenszeit erschienen; sie hämmerten mit dem Türklopfer und schrien, »Master Archie« solle kommen, denn »sie haben meinen Tommy/Alfred/Jane/Harry geholt«.

»Zu dieser nachtschlafenden Stunde?« fragte sie dann, während er sich die Stiefel anzog.

»Du mußt wissen, Liebchen, Harry ist ein entlaufener Schwarzer, ein anständiger Mann. Er erinnert mich an Quick.« Oder: »Du mußt wissen, Liebchen, Alfred ist ein Schuldner. Ich muß da an den armen Lemuel denken.« Und: »Du mußt wissen, Liebchen, Jane ist ein gefallenes Mädchen, aber sie trägt keine Schuld.«

»Und an wen erinnert sie dich?«

Er grinste sie an und war verschwunden.

Und nenne mich nicht »Liebchen«. *Was für eine Frau in Kent?* Sie war zu stolz, ihn danach zu fragen.

Ihr eigener Beitrag zur Verbesserung der Zustände kam durch Lady Mary zustande, wenn auch nicht ohne innere Zweifel.

»Cecily, ich möchte, daß Sie mir helfen, das Wort zu verbreiten.«

»Welches Wort?«

»Impfung. Wenn ich der Gesellschaft nur vor Augen führen könnte, was für ein Segen sie ist. Aber die Leute neigen dazu, mich für wunderlich zu halten. Je mehr Freundinnen ihre Kinder impfen lassen, desto besser. Denken Sie doch, welche Vorteile es ihnen bringt. Wimpern für alle.« Lady Mary klapperte mit den wimperlosen Augenlidern.

Eben deshalb wird das Establishment dich nicht ernst nehmen, dachte Cecily: Du machst einen Witz daraus. Trotzdem ist es dir ernst. Und du strebst nach Nützlicherem als jeder Mann, der herausgefunden hat, warum Äpfel nicht in die Höhe fallen, oder ähnlichen Unfug.

Aber sie wußte nicht, wie sie helfen sollte. Sie selbst hatte keine Impfung nötig: Sie war mit Pockennarben auf dem Bauch zur Welt gekommen, was gezeigt hatte, daß sie sich im Mutterleib die Pocken zugezogen hatte, an denen ihre Mutter kurz nach der Geburt gestorben war. Auch Cameron hatte die Krankheit als Junge leicht überstanden.

»Was ist mit Eleanor?« fragte Lady Mary.

Cecily versteifte sich. »Es ist kaum wahrscheinlich, daß die Gesellschaft sich durch ein Experiment an einem Kinde, das sie als entbehrlich betrachten dürfte, wird überreden lassen.«

»Holen Sie sie nach London und lassen Sie die Welt sehen, wie entbehrlich sie Ihnen ist.« Sie schnalzte mißbilligend, als sie Cecilys entsetzte Miene sah. »Meine Liebe, Sie sind *vernarrt* in das Püppchen, das habe ich bei der Hochzeit gesehen. Wäre nicht die Hautfarbe, so könnte man Sie und Cameron für die Eltern halten, so sehr sind Sie von ihr eingenommen.«

»Unsinn.«

Als sie am Abend darüber sprachen, äußerte Cameron die gleichen Zweifel. Die Impferei war vernünftig, wenn sie half. Lady Mary war davon überzeugt, denn sonst hätte sie ihre eigenen Kinder nicht in Gefahr gebracht. Jedoch, einem Kind das Pockengift in die Adern zu spritzen ... Anderseits – gerade jetzt wüteten die Pocken im East End.

Eleanors tränenüberströmtes Gesicht war ihnen vor Augen geblieben, seit sie das »Belle Sauvage« verlassen hatten. Daneben beschworen sie die unkenntlichen Züge derer herauf, die an Pocken gestorben waren, übersät von übelriechenden Pusteln.

»Ich werde mich mit Edward Wortley unterhalten«, sagte Cameron. »Auf seinen Schultern sitzt ein schlauer Kopf. Und der Arzt, der mit ihnen in der Gesandtschaft war, Maitland, den konsultiere ich auch.«

Cecily fiel auf, daß Cameron bereit war, Lady Marys Mann und ihrem Arzt zu vertrauen, nicht aber ihr selbst. Und ihr eigener, verräterischer Gedanke war: Mir geht es genauso.

»Es wäre großartig, die Göre hier zu haben«, sagte Cameron. »Ich vermisse sie schmerzlich.«

»Ach ja?«

Ihr Mann schüttelte den Kopf. »Warum gibst du nicht zu, daß du sie liebst?«

Cecily war verdattert. Er überschritt hier eine Grenze, von der sie dachte, sie hätten sie beide gezogen und respektiert.

Bei Tage begegneten sie einander wie zwei gute Bekannte, oft mit Geplänkel, gelegentlich mit Streitigkeiten, aber nie drang einer ins Revier des anderen ein. Bei Nacht sprachen sie kaum miteinander, denn sie waren zu beschäftigt mit energischen, körperlichen Erkundungen.

So ausgeprägt war die Demarkation zwischen den beiden Staaten, daß an der Ehe vier Leute beteiligt zu sein schienen: Das rasende Paar im Kerzenschein hatte nichts zu tun mit den beiden nüchternen Menschen, die sich am nächsten Morgen adrett gekleidet im Frühstückszimmer präsentierten.

Fast war Cecily zu der Überzeugung gelangt, daß die fuchsartige Kreatur, der sie da im Bett begegnete, gar nicht Cameron war, sondern ein der Lykanthropie verfallenes Etwas, das bei ihr eine ähnliche Metamorphose auslöste. Aber was immer es war, man sprach nicht darüber.

Dieser Zustand war ihr ganz recht. Es war nicht erforderlich, daß sie die eine oder die andere Erfahrung rational betrachtete, und sie verließ sich mittlerweise darauf, daß ihr Tagesgemahl sie nicht dadurch in Verlegenheit brachte, daß er in irgendeiner Weise auf ihre tieferen Empfindungen anspielte.

Wenn sie ihre Jahre im »Belle« aus der Perspektive der Londoner Salons betrachtete, fiel ihr um so stärker auf, wie verzerrt das Leben gewesen war, das sie dort geführt hatte. Jetzt, da die Verzweiflung verflogen war, staunte sie, mit welcher Gelassenheit sie den Umgang mit Straßenräubern, Schwarzen und Bauern betrieben und Episoden zu Bedeutung verholfen hatte, die jetzt besser vergessen waren. Es war schockierend und erleichternd zugleich gewesen, die Konversation mit Leuten wiederaufzunehmen, die den Müßiggang als Kunst und Gefühle als vulgär betrachteten. Aber natürlich konnte man nicht erwarten, daß jemand, der aus den finsteren Gassen von Glasgow stammte, dafür Verständnis hatte.

Oh, er würde jetzt darauf herumreiten. Cecily griff nach ihrer Handarbeit und faßte sich. Sie strich die Seide glatt und sah dabei zu ihrer Genugtuung, daß der Zustand ihrer Hände und Fingernägel sich unter der Behandlung durch ihre Zofe allmählich verbesserte.

»Weißt du, Cecily, wir waren ja beide ungeliebte Kinder, auch wenn du reich warst und ich arm. Waisen alle beide, und daran gewöhnt, ohne Liebe zu leben. Der Unterschied ist nur: Du fürchtest dich vor der Liebe, und ich nicht.«

Er hatte angefangen, im Zimmer auf und ab zu gehen, die Hände auf dem Rücken verschränkt. Der Vertreter der Anklage im Sentimentalitätsprozeß. Und mit jedem Augenblick wurde er schottischer.

»Das Pfauenblau, was meinst du? Oder lieber grün?«

»Ja, ja, ich weiß, daß es ein wunder Punkt ist, aber wir müssen darüber sprechen. Du hast mir einmal gesagt, du liebst einen andern, und ich weiß wohl, daß du Fraser gemeint hast. Ich behaupte, daß diese Liebe womöglich katastrophal verlaufen ist und daß all die grausamen Ereignisse in deinem Leben daraus resultierten. Daß du dich womöglich gar nicht an der Flucht aus der Festung beteiligt hättest, wenn die Leidenschaft für Fraser nicht deine Urteilskraft vernebelt hätte. Stimmt's oder stimmt's nicht?«

»Ich glaube, grün.«

»Laß es gut sein, Cecily, mein Liebchen.« Er ließ sich neben ihr auf die Knie nieder. »Fraser ist womöglich tot und Edinburgh vergessen. Du hast die Wogen hinter dir und bist wieder in ruhigem Fahrwasser. Und du warst tapfer. Du kannst es dir leisten, wieder zu lieben.«

»Oder vielleicht doch lieber das Blau.«

»In Ordnung, das Kind ist schwarz, und ich bin bürgerlich, aber wo die Liebe ist, braucht's nur ein Kräutersüppchen ... Gib's schon zu, Cecily.«

Sorgfältig stach sie die Nadel in den Stoff und zog sie wieder heraus. »Mr. Cameron, ich wünsche diese Dinge nicht zu erörtern.«

Er stieß ihr den Stickrahmen vom Schoß. »Warum nicht? Ist es Sünde, sich an der Liebe zu erfreuen? Was ist es denn, was in unserm Bett geschieht? Wie zum Teufel nennst du das? Die Paarung roher Bestien?«

»Jawohl«, schrie sie ihn an. »Wenn du es genau wissen willst: *Jawohl.*«

»Du bist eine Närrin.«

»Wahrhaftig. Leider bin ich eine Närrin, die dein Kind im Leibe trägt.«

Und sie ließ ihn kniend neben dem Stickrahmen zurück.

Am nächsten Tag war er freundlich gewesen; er hatte sie und sich selbst zur Empfängnis beglückwünscht, aber den Rückzug angetreten. Cecily fiel es nicht so leicht, ihm zu verzeihen, daß er versucht hatte, ihre Seele zu ergründen. Sie kam sich seziert vor; die geheimen Orte, an denen ihre Drachen hausten, waren ans Licht gebracht. Außerdem wurde ihr von der Schwangerschaft übel.

Zehn Tage später hatte sie im Kinderzimmer in der Arundel Street Eleanors einen Arm festgehalten, während Lady Mary Wortley Montagu den andern hielt, und Cameron hatte allerlei Possen gemacht, um das Kind von Mr. Maitland und seiner Impflanzette abzulenken.

»Mama, Mama.«

»Sei tapfer, Eleanor. Gleich ist's vorbei.«

»Schau, Nellie.« Cameron hatte die Perücke abgenommen und hielt sich den Zopf quer über die Oberlippe. »Ein Chinese.«

»Sei tapfer. Gleich ist's vorbei.« Und zu Maitland gewandt: »Können Sie sich nicht beeilen?«

»Man muß dabei sorgfältig sein, Lady Cecily.«

*Mußte* man soviel Eiter in die Ritzwunden schmieren? Sie fühlte, wie die Knochen des Ärmchens zitterten. Was tun wir dir da an, mein Liebstes, mein Liebstes? Im »Belle« warst du sicher.

Lady Marys Gesicht auf der anderen Seite des Bettchens strahlte interessiert. Am liebsten hätte Cecily sie angespuckt.

Camerons Perücke saß albern schief auf seinen orangefarbenen Locken. »Schau, Nellie. Ein Hindu.«

»So«, sagte Maitland. »Das war's.«

»Und jetzt, mein Lämmchen, trinkst du diese feine Medizin.«

»Brause, Nellie«, sagte Cameron.

»Für Kranke?«

»Aye, aber du bist nicht krank, mein Liebchen. Du bist ein sehr tapferes Mädel. Mama bleibt bei dir, wenn du jetzt schläfst.« Er wankte, als er das Zimmer verließ, und Maitland mußte ihn stützen.

Mit harten Augen sah Cecily ihm nach. Das war der Schwächling, dem sie ein Kind gebären würde. Ein Mann von Abstammung hätte mehr Selbstbeherrschung gezeigt. Sie blieb am Bettchen, bis Eleanors Mund sich zu einem kleinen Amorbogen entspannte und die Luft mühelos zu den breiten, vollkommenen kleinen Nasenlöchern ein und aus ging. *Du darfst mich nicht Mama nennen. Nicht hier, mein Liebes. Sie können es nicht verstehen. Gott schütze dich – ich wünschte, ich könnte es.*

Das nachfolgende Fieber bestätigte Lady Mary in ihrer Auffassung, denn es verlief vergleichsweise harmlos. Cameron wollte, daß Eleanor in London unter seinen Augen blieb. »Andere Kinder leben hier auch gesund. Wir werden auch ein Kindermädchen für die Stadt einstellen.«

Cecily sah die Verlockung, aber sie hatte noch Zweifel. »Sie wird einsam sein, so fern vom ›Belle‹. Die anderen Leute werden nicht wollen, daß ihre Kinder mit ihr spielen.«

»Sie akzeptieren mich; dann können sie auch sie akzeptieren.«

Er ist so sonderbar, dachte Cecily. Von Anfang an war er vernarrt gewesen in das Kind, aber mit der seltsamen, weihnachtlichen Geburt, die für die Packers und für sie selbst so bedeutungsvoll gewesen war, hatte er nichts zu tun gehabt. Über ihren heimlichen Glauben, in ihr sei Sophies Baby wiedergeboren, würde er sich lustig machen. Er schien einfach sich selbst in dem kleinen Mädchen wiederzufinden und sie beide als Außenseiter zu empfinden.

Andererseits hatte er eine gewisse Gerissenheit und Schläue bewiesen, als er die gesellschaftliche Leiter erklommen hatte. Sah er nicht, daß es alles andere als schlau war, der Gesellschaft ein höchst unpassendes Kind aufzudrängen?

Sie fragte sich, ob er bei all seiner Ordnungsliebe vielleicht eine Schwäche für das *outré* hatte. Vielleicht hat er mich ja deshalb geheiratet. Aber ich bin wieder etabliert. Eleanor muß immer eine Außenseiterin bleiben.

Milchmädchen schmückten ihre Eimer mir Girlanden, bei den Geflügelhändlern gab es Kiebitzeier, unter den Bäumen in den Parks wuchsen Glockenblumen und an den Stangen in den Küchengärten rote Bohnen.

Eleanor paßte zur Sonne; in ihrem besten weißen Musselinkleid, einem Miniaturebenbild desjenigen, das Cecily trug, leuchtete ihre Haut gebührend, wo andere Kinder von Hüten beschattet wurden oder sich rosarot färbten. Sie tanzte in der Maiprozession nach Westminster, bis Master Carthew, der fünf Jahre alt war, sie so stieß, daß sie hinfiel. Keiner der erwachsenen Zuschauer hob sie auf.

Kinder wurden nachmittags in den Park geführt, wo sie Akrobaten zuschauten oder den neuartigen Anblick von Lords genossen, die ihren Rock auszogen, um mit Handwerkern Cricket zu spielen. Cecily ging mit Eleanor nicht mehr dorthin, nachdem die Gräfin Cracanthorpe ihr ein schwärzeres Kind zum Tausch angeboten hatte. »Sie waren nicht da, meine Liebe, und haben es vergessen. Der ganze *Sinn* eines Leibsklaven besteht ja im Kontrast zum Weiß des eigenen Teints. Ihre kleine Maus ist noch milchkaffeebraun. Ich *weiß* ja, daß sie mit zunehmendem Alter dunkler werden, aber dann will man sie nicht mehr so gern nah bei sich haben. Ich habe genau das Richtige für Sie: ein wirklich *tintenschwarzes* kleines Schätzchen. Und es macht keine Umstände, das versichere ich Ihnen.«

»Und das hat sie auch noch gut gemeint«, berichtete Cecily am Abend ihrem Mann.

»Ich werde die Hexe umbringen. Aber sollten wir nicht entschlossen bleiben?«

»Das kannst du tun. Ich nicht. Ich habe das Kind dabei ertappt, daß es sich das Gesicht mit Bimsstein schrubbte. Sie sei schmutzig, sagte sie.«

Cameron lehnte sich in seinem Sessel zurück. »Ich werde sie offiziell adoptieren.«

»Das wird nichts ändern.«

Über dem Ticken der Standuhr im Salon betrachtete sie Eleanors unschuldige Ahnungslosigkeit: Sie wußte nichts von schwarzen Hausknechten, die sie vielleicht heiraten würden, von Bürgern, die es nicht tun würden, von Aristokraten, die mit ihr ins Bett gehen, und von Frauen aller Klassen, die sie verachten würden, schwarze wie weiße mit unterschiedlichen Perspektiven, aber immer der gleichen Schlußfolgerung: Sie weiß nicht, welches ihr Platz ist.

Und ich weiß es auch nicht, dachte Cecily. Ich verrate sie jeden Tag.

Ein bißchen von ihrer Fröhlichkeit hatte die Dreijährige für immer verloren, und ratlose Vorsicht war an ihre Stelle getreten. Jedem stand es frei, sie zu belehren. »Du darfst diese Lady nicht Mama nennen«, hatte Lady Manley in scharfem Ton gesagt und sich dann an Cecily gewandt: »Ich weiß, daß sie es gern tun, wenn sie klein sind, aber es setzt einen unglückseligen Präzedenzfall.«

Und Cecily hatte nichts gesagt. Verwirrt empfand sie gleichzeitig Abscheu vor den Angreifern wie vor der Angegriffenen. Es gab Zeiten, da sie, wenn die Meute am lautesten kläffte, das Kind kaum mehr anschauen konnte, nur um dann im nächsten Augenblick von Panik überwältigt zu der Kleinen hinzustürzen und sie an sich zu reißen.

»Sie muß ins ›Belle‹ zurück«, sagte sie zu Cameron.

»Ach, noch nicht, noch nicht«, sagte er. »Wenn die Sitzungsperiode zu Ende ist, fahren wir alle hin. Zusammen.«

Sie nahmen Eleanor nicht zu Prinzessin Carolines Gartenfest nach Richmond mit, wo die Aristokratenkinder als winzige Imitationen ihrer pastellfarben gekleideten Eltern paradierten. Heftige Scharlachrot-, Orange- und Grüntöne waren der Livree der schwarzen Diener vorbehalten, die für Cecilys entsprechend eingestellte Augen überall zu sein schienen und mit ihren gepuderten Köpfen nickten, während sie ihren Besitzern beim Aussteigen aus den Kutschen halfen; sie spielten in Musikkapellen, sie grinsten mit ihren Silberkragen, die in der Sonne funkelten, und stolzierten zur Musik umher, scheinbar ebenso glücklich wie die Vögel, die singend in ihren Gitterkäfigen an den Bäumen hockten.

Zum Teufel mit ihnen, dachte Cecily.

Es herrschte eine sprudelnde Stimmung, die nicht nur auf den Champagner zurückzuführen war: Der König war zwei Tage zuvor nach Hannover abgereist, und damit waren die Einschränkungen für den Prinzen und die Prinzessin von Wales zu Ende. Überdies hatte der Tod der Mutter des Prinzen im November die alte Prophezeiung wiederbelebt, derzufolge sein Vater binnen Jahresfrist ebenfalls sterben werde, was den Freunden des Prinzen zu der munteren Spekulation Anlaß bot, daß sie nun bald Höflinge Georgs II. sein würden.

Eine offizielle Bekanntmachung hatte es nicht gegeben, keine Trauer um die Frau, die Königin von England hätte sein können, statt dessen aber die letzten dreiunddreißig Jahre ihres Lebens wegen Ehebruchs unter Arrest verbracht hatte, ohne Verbindung zu ihren Kindern.

»Die arme Lady«, sagte Cameron. »Und der arme König. Wenn die Prophezeiung stimmt, wird keiner von denen, die heute hier sind, um ihn trauern.«

»Außer Walpole«, sagte Cecily vergnügt. »Der ist dann draußen.«

»Darauf würde ich nicht wetten. Wen gäbe es sonst? Prinzessin Caroline wird sich für ihn stark machen, und es wird kein Fehler sein. Bei all seinen Fehlern – unser Freundchen bewahrt uns immerhin vor dem Krieg.«

»Ha.« Sie war unzufrieden mit Cameron: Er, der sich sonst so nüchtern kleidete, hatte sich heute in dem nervösen Bewußtsein, daß er sich in elegante Gesellschaft begeben würde, eine ganz unvernünftige, nach *nouveau riche* riechende Weste aus Perlbrokat angezogen, die, wie sie fand, seine Würde beeinträchtigte und sie an Lemuels exzessiven Kleidergeschmack erinnerte. Es ärgerte sie, und sie hatte ihn für seine Schwäche bestraft, indem sie keinen Kommentar abgegeben hatte, als sie sie erblickte.

Der Schatten »unseres Freundchens« mit seinen ganzen zweihundertfünfzig Pfund versperrte ihnen den Weg. »Darf ich Ihnen meinen Sohn vorstellen?« dröhnte Sir Robert. »Horace, das ist dieser gerissene Bursche, Mr. Archibald Cameron, und seine schöne Gemahlin, Lady Cecily. Was hältst du von ihnen, he?«

Camerons Hand schloß sich fest um die Hand seiner Frau, aber Cecily stand da wie aus Stein gemeißelt. Aus einem kränklichen Dreiecksgesicht schaute ein Paar altkluger Augen aus der Höhe von Walpoles Schenkel zu ihr auf. »Sie ist viel hübscher als die Mätressen des Königs, Papa.«

»Du lieber Gott, Junge, das bin ich auch.« Walpole stampfte vor Heiterkeit mit dem Fuß auf, legte Cameron dann einen Arm um die Schultern und führte ihn beiseite, um Geschäftliches zu besprechen. Der Junge folgte ihnen und schaute sich dabei um.

»Achten Sie auf das Kind«, sagte Lord Herveys Stimme hinter ihr.

»Das werde ich nicht tun. Nichts an Walpole interessiert mich.«

Zusammen gingen sie weiter und hielten dabei vier Fuß Abstand, um Platz für Lord Herveys beredten Spazierstock und Cecilys Reifröcke zu lassen. Die Sonne wirkte unvorteilhaft auf Hervey; man sah den Puder und die Schminke in seinem Gesicht. Der einst so hübsche junge Mann war gealtert und zu einem Skelett abgemagert, was auf die neueste Mode zurückzuführen war: die Diät des Vegetariers Dr. Cheyne, die nur aus Körnern, Grünzeug und Milch bestand.

»Unser Premierminister ist gutmütiger, als Sie glauben, liebe Cecily. Wie gesagt, achten Sie auf das Kind.« Hervey verbog sich wie eine Haarnadel, um seinen Mund an Cecilys Ohr zu bringen. Sein Parfüm war überwältigend. »Beachten Sie die Ähnlichkeit zwischen dem Knaben und meinem armen, lieben Bruder Carr. Erinnern Sie sich an die *amitié*, die einst zwischen Carr und Lady Walpole bestand, und ziehen Sie Ihre eigenen Schlüsse.«

Cecily warf einen Blick auf den kleinen Horace Walpole, der sich immer noch nach ihr umschaute. Kein Zweifel ... er war ein Hervey in jeder Linie seines zerbrechlichen Körpers. »Wahrhaftig.«

Lord Hervey nickte. »Sir Robert ist zu scharfsinnig, als daß ihm diese Ähnlichkeit entgangen sein könnte, aber er liebt den Jungen wie seinen eigenen und hat beim König um eine Audienz für ihn gebeten. Soviel Toleranz, ein so *großer* Mann. Ich bitte Sie, vergessen Sie doch, wie er Ihnen geschadet hat – er hat es auch vergessen. Verhärten Sie nicht Ihr Herz. Er möchte Ihr Freund sein, das hat er mir selbst gesagt.« Herveys geränderte Augen blickten seelenvoll; er wirkte aufrichtig, zumindest so aufrichtig, wie Hervey es je sein konnte.

Cecily wußte nicht recht, ob es ihm um ihre Sympathie für Walpole zu tun war oder ob er ihr erzählen wollte, daß sein Bruder mit Walpoles Frau geschlafen hatte. Im ersten Fall verschwendete er seine Zeit: Mit diesem Ungeheuer würde sie erst Freundschaft schließen, wenn Ostern und Pfingsten auf einen Tag fielen. Für den zweiten Fall stellte sie – zu ihrer eigenen Überraschung – fest, daß sie im Laufe der Jahre den Geschmack an Klatschgeschichten verloren hatte.

Die aber sprudelten wie ein Springbrunnen, während sie weiterspazierten: Der Prinz und die Prinzessin von Wales *verabscheuten* ihren ältesten Sohn Frederick, der in Hannover aufgezogen wurde ... Der Prinz war ein solcher Knauser, daß er seine Mätresse, Mrs. Howard, die jetzt taub geworden war, nicht nur *nicht* unterstützte, um auf diese Weise Brennholz und Kerzen zu sparen, sondern auch *niemanden* nach Leicester House einlud.

»Nur die liebe, kluge Caroline konnte ihn überreden, ein Fest von solchen Ausmaßen zu geben. Was *verdankt* dieses Land nicht alles dieser außergewöhnlichen Frau. Wenn der König stirbt, werden sie und der liebe Sir Robert es gemeinsam regieren.«

»Ach ja?« Cecily war beunruhigt. »Ich dachte, Walpole wäre erledigt, wenn der König stirbt.«

»Freilich, der *Prinz* kann ihn nicht leiden, denn Walpole hat sich geweigert, ihn in Abwesenheit seines Vaters als Regenten zu akzeptieren. Aber die liebe, kluge Caroline ... Ah, da ist sie ja.«

Eine massige Frau stand unter den Bäumen, umringt von hübschen jungen Männern und Frauen: ein geschmücktes Karrenpferd inmitten von Fohlen.

Cecily blieb zurück. Hervey musterte sie, und seine Augen glitzerten ahnungsvoll. »Ist dies …? Aber doch gewiß nicht … Oder doch? Ist es Ihre erste Begegnung mit ihr, seit Sie, äh, seit Sie vor all den Jahren aus ihrem Dienst ausgeschieden sind?«

»Ja.«

Er war entzückt und drängte sie weiter. »Seien Sie unbesorgt, meine Liebe. Sie kümmert sich nicht um Politik, wenn es um ihre Freundschaften geht. Hat sie nicht auch Dr. Freind zum Arzt ihrer Kinder bestellt? Und war er nicht *tief* in die jüngste Jakobiter-Verschwörung verstrickt? Sie wird freundlich zu Ihnen sein.«

Er hatte recht. Das Karrenpferd sah sie und kam ihr entgegen, mit ungelenkem Schritt, wie unter Schmerzen. Goldene Ornamente klimperten auf der bronzefarbenen Seide ihres Kleides. Sie lächelte. »Zezily.«

Als Caroline sie aus ihrem Hofknicks erhob und in die Arme schloß, dachte Cecily, was für eine nette Frau sie doch war. Die dauernden Schwangerschaften hatten die Prinzessin fast so fett werden lassen wie Queen Anne, und wie bei Anne wirkte sich dies allmählich auf ihre Gesundheit aus. Aber sie hatte die gütige Art der verstorbenen Königin und die in Stein gemeißelte Geduld, die daher rührte, daß sie endlose männliche Launen ertragen hatte.

Sie war der größte Feind für die Jakobiter insofern, als die Hannoveraner ohne sie womöglich schon längst zugunsten des tugendsamen Jakob III. vertrieben worden wären. Wegen der natürlichen Güte, die sie ausstrahlte, war sie das einzige Mitglied der Königlichen Familie, das die Engländer respektierten und mochten. Und bei all dem zeigte sie eine Toleranz gegen die Jakobiter, die ihren Freund Walpole zur Raserei trieb.

Cecily merkte, daß sie weinte. Caroline weinte mit ihr. »Es war Ihr Herz, Liebchen. Immer so viel Herz. Es war verzeihlich. Wir sprechen nicht mehr darüber.« Sie trocknete sich die Augen. »Jetzt brauche ich Ihren Rat.«

Sie streckte die Hand über ihren Reifrock und nahm Cecilys, während sie mit ihr einherspazierte. »Lady Mary bedrängt mich, ich solle die Kinder impfen lassen. Sie sagt, Sie haben es mit einem getan, das Sie lieben. Ist es vertretbar?«

»Es hat dem Kind jedenfalls nicht geschadet, Königliche Hoheit.«

»*Mais une pétite nègre* ...«, sagte Caroline zweifelnd. Mit einem kleinen schwarzen Mädchen zu experimentieren, war eine Sache, aber die Königlichen Kinder waren etwas anderes.

Unversehens hörte Cecily sich sagen: »Ich schwöre Ihnen, Königliche Hoheit, ich werde es auch mit dem Kind tun lassen, das ich unter dem Herzen trage.«

»Sooo.« Das war besser. Cecilys Bauch wurde betätschelt und abgehorcht, man machte sie mit den Prinzessinnen Amelia und Caroline bekannt, und die ganze Zeit fragte sie sich, ob sie einen Hahn hatte krähen hören.

»Wir werden es tun lassen, solange der König fort ist. Er wäre nicht einverstanden.« Caroline lächelte. »Was für ein Geschenk er mir wohl diesmal mitbringen wird? Letztesmal war es ein wilder Knabe, der in Hameln gefangen wurde; er lief auf allen vieren und erkletterte Bäume *à l'écureuil*. Wir haben ihn in einen feinen Anzug mit roten Strümpfen gesteckt, aber noch immer ist es finster in seinem Kopf.« Dann hatte sie einen glücklichen Einfall. »Bringen Sie doch Ihre kleine *nègre* nach Leicester House; dann können die beiden miteinander spielen.«

Cecily knickste, und abermals krähte der Hahn.

Lord Hervey blieb bei Caroline. Cecily, der heiß und flau war, suchte kühlenden Schatten in den Pavillons. Der Duft von stark alkoholisierter Weinbowle und den Kunstwerken der Konditoren, die sich auf den Tischen türmten, verstärkte das flaue Gefühl, und sie spazierte hinüber zu den Bäumen, hin und wieder durch einen Schwall von Klatschgeschichten aufgehalten. *Miss* Soundso war schwanger. Der Ehrenwerte Dingsda war mit einer Zofe im Bett ertappt worden, Lady Dies-und-das auf dem Schoß eines Lakaien.

Endlich schwenkte eine Falstaff-Figur unter einer der Eichen ein Glas. »Wohl treffen wir beim Mittagslicht, Mylady.«

»O Gott.« Sir Spender mochte wohl ein Besucher an Carolines Geburtsort sein, aber er besuchte Bolingbroke in Battersea verdammt viel öfter.

»Erschrecken Sie nicht, liebe Madam. Walpoles Spitzel mögen spitzeln, aber was können sie beweisen? Nichts.«

»O *Gott.*« Cecily war fluchtbereit: Nichts wie weg von einem bekannten Jakobiter, einem *betrunkenen* bekannten Jakobiter.

Er ging mit. Sie führte ihn fort von den Pavillons zu einem anderen, abgelegeneren Baum.

»Verzeihen Sie, daß ich Sie in der Arundel Street noch nicht besucht habe«, sagte er, »aber wie ich schon andeutete, ich war auf Reisen.«

»Wagen Sie es ja nicht, in die Arundel Street zu kommen. Was wollen Sie? Wo ist Maskelyne?« Sie sah sich um. »Er ist doch nicht auch hier, oder?«

»Unser guter Freund wurde nicht eingeladen. Madam, wir müssen ein Gespräch führen.«

Der Baum, den sie ausgesucht hatte, war zu klein: Sir Spenders Wanst kam dem Sir Roberts gleich; er schaute zu beiden Seiten der Eberesche hervor wie eine Birne hinter einem Zahnstocher. Cecily hörte ihm nur mit halbem Ohr zu; sie trat von einem Fuß auf den andern und hoffte, daß jemand, der sie sähe, vermuten werde, ein Langweiler habe sie in die Enge getrieben. Daß der Mann sich weigerte, die Stimme zu senken, ließ ihre Angst nicht geringer werden.

»... diesmal werden wir bereit sein, wenn Sie Ihren Dienern auf Hempens entsprechende Instruktionen geben wollen. Mit welcher Anrede haben Sie Seine Majestät belegt, als er Sie besuchte?«

»Mr. Robinson. Können Sie nicht leise sein?«

»Wie?«

»Mr. Robinson. Ich habe den Leuten gesagt, er sei Mr. Robinson. Sir Spender, wir müssen uns ein andermal darüber unterhalten.«

»Beruhigen Sie sich doch, liebe Dame.« Sir Spender blieb gelassen. »Gäbe es einen besseren Ort, das Kommen des rechtmäßigen Königs zu planen, als am Busen der Usurpatoren?«

Cecily hätte ihm gleich mehrere nennen können. »*Was* für ein Kommen?«

»Das nächste.« Sir Spenders Augen verschwanden in Falten von

Fett, als er sie anstrahlte und mit dem Finger wackelte. »Bei der nächsten Gelegenheit, da England die Bereitschaft zeigt, sich seiner deutschen Despoten zu entledigen, seines hannoverschen Halfters, seines georgischen Gitters, seines …«

»O *Gott*, können Sie nicht leise sein?« Sie war in Panik. Prinzessin Caroline kam mit einer Prozession von Höflingen auf sie zu.

»Und Ihnen sei der Ruhm, die Laterne zu entzünden, liebe Lady. Wie Shakespeare sagt: ›An dem Tag werden wir in England eine Kerze entzünden, die niemals mehr gelöscht werden soll.‹«

»Latimer«, sagte sie automatisch. Sie knickste und lächelte matt zu Caroline hinüber. Sir Spender machte eine tiefe Verbeugung und flatterte dabei in schnörkelnder Bewegung mit der Hand; die Prinzessin neigte das Haupt und lächelte.

Eine Ehrenjungfer kam tänzelnd auf Sir Spender zu. »Wir werden in Merlins Höhle spielen.«

»Geh nur voraus, meine Vivien, geh nur voraus.« Seine fette Hand strich Cecilys Ärmel glatt, bevor er sich zum Gehen wandte, und hinterließ eine feuchte Spur auf der Seide. Seine Miene veränderte sich einen kurzen Augenblick lang, und sie sah, daß er so betrunken gar nicht war. »Halten Sie sich bereit«, sagte er.

Die Kapelle nutzte den Fortgang der Prinzessin für eine Erholungspause und überließ das Feld dem Gesang der Vögel in Freiheit und Käfig. Von Cameron und Walpole war nichts zu sehen.

Cecily ging zum Haus. An der Südseite fand sie ein großes, leeres Empfangszimmer, wo sie sich setzen konnte. Quastengeschmückte Vorhänge waren zum Schutz vor der Sonne zugezogen. Auf einem Sofa ruhte sie sich aus, unsagbar müde: Zwei schwitzende, fette Männer mit üblen Absichten an einem Nachmittag, das war zuviel. Der eine weckte heftige Abneigung, der andere düstere Ahnungen. Und der Hahn des Verrats krähte noch immer.

Plötzlich sehnte sie sich nach dem gesunden Leben im »Belle«, nach Unkompliziertheit, nach ländlicher Freundlichkeit.

Sie bemühte sich um Fassung und versuchte sich zu erinnern, was Sir Spender eigentlich genau gesagt hatte. Hempens sollte als Sprungbrett für einen Jakobiter-Aufstand benutzt werden ... *O Gott, ich habe Angst. Solche Angst.*

Aber sie sah, daß es logisch war. Die schlechte Kommunikation zwischen Jakob und seinen Anhängern in England hatte dazu geführt, daß er zum Aufstand von 1715 zu spät und bei dem vorhergegangenen Invasionsversuch im Jahr 1708 überhaupt nicht gekommen war. Zur Zeit der »South Sea Bubble«, da er, wie die Jakobiter gern glaubten, ohne jeglichen Widerstand zu seinem Thron hätte spazieren können, war er in Italien gewesen, so weit weg, daß er sich gerade die Stiefel hatte anziehen können, ehe Walpole das Land schon wieder beruhigt hatte.

Aber wenn er in ständiger Bereitschaft an der gegenüberliegenden Küste auf den Augenblick wartete, in dem die britischen Jakobiter ihre nächste Chance erblickten, könnte er mit der nächsten Flut auf Hempens sein und überall hingelangen, wo er seine Standarte aufrichten wollte.

Sie versuchte, sich zu beruhigen. *Es wird nicht dazu kommen.* Die Jakobiter planten ihre Invasionen wie Kinderspiele. Gelähmt von der Hitze und ihrer Schwangerschaft, inmitten dieser exquisiten Gesellschaft selbstzufriedener Aristokraten, war es unmöglich zu glauben, daß die Unzufriedenheit im Lande jemals genug Energie aufbringen würde, um eine weitere Invasion in Angriff zu nehmen.

Der zermürbende Zahn der Zeit hatte England an die Herrschaft der Whigs gewöhnt. Die Tatsache, daß sie Walpole heute nachmittag nicht die Augen ausgekratzt hatte, zeigte, daß selbst ihr Zorn allmählich verrauchte.

Sie war jetzt kühler. »Und wenn der Prätendent wirklich kommt?« fragte sie laut.

Er würde nicht kommen. »Aber *wenn* er kommt?«

*Dann wird er scheitern, und du, meine Liebe, landest im Exil oder unter der Axt des Henkers.* Sie hatte zuviel zu riskieren, um tödliche Jakobiter-Spiele zu spielen.

Aber wenn er *nicht* scheiterte? Sie dachte an die irdischen Königreiche, die sich auf Hempens vor ihr ausgebreitet hatten, als der Prätendent, dieser gesunde Prinz, dort im schäbigen Salon gesessen und als sie die Verheißung von neuer Harmonie und Gesundheit für ihre Nation vor Augen gesehen hatte.

Ringsumher in dem großen, schattigen Raum hatte William Kent sein Lieblingsmotiv verarbeitet, die Sphinx. Über Spiegeln breitete sie ihre Schwingen aus, von Friesen spähte sie herab, und sie hockte im vergoldeten Blattwerk von Konsolen; schwer umschloß der Kragen den schlanken Hals, junge Brüste ruhten auf Klauen, und die Augen blickten grausam und friedfertig.

Cecily dachte: Durch meine Apathie habe ich zugelassen, daß ich ein Teil von dem hier wurde, von etwas, das die verhöhnt, die es unterdrückt, und das ein schwarzes Kind bedenkenlos gegen ein anderes tauscht.

*Und warum habe ich das getan? Warum bin ich hier?* Wegen einer Ehe, die ihr Leben jetzt in zwei Teile teilte. Wegen eines Whig unter Whigs.

Er kam sie suchen. »Da bist du ja.« Er blieb vor ihr stehen. »Ich bin froh, daß ich dich allein antreffe. Ich habe dich mit diesem Spender Dick reden sehen, der ein- oder zweimal auch im ›Belle‹ gewesen ist. Ich muß dich warnen, Cecily: Er steht unter dem Verdacht jakobitischer Umtriebe. Walpole ist rasend vor Wut darüber, daß Ihre Königliche Hoheit den Gauner eingeladen hat. Es ist nicht gut für uns, wenn der Eindruck entsteht, daß wir mit solchen Leuten befreundet sind, und zu deinem eigenen Besten wäre ich dankbar, wenn du den Mann in Zukunft meiden würdest.«

Er hatte sich den denkbar schlechtesten Augenblick ausgesucht. Über seine Vorhaltungen ärgerte sie sich sowieso immer; ein Tadel von ihm konnte sie für den Rest des Tages aus der Fassung bringen. Daß seine Rüge ihr wie die papageienhafte Wiederholung eines Befehls von Walpole vorkam, erweckte zudem die Erinnerung an Lemuels Sykophantentum. Und dann diese Weste und die Übelkeit und die Hitze und der unaufhörlich krähende Hahn …

»Du Speichellecker«, fuhr sie ihn an. »Du aufgeblasener, katzbuckelnder kleiner Arschkriecher von einem Spaniel. Du kommst von diesem räudigen Tyrannen hergerannt, um mir, *mir*, zu sagen, mit wem ich sprechen darf und mit wem nicht? In so einer Weste?«

»*Cecily.*« Die Wildheit ihres Zorns verblüffte ihn. Er blinzelte. »Was ist denn mit der Weste?«

»Ich *mag* Sir Spender Dick, hast du verstanden? Er ist der Beste von allen hier. Und wenn er bei diesem fetten Schweinepinsel Anstoß erregt, mag ich ihn desto lieber. Er tratscht keine Skandalgeschichten herum, und er kriecht Walpole nicht in den Arsch, ›Ja, Sir Robert, nein, Sir Robert, ich gehe sofort und sag's ihr, Sir Robert‹. Und er hat nicht herumgesessen und sich am Sack gekratzt, während Sir Robert *Dolly ermorden ließ.*«

»Das ist es also«, sagte er leise.

»Ja, das ist es. Und *das* ist es ...«, sie deutete auf die abscheuliche Weste, »und *das* ist es.« Sie streckte die Hand zum Tisch aus, auf dem eine kleine Messingsphinx stand, Symbol einer Gesellschaft, die darin ihre eigene delikate Brutalität widerspiegelte. Sie packte das Zierstück und schleuderte es gegen den gläsernen Schirm einer Lampe, daß er zersprang.

Als Lakaien hereinstürzten, erklärte Cameron, seine Frau würde die Hitze nicht vertragen, und brachte sie nach Hause.

Am nächsten Tag kam die Nachricht, daß König Georg in Holland zusammengebrochen war. Er hatte darauf bestanden, die Reise nach Hannover fortzusetzen, und war einen Tag und eine Nacht in seiner Kutsche durchgerüttelt worden, ehe er angekommen und gestorben war.

Sein Sohn nahm die Nachricht ohne Trauer auf. Seine erste Handlung als Georg II. bestand darin, daß er in den Königlichen Gemächern zwei Porträts seiner Mutter aufhängen ließ. Als zweites vernichtete er das Testament seines Vaters. Als drittes entließ er Sir Robert Walpole und ernannte einen liebenswürdigen alten Mann zu seinem Nachfolger, Sir Spencer Compton, der sich auf der Stelle ratlos zeigte.

Jedermann sah, wie würdevoll Walpole es aufnahm. Höflich

und in mehr als einer Hinsicht machte er Sir Spencer Compton seine Aufwartung; er gehorchte seinen Anordnungen, half ihm bei der Übernahme seiner Verantwortung und schaute zu, wie er ins Schwimmen geriet. Zu seinen besorgten Freunden sagte er nur: »Ich habe die richtige Sau bei den Ohren.«

Die Sau, jetzt Königin von England, erwies sich als gleichermaßen umsichtig. Ohne ihrem Mann das Gefühl zu geben, sie wolle ihn zu irgend etwas überreden, wurde Sir Spencers Inkompetenz demonstriert, und die Vorteile, die es mit sich brächte, den ehemaligen Premierminister zu behalten, traten offen zutage. Nur ein Meister des parlamentarischen Systems könnte, wie Walpole es verhieß, das Privateinkommen des neuen Königspaars weit über all das hinaus steigern, was ein englischer Monarch und sein Ehegespons bisher hatten erzielen können.

Binnen weniger Wochen änderte sich die Meinung Georgs II. von dem Mann, den er einmal als Schurken bezeichnet hatte, ganz grundlegend.

An dem Tag, als Walpole seine alte Macht wieder übernahm, hatte Cecily eine Fehlgeburt. Es war ihr Mann, der weinte. Als sie genesen war, sagte sie: »Eleanor und ich kehren ins ›Belle‹ zurück. Es ist nicht nötig, daß du mitkommst.«

# 12

Im großen und ganzen hatte das »Belle« unter Cole und Marjorie Packer seine Qualität behalten, wenngleich sich ein oder zwei plebejische Gebräuche eingeschlichen hatten.

Cecily führte wieder ein, daß Lavendelbeutel in jedem Bett lagen und daß das Silber regelmäßig poliert wurde; sie ließ den Misthaufen vom Hof vor den Fenstern auf das Feld verlegen und beendete die Sitte, daß die Ankunft jedes neuen Packer auf dieser Welt in der Schankstube mit Freibier gefeiert wurde. Davon abgesehen konnte sie ihr Personal nur loben.

Die Leute zeigten ihre Freude über Cecilys Rückkehr durch besondere Übermütigkeit, und nach einem kurzen Blick versagten sie sich die Frage, wann Master Archie denn kommen werde.

Eleanor sagte: »London hat mir nicht gefallen, Marjorie. Quick, London hat mir nicht gefallen. Hat mir nicht gefallen, London, Cole.« Und darüber freuten sich alle noch mehr.

Es hatte weitere Hinrichtungen nach dem Black Act gegeben. Ein Einfaltspinsel, ein entfernter Verwandter Marjories, hatte versuchsweise eine Weizengarbe angezündet. Ein Mann aus Codicote hatte widerrechtlich zwei Kaninchen gefangen und dabei ein Taschentuch vor der unteren Gesichtshälfte getragen, was ihm nach dem Black Act die Todesstrafe wegen Vermummung eingebracht hatte. Und der junge Hawkins in Bramfield hatte ein Tor eingerissen, das Lord Lettys Leute quer über den Weg zu seinem Kotten aufgestellt hatten; dabei hatte er sich den Kragen seines Mantels über dem Kinn zugeknöpft, und auch das hatte als Vermummung gegolten.

In London hatte Cecily nicht den leisesten Einwand gegen den Black Act vernommen; sogar ihre Freunde waren angesichts ihrer Erregung verwundert gewesen. Richtete sich dieses Gesetz denn nicht gegen die Jakobiter? Als Cecily darauf hinwies, daß es gegen Menschen eingesetzt werde, die mit den Jakobitern soviel zu tun hatten wie mit der Metaphysik, stieß sie auf Achselzucken: Walpole deckte schließlich immer neue Jakobiter-Verschwörungen auf, oder etwa nicht? Wer ein Omelett machen wollte, mußte ein paar Eier zerbrechen, und so weiter.

Im Schutze solcher Gleichgültigkeit kamen unbemerkt weitere Gesetze zustande, die gar nicht mehr so taten, als richteten sie sich gegen Umstürzler, und Walpoles Regierung wurde die blutrünstigste in ganz Europa. Man konnte jetzt an den Galgen kommen, wenn man willkürlich Werkzeug zerbrach, das für die Wollherstellung verwendet wurde, oder wenn man, war man bankrott, sich nicht innerhalb von zweiundvierzig Tagen einer Untersuchung stellte, oder wenn man Zollbeamten bei der Ausübung ihres Dienstes widersprach – was sogar nach Ansicht der Lordoberrichters Lord Hardwicke zu weit ging.

Der Galgen in Tyburn mußte ausgebaut werden, damit zwanzig Hinrichtungen gleichzeitig stattfinden konnten. Es kam häufig vor, daß sich nicht ein einziger Mörder unter den Hingerichteten befand.

Im Wald zeigte der neue Lord Letty sich gleichermaßen unduldsam gegen die Traditionen der Reisigsammler, Säger und Weidenflechter, der Speichenschläger und Brennholzbinder, der Lattenmacher und Leiterbauer – lauter Männer und Frauen, die selten Geld in die Hand bekamen, aber ihr Fleisch selbst erlegten und denen jetzt Nutzrechte verwehrt wurden, die sie seit Jahrhunderten genossen. Er verwandelte offenes Land in umzäunte Weiden, legte Rotwildgehege an, verkaufte Bauholz an die Flotte, gewährte seinen reichen Nachbarn Wegerechte und legte Fußangeln.

Aber die Waldbewohner kannten jedes Dickicht, jede hohle Eiche. Sie umgingen die Fußangeln und gingen ihren Tätigkeiten, die bisher tagsüber stattgefunden hatten, jetzt bei Nacht nach. Für sie ging es nicht um den Luxus, einen zusätzlichen Fasan in den Topf zu bekommen, sondern ums Überleben, und wenn die beiden Seiten aneinandergerieten, gab es kein Erbarmen.

Stabber, einst der hübscheste unter den Packers, hatte durch die Kugel eines Waldhüters die Nase eingebüßt, was ihm das Aussehen eines verwitterten Wasserspeier-Ungeheuers verlieh. Der Verlust der Ansehnlichkeit und die daraus folgenden Neckereien machten ihn übellaunig. Er redete nicht mit Cecily.

Sie war darüber aufgebracht, daß er sich überhaupt an den Waldkriegen beteiligte. »Ich bezahle ihm doch genug«, beklagte sie sich bei Cole. »Er braucht nicht zu stehlen.«

»Erstens war es kein Stehlen«, antwortete Cole. »Zweitens bezahlen Sie unsere alte Granny nicht. Ihre Kuh hat auf Stapleford Lea geweidet, solange ich denken kann, bis Letty es zugemacht hat. Sie hat keine Zähne mehr, wissen Sie. Sie braucht die Milch. Stabber hat bloß die Zäune von diesem Scheißkerl eingerissen.«

»Ja, *ich* habe sie doch nicht da hingestellt.«

Cole scharrte mit den Füßen. »Aber anscheinend haben Sie sich mit denen gemein gemacht, auf großen Bällen und so weiter. Wir dachten, Sie hätten vielleicht vergessen, daß es Letty war, der Miss Dolly aufgehängt hat.«

Cecily schüttelte den Kopf. »Ich bin ihm nie begegnet.« Aber mit Walpole hatte sie sich gemein gemacht, der Letty und seinesgleichen beschützte und sich und ihnen die gesetzliche Macht gab, zu rauben und zu morden. Sie hatte die Klauen gekannt, die unter diesem jovialen Busen ruhten, und hatte sie toleriert. Und was ihren Mann anging ...

»Er bewahrt uns vor dem Krieg«, hatte Cameron gesagt.

Aber welchen Vorzug hatte ein Frieden, der alles verstümmelte und verwüstete? Stabilität konnte auch ihren Schrecken haben.

Sie appellierte an Tyler, der in ihrer Abwesenheit ins »Belle« gezogen war. »Kannst du nicht verhindern, daß meine Leute Kopf und Kragen riskieren?« Als er nicht antwortete, ging ihr ein Licht auf. »Gottverdammt, du machst auch mit.«

»Lettys Leute haben mein Haus niedergebrannt«, sagte er. »Als Vergeltung.«

»Vergeltung wofür?«

»Dafür, daß wir eins von ihnen niedergebrannt haben.«

Ich stehe als Nonkombattantin zwischen den Fronten, dachte sie. Und dann: Nein, ich bin Kombattantin. In dem vergoldeten, von Sphinxen übersäten Salon in Richmond hatte sie sich für eine Seite entschieden.

Cecilys Verbindung zur Sache bestand jetzt in Mr. Phineas, einem Reisenden in Knöpfen, einem Mann von so kraftlosem Charakter, daß es ein Wunder war, daß er überhaupt welche verkaufte und die Röcke der Nation nicht mit Bindfaden geschlossen werden mußten.

»Maulwurf«, sagte er, als er das erstemal ins »Belle« gekommen war.

»Willkommen, Mr. Maulwurf. Wenn Sie den anderen Gästen bitte folgen wollen ...«

»Nein. Maulwurf. Das ist die Parole.«

»Oh.« Sie gab ihm sein Essen im Hinterzimmer, und er schlief über dem Kapaun ein. Aber die oppositionelle Literatur, die er ihr für Wallies Postsack gab, war belebend. Da waren Lieder aus Gays *Beggar's Opera* dabei, in denen Walpole als Peachum angeprangert wurde, Rädelsführer einer Bande von Taschendieben, der seine Leute gegen Belohnung verriet, während der Held, Macheath, ein Straßenräuber und mutmaßlicher Landgentleman war, den Walpoles »Robertokratie« ruiniert hatte.

Neben offen jakobitischen Publikationen wie *Fog's Weekly Journal*, dessen Redakteure ihre Verhaftung riskierten, indem sie das Land unablässig warnten, es werde »durch Luxus geschwächt und in eine exzessive Staatsverschuldung verwickelt, und es sei in Gefahr, durch Korruption versklavt zu werden, wenn die Tugend nicht wieder Einzug fände« – also Jakob Stuart –, fand sich auch der witzigere und scharfzüngigere *Craftsman*, in dem Cecily die feine Handschrift ihres Paten erkannte. Hier machte man sich den Spaß, Walpole als »das Ungeheuer, das jetzt in Westminster ausgestellt wird«, zu beschreiben. »Die Gestalt dieser Kreatur bedeckte mindestens anderthalb Morgen Boden ... und sah geschwollen und aufgedunsen aus, wie innerlich verrottet.«

Sticheleien, Balladen, Karikaturen – lauter Attacken gegen Walpoles Regierung, und alle liefen sie darauf hinaus, daß zwischen deren Ministern und gewöhnlichen Kriminellen kein Unterschied bestehe ... »nach der Definition dieser Gentlemen: Behalte, was du nimmst, und nimm, was du kannst«.

Dieses Material zum Abschreiben nach Schottland zu schicken, war eher nach Cecilys Geschmack als eine Invasion, aber sie mußte es einteilen, damit Wallies Postsack nicht merklich schwerer war, als er ihn im »Belle« abgelegt hatte.

Manches davon war sowieso öffentlich erhältlich, und die Torys in der Schankstube schmunzelten und sangen mit Macheath:

Sag mir, welch Schurke wird zu Recht gejagt und welcher nicht?
Ein Missetäter, ist er groß und glückt ihm erst die Flucht,
Muß er, dem Königlichen Hirschen gleich, gehetzt zu werden nicht mehr fürchten?
Ist euer Mitleid kleiner bei dem armen Wicht,
Dem Gauner ohne Geld und Freunde, als beim Großen?

Sie hatten eine Aufmunterung nötig; die letzte Wahl hatte einen schlechten Verlauf genommen, denn die Whigs hatten mehr Stimmen kaufen können als sie.

Nichts aber konnte Colonel Grandison beleben, der um das verlorene Amt des Friedensrichters trauerte.

Paradoxerweise war sein Ansehen in seinem alten Bezirk gestiegen, da man ihn jetzt mit Sir Samuel Pink verglich, der sich den Beinamen »Inquisitor Pink« erworben hatte und sich als unermüdlicher Verfechter des Gesetzes erwies: Er hatte Harriet Bygrave in die Besserungsanstalt geschickt, weil sie sich weigerte, den Vater ihres unehelichen Kindes zu nennen, er hatte einen Elfjährigen wegen Landstreicherei auspeitschen lassen, und er hatte den Hufschmied aus Tewin, einen ehemaligen Soldaten, »wegen lästerlichen Fluchens und Schimpfens« verurteilt und ihm pro Fluch einen Shilling abgenommen.

»Als es uns gutging, wußten wir's nicht«, hieß es in der Schankstube, und liebevoll schüttelte man den Kopf über die kleine Gestalt, die zerzaust vor dem Feuer hockte und nicht einmal auf Marjories mitfühlendes Geschäker eingehen wollte, als wäre mit dem Verlust des bedeutenden Richteramts alle Lebensfreude dahin.

Cecily ging behutsam mit ihm um, bis ein jähes Unwetter die Abflußröhre fortriß, die das Wasser des Baches, der von Datchworth herunterkam, unter der Great North Road durchleitete, damit es auf der anderen Seite den Teich des »Belle« speiste und sich dann in die Felder dahinter ergoß. Das darauf folgende Hochwasser überflutete den Speiseraum. Da platzte ihr der Kragen.

»Ich wünsche, daß dieses Rohr repariert wird, Colonel. Sehen Sie sich meinen verdammten Fußboden an.« Das Rohr lag noch innerhalb der Gemeindegrenzen von Datchworth, und die Gemeinden waren verantwortlich für die Erhaltung der Straßenabschnitte auf ihrem Gebiet. Datchworth aber war in dieser Hinsicht Colonel Grandison.

Er ließ sich nicht wachrütteln. »Wer von der Straße profitiert, soll sie auch reparieren«, sagte er lustlos.

Cecily hätte Datchworth und seinen Junker für dieses Versäumnis vor Gericht bringen können, aber sie wollte Grandison nicht treten, solange er am Boden lag. Nur wenige Gemeinden taten bei der Unterhaltung der Straßen ihre Pflicht; es wäre ungerecht gewesen, Datchworth zu verklagen, wenn man Knebworth, das nur ein Stückchen weiter nördlich lag, für den Verfall seines Abschnitts gleichermaßen zur Verantwortung hätte ziehen können.

Sie ließ das Rohr auf eigene Kosten reparieren. Wenn der Verkehr wegen der Unbefahrbarkeit des Abschnitts gezwungen wäre, eine andere Strecke zu nehmen, wäre das »Belle« erledigt. Aber trotz allem, was sie tun konnte, verschlechterte sich der Straßenzustand immer mehr, während nicht nur ihr Geschäft, sondern Handel und Wandel im ganzen Land zunahmen ...

»Eine Mautschranke«, sagte sie. »Wir brauchen eine Mautschranke. In Stony Stratford haben sie auch eine.«

»In Stony Stratford haben sie auch die Ziegelei«, sagte Colonel Grandison. »Wir haben hier keine Ziegelei.«

»Aber die verfluchten Ziegelkarren zerwühlen mir meine verfluchte Straße auf ihrem Weg nach London«, gab sie zu bedenken. »Wieso können sie nicht dafür bezahlen, daß man sie repariert?«

»Für eine Mautschranke braucht man einen Parlamentsentscheid. Und wir müßten eine Treuhandschaft gründen.« Plötzlich sagte er »wir«. Zum ersten Mal seit Cecilys Rückkehr ins »Belle« zeigte Grandison Interesse: Straßenzölle waren das Geschäft der Zukunft.

»Dann gründen wir eine.«

Es mangelte nicht an Parteien, die bereit waren, sich an der Treuhandschaft zu beteiligen, und auch nicht an Opposition dagegen. Totty Stokes war dagegen, weil Cecily dafür war. Die Bauern, die nördlich der geplanten Zollschranke saßen, wollten keine Maut bezahlen, wenn sie ihr Getreide nach London schickten; zu ihnen gehörte auch Squire Leggatt, der sich aber schließlich davon überzeugen ließ, daß ein Shilling Straßenzoll ihn billiger käme als der Verlust seines Getreides durch ein in den Karrengleisen umgekipptes Fuhrwerk – wozu es im Jahr zuvor schon einmal gekommen war.

Unerwarteter, wütender Widerstand kam von Dr. Baines aus Knebworth, der anscheinend beträchtliche Geschäfte mit der Behandlung von Knochenbrüchen machte, die bei solchen Unfällen auf der Straße zustande kamen.

Was man jetzt noch brauchte, war jemand, der jedermann davon überzeugen konnte, daß eine Mautschranke in Woolmer Green eine gute Sache sei, jemand, der die Vorlage durch das Parlament begleiten konnte.

»Wir brauchen Archibald Cameron«, sagte Colonel Grandison. »Wann kommt Ihr Mann zurück?«

Jetzt war es an Cecily, sich lustlos zu zeigen. »Er entwickelt einen Plan zur Errichtung eines Spitals für Findelkinder«, sagte sie. *Ich will ihn nicht wiedersehen.*

Sie sagte sich, Cameron sei schuld an dem Abscheu, den sie gegen die Londoner Gesellschaft empfunden habe. Er war ein Teil dieser Gesellschaft und hatte versucht, sie wieder einzugliedern.

Sie verließ die Mautschrankensitzung, die in Datchworth Manor stattgefunden hatte, um allein nach Hause zu reiten. Der Sommerabend duftete nach Gras und der beißenden Süße der Linden.

Heckenrosen und Geißblatt säumten den Wegesrand, Schafe grasten auf der Gemeindewiese, Raben saßen verstreut in den Ulmen vor einem klaren, durchscheinenden Himmel.

Zum ersten Mal seit ihrer Rückkehr nach Hertfordshire hatte sie Zeit zum Nachdenken. Sie zögerte, damit zu beginnen, dem Elend ins Auge zu schauen, das ihr von London hierher gefolgt war und das, sosehr sie sich auch zu beschäftigen suchte, an ihr nagte: dem Wissen, daß sie auf der grundlegendsten, urtümlichsten Ebene von allen versagt hatte.

Cameron hatte ihre Gefühle bemerkt. »Es wird andere Kinder geben, Liebchen. Frauen haben oft Fehlgeburten. Es ist keine Schmach.«

Wenn er gewußt hätte, daß er ihre Schmach vergrößert hatte, indem er sich weigerte, sie zu verlassen, als die Wehen einsetzten, und indem er darauf bestanden hatte, der Magd das Laken mit dem blutigen Klumpen abzunehmen und selbst mit großer Behutsamkeit hinauszutragen, um es fortzuschaffen. Was für ein Mann tat so etwas?

Ein Mann, der anscheinend bei jeder Demütigung ihres Lebens zugegen gewesen war und dann noch Zeuge ihrer endgültigen Erniedrigung hatte werden müssen – daß Lady Cecily Cameron versagt hatte, wo noch der nichtsnutzigste Dorftrampel erfolgreich war.

Sie fing an zu schluchzen. Da sie befürchtete, jemand könne sie weinen sehen, verließ sie den Weg am Teich vom Mardleybury und stieg ab, damit das Pferd trinken konnte. Sie setzte sich, in einem Büschel Fingerhut verborgen, an den Rand des Teiches, und überließ sich der Trauer um ihr totes Kind.

Es war, als habe sie diesen Schmerz bis jetzt unwissentlich mit sich herumgetragen, und erst hier, inmitten der Fruchtbarkeit eines ländlichen Sommers, hatte er sie passenderweise gezwungen, ihn zur Kenntnis zu nehmen. *Es wäre so ein schönes Kind gewesen.* Sie wiegte sich vor und zurück und bat es um Vergebung. *Durch meine Schuld, durch meine Schuld, durch meine übergroße Schuld.*

Die Notlage, in der sie gewesen war, als sie dem Teufel ihre Seele angeboten hatte, erschien ihr jetzt weniger schrecklich, und ihre damalige Erklärung wirkte wie ein kapriziöser Einfall. Aber sie hatte in den Ruinen des »Belle Sauvage« gestanden und sie abgegeben. *Ich werde dir folgen mein Lebtag, wenn du mir zum Wohlergehen verhilfst, damit ich Rache nehmen kann an dem, der mir das alles angetan hat.*

Wie lächerlich, und wie fatal. Dolly hatte es gewußt. »Den Teufel haust du nicht übers Ohr«, hatte sie gesagt. Er werde sich holen, was ihm zustand, hatte sie gesagt. Und das hatte er getan.

Und dieser Mann, dieser *gute* Mann, ihr Ehemann, war zugegen gewesen und hatte gesehen, wie er es sich geholt hatte.

Zur Hölle mit ihm. Mit ihm und seiner Frau in Kent.

Cecily schniefte und putzte sich die Nase. Der Fingerhutbusch war ein Gitter, hinter dem sich der Himmel verdunkelt hatte, und der Mond hing darin wie ein Gefangener. Jenseits der Felder, zwischen den Bäumen, sah sie das Licht des »Belle«.

Ich werde hierbleiben. Das hier habe ich in der Hand. Es ist das einzige, was ich in der Hand habe.

Sie stieg aufs Pferd und ritt nach Hause.

Es war ein Schlechtwettersommer; das Korn wurde zerdrückt, die Kutschen hatten Verspätung, und die Post kam ebenfalls zu spät, so daß Cecily ihre Arbeit für die Sache nicht selten in den frühen Morgenstunden erledigen mußte, was sie so übellaunig wie das Wetter werden ließ – und so achtlos.

Ihr Mann ertappte sie mit tintenfleckigen Händen, wie sie einen Brief des Lordkämmerers, Lord Chesterfield, an einen Lord in Schottland abschrieb, in dem die Einzelheiten des geplanten Geheimvertrags mit Österreich niedergelegt waren. Der Regen flutete wie ein Wasserfall an den Fenstern herunter, und so hörte sie ihn nicht kommen, bis er die unverschlossene Tür zur Schlafkammer aufstieß. Die Truhe, in der sie die Jakobiter-Literatur verwahrte, stand offen, und auf dem Boden lagen Zeitschriften, die in dieser Nacht in den Postsack geschmuggelt werden sollten.

Er war naß und glückstrahlend und hielt einen zerdrückten Rosenstrauß in der Hand. »*Hat til mi tulidh*. Laßt den Pfeifer spielen. Ich dachte, du schläfst. Ich hatte vor, dich anzufallen wie ein Leopard. Du hast mir gefehlt.« Als sie ihm starr vor Schrecken entgegenschaute, sagte er: »Dein Mann ist gekommen, Weib, sein eheliches Recht zu fordern.«

Und dann sah er die Briefe, den von Chesterfield mit dem Monogramm, und daneben ihre Kopie. »Was ist das?« Sie verfolgte die einzelnen Stadien: Verblüffung, Erkenntnis, Verweigerung, entsetzte Einsicht.

Jetzt weißt du's, dachte sie. Und dann, unsinnigerweise: *Geschieht dir recht*.

Seine Hand strich über die geprägten Insignien auf dem Postsack, der offen auf dem Boden lag, und nacheinander hob er die zusammengerollten Kopien von Spottgedichten auf, den *Craftsman*, die Flugblätter, und er fuhr mit dem Fingern über die Schmähschriften, als bestätige ihm die Berührung, was sein Auge nicht glauben wollte. »Du bist ein Jack«, sagte er zu sich selbst und wandte sich dann zu ihr. »Du bist ein verdammter *Jakobiter*.«

»Ja«, sagte sie. Sie frohlockte vor Trotz. *Jetzt kann ich dir weh tun*.

»Du bist ihre Agentin. Walpole hat gesagt, daß die Jacks die Post benutzen.«

»Ja.«

Er schüttelte den Kopf. »Wie lange schon?«

»Wie lange bin ich Agentin Seiner Majestät König Jakob?« fragte sie mit Bedacht. »Seit Jahren. Seit der ›South Sea Bubble‹.«

*Du kennst mich nicht*. Es war, als ersteche sie ihn – ihn, Walpole, die ganzen Whigs. Sie stand auf dem Scheiterhaufen: Johanna von Orléans, Guy Fawkes, und in diesem Augenblick wünschte sie, sie hätte das Parlament in die Luft gesprengt. Die Zweifel waren vorbei. »Alles, was ich erfahren habe und was meiner Sache helfen und deiner schaden konnte, habe ich weitergegeben.«

Seine Augen wurden schmal, und er musterte sie. »Mein Gott«, sagte er, »du bist ein Dummkopf.« Seine Stimme wurde schrill im Angesicht einer Erkenntnis, die schlimmer war als die, daß sie eine Verräterin war. Durch seine Augen sah sie sich selbst, wie ihr Eselsohren wuchsen. »Du bist ein *Dummkopf.*«

Sie wurde wütend. »Und warum? Weil ich gegen ein System bin, das aus meinem Land einen Laden gemacht hat? In dem Betrüger und Sykophanten zu Wohlstand gelangen? Wo nur reich wird, wer vulgär und korrupt ist? Wo man Qualität verachtet? Wo Macht zu Grausamkeit verkommen ist?«

Er trat gegen den Postsack, so daß er quer durchs Zimmer flog. »Und wo man das alles ändern kann – begreifst du das nicht? Unter Jakob Stuart gäbe es keine Veränderung, nur einen Rückschritt um einhundert Jahre. Siehst du das nicht ein?« Jetzt beschwor er sie. »Wir ändern es von innen, nicht durch Krieg und Revolution. Du wirst Menschen töten.«

»Du tötest *jetzt* Menschen.« Sie stürzte sich auf ihn und hämmerte mit den Fäusten gegen seine Brust. »Du hast Dolly aufgehängt.«

Er hielt ihre Hände fest. »Und das ist deine Rache?«

»Warum nicht?« kreischte sie. »Man hat mich verkauft. Nackt auf den Marktplatz gestellt und verkauft. Walpole nannte es Ehe. Ich nannte es Vergewaltigung. Alles, was ich war, alles, was ich hatte. Verkauft.«

»Nein.« Er zwang sie, sich auf das Bett zu setzen, und blieb vor ihr stehen, ohne ihre Hände loszulassen. »Deine Seele haben sie nicht verkauft. Ich habe es dir nie gesagt, und ich hätte es tun sollen. Du warst das Tapferste, was ich je gesehen habe, und ich habe dich dafür geliebt. Und jetzt ...« Er deutete mit dem Kopf auf den Papierwust am Boden, »... jetzt kenne ich dich gar nicht.«

»Nein, du kennst mich nicht.« Herrgott, bildete er sich ein, er könnte mit einem Kompliment alles wieder in Ordnung bringen? »Du hast mich nie gekannt.«

Er ließ ihre Hände los. »Es sieht so aus.« Müde nahm er die Perücke ab und fuhr sich mit den Fingern durch die Locken. »Es sieht so aus.«

Er ging zu ihrem Tisch, zerriß ihre Kopie von Chesterfields Brief und faltete das Original zusammen. »Wie versiegelt man so etwas wieder?« Er legte die Papierfetzen in ihre Puderschüssel, nahm die Kerze und zündete sie an. Der Geruch von brennendem Papier und versengtem, parfümiertem Talkum erfüllte das Zimmer. »Ist das alles?«

»Was?«

»Ist das alles, wozu sie dich benutzen? Daß du dich an der Post zu schaffen machst? Bist du sonst an ihren Komplotten nicht beteiligt? Ich frage dich nicht, wer dir deine Anweisungen gibt, aber ich muß wissen, ob du ohne weitere Schuld bist. Ist dies alles?«

Er betrachtete sie als Werkzeug. Er traute ihr nicht zu, daß sie sich aus eigener Überzeugung für die Sache entschieden hatte. Die Tatsache, daß sie ihre eigenen Zweifel an der Stichhaltigkeit ihrer Überzeugung gehegt hatte, bewirkte, daß sie sich jetzt um so törichter vorkam und deshalb um so trotziger reagierte. In diesem Augenblick fiel ihr nur ein Mann ein, der sie wie einen vernünftigen, intelligenten Menschen behandelt hatte, und das war Jakob Stuart.

»Ist dies das Ganze?« wiederholte er.

»Ja«, log sie.

Die Sorgfalt, mit der er die verstreuten Papierrollen aufsammelte, machte sie rasend. Sie sah, wie die Flammen kupferne Reflexe in seinem Haar aufflackern ließen. »Was für eine Frau in Kent?«

»Hä?«

»Wie ich höre, hältst du dir eine Frau in Kent.«

»Was hat das damit zu tun?« Er drehte sich um und sah sie an. »Ja, da gab es eine Frau. Eine gute Frau, und seit vier Jahren tot.« Er legte den Kopf schräg. »Dachtest du, ich sei Mönch geworden, während ich auf dich wartete?«

Sie zuckte die Achseln. »Es ist ohne Belang. Außer, um zu demonstrieren, daß wir beide unsere Geheimnisse hatten.«

»Ich glaube kaum, daß die arme Lucy ein Geheimnis von ähnlichem Gewicht wie dein Landesverrat ist.« Er tat die Sache leichthin ab. Unwichtig. Müde sagte er: »Cecily. Du mußt wissen, daß ich diese Jakobiter-Possen nicht hinnehmen kann. Sie stehen in Widerspruch zu allem, woran ich glaube. Du mußt mir dein Wort geben, daß du damit aufhören wirst. Komm mit mir nach London zurück.«

»Nach London? So, wie sie Eleanor dort behandelt haben? Ich werde nie wieder einen Fuß in diese Stadt setzen.« Die Fahne der Gesellschaft lag in der Gosse, billig und schlaff, und da lag sie seit dem Augenblick, da man ihr angeboten hatte, Eleanor gegen ein Kind zu tauschen, das besser zu ihrem Teint passen würde. »Mich wundert, daß du es dort aushältst, du mit deiner angeblichen Philanthropie.«

»Weil *dort* das Schlachtfeld ist.« Er kam auf sie zu und streckte seine sommersprossigen Hände aus. »Ach, Cecily. Komm mit mir zurück und ändere es. Ich brauche deine Hilfe.« Seine Lippen zuckten. »Du und ich zusammen. Gott, wenn wir zusammen sind, werden sie bald eine neue Form der Regierung brauchen.«

Sie duckte sich und stand auf, so daß er sie nicht berühren konnte. »Nein.«

»Du brichst unseren Vertrag«, sagte er.

Er war also doch nur ein Anwalt. »Verklage mich«, sagte sie.

Und die Ehe war zu Ende.

Sie erfuhr nie, wie ihr Mann es angestellt hatte, keinen Verdacht auf sie zu lenken; sie erhielt lediglich einen neutralen Brief vom Generalpostmeister, der ihr mitteilte, daß dem »Belle Sauvage« die Lizenz als Königliche Poststation entzogen worden sei.

Wenngleich es in vieler Hinsicht eine Erleichterung war, so empfand sie es doch auch als eine Zurechtweisung durch die allmächtigen Whigs, die Archibald Cameron in ihren Augen inzwischen ebenso nachdrücklich vertrat wie Walpole – eine Ungerechtigkeit, die sie nicht erst zu analysieren versuchte. Er war ein Mann, er war ein Whig, er war selbstgerecht, er hatte sie zur Ehe gezwungen, er hatte eine andere Frau gehabt. Das reichte.

Jetzt hatte er sie verlassen, eine hochgemute Desertion, die den

Schmerz ihrer Kindheit über die unangreifbare Einsamkeit wieder hochkommen ließ, in der ihre Eltern sie zurückgelassen hatten, als sie starben, ehe sie sie kennenlernen konnte. *Jeder verläßt mich. Ich bin allein.*

Wenn sie sich morgens, nur halb wach, mit erwartungsvollem Körper dabei ertappte, wie sie sich zu Camerons Seite des Bettes hinüberdrehte, so rügte sie sich selbst wegen ihrer Begierde – auch daran war er schuld – und ihrer Schwäche.

Aus dem Sumpf des Selbstmitleids rissen sie zwei Worte: *Arme Lucy.* Das half immer. Die arme Lucy entwickelte sich zum Inbild der Rivalin: wohlgerundet, anbetungsvoll und unverziehen. Die *arme Lucy,* seit vier Jahren tot und hoffentlich unter Schmerzen gestorben.

Cameron verließ weder Eleanor noch das »Belle«. Er teilte Cecily brieflich mit, wann er zu kommen gedachte, um das Kind zu besuchen, und wenn Cecily es einrichten konnte, war sie dann nicht anwesend. Sie ihrerseits bat ihn schriftlich um seinen Rat in Rechtsdingen; sie sah keinen Grund, auf seine Dienste als Anwalt zu verzichten.

Er arbeitete an dem Mautprojekt mit und konnte einen großen Teil der Opposition davon überzeugen, daß es sich um eine gute Sache handelte; er wurde Mitglied der Treuhandschaft und brachte die Vorlage in ihrem Auftrag durch das Parlament. Keine zwei Jahre waren vergangen, als ein flaches kleines Wärterhäuschen mit einer Schranke, die sich quer über die Straße legte, an dem ebenen Stück zwischen Knebworth und Woolmer Green gebaut wurde – dort, wo Tyler und Cecily einst ihr Diebesgut ausgestreut hatten, um die Passagiere einer überfallenen Postkutsche ins »Belle Sauvage« zu locken.

Dieser Abschnitt der Great North Road mit seiner neuen Schotterunterlage aus zerstoßenem Feuerstein und Kies war zum erstenmal, seit die römischen Legionen darauf entlangmarschiert waren, wieder eben und schnell und ohne Risiko befahrbar. Für Cecily war es ein Erfolg; es war ihr Beitrag zum britischen Straßenwesen.

Sie fügte sich mehr und mehr in die Gemeinde ein, war nicht nur Mitglied der Treuhandschaft, sondern auch ihres Ausschusses für die Ernennung und Beaufsichtigung des Kassierers der Mautstrecke. Sie wurde geschäftsführender Kirchenvorstand von Datchworth und trat in die örtliche Gesellschaft der Relaiswirte von Hertford ein. Für eine Frau war dies eine ungewöhnliche Position, aber die Provinzler von Datchworth und Woolmer Green, die von den Feinheiten der Konvention nichts wußten, akzeptierten sie dennoch.

Die Relaiswirte indessen hatten Widerspruch angemeldet. Schön, sagten sie, eine oder zwei Frauen in der Gegend führten Gasthöfe, aber sie waren doch so vernünftig, sich auf den Versammlungen durch ihre Söhne vertreten zu lassen.

Cecily war jenseits aller Vernunft; wenn sie nicht in der Suppe rühren konnte, wurde sie auch nicht nach ihrem Geschmack gekocht. Sie wies darauf ihn, daß sie keinen Sohn habe und daß in der Satzung auch nichts von einem Verbot für weibliche Mitglieder stehe. Der unversöhnliche Totty Stokes erklärte, das sei nur deshalb so, weil man nicht damit gerechnet habe, daß eine Frau die Unverschämtheit aufbringen könne, die Mitgliedschaft zu beantragen.

»Mit Schwachköpfen hat man auch nicht gerechnet, Totty Stokes«, entgegnete Cecily, »aber du bist trotzdem dabei.«

Unter den Relaiswirten galt so etwas als witzig; es brachte ihr Applaus und die Mitgliedschaft ein. Sie verstand jetzt, warum Frauen, die sich in die Männerwelt wagten, sich so unerhört benahmen: Um Erfolg zu haben, mußten sie den Luxus der Zurückhaltung aufgeben. Männer, so schien es, ertrugen die Konkurrenz einer Frau, solange diese Frau exzentrisch war. Na schön, wenn sie es so wollten …

So geschah es in dieser Zeit, daß Cecily zu einem »Original« wurde: Mit diesem Passierschein konnte sie die Beschränkungen der Weiblichkeit hinter sich lassen. Dabei ging es nur darum, einen Aspekt ihrer Persönlichkeit freizusetzen, den sie sowieso besaß und der vielleicht auf alle Fälle irgendwann zum Vorschein gekommen wäre. Ihr herrisches Wesen wurde aggressiv, und den erworbenen Dialekt von Hertfordshire würzte die Sprache des Fleet-Gefängnisses.

In ihrer Kleidung strebte sie nach Bequemlichkeit und Sauberkeit, nicht nach Schönheit – es war nicht ratsam, hübscher auszusehen als der hübscheste Gast –, und ihre Schuhe waren gut zu ihren Füßen, auch wenn sie in den alten Zeiten eher gestorben wäre, als sich darin sehen zu lassen. Ein Turban ließ sie um fünf Jahre älter aussehen, indem er ihre Locken verbarg. Das Monstrum von einem Beutel, das sie anstelle eines zierlichen Damenhandtäschchens begleitete, enthielt, wie man munkelte, ein Fleischermesser.

Ob das Wirtshaus sie formte oder sie das Wirtshaus, jedenfalls wurden die beiden zum Synonym. Die obskure Mrs. Henry, die einst nach Woolmer Green gekommen war, hieß jetzt bei einigen »die gute alte Belle«, und für die andern, die weniger wagten, war sie »Mistress Savage«. Belle Savage lautete dann auch ihre Unterschrift auf Dokumenten – der furchterregende Name einer furchterregenden Frau.

Es gab Zeiten, da sie diese Maske gern fortgeworfen hätte – *Wer ist* Belle Savage*? Rette mich vor ihr!* –, aber andere zwangen sie, sie aufzubehalten, und gaben ihr als Harpye Freiheiten, die sie als angepaßte Frau nie bekommen hätte.

Zum Glück verhinderten Tyler und die Packers, daß sie zur Tyrannin wurde.

Der kleine Karpfenteich, in dem sie hier schwamm, bot ihr natürlich auch einen gewissen Ausgleich: Sie beherrschte das Auf und Ab seiner Wellen wie ein Junker und zog ihren Gewinn daraus, und Eleanor schwamm glücklich im Schwarm seiner kleinen Fische mit.

Und hier lag auch Eleanors Zukunft. *Ich werde ihr das »Belle« hinterlassen.* Damit hätte das Mädchen die Unabhängigkeit, die eine Frau, ob schwarz, ob weiß, zum Überleben brauchte. Wenn die Zeit käme, könnte einer der besseren Jungen aus der Gegend – ein Packer vielleicht, sie könnte es schlechter treffen – um ihre

Hand anhalten, und er würde damit nicht verlieren; in ihrer Gemeinde war Eleanor akzeptiert. Und was die Fremden anging – bei der Unbeständigkeit des Reisens, wo Alltägliches und Sonderbares einander begegneten und sich wieder trennten, auf einer großen Straße mit neuen Wundern hinter jeder Biegung, wäre sie nicht ungewöhnlicher als andere vorübergehende Sehenswürdigkeiten. Schau, die Yorkshire Dales. Schau, eine schwarze Wirtin.

Cecily verließ Hertfordshire in dieser ganzen Zeit nur einmal: um zu Mary Astells Beerdigung zu gehen. Die Kirche in Chelsea war schlecht besucht; Cecily hatte gehofft, Sophie dort zu treffen, aber die war nicht erschienen. Seit Hempens war nur ein einziger Brief aus Irland gekommen, wo sie sich wieder verheiratet hatte; sie berichtete detailliert über ihre neuen Kinder und erwähnte das verlorene mit keinem Wort.

Unter der siebzehnköpfigen Trauergemeinde waren zwei Männer. Cecily kam zu dem Schluß, daß praktisch alle gebildeten Frauen Englands an diesem Tag in der Kirche versammelt waren. *Oh, Mary, was ist aus deinem Utopia der freien, vernunftbegabten Frauen geworden?* Zu ihren Lebzeiten hatte man die feine Stimme, die für die weibliche Bildung eingetreten war, entweder verlacht oder ignoriert. Als sie verstummte, hatte man sie vergessen. Die Frage der Frauenbildung verursachte jetzt so wenig Aufregung wie seit der Restauration nicht mehr.

Der Prediger pries nur Mrs. Astells Frömmigkeit und ihre Demut im Leiden. »Sie verkörperte alle weiblichen Tugenden mit Ausnahme der Ehe und der Mutterschaft, welche ihr verwehrt geblieben sind.«

Cecily wartete nur darauf, daß der Sargdeckel aufklappte, Mary Astell den Kopf herausstreckte und schrie: »Ich hab' sie nicht gewollt. Die Ehe ist eine Falle.« Aber im Sarg regte sich nichts. Still stand er unter der Last von Blumen und Platitüden.

Als sie auf den winterlichen Kirchhof hinaustraten und zuschauten, wie der kleine Sarg in seine Grube gesenkt wurde, machte Cecily den Gebeinen darin Vorwürfe. *Sieh uns an. Was hast du uns genützt? Wieso hast du uns Wissen gegeben, wenn es uns nur zu tieferer Verzweiflung verhilft?* Die Frauen, die sich am Grab versammelt hatten, waren mittleren Alters, und sie waren nicht nach der Mode gekleidet, sondern nach der Phantasie – wie Lady Mary Wortley Montagu mit ihrem Turban und ihrem orientalischen Gewand – oder im Sinne der Bequemlichkeit – wie Lady Catherine Jones oder wie Cecily selbst. *Allesamt wunderlich, allesamt Schwimmerinnen gegen den Strom.* Sie schaute in die Runde der Gesichter. *Allesamt einsam.*

Als sie davongingen, sollte sich ihre Einsamkeit vergrößern.

»Ich gehe ins Ausland«, sagte Lady Mary Wortley Montagu. »Diesmal komme ich nicht zurück.«

»Nein.« Es rutschte ihr unwillkürlich heraus. Wieder verließ man sie; ohne Lady Mary bliebe sie für alle Zeit der Provinzialität überlassen. Und ebenso unerträglich war, daß ein solcher Geist seine Niederlage eingestand – denn eine Niederlage war es. Das Getöse, von Pope entfesselt, zu dessen Schmähungen inzwischen das Wort »Hure« gehörte, war bis zum »Belle« gedrungen. Der Name dieser Frau war zum Synonym für weibliche Schande geworden, und Edward Wortley galt infolgedessen als Sinnbild des gehörnten Ehemanns.

Aus Gründen des Anstands tat Cecily, als wisse sie nicht Bescheid. »Warum müssen Sie fort?«

Lady Mary hielt sich den Fächer vor den Mund, um ein Gähnen zu verdecken. »Die Leute sind so dumm geworden, daß ich ihre Gesellschaft nicht mehr ertrage.« Als Cecily stehenblieb und sie anschaute, zuckte sie mit den Schultern. »Meine Kinder sind eine Enttäuschung, und meine Ehe ist keine Ehe mehr.«

Sie gingen weiter. Popes Name wurde nicht erwähnt. »Ich habe mein Bestes getan, um eine gute Frau und Mutter zu sein, aber anscheinend ohne Erfolg. Ich bin nicht dazu geschaffen. Aber die innigste Sorge, die ich auf dieser Welt habe, ist es, Edward zu schonen. Er hat mich auch immer geschont. Wenn ich ins Exil gehe, werden die Verleumdungen gegen ihn aufhören.«

»Oh, meine Liebe.«

Lady Mary lächelte.

Am Friedhofstor drehten sie sich noch einmal um und schauten zum Grab ihrer Freundin zurück. Zwei Männer mit Schaufeln lauerten hinter der Eibe, um es zuzuschütten.

»Was war es noch, was sie uns immer gewünscht hat?« fragte Lady Mary. »Die Freiheit, selbst zu entscheiden, was wichtig für uns sei? Eine so gefährliche Frau war sie.«

Die Grundsteuer wurde gesenkt, um die Großgrundbesitzer bei Laune zu halten. Dafür erhob man eine Salzsteuer. Walpole erklärte dem Parlament, eine Steuer auf Salz sei gerechter als eine, die nur den Landadel benachteilige – vermutlich, weil sie allen weh tat.

Die Oppositionsredner wiesen darauf hin, daß den Armen bereits weh getan werde. »Ich hoffe, daß jeder, der mich hört, sein Erbarmen und Mitgefühl für die Armen zugeben wird.« So sprach William Pulteney, einst Walpoles Bundesgenosse, dessen man sich entledigt hatte, wie es allen widerfuhr, die als potentielle Dissidenten die Politik des großen Mannes stören konnten. Walpoles Regierung bestand inzwischen nur noch aus Walpole und Jasagern.

Die Salzsteuer wurde mit zweihundertfünfundzwanzig gegen einhundertsiebenundachtzig Stimmen angenommen.

»Nichts kann ihn aufhalten, wie?« sagte Cecily, als sie mit Colonel Grandison vor der Tür seines Herrenhauses stand und Salzpakete an die schlangestehenden Datchworther verteilte. »Er kann tun, was er will. Schauen Sie sie nur an – es *stört* sie nicht.«

Paket um Paket wurde in ausgestreckte Hände gelegt, und die Empfänger nickten leicht mit dem Kopf. Danke sagte niemand – dies waren Männer und Frauen aus Hertfordshire –, aber Cecily fand, daß die Leute, hätten sie nur die richtige Einstellung, in diesem Augenblick dabeisein müßten, die Mauern eines Herrenhauses einzureißen, das im Verhältnis weniger Steuern bezahlte als sie.

Colonel Grandison kannte seine Leute. »Es stört sie«, sagte er. »Es stört sie nur nicht genug. Noch nicht.«

»Wann wird *genug* sein?«

Es schimmerte wie eine noch nicht aufgegangene Sonne hinter dem Horizont, ein Lichtstrahl im Auge eines Premierministers, der glaubte, er habe diejengen versöhnt, auf die es ankam, und er könne die Geduld der übrigen ins Unendliche dehnen. Eine Verbrauchssteuer.

Das erste Raunen davon erreichte das »Belle« mit einem Artikel im *Craftsman*, den Mr. Phineas, der Knopfvertreter, Cecily noch immer zusammen mit anderer Jakobiter-Literatur brachte, auch wenn sie das alles nicht länger weiterleiten konnte.

Sie las den Artikel. Er beschuldigte Walpole, er plane eine allgemeine Verbrauchssteuer, die, wie es hieß, dazu verwendet werden sollte, ein größeres stehendes Heer auf die Beine zu stellen, welches dann auf das eigene Volk gehetzt werden könne, sobald dieses gegen die Unterdrückung jeglicher Freiheit protestierte.

Mr. Phineas zeigte sich so lebhaft, wie Cecily ihn noch nie gesehen hatte. »Bereit sein ist die Devise«, flüsterte er. »Das wird reichen – für Walpole *und* für Hannover.«

Sie zog die Brauen hoch. Eine Verbrauchssteuer bedeutete, daß alle Waren, die in britischen Häfen angelandet wurden, unversteuert unter Zollverschluß gelagert werden würden, bis sie zum Verkauf kämen. Mit diesem System war der Zoll abgeschafft, den die Schmuggler umgingen; statt dessen wurde unmittelbar der Kunde mit einer Steuer belastet. Aber was war der Grund für Phineas' Aufregung? Würden Leute, die unter einer Salzsteuer weiterschliefen, unter der Verbrauchssteuer aufwachen? Sie konnte sich nicht vorstellen, daß sie in hellen Scharen zur Fahne des Prätendenten eilten, nur weil darauf stand: »Nieder mit der Verbrauchssteuer!«

Als sie Tyler den Artikel zeigte, ahnte sie zum erstenmal, daß sie sich irrte.

»O Gott«, sagte er. »Diesmal ist der alte Hund zu weit gegangen.«

»Was? *Wieso denn?* Ich verstehe das nicht.«

»Ihm entgehen zu viele Einkünfte durch den Schmuggel, Herzogin. Aber hiermit knüpft er sich selbst den Strick.«

»Wieso denn?« Sie sah das Ganze nur insoweit, als es ihren

eigenen Schmuggel betraf: den Tee und den Brandy, der aus dem Moor in ihren verborgenen Keller gelangte. »Diese Steuer können wir doch sicher ebenso hinterziehen wie bisher den Zoll?«

Tyler schaute sie mitleidsvoll an. »Hast noch nicht viele Steuereinnehmer kennengelernt, was, Herzogin? Die haben Vollmachten, von denen ein Zöllner nur träumen kann. Die reißen bei einer Durchsuchung das ›Belle‹ ab, wenn sie wollen. Und sie wollen. Dreckskerle sind das, alle miteinander. Des Engländers Heim ist des Steuereinnehmers Burg. Das nehmen die Leute nicht hin.«

Voll Sorge um ihr profitables Schmuggelgeschäft schrieb Cecily an Cameron und fragte ihn, ob er genauer wisse, was Walpole da plane.

Seine Antwort war wohlabgewogen. Sir Roberts Gesetzesvorhaben sei nur folgerichtig, da der Schmuggel außer Kontrolle gerate ...

Und das muß Sir Robert ja wissen, dachte Cecily. Er treibt selbst schließlich genug davon.

... die Verbrauchssteuer solle für Wein und Tabak gelten; »allgemein« sei sie nur in dem Sinne, als jeder sie bezahlen müsse, der diese Waren verbrauche. »Man hat ihm davon abgeraten«, schrieb Cameron. »Die Briten finden, eine Verbrauchssteuer sei ihrer Natur fremd. Er aber schwört, er werde das Gesetz ins Parlament bringen, und darin, glaube ich, beurteilt er die öffentliche Stimmung falsch.«

Ausnahmsweise sah es tatsächlich danach aus. Strahlend vor lauter Gutwilligkeit und Vernunft, erklärte der große Mann die Logik und die vielen Vorzüge seines Plans. Diese Steuer werde nur für Wein und Tabak gelten, aber sie werde den Beamten neue Vollmachten bei der Aufspürung der Schmuggler verleihen, die schließlich eine Schande für die Nation und eine Belastung für ihre Einkünfte seien.

Es nützte nichts. Der Schmuggel war eine nationale Institution, die Verbrauchssteuer dagegen eine ausländische Einrichtung. Die Briten glaubten auch nicht, daß es mit Wein und Tabak sein Bewenden haben werde; der Ausdruck »allgemeine Verbrauchssteuer« werde am Ende das bedeuten, was er bedeute: eine Steuer auf Lebensmitteln, Kleidung, allem.

Zu Anfang Januar 1733 setzte ein Gemurmel ein, das zum Ende des Monats zu einem Brüllen angeschwollen war, angestachelt von einer Opposition, die ihre Chance gekommen sah. Pamphletisten, Balladendichter, Karikaturisten folgtem dem *Craftsman* in die Schlacht und überfluteten die Straße mit ihren Erwiderungen. Eine Verbrauchssteuer war etwas, womit Frankreich sein Volk belastete; der Katholik Jakob II. hatte sich ihrer bedient, und somit war sie ein Element der Papisterei. Nächstens gäbe es noch eine Steuer auf Stiefel, und freie Engländer würden in Holzpantinen herumlaufen müssen wie die verdammten, unterdrückten Froschfresser.

Walpole konnte dagegenhalten, solange er wollte, daß die Steuereinnehmer Privathäuser nur mit richterlichem Duchsuchungsbeschluß in Augenschein nehmen würden – was war denn das für ein Schutz? Die Friedensrichter der Whigs würden solche Durchsuchungsbeschlüsse herausrücken, ohne mit der Wimper zu zukken.

»Nein zur Verbrauchssteuer, nein zur Sklaverei, nein zu Holzpantinen«, lautete die Parole der Straße, als in der Vorstellung der Öffentlichkeit das Bild bösartiger, korrupter Steuereinnehmer Gestalt annahm, die auf ihrer Suche nach einer illegalen Flasche und einem Pfeifchen in Privathäuser eindrangen, das Baby aus der Wiege warfen und die Mutter schändeten.

Als Walpole sich erhob, um dem Parlament seinen Gesetzesentwurf vorzutragen, mußten Friedensrichter, Konstabler und berittene Garden die Menge in Schach halten, die da an die Türen hämmerte. Er blieb kühl im Angesicht dessen, was er als organisierte Demonstration »kräftiger Bettler« bezeichnete – eine Floskel, die ihm nicht eben half, denn zu den »kräftigen Bettlern« gehörten ausnahmsweise auch respektable Herren der Londoner City.

Wenn Walpole das Unterhaus klugerweise auch durch eine Hintertür verließ, war er sich doch der Mehrheit der Abgeordneten sicher. Er würde dieses Gesetz durchbringen, und wenn der Himmel einstürzte. Der König stand auf seiner Seite. Er würde in Verbindung damit die Grundsteuer um einen Shilling senken, und damit würde er die ländlichen Großgrundbesitzer unfehlbar auf seine Seite ziehen.

Im St. James's Palace bezeichnete Georg II. seinen Premierminister als einen »tapferen Mann« und befingerte dabei den Degen, den er bei Oudenarde getragen hatte. Aber es war eine zweischneidige Klinge: Die Unterstützung durch einen König, der von der Verbrauchssteuer sicher am meisten profitieren würde, vergrößerte nicht gerade Walpoles Ansehen bei einem Volk, das diesen König immer noch als Ausländer betrachtete.

Der Himmel geriet ins Wanken. Sogar die Armee, der die Tabakspfeife teurer war als dem Rest der Bevölkerung, drohte mit Meuterei. Und die Aufregung blieb nicht auf London beschränkt. Lord Hervey warnte Walpole: »Die ganze Nation steht in Flammen.«

Bei ihrer Februarsitzung in Hertford hängten die Relaiswirte ein Transparent auf, das eine Kutsche zeigte, die vom Drachen Verbrauchssteuer gezogen wurde. Der Drache furzte einen Strom von Gold in Walpoles Schoß. Sie sangen:

»Hat er erst die Steuer, wird der Vielfraß schrei'n,
Nach euerm Hammel und euerm Schwein,
Nach Rindfleisch, Brot und Speck und Kas,
Nach eurer Gans, dem Huhn, dem Schmalz,
Er stopft sich alles in den Hals,
Und der Arbeitsmann frißt Gras.«

Cecily sang fröhlich mit und dachte: Das ist nicht nur die Reaktion auf die Verbrauchssteuer. Sie war lediglich der Tropfen, der das Faß zum Überlaufen gebracht hat. Sie schämen sich schon zu lange für ihr Land. Sie haben genug.

Weil es selbst im sonst so stillen Hertford brodelte, hatte sie Tyler mitgenommen, der sie nach Hause fahren sollte, aber die Abfassung einer Petition gegen die Steuer und die Aufstellung der Delegation, die sie nach Westminster bringen sollte, dauerte so lange, daß sie sich für den Rest der Nacht im »Golden Lion« einmieteten und lauschten, wie man draußen »Nein zur Sklaverei, nein zu Holzpantinen« schrie und Ladenschaufenster einschlug.

Am nächsten Morgen mußte Tyler das Kutschpferd um Glasscherben und zerbrochene Fensterrahmen herumführen. Ein verkohlter Lumpenfetzen, alles, was von einer Walpole-Puppe noch übrig war, hing in der Fore Street an einer Straßenlaterne. Tyler schüttelte den Kopf, als er es sah. »Wenn der Stuart gestern nacht hereinspaziert wäre, hätten sie ihn auf ihren Schultern nach St. James's getragen.«

Cecily fragte sich, wieviel er von ihren jakobitischen Aktivitäten wußte oder ahnte, und ob sie ihm etwas erzählen sollte. Sie hatte es bisher nicht getan, um ihn zu schützen. Sollte die geplante Verwendung von Hempens als Landungsort für den Prätendenten tatsächlich zustande kommen und einen katastrophalen Verlauf nehmen, wäre ihr guter Freund zumindest daran nicht beteiligt.

Als sie den Weg nach Bramfield erreicht hatten, fragte sie ihn: »Wenn der Prätendent letzte Nacht einmarschiert *wäre,* hättest du ihn dann mit nach St. James's getragen?«

Tyler schwieg nachdenklich. Die kahlen Äste der Bäume, von Rauhreif gezeichnet, bogen sich über ihren Köpfen und warfen scharfumrissene Schatten in der tiefstehenden Februarsonne.

»Wenn Walpole stürzt«, fuhr Cecily fort, »könnte er die Hannoveraner mitnehmen. Ich habe das Volk noch nie so wütend gesehen. Schlimmer als bei der ›Bubble‹. Sogar Totty Stokes verflucht König Georg. Wollen sie Jakob Stuart wiederhaben, was glaubst du? Willst *du* ihn?« Die Kutsche schwankte, und das Pferd suchte sich seinen Weg über die steinhart gefrorenen Wagengleise. Tyler lenkte es so, daß die Räder in den Gleisen blieben. An einem Baum im Wald brach ein abgestorbener Ast herunter, und die Raben flatterten auf. Es war wichtig, daß er ja sagte. Was immer er in den Augen des Gesetzes sein mochte, für sie war Tyler der Maßstab des gesunden Menschenverstandes.

»Ich weiß nicht, Herzogin«, sagte er. »Ich weiß nicht, ob wir bei diesem Kampf einen Außenseiter gebrauchen können. Ich schätze, wir werden auch allein damit fertig.«

O Gott, dachte sie verzweifelt, ist das Englands Urteil? *Aber ich habe mich verpflichtet.* Bereit sein, hatten sie gesagt. Der Tumult im Lande würde den Prätendenten anlocken wie einen Löwen, der Blut witterte; in diesem Augenblick konnte er nach Hempens unterwegs sein, einmarschbereit. Jakobiter im ganzen Land würden ihm entgegenströmen. *Ich wollte nur Walpole stürzen. Muß ich denn auch Hannover stürzen?*

In ihrer Panik ertrug sie es nicht mehr, stillzusitzen. Sie befahl Tyler, die Kutsche anzuhalten, damit sie aussteigen und das Pferd am Zügel führen könnte. Ihre Stiefel brachen durch die Eiskrusten der Pfützen, aber die Anstrengung des Gehens beruhigte sie.

Walpole war lediglich die Apotheose einer Gesellschaft, die unter einer gleichgültigen Monarchie vom Weg abgekommen war. Das gesamte System bedurfte einer Reform, und ein gütiger König wie Jakob Stuart war der richtige Mann, um sie in Gang zu setzen. Ja, ja, ich hatte recht. Der Prätendent ist der richtige Mann. Tyler ist nicht die einzige Stimme Englands.

Die Sonne strahlte keine Wärme aus; allenfalls verschärfte sich der Frost noch. Der ganze Weg nach Hause würde vereist sein. »Wenn es so weitergeht«, meinte sie, »werden wir nicht rechtzeitig zurück sein, um die Kutsche aus York zu verabschieden.« Sie stand gern im Hof und sagte auf Wiedersehen, denn dabei konnte sie Beschwerden erledigen und Lob entgegennehmen.

»Das macht Cole«, sagte Tyler.

»Nein. Der wollte heute morgen nach Stevenage, um sich einen neuen Billardtisch anzusehen.« Das »Belle« wurde nämlich *sportif;* es gab dort inzwischen nicht nur Billards, sondern auch eine Hahnenkampfgrube, einen kleinen Golfplatz, einen Kricketplatz und eine Kegelbahn.

Das Eis hielt sie so lange auf, daß sie beim Erreichen der Great North Road auf Cole trafen, der eben aus Stevenage zurückkam. Die Kutsche aus York war längst auf dem Weg nach London.

Das gesamte Gesinde des »Belle« wimmelte im Hof umher. Hier stimmt etwas nicht, ganz und gar nicht. Sie begann zu zittern. Einen Augenblick lang dachte sie: *Sie werden Dolly aufhängen.*

Sie blieb reglos in der Kutsche sitzen, während die Gesichter unter ihr verzweifelte Worte hervorbrachten. Da war ein Mann gewesen, ein Mann. Auf der Kutsche aus York. War heute morgen an der Küche vorbeigegangen, hatte Quick gesehen. »Er hatte eine Pistole. Sagte, Quick wäre weggelaufen, wäre *ihm* weggelaufen. Hat ihn mitgenommen. In der Kutsche.«

»Ich hole ihn zurück«, sagte Cecily. »Die Yorker hält in Potters Bar. Da hole ich sie ein.«

Ihre Lippen waren steif. Da war noch etwas. Es war Marjorie, die es ihr beibrachte. »Meine Liebste«, sagte sie und rieb Cecilys Hand an ihrer Wange. »Der Mann. Er hat gesagt, Eleanor müßte ja wohl Quicks Kleine sein, und deshalb gehörte sie ihm auch. Mein armes Lämmchen – er hat sie auch mitgenommen.«

# 13

In seiner Kanzlei in Middle Temple zog Cameron seiner Frau die Stiefel aus und flößte ihr mit einem Löffel Brandy ein. Dabei stellte er Fragen und hörte sich Tylers Antworten an.

»Konntet ihr in Potters Bar denn nichts erfahren?«

Die Kutsche hatte dort zur Übernachtung haltgemacht. Stand wahrscheinlich immer noch da; der Kutscher hatte erklärt, es sei zu gefährlich, bei diesem Straßenzustand weiterzufahren. »Aber der Dreckskerl hat zwei Pferde gemietet und ist weitergeritten. Nellie hat er vor sich unterm Mantel.« Tyler schwieg kurz. »Anscheinend hat er sie ohne Mantel entführt.«

Cameron nickte. »Und Quick?«

»In Handschellen. Wird auf dem zweiten Pferd mitgeführt.«

Cecily wollte aufstehen. Cameron legte ihr die Hand auf den Scheitel und drückte sie hinunter. »Sitzen bleiben.« Sie blieb sitzen. Er wandte sich Tyler zu. »Habt ihr seinen Namen herausgefunden?«

»Auf der Passagierliste stand er als Christopher Da Silva.«

»Ungewöhnlich genug, Gott sei's gedankt. Mrs. Tothill?«

»Ja, Master Archie?« Die alte Frau hatte händeringend in der Tür gestanden.

»Seien Sie doch so gut und gehen Sie hinüber zu Mr. Blurt; holen Sie ihn her, wenn er so nett sein möchte. So schnell Sie können.«

»Er hat sich mit einem der Fahrgäste unterhalten«, berichtete Tyler. »Er sei aus Westindien herübergekommen, um im Auftrag seiner beiden Arbeitgeber, die dort Zuckerpflanzer seien, geschäftliche Angelegenheiten zu erledigen.«

»Und die Fahrgäste haben nicht versucht, die Entführung zu verhindern?«

»Er hat sozusagen Gewalt angewendet. Und er hatte eine Pistole. Er sagte, Quick wäre sein Sklave, und er wäre letztesmal, als er hier war, von der Kutsche gesprungen. Jetzt, wo er ihn wiedergefunden hätte, würde er ihn mit nach Westindien nehmen. Dazu wäre er befugt, sagte er.«

»Und Eleanor?«

»Die gehörte ihm auch, sagte er. Sie müßte ja von Quick sein.«

»Keine unvernünftige Annahme.«

*Wieso schwätzt er? Wieso sitzen wir hier?* Cecily saß da wie in einer Glaskugel; draußen bewegten sich verzerrt und verschwommen die Leute, und die Worte, die sie sprachen, klangen wie durch Wasser an ihre Ohren. »Einstweilige Verfügung.« – »Habeas Corpus.« Sie hämmerte gegen das Glas, und niemand hörte sie.

Das Gesicht ihres Mannes näherte sich ihr, grau und flimmernd. »Wir werden sie finden, Cecily. Wir finden sie.«

Er verschwand, und ein anderes Gesicht, schäbig, blinzelnd, nahm seinen Platz vor der Glaskugel ein und sprach ganz langsam. »Ich bin Mr. Blurt, Lady Cecily. Ich kenne sie alle. Ich weiß, wo sie sind. Und ich kenne jedes Schiff.«

Das Gesicht wandte sich ab und redete weiter. »Das Schiff könnte freilich auch in Bristol liegen. Schon dran gedacht, Master Archie, ja?«

Schiffe? *Schiffe. Er wollte Eleanor über das Meer entführen.*

»Aber, aber, Lady Cecily«, sagte der Blinzler, »das ist nicht nötig. Halten Sie sich nur an mich. Ich bin Mr. Blurt, und ich weiß Bescheid.«

Ihre Hände griffen durch das Glas und klammerten sich an einen Rock. Er roch nach Mäusen. Ihre Lippen vermochten sich endlich zu bewegen. »Es ist wichtig. Sie wird arg frieren.«

»Ich weiß. Ich weiß. Sie bleiben jetzt hier und ruhen sich aus.«

Hierbleiben. Gott, sie wollten weggehen. Sie in der Glaskugel zurücklassen. Ihre Füße tasteten nach ihren ungeschnürten Stiefeln, und sie stolperte zur Tür.

Tylers Stimme. »Wir nehmen sie lieber mit. Sie findet sonst keine Ruhe.«

Hinaus in einen weißen Garten. Metallen vom Reif. Auf die Straße. Schneematsch. Vermummte Gesichter, blaunasig von einer Kälte, die sie nicht spürte. Barrikaden aus Kutschen. Lodernde Feuer auf den Straßen, Leute, die darum herumtollten, auf einer Seite gelb geröstet vom Widerschein. Geschrei.

Guter Gott, die Unruhen waren immer noch im Gange. Seht ihr denn nicht, daß es wichtig ist? Man hat mir mein Kind gestohlen.

*Die Freiheit, zu wissen, was wichtig ist,* hatte Mary Astells Stimme den ganzen Weg auf der Great North Road herunter gesungen, während die Zeit sich dehnte und zusammenzog wie ein Stück Gummi. Ein Pferd war ausgerutscht und hatte sich ein Bein gebrochen; Tyler hatte es erschossen, und dann hatten sie sich zu zweit auf das andere gesetzt und waren weitergeritten, und der Mond hatte am Himmel gestrahlt wie ein Idiot. Nur eins war wichtig: Cameron erreichen, Eleanor finden.

Die von Panik und Kälte bewirkte Betäubung ließ allmählich nach, und sie bekam ein Gefühl für die Unermeßlichkeit Londons. Und wenn er sie nach Bristol gebracht hatte?

»Blurt schickt einen Mann nach Bristol«, sagte Cameron ihr. »Wir benutzen ›Habeas Corpus‹.«

»Benutzt ein Brecheisen«, sagte sie. »Schlagt ihn tot.«

Das Haus eines Friedensrichters, hoch, schmal, mit einer Steintreppe. Darlegungen, Erläuterungen, und wieder dehnte sich die Zeit, bis ihre Knochen vibrierten. »Habeas Corpus.« Du sollst ihren Körper haben. Sie wird so arg frieren. So große Angst haben.

Blurt: »Ich nehme die Docks. Sie nehmen die Niggerquartiere, Master Archie. Dort kennt man Sie. Und einer von ihnen wird Da Silva irgendwoher kennen. Neuigkeiten verbreiten sich in diesen Gegenden wie Ratten.«

Am Ende des ersten Tages dieser Jagd brach Cecily zusammen, und Tyler mußte sie in die Kanzlei zurückbringen, während Cameron in Mile End blieb; mit einer Laterne und seinem Leben in der Hand kletterte er auf wackligen Treppen zu Türen hinauf, aus denen der Holzwurmstaub rieselte, wenn er dagegenhämmerte. Er ließ sein Licht auf Gesichter fallen, die sich davor abwendeten, und stellte Leuten Fragen, für die Schweigen Überleben bedeutete.

Während Tyler ihr die Treppe hinaufhalf und Mrs. Tothill das Feuer in der Schlafkammer anfachte, sagte Cecily: »Wir werden sie niemals finden, Tyler.«

»Hör schon auf, Herzogin. Natürlich finden wir sie.« Aber er glaubte es auch nicht.

Ihr unruhiger Schlaf wurde von einer Parade von Bildern begleitet: Eleanor, wie sie größer und dünner wurde, ihr Haar wie eine schwarze Distelblüte auf dem dürren Körper. Eleanor und Billy Packer, wie sie Ärger mit Colonel Grandison bekamen, weil sie seinen beiden Kühen die Schwänze zu einer Schaukel zusammengebunden und darauf geschaukelt hatten, Eleanor, wie sie allzu hoch in die Roßkastanie geklettert war, um die braunen Früchte zu holen, Eleanor, wie sie dem kleinen Martin Bygraves das Damebrett auf dem Kopf zerschmetterte, weil er sie eine schäbige Schlampe genannt hatte, nachdem er verloren hatte. Eleanor, die sich nicht für die freche Antwort entschuldigen wollte, die sie jemandem gegeben hatte, weil er eine Bemerkung über ihre Hautfarbe gemacht hatte.

*Gott helfe ihr, diesen Mut zu bewahren.*

Und sie selbst, wie sie Eleanor aus lauter Sorge allzuoft den Hintern versohlt hatte – für Verstöße, die aus der Weigerung resultierten, sich zu beugen. Eleanor, wie sie danach tränenüberströmt zu ihr ins Bett kam, niemals grollend, aber auch niemals im Eingeständnis einer Niederlage.

»Mama?«

»Ja?«

»Ich nehme an, es tut dir jetzt leid.«

*Das hat es immer getan. Es tut mir leid.*

Jemand klopfte unten an die Haustür. Cecily sprang aus dem

Bett; ihr Körper folgte dem Ruf, fast bevor ihr Gehirn begriffen hatte, wie dringend es war. *Neuigkeiten.*

Während sie nach ihrem Hausmantel griff, hörte sie, wie Tyler durch den Flur polterte, um die Tür zu öffnen. Er kam ihr auf der Treppe entgegen. »Es sind die verdammten Jacks.«

Hinter seiner Schulter sah sie Sir Spender Dick, der mit seiner Körperfülle die Tür verdunkelte. Maskelyne war hinter ihm.

»Haben sie etwas in Erfahrung gebracht?« Sie zwängte sich an Tyler vorbei, stürzte durch den Flur, öffnete die Tür zum Salon und zog die beiden hinein. »Habt ihr Neuigkeiten für mich?«

»Allerdings, die haben wir, Madam. Mach die Tür zu, Masky.«

»Was denn? Was denn?« Sie sah, wie Maskelyne Tyler die Tür vor der Nase zuschlug und sich dann mit dem Rücken davorstellte. »Wißt ihr, wo sie ist?«

»Wo wer ist?«

Ihre ganze Welt hatte sich so sehr auf diesen einen Punkt verengt, daß sie überhaupt nicht auf den Gedanken kam, Besucher könnten um diese Zeit aus einem anderen Grund erscheinen. »Meine … das Kind. Eleanor. Sie ist entführt worden.«

»Die kleine Nellie?« fragte Sir Spender. »Die schwarze Göre im ›Belle‹?«

Er war ehrlich verblüfft.

»Ich dachte …« Die Enttäuschung ließ ihr die Knie schwach werden, und sie mußte sich hinsetzen. Trübsinnig fragte sie die beiden, was sie wollten.

Sir Spender zog sich einen Stuhl heran, so daß er ihre Hand nehmen konnte. »Ich kann Ihnen Ihre Sorgen nachfühlen, liebe Dame …«

»Aber wir haben selber welche«, sagte Maskelyne von der Tür her.

»… aber wie unser Freund ganz zu Recht sagt, wir sind selbst in Schwierigkeiten. Walpoles Hunde haben unsere Witterung aufgenommen, und wir sind Gejagte …«

»Dann könnt ihr nicht hierbleiben.« Cecily geriet in Panik. Sie konnte nicht dulden, daß es zu Komplikationen oder Ablenkungen kam, die ihre Suche nach Eleanor verzögerten. Zwei gesuchte Jakobiter unter ihrem Dach bedeuteten womöglich, daß sie selbst verhaftet und entlarvt wurde, was in diesem Augenblick an sich nicht wichtig war, außer daß es wie eine Mauer zwischen sie und das verlorene Kind geraten konnte.

»Das ist keineswegs unsere Absicht«, sagte Sir Spender widerstrebend; der Gedanke war ihm durchaus gekommen. »Und Sie brauchen auch nichts zu fürchten, Madam. Vor der Morgendämmerung ist die Nacht am schwärzesten, und unsere Morgendämmerung steht unmittelbar bevor, *advenit ille dies*, unser Tag ist gekommen: Ihr Licht braucht nur zu leuchten, und schon geht unsere Sonne auf.«

»Was?« fuhr Cecily ihn an. Wieso plapperte er hier, wenn das alles nichts mit Eleanor zu tun hatte?

»Haben Sie Nachricht nach Hempens gesandt, wie man es Ihnen gesagt hat?« Maskelyne war ebenso kurz angebunden wie sie. »Haben Sie ihnen dort gesagt, sie sollen sich bereit halten, die verdammte Laterne anzuzünden?«

Laterne? Hatte sie? Mit Mühe zwang sie sich, an Prinzessin Carolines Gartenfest zu denken. »Ja, ich glaube ja. Ja.«

»Prachtvoll.« Sir Spender tätschelte ihr die Hand. »Dann ist alles bereit zu unserem großen Plan. Wir warten nur noch auf unseren König. In einem Monat, vielleicht eher, werden Sie die Ehre haben, ihn durch die Dunkelheit in sein Königreich zu führen. Lauschen Sie, und Sie hören das Rauschen der Flut ...«

Er stand auf, ging zum Fenster und schob es hoch, so daß der Lärm der Unruhen auf der Straße wie das Tosen eines fernen Meeres ins Zimmer drang.

Sir Spender legte eine gewölbte Hand hinters Ohr. »Was für eine Musik.« Er drehte sich um. »Liebe Dame, wie alle Gejagten haben wir aus unserer Deckung fliehen müssen. Wir befinden uns in einer gewissen finanziellen Verlegenheit ...«

Sie gab ihnen alles Bargeld, das sie bei sich hatte, und brachte sie zur Tür. Sie spähten die Straße hinauf und hinunter, bevor sie hinaustraten. Als sie die Tür hinter ihnen schloß, trat Tyler in den

Flur. Sein Gesicht war so ernst, wie sie es noch nie gesehen hatte. »Ich wußte, daß du mit dem Feuer spielst, aber selbst bei dir hätte ich nicht erwartet, daß du dir das eigene Hemd anzündest.«

»Du hast an der Tür gelauscht.«

»Da hast du verdammt recht, das habe ich getan. Ich konnte die zwei noch nie leiden. Hast du nicht mehr alle Tassen im Schrank oder was? Was soll das Gerede von Laternen und Fluten? Den König in sein Reich führen? Wir haben einen König. Er ist nichts Besonderes, aber es lohnt sich nicht, einen Krieg vom Zaun zu brechen, um den Kerl vom Thron zu schmeißen. Ich schäme mich für dich, Herzogin.«

Sie starrte ihn an und dachte: Ich schäme mich selbst, und ich weiß nicht, warum. Es hatte gute Gründe gegeben, den Jakobitern zu helfen, sehr gute Gründe; im Augenblick fand sie nur nicht den Weg zu ihnen durch den Wirrwarr in ihrem Kopf. Jedem anderen wäre sie mit Trotz begegnet, aber vor Tyler gab sie ihre Hilflosigkeit zu. »Es ist mir entglitten, Tyler.«

»Das kann man wohl sagen, verflucht.« Er war noch nicht fertig mit seinen Vorwürfen. Noch nie hatte sie ihn so zornig gesehen. »Du fängst einen Krieg an, jawohl, einen Krieg fängst du an. Warst du schon mal im Krieg, Herzogin? Ich ja. Und ich habe keine Lust, in meinem eigenen Garten noch mal einen zu führen. Ich warne dich. Ich werde es verhindern.«

»Dann verhindere es«, kreischte sie ihn an. »Verhindere es, verhindere es. Halte alles auf. Mir ist es gleich, was geschieht. Ich will nur Eleanor wiederhaben.«

Er spuckte aus. Dann seufzte er. »Schon gut, schon gut.« Er legte ihr einen Arm um die Schultern, führte sie zurück in den Salon und ließ sie sich hinsetzen. »Dann laß mich jetzt alles hören. Was hast du angestellt?«

Sie erzählte es ihm.

Er schien erleichtert zu sein. »Ein Gutes gibt es: Wir haben Zeit. Der Prätendent ist frühestens in einem Monat soweit, daß er in See gehen kann, hat der Fettsack gesagt, und wenn ich den Fall richtig beurteile, wird er es nie tun. Die meisten Jacks könnten mit beiden Händen ihren eigenen Arsch nicht finden und schon gar keine Invasion planen. Was die beiden angeht: Wenn sie jetzt schon auf der Flucht sind, ist der Galgen in Tyburn ihre nächste Station – das ist so sicher wie das Amen in der Kirche. Die werden in Newgate sitzen, bevor sie mehr anzünden als eine gottverdammte Tabakspfeife. Wir haben Zeit. Aber als erstes müssen wir die kleine Nellie finden.«

Am nächsten Morgen zwang Mrs. Tothill sie zu frühstücken. »Wirst du helfen oder bibbern?« fragte Tyler dann.

»Helfen.«

Er nickte. »Wir können Hilfe gebrauchen. Ich hatte keine Ahnung, daß es so viele Schwarze in diesem Land gibt. Wo kommen die bloß alle her?«

Aus Sierra Leone, aus dem Niger-Delta, aus Barbados, Trinidad, Jamaica, mit und ohne Stammesnarben, große, kleine; sie sprachen gebrochenes Englisch, gutes Englisch, gar kein Englisch, sie waren kakaoschwarz, kaffeeschwarz, blauschwarz, kohlschwarz, schwarzschwarz; sie waren die modischen Accessoires von Herren, die sie verlassen hatten oder gestorben waren oder denen sie weggelaufen waren. Es gab sie schon so lange, daß das Edikt, das Königin Elisabeth schon 1596 zum Schutz englischer Arbeitsplätze erlassen hatte – daß alle Mohren außer Landes zu bringen seien –, ignoriert wurde, so tief waren sie bereits verwurzelt. Elisabeth selbst hatte sich ja ein paar für ihren Hof importieren lassen und damit eine Tradition begründet, der jeder Monarch nach ihr folgte, so daß es schwarze Familien gab, die auf eine über hundert Jahre ältere englische Staatsbürgerschaft zurückblicken konnten als der hannoveranische König.

Zu diesem Kern stießen die Entlaufenen und Überschüssigen des blühenden Sklavenhandels; sie fanden zweifelhaftes Asyl in Gemeinden, die nur im Hinblick auf Hautfarbe und Armut als homogen gelten konnten, Mile End, Limehouse, Wapping: Dikkichte von schwärzerer Dunkelheit im düsteren Forst der Londoner Armut.

Fünfzehntausend Menschen, vielleicht mehr: Es war, als suche man im Wald nach zwei bestimmten Tannenzapfen.

Cecily haßte sie alle. Sie wollte nicht, daß Eleanor zu einer Brücke zwischen ihr und diesen Kellern und Dachböden wurde, wo es aus dem Gewölbe unter der Treppe nach Exkrementen stank, wo achtköpfige Familien abwechselnd in einem einzigen Bett schliefen, wo es zwischen den Gegenständen des Broterwerbs, die den restlichen Raum ausfüllten, nicht genug Platz gab, um einen Farbpinsel oder eine Kehrichtschaufel zu schwingen. Sie wollte nicht, daß Eleanor zu einem Bindeglied zwischen ihr und diesen Menschen wurde, die beim Anblick ihres weißen Gesichts zusammenfielen wie leere Säcke und zu dumm waren, um ihre Fragen zu beantworten.

»Sie haben Angst«, sagte Cameron. »Was mit Quick passiert ist, kann mit ihnen auch passieren.«

Kam es darauf an? Quick war ein ehrenwerter Mann. Das hier war menschlicher Abfall.

Als sich herumsprach, daß es Master Archie war, der sich da nach einem neunjährigen Mädchen und einem alten Mann erkundigte, derselbe Master Archie, der Harry Stockings vor den Sklavenhändlern gerettet und Chocolate Smith Geld gegeben hatte, damit sie ihren Mann aus dem Gefängnis freikaufen konnte, der den Prozeß für Sunday Pratt gewonnen hatte, dem sein Herr ein Erbteil hinterlassen hatte, das dessen Sohn ihm nicht geben wollte – als sich herumsprach, daß es dieser Master Archie war, kamen die ersten Auskünfte. Nein, sie kannten keinen Da Silva, aber sie waren mächtig betrübt, daß Master Archie solche Sorgen hatte, und sie würden tun, was sie konnten.

Und als sie allmählich auftauten, kam auch ihre Not zum Vorschein. Hände krallten sich in Cecilys Ärmel. »Missy, Missy, wenn dein klein Mädchen wiederkriegen, fragen nach meine. Sklavenhändler zerren sie durch Fenster da, das da, und seitdem ich nie mehr sehen.«

Als sie am Ende der Gasse mit Cameron zusammentraf – sie hatten sich jeder eine Seite vorgenommen –, sagte Cecily: »Die

Frau da hinten behauptet, sie wurde freigelassen, aber sie hätten ihre Tochter trotzdem geholt. Wir sind doch in England. Dürfen sie das?«

Cameron zuckte die Achseln. »Sie tun es. Sie werden einen guten Preis für sie und andere erzielt haben, in Westindien.« Er sah ihr Gesicht. »Nein, nein. Blurt sagt, es ist kein Schiff aus Westindien eingelaufen und seit einer Woche auch keins mehr in See gegangen. Sie ist noch hier. Wir werden sie finden. Wir werden sie beide finden.«

Zwei Männer warteten in der Kanzlei, als die Suchenden an diesem Abend zurückkamen. Die beiden wollten ihre Dienste anbieten. Der eine war ein bösartig aussehender kleiner Schwarzer mit einem Cockney-Akzent, den Cameron mit den Worten anredete: »Wie war's in Newgate, Solly? Wie schön, dich wieder draußen zu sehen.«

Der andere war Tinker Packer.

In der Kanzlei wurde es allmählich eng. Cecily sollte mit Tyler zum Schlafen in die Arundel Street ziehen, während Cameron das Hauptquartier der Suche in Middle Temple besetzt hielt. Bevor sie ging, beschwor er sie: »Willst du nicht wieder mit Tinker sprechen? Er ist im Wald geblieben, bis Cole ihm gesagt hat, daß wir Hilfe brauchen. Er wird es nicht zugeben, aber es tut ihm schrecklich leid, was mit Dolly passiert ist.«

»Du verstehst das nicht.« Cameron verstand die Packersprache nicht. Tinker hatte sich mürrisch herumgedrückt, ohne ein Wort zu sprechen, und sie hatte auch nichts gesagt; es war nicht nötig gewesen. Beide wußten es: Die Verzeihung dafür, daß er Dolly verlassen und so die Ursache für ihren Tod am Galgen gewesen ist, war erbeten und gewährt worden. In der Tatsache nämlich, daß Tinker hergekommen war und daß Cecily ihn nicht weggeschickt hatte.

Der dritte Tag der Suche begann im Morgengrauen, als man beiseite trat, um dem Strom der Schwarzen, die in die Stadt zogen, Platz zu machen. Negermusikanten, die mit gefährlich schrägen Hüten auf dem Weg zur Arbeit waren, spielten schon auf ihren

Trompeten und Becken. Lakaien mit Rüschenkragen und epaulettengezierten Satinröcken, die eine freie Nacht gehabt hatten, marschierten im Takt dazu, und ihre gepuderten Perücken und die silbernen Halsreifen mit den Vorhängeschlössern waren von weißem Reif überhaucht. Mulattinnen – Prostituierte – wiegten sich in dünnen Kleidern und auf hohen Absätzen, bereit für das Vormittagsgeschäft auf den Friedhöfen. Billige Schreiber zogen im Takt der Musik ihre Taschenuhren auf, Akrobaten auf dem Weg zum Jahrmarkt in Smithfield balancierten und jonglierten dazu. Straßenfeger, Nachttopfleerer, Männer mit Schubkarren voller Strümpfe, Nachtmützen und Gartenbeetnetzen, die in der vergangenen Nacht gestrickt worden waren, bewegten sich im Zickzack zwischen ausweichenden Beutelschneidern, Dieben und Betrügern, die mit ihnen zusammen loszogen, um ihr Tagewerk zu beginnen.

Und da wußte Cecily, daß Eleanor mehr als nur ihre schwarze Haut von diesen Leuten hatte, die trotz einer Behandlung, die man für gewöhnlich eher Tieren widerfahren ließ, ihre Menschlichkeit nicht aufgeben wollten. Beinahe lächelnd warf sie den Kopf in den Nacken, als sie Camerons Blick sah. »Ihren Sinn für Musik hat sie jedenfalls nicht.« Man hatte Eleanor gebeten, auf das Mitsingen im Kirchenchor zu verzichten.

Heute ging es nach Limehouse, wo die zerbrochenen Dächer der Häuser kaum mehr Schutz vor der Kälte boten als die Spanten der Schiffe im Dock, die dahinter emporragten. Narbenbedeckte, teerschwarze Männer, die eben aufgestanden waren, kamen gähnend zur Tür, wenn Cecily anklopfte, oder sie pafften die Antworten auf ihre Fragen in Wolken von Tabaksrauch hervor, während sie am Kai auf den Pollern saßen und auf Schiffe warteten. Aus irgendeinem Grunde hatte sie Neger nie mit der Flotte in Verbindung gebracht; aber jetzt sah sie, daß ein großer Teil ihrer Matrosen schwarz war.

»Aber wo sind die Frauen?« In Mile End waren es schon wenige gewesen, wie ihr jetzt klarwurde, aber hier waren so gut wie keine zu sehen.

Tyler begleitete sie in dieser Gegend; er trug eine Pistole unter dem Mantel. »Ich nehme an, der Markt hat schon immer mehr schwarze Jungen als schwarze Mädchen verlangt, Ungleichgewicht der Geschlechter, wie man so sagt.«

Die gleiche unschickliche Frage kam ihnen beiden in den Sinn. Sie war beantwortet, als eine hagere weiße Frau die Tür einer Hütte öffnete und drei kleine Mischlingskinder an ihren Röcken hingen. Weiter unten, hinter einer anderen Tür, spähten weiße Mädchen hinter einer dicken schwarzen Frau hervor. »Da Silva? Ein Weißer?«

»Ja.«

»Ist kein Kunde bei Ebenholz-Betty.« Sie zwinkerte. »Aber für'n Prachtmädel wie dich hab ich immer Arbeit.«

»Weiße Frauen«, erzählte Cecily nachher Cameron. »Wie können sie nur?«

»Hatten wir nicht geplant, daß Eleanor einen weißen Mann heiraten soll?« fragte er.

»Doch, natürlich.«

Die Erschöpfung machte ihn gereizt. »Was ist dann so schrecklich daran, wenn es andersherum ist?«

*Er hat sich zu lange mit diesen Leuten gemein gemacht. Er hat das Gefühl für Schicklichkeit verloren. Und was hat es genützt? Trotz all seiner Liberalität finden wir Eleanor nicht.*

Das Erlebnis bei Ebenholz-Betty brachte ihr in dieser Nacht Träume, in denen Eleanor, die wegen ihrer Haut und nicht wegen ihres Wertes auf dem Sklavenmarkt entführt worden war, in der gepolsterten Kammer eines Bordells um Hilfe schrie.

Cecily wachte schluchzend auf. »Ich kann dich nicht finden, Liebling. Ich versuche es doch.« Sie hielt den matten Schein, der durch ihr Schlafzimmerfenster fiel, für die Morgendämmerung und begrüßte sie, weil die Aktivität des Tages ein wenig von ihrer Angst überlagern würde. Aber das Licht kam von den Feuern, die noch immer auf der Straße loderten. Den Rest der Nacht verbrachte sie im Halbschlaf, und die »Nein zur Sklaverei«-Rufe mischten sich mit den Schreien ihres Kindes.

Cameron kam mit den ersten Nachrichten an ihre Tür. »Solly sagt, ein Mr. Da Silva wohnt in einer Pension in Holborn.«

Das war nicht weit. Sie gingen alle zusammen, Tyler, Tinker, Solly; manchmal verfielen sie in Laufschritt, und immer wieder mußten sie dem Gerümpel ausweichen, das bei den Unruhen verstreut worden war. Das Haus stand an einer verkehrsreichen Ecke, aber eine blankgescheuerte Treppe führte zu einer Tür mit einem blankgeputzten Oberlicht – weiß und achtbar wie die Pensionswirtin, die in ihrem Körperumfang allerdings an Ebenholz-Betty erinnerte. Aber Ebenholz-Betty würde niemals ihre Lippen so schmal zusammenpressen.

Jawohl, Mr. Christopher Da Silva sei regelmäßig zu Gast bei ihr, wenn er in England weile. Sicher, weil sie ihn zufriedenstelle. Nein, er sei ausgegangen. Nein, sie wisse nicht, wohin. »Ich kümmere mich nicht um fremder Leute Angelegenheiten.« Wie manche hier, sagte die Tür, als sie ins Schloß fallen wollte.

Cecily hielt sie auf. »Hat er ein kleines Mädchen und einen alten Mann mitgebracht?«

»Ganz gewiß nicht. Dies ist ein anständiges Haus.« Wumm.

Die Suchenden steckten am Fuße der Treppe die Köpfe zusammen, während sich oben die schicklichen Gardinen bewegten.

»Wir wissen nicht, ob er zurückkommt, wir kennen ihn nicht, wir wissen nicht, wie er aussieht – nichts.«

»Das kriegen wir noch raus.« Diese Versicherung kam von Solly, der mit gerissenem Blick zu dem Straßenfeger hinübernickte, der soeben einen Pfad durch die Pferdeäpfel fegte, damit ein Gentleman die Straße überqueren konnte. Der Straßenfeger war schwarz. »Die alte Fledermaus hat den Kehrer vor der Tür stehen, sie hat 'ne Zofe, die ich in diesem Augenblick aus'm Kellerfenster gucken seh, und sie hat Lieferanten. Ihn kennen? Wir werden bald wissen, welche Farbe seine gottverdammten Strümpfe haben. Überlaßt die Sache nur Solly.«

Und das taten sie.

»Was *tut* Solly eigentlich?«

»Er ist Taschendieb.«

Wieder nach Limehouse, dann nach Wapping, als wären sie Ratten, die sich immer tiefer in den grauen Schlick des Flußufers wühlten. Mit wachsender Erschöpfung und Verzweiflung beschlich Cecily das Gefühl, sich unter Wasser zu bewegen. Zeitweise hörte sie nicht, was die Leute sagten; manches wurde grell und lebhaft, anderes verschwamm ihr vor den Augen, und sie konnte sich nicht mehr erinnern, wie sie an Orte gelangt war, die nichts miteinander verband als der Geruch von Teer und Abwasser und Fluß. Wirtshausschilder: »Ship and Whale«, »Hope and Anchor«, »Queen's Landing«, »Prospect of Whitby«. Gefrorene Leichen in Ketten auf dem Henkersdock. Ein Kram- und Eisenwarenladen mit Netzen, Flaschenzügen, Rudern, Keksdosen und Kisten mit eisernen Halbkreisen, in die eine flache, nach innen gerichtete Platte eingelassen war. Tinker nahm einen in die Hand. »Wofür ist so'n Ding gut?«

Das sei ein Maulkorb, sagte der Krämer. Würden massenhaft in die Zuckerplantagen exportiert, diese Dinger. »Für widerspenstige Nigger, verstehst du, damit sie nicht am Zuckerrohr nagen oder Erde fressen.«

Eine Taufe in einer Kirche, bei der das Kind, die Eltern und die Paten schwarz waren. Jemand – Cameron – sagte: »Die Ärmsten glauben, das Christentum garantiert ihnen den Status der Freiheit.«

Eine andere Stimme: »Ist das nicht so?«

»Nein.«

Ein muskulöser Barbier auf dem Kai, der einer jungen Negerin die Zähne zog, um daraus Gebisse für die Zahnlosen von St. James's zu machen.

Ein schwarzes Gesicht, das höhnisch fragte: »Wieso woll'n Sie die schwarze Göre denn wiederhaben, Missy? Gibt noch massig Sklaven auf dem Meer.«

Und endlich das Eingeständnis: »Weil ich sie liebe.«

Wenn die Suchenden Hilfe bekamen, so gewannen sie auch einen dazu, der sie behinderte: einen hochgewachsenen Weißen mit dem Beffchen eines Pfarrers über dem schwarzen Rock, der Enthusiasmus herumposaunte. »Was sucht ihr unter dem Volke Ham, ihr Engländer? Sie sind ja boshaft wie Affen, ein Makel und eine Verunreinigung auf unserem christlichen Land. Suchet eure Diener unter der weißen Rasse, ihr guten Leute, denn die vom Stamme der Mohren werden nur aufsässig werden und Löhne verlangen, die ihrer eigenen Meinung von ihren schmalen Verdiensten entsprechen.«

Er zog eine schwarze, murrende Zuschauermenge an, was er aber nicht zu merken schien. Eine dunkle Stimme hallte daraus hervor, artikuliert wie die eines Schauspielers. »Bedenke die Fabel Äsops, Prediger. Es gibt viele Statuen von Männern, die Löwen erschlagen; wären aber die Löwen die Bildhauer, so sähen die Statuen wohl anders aus.«

Der Enthusiast war entzückt. »Ha, ein gebildeter Neger. Bewundert wie ein Papagei, der ein paar Worte deutlich sprechen kann.«

Ein Disput. Die Menge klemmte sie ein. *Wir haben keine Zeit für so etwas*. Bevor Cameron sie aufhalten konnte, war Cecily auf den Prediger zumarschiert und hatte ihm einen Tritt ans Schienbein versetzt. »Verpiß dich«, zischte sie.

An diesem Abend klopfte Solly bei ihr an die Tür, und in seinen schmalen Augen leuchtete neues Licht. »Ich dachte, ich sag's Ihnen zuerst, Miss. Da Silva ist groß und dunkel, und seine Haut ist gelb wie eine Guinee, und er hat 'n riesengroßen Türkis am Finger. Und, Miss, *sein Gepäck ist noch in seinem Zimmer.*«

Sie nahm Sollys häßlichen Schädel zwischen beide Hände und küßte ihn. Dann wünschte sie, sie hätte es nicht getan, nicht weil er schmutzig war – was er war –, sondern weil die Gewißheit, daß Da Silva noch im Lande war, nicht unbedingt bedeutete, daß Quick und Eleanor auch noch hier waren.

Sie fand drei Stunden Ruhe, bevor Cameron zu ihr ins Zimmer gestürmt kam und ihr befahl, sich anzuziehen. »Gravesend«, sagte er.

Es war dunkel in der Kutsche, und alle Suchenden drängten sich darin zusammen – alle bis auf Tinker, der auf dem Bock saß. Sie konnte Solly riechen, und sie hörte einen zerknirschten Mr. Blurt: »Ich hätte an Gravesend denken sollen, Master Archie, wirklich, das hätte ich. Wir haben an den falschen Orten gesucht.«

»Sie haben Ihre Sache gut gemacht, Mr. Blurt.« Sie fühlte, wie ihr Mann nach ihrer Hand griff. »Die *Swan*. Bringt Zucker aus Barbados. Ist vor sechsunddreißig Stunden in Gravesend eingelaufen.«

»Vor sechsunddreißig Stunden. Dann kann sie schon wieder weg sein.«

»Aber, aber, Lady Cecily.« Das war Blurts Stimme. »Nichts da. Vertrauen Sie mir. Die Ladung muß gelöscht werden, sie braucht neue Fracht, die Matrosen müssen sich betrinken.« Sie sah die Umrisse der Schultern des kleinen Mannes vor dem Kutschenfenster, als er sich hinauslehnte, um im Schein einer Straßenfakkel auf seine Taschenuhr zu spähen. »Und die Gezeiten sind auch dagegen; die Flut kommt erst in sechs Stunden. Gleichwohl, müßig wird sie nicht sein. Zeit darf sie nicht verlieren im Dreieck.«

Und Gravesend lag vierundzwanzig Meilen weiter stromabwärts, mindestens fünf Stunden bei diesem Wetter. Und sie würden die Pferde wechseln müssen.

»Dreieck?« wiederholte Tyler fragend.

»Waren aus England für die Küste von Guinea. Sklaven von der Küste von Guinea nach Barbados. Zucker von Barbados nach England. Ein Dreieck. Und immer mit Ladung. Sie werden Ihren Mann oder die junge Dame nicht ins Sklavendeck sperren, Master Archie. Sie werden sie bei Gesundheit halten wollen. In Barbados bringen die beiden ihnen mehr ein als die Nigger frisch aus den Sklavendepots, die des Königs Englisch nicht sprechen können ...« Sie war wehrlos gegen diesen Strom von Informationen.

Camerons Stimme übertönte ihn. »Sie werden in Gravesend sein, Cecily, sei versichert. Er wird sie dort untergebracht haben; deshalb hat er Holborn verlassen – um sie an Bord zu bringen. Wir werden sie dort finden. Sei dessen versichert. Sei versichert.«

Seine Wiederholungen verrieten ihr, daß er ebensoviel Angst hatte wie sie und vielleicht noch erschöpfter war.

Als sie den Fluß überquert hatten, fuhr Tinker wie der Leibhaftige und jagte sie ratternd durch die verschlafenen Straßen, die zum Glück durch die Stiefel der Aufrührer, die sich erst vor einer oder zwei Stunden zurückgezogen hatten, vom Eise befreit worden waren. Derselbe Mond, der ihr in jener schrecklichen Nacht nach London geleuchtet hatte – wie lange war das her? eine Woche? ein Jahr? –, leuchtete Cecily und ihren Verbündeten jetzt wieder hinaus.

In Dartford konnten sie nur mit Mühe den Wirt des »Golden Fleece« wecken, um frische Pferde zu bekommen. Mittlerweile fuhren sie in die Morgendämmerung hinein, und Karren mit Kohle und Holz für Londoner Kamine kamen ihnen entgegen. Bei Northfleet wurden sie von Streikposten aufgehalten, die den Verdacht hatten, daß die Kutsche aus St. James's komme – Cecilys vergoldetes Wappen prangte auf den Türen – und die Insassen somit für die Verbrauchssteuer seien. Tyler mußte erst seine Pistole ziehen, ehe sie sich davon überzeugen ließen, daß es nicht so war.

Es fing an zu schneien.

Die Segel- und Ruderboote, die draußen auf dem Fluß lagen, schwenkten langsam den Bug nach Osten, und bei den Bojen sah man Wasserwirbel. Die Flut kam.

Es hieß jetzt nicht länger »wenn wir an Bord der *Swan* kommen«, sondern »*falls* wir an Bord der *Swan* kommen«, und wenig später: »Falls wir sie verpassen, können wir sie noch in der Mündung einholen«, und Cecily wußte, daß ihr Kind weiter und weiter davonsegelte.

Und plötzlich schrie Cameron: »Bei Gott, ich werde mein Kindchen von diesem Schiff holen, wenn ich es tausend Meilen weit verfolgen muß.«

Cecily vergrub den Kopf an seiner Schulter. *Wir haben sie verloren.*

In Gravesend führten alle Straßen zum Fluß. Tinker brachte sie im Galopp bergab zu einem Kai. Fußgänger sprangen vor der Kutsche beiseite, und Tyler streckte den Kopf aus dem Kutschenfenster und schrie: »Die *Swan*. Welches ist die verdammte *Swan*?«

Sie trampelten übereinander weg, um aus der Kutsche zu kommen. O *mein Gott*. Der Fluß war voll von Schiffen, großen, kleinen, gedrungenen, anmutigen – fast hätte man ans gegenüberliegende Ufer gelangen können, indem man von Deck zu Deck sprang.

Ein alter Mann stand mit einer Angelrute auf einer Mole. Blurt packte ihn bei seiner Jacke und schüttelte ihn. Dann kam er zurückgerannt und schleifte seinen Informanten immer noch hinter sich her. »Das da. Das da. Der Schoner. Seht ihr?«

Cecily sah nichts. Er deutete zwischen den Schiffen am Kai hindurch in die Mitte des Flusses, wo drei Stück nebeneinanderlagen, ein jedes mit zwei Masten. Welches war ein Schoner?

»Gott sei Dank, sie hat die Segel noch nicht gesetzt.«

»Wird sie auch nicht«, sagte Blurts Gefangener liebenswürdig. »Erst wenn sie an Tilbury vorbei ist. Sie wird stromab gerudert. Schauen Sie doch.«

Sie sahen da etwas durch den Schnee und das Gewirr von Segeln und Takelagen, das Cecily nicht sehen konnte. Aufgeregt liefen sie durcheinander. Cameron rief von einer Helling herauf, und sie rannten zu ihm, Cecily hinterdrein; er bemühte sich, ein umgedrehtes Ruderboot aufzurichten. Tyler half ihm, während die andern sich nach Rudern umsahen. Blurt, Cameron, Tyler und Solly saßen im Boot, Tinker stand bis an die Schenkel im Wasser und gab dem Boot einen Stoß, der es über die Mole hinaustrieb. Cecily wollte hinterherwaten, aber Tinker zog sie zurück. »Ist kein Platz mehr für uns. Wir machen's nur schwerer.«

Die beiden blieben mit den Füßen im Wasser stehen und schauten dem Ruderboot nach, das im Bogen hinausglitt, während die Männer versuchten, gleichmäßig zu rudern.

»Die kriegen sie nicht«, sagte der alte Angler hinter ihnen, und es schien ihn mit Genugtuung zu erfüllen. »Sie ist im Schlepptau. Gleich ist sie weg.«

Das Ruderboot verlor sich zwischen Schiffsrümpfen und Trossen. Cecily und Tinker liefen am Kai entlang zur nächsten Mole, um besser sehen zu können. Eine kleine Gruppe von Männern stand am Ende dieser Mole und beobachtete den Verkehr auf dem Fluß. Es erübrigte sich, zu fragen, welches die *Swan* war: Hinter dem Rumpf eines anderen Schiffes, das dort vor Anker lag, erkannte man gerade noch den Bug eines Schiffes, von dem Taue zu Ruderbooten führten: Krebse, die vor eine Riesenschildkröte gespannt waren.

Cecily stand reglos in der Winterlandschaft – Demeter, die zusah, wie Persephone in den Hades geführt wurde.

Sie klammerte sich an eine letzte Hoffnung. *Vielleicht ist sie nicht an Bord. Es ist ein anderes Schiff.* Als der Mann, der neben ihr stand, seinen Hut schwenkte und dem Schiff zurief: »Gute Fahrt«, wußte sie, daß es kein anderes Schiff war.

»Sie ist klein für einen Sklavenhändler«, sagte jemand.

»Oh, wir stopfen sie schon rein«, sagte der Mann; er setzte sich den Hut wieder auf und klopfte dagegen, so daß der Türkis an seinem Fingerring aufleuchtete wie ein kleiner blauer exotischer Vogel. »Wir stopfen sie rein.«

»Tatsächlich?« sagte Cecily milde. »Tun Sie das?« Sie streckte die Arme vor sich wie eine Schlafwandlerin, drehte sich um und stieß Da Silva in den Fluß.

Ein paar der Männer hielten einen um sich schlagenden Tinker fest, während andere die Verrückte zum Haus des Hafenmeisters führten. Da Silva wurde zitternd und triefend hereingebracht und in eine Decke gewickelt. Es gab eine Menge Gebrüll und Fragerei, aber Cecily beachtete es nicht, hörte es nicht.

Die Szenerie änderte sich. Sie waren alle wieder draußen in der schwarzweißen Welt auf dem Kai. Männer streckten die Finger aus. Tinker stimmte ein Triumphgeheul an. Schneegestöber wehte heran und verzog sich wieder. Durch das Gewirbel kam ein Ruderboot, das tief im Wasser lag. An Bord war eine neue Last: ein älterer Schwarzer und ein Bündel, das Cameron in seinen Mantel gehüllt hatte und an die Brust drückte wie einen indischen Schatz.

## 14

Es wurde April, und in England tobten immer noch die Unruhen. Die Wirtshäuser bebten von Flüchen wider den König. Richter drohten damit, die Aufstandsgesetze zur Anwendung zu bringen, und der Pöbel entgegnete: »Zum Teufel mit euern Gesetzen.«

Walpole war davon überzeugt, daß die Senkung der Grundsteuer ihm die Unterstützung der Mächtigen eintragen werde und daß er das Unterhaus fest im Griff habe; immer wieder trug er sein Anliegen vor: Die Verbrauchssteuer sei nur folgerichtig, und die ehrenwerten Abgeordneten dürften sich von diesem organisierten Geheul nicht beirren lassen.

Die ehrenwerten Abgeordneten wußten aber, daß eine Wahl bevorstand – und vierundfünfzig Wahlkreise hatten ihre Vertreter bereits angewiesen, gegen die Steuer zu stimmen. Sogar Höflinge begannen den großen Mann im Stich zu lassen; teils beugten sie sich der öffentlichen Meinung, teils plagte sie plötzlich ihr soziales Gewissen. Schon jetzt waren die Steuern auf Dingen des täglichen Bedarfs höher als in Holland oder in Frankreich, und ein großer Teil der Steuern, die die Armen aufbringen mußten, wurde für Zinszahlungen an die Inhaber von Staatsanleihen verwandt.

Die Jakobiter setzten sich aufgeregt in Bewegung.

In all dem Trubel fand ein Fall, bei dem es um ein Stück Eigentum im Wert von dreißig Pfund ging und der um Ostern vor dem Hauptzivilgerichtshof verhandelt werden sollte, nur wenig Aufmerksamkeit ...

»Vernünftig?« fragte Cecily erbost. »Du nennst Da Silva ›vernünftig‹?«

»Er ist nicht unvernünftig«, sagte Cameron. »Er gibt zu, daß es ein Fehler war, Eleanor mitzunehmen, und bittet vielmals um Entschuldigung ...«

»Ein *Fehler?*«

»... und er will lediglich Quick zurückhaben.«

»Aber er kriegt ihn verdammt noch mal nicht.«

Sie standen am Fenster in der Kanzlei und schauten zu, wie Eleanor zur Ertüchtigung im Kreis um das Blumenbeet im Garten herumspazierte. Tyler war bei ihr und hatte seine Pistole in der Tasche, aber sie waren doch nervös, wenn sie sie nicht im Auge behalten konnten. Das kleine Mädchen ging still einher und hielt Tylers Hand fest. *Früher ist sie immer gehüpft.*

»Ich will Rache«, sagte sie. »Wieso verklagen wir das Schwein nicht wegen Entführung oder was weiß ich?«

»Weil er darauf mit einer Klage wegen Körperverletzung durch dich auf der Mole antworten würde. Mir liegt daran, dein Erscheinen vor Gericht zu vermeiden.«

»Das würde mir nichts ausmachen.«

»Ich denke, das würde es doch, meine Liebe.« Meine Liebe, nicht »mein Liebchen«. *Ich bin wieder die Jakobiterin. Wir hatten Zeit, uns zu sammeln.*

»Ein Habeas-Corpus-Beschluß würde außerdem bedeuten, daß das Oberhofgericht tätig wird, und dort sitzt Lord Juniper. Ich bin nicht sein Liebling. Nein – soll Da Silva nur vor dem Zivilgericht auf Herausgabe seines Eigentums klagen. Nur darum wird es bei diesem Prozeß gehen, schlicht und einfach: Ist Quick, ist überhaupt irgendein Mensch, ein Stück Eigentum oder nicht?«

Er sagte es ohne Nachdruck, aber es war doch, als stehe man zu dicht an einem Feuerwerk: Sie hörte die Zündschnur zischeln. »Fang keinen Kreuzzug an«, sagte sie. »Du sollst keine Justizgeschichte schreiben. Du sollst mir nur meinen Koch zurückholen.«

Sie wollte es hinter sich bringen: Quick sollte als freier Mann in der Küche des »Belle« stehen und seine Kräuter hacken, Eleanor sollte ihr helfen, Narzissen für den Tisch im Salon zu schneiden. Alles sollte sein wie früher, wenn es ginge. Es ging natürlich nicht: Eleanor hatte Bekanntschaft mit der Angst machen müssen, und die würde sie nie wieder abschütteln können. *Und mir wird nie wieder wohl sein, wenn ich sie nicht vor Augen habe.*

Die Alpträume des Kindes verrieten ihr, was das Kind nicht sagte: dunkle Tage in einem kalten Keller, Da Silvas Geschäftsmäßigkeit, die Borde im Laderaum der *Swan*, auf denen Sklaven wie Bücher zusammengeschoben werden würden, wenn sie in Afrika wären. Nur Eleanors hingebungsvolle Treue zu Quick verriet, daß sie einen Schutz genossen hatte, für den Cecily ewig dankbar sein würde.

Schlimmer noch war Eleanors Verwirrung über das, was sie war. Künftige Bemerkungen über ihre Haut würden sich notwendigerweise in ihrem Kopf mit Sklaverei verbinden, und sie, die einst sicher gewesen war, einem liebevollen Haushalt anzugehören, würde sich fortan als Außenseiterin in zwei Gesellschaften betrachten.

Neue Wahrheiten gab es auch für Cecily. Auf dem Kai hatte sie das Kind in den Armen gewiegt und ihm gesagt, wie sehr sie es liebe, nur um zu sehen, daß Eleanor es die ganze Zeit gewußt hatte – und wie wichtig auch Cameron für sie war: Selbst in Cecilys Armen hatte sie seine Hand nicht loslassen wollen. »Ich wußte, du und Mama, ihr würdet mich zurückholen.« Das schmale Gesichtchen zerlief in Tränen. »Aber ich wußte nicht, wann.« *Sklavenhändler zerren sie durch Fenster da, das da.* Cecily betrachtete ihre Tochter und mußte an die Frau denken, die ihre nicht wiedersehen würde. Ich brauche nicht für sie Krieg zu führen, dachte sie. Es ist nicht das gleiche. Sie war zu gewöhnlich, um Qualen wie die meinen zu erleiden.

*Aber die Frau hatte sie erlitten.* Und der verfluchte kleine schottische Don Quijote an ihrer Seite wußte es, und er würde für sie in die Schlacht ziehen.

Sie seufzte. »Werden wir gewinnen?«

Er ging das bisherige Verfahren durch: Klageeröffnung, Entgegnung; Replik, Gegenerklärung, Triplik, Gegenbeweis, Quintuplik. »Da Silva wird nicht *capias ad satisfaciendum* beantragen, aber er könnte versuchen, ein *fieras facias* zu erwirken, um seine Ware an sich zu bringen, und in dem Falle wäre Quick ...« Er langweilte sie absichtlich.

Sie lächelte ihn an. »Als erstes bringen wir alle Anwälte um.«

Er erwiderte das Lächeln nicht. »Übrigens, meine Liebe, ist ein Haftbefehl gegen einen gewissen Sir Spender Dick ergangen. Wegen Anstiftung zum Aufruhr. Ein Bekannter von dir, glaube ich.«

Durch das Naturgesetz, welches bestimmt, daß immer das Schlimmstmögliche zu geschehen hat, und durch einen Winter, der einem Richter das Bein gebrochen und einem anderen eine Lungenentzündung verschafft hatte, fügte es sich, daß Lord Juniper auf dem Richterstuhl – genaugenommen war es ein großer jakobäischer Sessel – saß, um die Verhandlung in der Sache Da Silva gegen Cameron zu führen. Er war ein fleischiger Mann, der unter seiner Perücke hervorspähte wie ein Mops, dem die Ohren eines Spaniels gewachsen waren. Als er dem Anwalt des Klägers, Jennings, zulächelte, war es kein unsympathischer Mops. »Ah, Sir Peter, wie nett.« Aber die Begrüßung – »Sehen wir uns wieder, Mr. Cameron« – scharrte wie ein Schwert aus der Scheide. Lord Juniper mochte keine Schotten, besonders nicht diesen.

Schwarze mochte er auch nicht. Er warf einen Blick auf die Zuhörergalerie, wo Cecily das einzige weiße Gesicht in einer Reihe von schwarzen war. »Wie ich sehe, hat sich im Gericht heute ein wenig Ruß angesammelt.« Er hatte eine Geliebte – die juristische Profession hatte sich die mönchische Tradition der Universitäten bewahrt und heiratete nur selten –, vier uneheliche Kinder und ein umfangreiches Gesinde, zu dem auch ein Neger gehörte.

Ungebildet – die juristische Profession akzeptierte auch Halbalphabeten –, aber intelligent, machte er seine Einstellung gleich zu Anfang klar: »Gentlemen der Jury, Mr. Cameron ist in diesem Fall der Beklagte und hat sich in höchst ungewöhnlicher Weise dafür entschieden, sich selbst zu verteidigen. Er ist somit als Zeuge ausgeschlossen. Er wird versuchen, unsere Zeit mit lauter Larifari über die Rechte des Menschen zu verschwenden, aber ich mache Sie nachdrücklich darauf aufmerksam, daß wir es hier mit einem Eigentumsstreit zu tun haben, schlicht und einfach. Mr. Da Silva, der Kläger, wird Ihnen sagen, daß sein Koch, ein gewisser Sambo

Vickery, auch bekannt als ...«, hier warf der Richter einen Blick in seine Akten, »... als Quick Bell, ihm durch Mr. Cameron hier unrechtmäßigerweise entwendet wurde. Ob das geschehen oder nicht geschehen ist – und *nur*, ob das geschehen oder nicht geschehen ist –, werden Sie zu entscheiden haben.«

Die Geschworenen, die wie Schachfiguren in einem deckellosen Kasten einsortiert auf ihrer Galerie oben an der Wand des Gerichts hockten, nickten einmütig und ehrfurchtsvoll. *Gemüsehändler,* dachte Cecily.

»Ich sollte Ihnen außerdem sagen«, fuhr Lord Juniper fort, »daß ich, als mir die Klageschrift vorgelegt wurde, dem Beklagten geraten habe, dem Kläger den strittigen Koch einfach abzukaufen und uns allen eine Menge Zeit zu ersparen.« Er seufzte. »Doch nun wollen wir anfangen und sehen, ob wir alle zum Tee wieder zu Hause sein können.«

Cameron hatte Quick diese Lösung unterbreitet. Da Silva hatte darauf bestanden, daß er Kaution stelle, bevor er den Koch nach Hause in die Arundel Street mitnehmen durfte. »Ich kann dich zurückkaufen, Quick. Damit wäre dir deine Freiheit sicher, denn ich würde dich auf der Stelle freilassen.« Er hatte nicht weitergesprochen, aber alle hatten die Einschränkung gehört, die in der Luft schwebte, während Quick über das Angebot nachdachte. Cameron wollte einen Prozeß durchfechten, der nicht nur Quick zurückbrächte, sondern dem Recht einen neuen Grundsatz hinzufügte: daß kein Mensch, gleich welcher Hautfarbe, das Eigentum eines anderen sein könne.

Im Geiste beschwor Cecily den Koch, dem Kauf zuzustimmen. *Sag ja. Ja. Rette dich. Zerbrich dir über den Rest nicht den Kopf. Ein Prozeß kann verlorengehen. Sag ja. In dieser Welt heißt es, rette sich, wer kann. Laß uns nach Hause ins »Belle« fahren.* Quick war längst mehr als der Küchenmeister des Wirtshauses: Er war der Haushaltsvorstand, und Cecily fragte ihn stets nach seiner Meinung. Wenn er inmitten seiner Lehrlinge in der Küche stand, war er dem Herzen des »Belle« näher als Cecily selbst: ein geachteter, sich selbst achtender alter Mann.

Sie erinnerte sich an die Gestalt, die auf dem Kopfsteinpflaster im Stallhof gekauert hatte, die Handgelenke an den Halsreifen gekettet, ohne mit der Wimper zu zucken, während Ned den Ring abgeschlagen hatte. *Ich will verdammt sein, wenn du dahin zurückkehrst.*

Quick fragte: »Können wir gewinnen, Master Archie?«

Cameron zog eine Grimasse. »Ich will ehrlich zu dir sein, Quick. Es ist nicht sicher. Ich werde mich bemühen, aber es ist nicht sicher.«

»Was meinen Sie, Miz Cec'ly?«

Sie war gerührt. »Das mußt du entscheiden. Ich will dich nur wieder zu Hause haben.«

»Sehen Sie«, sagte er, »ich möchte auch bei Ihnen bleiben, Miz Cec'ly. Bin zu alt, um mich schlecht behandeln zu lassen.«

*Gut. Dann laß uns gehen.*

»Aber, sehen Sie«, sagte Quick, »Massa Da Silva, er hat unser Eleanor weggenommen. Das hätt' er nich tun sollen. Er sollte niemanden wegnehmen.«

Quicks Blick kehrte langsam zu Cameron zurück. »Wieviel verlangt er für mich, Master Archie?«

»Dreißig Pfund.« Das war der ursprüngliche Preis gewesen. Da Silva war fair.

Ein müdes Lächeln regte sich. »Bin aber mehr wert.«

Und so nahm der Prozeß seinen Lauf. *Was kann ich tun?* Angesichts solchen Mutes – was konnte irgend jemand da tun?

Cole kam nach London, um Quicks aufrechten Charakter und seinen arbeitsamen Fleiß zu bezeugen. Tyler kehrte ins »Belle« zurück, um seinen Platz dort wieder einzunehmen. Tinker und die Amme blieben mit Eleanor in der Arundel Street.

Bei der Vorbereitung seiner Verteidigung war Cameron zu der Überzeugung gekommen, daß Da Silva seinen Anspruch nicht nur verfolgte, um seine dreißig Pfund zurückzubekommen. »Da steckt Geld und eine Absicht hinter dem Verfahren. Sonst hätte man's gar nicht so schnell auf die Beine stellen können. Die Plantokratie will ...«

»Die was?«

»Die westindischen Pflanzer. Sie fürchten für sich. England muß die Sklaverei auf seinem Boden erlauben, denn was soll sonst aus den Kolonien werden, die auf diesem System beruhen? Sie führen diesen Prozeß, um Yorke-Talbot zu bestätigen.«

Cecily fragte nicht, was Yorke-Talbot war. Sie war sicher, daß sie es noch erfahren würde.

Oben auf der öffentlichen Galerie waren zwei lange Bänke. Cecily war spät gekommen, noch ein paar Augenblicke später als der Richter selbst, um seine Aufmerksamkeit zu erregen. Sie hatte sich prachtvoll gekleidet: Man mußte sehen, daß nicht alle Großen und Schönen auf der Seite der Plantokratie standen.

Und Pflanzer waren zugegen. Auf der vorderen Bank der Galerie saßen drei weiße Männer mit übergroßen Hüten und diamantfunkelnden Händen; ihre Haut hatte unter einer fremdländischen Sonne gelitten, und ihre Gestalt, wie es aussah, unter zuviel Rum.

Sie hatte den Saaldiener schockiert, indem sie sich für die Bank dahinter entschieden hatte, in der nur schwarze Zuschauer saßen. Unter großem Getue ließ sie sich in ihrer Mitte nieder und fragte sich, was für einen Eindruck es wohl machte, wenn sie hier zwischen einem vorbestraften Taschendieb, Solly, und einer berüchtigten Madame, Ebenholz-Betty, gesehen wurde.

Da Silva erschien würdevoll im Zeugenstand. Ja, er sei Christopher Fernandez Simon Da Silva, wohnhaft in der Gemeinde St. George, Barbados, Agent der Eigentümer der Vickery-Zuckerplantage, die zur selben Gemeinde gehörte.

Jawohl, er habe einen Kaufvertrag aus dem Jahr 1683 – er zog ihn hervor, ein abgegriffenes Papier –, der beweise, daß der vierzehnjährige männliche Sklave, der später als Samboth oder Sambo Vickery bekannt geworden sei (»Vickery« war der Name des Anwesens, welches ihn gekauft hatte), auf dem Markt in Bridgetown erworben wurde. Als die Pflanzung in den Besitz der jetzigen Eigentümer gelangte, seien davon auch die Sklaven, einschließlich Sambo, betroffen gewesen. Als er, Mr. Da Silva, vor neun Jahren in Geschäften der Pflanzung nach England gegangen war, hätten ihm die Eigentümer besagten Sambo freundlicherweise zum Geschenk gemacht, und dieser habe ihn als Kammerdiener begleitet. Jawohl, er habe auch die Schenkungsurkunde dabei – bitte sehr. Und einer seiner Arbeitgeber sei auch im Gerichtssaal anwesend und werde alles bezeugen, wenn es nötig wäre.

Sir Peter Jennings: »Es war ein wertvolles Geschenk, nicht wahr?«

Da Silva: »Jawohl, Sir, das war es. Sambo ist ein begabter Koch.«

Lord Juniper hatte gedöst, aber jetzt wachte er auf. »Ein guter Koch ist er, ja?«

»Jawohl, Mylord. Aber bei der Ankunft in England ist der Boy ...«

»Boy?«

»Ich bitte um Vergebung, Mylord. Auf Barbados ist ein Nigger ein Boy, bis er altersschwach ist. Jedenfalls wurde Sambo keck ...«

»*Keck*, Mr. Da Silva?«

»Faul, Mylord, und ungehorsam. Andere Nigger hatten ihm erzählt, er sei ebensogut ein Mensch wie der König von England, und er brauche keinem Herrn zu dienen, sondern müsse sich erheben.«

»Sich erheben?«

Eine schlaue Formulierung vor einem Whig-Richter in einem Gerichtssaal, in dem der Lärm der Unruhen als leises Geräusch im Hintergrund zu hören war. Noch dazu vor einer Jury von Gemüsehändlern, dachte Cecily, denen man höchstwahrscheinlich die Ladenscheiben eingeschlagen hatte.

Da Silva berichtete, wie Sambo nach zwei Fluchtversuchen auf einer Reise in den Norden gefesselt worden sei und es dennoch geschafft habe, unbemerkt von der Kutsche zu springen und zu verschwinden, nur um Jahre später in einem Wirtshaus an der Great North Road wiedergefunden zu werden, wo er wie ein Lord residierte.

»Da habe ich ihn mitgenommen, Mylord, in der Absicht, ihn nach Barbados zurückzuschicken, damit er mir hier nicht länger zur Last fallen kann. Ich war ja für ihn verantwortlich. Es wär' nicht recht, wenn er Armenfürsorge bezöge oder einem Engländer die Arbeit wegnähme.«

*Jemand hat diesen Mistkerl vorbereitet.* Da Silva hatte jenen dreistimmigen Akkord erklingen lassen – Aufstand, Armenhilfe, Arbeitslosigkeit –, der jedem Steuerzahler die Haare zu Berge stehen ließ. Er war der Erretter der Mittelklasse, Quick dagegen ihr Alptraum. *Wir sind verloren.*

Eine Knoblauchwolke wehte an Cecilys Ohr. »Das ist mal 'n feiner Niggerprügler«, sagte Ebenholz-Betty.

»Pst«, bat Cecily. Der Richter hatte verärgert heraufgeschaut; das Tuscheln unter den Schwarzen ärgerte ihn. Das »Hört, hört« der Pflanzer bei jedem Volltreffer Da Silvas hatte ihn nicht gestört.

Das Gericht erfuhr, wie Quick von der *Swan* geholt worden war, als diese den Fluß hinunterfuhr. Sir Peter Jennings stellte die Fragen, so daß die Antworten das Bild von säbelschwenkenden Piraten entstehen ließen, die da an Bord stürmten, nicht von Männern, die das Schiff mit einer einstweiligen Verfügung betreten hatten.

Das Kreuzverhör wurde zur Farce gemacht. Cameron hatte die Absicht, Da Silvas aufrechten Charakter in Zweifel zu ziehen, indem er ihn zu dem Eingeständnis bringen wollte, er habe Quick mit einer Pistole bedroht und Eleanor entführt. Aber bereits bei seiner ersten Frage lief es schief.

Lord Juniper: »Wollen Sie Mr. Da Silva den Vorwurf der tätlichen Bedrohung machen?«

Cameron: »Nicht in diesem Stadium, Mylord.«

Lord Juniper: »Dann ist dieser Sachverhalt ohne Belang. Ich werde nur die vorliegende Klage verhandeln.«

Einer der Pflanzer, die vor Cecily saßen, sagte daraufhin zu seinen Nachbarn: »Ich glaube, die Sache ist in trockenen Tüchern, Gentlemen.«

Mit Quick hatte man nicht gerechnet: würdevoll und freundlich. Aber er reizte das Gericht durch die Langsamkeit seiner Antworten: offensichtlich ein Kunstgriff, um sich desto bessere Lügengeschichten auszudenken.

Ja, er sei der Sambo Vickery, um den es hier gehe.

Lord Juniper: »Aber du hast einen anderen Namen angenommen, nicht wahr? Beeile dich, Mann, wir haben nicht den ganzen Tag Zeit.«

»Quick, so nennen sie mich im ›Bell‹, Master. Is'n freundlicher Name. Bei meinem Volk, den Ashanti, war mein Name Opoku Ware.«

Lord Juniper: »Pucki wie?« (Heiterkeit im Gerichtssaal.) »Und was hattest du in diesem Wirtshaus zu kochen? Hühner, die du geopfert hattest? So etwas vielleicht?« (Neuerliche Heiterkeit.)

*Jetzt geht's los.* Cecily lächelte innerlich und beobachtete, wie Junipers Miene sich veränderte, als Quick die Litanei seiner Menüs herunterbetete. Quick hatte den Weg zum Herzen des Richters gefunden.

Lord Juniper: »Oregano? Wirklich?«

Quick: »Richter, es ist kein richtiges *côtelette de veau*, wenn Sie's nich vorher marinieren, in Knoblauch, zu gleichen Teilen Öl und Essig und Oregano – und das muß frischer Oregano sein. Getrockneter kommt bei mir nich in Frage. Kommen Sie mal gelegentlich ins ›Belle‹, Richter, dann mach ich's Ihnen.«

Juniper besann sich und lehnte sich zurück. »Wir werden sehen, Mann, wir werden sehen.«

Cameron wollte Cole aufrufen, damit er Quicks guten Charakter und seinen Fleiß bezeugen könne. Jedoch …

»Der Charakter des Kochs steht hier nicht zur Debatte, Mr. Cameron. Wir werden Ihren Zeugen nicht anhören.«

Das Gericht vertagte sich für eine halbe Stunde, und der Richter verfügte sich in sein Richterzimmer, um etwas zu trinken, zu pinkeln oder den Gerichtsdiener zu treten – was immer ein Richter dort tun mochte.

Draußen im marmornen Korridor kam Cole zu Cecily und legte ihr einen Arm um die Schulter. »Läuft's nicht so gut?«

Sie schüttelte den Kopf und ließ ihn auf seine Schulter sinken; sein Rock roch nach Hertfordshire und dem »Belle«. »Wir werden ihn verlieren, Cole.«

Am Ende des Korridors standen Da Silva und die Pflanzer und prosteten einander mit Taschenflaschen zu. Am anderen Ende redete Cameron mit seinem Schreiber. Er hatte die staubgraue Gerichtsperücke abgenommen und fuhr sich mit den Fingern durchs Haar, wie er es immer tat, wenn er sich Sorgen machte.

*Er hat noch jeden Fall bis auf diesen gewonnen. Und dies ist für ihn der wichtigste*. Und dann erkannte sie: *Für alle hier.*

Da Cole nun nicht auszusagen brauchte, konnte er neben ihr auf der Galerie sitzen. Ebenholz-Betty drückte ihm immer wieder das Knie; Cole war ein Mann, der mit seiner Größe zu ihr paßte. Cole schien nichts dagegenzuhaben.

Richter: »Also gut, Mr. Cameron. Aber machen Sie es kurz. Dies ist lediglich ein Eigentumsstreit, vergessen Sie das nicht.«

»Aye, Mylord. Das ist es.«

Ihr Ehemann erhob sich. Im Vergleich zu dem hochgewachsenen und eleganten Anklagevertreter Sir Peter Jennings erschien er schmächtig; mit seiner Glasgower Mundart war er ein Eindringling in diesem Gericht mit seinen wohltönenden Reden, noch so ein Ausländer, der gekommen war, um braven Engländern die Arbeit wegzunehmen. Die Gemüsehändler auf der Geschworenenbank schauten ihn ungnädig an. Sie hatten es gern, wenn ihre Justiz distinguiert auftrat.

»Meine Herren Geschworenen, Sie haben gehört, wie der Richter das Subjekt in diesem Fall mit ›Mann‹ anredete.«

Lord Juniper seufzte hörbar und sackte auf seinem Stuhl zusammen.

»Sie sehen, das vorgebliche Besitzstück ist also keine Börse, keine Uhr, kein Taschentuch, sondern ein Mann. Kann man aber einen Mann gegen seinen Willen stehlen? Aye, es geschieht jeden Tag. Bei Durchsicht der Akten unserer eigenen Royal African Company und ihrer Konkurrenzunternehmen werden Sie feststellen, daß seit 1640 zweihundertfünfzigtausend ...«

»Zur Sache, Mr. Cameron, zur Sache.«

»... Männer, Frauen, Kinder, daß eine Viertelmillion Menschen gegen ihren Willen von den Küsten Westafrikas nach Englisch-

Westindien verschifft wurden, um dort als Sklaven verkauft zu werden.«

Du lieber Gott, dachte Cecily, *ich liebe ihn.*

Der Richter schrie: »Zur Sache, zur Sache, zur Sache.«

Aber das war die Sache. Den ganzen Tag schon klopfte sie an die Tür, ein beharrliches Tappen im Lärm der Unruhen. Und jetzt war sie hier, unübersehbar: die Schuld, die man in Tee und Kuchenteig rührte, die in den Läden der Geschworenen in kleinen weißen Häuflein verkauft wurde, dieses nie anerkannte, ungeschriebene, uneingestandene, unbehagliche, unsaubere Soll in der Bilanz. Eine Tonne Zucker, ein toter Sklave. Jedes Jahr verdaute England fünfzigtausend Tonnen. Der Gestank war in jedem Atemhauch. Er hing in den Kleidern der westindischen Granden, die hier vor ihr saßen, er rann ihnen in Tröpfchen im Nacken herunter.

*Jetzt hast du es wirklich getan.* Eine Industrie, von der ein Viertel der britischen Seefahrt abhing, halb Lancashire, jeder Hafen.

Walpole hatte darin investiert, Georg und Caroline trugen Juwelen, die damit bezahlt worden waren. Der Hermelin auf Lord Junipers blutroter Robe war damit bezahlt worden. *Diese Windmühle ist zu groß, mein Geliebter.*

»Aber England, meine Herren? Weshalb wurde dieser Mann unruhig, als er nach England kam? Ich werde es Ihnen sagen. Zum erstenmal, seit er vierzehn Jahre alt war, witterte seine Nase den Duft der Freiheit. Man hatte ihm davon erzählt. Bis nach Afrika hatte sie sich verbreitet, die Kunde von einem Volk, das einem tyrannischen König einen großartigen Freibrief abgerungen hatte, eine Magna Charta ...«

Er hatte es ihr schon einmal gesagt. »Zum Gesetz gehören Form und Verfahren: Es ist ohne Sinn, wenn es nur den Mächtigen dient. Es muß auch für andere gelten, denn sonst ist es Tyrannei – und das ist den Mächtigen sehr wohl bewußt. Manchmal muß es gegen sie arbeiten ...« Er hatte vor, es gegen sie arbeiten zu lassen.

*Habe ich dich da schon geliebt? Vermutlich ja. Dolly hast du nicht gerettet, aber mich. Wieder und wieder. Immer. Aber ich habe auf dich hinabgeschaut, nicht zu dir hinauf.* Jetzt schaute sie hinauf zu einem, der pedantisch und störrisch entschied, was Recht war, und es dann nicht mehr losließ: ein Stachel, der seine Mitmenschen zum Fortschritt trieb. Er schuf ein gutes Recht, er und seinesgleichen, und langweilte diejenigen, die es für ihre eigenen Zwecke einsetzen wollten, mit unaufhörlichen Erinnerungen daran, daß es für jedermann gelte, selbst für einen schwarzen Koch. Ein Plagegeist für die ganze Welt – *und mein Liebster.*

Sie war verzaubert – nicht aus romantischem Entzücken, nicht vom billigen Champagner, den sie auf Guillaume von Edinburgh getrunken hatte: Dies war ein schwerer Wein, Nahrung für Erwachsene. Und trotzdem wackelte sie mit den Zehen wie ein kleines Mädchen, das an einem schulfreien Sommermorgen aufwacht. *Laß uns zu Bett gehen.* Wenn er diesen Fall verlor, würde sie zu ihm laufen und ihm sagen, daß sie stolz auf ihn war. Und dann würde sie Quick und Eleanor an sich raffen und aus Walpoles England fliehen, um fortan glücklich mit ihrem Mann zu leben.

Durch den Nebel ihrer Bezauberung drangen die Worte: »Yorke-Talbot.« *Ah, der gute alte Yorke-Talbot.* Jetzt würde sie es erfahren.

»Sie bringen da ein juristisches Problem zur Sprache, Mr. Cameron. Muß ich Sie an Yorke-Talbot erinnern?« Lord Juniper wandte sich an die Jury. »Vor nur vier Jahren wurden der Oberste Kronanwalt Yorke und der Zweite Kronanwalt Talbot um ihre Meinung zu dieser Frage ersucht und erklärten daraufhin, ein Sklave, der aus Westindien nach Großbritannien komme, sei dadurch *nicht* frei, sondern *bleibe* Eigentum seines Herrn.«

»Danke, Mylord«, sagte Cameron und wandte sich ebenfalls den Geschworenen zu. »Aber, wie der Richter schon sagte, Yorke-Talbot wurden um eine Meinung gebeten, und die haben sie abgegeben. Es handelte sich nicht um ein Gerichtsurteil und bezog sich nicht auf einen spezifischen Fall.«

Lord Juniper: »Ist aber nichtsdestominder gültig.«

Cameron: »Ja, Mylord. Ich würde aber sagen, noch gültiger ist das Urteil im Fall Smith gegen Gould, der 1706 vor Lordoberrichter Holt verhandelt wurde; darin heißt es, das Gesetz wisse nichts davon, daß Neger anders seien als andere Menschen. Nach dem Gesetz aber kann kein Mensch einen anderen besitzen … Nach den Gesetzen, die in England gelten, gibt es keine Sklaven.« Er richtete sich zu seiner vollen Größe auf. »Gentlemen, ich werde Ihnen noch einen weiteren Fall zitieren, und zwar einen aus den Tagen der Königin Elisabeth I. Im Jahr 1569 wurde ein Sklave aus Rußland hergebracht, wie man Quick Bell von Barbados mitgebracht hat. Das Gericht ließ ihn frei. Ich will Ihnen die wunderschönen Worte der Entscheidung nicht vorenthalten: ›Die Luft in England ist zu rein, als daß ein Sklave sie atmen dürfte.‹«

Es war still im Gerichtssaal, und der Satz hallte darin wider, als hätten all die folgenden, käuflichen Monarchen nie existiert, als herrschte noch immer die sagenhafte alte Königin und habe soeben gesprochen.

In diesem Augenblick wußte Cecily, daß Quick ein freier Mann war.

Der Richter hielt Cameron noch eine Anzahl von Fällen vor. Cameron entgegnete mit Holland und Schottland, verachteten Nationen, die gleichwohl die Sklaverei aus tiefster Seele ablehnten.

*Nicht mehr nötig, mein Liebster. Du hast gewonnen.*

Lord Juniper versuchte in seiner Zusammenfassung den Schaden zu begrenzen. Er wollte nicht derjenige sein, der den gesamten Sklavenhandel zu Fall brachte; er hatte selbst Geld darin investiert.

»Meine Herren Geschworenen, ich wiederhole, daß dieser Fall spezieller und nicht allgemeiner Natur ist. Ich befürchte finanzielle Katastrophen für die Eigentümer; Geschäfte in unübersehbarem Umfang würden ihnen und dem Königreich verlorengehen, wenn diese Frage ausgeweitet würde. Diejenigen, die bei der Erwähnung der Sklaverei in Leidenschaft entbrennen, haben hier nichts verloren. Ein gewisses Zwangsrecht muß der Herr immer über den Diener ausüben dürfen. Sie haben hier lediglich zu entscheiden, ob Mr. Da Silva ein Besitzrecht an einem Neger, nämlich Sambo Vickery, hat oder nicht. Wenn er es hat, dann hat Mr. Cameron besagten Neger widerrechtlich an sich genommen. Wenn er es nicht hat und Sie zu dem Schluß kommen, daß die englischen Gesetze ihm ein solches Recht nicht einräumen, so hat Mr. Cameron ihn nicht entwendet, und die Klage ist abzuweisen.«

Cecily sah zu, wie die Geschworenen im Gänsemarsch wieder hereinkamen: keine Gemüsehändler mehr, sondern Zwölf Apostel der Frohen Botschaft.

Der Gerichtsschreiber trat unter die Geschworenenbank und hielt einen Stock mit einer Zange am Ende in die Höhe. Der Vorsitzende der Jury klemmte ein Blatt Papier in diese Zange. Der Schreiber kam mit seinem Stock zum Richterstuhl und reichte dem Richter das Blatt. Dieser nahm es, las es mit ausdrucksloser Miene und legte es aus der Hand.

»Meine Herren Geschworenen, wie lautet Ihr Urteil?«

»Wir stellen fest, daß der Gentleman Mr. Da Silva keinerlei Besitzrecht an dem Manne Vickery hat, Mylord. Wir befinden Mr. Cameron für nicht schuldig.«

Das Geheul, das sich auf der hinteren Bank der Zuschauergalerie erhob, war nichts für schwache Nerven. Alle Schwarzen waren aufgesprungen, stampften und klatschten. Cole lag Ebenholz-Betty in den Armen, Cecily drückte Solly. Richter, Schreiber und Gerichtsdiener schrien nach Ordnung.

Durch den Aufruhr rief einer der Männer von der vorderen Bank Cecily nach hinten zu: »Ficken Sie diesen Nigger noch nicht, Lady. Es hat sich nichts geändert.«

Sie löste sich aus Sollys Umarmung und rückte sich den Hut über den Augen gerade, um zu sehen, wer das gewesen war, aber die drei Pflanzer drängten bereits hinaus.

Im Gerichtssaal hatten die Anwaltsschreiber angefangen, sich leise zu unterhalten. Sir Peter Jennings schob mit unbekümmerter Miene – »mal gewinnt man, mal verliert man« – seine Papiere zusammen. Ihr Mann saß allein an seinem Tisch, den Kopf auf beide Hände gestützt.

Cecily wollte sich durch das Gedränge wühlen, um ihm zu sagen, daß sie ihn liebe. Aber unten war die Tür zum Gerichtssaal verstopft; Anwälte mit weißen Perücken wollten heraus, vorbei an den jubelnden Schwarzen, die Quicks Namen sangen und hineinstrebten. Sie würde warten müssen.

Da war ohnehin noch etwas anderes.

Blurt war am Rande des Gedränges zu sehen. »Mr. Blurt, Mr. Blurt.«

»Ich gratuliere, Lady Cecily. Ihr Mann hat sich wacker geschlagen.«

»Ja.« Sie zog ihn in eine Tür. »Mr. Blurt, würden Sie etwas für mich tun?«

Dann schaute sie ihm nach, wie er den Korridor hinunter zu den drei Pflanzern lief, die mit Da Silva sprachen; sie sah, wie er mit dem größten von ihnen ein paar Worte wechselte. Alles an diesem Mann war das Größte: Hut, Diamanten, Doppelkinn, Bauch.

Blurt kam zurück. »Er ist als William bekannt, M'lady. Aber er hört auch auf Guillaume.«

»Ja«, sagte sie leise. »Ich habe mir so etwas gedacht.«

»Ist ein Deportierter, nicht? Ich erinnere mich, daß ich Master Archie geholfen habe, als er herauszufinden versuchte, was nach dem Aufstand aus ihm geworden war.«

»Ja.«

»Könnte mir denken, daß er Sir Robert etwas dafür bezahlt hat, daß er wieder ins Land kommen darf. Hat seinen Verrat sozusagen abgebüßt. Ist überraschend, wie viele von denen sich in den Kolonien fein herausmachen, wenn sie ihre sieben Jahre erst abgedient haben. Jakobiter bleiben sie da auch nicht lange – nicht, wenn sie erst einen Haufen Geld gemacht haben. Wie es aussieht, hätten Master Archie und ich uns seinetwegen den Kopf nicht zerbrechen müssen.«

»Auch sonst niemand«, sagte sie. »Ich danke Ihnen, Mr. Blurt.«

Sie wurde von der Menge erfaßt, die der Eingangshalle zuwogte, und ließ sich von ihr treiben. Cameron würde sie schon finden. Auch hier zwischen den Säulen tollten die Leute lärmend umher. Frohlockte denn die ganze Welt über Quicks Freiheit?

Rechtsanwälte, Schreiber, Gerichtsdiener warfen ihre Perücken in die Luft, und andere schlugen ihren Kollegen damit auf die Schultern, daß es staubte. Einige waren weniger erfreut; sie diskutierten und gestikulierten, daß ihre Roben flatterten. Cecily näherte sich einem Gerichtsdiener, der nüchterner aussah als die meisten. »Was ist denn los?«

Er starrte sie an und versuchte sich zu konzentrieren. »Die Verbrauchssteuer, Madam. Walpole hat sie zurückgezogen.« Seine Würde entpuppte sich als verdatterte Fassungslosigkeit. Er schaute zur gewölbten Decke der Halle hinauf, als rechne er damit, daß sie gleich einstürzen werde. »Der alte Frechdachs hat aufgegeben. Er hat verloren. Der alte Mistkerl hat aufgegeben.« Er faßte sich, runzelte die Stirn und eilte davon, um eine Gruppe junger Schreiber zur Ordnung zu rufen, die ein Menuett tanzten und dabei sangen: »Nein zur Sklaverei, nein zu Holzpantinen.«

»Er hat verloren.« Sie wiederholte die Worte so lange, bis sie einen Sinn bekamen. Dann: »Wir haben gewonnen.«

Irgend jemand im Gedränge sagte: »Jetzt wird er zurücktreten. Er muß.«

*Wir haben gewonnen. Oh, Dolly, er ist fort.* Sie erblickte den perückenlosen Rotschopf ihres Mannes schwankend über der Menge auf der anderen Seite der Halle; sie trugen ihn im Triumph auf schwarzen Schultern auf die Treppe zur Straße zu. *Wir haben gewonnen. Wir haben gewonnen, mein lieber Liebster. Wir haben alles gewonnen.* Er sah sie nicht.

Cole drängte sich zu ihr durch. »Kriege Master Archie nicht weg von den singenden Niggern. Quick ist auch bei ihnen.«

»Wir kehren zurück in die Arundel Street und warten dort auf sie.«

Auf der Straße wurden die Lichter angezündet. Es war ein langer Gerichtstag gewesen. Die Nachricht von Walpoles Niederlage war mit den letzten Sonnenstrahlen von Westminster zum Gericht gelangt. Bald würde ganz England Bescheid wissen. Schon wurden Fenster hochgeschoben, und vorgebeugte Gestalten versperrten das Licht dahinter und lauschten den Neuigkeiten, die von unten hinaufgebrüllt wurden. Perücken, kalkweiß in der Abenddämmerung, dümpelten gespenstisch in einem Morast von Hüten.

In der Arundel Street war es still. Cole bog in den Stallhof ein, um die Kutsche für die Heimfahrt zum »Belle« am nächsten Morgen bereitzumachen. Tinker wartete auf sie. Sie erzählte ihm, was geschehen war, und gab ihm dann für den Rest des Abends frei, bevor sie die Treppe hinaufging, um nach Eleanor zu sehen. Die Amme kam ihr auf dem Absatz entgegen und legte den Finger an die Lippen: Das Kind schlief.

Auf Zehenspitzen schlich Cecily sich hinein. Sie blieb eine ganze Weile am Bett stehen und betrachtete ihre Tochter. Wir haben gewonnen, Eleanor. Du hast gewonnen.

*Ficken Sie diesen Nigger noch nicht, Lady. Es hat sich nichts geändert.* Er klang wie das Zischen einer Schlange, die irgendwo im Zimmer auf der Lauer lag. Unwillkürlich streckte Cecily die Hände aus, als wolle sie das schlafende Kind an sich reißen, weg von der zuckenden Reptilienzunge.

Ihre Euphorie verebbte. Nein, nichts hatte sich geändert, nicht der Haß, nicht die Herrschaft der einen Rasse über die andere. Camerons Triumph vor diesem Gericht war nur ein weiterer Fall auf der Wippschaukel des Rechts, die sich bei anderer Gelegenheit, wo es um einen anderen Schwarzen ginge, vielleicht in die andere Richtung neigen würde. Er hatte es ihr selbst gesagt: »Nur ein Gesetz des Parlaments kann die Sklaverei abschaffen.« Und solange das Land aus diesem Geschäft einen solchen Profit zog, war damit kaum zu rechnen.

*Aber wir haben es ihnen schwerer gemacht, Eleanor.* Heute waren die Sklavenhalter gestolpert, weil ein braver Mann die Geschworenen beschämt hatte. Und eines Tages vielleicht, wenn dieses schwarze Kind schon eine alte, alte Frau wäre, würden sich genug Leute schämen. Eines Tages würde die Freiheit vielleicht den Sieg über wirtschaftliche Interessen davontragen. Wunder geschahen. Eines war heute geschehen.

Auf leisen Sohlen ging Cecily hinaus und schloß die Tür. In ihrem Schlafzimmer begann sie zu packen. Morgen wäre sie wieder im »Belle«, Gott sei Dank. Ihr Mann könnte wieder angeln gehen. Er sah so müde aus. Sie würde mitgehen, zurück zu der Wiese am Ufer des Mimran. Cole sagte, in der Küche müßte ein Rauchabzug neu verkleidet werden. Darum würde sie sich kümmern müssen. Und Totty Stokes stiftete die Fuhrleute zum Widerstand gegen die Mautstraße an. *Dich werde ich gleich mitverkleiden, du Mistkerl.*

Der Lärm der jubelnden Massen in der Stadt hallte sanft vor dem Fenster und verstärkte die Stille im Haus.

Und wieder Guillaumes Schlangenzischen. *Es hat sich nichts geändert.*

Doch, dachte sie. Du hast dich verändert – bis zur Unkenntlichkeit. Und ich ebenfalls.

Fast hätte sie trauern können um den Guillaume Fraser, der er einmal gewesen war, bevor er durch Brutalität brutal gemacht geworden war. *Ficken Sie den Nigger noch nicht.* Unter dem Gift war noch etwas verborgen gewesen: frisches Gras, das von Abwasser überschwemmt worden war. Irgendwo unter diesem Barbados-Akzent hatte sie das Timbre einer Stimme wiedererkannt, die gesagt hatte: *Ich werde zu Ihnen zurückkommen, Lady Cecily.*

Im Namen Quicks und einer Viertelmillion Sklaven konnte sie ihm Vorwürfe machen, aber nicht um ihrer selbst willen. Gott allein wußte, welche leidvollen Kämpfe den jungen Jakobiter aus einer Edinburgher Gefängniszelle zu jener Karikatur eines Selfmademans hatten werden lassen, die sie heute im Gericht gesehen hatte.

Sich selbst hatte sie zu verurteilen, denn sie hatte Jahre ihrer eigenen Zeit und die Zeit Archibald Camerons noch dazu mit einer Torheit verschwendet. Bei dem Gedanken daran, was für ein Dummkopf sie gewesen war, wand sie sich vor Verachtung für sich selbst.

Es war nicht Guillaumes Schuld, daß er sie dazu gebracht hatte, sich in der Festung Edinburgh vor lauter Vernarrtheit an einem Fluchtunternehmen zu beteiligen, das für Lady Cecily Fitzhenry den Untergang bedeutet hatte. Beim Klettern aus den Ruinen hatte sich die Welt vor ihren Augen erweitert; sie konnte den Prozeß nicht bedauern, bei dem Cecily Cameron geschaffen worden war.

Es war auch nicht Guillaume Frasers Schuld, daß sie das Bild der Liebe mit ihrer Substanz verwechselt hatte, und es war nicht seine Schuld, daß sie den Altar eines Götzenbildes verehrt hatte, das sie selbst erschaffen hatte.

Wie lange hatte er *ihre* Flamme genährt? Wahrscheinlich nicht lange; im harten Gleißen der westindischen Sonne dürfte sie rasch fahl geworden sein.

Sie konnte dem Mann sogar verzeihen, daß er körperlich und geistig abstoßend geworden war.

Was sie ihm nicht verzeihen konnte – und an dieser Stelle wanderten Cecilys Hände zweifelnd tastend über ihr Gesicht und hinunter zu ihrer Taille –, war die Tatsache, daß er sie nicht erkannt hatte. *Du Mistkerl.*

Und damit war Guillaume Fraser der Geschichte übereignet.

Es klopfte. *Cameron.* Cecily rannte die Treppe hinunter, um vor dem Diener an der Tür zu sein und zu öffnen, bereit, ihren Mann in die Arme zu schließen.

Es war Sir Spender Dick.

Beinahe sprachlos vor Enttäuschung und Ärger hob sie an, ihm zu erklären, daß er nicht hereinkommen könne, als er sich schon an ihr vorbeidrängte und schwerfällig in den Salon schwankte. Er war allein, und er war gerannt. Seine zerzauste Erscheinung und sein Keuchen erinnerten an wüste Dinge – in ihrem pastellfarbenen Salon stand ein gehetztes Wild.

Nicht jetzt, dachte sie. Das kann ich jetzt nicht. Und dann dachte sie: Es war immer klar, daß es so enden würde.

»Sehen Sie nach, ob sie mir gefolgt sind«, sagte er. Er schob sie zum Fenster und zog die Vorhänge hinter ihr so zurecht, daß das Licht nicht auf die Straße fiel. Sie schob das Fenster hoch. Die Arundel Street war leer; alles Treiben konzentrierte sich auf das obere Ende und auf *The Strand,* wo die Feiern zur Niederlage Walpoles ebenso Anlaß zu Feuer und Fröhlichkeit gaben wie vorher die Unruhen, an deren Stelle sie getreten waren.

Ihr einziger Gedanke war, den Mann loszuwerden, aber aus Mitleid goß sie ihm einen Brandy ein. Er stürzte ihn hinunter und schenkte sich selbst nach, ohne zu fragen.

Sie begann Ausflüchte zu machen. »Ich bin in Eile, Sir Spender. Wir reisen morgen früh zum ›Belle‹.«

Er beachtete sie nicht. »Sie haben uns gefunden. Wir ... mußten uns trennen. Die Hunde waren uns auf den Fersen. Masky ...« Er setzte sich und rieb sich die Stirn. »Armer Masky. Hat gekämpft wie ein Tiger. Einen hat er getötet.«

»Getötet? Masky hat jemanden *getötet*?«

Sir Spender deutete dies als Sorge um seinen Freund. »Er ist entkommen, Madam, keine Angst. Unseren Masky bringen sie nicht zur Strecke, o nein. Mit etwas Glück und gutem Wind treffen wir ihn auf Hempens.«

»Hempens? Was reden Sie da? Ich fahre nicht nach Hempens.«

»Aber ja doch, liebe Dame. Und wir dürfen auch nicht mehr lange fackeln.« Die Zuflucht und der Brandy hatten den Mann beruhigt. Er erhob sich und trat in die Mitte des Zimmers, wo er eine bemühte Pose einnahm. »Die Laterne muß angezündet werden. *Dies irae, dies illa*. Unser Tag ist angebrochen.«

Cecily ließ sich schwer auf den Stuhl fallen, den Sir Spender soeben freigemacht hatte. Er schaute gütig auf sie herab. »Ganz recht. Morgen segelt König Jakob III. nach England. Die Armeen der Gottesfürchtigen sammeln sich für ihn in allen vier Ecken des Landes und erwarten sein Kommen. Sie und ich, liebe Dame – und Arthur Maskelyne, wie ich hoffe – werden ihm heimleuchten.«

Sie versuchte, ihren Verstand zu sammeln. War es nicht immer ein Spiel gewesen? Sie erinnerte sich an einen anderen Salon, wo ein ungekrönter König sie gebeten hatte, Hempens zur Hinterpforte seines Landes zu machen, ganz so, als hätte er sie gefragt, ob er ein freies Zimmer bei ihr benutzen dürfe. *Es kann doch gewiß nicht sein, daß wir alle immer noch spielen?* Anscheinend doch.

In vernünftigem Ton sagte sie: »Es ist zu spät, Sir Spender. Er hätte früher kommen müssen. Das Land hat sich beruhigt; es wird sich jetzt nicht mehr für ihn erheben. Und überhaupt ...« Sie stand auf. »Mein Mann wird jeden Augenblick nach Hause kommen.«

»Und er steht der Sache nicht freundlich gegenüber.« Sir Spender nickte.

»Nein«, sagte sie, »allerdings nicht. Also ...«

Sir Spender Dick lächelte wehmütig. Nur wenige Male im Laufe ihrer Bekanntschaft hatte er erkennen lassen, daß er mehr war als ein *poseur*, und man sah es auch jetzt. »Aber sehen Sie, liebe Dame, wenn Sie nicht mitkommen und mir damit helfen, mich zu tarnen, wird man mich fassen. Wenn man mich aber faßt ... Wer weiß, was für abscheuliche Mittel Walpoles Polizisten in ihren Verhören anwenden werden, um die Liste meiner Helfer und Helfershelfer in Erfahrung zu bringen. Natürlich würde es mir widerstreben, sie herauszugeben, aber wir bestehen nun einmal aus Fleisch und Blut, und wenn das nicht mehr standhält ...«

»Dann würden Sie mich verraten«, sagte Cecily.

Er ließ diese Worte einen Augenblick lang in der Luft schweben, ehe er fortfuhr. »Ich kann mir nicht denken, daß Sir Robert – so altmodisch, wie er ist – glauben würde, daß Mr. Camerons Gemahlin ohne Mr. Camerons Komplizenschaft gehandelt hat. Glauben Sie es?«

Cecily schluckte. »Nein.«

»Und das würden Sie Ihrem Mann doch nicht wünschen.«

»Nein.«

Er hatte die Zügel in der Hand. Launig stellte er fest: »Und Sie *haben* Seiner Majestät ja versprochen, ihm zu helfen. Ich habe den Brief gesehen.«

Den sie an Anne geschrieben hatte. Vor langer Zeit. Nach Dollys Tod. Bevor sie gewußt hatte, daß Cameron ihr mehr bedeutete als alles andere.

»Also gut«, sagte sie energisch und stand auf. Es kam jetzt darauf an, das Haus zu verlassen, ehe Cameron zurückkehrte.

Sir Spender wurde verkleidet, indem man ihm Mantel und Hose aus Cole Packers Garderobe besorgte – »Madam, wie entzückend plebejisch« –, denn andere Kleider hätten ihm nicht gepaßt.

Obgleich der Mann seine Haltung wiedergefunden hatte, quoll ihm die Verzweiflung wie Schweiß aus allen Poren. Sie sah, daß er eine Pistole in die Tasche an Coles Rock steckte.

Cole kam herein, während sie noch in seinem Schrank wühlten. »Was will *der* denn hier?«

»Geh zurück in den Stall, Cole«, sagte sie, »und spanne die Chaise an. Sir Spender und ich ...«

»Aber ich habe gerade die Kutsche fertiggemacht.«

»Dann spannst du jetzt die Chaise an«, sagte Cecily.

»Wir fahren vor euch zum ›Belle‹«, warf Sir Spender ein und schob die Hand in seine Tasche.

»Was ...?«

»Rasch, Cole.« Cecily schob ihn zur Tür. »Und, Cole, wenn Tyler kommt, sagst du ihm, ich bin nach Hause gefahren.«

»Tyler? Tyler ist doch ...«

Bevor er in seiner Verwirrung verraten konnte, daß Tyler im »Belle« war, unterbrach Cecily ihn. »Wenn er kommt, sagst du ihm, ich bin schon früher nach Hause gefahren. Er soll die Spitze abholen, die ich bei Brodin's bestellt habe. Ich hatte es morgen früh selbst tun wollen.«

Cole war nicht so begriffsstutzig, wie er aussah. Er nickte.

»Und, Cole«, sagte sie, »kümmere dich um Eleanor.«

Als der Mann gegangen war, warnte Sir Spender: »Sollten wir noch weiteren Bekannten begegnen, liebe Dame, sollte ein einfaches auf Wiedersehen genügen. Wir wollen ja keine Neugier wekken.«

Sie hatte gerade noch Zeit, ein paar notwendige Dinge in eine Reisetasche zu stopfen, bevor die Chaise vor der Tür stand. Cole hielt das Pferd beim Zügel, während Sir Spender, den Kopf bescheiden gesenkt, Cecily beim Einsteigen behilflich war, sich dann neben sie setzte und die Zügel ergriff: der perfekte Hausdiener.

Draußen fühlte sie sich nackt und ungeschützt. Hinter jedem Poller, aus jedem Fenster konnte jemand rufen: Halt, Verräter. Was würde sie sagen, wenn Cameron ausgerechnet in diesem Augenblick in der Menge an der Straßenecke erschien? Nur »Auf Wiedersehen«, wahrscheinlich.

Und wenn er protestierte? Aufmerksamkeit erregte? Sir Spender dazu brachte, ihn zu erschießen?

*Aber das wird er nicht tun. Er wird sehen, wie seine Frau mit dem gesuchten Jakobiter wegfährt, vor dem er sie gewarnt hat. Er wird mich verabscheuen. Er wird mich einfach fahren lassen.*

Zum Teufel mit dir, dachte sie, das tue ich für dich. Und du wirst es nie erfahren.

Die Kirchenglocken läuteten. »Nein zur Sklaverei, nein zu Holzpantinen!« Wie die Lava, die aus einem Vulkan entspringt, quoll die Neuigkeit vom Sieg des Volkes durch die Straßen, die bald hell erleuchtet waren von flackernden Feuern, Fackeln und lodernden, fetten Strohpuppen. Als das Gespann auf dem Highgate Hill angekommen war, schaute Cecily sich noch einmal um. London funkelte unter ihr in der Dunkelheit wie ein neues Sternbild.

# 15

Sie mieden die Gasthöfe und übernachteten bei befreundeten Jakobitern: in einer Bäckerei in Potters Bar, auf einem Bauernhof bei Cambridge, in einem heruntergekommenen Herrenhaus in Downham Market.

Niemand hielt sie auf. Die Jagd galt zwei männlichen Jakobiter-Agenten, von denen einer ein Mörder war: Falls die Jäger die gelassen dahinrollende Chaise mit dem Monogramm auf dem Schlag erblickten, so richteten sich ihre Augen – da die menschliche Natur nun einmal ist, wie sie ist – auf die elegante Dame, die darin saß, und nicht auf den stur blickenden, braun gekleideten Diener, der sie fuhr.

Cecily war sich der Tatsache bewußt, daß sie, wie immer die Sache ausgehen mochte, am Ende dieser Reise vielleicht sterben würde. Die Lust, mit der in diesem Land jetzt der Frühling ausbrach – wedelnde Lämmerschwänze, der zarte Duft des Weißdorns, die frisch sprießenden Blätter der Buchen, all das verstärkte die Erkenntnis, daß sie endlich alles Glück gefunden hatte, das dieses Leben zu bieten hatte – und daß sie im Begriff stand, es zu verlieren.

Sie versuchte, sich an die Nacht zu erinnern, in der sie dieselbe Strecke, die sie jetzt nordwärts fuhr, auf der Suche nach Quick und Eleanor nach Süden gefahren war. *Vergleiche doch deine Lage mit der jener Frau, die Gott anflehte, ihr Leben für Eleanors zu nehmen – und sei dankbar.*

Und sie war es: So eisig hatte es ihr in jener Nacht ins Gesicht gehaucht, daß kein Wind je wieder so kalt sein konnte. Es war allein ihre persönliche Tragödie, daß Er diese Schuld ausgerechnet jetzt einforderte, während im Gehölz am Straßenrand die Glokkenblumen sprossen und das Rauschen der Flüsse unter den Brükken, die sie überquerten, sie an den Mimran erinnerte und an den Mann, der dort geangelt hatte.

Aber auf ihrer Reise sah sie auch, daß eine noch größere Tragödie gegen diesen englischen Frühling in Szene gesetzt wurde. Ihre jakobitischen Gastgeber waren unruhig wie Männer und Frauen, die aus dem Schlaf erwachten – und was sie erregte, war nicht das Leben, das um sie herum erblühte, sondern die Erwartung des Krieges. Sobald sie sicher wären, daß der Prätendent gelandet sei, sagte Sir Spender, würden seine englischen Truppen sich auf den Weg nach Oxford machen, um dort am Ende des Monats das Banner der Stuarts zu entrollen. Musketen und Spieße, die das Tageslicht zuletzt im Kampf für seinen Vater gesehen hatten, wurden vom Dachboden geholt, geölt und aufpoliert, um sie gegen die Feinde Jakobs III. zu richten.

*Es ist zu spät,* wollte sie schreien. *Ihr werdet getötet werden. Ihr werdet eure Landsleute töten. Und es ist zu spät.*

Und auch sie selbst begriff zu spät. Als sie beobachtete, wie der Bäcker in Potters Bar die Schneide an seinem Spieß wetzte, sah sie, daß die Wunde, die er damit reißen würde, ihrer Spitzelei und Briefschreiberei gleichkam. Mit ihrem erbosten Verlangen nach Rache an einer Regierung, die ihr Unrecht getan hatte, hatte sie, Cecily Fitzhenry, mitgeholfen, den Muskel in Bewegung zu setzen, der diese Waffe in jemandes Fleisch stoßen würde. Sinnbilder, Prinzen, Loyalitäten – am Ende ließ das alles sich in ein Gemetzel übersetzen, das ebenso schrecklich, aber wesentlich weitreichender war als Dollys Tod. Eine Eskalation des Unrechts. Zu spät, das jetzt noch einzusehen. Vielleicht.

Der Bäcker von Potters Bar winkte ihnen zum Abschied von seinem Tor aus zu. »Bis zum neunundzwanzigsten April also, Sir Spender«, schrie er, und Cecily fragte sich, warum er nicht den städtischen Ausrufer beauftragte. Und Sir Spender brüllte zurück: »Bis zum neunundzwanzigsten April, Master Tippet«, als planten sie ein Dorffest, statt eine Spur aus Schießpulver zu legen, mit der sie die Welt explodieren lassen würden – sofern sie sich nicht vorher selbst in die Luft sprengten.

»Wie viele Männer hat Jakob bei sich?« fragte sie.

»Nur wenige.« Die Franzosen hatten es abgelehnt, sich an dem Vorhaben zu beteiligen. Sir Spender nannte es immer den »Großen Plan« und verfluchte die Franzosen. Ein gewisser Mr. Robinson, ein Silberhändler, sollte unbemerkt bei Hempens an Land gehen. Von dort würde er nach Oxford reisen, wo die Hauptmacht der Jakobiter auf ihn wartete. Sobald er gelandet wäre, würden das West Country und Schottland ihre Streitkräfte in einer Zangenbewegung nach Osten beziehungsweise nach Süden marschieren lassen. Eine kleinere Truppe in London würde gleichzeitig den Tower, die Börse, die Hannoveraner usw. in ihre Gewalt bringen.

»Walpole ist auf einen Aufstand vorbereitet«, sagte Sir Spender. »Er hat die Wachen an jenen Küstenstreifen verstärkt, an denen Jakob möglicherweise landen könnte. Aber nicht in East Anglia. In Sir Roberts eigener Heimat? Dort wird er unseren kühnen König nicht erwarten.«

Es war auch die Heimat des Erzkönigmörders Cromwell gewesen. Hempens war vielleicht das einzige unvermutete Jakobiterhaus in einer antijakobitischen Gegend, die leichten Zugang zum Hinterland bot. Aber *weil* es eine antijakobitische Gegend war, *konnte* Jakob Stuart nur dort landen: Er konnte nicht wagen, im feindseligen Fenn herumzuwaten. Hempens und seine Laterne waren von lebenswichtiger Bedeutung, und Cecily, die Herrin von Hempens, war ebenso wichtig für den Großen Plan.

Sie brauchte Tyler. Wie immer die Sache auch ausginge, sie wünschte, Tyler könnte bei ihr sein, wenn es soweit wäre. In solchen Krisenzeiten wäre sie glücklicher, wenn sie ihren alten Waffengefährten an ihrer Seite hätte. Ihr Versuch, ihm über Cole eine Nachricht zukommen zu lassen, war unbeholfen gewesen, aber etwas Besseres hatte sie nicht zuwege gebracht. »Sag ihm, ich fahre nach Hause.«

Wenn sie nicht zum »Belle« käme, würde Tyler sich vielleicht fragen, welches Zuhause sie gemeint haben könnte, und ihr dann nach Hempens folgen. Es war eine Vermutung, wie sie unwahrscheinlicher nicht sein konnte. Viel zu abwegig.

Es fiel schwer, am »Belle« vorbeizufahren.

Als sie den Mardley Hill überschritten, begrüßte sie der stumpfe Turm der Kirche von Datchworth von seiner hohen Warte auf der anderen Seite des Tales. Dort unten zwischen den Bäumen schimmerten Dächer und Schornsteine des Gasthofes. Sie beugte sich weit über den Rand der Chaise, als sie unten am Fuße des Hügels um die Kurve fuhren, um ihm ein paar Zoll näher zu sein.

Die Kutsche aus Grantham war da. In den wenigen Augenblikken, die sie brauchten, um am offenen Tor vorbeizufahren, prägte sie sich die Szene für alle Zeit in ihr Gedächtnis ein: wie die Passagiere ausstiegen, wie Marjorie knickste und Ned die Pferde ausspannte; die römische Tränke, den Stall, in dem Eleanor zur Welt gekommen war.

Ein kleines Stück weiter mußten sie haltmachen, um an ihrer Mautschranke den Obolus zu entrichten. »'n Abend, Missus. Höre, Sie haben Ihre Nellie wohlbehalten wieder.«

Sie brachte ein Nicken zustande. »Abend, Tom.«

Mit einem Peitschenschnalzen trieb Sir Spender das Pferd zum Trab. »Ich kann Ihnen Ihre Tränen nachfühlen, liebe Dame. Diese Mautzölle sind unerhört. Die reine Whiggerei.«

Das Moor, in dem Edgar wohnte, färbte sich bald grün, bald silbern, je nachdem, ob der Wind die Blätter der Weiden hoch oder herunterwehte. Der Wetterhahn auf Edgars Strohdach wies nach Osten.

»Wo ist Ihr Bootsführer?« wollte Sir Spender wissen. In der Kate, die sonst voller Leben war, hockte jetzt nur ein kleines Mädchen, das eine Ente rupfte und unverständlichen Moorland-Dialekt sprach.

»Der Vater ist Maulwürfe fangen«, übersetzte Cecily. »Die anderen sind Nester ausräumen. Sie kommen alle erst heute abend zurück.«

Sir Spender erschrak. »So lange können wir nicht warten. Er kommt heute nacht.«

Wenn auch kein Bootsführer da war, so lag da doch das Boot und schaukelte leise im Wind. Die Ruder lagen drinnen auf dem Boden. »Können Sie rudern?« fragte Cecily. Sie konnte es, aber sie hatte es nicht vor.

Er sei ein Mann aus Oxford, erklärte er würdevoll. Cecily setzte sich ins Heck und sah zu, wie er Schweiß und Gewicht verlor, als er sich in einer Tätigkeit übte, die er seit seinen Studententagen nicht mehr betrieben hatte.

Das Weidengestrüpp wuchs über ihren Köpfen fast zusammen; gelegentlich streiften Kätzchen die Mütze des Ruderers. Der Fluß teilte sich hin und wieder vor Inseln von Schilf und Butterblumen, er schlängelte sich durch Wiesen, auf denen kleine schwarze Kühe weideten, und wurde dann wieder zum Boden eines Korridors unter grünen Arkaden.

»Eine verdammte Einöde ist das hier«, pustete Sir Spender. »Ganz ausgestorben.«

Keine Einöde, und auch nicht ausgestorben. Nirgends wimmelt es so sehr von Leben wie im Moor. In dem Wasserkraut unter uns gibt es Aale und Fische, unter denen sich Englands Tische biegen werden, in den Uferböschungen sitzen Wasserratten und Otter, Bleß- und Teichhühner, und im Schilf wohnen Löffelreiher, Pfeifente, Steißfuß, Krick- und Stockente. Eine Million Augen beobachten uns, Sir Spender, und einige davon sind menschlich. *Und ich regiere sie alle.*

Ein Gutes hatte sie getan, und das frühzeitig, unmittelbar nach dem Besuch des Prätendenten. »Es kann sein, daß ich noch einmal wiederkomme und die Laterne anzünde, um diesem Gentleman den Weg zu weisen«, hatte sie zu Edie gesagt. »Aber wenn ich es tue, soll niemand, *niemand* – hörst du, Edie? – niemand mir helfen. Edgar soll das Boot nicht fahren, und du sollst auch nicht hier sein. Schließe das Haus ab und geh ins Moor.«

Es war eine Treuepflicht, die älter war als die gegen alle Fürsten; es war die älteste Pflicht, die sie hatte, nämlich ihre Leute zu schützen. Wenn der Aufstand scheiterte, konnte man ihnen nicht vorwerfen, sie hätten ihn unterstützt. Wenn er gelang, konnte man sie nicht in seinen Dienst pressen. Wenn er blutig wurde, würden sie am Leben bleiben. Die freiesten unter allen Engländern sollten frei bleiben.

Und noch etwas hatte sie getan: Sie hatte den Schlüssel zur Laterne mitgenommen. Er war in ihrer Reisetasche. Es war leicht, couragiert zu sein, wenn keine Gefahr drohte, aber jetzt hätte sie am liebsten nach Edgar und seinen Brüdern geschrien. Sie sehnte Tyler herbei. Und sie hatte Angst vor Maskelyne.

Die Sonnenstrahlen fielen schon schräg über das Moor, als das Geflatter eines aufgeschreckten Vogelschwarms und der Salzgeruch in der Luft ihnen verrieten, daß sie Windle Mere erreicht hatten. Sir Spender sackte über seinen Rudern zusammen und fluchte; dann legte er sich erneut ins Zeug.

Da stand ihr armes Haus, und dort war der Leuchtturm.

Ihren eigenen Befehlen entsprechend war kein Freund auf der Insel; nur Maskelyne würde sie dort erwarten, umherstreifend wie ein wildes Tier. Er ist mein Ende. Er war die Nemesis. Der Teufel, dem sie ihre Seele verkauft hatte, hatte ihr Leben mit diesem Mann beschmutzt – ein warnendes Zeichen der Hölle, die ihr bevorstand.

Vielleicht war er ja auf dem Weg hierher ertrunken, dachte sie.

Die Schatten, die sich hinter ihr im Weidengestrüpp sammelten, und der geschärfte Instinkt, der ihrem Fenn angeboren war, verrieten ihr, daß er nicht ertrunken war – schon bevor sie seine schmächtige Gestalt auf dem Steg stehen und mit jedem Ruderschlag größer werden sah. *Er wird es sein, der mich tötet.*

Sir Spender kam mit dem Rudern aus dem Takt, als er sich umdrehte, um einen Blick zum Steg zu werfen. Seine Stimme hüpfte wie ein Stein über den See und ließ wieder ein paar Enten aufflattern. »Wohl treffen wir am Wassersrand, mein guter Masky. Wie ist's gegangen?«

Die Leine, die Maskelyne ihnen zuwarf, kam mit einer Wucht angeflogen, daß der Kahn ins Schaukeln geriet. Er war schlammverschmiert und mörderischer Laune: Es war ihm schlecht ergangen. »Kein Schwein da, mich zu rudern. Aber ich hab eins gefunden. Hab eins gefunden. Hab mich in den verschissenen Binsen versteckt und bin zu dem Arsch ins Boot gesprungen.« Seine Stimme klang schrill, sein Tonfall war reinstes Cockney. »Selbst da wollte der Bastard mich noch nicht rudern – erst, als ich schwor, ihn zu erschießen. Befehle, sagte er. *Ihre* Befehle.« Maskelyne trat mit dem Fuß in Cecilys Richtung, als sie auf den Steg heraufgeklettert kam. »Niemand hier tut auch nur einen Handschlag, wenn Madam Pinselwichser hier es ihnen nicht sagt.«

»Ein obstinater Anglier«, sagte Sir Spender beschwichtigend. »Gleichwohl muß man hoffen, daß du ihn nicht …«

»Er ist in den See gesprungen wie ein gottverdammter Fisch«, sagte Maskelyne. »Ich hab auf ihn geschossen, aber ich hab das Schwein nicht getroffen.« Er war ins Plappern geraten, aber jetzt brach er ab. Er reckte den Hals und drehte ihn hin und her, um den Kragen zurechtzurücken, und bemühte sich um Beherrschung. Die Angst, die die Einsamkeit geweckt hatte, war verflogen. Die Maske reservierter Abneigung war um so straffer, nachdem sie einmal verrutscht war. »Dachte, das hier wäre ein Wohnsitz für einen Gentleman. Keine Diener, keine Begrüßung, alles verschlossen. Nichts zu essen. Ich dachte, du hättest ihr gesagt, sie sollte sich bereit halten.«

»Komm, Masky«, sagte Sir Spender, »wir können Lady Cecily unter diesen überstürzten Umständen kaum einen Vorwurf machen.«

»Ich habe Brot aus Downham Market mitgebracht«, sagte Cecily eifrig, »und im Räucherschuppen werden noch Schinken hängen. Ich gehe rasch …«

»Nein, nein.« Sir Spender hielt sie am Ärmel fest. »Zuerst das Licht. Bald ist es dunkel. Wo ist denn die berühmte Laterne?«

»Hinter dem Haus«, sagte Maskelyne. »Auch abgeschlossen, wie jede andere gottverdammte Tür hier.«

»Und wo ist der Schlüssel, liebe Dame?«

»Hängt im Küchenflur. Ich werde ihn holen.« Cecily hob ihre Reisetasche auf und ging ihnen voraus, die leicht ansteigende Wiese hinauf zur Vorderseite des Hauses. Sie bemühte sich, wie eine Gastgeberin zu gehen, aber ihre weichen Knie gaben ihr das Gefühl, zu watscheln.

Es war nicht mehr nötig, das Haus aufzuschließen; Maskelyne hatte die Axt vom Holzstoß geholt und ein Loch in die Haustür gehackt.

Sie trat in die Diele, und die untergehende Sonne sandte Streifen von goldenem Licht herein. Es roch nach Feuchtigkeit und Erinnerungen.

*Jetzt*. Es mußte schnell gehen. Es mußte *sofort* geschehen. Wie weit hinter ihr waren sie? Schlenderten immer noch über den Rasen und redeten miteinander. Cecily schnallte die Reisetasche auf und fischte den Schlüssel zur Laterne heraus, ein massives Ding, das sie allein schon behindern würde. Tasche fallen lassen.

Mit der freien Hand raffte sie ihren Rock hoch und rannte los. An der Treppe vorbei, den Korridor hinunter, vorbei an der stillen, kalten Küche. Als sie an den Riegeln der Hintertür herumfummelte, fiel ihr der Laternenschlüssel herunter. Das Klirren mußte noch in Ely zu hören sein. Sie ließ ihn liegen, bis sie die Riegel bezwungen und die Tür geöffnet hatte; dann erst hob sie ihn auf.

Die Männer waren in der Diele; das Klirren und der plötzliche Luftzug hatten sie aufmerksam gemacht. Maskelynes Stimme hallte durch das Haus. »Wo ist das Luder hin?«

Sie war draußen, rannte um die Wasserpumpe herum, und der Wind erfaßte ihren Reifrock und machte sie langsam, während sie auf die riesige, ungepflegte Wiese zulief, die zwischen ihr und dem Leuchtturm lag. *Lauf*. O Gott, es würde ewig dauern. Sie waren schon draußen und liefen ihr rufend nach. Er wird mich umbringen. Noch eine Ewigkeit würde es dauern, den Schlüssel in die Tür zu wuchten. Bitte, sei jetzt nicht verrostet, sei nicht verrostet. Er wird schießen.

Die Laterne ragte vor ihr auf, immer näher, und die dicke Basis mit dem seitlich angewachsenen Kerzenhaus erfüllte ihr Gesichtsfeld. Der Eingang war ein großer Türbogen, wie bei einer Kirche. Ein Heiligtum, eine Zuflucht. Wage es nicht, zu stolpern. Nicht jetzt. Beim Rennen hielt sie den Schlüssel vor sich ausgestreckt wie einen Kavalleristensäbel, zielte damit auf das verzierte Schloß, verfehlte es beim ersten Anlauf und stieß ihn dann schürfend ins Schlüsselloch. Drehen, du Miststück. Mit beiden Händen, mit jedem Muskel.

Sie kamen heran. Und die Tür ging nach außen auf. Sie lehnte sich zurück und zerrte mit aller Kraft an dem großen Ring, der als Türgriff diente. Und wie ein widerstrebender Stier gab die Tür nach. Ihr Rücken verkrampfte sich in Erwartung einer Kugel. Sie hörte die galoppierenden Schritte der Männer auf dem Gras. Da war eine Lücke. Sie wand sich um den Türrahmen herum und hinein, und dann lehnte sie sich beinahe waagerecht nach hinten, um die Tür ins Schloß zu ziehen.

Sofort umgab sie Zwielicht.

Während auf der anderen Seite hastige Finger nach dem Eisenring griffen, schob Cecily den ersten Riegel vor, tastete nach dem zweiten, rammte ihn in die Wand, dann den untersten – und dann sackte sie zu Boden und ließ den Kopf zwischen die Knie sinken. In Sicherheit.

Durch das Schlüsselloch kam ein Luftzug und Sir Spenders schmeichelnde Stimme. »Liebe Dame ...«

Sie hörte Maskelyne. »Ich hole die verdammte Axt.«

Ohne den Kopf zu heben, tastete sie nach der Schlüssellochabdeckung und klappte sie herunter. Hol du nur ein verdammtes Regiment, dachte sie. Die Tür war aus neun Zoll dickem kentischem Eichenholz, eisenbeschlagen, zum Aufbrechen viel zu dick; sie war gebaut, um Stürmen, Fluten und Belagerungen standzuhalten. Als holländische Piraten an der Küste von East Anglia gewütet hatten, im siebzehnten Jahrhundert, da hatten sich die Fitzhenrys mit Dienerschaft und Wertsachen zum Schlafen in der Laterne versteckt, für alle Fälle – unbequem, aber sicher.

Trotzdem erzitterte sie bei jedem Vibrieren der Tür, als die Axt dagegenschlug. Ein Beben, dann nichts mehr. Cecily schob, immer noch im Sitzen, die Schlüssellochklappe hoch und hörte Gefluche (Maskelyne) und mitfühlendes Getue (Sir Spender). Die Axt war von einem der dicht beieinanderliegenden Eisennägel der Tür abgeprallt und hatte den Axtschwinger verletzt.

Sie würden vielleicht versuchen, das Dach des Kerzenhauses einzuschlagen, aber auch dort waren die Steine so gerundet und vermörtelt, daß man wenig Halt fand, um hinaufzuklettern. Vorsichtshalber streckte sie sich aber doch hinüber und verriegelte die kleine Zwischentür, die fast so stark war wie die der Laterne.

Sie gingen davon. Zurück zum Haus, um sich zu verbinden und zu erholen. Natürlich würden sie in den Keller einbrechen. Der betrunkene Maskelyne trat ihr in all seiner Scheußlichkeit vor das geistige Auge.

Immerhin, sie hatte die Festung erreicht. Jetzt mußte man sehen, ob sie sie halten konnte.

Als sie aufstehen wollte, um die Treppe hinaufzusteigen, blieb sie mit dem Rock hängen: Der Saum hatte sich an der Tür verhakt. Sie versuchte das Stück mit einer Schere aus ihrem Reisenecessaire abzuschneiden, aber ihre Hände zitterten so sehr, daß sie es nicht schaffte. Schließlich riß sie sich gewaltsam los, und ein Streifen Seide blieb an der Tür hängen.

Sie schleppte sich die Treppe hinauf und rastete auf jedem Absatz. Woher habe ich die Kraft für dies alles genommen? Wie habe ich es wagen können? Sie stemmte die Falltür zum Oktagon hoch und kletterte hinein.

Der Raum war in sich schön. Von außen betrachtet, funkelten die acht Glaswände wie ein Kristall; nach innen aber drang das Licht wegen der Dicke der Scheiben in lauchgrünem Schimmer, unstet und den Blick auf die Landschaft der Umgebung in subtiler Weise verdunkelnd, so daß sie dem Betrachter erschien wie ein vom Firnis des Alters überzogenes Gemälde. Kerzen, von Edgar bereitgestellt, drängten sich wie ein Hain von schlanken Fichten sahnig weiß in den massiven Haltern, die mit den Fliesen des Bodens verschraubt waren. Eine Fensterbank führte rings um das Oktagon herum, die Sitzfläche eine Reihe von Deckeln, unter denen sich Truhen verbargen, und darin die Gegenstände, die in einem Leuchtturm benötigt wurden: Zunderflechten, Feuersteine,

Eimer mit Wasser und Sand, Kleider, Kerzenlöscher, Dochtputzscheren …

Alles außer Lebensmitteln. Und sofort bekam Cecily rasenden Hunger. Wenn der Prätendent heute nacht nicht käme, würde sie die Laterne vielleicht bis morgen nacht halten müssen. Oder bis übermorgen.

Der Blick konnte hier in einem Panorama schwelgen, das an den Rand der Welt gemahnte: landeinwärts erstreckte sich eine ganze Grafschaft, seewärts der Meerbusen, The Wash genannt, der aussah wie roséfarbener Champagner im windigen Sonnenuntergang.

*Ich kann die Kerzen essen.* Eine andere Verwendung gab es für sie nicht. Deshalb war sie ja hier: damit sie nicht angezündet wurden.

Wie wenn die Männer sie sehen könnten, vermied sie es, zu dem zweiten Richtfeuer am anderen Ufer des Windle hinüberzuschauen, welches den einfahrenden Booten zusammen mit der Laterne die Fahrrinne bezeichnete. Landratten, die sie waren, würden vielleicht glauben, es handele sich nur um einen Haufen Torf und Feuerholz, der dort gestapelt worden war, damit es jemand abholen konnte.

Es war warm hier oben, wie in einem Treibhaus. Sie trat an eins der östlichen Fenster, entriegelte es und schob es über den waagerechten Träger nach außen; sie mußte es festhalten, damit es nicht zurückschlug: Die Brise war zu einem lebhaften Wind angeschwollen. Sie schloß das Fenster wieder und ging herum zu dem, das einen Blick auf das Haus bot. Der Friedhof, auf dem Sophies Baby lag, war ein säuberlich angelegtes, stilles Viereck zwischen schwankenden Büschen. Jemand hatte dort das Gras gemäht. Die Dächer und Kamine von Hempens versperrten den Blick auf den Bootssteg, aber auf dem See gab es ohnehin nichts als dunkles Schilf und ein paar Wasservögel, die sich zur Nacht niederließen.

Es wird niemand kommen. Warum auch? Ihre Moorleute würden sich fernhalten, wie sie es ihnen befohlen hatte: Es gab keinen Grund, weshalb sie annehmen sollten, daß Cecily in Gefahr war. Und so war es auch besser: Maskelyne hatte bereits einen Mann ermordet und einen anderen zu erschießen versucht.

Sie setzte sich hin und wartete. Zuerst würden sie es mit Überredungskunst versuchen.

Ein Unwetter kündender Sonnenuntergang, wie sie ihn röter nie gesehen hatte, überzog streifig den Westen. Von Osten her wehte schräg ein Regenschauer heran; Tupfenschleier trieben aus tiefhängendem Purpur hernieder und verhießen Schlimmeres.

Der Warnruf einer Drossel, die in der Hecke des Küchengartens nistete, machte sie auf die riesige Gestalt aufmerksam, die vom Haus herüberkam. Mit einer Hand hielt Sir Spender sich den Hut fest, damit er ihm nicht vom Kopf wehte; die andere streckte er ungelenk von seiner Rocktasche weg – ein Parlamentärszeichen: Er wollte ihr zeigen, daß er nicht bewaffnet war.

»Liebe Dame.« Er mußte gegen den Wind anbrüllen. Aus ihrem Blickwinkel im Dämmerlicht sah sein aufwärtsgewandtes Gesicht aus wie ein kleiner, blasser Mond. »Es ist Zeit, liebe Dame. *Dies irae, dies illa.* Ihr König naht. Leuchten Sie ihm. Sich selbst zur Ehre.«

Du liebe Güte, dachte sie, glaubt er, ich schmolle? Dies ist *mein* Haus: *Ich* werde die Lampe anzünden?

»Die Sache, Lady Cecily. Denken Sie an unsere Sache.«

Zu schweigen erschien ihr wie ein Verstoß gegen die Etikette, und sie mußte gegen das Verlangen einer Gastgeberin ankämpfen, ihm zu erklären, weshalb sie ihn enttäuschen mußte. Es ist nicht persönlich gemeint, Sir Spender. Bedienen Sie sich doch bitte in meinem Keller. Aber je länger sie die beiden im ungewissen ließe, desto später würden sie angreifen.

Seine Stimme hallte zu ihr herauf, durchnäßt von »Meine liebe Dame« und »Madam« und Regentropfen: Er weinte.

Cecily sah der Gestalt nach, die mit hochgezogenen Schultern zum Haus zurückging, und sie hatte Mitleid. Trotz seiner Drohung, sie zu verraten, wenn er gefaßt würde, empfand sie keine Abneigung gegen ihn. Schließlich konnte es stimmen, daß kein Mensch ein Verhör durch Walpoles Leute überstand, ohne alles zu offenbaren.

Mit Maskelyne zusammengeschirrt, wie er es nun einmal gewesen war, hatte er es ihr unmöglich gemacht, im Laufe der Jahre seine Tiefen zu ergründen. Zweifellos besaß er sie. Seine Loyalität gegen Jakob Stuart war von anderer Art als die seines Freundes: Seine Reisen, die Bekanntschaft mit Prinzessin Caroline, all die Risiken, die er mit scheinbarer Nonchalance auf sich genommen hatte, obwohl er, wie sie argwöhnte, viel zu verlieren hatte, ließen auf eine Hingabe an die Sache schließen, die auf Überzeugung ruhte und nicht, wie bei Maskelyne, auf dem Haß gegen einfach alles. Was für eine Überzeugung das war – Religion, der Glaube an die Unveräußerlichkeit der Königswürde, persönliche Treue zum Hause Stuart, die Hoffnung auf Belohnung –, das wußte sie nicht und würde es jetzt wahrscheinlich nie erfahren.

Regentropfen prasselten gegen die Scheiben wie Kieselsteine. Er kam zurück. Mit Maskelyne im Schlepptau. Wind, Regen und die Notwendigkeit, zu einem hundert Fuß hohen Turm hinaufzubrüllen, behinderten ihn in seiner gewohnten Weitschweifigkeit, aber er bemühte sich doch. »Lady Cecily. Wenn es irgendwelche Mißverständnisse ... verzweifelte Zeiten ... Masky hier ... Rohdiamant ... aber wackeres Herz ... will sich entschuldigen.«

Grundgütiger, sie glaubten wirklich, sie schmollte.

Maskelyne wurde vorwärts gestoßen. Er blickte zu ihr hinauf, sie sah seine gebleckten Zähne. »Entschuldigung, Lady Cecily. Wieder Freunde jetzt, he?«

Welche Abscheulichkeit mußte sie für ihn symbolisiert haben, dachte sie, daß er es nie vermocht hatte, seinen Haß gegen sie und alle anderen Frauen zu verhehlen? Hatte seine Mutter ihn nicht oft genug versohlt? Oder zu oft? Hatte sie ihn ertappt, wie er im Bett böse Dinge tat? Oder er sie? Vielleicht gehörte er zu denen, die ein Leid, das ein Mensch oder ein Land ihnen angetan hatte, mit unbeugsamer Bosheit erwiderten. Ein Spielverderber, dachte sie. Säße in diesem Augenblick ein Stuart auf dem Thron, würde er Hannover unterstützen.

Aber dieser Gegenstand war nicht hinreichend interessant, um ihn weiter zu verfolgen. Sie mußte es sich für die Nacht bequem machen; also zog sie sich vom Fenster zurück, um ihre Krinoline abzulegen. Im Oktagon wurde es kühler. Sie durchsuchte die Truhen, fand eine Plane und machte sich damit auf der Fensterbank ein Bett zurecht.

Als sie wieder hinausschaute, waren die Männer auf dem Rückweg zum Haus; Sir Spender rannte seinem Hut hinterher.

Der Mond war noch nicht aufgegangen, und draußen war es jetzt fast stockfinster. Plötzlich glomm ein Licht in einer der Dachkammern in ihrem Haus. Die Männer waren so hoch gestiegen, wie sie nur konnten, um das Meer im Auge zu behalten, während sie sich überlegten, was sie tun sollten.

Cecily begann im Kreis herumzugehen und selbst Ausschau zu halten, einmal durch die ganze Runde. Die Fensterscheiben klapperten in ihren eisernen Rahmen.

Unten kam Maskelyne heran; er schob einen Schubkarren vor sich her. Sir Spender lief neben ihm her und hielt eine Fackel in der Hand. Die Flamme zog sich hinter ihnen flach in die Länge. Auf dem Karren lagen Scheite vom Holzstapel. Ein Rammbock? *O Gott, sie wollen mich ausräuchern.*

Sie warf die Falltür zurück, stürzte noch einmal zur Fensterbank und hob den Eimer Sand heraus; sie ließ ihn durch die Falltür hinunter, kletterte dann selbst hindurch und schleppte den Eimer die Treppe hinunter. Das Gewicht zog sie einseitig hinab, und sie mußte sich mit der Hand am Treppengeländer festhalten. Unten angekommen, schüttete sie den Sand am Fuße der Tür auf, damit dort kein Luftzug entstehen konnte, und dann hämmerte sie die Schlüssellochklappe fest vor das Schloß. Die obere und die seitlichen Türkanten verstopfte sie mit Seide, die sie streifenweise von ihrem Rock riß, und verschloß so jede Ritze, die die Flammen ins Innere saugen könnte.

Dann lief sie hinauf, um den Wassereimer zu holen. Und wieder hinunter. Sie stellte ihn griffbereit neben sich auf den Boden; sie brauchte jetzt beide Hände, um sie unter ihre linke Brust zu pressen, wo ihr Herz durch die Rippen hervorbrechen wollte.

Sie hörte, wie draußen vor der Tür ein Scheiterhaufen errichtet wurde. Hoch oben hämmerte der Regen gegen das Glas. *Bei die-*

*sem Wetter wird es nicht brennen. Gib, daß es bei diesem Wetter nicht brennt.*

Rauch kräuselte sich seitlich durch das Schlüsselloch. Sie drückte mit der flachen Hand gegen die Abdeckung.

Lange Zeit sah sie keinen Rauch mehr, und dann wurde ihr klar, daß der Wind für die beiden ungünstig stand. Er blies ihnen den Rauch ins Gesicht, nicht ihr. Und es würde glutheiß konzentrierte Flammen erfordern, um eine so abgelagerte Tür wie die des Leuchtturms niederzubrennen. Sie riskierte es, die Treppe hinaufzusteigen, und spähte vorsichtig über das Sims des landeinwärts gelegenen Fensters. Ein Kopf, Sir Spenders, war gerade noch zu sehen; er war der Tür zugewandt, die durch den Überhang für sie verborgen war. Seine Fackel zischte im Regen; an seiner Haltung und den unsteten Rauchwolken erkannte sie, daß das Feuer nicht in Gang kommen wollte.

Es dauerte aber noch eine Weile, bis Maskelyne aufgab. Er kam in Sicht, riß Sir Spender die Fackel aus der Hand und schleuderte sie in die Höhe. In dem Lichtbogen sah sie sein Gesicht – und duckte sich. Glas klirrte, und in der Scheibe, hinter der sie gestanden hatte, umgab sich ein rundes Loch strahlenförmig mit Sprüngen.

*Er will schießen? Ich werde ihm zeigen, zu schießen.* Gebückt lief Cecily zu den Kerzen, zog eine aus dem Halter, ging in die Knie, kroch damit zum Fenster zurück und rollte sie durch die Lücke zwischen dem Rahmen und der ausgestellten Scheibe. *Ich zeig's dir, du Mistkerl.* Ein vierzig Pfund schwerer Gegenstand, der hundert Fuß tief herabfiel, würde Respekt gebieten.

Das Rauschen des Regens übertönte den Aufschlag, aber als sie wieder hinunterzuspähen wagte, war unten nichts zu sehen und zu hören. Sie waren fort.

Ihr Zorn verebbte mit der letzten Wärme, die aus dem Oktagon entwich. Sie schlug einen ihrer Unterröcke hoch, um sich darin einzuwickeln; ihr war kalt, sie fühlte sich verängstigt und fehl am Platz. Ich bin zu alt für so etwas. Eine Jungfrau, die diese verrückte Belagerung überstand, das mochte der Stoff sein, aus dem man

Märchenbücher schrieb, aber eine erwachsene Herbergswirtin, die ihren Belagerern Kerzen auf den Kopf warf, grenzte schon eher ans Drollige.

Ohnedies war ihre Geschichte das Gegenteil einer Romanze. Die Sänger konnten nur von der Frau singen, die dem Helden zur Heimkehr leuchtete; eine Frau, die das Haus vor ihm verdunkelte, würde ihnen Anlaß geben, ihre Lauten zu zertrampeln.

Wie dem auch sein mochte, Cameron würde nie davon hören. Und sie auch nicht retten. Dieser unromantische Schotte ... Wie dem auch sei ...

Sie wurde wach, weil es ungemütlich war. Sie lief im Kreis herum, um das Blut in Gang zu bringen und um zu sehen, ob es etwas Neues gab. Im Haus bewegten sich Gestalten um ein Licht auf dem Dachboden. Der Mond schien, und der Wind blies Wolkenfetzen über ihn hinweg.

Anfangs bemerkte sie den Lichtpunkt kaum, der da an der Seeseite flackerte. Sie legte die Stirn an die Scheibe und kniff die Augen zusammen, um durch die Reste der Regentropfen zu spähen. Da, wieder. Ein Schiff. Es signalisierte. Nein, es signalisierte nicht – es rollte. Ein flimmernder, winziger Stern von hier aus; draußen auf dem schwarzen Wasser eine Schiffslaterne, die in den Himmel emporstieg und dann wieder herabfiel, als habe der Pegasus, auf dem sie ritt, mitten in der Luft die Schwingen zusammengefaltet.

*Lieber Gott, er ist gekommen.* Bis zu diesem Augenblick hätte man denken können, sie agiere in einem von Amateuren ersonnenen Melodrama, eine widerstrebende Mitspielerin in einer Privatvorstellung, die erst jetzt ein Publikum gefunden hatte. Dort draußen war der wahre König von Großbritannien, und ihm sprang vermutlich das Herz aus dem Leib, diesem bewundernswerten Sproß eines uralten Hauses. Begehrte, erflehte Einlaß in sein Königreich.

*Du kannst nicht hereinkommen. Oh, mein guter Herr, ich kann dich nicht hereinlassen.*

Draußen rollten die Regentropfen an der Scheibe herunter; drinnen rollten Cecily die Tränen übers Gesicht.

Sie ordnete ihre Gedanken, die sie beide in diese Lage gebracht hatten, versuchte ihm durch die Luft ihre Entschuldigung zukommen zu lassen.

Es war nicht nur wegen der Menschen, die dabei getötet würden, wegen der Frauen ohne Männer, der Kinder ohne Väter, der Verbannten auf beiden Seiten. Es war einfach nicht mehr wichtig.

*Es tut mir leid. Es tut mir so leid.*

Sie hatte gedacht wie er: Man setze einen anderen König auf den Thron, und alles wird gut. Aber die Schlacht war weitergezogen – in einen miefigen, überfüllten Saal in Westminster, zu Männern, die, so korrupt sie auch waren, noch immer so taten, als seien sie der Demokratie verpflichtet, und die sich ihr, weil sie so taten, zuweilen auch beugen mußten.

Von oben konnte Besserung nicht mehr kommen, und vielleicht war das auch nie anders gewesen. Hoffnung auf sie bestand allein in den leisen, anständigen Stimmen, die sich mit anderen leisen, anständigen Stimmen verbündeten, bis sich allmählich, ganz allmählich, ein Schrei erhob, den sogar Walpole nicht mehr überhören konnte.

Würde Jakob das verstehen? Nein. Er würde ihr sagen, was er ihr schon einmal gesagt hatte: »Ich habe Gewissensfreiheit versprochen, Lady Cecily.« Als wäre sie das Alpha und Omega, und als könne er sie liefern, wie Jehova das Manna regnen ließ.

Gewissensfreiheit. Ein Schlachtruf. Großbritannien konnte sich die Schlacht nicht mehr leisten; sie war aus der Mode, und sie würde das Wohlergehen des Landes hinauszögern, welches nur dadurch zu erringen war, daß gewöhnliche Menschen in dem stocherten, was faul war.

Liebesqual durchströmte sie. Ich bin mit einem dieser Stocherer verheiratet, Sire. Ich habe zugesehen, wie er das Gewissen einer Jury weckte. Ein unbedeutender Fall, es ging um dreißig Pfund und die Freiheit eines Mannes, aber er hat zwölf Männer dazu gebracht, zu denken: Jawohl, das ist unrecht. Und am Ende werden er und seinesgleichen das ganze Land dazu bringen, zu sagen: »Jawohl, das ist unrecht, es ist unrecht, und wir werden uns nicht damit abfinden.«

Ob ein Stuart König war oder ein Hannoveraner, darauf kam es nicht an. Und deshalb könnte man genausogut den behalten, den man hatte, und sich die ganze Aufregung ersparen. Die Schlacht war weitergezogen, anderswohin. Jetzt kämpfte das Volk gegen eine andere Autorität. *Du wärest dabei nur im Weg.*

Hätte sie ihm das nur ins Gesicht gesagt. Aber da hatte sie es noch nicht gewußt. Noch einmal sah sie den Schein des Feuers in ihrem Salon auf dem blassen Gesicht, die Hände des Sinnbilds, das da im Sessel saß, und sie roch den Rosmarinduft des Feuerholzes und das Mysterium des Königtums. Und sie verwarf es.

»Ich bedaure, Mylord«, sagte sie laut, »aber Sie müssen wieder nach Hause fahren. Könige sind irrelevant geworden.«

Der Anblick dieses Lichtleins, das da auf und nieder hüpfte, war unerträglich und deshalb ärgerlich. Sie schimpfte. *Sie hätten Ihre Vorbereitungen nicht Leuten wie Sir Spender und Maskelyne überlassen dürfen.*

Aber was hätte er anderes tun können? Die Planung einer Invasion aus der Ferne bedeutete stets, daß man die Organisation anderen überließ – die sich unweigerlich als inkompetent erwiesen. Schon bei seinem ersten Versuch im Jahr 1708 hatten er und seine Expeditionstruppe vor der schottischen Küste auf und ab gedümpelt und auf das verabredete Zeichen gewartet, das nicht gekommen war. Auch damals hatte er unverrichteter Dinge nach Frankreich zurückkehren müssen.

*Und jetzt mußt du es wieder.*

Dennoch war das kleine Licht ein herzerweichender Anblick, und sie wandte sich vom Fenster ab, nur um – fast ohne jedes Interesse – zu sehen, daß die Männer im Haus es auch gesehen hatten. Sie kamen über die Wiese gerannt. Sir Spender stolperte, fiel auf die Knie, breitete wie im Gebet die Arme aus und schaute zu ihr herauf.

Maskelyne näherte sich; seine Gliedmaßen zuckten wie in einem Affentanz. Die straffgespannte Saite, die in diesem Manne immer vibriert hatte, war gerissen: Unvernünftige Bosheit war entfesselt – und diesmal aus einem vernünftigen Grund. Sie sah seine Zähne blinken, als sein Mund Worte formte, die ihr galten. Offenbar ging seine Pistole nicht los, denn er warf sie gegen das Glas, und dann bückte er sich nach Erdklumpen, um sie hinterherzuschleudern. Sie hörte den dumpfen Schlag, als sie unten die Turmwand trafen.

Und plötzlich stand er stocksteif da und sammelte seine Kräfte für etwas Bestimmtes. Sein Schreien war laut genug, um durch den Wind zu dringen: »Zünde die Laterne an.«

Der Mond schien klar hinter ihr zwischen den Wolken hervor. Sie sah ihren eigenen langen Schatten zu Füßen des Mannes. Sie schüttelte den Kopf.

»Dann werde ich selbst eine anzünden.« Es klang nüchtern, selbst als Schrei.

Und sie wußte Bescheid. Als er sich abwandte, wußte sie Bescheid.

*Bitte nicht.*

Laute kamen aus ihrem Mund. Ja, ja, ich zünde die verfluchten Kerzen schon an. Später glaubte sie, daß sie diese Worte hinausgeschrien hatte, aber wenn es so war, dann ignorierte er sie jetzt. Sie wiegte sich vor und zurück in ihrem Schmerz. Er wird es nicht tun. Er kann es nicht.

Ein neues, wilderes Licht erstrahlte auf dem Dachboden.

Sie wandte sich ab, um ihr Haus nicht brennen zu sehen.

*Es gehört nicht mir.* Hinter ihr erhoben tausend Geister ihren lautlosen Protest gegen den Eindringling mit dem Zündholz. *Es gehört ihnen, mir, der Geschichte.* Es war nicht bloß ein Haus, sondern eine Kette, die sie mit der Vergangenheit verband. Weitläufig, mit rosaroten Ziegeln, zahllosen Dächern, verschlungenen Kaminen, von Efeu bewachsen, von Weiden umstanden, mit dem Datum über der Tür: 1497. Alain Fitzhenry hatte es an der Stätte der Burg erbaut, die Geoffrey Fitzhenry in den Tagen von Richard Löwenherz errichtet hatte, der dabei im Untergrund das Schwert Herewards gefunden hatte.

In seinem Innern, im Labyrinth der Korridore und Zimmer mit

knarrenden Dielen aus Ulmenholz, hatten Cecily, Anne und Sophie Verstecken gespielt wie dreizehn Generationen von Kindern vor ihnen. Mit dem Diamantring, den Queen Anne ihr zu ihrem zehnten Geburtstag geschenkt hatte, hatte Cecily ihre Initialen in eins der bleiverglasten Fenster in ihrem Schlafzimmer geritzt. Anne Boleyn hatte 1534 das gleiche getan: Sie hatte ihren und den Namen Heinrichs VIII. in eine Scheibe im Erker der Diele geschnitten.

Winzige gelbe Säulen drehten und wanden sich in dem Spiegel, den die Nacht aus dem Glas vor ihr machte. Flammen leckten an den Vorhängen ihres Hauses herauf, rannten über die Bodendielen.

Er hat jede Tür aufgemacht. Der Wind wird es anfachen wie einen Herd.

Sie hatte dem Haus den Rücken gekehrt und sah das Spiegelbild von orangegelben Zungen, die aus jeder Öffnung des Hauses hinter ihr züngelten. *Morituri te salutant,* sagten ihre Ahnen: Die wir sterben werden, wir grüßen dich.

Sie konnte ihnen nicht in die Augen sehen. Sie hatten sie mit einer Fülle von Ländereien überhäuft, die letzte ihrer Linie. Sie hatte alles bis auf den letzten Morgen verloren. Und jetzt hatte sie dies hier, den Nabel, ihren Unterschlupf, den ersten und letzten aller Zufluchtsorte, der Zerstörung übereignet. Ihr Abschiedsgruß zischte Cecily durch den nutzlosen Regen in die Ohren.

Es hatte keinen Sinn, die Augen zu schließen; es half nichts gegen die Erinnerung an ein Feuer, das durch jeden Korridor wütete, so daß die Farbe an den Porträts ihrer Eltern sich kräuselte, die Decke auf dem Bett, in dem sie geboren war, sich in einen Flammenbaldachin verwandelte und die Treppe zu einem tosenden Kamin wurde.

Man hörte einen dumpfen Schlag, und das hausförmige Bild im Spiegel verwandelte sich in einen Kopf, dessen Gorgonenhaar über den See wehte. Irgendwo in all dem verlor sich das tanzende Lichtlein auf dem Meer.

*Und er kann trotzdem nicht kommen.* Selbst dieses lodernde Fanal würde ihn nicht heranführen. Ohne das plebejische Richtfeuer am anderen Flußufer war der Scheiterhaufen, den Maskelyne aus ihrem Erbe machte, nutzlos. Der Kapitän des Prätendenten, dem der landwärts wehende Wind im Rücken stand, wagte sich nicht näher heran. Und angesichts der bei Tage patrouillierenden englischen Flotte konnte er auch nicht mehr viel länger bleiben, wo er war.

In dieser Hinsicht hatte sie gewonnen. England hatte gewonnen. Sie hatte wenig Freude daran; sie konnte nicht einmal mit Pyrrhus sagen: »Noch einen solchen Sieg, und ich bin verloren.« Sie *war* verloren.

Cecily blieb am Fenster stehen, bis der Regen den Gluthaufen hinter ihr gelöscht hatte und ihre Augen zu müde waren, um noch zu erkennen, ob an seiner Stelle eine Schiffslaterne in der Glasscheibe zu sehen war oder nicht. Erschöpft sank sie nieder und schlief ein; wach zu bleiben, war ihr unerträglich, und sie konnte es auch gar nicht mehr.

Möwenkreischen weckte sie; ein ganzer Schwarm flog mit der Dämmerung landeinwärts. Durch die zum Meer gerichteten Fenster über ihr drang rosig gefärbtes Licht. Keine Spiegel mehr. Und auch kein Haus. *Ich will es nicht sehen.*

Andererseits gab es einen dringenden Grund dafür, nicht zu bleiben, wo sie war. Mit vor Kälte und Steifheit hochgezogenen Schultern schlich sich Cecily, geduckt wie ein Feigling, zur Falltür, stieg die Treppe hinunter und erleichterte sich in den leeren Sandeimer. Sie wusch sich am Wassereimer und lauschte. Draußen schien sich kein menschliches Leben zu regen; nur der Ruf eines Kuckucks und das *kliep* der Austernfischer drang mit der frischen Luft durch das Schlüsselloch; es roch schwach nach Seetang, als wäre es ein beliebiger Frühlingsmorgen hier im Gezeitenmoor.

Als sie wieder oben war, hielt sie den Blick entschlossen nach Norden gerichtet; sie öffnete das der See zugewandte Fenster, um die leichte Brise hereinzulassen und den Aschegestank fernzuhalten, der von dem wirren Haufen grauer Balken dahinter ausging.

Sie hatte nicht lange geschlafen. Der Mond stand noch am

Himmel, eine Hostie, die sich im Osten schlüsselblumengelb färbte. Die Flut hatte die Priele vollaufen lassen und ging jetzt wieder zurück; sie hinterließ einen perlmuttfarben schimmernden Schlick, auf dem bereits die Sandpfeifer pickten. Es würde ein schöner Tag werden.

Sie atmete die Luft und fühlte sich wieder lebendig: arg geflickt und gestopft, aber lebendig. Niemand war gestorben, und mit etwas Glück würde auch niemand sterben. Häuser konnte man wieder aufbauen.

Sie fühlte sich zugleich verwaist und erleichtert, als sei eine von ihren Ahnen ererbte Verantwortung von ihr genommen worden; sie war traurig und doch nicht frei von einer kuriosen Beschwingtheit. Die Geister waren mit dem Haus verbrannt, und es gab sie nicht mehr. Solange Hempens existiert hatte – und mochte es auch in den Händen eines Bauunternehmers aus Peterborough sein –, hatte die goldene Kette der Fitzhenrys an ihrem Hals gehangen. Jetzt war sie fort, und sie stand ungeschmückt da. Sie hatte nichts als ihre eigene Existenz, die ihr zu Gebote stand. Kein schlechtes Vermögen, wenn man's bedachte. Lady Cecily Fitzhenry mochte mit ihrem Heim untergegangen sein, aber das Wesen, das an ihre Stelle trat, war Belle Sauvage, eine Frau, mit der aus eigener Vollkommenheit zu rechnen war, deren Geschäftssinn ein angesehenes Wirtshaus geschaffen und deren Herz eine prachtvolle Tochter adoptiert hatte.

Weder Wirtshaus noch Tochter würden auf dem Wappenschild der Fitzhenrys erscheinen. *Bei Gott, aber Belle Sauvage wird sie in das ihre gravieren* – Symbole der neuen Welt der bürgerlichen Abenteurer, in die sie erfolgreich gelangt war, indem sie sie gerettet hatte.

Denn da war kein Schiff. Der Meereshorizont erstreckte sich in gerader Linie ununterbrochen über ihr Gesichtsfeld. Der Prätendent war nach Hause gefahren.

Und es war auch Zeit. Mit der Sympathie der letzten Nacht war es aus. Einfach hierherzukommen. Den Leuten die Häuser niederzubrennen.

Sir Spender und Maskelyne waren bedeutungslos: groteske *dei ex machina* nur in dem Drama, dessen Protagonisten Cecily und Jakob Stuart gewesen waren.

Aber wo zum Teufel steckten sie? Solange sie nicht sicher war, daß sie fort waren, konnte sie nicht wagen, ihren Zufluchtsort zu verlassen – obwohl sie allmählich die Geduld verlor.

Wo zum Teufel waren *überhaupt* alle? War der Brand des einzigen Herrenhauses im Umkreis von vielen Meilen unbemerkt geblieben? Mußte sie England wirklich *ganz* allein retten? Sie mußte sich dem Blick nach Süden stellen und sehen, was es dort zu sehen gab: Der Augenblick konnte nicht länger hinausgeschoben werden.

Etwas bewegte sich am Rande ihres Gesichtsfelds. Sie schaute nach links und nach unten und sah die beiden Jakobiter, wie sie Edgars Kahn auf dem Windle hinunter zur Mündung ruderten.

Gehen fischen, die Mistkerle. Hatten sich keine Zeit mehr zum Essen genommen, ehe sie ihre Küche niederbrannten. Und waren jetzt auch keine *dei ex machina* mehr, sondern *dei ex navicula* – oder wie man sonst auf lateinisch sagen mochte. Und überhaupt, keine Götter. Clowns.

Der furchtbare Maskelyne war zu einem bedeutungslosen Ruderer geschrumpft. Während sie noch hinüberspähte, fing er einen Krebs, kippte rückwärts mit dem Kopf in den Schoß seines Gefährten und streckte die Beine in die Luft.

Das Wasser war tief genug, um sie über die Sandbänke hinwegzutragen, aber wenn sie noch viel weiter fuhren, würde die Ebbe, deren Sog stärker war als der Gegenwind, sie hinaus nach …

Bei Gott, bei Gott, bei Gott. *Da wollen sie auch hin.*

Es war Belle Sauvage, die das Fenster weiter aufdrückte und ihnen ein triumphierendes Lebewohl hinterdreinjauchzte. »Ersauft, ihr Scheißer.«

Das würden sie höchstwahrscheinlich tun. Sie konnten nicht hoffen, das Schiff des Prätendenten einzuholen. Immer bereit zum Risiko, hatten sie sich ausgerechnet, daß sie bei einer Überquerung der Nordsee bessere Karten hätten, als wenn sie hierblieben und sich quer durch England jagen ließen. Aber mit einem Ruderkahn?

»Ich persönlich«, gab sie ihnen liebenswürdig zu bedenken, »ich wäre ja an der Küste entlanggefahren und hätte mir eine Passage auf einem etwas handfesteren Fahrzeug erbettelt.«

Aber sie nahmen ohne Zweifel Kurs auf das offene Meer, und Sir Spender ruderte wie bei einem Bootsrennen ...

Sie fuhr herum, um zu sehen, wovor die Jakobiter da flüchteten. Hinter dem Aschehaufen, der einmal das Haus Hempens gewesen war, kamen kleine Boote über den See, viele Boote, und alle kamen auf die Insel zu wie eine Flotte von entschlossenen Enten – und eines, in dem zwei Gestalten saßen, war allen anderen voraus.

*Tyler*, dachte sie, *Edgar*. Und im nächsten Augenblick war sie nach unten gestürmt und riß die Türriegel zurück. Und die Tür rührte sich nicht. Sie legte ihr ganzes Gewicht in die Arme, senkte den Kopf – aber sie bewegte sich nicht. Maskelyne hatte nicht am Holz gespart, das er davor gestapelt hatte.

Gottverdammt, wenn sie diese verfluchte Treppe noch einmal hinaufklettern mußte ... aber wenn sie es nicht täte, würden sie die Ruine nach ihrem Leichnam durchsuchen.

Sie war verärgert und hungrig, und jetzt wurde ihr nach allem plötzlich schlecht, als sie noch einmal die Treppe hinaufstampfte, ins Oktagon kletterte und das Südfenster aufstieß. »Ich bin hier.«

Ein einsamer Kamin verbarg noch immer den Bootssteg, aber der Wind trug ihren Ruf trotzdem hinüber. Zwei Männer, barhäuptig, kamen um die Ruine herumgerannt. Der eine war Tyler. Der andere war nicht Edgar.

Großer Friede senkte sich auf Cecily Cameron. Sie lehnte sich mit verschränkten Armen über die Fensterbank und wartete auf ihre Rettung.

Das also war der Held der neuen Zeit: mittelgroß, rothaarig, ordentlich, auch wenn er außer Atem war und seinen Hut verloren hatte, ein Mann, den Besorgnis, nicht romantisches Empfinden trieb. Einer, der sich, wenn sie es auch nur halbwegs beurteilen konnte, beträchtlich strapaziert fühlen dürfte, aber doch auch einer, der in Erwartung einer Invasionsarmee – denn Tyler dürfte ihn aufgeklärt haben – selbst keine Armee mitgebracht hatte, um der Gefahr entgegenzutreten. In den Booten hinter ihm waren nur Moorleute gewesen. Hatte er geglaubt, er werde England und seine Frau durch Argumente retten können? Ja, wahrscheinlich. Schön, ihr war es recht.

Tyler sah sie; er grinste herauf und verschwand, um die verbarrikadierte Tür freizuräumen.

Archibald Cameron sah sie, nahm die Perücke ab und wischte sich mit dem Ärmel über die Stirn. Mit ruckhafter Kopfbewegung deutete er auf den Schutthaufen hinter sich. »Zur Hölle mit dir, Cecily, ich dachte, du lägst dort in der Asche.«

»Nein«, rief sie strahlend hinunter, »ich war hier oben. Habe einen neuen Aufstand verhindert.«

Müde fuhr er sich mit den Fingern durch das Haar und nickte. »Tyler hat gesagt, du würdest es versuchen. Anscheinend kennt er dich besser als ich.«

»Wir teilen eine kriminelle Neigung. Aber du bist mir trotzdem nachgekommen.«

»Dann ist es vorbei?«

»Diesmal ja.«

Er warf einen Blick auf die Ruine hinter ihm. »Und das?«

»Der Preis.«

»Das tut mir leid.« Und plötzlich erfüllte ihn nur noch sein eigener Groll; auch bei ihm machte sich die vergangene Anspannung bemerkbar. »Aber hättest du nicht ein Wort hinterlassen können? Eleanor mußte ins ›Belle‹ gebracht werden, und Cole wußte nicht, wohin du verschwunden warst mit deinem Jakobiter-Freund, der eine Invasion plante, wie Tyler behauptete, als man ihn befragte ...«

»Aber du bist mir trotzdem nachgekommen«, wiederholte sie. Man mußte Geduld haben.

Er starrte herauf. »Du willst, daß ich es sage? Ich werde es sagen. Wenn die Heerscharen der Hölle hier an Land geschwärmt wären, hätte ich dich trotzdem aus den Armen des Teufels gerissen.«

»Das will ich auch hoffen.«

Er setzte sich auf die Wiese, ließ sich zurücksinken und stützte sich auf die Ellenbogen. Eine Zeitlang ruhten ihre Blicke in gegenseitiger Abschätzung aufeinander.

Er summte ein gälisches Lied, Gott segne ihn, irgend etwas von einer Frau, die ihm die Füße waschen sollte, eh' daß die Zeit verrann.

Aber er mußte es erfahren. Sie war nur unter ihren eigenen Bedingungen zu retten. »Ich werde nicht nach London zurückkommen. Ich habe einen Gasthof. Und dann ist da noch Eleanor. Ich bin fertig mit der Gesellschaft.«

»Die Gesellschaft wird froh sein, das zu hören«, sagte er und rappelte sich hoch. »Ich bin nicht sicher, ob die Gesellschaft nach dem Quick-Urteil nicht auch mit mir fertig ist. Es gab hernach nicht wenig Gezänk in der Kanzlei. Aber man braucht mich in London, und ich werde dort nicht weggehen. Schlecht fürs Geschäft.« Er setzte sich die Perücke auf und rief verdrossen: »Können wir darüber nicht streiten, wenn wir unter uns sind?«

Ihre Moorleute standen diskret, aber interessiert im Halbkreis um den Leuchtturm. Tyler winkte ihr, daß die Tür jetzt frei sei.

»Glaubst du, wir können uns einigen?« fragte sie.

Er lächelte zurück.

Und so stieg sie zum letztenmal die Treppe in ihrem Turm hinunter und trat durch die offene Tür hinaus ins Sonnenlicht, um noch einmal zu beginnen.

## *Anmerkungen der Autorin*

Trotz seiner Niederlage bei der Einführung der Verbrauchssteuer im Jahr 1734 – ein massiver Sieg des Volkswillens – blieb Sir Robert Walpole noch bis 1742 an der Macht; als er 1745 starb, hatte er das Amt des Premierministers zweiundzwanzig Jahre lang innegehabt.

Um sie in den Rahmen dieses Buches einzufügen, habe ich die Jahre 1716 bis 1733 ein wenig zusammengeschoben, dabei aber die Ereignisse in der Reihenfolge belassen, in der sie sich zugetragen haben.

Um die Fakten von der Fiktion zu trennen ...

Mary Astell war eine reale Person und wurde als erste englische Feministin bezeichnet. Ich glaube zwar, daß dieser Titel eher ins vergangene Jahrhundert gehört und Aphra Behn zukommt, aber ohne Zweifel war Mrs. Astell eine erstaunlich freie Denkerin für ihre Zeit.

Die Flucht des alten Borlum und der Earls von Wintoun und Nithsdale wie auch der Deportationhäftlinge, die am Ende des zweiten Kapitels beschrieben wird, hat tatsächlich stattgefunden.

Der Architekt John Castell starb im Haus des Gefängnisaufsehers Corbett, nachdem er flehentlich darum gebeten hatte, nicht dorthin geschickt zu werden. Sein Freund James Oglethorpe trug seine Geschichte dem Unterhaus vor, und dieses beschloß die Einsetzung einer Untersuchungskommission, die sich mit den Schuldgefängnissen befassen sollte. Diese fand heraus, daß der Leiter des Fleet-Gefängnisses, Bambridge, ein regelmäßiges Jahreseinkommen in Höhe von fünftausend Pfund an Bestechungsgeldern erzielte und Gefangene, die nicht zahlten, foltern ließ. Hogarth malte eine Szene, in der ein Gefangener auf Knien demonstriert, mit welchen Methoden Bambridge einen Mann an

Hals und Händen fesselte. Bambridge wurde vom Vorwurf des Mordes an Castell sowie von allen anderen Vorwürfen freigesprochen. Er lebte noch zwanzig Jahre als freier Mann, ehe er sich die Kehle durchschnitt. An den Insolvenzgesetzen änderte sich bis 1808 wenig; dann aber verbesserte sich das Los der Schuldner durch einen Parlamentsbeschluß, der jedem, der wegen einer Schuld von weniger als zwanzig Pfund ein Jahr im Gefängnis gesessen hatte, die Freiheit gab, da er damit genug gelitten habe.

Damit niemand denkt, ich hätte die Sache im dritten Kapitel erfunden: Der Bericht über Dollys Verlust der Herrschaft über ihre Blase im Unterhaus beruht auf einer wahren Begebenheit.

Das »Belle Sauvage« habe ich an einem Abschnitt der Straße, die heute B197 heißt, zwischen Welwyn und Knebworth angesiedelt, aber dort hat es ein solches Wirtshaus nicht gegeben. Das Dorf Datchworth war für die Straße nicht zuständig, und die Männer und Frauen, mit denen ich es bevölkert habe, haben meines Wissens nicht existiert, wenngleich sie auf realen Figuren des achtzehnten Jahrhunderts basieren.

Jakob Stuart, dem wir im achten Kapitel begegnen, war natürlich der alte Prätendent, ein sehr viel netterer Mann als sein berühmter Sohn, Bonnie Prince Charlie. Er unternahm mehr als einen Versuch, in England zu landen. Der Bericht über seine Landung bei Hempens entstammt jedoch meiner Phantasie.

Vielleicht weil sie ein Amateur war – und, schlimmer noch, eine Frau –, wurde Lady Mary Wortley Montagus Kampf um die Einführung der Pockenschutzimpfung in England von vielen Ärzten und Kirchenmännern gegeißelt, und mehr als einer ihrer Biographen hat sich leichthin darüber geäußert. Prinzessin Caroline war klüger und ließ ihre Kinder von ihr impfen. Die Inschrift auf dem Denkmal in der Kathedrale von Lichfield hat sie verdient: »Geweiht dem Andenken an die ehrenwerte Lady Mary Wortley Montagu, die zum Glück die heilsame Kunst der Impfung gegen die Pocken aus der Türkei in unser Land brachte ...«

Der Prozeß in Kapitel vierzehn ist natürlich erfunden, aber er könnte stattgefunden haben. Die widersprüchlichen Beurteilungen dessen, was hauptsächlich Eigentumsstreitigkeiten im Zusammenhang mit schwarzen Männern und Frauen waren, bei denen immer häufiger die Frage nach deren rechtlicher Stellung aufkam, hatten sich schon 1569 ergeben und wurden manchmal zu ihren Gunsten, manchmal gegen sie entschieden. Im Grunde konnte die Situation nur durch einen Gesetzeserlaß des Parlaments geregelt werden, der aber erst 1807 zustande kam, während die endgültige Emanzipation noch bis 1833 auf sich warten ließ.